**OBRAS DE JORGE DE SENA**

# OBRAS DE JORGE DE SENA

## TÍTULOS PUBLICADOS

ANTIGAS E NOVAS ANDANÇAS DO DEMÓNIO
(contos)
OS GRÃO-CAPITÃES
(contos)
SINAIS DE FOGO
(romance)
O FÍSICO PRODIGIOSO
(novela)
OITENTA POEMAS DE EMILY DICKINSON
(tradução e apresentação)
A ESTRUTURA DE "OS LUSÍADAS" E OUTROS ESTUDOS CAMONIANOS E DE POESIA PENINSULAR DO SÉCULO XVI
(ensaio)
OS SONETOS DE CAMÕES E O SONETO QUINHENTISTA PENINSULAR
(ensaio)
TRINTA ANOS DE CAMÕES, vol. I
(ensaios)
TRINTA ANOS DE CAMÕES, vol. II
(ensaios)
ESTUDOS DE LITERATURA PORTUGUESA, vol. I
(ensaios)
ESTUDOS SOBRE O VOCABULÁRIO DE "OS LUSÍADAS"
(ensaios)
FERNANDO PESSOA & Cª HETERÓNIMA
(ensaios)
GÉNESIS
(ensaios)
LÍRICAS PORTUGUESAS, vol. I
(selecção, prefácio e notas)
DIALÉCTICAS TEÓRICAS DA LITERATURA
(ensaios)
DIALÉCTICAS APLICADAS DA LITERATURA
(ensaios)
LÍRICAS PORTUGUESAS, vol. II
(selecção, prefácio e notas)
UMA CANÇÃO DE CAMÕES
(ensaio)
TRINTA ANOS DE POESIA
(antologia poética)
O REINO DA ESTUPIDEZ, vol. I
(ensaios)
O INDESEJADO (ANTÓNIO REI)
(teatro)
INGLATERRA REVISITADA
(duas palestras e seis cartas de Londres)
SOBRE O ROMANCE
(ingleses, norte-americanos e outros)
ESTUDOS DE LITERATURA PORTUGUESA, vol. II
(ensaios)
ESTUDOS DE LITERATURA PORTUGUESA, vol. III
(ensaios)
POESIA-I
(poesia)
ESTUDOS DE CULTURA E LITERATURA BRASILEIRA
(ensaios)
POESIA-II
(poesia)
DO TEATRO EM PORTUGAL
(ensaios)
POESIA-III
(poesia)
VISÃO PERPÉTUA
(poesia)
40 ANOS DE SERVIDÃO
(poesia)
MATER IMPERIALIS
(teatro)
AMOR E OUTROS VERBETES
(ensaios)

# FERNANDO PESSOA
# & Cª HETERÓNIMA
(ESTUDOS COLIGIDOS 1940-1978)

© Mécia de Sena e Edições 70, Lda., 2000

Capa de Edições 70

Depósito legal n.º 158323/00

ISBN 972 - 44 - 1053 - 6

EDIÇÕES 70, LDA.
Rua Luciano Cordeiro, 123 - 2.º Esq.º – 1069-157 LISBOA / Portugal
Telef.: 21 3190240
Fax: 21 3190249

Esta obra está protegida pela lei. Não pode ser reproduzida
no todo ou em parte, qualquer que seja o modo utilizado,
incluindo fotocópia e xerocópia, sem prévia autorização do Editor.
Qualquer transgressão à lei dos Direitos do Autor será passível de
procedimento judicial.

JORGE DE SENA

# FERNANDO PESSOA
# & Cª HETERÓNIMA

**(ESTUDOS COLIGIDOS 1940-1978)**

3.ª edição

Entre os projectos de juventude de Jorge de Sena, o de vir a ser compositor foi um dos de maior vulto. Tivera educação musical na infância, educação essa que a mãe acompanhara por alguns anos mais e uma avó encorajara. E a tal ponto se sentia dotado para essa carreira, que, mesmo depois de a ter posto de lado como irrisório sonho, um das suas delícias de toda a vida era sentar-se ao piano e «improvisar», com largos harpejos e estrondosos acordes, tal como descreve no conto «O Papagaio Verde».

Como resultado desse devaneio juvenil sobraram algumas «composições» das quais «Pobre velha música…» é a de data mais recuada e feitura mais completa, o que não significa, forçosamente, tocável ou cantável. Damo-la à estampa apenas como mera curiosidade e complementar dado bibliográfico. *(M. de S.)*

## Esclarecimento à 3.ª edição

As duas edições anteriores desta obra (a 1.ª em dois volumes e a 2.ª num único volume) deixaram de fora três textos pessoanos de Jorge de Sena, atendendo a que eles haviam sido parcial ou totalmente absorvidos noutros textos posteriores.

A verdade é que qualquer que tenha sido o grau de utilização deles, os textos foram publicados e haverá sempre um pesquisador que deseje conhecê-los. São eles: «Sobre um artigo esquecido de Fernando Pessoa», de 1946, «*Inscriptions*, de Fernando Pessoa», de 1958; e «21 dos *35 sonnets* de Fernando Pessoa», de 1966, agora em apêndice e com a devida nota bibliográfica.

Santa Bárbara, 3 de Março de 1999

Mécia de Sena

## Breve nota explicativa (da 1.ª edição)

*Por alguns anos desejou Jorge de Sena publicar um volume de estudos pessoanos. Mas, como muitas outras obras, só demasiado tarde, para a vida que lhe restava, Edições 70 se prontificaram a publicá-lo. Jorge de Sena deu-lhe o título que havia tempo lhe pusera:* Fernando Pessoa & C.ª Heterónima *e imediatamente começou a coligir os ensaios, mas sem pressa, porque meditava um substancioso prefácio com o qual (dizia) se desligaria de falar do Poeta de que já se ocupara ao longo de 38 anos.*

*Seguindo este desejo e projecto, reúne-se nestes dois volumes\* tudo quanto Jorge de Sena terá escrito sobre Fernando Pessoa, excluindo apenas um ou outro texto (como será dito expressamente) que terá sido absorvido pelo Autor em estudos mais amplos. Igualmente deixámos de fora os dois poemas que a Fernando Pessoa foram dedicados por terem tido recente publicação, com notas e variantes, em* Quarenta Anos de Servidão.

*Não deixou o Autor qualquer indicação de ordem de publicação e, por essa razão, usámos a ordem cronológica: da primeira edição ou da produção, no caso de inéditos. Todavia, no caso dos poemas de Fernando Pessoa «Contra o Estado Novo» e «Contra Salazar», não só juntámos os poemas como as notas, embora elas tivessem sido escritas em 3 tempos diferentes, colocando-os na data de publicação deles em Portugal, por nos parecer que seria o mais lógico.*

---

\* Nas edições seguintes os dois volumes foram unificados. (N. do E.)

*Os textos são dados nas versões publicadas em volume, sempre que as havia, por ser esse o critério do Autor, levando apenas em conta, como temos feito noutras publicações, qualquer alteração ou correcção que o Autor tenha feito nos seus volumes pessoais, além de correcção de quaisquer gralhas, actualização da ortografia, e uniformização do critério de citação de títulos e outras obras ou parte delas, como Jorge de Sena teria evidentemente feito. Todavia acrescentaram-se as partes inicial e final da carta dirigida à presença (na pessoa de Adolfo Casais Monteiro)*.

*Achámos por bem incluir o ensaio* Cartas de Sá-Carneiro a Fernando Pessoa, *por nos parecer necessário afim deste conjunto.*

*Para o questionário publicado em* Quaderni Portoghesi *usámos, é claro, a versão original e não a tradução de Luciana Stegagno Picchio, a autora das perguntas.*

*Além da lista da bibliografia pessoana de Jorge de Sena que adiante se encontrará** cada um dos volumes conterá notas bibliográficas rigorosas e extensivas quanto possível, para todos os textos. Alguns destes textos foram total ou parcialmente publicados já depois destes volumes entregues na tipografia, razão pela qual continuaram a ser considerados inéditos.*

*Poucas pessoas terão como Jorge de Sena contribuído tanto, por tão largo tempo e desde tão cedo, para o entendimento e divulgação de Fernando Pessoa – os escritos estão aí e as datas deles para o provarem.*

Santa Bárbara, 1979
Londres, Dezembro de 1981

Mécia de Sena

---

\* Na 2.ª edição, a carta aparece já cotejada pelo original recebido por Casais Monteiro, onde as diferenças eram mínimas e insignificantes. (M. de S., 1984.)

\*\* Suprimida nesta 3.ª edição por constar das notas bibliográficas no final do volume, do qual agora constam todos os textos publicados. (M.S., 1999.)

# CARTA À *PRESENÇA* (ADOLFO CASAIS MONTEIRO) SOBRE O POEMA «APOSTILHA» DE FERNANDO PESSOA

Lisboa, em 8 de Janeiro de 1940

Exm.º Sr. Dr.

Desculpe-me o eu lhe dirigir pessoalmente uma carta que, na verdade, é colectiva quanto à *presença*. Mas isso vem só de o Dr. me ter escrito acusando a recepção da minha carta em que insistia pela remessa de uns números da revista, que depois teve a bondade de me enviar e eu agradeço nesta oportunidade.

No número I da nova série (Nov.º 1939) vêm como inéditos alguns poemas de Álvaro de Campos. É possível, digo é mesmo certo, que assim o julguem os seus depositários, ou a *presença* no caso de o próprio Fernando Pessoa vo-los ter entregue. Um pelo menos não o é, com ligeiras modificações. O que escrevo em seguida pode ser já do seu conhecimento ao receber esta carta. Se o não for, então tanto melhor apesar da insignificância de se tratar de pormenores de factura. Todavia num grande poeta também isso tem interesse e em Pessoa mais ainda, conhecido o que nele havia de elaboração consciente a par de inconsciente.

E o Dr. acrescente a minha irreverência em me alongar por estas páginas (a pretexto de indicar pormenores que o Dr. mesmo poderia verificar melhor do que eu) à culpa que eu tenho de me interessar por poesia.

Eu disse – um pelo menos não o é – e refiro-me ao belo poema «Apostilha» que veio publicado no número de 27-5-28 do *Notícias Ilustrado*, certamente por intermédio de Pessoa ou solicitação que lhe tenha sido feita – o que se conclui mais firmemente da coincidência de sentido e datas de publicação doutros poemas. Com efeito, nesse mesmo ano de 28, no número de 11-11 vinha o «Menino da sua mãe» e no de 30-12 o «Natal». O primeiro deve ser muito conhecido porque já tenho visto citado um dos seus versos – «Malhas que o Império tece» – e citado sem indicação nenhuma, como coisa notória; é muito emocionante. O segundo – três quadras maravilhosas pelo seu poder sintético, mesmo verso a verso, e, quanto a mim, do mais perfeito «F. Pessoa-F. Pessoa» que conheço.

A título de curiosidade ainda acrescento que, também numa publicação e em números de não sei quando, encontrei dois sonetos de Pessoa «Gomes Leal» e «Passos de Cruz-XII», «O Lord» e o «Aqueloutro» de Sá-Carneiro (o que está de acordo com a «nota dos editores» inserida em *Indícios de Ouro*), quatro composições de C. Pessanha (três muito subtis), duas de Montalvor, o célebre soneto «Pára-me de repente o pensamento» de A. de Lima, etc., e uma entrevista com o Dr. Gaspar Simões acerca da *presença*.

Quanto à «Apostilha»: no meu recorte há reticências em *carambola difícil e imagem da vida* o que é interessante pela modificação que traz na expressão vocal e à impressão mental daquela porção de poema; não há espaço entre o verso que começa *Não ter um acto...* e o seguinte; mais adiante eu tenho – *Passageira que viajavas*, etc., v e não r, mais conforme o *v* com o ritmo temporal do pensamento geral, que vem de antes, e o desenvolve aí, mais conforme o *r* (e aqui talvez a origem da modificação) com a opinião de Pessoa acerca do português de A. de Campos –... escrevia razoavelmente mas com lapsos... (não que isto seja propriamente um lapso dentro e ao lado dos exemplos que ele cita, mas uma discordância propositada). Quase sete anos mediam entre a *Apostilha* e a carta que Pessoa escreveu ao Dr. Casais Monteiro. É provável que a emenda, como outras seguintes, seja do tempo do poema e então já Pessoa tinha, pelo menos implícita (e digo implícita porque ele mesmo falando deles o podia fazer só por os «conhecer»), a consciência dos estilos dos heterónimos evidenciada sete anos mais tarde, ou então a emenda é posterior à carta e foi motivada pelas ideias nesta expressas. E quem sabe se, cedendo a elas, Pessoa não fez modificações paralelas em outros poemas? Do Álvaro de Campos bem entendido. Generalizando agora ao Alberto Caeiro, ou melhor, querendo generalizar, não vejo aplicação desta hipótese de consciência difusa em épocas diferentes porque o Alberto Caeiro não escrevia «razoavelmente» – escrevia mal. E por aplicação: parecerá à primeira vista pouco crível uma percepção difusa numa pessoa tão lúcida como ele. Mas ele não tinha a necessidade de ser lúcido nessa percepção, essa percepção não lhe vinha lúcida porque não precisara de a pôr em palavras claras para responder a uma pergunta. E os apontamentos que publicou sobre Caeiro ou outros, como obra de arte sua que eram, dirigiam-se mais a ele mesmo e por dois caminhos – a necessidade de escrever e o gosto de brincar com as realidade criadas, brincar contemplativamente, de realizar aqueles versos de Sá-Carneiro:

«*Gostava tanto de mexer na vida,
de ser quem sou – mas de poder tocar-lhe...*»

E talvez esta realização, tornada rumo necessário ao seu espírito, ande na razão de nascer dos seus heterónimos.

Continuando na inspecção do poema aparece-me no recorte «*titilada por brisas*» (o que é de facto menos próprio da maneira de Pessoa singularizar os agentes activos, e a *brisa* da reprodução de *presença*); aparece ainda uma vírgula entre *estrada* e *involuntária,* a tornar *involuntária e sozinha* a poeira da estrada – tal como está «estrada involuntária» é um exemplo de adjectivação poética da categoria daquela precisão que o Dr. Casais Monteiro caracterizou na sua análise da carta de Pessoa que eu citei.

E até aqui todas estas notações podem cair pela base, ou oscilar, pelo menos objectivamente, se se admitir a hipótese de erros de revisão (não na *presença* mas no outro). Mas o que me dá uma certeza de isso não ser por completo assim é o final do poema.

No meu recorte há mais um verso entre os dois últimos «*E oscila*» e «*E cahe...*» um dos quais também é diferente:

E oscila, no mesmo movimento, que o da *terra,*
*E estremece no mesmo movimento que o da* alma
E cahe, como............................

Curioso reparar em como F. Pessoa desfez os dois versos, aliás belos, para fazer um só de menos significado rítmico em relação ao final (significado quantitativo) conquanto de maior possibilidade de sentido.

Ocorre-me que o Dr. poderá ter-se perguntado o que haverá entre mim e um jornal antigo, à parte o interesse meu já referido.

Absolutamente nada a não ser esse mesmo interesse, pois foi ele que me levou a folhear todos os números depois de ter achado coisa de interesse num deles. Há doze anos folheei-os à medida que saíam, pode dizer-se que só para os ver; se os li – às vezes reconheço uns escritos, mas não basta – não li as poesias, passei os olhos por elas, que não me interessavam em si mesmas de pequeno que eu era.

Antes de encerrar tomo a liberdade de recordar a minha inscrição para a *Dispersão* cujo distribuir julgo próximo.

Mais uma vez peço desculpa de o incomodar e, juntando a este pedido o da desculpa da possível inutilidade desta carta, sou com a máxima consideração

*Jorge de Sena*

P.S – Se o Dr. mo permitir incomodá-lo-ei ainda um dia destes, com respeito a poesia e alguns poemas.

Vai esta página na frente para que o Dr. a leia primeiro, no primeiro relance. Não pensasse no fim o Dr. Casais Monteiro que era este P.S. o motivo principal desta carta. Este P.S. é unicamente um post-scriptum.

Sou de novo
*Jorge de Sena*

Outro P.S. – Confio plenamente no Dr. quanto ao destino desta carta, mas consinta-me uma observação – no caso de ela lhe merecer alguma atenção, eu pedia-lhe para as minhas poucas ideias sobre Pessoa uma discrição absoluta ou uma indiscrição total. Essas ideias e mais com outras que eu sei que tenho, mas que ainda não conheço, fazem parte duma qualquer coisa que um dia eu talvez escreva a propósito de F. Pessoa.

Sou ainda e sempre com a maior consideração.
*Jorge de Sena*

# NOVA CARTA, INÉDITA, À *PRESENÇA* (ADOLFO CASAIS MONTEIRO) SOBRE O POEMA «APOSTILHA» DE FERNANDO PESSOA

Lisboa, 6 de Abril de 1940

Exm.º Sr. Dr.

Desculpe-me o escrever-lhe mas eu pensei o seguinte: a *presença* é capaz de sair em Maio, durante Abril ultimar-se-á a paginação, que para mais é feita pelo Dr. José Régio fora de Lisboa, e depois é impossível tempo e um espaço para mim.

Ora o Dr. deve lembrar-se que eu lhe disse, e mostrei, que me escapara na minha carta (cuja publicação agradeço mais uma vez) o referir-me a um «ex-verso» de APOSTILHA – e se não se lembra, talvez já tenha notado isso mesmo. Respondeu-me o Dr. que eu poderia emendar essa passagem nas provas.

A carta saiu agora, sem eu ter visto provas, o que é justo uma vez tratar-se de uma carta. Por isso eu pedia ao Dr. que me permitisse a publicação, no «Correio» ou onde acharem conveniente, de uma pequena nota que pode ser a seguinte:

Como não me foi dado ver provas minhas – o que é inteiramente justo por se tratar de uma carta – não houve ocasião de intercalar mais uma observação, que tinha escapado ao serem escritas as outras.

Para que as pessoas que compararam as duas APOSTILHAS, não julguem a minha carta tão escrita no ar como afinal parece que foi, desejaria comunicar que só por uma solução de continuidade me não referi a mais uma supressão (que é mais um argumento final em abono da parte objectiva do meu ponto de vista), e supressão total, de um dos últimos versos:

*«o regato casual das chuvas que vão acabando».*

Talvez F. Pessoa pensasse que há um retorno relativo para a entidade regato e que esse retorno não estaria de acordo com a casualidade exacta das imagens paralelas; talvez também por não querer vincar o final do poema com três comparações distintas que podiam, perigosamente, associar-se à ideia de «estrada» (ideia-imagem) e dar-lhe um valor de sugestão primária que, de maneira alguma, lhe correspondia.

Pedindo desculpa desta reincidência crítica e agradecendo a virtual publicação,
sou com toda a consideração e estima

*Teles de Abreu*


Aceite o Dr. Casais Monteiro os protestos de admiração e estima de

*Jorge de Sena*


P.S.
Eu pedia ainda, ao Dr. Casais Monteiro, o favor de verificar, no recorte que está em seu poder, se o verso em causa é de facto tal como se me fixou ao escrevê-lo.
De novo At. e Ob.

*Jorge de Sena*

# CARTA A FERNANDO PESSOA

Meu caro Amigo

Se me não engano, é esta a segunda carta que V. recebe depois de morto. A outra, como deve estar lembrado, escreveu-lha Carlos Queiroz, que o conheceu pessoalmente. Não tive eu tanta honra, o que, pode crer, é um dos meus desgostos verdadeiros. No entanto, não lamento o desencontro. Apenas a curiosidade ficaria satisfeita; e, em contrapartida, jamais o Álvaro de Campos ou o Alberto Caeiro se revestiriam, a meus olhos, daquelas pungentes personalidades que lhes permitiu, e aos outros, o seu espírito sem realidade nenhuma. Porque esta é a verdade, meu Amigo: toda a sua tendência para a «despersonalização», para a criação de poetas e escritores «heterónimos» e não pseudónimos, significa uma desesperada defesa contra o vácuo que V. sentia em si próprio e à sua volta. Quando V. criou o Álvaro de Campos, o Alberto Caeiro e o Ricardo Reis, quando fez deles um grupo de amigos seus, defendeu-se contra si próprio – e só não o tendo eu conhecido pessoalmente, não tendo, pois, assistido à irremediável ausência de qualquer deles, era possível cumprir-se em mim (ou noutros em idênticas circunstâncias, e para quem, também, a poesia não seja uma forma definitiva como um título consolidado) o que deve ter sido um dos mais melancólicos sonhos da sua vida.

V. não foi um mistificador, nem foi contraditório. Foi complexo, da pior das complexidades – a sensação do vácuo dentro e fora, V. não foi um poeta do Nada, mas, pelo contrário, poeta do excessivamente tudo, do excessivamente virtual, de toda a consciência trágica de probabilidade, que a crença no Destino não exclui.

Os seus heterónimos (e V., quando escreveu em seu próprio nome, não foi menos heterónimo do que qualquer deles) não são as personagens independentes, protagonistas do «drama em gente», do qual V. falou. Embora V. os visse, e os ouvisse e, por conta deles, se inspirasse, não representam um drama, nem vivem, em comum, o romance das *«vidas que V. não queria ter»,* segundo a expressão de Casais Monteiro – porque as biografias, que lhes deu, são ainda bem pouco para o que eles disseram... Poderei, com maior piedade do que lhe permitiu, a V., a sua lucidez devoradora, afirmar que essas vidas vieram depois, e amassadas com lágrimas que V. considerou imerecidas, que não quis gastar sobre a sua própria vida?

Quem lê as poesias assinadas com o seu nome, e as outras assinadas Álvaro de Campos, e depois as compara com as de Alberto Caeiro e Ricardo Reis, não sentirá, como eu senti, que só a estes dois últimos pertencia a possibilidade poética de se erguerem, totalmente, acima do «Indefinido»? Esse Lucrécio e esse Horácio, com quem V. tentou raivosamente limitar-se; através dos quais tentou existir com o possível mínimo de ser; pela boca de Caeiro, afirmando o valor intacto do mundo exterior, embalsamado assim num devir inocente; pela boca de Reis, amando o quanto de gratuito a vida lhe podia conceder, uma vez que V. e a sua Lídia abstracta transformassem num só dia a vida inteira –

> *Inscientes (...) voluntariamente*
> *Que há noite antes e após*
> *O pouco que duramos.*

– esse Lucrécio e esse Horácio, ambos tão incansáveis, tão resignado e indiferente o primeiro, e tão altivo o segundo, eram a sua revolta intelectual.

O Álvaro de Campos e o Pessoa que a V. ficou das sobras, esses eram da sua revolta sentimental. Eram quotidianos; eram o seu chegar à janela e ver a rua; eram a sua mágoa, quer de não estar em toda a parte, quer de estar em parte nenhuma, apesar do paliativo, que a V., quando em seu nome, lhe provinha de uma auto-submissão intelectual terrivelmente activa. Por isso o Álvaro de Campos escreveu a *«Ode Marítima»* e a *«Tabacaria»;* por isso o Fernando Pessoa escreveu os poemas da *Mensagem* e *«O Menino da sua Mãe».* Ambos recordam a infância; e, para ambos, o passado é, como a infância, uma lembrança misteriosa que se não apaga. Lembrança de quê? Infância de quem? Muitas vezes perguntaram isso, mas a resposta era um silêncio, e, mesmo (bem sabemos, não é?), um consultar dos astros, como verificação...

Não, meu Amigo! O D. Sebastião da *Mensagem* parece-se tão extraordinariamente com o Menino Jesus do «*Guardador de Rebanhos*» («*era o deus que faltava*»...), que quase se suspeita da objectividade de «*O Menino da sua Mãe*»! É essa a fonte do espantoso vácuo que o cercava, meu Amigo: o vácuo da Terra, da qual o Sol se levanta, mas da qual não nasce!...

A noite, que V. poeticamente sentiu, como raríssimos poetas portugueses, com uma densidade e uma profundidade que a solidão lhe ensinou, foi o seu grande refúgio: nela a sua lucidez se alongava e expandia, é certo que dolorosamente, mas sem encontrar um objecto para o ataque, uma imagem a que antepor um cruel espelho.

Hoje, que a solidão e a lucidez perderam, para V., todo o sentido que tinham, reconheça comigo, que, se a elas ficou devendo uma inspiração sincera, lhes ficou devendo, também, o constante perigo de não conseguir ser o grande Poeta que foi. A presença desse perigo é constante na sua obra; chega a tornar-se um dos temas fundamentais: e momentos houve, nos quais V. se comprazia em mergulhar nessa

> ... *espécie de loucura*
> *que é pouco chamar talento,*

como se ela fosse, por si própria, uma virtualidade de expressão poética. Todavia, assemelhava-se a uma virtualidade poética: era um saber o som das asas cortando o ar... Asas tão grandes!... Tão consoladoras essas grandes asas!... E, depois, dizer o quê?... Se dizer fosse o que fosse equivalia a restringir, a criar pequenos e pretensos mitos, em substituição dos outros maiores, tal como as palavras tinham sido criadas para esconjurar esses outros...

Não creio, portanto, que a morte o tenha prejudicado, meu Amigo: V. não diria mais do que disse; V. tinha dito sempre a mesma coisa – maravilhosamente, de quantas maneiras possíveis.

Veja, no entanto, as «*Malhas que o Império tece*»! Porque V., à parte o seu caso único na história das literaturas, para ser algo do

Super-Camões que anunciara, não precisava de ter publicado uma espécie de *Lusíadas,* e de deixar as Líricas dispersas por revistas, ou amontoadas num baú, entregues às mãos do acaso e da amizade...

As suas obras estão sendo publicadas. O grande público decorará o seu nome; muitas pessoas o lerão; algumas o hão-de entender e amar. Outras desconfiarão de V. Outras, ainda, lamentarão secretamente aquela complexidade, de que já falamos, e que não pode servir de garantia a profecias ou realidades, para uso do «*gado vestido dos currais dos Deuses*». Será tido como mistificador. Será tido como contraditório. Mas V., meu Amigo, já o sabia... E aquele sorriso vago, que flutua aquém dos seus retratos, para quem será, não é verdade?

Creia na imensa admiração e no imenso respeito do

*Jorge de Sena*

1944

# PREFÁCIO E NOTAS A
## *PÁGINAS DE DOUTRINA ESTÉTICA*

Esta publicação de prosas de Fernando Pessoa não é, não pretende, nem poderia ser exaustiva. Dar tudo de um autor é pretensão vedada mesmo a edições de obras completas, pelo muito que, momentânea ou definitivamente, de um autor se perde: são sempre o que se pôde arranjar, e mal se sabe quanto. Ora, as obras completas de Fernando Pessoa estão aparecendo, e não nos compete, pois, antecipar o que, sem dúvida, será feito. Apenas pareceu interessante e oportuno, à semelhança do que fora levado a cabo com os artigos da *Águia*[1], reunir, em volume, subsequentes escritos, e dar, assim, uma imagem do que foi, no campo da especulação e da acção, o enorme labor intelectual de tão estranha figura, quase sem par no pensamento português. É necessariamente pálida essa imagem: não pelo valor destes artigos, que é máximo, não pela sua «actualidade» que é perene, mas pelo muito mais que teve de ser posto à margem, e que, no entanto, o leitor encontrará, também, descrito nas notas apensas a esta colectânea, e para as quais se transferiram todas as considerações não introdutórias. E pálida, ainda, porque um homem tão misterioso e aparentemente contraditório, como Fernando Pessoa, nem mesmo em face das obras completas ficará de todo esclarecido. Não se crie, desde já, uma lenda de obscuridade em torno destas prosas, que, se algum defeito possuem, é a excessiva clareza lógica, sempre a dois passos do esquematismo – ou, mais exactamente, na própria expressão do seu autor: do «devaneio lógico»[2]. Convém, pois, não confundir o esforço para seguir um implacável raciocínio, com o tactear em selva

---

[1] *A Nova Poesia Portuguesa* – Cad. Inquérito.
[2] Vide *«Formação cultural»*.

obscura de intuições gratuitas. Nada, em Fernando Pessoa, se pode considerar gratuito, como bem claramente é demonstrado por ele próprio, no capital documento de 1915[3]. É ele um poeta português, a quem não são aplicáveis as acusações de «*O caso mental português*», talvez o mais percuciente dos seus ensaios. A uma poderosa cultura e um extraordinário talento, sobrepôs-se, nele, sempre, um sublime e sistemático sentido das coisas e da Vida.

Quem tenha cotejado as relativamente numerosas e esquecidas prosas de Fernando Pessoa, sabe o seu interesse autêntico, e não só o que teriam como escritos em prosa de um grande poeta ou manifestação de inquietante personalidade, porque Pessoa foi, a par disso, um pensador, com o qual, mesmo fora da estética, se deve contar, e um prosador de estilo multímodo e inconfundível. Dizer que o seu estilo foi multímodo implica e permite uma explicação, Não é costume estudar-se, a sério, o estilo dos nossos escritores. Se, acidentalmente – e quando muito, para obras de ficção – esse estudo é feito, raras vezes se ultrapassa a consideração do texto, em si próprio, desligado da obra total e do momento em que foi escrito. Mas, se se ultrapassa, é para ir logo ao extremo oposto e tomar a obra total também em si própria, sem cuidados de cronologia que impeçam a confusão, imediatamente resultante, entre as características temporárias do homem-escritor, num dado momento da sua vida; e sem cautelas, ainda, na distinção entre estas características todas e as próprias de um determinado escrito, que são tanto mais delicadas quanto mais intencional tenha sido o autor.

É precisamente o caso de Pessoa. Se a lucidez do agitador intelectual que, a propósito de tudo o que lhe pareceu de utilizar, ele foi, lhe não confere, só por si própria, autoridade, não menos lhe permitiu ser um mestre da arte da escrita – pelo acordo entre a maneira de dizer e, não o que se diz, mas o que se pretende sugerir do que se não diz. E assim actuam os verdadeiros clássicos: fazendo nascer no espírito do leitor, como se tivesse lá sido gerada, a parte mais importante e activa desse pensamento que desejam propagar. O clássico responsabiliza o leitor, sem deixar ele próprio de ser responsável: mesmo para repeti-lo, é necessário repensá-lo.

---

[3] Carta a Côrtes-Rodrigues de 19 de Janeiro, incluída neste volume e já publicada, com outras, por Joel Serrão, Ed. Confluência.

Estilo multímodo, portanto, pela adequação ao tema, ao fim em vista, e até à idiossincrasia do «autor» (e eram alguns...) – e, não obstante, obedecendo às flutuações do tempo e às contingências da vida.

Encontrar-se-ão, nesta colectânea, escritos de duas «autorias»: uns ortónimos e outros heterónimos, sendo estes últimos da pena de Álvaro de Campos. Pode afirmar-se que foi entre si próprio e Álvaro de Campos que Pessoa se repartiu, dado que Alberto Caeiro é um «mestre já falecido» e Ricardo Reis um «amigo distante»; sublinhe-se, porém, que Álvaro de Campos é, directamente, discípulo de Caeiro, e que as suas prosas, como os seus poemas, antes de serem compreendidos à luz do autor comum a todos – *Fernando Pessoa* – o devem ser ao calor desesperadamente humano do poeta de «*O guardador de rebanhos*»[4]. Os estilos variam, desde a silva linguística da *Athena* à franca arruaça do «*Aviso por causa da moral*». A razão é a mesma que permitiu o título deste volume, e constitui um dos sintomas do valor de Pessoa, para quem de outro modo o não veja: nele, estética, ética e política não são separáveis, isto é, nem são meramente teorizáveis ou isentas de acção prática, nem grosseiramente partidarizáveis ou isentas de liberdade dessa mesma acção – atitude natural em quem, por muito ter vivido, não precisou de andar, pela rua, mascarado de vivente.

Numa carta a Casais Monteiro[5], Pessoa afirma: «não evoluo, viajo» – o que é quase uma verdade completa. E está, pelo menos, de acordo com a consciência que de si próprio terá quem, por atingida muito cedo a maturidade, experimenta e realiza em pleno domínio dos meios de expressão, e sabe que, portanto, dentro de cada experiência, e de experiência em experiência, só lhe resta (e ele o diz) envelhecer.

A sucessão de «lugares» do espírito, as motivações do trânsito, são, de certo modo, porém, sinais de uma evolução, se viver é evoluir. São-no, pelo menos, de uma *viagem*, como Pessoa tão exactamente define, e porque a evolução não é do «ponto central de

---

[4] Observe-se que Pessoa vai mais longe, na «carta aos heterónimos», e diz expressamente de Alberto Caeiro: «Desculpe-me o absurdo da frase: aparecera em mim o meu mestre».

[5] Incluída neste volume.

personalidade»[6], mas das sucessivas corporizações desta. Ou melhor: não o desenvolvimento de um espírito, mas exploração dos caminhos que esse espírito já conhece, floração do que já sabe conter.

As ideias de Fernando Pessoa, tempo há em que discutidas não podem ser com liberdade, e tempo virá em que o não poderão ser com justiça. Sabe-se que é esta a sina dos demasiado grandes, dos quais é possível extrair inúmeras, variadas e parciais essências. Vale-lhe, a este, o ter feito a discussão por conta própria, à custa de heterónimos e das mais, para o vulgo, inesperadas opiniões?

Da obra dispersa, diz Fernando Pessoa, na sua «*Tábua bibliográfica*»[7], após ter enumerado o que julga interessante:

«O resto, ortónimo ou heterónimo, ou não tem interesse, ou o não teve mais que passageiro, ou está por aperfeiçoar e redefinir, ou são pequenas composições, em prosa ou em verso, que seria difícil lembrar e tediento enumerar, depois de lembradas».

Concordemos, por experiência, que esse «resto» é difícil de lembrar e de encontrar, mas discordemos quanto ao juízo feito, que não é final. Precisamente porque já não tinham, então, interesse para ele, é que esses escritos podem ter interesse para nós. Há em Pessoa uma latente ironia, bastantes vezes não muito latente…, que permite erros de interpretação e de avaliação. Desejava ele, por certo, a salutar descida ao subconsciente nacional da maior parte dos seus escritos[8]. Daí duas ironias secundárias: uma, enformando o próprio estilo; outra, desvalorizando o resultado. E a primária, a mais profunda, vem da *crise* perpétua «de se encontrar só quem se adiantou de mais aos companheiros de viagem – desta viagem que os outros fazem para se distrair e acho tão grave, tão cheia de termos de pensar no seu fim (…)»[9].

Ainda uma observação. A ortografia de Fernando Pessoa, como a sua pontuação, variam muito de escrito a escrito, sem que a primeira

---

[6] F.P. -Carta a João Gaspar Simões, neste volume.
[7] In *presença*, 17 de Dezembro de 1923. Pode dizer-se que tudo, então, era obra dispersa.
[8] Daí que, em obediência ao seu critério de eventualidade e intencionalidade, se tenha preferido a ordenação cronológica a qualquer outra. Algumas excepções necessárias vão explicadas nas notas.
[9] Carta a Côrtes-Rodrigues, já citada.

varie sincronicamente com as modificações legais. Deve ter havido abandono a revisões descuidadas; e mais tarde, após a morte do poeta, desinteresse por uma fiel reprodução. Ora, Pessoa levou, por vezes, a encenação das suas obras até à ortografia, como é fácil de verificar, comparando coevas páginas ortónimas e heterónimas, por ele próprio publicadas com especial interesse, ou lendo as suas afirmações sobre o *estilo* dos vários escritores que ele era[10]. Neste volume, dado o seu carácter de divulgação, optou-se pela uniformização da ortografia. Tudo o mais, como é óbvio, foi escrupulosa e fielmente transcrito das publicações originais, quando não dos próprios originais do poeta. Compare, pois, o leitor certos artigos preciosistas de Pessoa com os respectivos ataques polémicos de Campos[11], e verá páginas coevas em que tudo é *diferente,* desde as ideias até à ordenação lógica do discurso e à pontuação. Álvaro de Campos, para lá da sua tão impetuosa originalidade, usa irregularmente da vírgula, tão característica em Pessoa ele-mesmo, e escreve de facto «razoavelmente mas com lapsos», como Pessoa dizia[12].

Não quero terminar sem agradecer a Luís de Montalvor, que tem a seu cargo a publicação das obras de Fernando Pessoa, a confiança depositada em mim, e, em geral, a todos os outros camaradas e amigos, as facilidades e o auxílio que me concederam, e eram indispensáveis ao bom êxito deste trabalho.

Também devo um precioso apoio, por suas colecções, às Bibliotecas Municipal do Porto e Nacional de Lisboa. Lamento, apenas, que algumas obras consultadas estivessem por abrir na primeira e demasiado desfolhadas na segunda: nem tanto ao mar, nem tanto à terra.

Mas foi assim possível reunir prosas notáveis, algumas tão esquecidas como nos tempos em que Pessoa escrevia, onde calhava, artigos que, quando também calhava, alguém lia.

Lisboa, Dezembro de 1944, e Vale de Gaio, Novembro de 1946.

*Jorge de Sena*

---

[10] Vide «*Carta sobre a génese dos heterónimos*».
[11] *V. g.* nas «*polémicas*» da *Athena* e da *Contemporânea*...
[12] Vide «*Carta sobre a génese*», etc.

# NOTAS REFERENTES AOS ARTIGOS INCLUÍDOS EM *PÁGINAS DE DOUTRINA ESTÉTICA*

## Carta a Côrtes-Rodrigues

Quando o presente volume foi organizado tinha esta carta sido revelada no n.º 28 do semanário *O Globo*, de 1 de Agosto de 1944, por Adolfo Casais Monteiro. Entretanto, Joel Serrão, a quem o destinatário confiara toda a correspondência, assim como algumas poesias de Pessoa e várias e curiosas notas biográficas e biográfico-literárias do próprio punho do Poeta, publicou todo esse importante material (Ed. Confluência). Não fosse esta carta o indiscutível prólogo de qualquer publicação de obras de Fernando Pessoa, e teria sido retirada desta colecção de textos, na qual, pela mesma razão, não ocupa o lugar devido à ordem cronológica, imediatamente após a crítica a Almada Negreiros, que é de 1913. Tão poderosa autopsicografia e tão patente e desassombrada consciência de um superior destino são nela expressas, que tais páginas, aliás afins de muitas outras que, nesta mesma colectânea, o leitor encontrou, podem considerar-se precioso documento na literatura portuguesa, em cujo âmbito é costume análogas consciências se desautorizarem ao afirmar-se.

A reprodução foi, no texto, suspensa, onde, de facto, a análise acaba, eis, todavia, o resto da carta:

«Termino, a tempo felizmente. Mande-me quando puder, cuidadosamente copiados dos originais, os inéditos de Antero de que me fala. Pode ser que, tendo-os aqui, seja conveniente publicá-los nalguma parte. Haverá autorização para isso? É bom saber-se.

«Mando-lhe alguns versos meus... Leia-os e guarde-os para si... A seu pai, se quiser, pode lê-los, mas não *espalhe*, porque são inéditos.

«Amo especialmente a última poesia, a da *Ceifeira*, onde consegui dar a nota *paúlica* em linguagem simples. Amo-me por ter escrito

> *Ah, poder ser tu, sendo eu!*
> *Ter a tua alegre inconsciência*
> *E a consciência disso!...*

e, enfim, essa poesia toda.

«Tenho escrito mais, mas mando o que está completo e é mais fácil copiar. É pena que vá tudo em letra de máquina, que torna a poesia pouco poética, mas assim é mais rápido e nítido.

«Escreva-me sempre, meu caro Côrtes-Rodrigues. Dê cumprimentos meus a seu Pai e receba um grande e fraterno abraço do seu

*Fernando Pessoa*

*P.S.* – Vi há dias uma esplêndida composição – «um túmulo de Wagner» – do Norberto Correia. Bela deveras. Você gostaria imenso de a conhecer.

F.P.

*P.S.*$_2$ – Não tenho tempo para reler esta carta. Naturalmente faltam palavras aqui e acolá, dada a rapidez com que eu escrevi. E a letra em altura nenhuma será muito legível. Você desculpe.

F.P.

Para mais desenvolvido estudo dos problemas levantados por esta época da vida intelectual de Pessoa, remetemos o leitor para as notas ao artigo «Para a memória de António Nobre». No entanto, aqui, será curioso transcrever, para simples comparação, um dos fragmentos de «cartas de amor», que, no número 48 da *presença* – dedicado à memória do Poeta –, Carlos Queiroz publicou, tendo-os escolhido, «de colaboração com a destinatária», de entre os que «melhor documentam as fases principais da sua inconsequente – mas longa e profunda experiência passional». O fragmento em questão é de uma carta de 29 de Setembro de 1929, e dentro da ordem dos textos situar-se-ia depois do «*Prefácio à Antologia*»[1]. Documentos desse género, quando, como este, põem termo a um convívio, devem ser aceites com discreta reserva. Pessoa escreve-o aos quarenta e um anos, quase quinze anos depois desta carta a Côrtes-Rodrigues:

---

[1] É evidente que *Páginas de Doutrina Estética* não podia incluir estes fragmentos, não só por demasiado fragmentários, mas por o seu muito interesse ser outro que não o visado aqui.

«(...) Cheguei à idade em que se tem o pleno domínio das próprias qualidades, e a inteligência atingiu a força e a destreza que pode ter. É pois a ocasião de realizar a minha obra literária completando umas coisas, agrupando outras, escrevendo outras que estão para escrever. Para realizar essa obra, preciso de sossego e um certo isolamento. (...) Toda a minha vida futura depende de eu poder, ou não, fazer isto, e em breve. De resto, a minha vida gira em torno da minha obra literária – boa ou má, que seja, ou possa ser. Tudo o mais na vida tem para mim um interesse secundário: há coisas, naturalmente, que estimaria ter, outras que tanto faz que venham ou não venham. É preciso que todos, que lidam comigo, se convençam de que sou assim, e que exigir-me os sentimentos, aliás muito dignos, de um homem vulgar e banal, é como exigir-me que tenha os olhos azuis e cabelo louro. E estar a tratar-me como se eu fosse outra pessoa não é a melhor maneira de manter a minha afeição. É preferível tratar assim quem seja assim, e nesse caso é «dirigir-se a outra pessoa», ou qualquer frase parecida.

«Gosto muito – mesmo muito – da Ophelinha. Aprecio muito – muitíssimo – a sua índole e o seu carácter. Se casar, não casarei senão consigo. Resta saber se o casamento, o lar (ou o que quer que lhe queiram chamar) são coisas que se coadunem com a minha vida de pensamento. Duvido, por agora, e em breve, quero organizar essa vida de pensamento e de trabalho *meu*. Se a não conseguir organizar, claro está que nunca sequer pensarei em pensar em casar. Se a organizar em termos de ver que o casamento seria um estorvo, claro que não casarei. Mas é provável que assim não seja.

«*O futuro – e é um futuro próximo – o dirá.*
«*Ora aí tem, e, por acaso, é a verdade*».

### *Naufrágio de Bartolomeu*

Este artigo viu a luz no semanário *Teatro – Revista de Crítica*, dirigido por Boavida Portugal. Saíram quatro números, contendo os três primeiros colaboração de Fernando Pessoa. Situam-se tais escritos imediatamente após os artigos reunidos no «Caderno Inquérito» – «*A nova poesia portuguesa*», que são de 1912.

Com essa revista *Teatro*, deu-se o caso curioso de terem aparecido dois primeiros números: um, com data de 22 de Fevereiro de 1913; outro, de 1 de Março de 1913, do qual foi extraída a presente crónica, Fernando Pessoa, numa carta de 4 de Março do mesmo ano, a Álvaro Pinto[2], diz:

«No sábado passado saiu, no 1.º número da revista *Teatro*, de Lisboa, o meu pequeno artigo de ataque às baboseiras do Lopes-Vieira. Como este é da *Renascença*, e dada a atitude de dúvida que o meu amigo tem para comigo, pareceu-me possível que, lido esse escrito, me traduzisse para inimigo da *Renascença*, Ainda assim creio que compreenderá que nada há que espiritualmente relacione a *Renascença* com os disparates que o Lopes-Vieira atira à cabeça das crianças».

### Coisas estilísticas, etc.

(...) «no número 2 do mesmo *Teatro* continuo a obra; desta vez rompo fogo contra o Manuel de Sousa Pinto» (carta a Álvaro Pinto, de 7 de Março de 1913). E, em considerações, que não transcrevo, e para as quais remeto o leitor curioso, Pessoa explica as razões da sua atitude polémica.

O número 2 do mesmo *Teatro*, é de 8 de Março. No número 3 há uma crítica de Fernando Pessoa a várias publicações e revistas de então: são graciosas e duras observações, cujo interesse actual é muito restrito.

### As caricaturas de Almada Negreiros

Esta crítica à exposição de caricaturas de José de Almada Negreiros saiu in *Águia*, n.º 16 (2.ª série) – Abril de 1913.

Pode afirmar-se que, com ele, começou a camaradagem havida entre Almada e Pessoa. Conta Almada Negreiros que, tendo-o lido, procurou o crítico, que não conhecia, num café do Cais do Sodré – o «Gibraltar» – café que já não existe. Encontrou-o e apresentou-se; e, depois de agradecer as referências elogiosas, pediu a Pessoa que lhe explicasse uma frase que não entendia: «Que Almada Negreiros não

---

[2] Vide «*Vinte cartas de Fernando Pessoa*», in *Ocidente*, Dezembro 1944.

é um génio – manifesta-se em não se manifestar». O poeta sorriu com um ar falso ou verdadeiramente comprometido, e confessou: «– Olhe, meu amigo, vou falar-lhe francamente. Eu não fui ver a sua exposição, e não percebo nada de arte...»

### Para a memória de António Nobre

Este admirável ensaio foi a contribuição de Fernando Pessoa para o número comemorativo de António Nobre (o 5-6, de 25 de Fevereiro de 1915), publicado pela revista coimbrã *A Galera*. Sá-Carneiro contribuiu com a poesia *Anto*, incluída mais tarde em *Indícios de Ouro*. Aparecido em Fevereiro, num número especial por certo de organização demorada, fácil se torna pôr em relevo a semelhança flagrante do final deste ensaio, com passagens das cartas escritas a Côrtes-Rodrigues em Janeiro desse ano, nomeadamente a que é datada de 1914, a mais bela e mais importante de todas, e que abre esta colectânea. Pessoa, que explicara e defendera, à sua maneira, o movimento da «Renascença Portuguesa» e colaborara e fizera colaborar os seus amigos na *Águia*, desligou-se da *Renascença* e suspendeu a colaboração em Novembro de 1914. Na sua carta a Álvaro Pinto, então secretário da *Águia*, escrita a 12 desse mês[3], comenta ele: «Sei bem a pouca simpatia que o meu trabalho propriamente literário obtém da maioria daqueles meus amigos e conhecidos, cuja orientação de espírito é lusitanista ou saudosista; e mesmo que não o soubesse por eles mo dizerem ou sem querer o deixarem perceber, eu *a priori* saberia isso, porque a mera análise comparada dos estados psíquicos que produzem, uns o saudosismo e o lusitanismo, outros obra literária no género da minha e da (por exemplo) do Mário de Sá-Carneiro, me dá como radical e inevitável a incompatibilidade de aqueles para com estes. Não veja o meu caro Amigo aqui a mínima sombra de despeito ou, propriamente, desapontamento (...)». A causa próxima do rompimento fora a recusa tácita da «Renascença Portuguesa» em editar-lhe «um drama num acto, de um género a que eu chamo *estático*» (dizia ele); esse drama, tudo leva a concluir que seja *O Marinheiro*, publicado pouco depois no primeiro número de *ORPHEU*[4].

---

[3] Vide «Vinte cartas de Fernando Pessoa», in *Ocidente*, Dezembro 1944 – Carta 20.

[4] O epigrama de Álvaro de Campos a esta peça («A Fernando Pessoa», O.C., vol. II, pág. 213) representa a reacção de Pessoa perante o seu próprio interesse pela peça, tantas vezes revelado na correspondência com Côrtes-Rodrigues.

A carta a Côrtes-Rodrigues, de 4 de Outubro desse mesmo ano de 14, ao aludir à substituição do projecto de uma revista «para fazer aparecer o interseccionismo», por o projecto de uma *Antologia*, demonstra – e não é difícil adivinhar que assim deveria ser – que Fernando Pessoa e os seus amigos literários estavam, havia tempo, convencidos de que lhes não seria possível transitar das páginas da *Águia* para as da história da literatura[5]... O longo comentário, atrás citado, apenas punha em pratos limpos uma situação de facto.

Aliás, os métodos de conquista eram outros, que os movimentos artísticos europeus do princípio do século tinham, por sua natureza de rebelião, introduzido. Na aparência: em lugar da obra acabada, a obra experimental; em lugar da obra «séria», a *blague*; em vez da laboriosa e lenta consagração, o subitâneo e audacioso escândalo. Para Fernando Pessoa, todavia «(seria) talvez útil (...) lançar essa corrente como corrente, mas não com fins meramente artísticos, mas, pensando esse acto a fundo, como uma série de ideias que urge atirar para a publicidade para que possam agir sobre o psiquismo nacional, que precisa trabalhado e percorrido em todas as direcções por novas correntes de ideias e emoções que nos arranquem à nossa estagnação, Porque a ideia patriótica, sempre mais ou menos presente nos meus propósitos, avulta agora em mim (...). É uma consequência de encarar a sério a arte e a vida».

Estas palavras da carta de 19 de Janeiro de 1915, a Côrtes-Rodrigues, são bem do agitador intelectual, que toda a sua obra, tão intencional, e agora já unificada pela perspectiva do tempo e da morte, nos revela. De facto, ele possuiu, como raros, «a consciência (...) da terrível importância da Vida, essa consciência que nos impossibilita de fazer arte meramente pela arte, e sem a consciência de um dever a cumprir para com nós-próprios e para com a humanidade».

Embora nessa carta confesse, ao amigo, viver «há meses numa contínua sensação de incompatibilidade profunda com as criaturas que (o) cercam», a carta de 19 de Novembro – escrita uma semana depois da «carta 20» a Álvaro Pinto – distingue-se das imediatamente

---

[5] A 5 de Março de 1915, Pessoa escrevia a Côrtes-Rodrigues: «Temos que *firmar* esta revista» (o *ORPHEU*), «porque ela é a ponte por onde a nossa Alma passa para o futuro» (pág. 66 do vol. citado).

anteriores pelo tom desiludido, que a própria letra, desarticulada e frouxa, reflecte[6]. Ele mesmo se apercebeu disso, e acrescenta em P. S.: «Para maior lucidez porque a minha letra está muito nervosa, junto um papel com o endereço exacto à máquina».

Compreende-se a mágoa de Pessoa – e ele tinha, então, vinte e seis anos – ao separar-se do movimento saudosista, do qual fora um defensor excessivo, apaixonado e brilhante[7]: um desses defensores que assustam os próprios defendidos[8]... Mágoa ao compreender que o saudosismo se estava tornando nacional e intransmissível, cada vez mais inconciliável com a miragem europeia, que, no espírito de Pessoa, vai afirmar-se, por reacção, definitivamente. Há, pois, que acentuar a discrição e imparcialidade, com que, no presente artigo, diz:

«De António Nobre[9] partem todas as palavras com sentido lusitano que de então para cá têm sido pronunciadas. Têm subido a um sentido mais alto e divino do que ele balbuciou. Mas ele foi o primeiro a pôr em europeu este sentimento português (...)». É nítida a referência a Pascoaes, se compararmos este passo com os artigos da *Águia*.

A subsequente descrição *desse* sentimento português que o simbolismo íntimo de Nobre «punha em europeu» – e Pessoa começou a fazer versos portugueses por efeito da leitura de Garrett[10], cuja presença lírica revive em Nobre e não é de todo alheia a muitos versos de Pessoa ele mesmo – foi, quase sempre, um dos temas ensaísticos predominantes do autor do *Antínous*. Pouco antes de morrer, com que ironia e perspicácia não extraía ainda, de tal tema, valiosas e curiosas ilações, a propósito do seu co-premiado, o padre Vasco Reis!...[11]

---

[6] Vide *fac-símile*, no *hors-texte*, a págs, 40-41 de «Cartas a A.C.R».
[7] Os artigos referentes a esta questão foram reunidos in *A Nova Poesia Portuguesa* – Ed. Inquérito, como já foi dito.
[8] Vide *notas* de Álvaro Pinto às obras citadas;
[9] «António Nobre, inferior como poeta, mas superior como *português*». F. Pessoa – *A Nova Poesia Portuguesa*, pág. 35.
[10] Vide «Apêndice» ao já citado vol. de cartas.
[11] Vide o artigo «*A Romaria*», neste volume.

No entanto, este ensaio sobre António Nobre apresenta uma especial particularidade, que mais o notabiliza: é escrito em prosa absolutamente poética, sem aquela abstracção lógica, tão implacável como irónica, tessitura habitual dos seus artigos. Nela perpassa uma profunda melancolia, idêntica à da carta célebre de 10 de Janeiro, a Côrtes-Rodrigues. Essa melancolia – «em qualquer destas composições a minha atitude para com o público é a de um palhaço. Hoje sinto-me afastado de achar graça a este género de atitude» – desaparece, de súbito, um exacto mês depois, ao calor genésio do *ORPHEU* – «vai entrar *imediatamente* no prelo a nossa revista. (...) *Mande o mais interseccionista* que tiver (...) [12].

Sendo, como é, poético o estilo deste escrito – inspirado na pura tradição do ensaísmo inglês – não se pode, todavia, afirmar que António Nobre nos seja dado apenas impressionisticamente. Para lá da perfeita crítica – ou melhor, *evocação* – impressionista, na qual terá influído o convívio com Mário de Sá-Carneiro (muitas frases se lhe aplicam, e bem mais «exilada» que a de Nobre era a Musa de Sá-Carneiro), a evocação é transposta para um plano de compreensão do objecto. Só impressionista, Pessoa traduziria com ela as sugestões que Nobre nele provocara; e não as elevaria, como eleva, até torná-las indícios para a compreensão de António Nobre.

### *António Botto e o ideal estético em Portugal*

Inicialmente publicado in *Contemporânea* 3, de Julho de 1922. No número seguinte, o polemista Álvaro Maia atacava Pessoa, num artigo intitulado: «*Literatura de Sodoma – o senhor Fernando Pessoa e o ideal estético em Portugal*». O poeta limita a sua resposta, publicada no número 5, ao seguinte: «Onde o senhor Álvaro Maia transcreve "tem *de* ser concebida", está na tradução transcrita "tem *que* ser concebida" – exactamente como em português».

---

[12] Carta a Côrtes-Rodrigues, de 19 de Fevereiro de 1915. O sublinhado é do próprio Pessoa. São interseccionistas os poemas da «*Chuva oblíqua*», insertos no *ORPHEU*. Acerca desta revista são copiosos os informes prestados pela correspondência com C.R.

*De Newcastle-on-Tyne, etc.*

Esta carta de Álvaro de Campos veio no número 4 da *Contemporânea*, secção «Jornal».

A atitude de Álvaro de Campos, como é obvio..., difere da de o próprio Pessoa. O «engenheiro naval e poeta do *ORPHEU*», autor da «*Saudação a Walt Whitman*», não defende nem explica. Será oportuno transcrever, aqui, um passo de uma entrevista que Fernando Pessoa o fez conceder *(A Informação,* de 17 de Setembro de 1926):

«Não costumo pôr à arte a canga da sexualidade. Confesso, contudo, que devo a uma obra minha, mas de maneira indirecta, uma aventura amorosa. Foi em Barrow-in-Furness, que é um porto na costa ocidental da Inglaterra. Ali, certo dia, depois de um trabalho de arqueação, estava eu sentado sobre uma barrica, num cais abandonado. Acabava de escrever um soneto – elo de uma cadeia de vários – em que o facto de estar sentado sobre uma barrica era um elemento de construção[13]. Aproximou-se de mim uma rapariga, por assim dizer – aluno, segundo depois soube, do liceu (*High School*) local –, e entrou em conversa comigo. Viu que eu estava a escrever versos, e perguntou-me, como nestas ocasiões se costuma perguntar, se eu escrevia versos. Respondi, como nestes casos se responde, que não. A tarde, segundo a sua obrigação tradicional, caía lenta e suave. Deixei-a cair. (...) Foi isto uma aventura amorosa? Não chegarei a dizer-lhe.»

O curioso deste trecho reside em duas coisas: no «rapariga, por assim dizer», e na gralha imediata «aluno». Conforme testemunho de Carlos Queiroz, o próprio Pessoa lhe chamou a atenção para estes dois elementos, apontando a gralha como voluntária. Tem interesse aproximar, e F. Pessoa o desejava por certo, a quase-aventura amorosa de Álvaro de Campos e algumas obras *suas,* por exemplo: «*A passagem das horas*», o «*Soneto já antigo*», etc.

Na última carta a Côrtes-Rodrigues, de 4-8-1923, portanto dez meses posterior à «Carta de Newcastle», Pessoa refere-se à *Contemporânea* nos seguintes termos: «V. tem visto a *Contemporânea?*

---

[13] Trata-se do 2.º soneto da «cadeia» «Barrow-on-Furness» (*O. C. de F. P.* – II, pág. 316).

É, de certo modo a sucessora do *ORPHEU*. Mas que diferença! que diferença! Uma ou outra coisa relembra esse passado; o resto, o conjunto...» E, umas linhas antes, confessa a sua «saudade – cada vez mais tanta! – daqueles tempos antigos do *ORPHEU,* do paulismo, das intersecções e de tudo o mais que passou!».

## *Crítica a* Ciúme, *de António Botto*

Artigo publicado em 1 de Março de 1935, no suplemento literário do *Diário de Lisboa,* com o título: «Como Fernando Pessoa vê António Botto – O seu lirismo e a sua paixão». Dentro da ordem cronológica, seguir-se-ia às cartas, de Janeiro do mesmo ano, a Casais Monteiro; por formar um todo com os dois escritos anteriores, preferiu-se este lugar.

## *Aviso por causa da Moral*

Manifesto distribuído nas ruas de Lisboa, quando do pedido, feito por estudantes da capital, de apreensão das *Canções* de António Botto.

Repare-se na preocupação de datar da Europa, que, digamos assim, constitui o suporte das premissas fundamentais de «*O provincianismo português*» e «*O caso mental português*».

Ainda em 1923, a 17 de Julho, foi Fernando Pessoa um dos signatários do protesto de intelectuais portugueses contra a proibição do *Mar Alto,* de António Ferro.

A data indicada é a do «protesto», que foi assinado, entre outros, também por Raul Brandão, António Sérgio, Raul Proença, Aquilino Ribeiro, Luís de Montalvor, Jaime Cortesão, Alfredo Cortez, etc.

Aqui se arquiva, pois, a título de curiosidade, mais uma livre atitude de Fernando Pessoa.

## *Palavras de crítica a* Entrevistas

Este pequeno ensaio, muito característico da afectação estilística, a que Pessoa gostava, por vezes, de abandonar-se, apareceu em apêndice ao livro *Entrevistas,* de Francisco Manuel Cabral Metello, publicado em 1923.

*Carta ao autor de* **Sáchá**

Publicada in *Contemporânea* n.º 8, de Fevereiro de 1923. O autor de *Sáchá* é o mesmo de *Entrevistas*. Desnecessário era encarecer a múltipla importância desta «carta aberta». Nela estão bem patentes o sociólogo da vida intelectual, atento, discreto e exacto, o psicólogo e o *verdadeiro* escritor, que Pessoa foi. Muito se tem debatido a questão da lucidez de Pessoa; mas, quase, se não sempre, se entende por tal o seu poder de auto-análise, sem que se repare quão tal poder sabe ajustar-se ao seu inevitável destino social. Claro que, ao atribuir-se-lhe os louros de grande poeta (louros a que, diga-se de passagem, ele nunca deixou de aludir nos seus escritos...), lhe é reconhecida uma superior consciência da Vida. Mas isso é um pouco menos que saber dizer: «O emprego excessivo e absorvente da inteligência, o abuso da sinceridade, o escrúpulo da justiça, a preocupação da análise, que nada aceita como se pudesse ser o que se nos mostra, são qualidades que poderão um dia tornar-me notável; privam, porém, de toda espécie de elegância, porque não permitem nenhuma ilusão de felicidade».

Parecerá paradoxal que Pessoa dê, como primaciais qualidades suas, «o abuso da sinceridade», e «o escrúpulo da justiça», uma vez que, na maior parte dos casos, como esta colectânea demonstra, não curou do merecimento literário dos seus criticados. É que Pessoa nunca fez crítica de valores literários, no sentido vulgar do termo, e sim de valores ético-sociais. Ou melhor: fala de quem lhe sugeriu falar de outra coisa. E a sua noção de literatura é de uma exigência tal, que lhe permite ser condescendente, sem peias judicativas, e com alguma gratidão pela oportunidade, que teve, de doutrinar um pouco... embora, não perdendo de vista, que «na vida é tudo fluido, misturado, incerto, mau de analisar sumariamente e impossível de analisar até ao fim» [14].

## *Mário de Sá Carneiro*

Esta homenagem à memória de Sá-Carneiro, seu amigo e par na

---

[14] F. Pessoa, *Interregno*. Nesse folheto político, de Janeiro de 1928, há uma frase que tem o sabor de outras da «*Carta ao autor de* Sáchá»: «A vida é a única batalha em que a vitória consiste em não haver nenhuma».

poesia chamada moderna, publicou-a Pessoa, no número 2 (Novembro de 1914) da revista *Athena*.

Em carta a Côrtes-Rodrigues, de 4 de Maio de 1916, Pessoa anuncia ao seu correspondente o suicídio de Sá-Carneiro, em Paris, a 26 de Abril. E acrescenta: «Naturalmente *ORPHEU* publicará uma plaquete, colaborada só por os seus colaboradores, à memória do Sá-Carneiro. Logo que v. puder, portanto – quanto antes melhor – v. mande-me qualquer cousa breve (o mais esmerado possível) à memória dele». Muito plausivelmente o presente texto será o que, para essa plaquete apenas projectada, Pessoa então escreveu[15].

## *Athena*

É o artigo de apresentação da revista citada. Vem, portanto, a abrir o número 1, de Outubro de 1924.

No *Diário de Lisboa,* de 3 de Novembro do mesmo ano, vem uma entrevista com Pessoa. Este, após responder a várias perguntas, diz do «que julga que será o futuro da *Athena*: – Não fui consultado para a criação do sistema do universo: não é natural que o seja para aquela pequena parte do futuro dele, que é o futuro desta revista. Rui Vaz e eu faremos porque ela *mereça;* o resto é com o Destino»[16].

A ordem de publicação não foi respeitada para este ensaio e o anterior, a fim de não cortar a sequência constituída por *Athena* e pelos ensaios de Álvaro de Campos, insertos na mesma revista.

## *O que é metafísica?*

Ensaio publicado in *Athena* 2. Este ensaio é discutido por Mário Saa («A Álvaro de Campos») na própria *Athena*.

---

[15] É da autoria de Pessoa a «*Tábua bibliográfica*» de Sá-Carneiro publicada primeiro na *presença* e, depois, em apêndice a *Indícios de Ouro* (Ed. Presença»).
[16] «*A revista* Athena *e o que nos afirmou Fernando Pessoa*».

*Apontamentos para uma estética não-aristotélica*

A primeira parte saiu in *Athena* 3 (Dezembro de 1924); a segunda, no n.º 4 (Janeiro de 1925).

### Ambiente

Estas notas aparentemente soltas, em que se vislumbram versos de Alberto Caeiro, foram publicadas na *presença* 5, de 4 de Junho de 1927.

### Luís de Montalvor

Artigo publicado em *O Imparcial*, de 15 de Junho de 1927.

Tais «palavras estranhas, porém verdadeiras», das mais penetrantes que Pessoa escreveu, são, afinal, na sua concisão de pequeno e ocasional anúncio, a mais bela definição, não diremos da Poesia, mas da aventura espiritual que é, «em sua essência», a poesia de Fernando Pessoa. A premissa inicial recorda o verso célebre – «o que em mim sente está pensando» – que, de facto, cabe na definição e na «inversa (...) igualmente aceitável». Repare-se que, na 1.ª versão do poema, esse verso era, incaracteristicamente, «o que em mim ouve está chorando»[17].

### Prefácio à Antologia de Poemas Portugueses Modernos

Esta antologia, cuja organização foi iniciada por Pessoa, em colaboração com António Botto, começou a publicar-se, em 1929, na «Solução Editora», de José Pacheco. Ficou suspensa no fim da representação de Guilherme de Faria (pág. 70 do volume actual). António Botto concluiu e publicou, em 1944, a *Antologia* (Ed. Nobel, Coimbra). Já da primeira vez o prefácio não vinha assinado; por isso a assinatura é, neste volume, indicada entre parênteses.

---

[17] O poema é o que começa «Ela canta, pobre ceifeira...». A 1.ª versão, presumivelmente de Dezembro de 1914, foi publicada com as «Cartas a Côrtes-Rodrigues», e enviada a este último, por Pessoa, em anexo à carta que abre esta colectânea.

Segundo a ordem cronológica, o lugar deste prefácio deveria ser entre «*O provincianismo português*» (1928) e «*O caso mental português*» (1931). Todavia, para não alterar a unidade desse par de ensaios, aos quais aliás, como à antologia para que foi escrito, de certo modo serve de prefácio, optou-se pela anteposição.

No facto de considerar, como fronteira literária, a eclosão da Escola de Coimbra – «Portugal poético (...) despertou só com Antero. O intervalo foi alheio, desde Gil Vicente e metade de Camões» – Pessoa não faz mais que repetir, em súmula, o que, em 1932, dissera a propósito do saudosismo: «o precursor é Antero de Quental»[18].

## *O provincianismo português*

Este estudo, que pode considerar-se uma primeira redacção do que, a seguir, aqui se publica, foi dado à estampa no *Diário Ilustrado*, Ano I, n.º 9, série II, de 12 de Agosto de 1928. Algumas poesias «ortónimas e heterónimas» publicou Pessoa, nesse semanário, a pedido de Augusto Ferreira Gomes, que, salvo erro, dirigia a parte literária.

Observe-se que, se há escritor que satisfaça às condições exigidas para o perfeito exercício da ironia, tal como Pessoa, de resto, objectivamente postula – esse escritor é ele próprio... E o que ele diz ter dito a Sá-Carneiro – «Se V. tivesse sido educado no estrangeiro, como eu, não daria pelas grandes cidades. Estavam todas dentro de si.» – não só particulariza em extremo o que afirmara, cinco anos antes, na «Carta ao autor de *Sáchá*», como recorda habilmente alguns dos mais belos – e *civilizados*... – poemas de Álvaro de Campos.

## *O caso mental português*

Artigo publicado, pela primeira vez, no n.º 1, de 30 de Novembro de 1932, de *Fama* – revista mensal de actualidades internacionais,

---

[18] *A Nova Poesia Portuguesa*, págs. 35. Não é de mais sublinhar que esses artigos se referem ao saudosismo. Aliás, basta folheá-los para tal ver; e a frase citada é o termo de uma análise coincidente com o espírito da *Antologia*.

dirigida por Augusto Ferreira Gomes. Foi republicado no semanário *Domingo*, de 27 de Junho de 1943, apenas com a indicação – «um artigo de Fernando Pessoa, escrito em 1931».

Escusado será enaltecer o presente ensaio, exemplar quanto à expressão e desenvolvimento, e notável pelo estilo desafectado, que Pessoa nem sempre utilizara anteriormente.

### *Notas para a recordação do meu mestre Caeiro*

Estas notas, reproduzidas integralmente desse n.º 30 da *presença* (Janeiro-Fevereiro de 1931) em que Pessoa publicou também o célebre VIII poema de «*O guardador de rebanhos*» de Alberto Caeiro, são do mais perfeito e humano que ele produziu. O leitor terá reparado que Pessoa confessa, em carta a Casais Monteiro, ter «chorado lágrimas verdadeiras» ao escrevê-las. Poucos mestres terão obtido de seus discípulos um tão sentido elogio fúnebre. É que Pessoa, nestas notas, prestava homenagem... ao que, nele próprio, o excedia: o seu, «mágico poder criador impessoal», como diz num pequeno apontamento em inglês, ainda inédito, e cujo exame devo a João Gaspar Simões.

À memória de Alberto Caeiro, há um poema, muito belo, de Álvaro de Campos[19], estreitamente associado às «*Notas*».

### *Carta sobre* O Mistério da Poesia

Esta carta, publicou-a Gaspar Simões, acompanhada de um ensaio, in *presença* 48 e republicou-a em apêndice a *Novos Temas*, Ed. Inquérito, 1938.

Apesar da sincera ressalva dos termos de admiração (confirmada por depoimento de outras pessoas que com o Poeta mais largamente conviveram, e às quais este algumas vezes fez notar análogas e especiosas distinções), a carta é, quanto a mim, um dos escritos em que Pessoa com maior ferocidade tripudia sobre a sua própria personalidade e a admiração alheia. Dir-se-ia, e o mesmo se poderia

---

[19] *O.C.* – II, pág. 29.

dizer da «carta dos heterónimos», que a Pessoa o exaspera a atenção de que é alvo, perdoando-a apenas na medida em que ele próprio refaz a análise e começa a comover-se com ela. Regressa, então, a sua exterior bonomia, até se manifestar aquele desinteresse súbito, revelado pelos finais abruptos de quase todos os seus escritos, e que é fruto da consciência de que «pensar é descrer»...

Quanto à «tradução do *Hino a Pan*», é oportuno rectificar, aqui, uma nota de Adolfo Casais Monteiro. Este poeta e ensaísta inclui o *Hino* na 2.ª edição da sua antologia poética de Fernando Pessoa, comentando – «dado por Fernando Pessoa como tradução dum original que atribuiu a um autor inexistente: o Mestre Therion (Aleister Crowley)». Não vamos a confiar tão desmesuradamente na multiplicação dos heterónimos... Aleister Crowley existiu, e é possível que ainda exista. Foi uma estranha e misteriosa figura, muito respeitada em certos meios ocultistas, e cuja crónica levianamente jornalística o leitor pode, com facilidade, encontrar[20]. Se teria sido autor do *Hino*, cujo original desconheço, não tenho elementos para afirmar; mas não os tenho também para afirmar o contrário.

## *Prefácio* a Acrónios

*Acrónios*, de Luís Pedro, foi publicado em 1932. Na *presença* 35, Março-Maio, 1932, Adolfo Casais Monteiro, ao criticar o livro, critica também o prefácio: «Neste prefácio, aquele que é o maior poeta português de hoje, mostra não ser tão admirável crítico de poesia, (...) Diz Fernando Pessoa que há três estádios na poesia, desde os gregos. Interessa-nos, de momento, o terceiro, que assim define: *o estádio rítmico, em que se não cura de quanto seja regra, ou o pareça, mas se reduz a poesia, tão-somente, a uma prosa com pausas artificiais, isto é, independentes das que são naturais em todo discurso e nele se indicam pela pontuação.* Tal definição está exacta para Luís

---

[20] Adolfo Coelho – *Espionagem (Segredos da Grande Guerra)* – 2.ª edição – 1931. O cap. XXIV é inteiramente dedicado a Aleister Crowley. O *Notícias Ilustrado*, de 5 de Outubro de 1930, traz uma reportagem, que é referida nesse capítulo, acerca do desaparecimento, então ocorrido em Lisboa e em circunstâncias invulgares, deste célebre aventureiro internacional. A título de curiosidade, pode acrescentar-se que o número 2 da revista *Mensagem* – Junho de 1938 – insere uma poesia de Augusto Ferreira Gomes, dedicada a Sir Aleister Crowley.

Pedro, por exemplo; por isso mesmo é falsa: na verdade, eis-nos diante do que a poesia moderna não é, a não ser para aqueles que não a entendem. Ora, o estranho é que tais afirmações sejam feitas por Fernando Pessoa, pois da leitura do seu «velho amigo Álvaro de Campos» ou de Alberto Caeiro, não menos seu velho amigo, podia tirar conclusões muitos diferentes. Com efeito, a poesia modernista – estádio rítmico – não é discurso; não é, também, prosa com pausas artificiais, pois se ela é rítmica, ou as pausas não são artificiais, ou deixa de ser rítmica. Caracteriza-a precisamente a descoberta do ritmo que dispensa as muletas usuais no segundo estádio (...) mas caracteriza-a também essa dificuldade de que fala adiante o prefaciador; ora não seria ela tão grande, a meu ver, se fosse tão simples como esta definição!».

Fernando Pessoa, que, em «*O caso mental português*» chamara artificial ao «discurso disposto em verso escrito», por oposição à «prosa falada», que considerara natural, reconhece ter sido apanhado «num lapso de redacção». Fá-lo em carta a Casais Monteiro, ainda inédita, de 26 de Dezembro de 1933 (ou 32?), e da qual se transcrevem os seguintes passos:

«Gostei muito da *Correspondência de Família*; sobretudo a apreciou o meu velho, mas não muito querido, amigo Álvaro de Campos, pecador quase prototípico (em Portugal) nessa matéria de versos irregulares por fora. (...) Como é esta a primeira carta que tenho ocasião de escrever-lhe, quero agradecer-lhe as palavras sempre amáveis que me tem dedicado em vária matéria publicada, que, sem ser por essas palavras, tenho sempre seguido com interesse, e apreciado com admiração. Sobretudo lhe agradeço aquelas palavras em que, na crítica ao livro do Luís Pedro, discorda de mim, porque, à parte a natural vulnerabilidade de uma crítica prefacial amiga, me apanhou, de facto, num lapso de redacção. Sobre este assunto redigi uma nota destinada à *presença* que o meu subconsciente se encarregou, imediatamente, de fazer extraviar. Não sei já onde pára; se a encontrar, em qualquer acaso de gaveta, enviar-lha-ei, visto que é tarde para ser publicada».

A crítica de Casais Monteiro, não só diverge da de Pessoa, como incide sobre diversas questões. Ora, a considerar-se artificial, no sentido de coisa criada, o «discurso disposto em verso escrito», são igualmente artificiais o verso quantitativo, o verso silábico e o verso rítmico, *porque são escritos*, e é evidente que só ao desenho estrófico chama Pessoa artifício. Se houve lapso de redacção, como Pessoa, sem dizer qual, reconhece – esse lapso consistiria em ter-se referido, descuidadamente, aos seus conceitos de natural e artificial, que, por não definidos ali, justificavam a crítica de Casais Monteiro. De resto, o ulterior desenvolvimento do prefácio esclarece mais a noção de poesia rítmica, como sendo a que estorva e transcende o pensamento e a emoção, em proveito da individualidade. É preciso notar que Pessoa se refere às formas poéticas, e não à poesia, «que é verdade viva», qual ele a expôs em «*Luís de Montalvor*».

### Sobre os Poemas, *de Paulino de Oliveira*

Esta carta foi publicada por João de Castro Osório, com outra do Prof. Joaquim de Carvalho, sob o título comum aqui particularizado, no n.º 6-7 (Verão e Outono de 1932) da revista *Descobrimento*. O artigo sobre Goethe fora anunciado no n.º 5, como contribuição de Pessoa para a Homenagem a Goethe, que o 6-7 contém.

O conteúdo desta carta serve bem de introdução às páginas sobre a A *Romaria,* de Vasco Reis.

### A *Romaria*

Este artigo saiu, sem título próprio, no suplemento literário do *Diário de Lisboa,* de 4 de Janeiro de 1935.

No dia 31 de Dezembro de 1934, fora atibuído o prémio Antero de Quental, do S.P.N. e desse ano, em segunda categoria, à *Mensagem* de Fernando Pessoa. O júri era constituído por Alberto Osório de Castro, Mário Beirão, Acácio de Paiva e Teresa Leitão de Barros.

Da circunstanciada notícia, que esse mesmo jornal, nesse dia, publicou, se transcreve o seguinte:

«... tendo o prémio da primeira categoria sido atribuído, por maioria, ao livro *Romaria,* de Vasco Reis, "uma obra de genuíno lirismo português, que revela uma alta sensibilidade de artista e que tem um sabor marcadamente cristão e popular". O autor tem 23 anos e é completamente desconhecido do público, exercendo actualmente a sua nobre actividade espiritual, como missionário franciscano no interior da província da Beira, em Moçambique. E, no seu voto escrito, O Sr. Dr. Osório de Castro diz que, ao ler o seu livro, teve a sensação que lhe produziria a aparição de um Cesário Verde ou de um António Nobre. Quanto à segunda categoria, o prémio foi atribuído à *Mensagem*, de Fernando Pessoa, "um alto poema de evocação e interpretação histórica, que tem sido merecidamente elogiado pela crítica". O seu autor, "isolado voluntariamente do grande público, é uma figura de marcado prestígio e relevo nos meios intelectuais de Lisboa e uma das personalidades mais originais das letras portuguesas".»

Suspende-se a transcrição, para interpolar, nesta altura, um passo de uma nota inserta no número 46 da *presença*: «Os jornais que badalam aos quatro ventos os livros de seus prezados colaboradores (…) pouco se ocuparam deste».

Continua-se transcrevendo, de umas linhas adiante: «O director do S.P.N. não teve de intervir em nenhuma das resoluções tomadas. Mas decidiu, (…) atendendo ao alto sentido nacionalista da obra e ao facto do livro ter passado para a segunda categoria apenas por uma simples questão de número de páginas – elevar para 5000 escudos o prémio atribuído à *Mensagem* de Fernando Pessoa».

No *Avante!*, de 16 de Dezembro de 1935 (o poeta morrera a 30 de Novembro desse ano), Eduardo Freitas da Costa conta, num artigo intitulado *Fernando Pessoa*, o seguinte:

«Acabava de ser publicada nos jornais da tarde a notícia de que o S.P.N., concedera o prémio de poesia à maravilhosa *Mensagem* que Fernando Pessoa publicara havia pouco, quando o capitão Caetano Dias – cunhado do poeta – o encontrou sentado no comboio para o Estoril, onde ia passar uns dias, e com aquele seu ar vagamente triste e sonhador; naturalmente interpelou-o alegremente: "Ó Fernando, então…" Fernando Pessoa ergueu para ele um olhar tímido: "Então… o quê?". Cresceu o espanto do amigo: "O quê?! não leste os jornais?" A resposta veio no mesmo tom da outra, com a mesma calma com que anunciaria que tinha uma caixa de fósforos: "Li. Ah! É verdade, Deram-me o prémio".»

Fernando Pessoa comenta a sua «estreia», na célebre carta a Casais Monteiro, neste volume publicada.

## Carta sobre a génese dos heterónimos

Após um parágrafo sempre omitido por Casais Monteiro, em obediência ao P.S. de Fernando Pessoa, a carta – e a razão de não se publicar esta conclusão, no corpo do volume, é a invocada, já, para a carta a Côrtes-Rodrigues – conclui como segue:

«Creio assim, meu querido camarada, ter respondido, ainda com certas incoerências, às suas perguntas. Se há outras que deseja fazer, não hesite em fazê-las. Responderei conforme puder e o melhor que puder. O que poderá suceder, e isso me desculpará desde já, é não responder tão depressa.

Abraça-o o camarada que muito o estima e admira.

*Fernando Pessoa*

P.S. (!!!)
14/1/1935

Além da cópia que normalmente tiro para mim, quando escrevo à máquina, de qualquer carta que envolve explicação da ordem das que esta contém, tirei uma cópia suplementar, tanto para o caso de esta carta se extraviar, como para o de, possivelmente, ser-lhe precisa para qualquer outro fim. Essa cópia está sempre às suas ordens.

Outra coisa. Pode ser que, para qualquer estudo seu, ou outro fim análogo, o Casais Monteiro precise, no futuro, de citar qualquer passo desta carta. Fica desde já autorizado a fazê-lo, *mas com uma reserva,* e peço-lhe licença para lha acentuar. O parágrafo sobre ocultismo, na página 7 da minha carta, não pode ser reproduzido em letra impressa. Desejando responder o mais claramente possível à sua pergunta, saí propositadamente um pouco fora dos limites que são naturais nesta matéria.

Trata-se de uma carta particular, e por isso não hesitei em fazê-lo. Nada obsta a que leia esse parágrafo a quem quiser, desde que essa outra pessoa obedeça também ao critério de não reproduzir em letra impressa o que nesse parágrafo vai escrito. Creio que posso contar consigo para tal fim negativo.

Continuo em dívida para consigo da carta ultradevida sobre os seus últimos livros. Mantenho o que creio que lhe disse na minha carta anterior: quando agora (creio que será só em Fevereiro) passar alguns dias no Estoril, porei essa correspondência em ordem, pois estou em dívida, nessa matéria, não so para consigo, mas também com várias outras pessoas.

Ocorre-me perguntar de novo uma coisa que já lhe perguntei e a que me não respondeu: recebeu os meus folhetos de versos em inglês, que há tempos lhe enviei?

"Para meu governo", como se diz em linguagem comercial, pedia-lhe que me indicasse o mais depressa possível que recebeu esta carta. Obrigado.

*Fernando Pessoa»*

Esta carta foi publicada, por Casais Monteiro, in *presença,* n.º 49, Junho, 1937; republicada na já citada antologia, e utilizado o trecho respeitante à «biografia» de Álvaro de Campos, como introdução à obra poética deste heterónimo (vol. II das «Obras completas»).

Um dos mais característicos pontos desta carta é o facto de Pessoa falar das obras «do Fernando Pessoa», como se de outro heterónimo se tratasse... [21]

Ainda sobre Alberto Caeiro, a carta a C.R., de 4 de Outubro de 1914, fornece «duas notas curiosas e engraçadas» [22].

### Carta em continuação da anterior

Como frisa Adolfo Casais Monteiro, na nota que escreveu para acompanhar a publicação desta carta no *Diário Popular,* de 9-9-43, é ela, de facto, uma continuação da anterior, mais extensa, sobre os heterónimos. Pessoa responde a Casais Monteiro, que lhe escrevera agradecendo e comentando a outra, de seis dias antes.

---

[21] Vide, adiante, as notas a *Nota ao acaso.*
[22] Vol. cit., págs, 28-29.

*Nós os de* ORPHEU

Nota publicada in *Sudoeste* 3, de Novembro de 1935. Será útil aproximar, da referência a Côrtes-Rodrigues, os artigos sobre Paulino de Oliveira e Vasco Reis, e certos passos de «*António Botto e o ideal estético em Portugal*».

*Nota ao acaso*

Esta nota representa Álvaro de Campos in *Sudoeste* 3; a colaboração de Pessoa para este número, constituída por ela, a anterior e uma poesia ortónima *(«Conselho)*, é, com o artigo «*Poesias dum prosador*» nesta selecção incluído, a última publicada pelo Poeta.

A 2 de Setembro de 1914, Pessoa escreve a Côrtes-Rodrigues: «Muitas vezes, creio firmemente, levo horas intelectuais a intrujar-me a mim próprio. (...) Repare V. em que, se há parte da minha obra que tenha um *cunho de sinceridade,* essa parte é... a obra do Caeiro» [23]. E umas linhas antes afirmara: « Não sei se estou sendo perfeitamente lúcido. Creio que estou sendo sincero. Tenho pelo menos aquele amargo de espírito que é trazido pela prática anti-social da sinceridade. Sim, eu devo estar a ser sincero».

Se recordarmos o que, acerca da «génese» dos poemas de Alberto Caeiro, Pessoa diz a Casais Monteiro («Num dia em que finalmente desistira (...) escrevi trinta e tantos poemas a fio, numa espécie de êxtase cuja natureza não conseguirei definir. Foi o dia triunfal da minha vida, e nunca poderei ter outro assim.») – é elementar concluir que, para ele, sinceridade e lucidez criadora se contrariavam. Porém, não considera ele nunca a sinceridade ou a lucidez desligadas da expressão; e assim se explica o facto de a obra, criada em transe, do Alberto Caeiro ser a que ele julgava mais sincera [24].

---

[23] Vol. cit., pág. 24.
[24] Esse é, segundo a carta, o 8 de Março de 1914. Nos «*Poemas de Alberto Caeiro*», J. Gaspar Simões e Luís de Montalvor asseveram que «*O guardador de rebanhos*» tem, no original, a data genérica 1911-1912, tendo onze dos poemas datas próprias, todas de Março ou Maio de 1914. As datas do I e II são precisamente a do «dia triunfal». Como os poemas componentes são quarenta e nove, e nove deles têm outras datas, embora próximas, ficam, além do I e II, trinta e oito, cuja data, desconhecida, pode ser ou não ser aquela, e que, se ela tal fosse, constituiriam com

Ao contrário do que Joel Serrão conclui da análise que faz, [25] isto significa precisamente – e toda a obra, poética ou não, de Pessoa, com a de Caeiro à frente, o patenteia, segundo suponho – que «o problema gnoseológico do conhecimento» foi problema fundamental em Pessoa. Toda essa obra coloca, em primeiro plano, a questão da sinceridade – *sinceridade metafísica*, e não da sinceridade ética, irmã dos bons costumes. Porque assim é, e porque, por ser assim, parte de algo anterior ao que, na consciência e no hábito, constitui um dos dogmas basilares da criação artística tradicional, a obra de Fernando Pessoa tem sido, não digo imperfeita, mas incompletamente interpretada.

Os heterónimos, ao mesmo tempo que traduzem a impossibilidade – que é um dos dramas da criação poética, em qualquer autor consciente da sua responsabilidade – de, num mesmo poema e num mesmo poeta, encerrar todas as virtualidades de uma intuição poética, e todas as implicações consequentes, são, ainda, uma tentativa de resolução por influência sobre o psiquismo nacional». De resto, o «*Ultimatum*», de Álvaro de Campos é elucidativo nesta matéria[26].

Terá sido, talvez, por tudo isto, que Joel Serrão abandonou, à beira da terceira e última quadra, a interpretação [27] do célebre poema *Autopsicografia;* além de que os elementos lúdicos, necessariamente existentes na criação em nome de heterónimos, sempre desviaram para as duas primeiras quadras a atenção dos leitores. E o princípio da 3.ª quadra – *E assim...* – quer-me parecer que, longe de preparar o resumo e a exemplificação, por imagens, do conteúdo das quadras anteriores, introduz, não novos elementos, mas claramente o par razão-emoção, cuja importância, no pensamento de Pessoa, é já desnecessário apontar; e o verso «*a entreter a razão*», aliado ao conceito de progresso que Fernando Pessoa exprimiu, coincide com e reforça esta outra interpretação.

---

o I e II, a série de «trinta e tantos poemas a fio» escritos, conforme Pessoa afirma. A data genérica, como a dos «*Poemas inconjuntos*» (1913-1915), deve ser heterónimica, visto o Caeiro ter morrido em 1915...
[25] *Cartas a Côrtes-Rodrigues* – Simples introdução, pág. 8.
[26] Consultar, neste volume, as «*Notas a escritos não incluídos*».
[27] Na introdução citada.

Em apêndice a estas notas, que corrobora, terá interesse transcrever um «inédito» de Fernando Pessoa, que João Gaspar Simões publicou [28].

O trecho, apontamento como muitos, poderia ter sido incluído no corpo do volume, após qualquer das cartas a Gaspar Simões ou Casais Monteiro. Seria acumular excessivamente, num volume de divulgação, pequena prosa; e o leitor interessado, ou já conhece, ou ficará conhecendo como esclarecimento ao que nestas notas se debate, Ei-lo:

«A utilização da sensibilidade pela inteligência faz-se de três maneiras:

«O processo clássico, que consiste em eliminar da sensação ou da emoção tudo que nela é deveras individual, extraindo e expondo tão-somente o que é universal.

«O processo romântico, que consiste em dar a sensação individual tão nítida ou vividamente, que ela seja aceite, não como coisa sensível, pelo leitor, visor ou auditor.

«Um terceiro processo, que consiste em dar a cada emoção ou sensação um prolongamento metafísico ou racional, de sorte que o que nela, tal qual é dada, seja ininteligível ganhe inteligibilidade pelo prolongamento explicativo.

«Suponhamos que tenho uma aversão íntima pela cor verde, e que quero transformar esta aversão, que é uma sensação, em expressão artística. Pelo processo clássico, procederei da seguinte maneira: 1) Lembrar-me-ei que a aversão pela cor verde é puramente individual, que, portanto, a não posso transmitir a outrém, tal qual é; 2) deduzirei que, assim como tenho aversão pela cor verde, outros terão aversão por outras cores; 3) traduzirei a minha aversão pelo verde em aversão por "certa cor", e cada um que leia verá na aversão assim traduzida a cor particular com que ele tem aversão. Pelo processo romântico, buscarei pôr tal horror nas frases com que exprimo o meu horror pelo verde que o leitor fique presa da expressão do horror, esquecendo

---

[28] *Novos Temas*, 189-90-91.

precisamente em que se fundamenta. Vê-se, pois, que o processo romântico consiste num tratamento intensivo dos elementos expressivos em desproveito dos elementos fundamentais, da sensação. Pelo terceiro processo, porei nitidamente a minha aversão pelo verde, e acrescentarei, por exemplo, "é a cor das coisas nitidamente vivas que hão-de tão depressa morrer". O leitor, embora não colabore comigo na minha aversão pelo verde, compreenderá que se odeie o verde por aquela razão.

«Pelo processo clássico, sacrifica-se o mais nosso da sensação ou da emoção em proveito de torná-la compreensível. Porém o que tornamos compreensível é um resultado intelectual dela. De aí o ser a poesia clássica inteligível em todas as épocas, porém em todas fria e longínqua.

«No meu fantasma Alberto Caeiro, sirvo-me instintivamente do terceiro processo aqui indicado. Embora pareça espontânea, cada sensação é explicada, embora, para fingir uma personalidade humana, a explicação seja velada na maioria dos casos.»

É este o trecho. Segundo Gaspar Simões, Pessoa exemplifica do seguinte modo:

*Há uma cor que me persegue e que eu odeio,*
*Há uma cor que se insinua no meu medo.*

*Porque é que as cores têm força*
*De persistir na nossa alma,*
*Como Fantasmas?*

*Há uma cor que me persegue e hora a hora*
*A sua cor se torna a cor que é a minha alma.*

*O verde! O horror do verde!*
*A opressão angustiosa até ao estômago,*
*A náusea de todo o universo na garganta*
*Só por causa do verde,*
*Só porque o verde me tolda a vista,*
*E a própria luz é verde, um relâmpago parado de verde...*

*Odeio o verde.*
*O verde é a cor das coisas jovens*
*– Campos, esperanças, –*
*E as coisas jovens hão-de todas morrer.*
*O verde é o prenúncio da velhice.*
*Porque toda a mocidade é o prenúncio da velhice.*

Estes «exemplos» são, evidente e respectivamente, de Ricardo Reis, Álvaro de Campos e Alberto Caeiro. À última estrofe segue-se uma outra, que Gaspar Simões dá como continuação dela. É manifesto que, para «exemplo», já era desnecessária. Não poderíamos tomá-la como retorno incipiente «a-ele-mesmo», algo da repetição exemplar por um Fernando Pessoa que, depois de três exercícios em verso branco, não houvesse reencontrado a rima? A estrofe é esta:

*Uma cor me persegue na lembrança,*
*E, qual se fora um ente, me submete*
*À sua permanência*
*Quanto pode um pedaço sobreposto*
*Pela luz à matéria escura encher-me*
*De tédio ao amplo mundo!*

– e o seu desenho estrófico, que poderia ser de Ricardo Reis lembra o de poesias ortónimas. Aliás, como nestas, vemos surgir os característicos temas da *lembrança*, da *entificação*, do dualismo «luz-matéria escura».

### Outra nota ao acaso

Foi publicada, com o título: «*Um inédito de Álvaro de Campos*», no n.º 48 da *presença*, de Julho de 1936. É, como o trecho citado anteriormente, um dos inúmeros apontamentos que Pessoa deixou.

### Poesias de um prosador

Com este título, e acompanhando uns trechos do livro «*Amor de Outono*», «do meu velho amigo Da Cunha Dias» (palavras de Pessoa a abrir o artigo), foi tal escrito publicado no suplemento literário do *Diário de Lisboa*, de 11 de Novembro de 1935.

O pequeno ensaio compõe-se de duas partes: uma que se não inclui, pelo seu passageiro interesse; e outra, a aqui transcrita sob o título comum, e que se publica por de tão poucos dias a sua aparição ter precedido a morte do Poeta. Fernando Pessoa explica, nessa primeira parte, como, na obra em questão, aqueles trechos são atribuídos a um certo Lopo Pereira da Cunha, primo, «talvez», do autor e «um dos espíritos marcantes da geração chamada "de 1907" (do ano da greve académica em que se definiu), que partiu há dois anos para o Cazengo e que ali morreu há meses». A incipiente heteronimia deste seu amigo concorda não só com o expresso no «*Ultimatum*»[29], como com a informação de Joel Serrão: «Côrtes-Rodrigues contou-me que Fernando Pessoa costumava insistir junto dos seus amigos para que se desdobrassem em pseudónimos, gabando muito as virtudes do processo»[30].

## *Formação cultural*

No *Diário de Lisboa* (suplemento literário), de 29 de Maio de 1936, José Osório de Oliveira fez publicar esta importante carta, que recebera de Fernando Pessoa. Da nota acompanhando a carta, se transcreve o seguinte:

«Há quatro anos, António Sérgio escreveu-me de Paris pedindo que realizasse junto de alguns escritores uma espécie de inquérito. Submeti a sua pergunta a três ou quatro, mas só Fernando Pessoa respondeu desenvolvidamente. (...) O exemplar em meu poder tem escrito à margem: 'Osório de Oliveira: Esta cópia é para si, para o caso de querer ter uma cópia da minha carta, enviando ao Sérgio o original. Quando se escreve à máquina, é sempre fácil facilitar. Muito seu, Fernando Pessoa. Repare que respondi imediatamente'».

A carta é, pois, de 1932; a data exacta não a sabe Osório de Oliveira. Atendendo a que este documento viu a luz da publicidade em 1936, depois da morte do Poeta, e a que é, de certo modo, um epílogo espiritual, creio que o seu lugar é no fim desta colectânea, e não onde cronologicamente caberia. No «apêndice» ao precioso

---

[29] Vide «*Notas a escritos não incluídos*».
[30] Vol. cit., pág. 13.

volume de correspondência que Joel Serrão revelou, há *notas sobre Fernando Pessoa*, coligidas em 1914 por Armando Côrtes-Rodrigues sobre infomações fornecidas pelo Poeta, que são, com estas, de uma semelhança flagrante.

## NOTAS REFERENTES A ESCRITOS NÃO INCLUÍDOS EM *PÁGINAS DE DOUTRINA ESTÉTICA*

Embora toda a obra de Pessoa não só seja una e complementar, como ainda, segundo no prefácio se afirmou porque ela o demonstra, expressão típica de alguém que, em termos algo post-simbolistas, não distinguiu entre estética, ética e política, é evidente que, neste volume, não era possível incluir trechos mais de ficção ou mais de política; e creio que seria até inoportuno, e desequilibraria o volume no favor público que se pretende, incluir escritos declaradamente ocultistas. E *Páginas de Doutrina Estética* tinha, tanto quanto possível, que conservar uma unidade de temas, por circunstâncias de vária ordem, que o público entenderá...

Nesta ordem de ideias, das prosas conhecidas, em caso algum surgiriam, a par destes ensaios: *O Marinheiro (drama extático)* [31]; *O Banqueiro Anarquista*[32]; os trechos não-inéditos do *Livro do Desassossego, composto por Bernardo Soares, ajudante de guarda-livros na cidade de Lisboa*[33], etc. Igualmente foram postos de parte, e constituiriam por si um curioso volume:

a) – *Sobre um manifesto de estudantes* (manifesto em apoio de Raul Leal) – ( 1932);

b) – A resposta ao inquérito do *Jornal do Comércio e das Colónias,* publicada em 28 de Maio de 1926, e republicado in *Portugal Vasto Império* de Augusto da Costa;

---

[31] In *ORPHEU I* (Janeiro, Fevereiro, Março, 1915).
[32] In *Contemporânea* I (Maio, 1922).
[33] Publicados em várias revistas, por exemplo na *Águia.* Note-se que o trecho aí publicado («*Nas sombras do alheamento», Águia,* vol. IV, págs. 37-42) é assinado por Fernando Pessoa.

c) – *Interregno,* manifesto em «defesa e justificação da ditadura militar em Portugal», publicado em Janeiro de 1928, e para cuja importância e verdadeiro significado me permito chamar a atenção;

d) – O prefácio a *Alma Errante,* de Eliezer Kamenezky (Lisboa, Março, 1932);

e) – «*Associações secretas*», artigo publicado no *Diário de Lisboa* de 4 de Fevereiro de 1935, a duas colunas da 1.ª página e oito da central, e mais tarde transformado em folheto. Este artigo discute a proposta de lei sobre as sociedades secretas, apresentada à Assembleia Nacional pelo deputado Dr. José Cabral, que, no mesmo diário, a 7 de Fevereiro, respondeu ao Poeta. Eis uma interessante passagem: «um sr. Fernando Pessoa, (…) e outros beócios da mesma estirpe…». O poema de Álvaro de Campos, «Gazetilha», é de 1929.

Poderiam ter sido incluídos o artigo «*Movimento sensacionista*», inserto no número I da revista *Exílio,* de Abril de 1916, e o *Ultimatum* de Álvaro de Campos, publicado, em 1917, no *Portugal Futurista.* O artigo da *Exílio,* notas de crítica a um livro de Pedro de Meneses (Alfredo Guisado) e à estreia de João Cabral do Nascimento (o livro *As Três Princesas Mortas num Palácio em Ruínas,* 1919), é francamente inferior ao mais que Pessoa escreveu. Só deverá encontrar lugar numa edição de obras completíssimas. O «*Ultimatum*» é, pelo contrário, admirável. Todavia, as apóstrofes e imprecações estão mais próximas dos poemas de Campos, que do espírito deste livro, e a doutrina essencial é, segundo o autor, resumida no ensaio «*O que é a metafísica?*», incluído aqui. Mas porque o *Portugal Futurista* (publicação eventual: director e fundador – Carlos Filipe Porfírio; editor – S. Ferreira) é hoje raríssimo, eis algumas passagens mais doutrinariamente notáveis:

> Álvaro de Campos, depois de decretar o «mandado de despejo aos mandarins da Europa», proclama, com a autoridade que lhe advém de ser do «país dos Navegadores e dos Descobridores», três coisas: a «lei de Malthus da sensibilidade», a «necessidade da adaptação artificial», e a «intervenção cirúrgica anticristã», das quais resultará a «eliminação» de dois dogmas e um preconceito – o «dogma da personalidade», o «preconceito da individualidade», e o «dogma do objectivismo pessoal».

Para o autor do «*Ultimatum*», «a objectividade é uma média grosseira entre as subjectividades parciais. Se uma sociedade for composta por exemplo, de cinco homens, a, b, c, d, e, "a verdade" ou "objectividade" para essa sociedade será representada por

$$\frac{a + b + c + d + e}{5}$$

No futuro cada indivíduo deve tender para realizar em si esta média. Tendência, portanto, de cada indivíduo ou, pelo menos, de cada indivíduo superior, a ser uma harmonia entre as subjectividades alheias (das quais a própria faz parte), para assim se aproximar o mais possível daquela Verdade-Infinito, para a qual idealmente tende a série numérica das verdades parciais».

E em conclusão, Álvaro de Campos enumera os «resultados finais, sintéticos», que, para a arte, são: «substituição da expressão de uma época por trinta ou quarenta poetas, por a sua expressão por (por exemplo) dois poetas cada um com quinze ou vinte personalidades, cada uma das quais seja uma Média entre as correntes sociais do momento».

Outros escritos, que, por anónimos ou esquecidos, tenham escapado ao organizador deste volume, devem, é claro, ser revelados por quem de direito. Assim se contribuirá para ulterior edição, ou até para tornar mais completas as «obras completas», a que, não é de mais repetir, este volume não pertence: com ele, apenas se procurou servir, por divulgação e aproximação de textos, a desconhecida ou incompreendida grandeza de quem, até hoje, apenas era considerado um dos maiores poetas da língua portuguesa.

# FERNANDO PESSOA, INDISCPLINADOR DE ALMAS
(uma introdução à sua obra em prosa)

*À memória de Manuela Porto*

Não é para vós um desconhecido este Fernando Pessoa. Será, talvez, um pouco confuso, um pouco futurista (ainda há – calculem! – quem empregue com sentido pejorativo um termo já histórico...); será, principalmente, uma série de gente, que é e não é ele, um grupo de poetas, os *heterónimos*. Mas raríssimas pessoas lhe negam hoje a categoria máxima, o direito a ser considerado um dos maiores poetas da língua portuguesa. Mesmo os seus detractores falam dele ou calam o seu nome não do mesmo modo que para outros, e com a desconfiança natural num povo de líricos com o coração ao pé da boca, nas mãos, etc, perante um poeta poderosamente lúcido, tão fora do conceito português de génio, ao qual sempre se atribui, desculpando-lha, alguma estupidez. Ou como Pessoa afirmou: os nossos poetas «*escrevem, em matéria do que sentem, como escreveria o pai Adão, se tivesse dado à humanidade, além do mau exemplo já sabido, o ainda pior, de escrever. (...) Produzem como Deus é servido, e Deus fica mal servido*».

Estas palavras – de um magistral ensaio, «O Caso Mental Português», publicado em 1932, poderão indicar várias características de Fernando Pessoa: a preocupação nacional, a irreverência proposital, a consciência do próprio valor; não indicam porém, outras igualmente ou mais importantes: a qualidade luciferina do seu espírito, a inexcedível perfeição da sua linguagem.

Possivelmente repararam em que eu disse: poeta da língua portuguesa. De facto, pelo pensamento, pela emoção, pela habilidade rítmica, pode ser-se um grande poeta. As literaturas estão cheias de poetas que assim o foram. Mas a riqueza, a maleabilidade, a precisão etimológica do estilo, a ciência de fazer variar a densidade formal, são factores que, a um grande poeta, o tornam grande poeta da sua língua. Muitos poetas forjam sabiamente a sua linguagem, saem com ela para fora dos moldes comuns; todavia, muito poucos vão além, e revivificam, pela palavra escrita, a expressão colectiva. Neste sentido, independentemente da importância da mensagerm contida, pode dizer-se, a propósito de Pessoa, que, há muito, em Portugal, se não escrevia tão excessivamente bem... *Excessivamente* é uma ligeira concessão que faço a acusações levantadas contra ele. É, na verdade, preciso que a expressão literária houvesse chegado a uma agradável e superficial vacuidade, e que, por insuficiência, ou preguiça do espírito, se prefira, à fortuna de reconhecer um grande poeta, a mediania do repouso dormente que, paradoxalmente, nos provocam as angústias dos poetas menores – é, na verdade, preciso tudo isto e, ainda por cima, falta de sentido histórico e sociológico, para nem aceitar nem compreender a força extraordinária de um poeta capaz de escrever a lamentação da Poesia, no seu calvário, na sua queda, desde as eras do seu prestígio mágico – «*Outrora a minha voz acontecia*» – até ao heróico sacrifício de hoje – «*Seja a morte de mim em que revivo*».

Em carta a Casais Monteiro, Pessoa, depois de completar a análise que o seu correspondente fizera, diz: «*Em tudo isto reporto-me simplesmente a poesia; não sou porém limitado a esse sorriso das letras*». E não era. Porém, a obra de Fernando Pessoa, tão variada, é extremamente una. Todas as suas obras – os poemas, os ensaios, os panfletos, as cartas – são susceptíveis de duas vidas: a que transmitem, como obras feitas e acabadas, e a que recebem, como elementos de uma actividade singularmente atenta às suas próprias possibilidades, às oportunidades, a tudo, sem – diz ele – «*desviar os olhos do fim criador de civilização de toda a obra artística*». Os poemas e ensaios dos seus heterónimos – ele próprio de si fala, qual de outro heterónimo se tratasse (o F. Pessoa para aqui, o F. Pessoa para ali...) – esses poemas e esses ensaios, tão diferentes, até no estilo («*Caeiro escrevia mal o português. Campos razoavmente mas com lapsos. (...) Reis melhor do que eu, mas com um purismo que considero exagerado*» – é o juízo de Pessoa), fazem parte de um todo...

Dir-se-á logo: – Evidentemente! Pois se são obras de um mesmo autor!... Ou V. acredita nessa história dos heterónimos? – e eu responderia: primeiro, acredito, porque não há razões para não acreditar, e uma coisa é investigar as motivações de uma obra de arte, e outra começar pelo impossível, que é tomá-la como inexistente; e segundo, não me deixaram concluir a frase: fazem parte de um todo que não é apenas a sua obra literária, ou não o é, pelo menos, segundo o conceito vulgar de literatura.

A melhor maneira, e a mais leal, de apresentar ao público um escritor ou a desconhecida parte de uma obra sua será, suponho eu, a exposição das ideias e a demonstração dos seus fitos principais, e não, como a nossa crítica corrente habituou o público a que se faça, o expor o que o crítico pensa da obra em questão. Sobre Fernando Pessoa tem-se pensado muito, nem sempre pensantemente. Sendo ele um escritor que é vários, nenhum dos quais se limita à mera expressão de estados de alma – «*um poema*», disse ele, «*é uma carne de emoção cobrindo um esqueleto de raciocínio*» – e porque, além disso, a sua obra se encontra a 11 anos da sua morte, cumpridos a 30 de Novembro passado, em grande parte ainda inédita ou dispersa por antigas e efémeras revistas[1], parece-me que é perigosa, e pelo menos é inútil para a cultura, uma crítica que, ao apresentar-se como incidindo sobre *todo o escritor*, só por acaso acertará totalmente, a menos que o crítico seja um génio. Há, talvez, algum exagero nesta afirmação. Fernando Pessoa, inteligência incomparável, muito cedo adulta, pouco evolui na sua actuação pública. Aquela unidade superior que é a perfeita dissociação, primeiro, e estreita associação depois, do homem que pensa e sente, e do artífice que executa, atinge-a ele numa idade em que o público e a crítica não só a não exigem, mas até se entristecem que, a existir, se revele. Daí que, simultaneamente, as relações do escritor com o público e, mais ainda, com a crítica, vão entrando em crise: «*a crise*» – como ele diz – «*de se encontrar só quem se adiantou*

---

[1] Era essa a situação em fins de 1946. Havia, apenas, os quatro primeiros volumes das «obras completas», no âmbito das quais a *Mensagem* não fora ainda reeditada, e haviam sido publicadas por Joel Serrão as cartas a Côrtes-Rodrigues. A prosa estava toda dispersa, esquecida ou desprezada, e foi precisamente essa situação que *Páginas de Doutrina Estética*, que esta conferência apresentava, se propunha modificar. A publicação isolada, em 1944, feita por Álvaro Ribeiro, dos escritos de extrema juventude sobre a *Águia,* interessante como fora, criara uma série de equívocos que ainda hoje se avoluma.

*de mais aos companheiros de viagem – desta viagem que os outros fazem para se distrair e acho tão grave, tão cheia de termos de pensar no seu fim, de reflectir no que diremos ao Desconhecido para cuja casa a nossa inconsciência guia os nossos passos...».*

Não há, pois, nele, outra evolução que a digamos, passagem de um momento a outro momento, de uma experiência a outra experiência... Mas não a haverá, de facto? Se ele diz, algures, que «*a cultura é o aperfeiçoamento subjectivo da Vida*» – e notem que ele não pôs *homem* e sim *vida* – admitia e postulava mesmo evolução. A diferença consiste em que se não trata de evolução literária, de evolução humana, de cálculo de variações psicológicas... Trata-se pelo contrário, de crescimento, em extensão e em profundidade, na consciência colectiva. Basta comparar o seu conceito de cultura, que acabo de citar e o seu seguinte conceito de civilização: «*a civilização consiste simplesmente na substituição do artificial ao natural no uso e correnteza da vida. Tudo quanto constitui a civilização, por mais natural que hoje nos pareça, são artifícios: o transporte sobre rodas, o discurso disposto em verso escrito, renegam a naturalidade original dos pés e da prosa falada. A artificialidade, porém, é de dois tipos. Há aquela, acumulada através das eras, e que, tendo-a já encontrado quando nascemos, achamos natural; e há aquela que todos os dias se vai acrescentando à primeira. A esta segunda é uso chamar progresso e dizer que é* moderno *o que vem dela*».

Poeta, no mais alto e profundo sentido da palavra, não encontrareis, por isso, em Fernando Pessoa, uma doutrina sistematicamente defendida – «*na vida é tudo fluido, misturado, incerto, mau de analisar sumariamente e impossível de analisar até ao fim*» – disse ele. Encontrareis doutrinas várias: ele «tem» uma, Álvaro de Campos «tem» outra, dos versos de Alberto Caeiro – «O Mestre» – ainda outra se depreende. Por duas vezes, nas revistas *Athena* e *Contemporânea*, Álvaro de Campos levantou a Fernando Pessoa objecções polémicas; e, noutros escritos, lhe dirige alusões trocistas. Nas «*Notas para a Recordação do Meu Mestre Caeiro*», Álvaro de Campos narra, comovidamente, as suas dissidências com o poeta de «*O Guardador de Rebanhos*»...

Colocamo-nos assim, em plena luta entre os heterónimos. Quem são estes homens todos, cujas biografias Fernando Pessoa delineou?

Da própria etimologia da palavra, das suas obras que por certo conheceis, e da actuação deles, para a qual estou chamando a vossa atenção, podereis concluir que não são pseudónimos usados pelo poeta em diferentes ocasiões da sua vida. São *mais* e *menos* do que isso. Ao mesmo tempo que significam a impossibilidade – que é um dos dramas da criação poética em qualquer poeta consciente da sua missão – a impossibilidade de, num mesmo poema ou numa conquistada linguagem, encerrar todas as virtualidades de uma intuição poética e todas as implicações consequentes; e que, por outro lado, representam a desesperada defesa de um homem que teve a coragem de dizer:

*Ser poeta não é uma ambição minha
É a minha maneira de estar sozinho*

– esses heterónimos significam, também, pelo uso que ele deles faz, o seu desejo de agitar, «*de agir sobre o psiquismo nacional, que precisa trabalhado e percorrido por novas correntes de ideias e emoções que nos arranquem à nossa estagnação*». Isto era em 1915.

Mas, então, objectar-se-á: como e por que não resolveu ele em teatro essa teoria de figuras? À parte o especioso da pergunta, a qual radica na mesma errada crítica que procura nas obras o que nelas não há, em lugar de estudar o que é provável que haja, esta questão pode, creio eu, explicar-se. Criar peças de teatro é resignar-se a visão dramática a figuras cuja vida se desenvolve num palco, em dados momentos, em certas condições. É resignar-se à fixação convencional da própria riqueza dramática. E o mesmo se daria na criação romanesca. Ao passo que os heterónimos, presos à vida do autor e vivos de uma vida própria, cujos incidentes a imaginação do autor pode acumular e desenvolver infinitamente, são, por excelência, não a criação dramática, mas, mais fundo, *o próprio instinto dramático do fluir da vida*.

Por muito de volitiva que tenha a criação dos heterónimos, como o seu uso parece às vezes indicar, e como já um crítico – Joel Serrão – afirmou, nem por isso os fundamentos dessa vontade criadora deixaram de ter tido existência. A vontade de criar não explica, por si, coisa nenhuma. Explica-se a si própria, o que é manifestamente pouco para algo cujos efeitos se vêem. Desejar criar isto ou aquilo é comum a todos os mortais. Desejar determinada coisa «sabendo que é essa a que se deseja e não uma ilusão do instinto para aplicar-se»; desejá-la e realizá-la – é mais raro. E foi sempre o caso de Fernando Pessoa.

Alguns anos antes de morrer – e morreu aos quarenta e sete de idade – Pessoa dizia que a sua obra era pequena e sem interesse; e, numa «carta de amor», anunciava preparar-se para ordenar a sua vida em obediência à actividade literária. Muitos dos que o conheceram costumavam afirmar que ele sentiu e mal dissimulava uma permanente e angustiosa consciência de ter «falhado»... Todavia, à crítica e ao povo a que o escritor pertence não interessa senão secundariamente o que este desejou fazer, sem o ter feito nunca: o que interessa é o que ele *realmente* fez, o que deixou. E a obra de Pessoa, em verso ou outra, dará para mais uma dúzia de volumes, se é a quantidade que pesa. Se é qualidade, mesmo a maior discordância lha não pode negar. Só os invejosos especulam com essa consciência amarga, que todo o grande espírito possui, de ter o dever de fazer mais e melhor, revelada no desgosto perante a obra já feita, sempre desconexa a seus olhos, parcelar, marcos provisórios na visão geral de uma vida inteira sacrificada àqueles Deuses que, segundo Pessoa, *«são amigos do herói, se compadecem do santo; só ao génio, porém, é que verdadeiramente amam. Mas o amor dos Deuses, como por destino não é humano, revela-se em aquilo que humanamente se não revelaria amor»* – ou, nas palavras de um belo soneto: *«Sagra, sinistro, a alguns o astro baço».* Se só os invejosos especulam com essa angústia, digamos, profissional, só os satisfeitos não compreendem que, sob essa, há muita tragédia maior, que a poesia de Pessoa exprime e que é fonte da sua prosa: a solidão irremediável, não já do indivíduo, mas do género humano. Assim é que, para ele, em seu próprio nome, *«a arte não é porventura mais, em uma forma suprema, que a infância triste de um deus, a desolação humana da imortalidade pressentida»*; que, para Álvaro de Campos, mais abertamente, *«toda a arte seja uma forma de literatura»*; que, para Ricardo Reis,

> *a mente, quando, fixa, em si contempla*
> *os reflexos do mundo,*
> *deles se plasma torna, e à arte o mundo*
> *cria, que não a mente;*

e que, para Alberto Caeiro, *«que viveu quase toda a sua vida no campo. Não teve profissão nem educação quase alguma»*,

> *... o único sentido oculto das coisas*
> *É elas não terem sentido oculto nenhum.*

Se quisermos fechar este ciclo de citações, teremos num poema ortónimo, que as contradiz e completa, o verso célebre: *«Não procures, nem creias: tudo é oculto»*.

Esse ocultismo, que não é das cousas, opõe-se, disfarçado de empirismo bucólico, violentamente, com Alberto Caeiro, ao transcendentalismo simplista:

> *o meu misticismo é não querer saber.*
> *É viver e não pensar nisso.*
> *Não sei o que é a Natureza: canto-a.*

As implicações seriamente ocultistas de Fernando Pessoa, que a si próprio se definiu: *«sou um nacionalista místico, um sebastianista racional. Mas sou, à parte isso, e até em contradição com isso, muitas outras coisas»* – não devem, epocalmente, causar-nos estranheza. Não podemos esquecer-nos que Pessoa é, por educação, um poeta europeu e um poeta português, isto é, um homem, cuja poesia renova a tradição lírica por iniciativa própria, e que este ocultismo – uma das constantes do romantismo histórico – floresceu ainda no simbolismo e, depois, no post-simbolismo, que o complicou com o estetismo desse Walter Pater que, por gosto, Pessoa traduziu.

Fernando Pessoa é, de certo modo, um post-simbolista, parente próximo de outros grandes poetas europeus da sua época: o lituano--francês Milosz, o alemão Stefan George, o célebre Rainer Maria Rilke, o russo Alexandre Blok, o irlandês Yeats. Todos eles tiveram anseios análogos de ressurreição humana: que vieram a consubstanciar-se, em Milosz, num catolicismo herético, como em Blok, na revolução russa, em George no mito de Maximino, em Yeats nas sucessivas «máscaras» que assumiu.

Educado no estrangeiro, o génio de Pessoa integra-se, ou melhor, é um dos que integra as tendências europeias do seu tempo; regressado ao Portugal que o rodeia, encontra algo que é ingenuamente síncrono com o estado europeu, o que lhe permite tomar logo contacto directo com o que, então, parecia ser, não a influência de um grande poeta mas a revisão de todos os valores literários nacionais – o saudosismo.

Pessoa, portanto, ao superar as ilusões da sua juventude – que, no entanto, lhe deixaram as páginas em que exageradamente explicou e defendeu o saudosismo – estava em condições de o levar, por própria conta já não saudosista, que ele nunca foi, às últimas consequências post-simbolistas, a que, por defeito de nascença puramente nacional e de escola, o saudosismo não podia conduzir-se.

Neste sentido, o heterónimo Alberto Caeiro representa a reacção contra o saudosismo, cujo neo-platonismo Fernando Pessoa desenvolverá: os seus sonetos do «*Túmulo de Christian Rosenkreutz*», são, assim considerados, a evolução dialéctica do *Regresso ao Paraíso* e do *Jesus e Pan*, de Teixeira de Pascoaes. A irreverência que, a princípio, eu citei como característica predominante sua, é, ao contrário do que muitas vezes se tem dito, mais profunda que um ateísmo de circunstância: é a voz de uma consciência herética como a de Balzac, e pagã como a de Nerval, ou como a de Poe que ele traduziu magistralmente.

O estetismo de Pessoa revela-se, não só em parte, como vimos, das suas ideias fundamentais, como, quase sempre, no preciosismo da frase. Todavia, pensador arguto, a preciosa originalidade reside mais em achados sintácticos que em palavras difíceis, embora o seu vocabulário seja riquíssimo: se é riqueza ter, para cada noção, a palavra exacta e sugestiva.

E, por outro lado, homem interessado primacialmente na sociedade em que vive – «*a vida é a única batalha em que a vitória consiste em não haver nenhuma*» – será, acima de tudo, um clássico, isto é, um escritor para quem a expressão é veículo gerador de ideias, no espírito dos outros. Pela surpresa formal, varrerá primeiro as ideias feitas; pelo poder casuístico separará e inverterá os termos dessas ideias; e pela ironia... Que entendia ele por ironia? «*Não o dizer piadas, como se crê nos cafés e nas redacções, mas o dizer uma coisa para dizer o contrário. A essência da ironia consiste em não se poder descobrir o segundo sentido do texto por nenhuma palavra dele, deduzindo-se porém esse segundo sentido do facto de ser impossível dever o texto dizer aquilo que diz.*»

A maior parte das prosas e dos versos de Fernando Pessoa, direi mesmo a maior parte das suas cartas, foram informadas por este critério.

O suspeitar-se tal acresce em muito a desconfiança perante ele, de que já falei. Em primeira impressão, esta é justificada, porque não só pelos poetas portugueses, como de um modo geral, por toda a literatura, o leitor está habituado a que uma obra, mesmo se dramática exposição de uma dúvida, mesmo se graciosa exibição de ironia, seja dada por válida, ou antes, que o autor não troque noutras a medida do seu segundo sentido. Ora, em Pessoa, a mais terrível ironia não é a que ele teorizou nas palavras que citei, a mais terrível é a que o volta contra si próprio em alguns versos e cartas íntimas, num misto de orgulho e de desprezo, e que o faz dizer:

*Visto da dor com que minto*
*Dor que a minha alma tem.*

Pondo antes de mais nada a questão da autenticidade intelectual das representações, a questão da sinceridade – *sinceridade metafísica* – e não da sinceridade ética, irmã dos bons costumes; levantando, portanto, um dos dogmas basilares da criação artística tradicional, a sua poesia, tão subtil de ritmos, e a sua prosa tão desesperadoramente razoável, partem de algo anterior, na consciência e no hábito, partem da luta da personalidade e das outras personalidades, da luta entre a personalidade e o inconsciente colectivo:

*Começo a conhecer-me. Não existo.*
*Sou o intervalo entre o que desejo ser e os outros me fizeram,*
*Ou metade desse intervalo, porque também há vida.*

– essa vida que Fernando Pessoa diz ter-lhe «*acontecido do alto do infinito*».

Pessoa, ao contrário do que é costume, não digo afirmar-se, mas pelo espanto ser significado, está profundamente enraizado na nossa «tradição» literária, precisamente pela lúcida consciência com que ele a *recria* ou *faz real* em si mesmo. A sua obra, que ele confessa iniciada sob o signo de Garrett, revivifica os temas e a expressão do *Cancioneiro Geral* e do conceptismo seiscentista; leva ao último extremo a lapidar linguagem dos árcades; desenvolve os elementos heréticos e ocultistas implícitos ou explícitos em Teixeira de Pascoaes, e subjacentes a grande parte da poesia portuguesa; expõe e desenvolve, num bucolismo desesperado, com Caeiro, a tragédia intelectual de Bernardim e a de Antero; e, quando, em linguagem de um muito pessoal discípulo mais do futurismo que de Walt Whitman, escreveu essa maravilha que é a «*Tabacaria*», reescreveu, afinal, o lamartiniano «*Firmamento*», de Soares de Passos. Os «*Esteves sem metafísica*» – que não são inimigos das ideias – são aqueles cuja existência o pensador agradece, pelo que lhe dão de contrapeso real. E é esta uma das maiores lições da obra de Fernando Pessoa, em prosa ou em verso, ortónima ou heterónima, tão rica de sugestões filosóficas, talvez a mais rica, sob esse aspecto, da dos nossos grandes poetas, depois de Camões: uma enorme lição de verdadeira humildade intelectual e humana. A consciência de um superior destino, de uma escolhida e aceite «missão» transcendente (tão peculiar à poesia simbolista, depois de Rimbaud), o orgulho natural perante as suficiências alheias, tudo isto é plenamente compatível com tal lição, a que conferem, por extraordinário que pareça, *autenticidade*.

Aquilo a que se chama vulgarmente a insinceridade de Pessoa, quer na criação poética, quer na escala de valores dos seus juízos críticos, quer (até!) nas retiradas estratégicas que muitas das suas cartas são, significa, fundamentalmente, a obediência estrita a uma noção de espírito como *conquista gradual*, através da subversão de todos os valores. Pessoa dá, por sobre o esteticismo que o marcou, a mão a Nietzsche [2] como ser consciente de uma missão *subversiva*.

Ciente da dissolução da personalidade com que, simbolicamente, uma sociedade que perdeu a sua legitimidade se apresenta à consciência arguta, não podia o post-simbolismo – e Pessoa – aprofundar-se e aprofundar a análise do espírito senão pela *ironia*. Essa ironia é uma das constantes do pensamento europeu, desde que as circunstâncias a fizeram aflorar como primacial à mentalidade romântica em Schlegel, e num Kierkegaard cujas pseudonimias prenunciam as heteronimias de Fernando Pessoa e de um Antonio Machado. E é então evidente que, tal como a heteronimia é um demonismo psicológico (e também a forma de *des-subjectivar* a poesia que o romantismo tornara uma intolerável mastigação burguesa do sentimentalismo), o ocultismo é um demonismo cósmico, qual o exprimem os nunca assaz citados sonetos de Pessoa, «*No Túmulo de*

---

[2] Aliás a influência deste pensador é notória no esteticismo e no post--simbolismo.

*Christian Rosenkreutz*» (Ou seja, paradoxal e contraditoriamente, «no túmulo do cristianismo rosicruciano»…, para o qual: «*Neófito, não há morte.*»).

Para o espiritualismo em derrocada ante o positivismo lógico, as formas modernas do pragmatismo filosófico, o racionalismo dogmático, a metodologia da ciência contemporânea, etc., um espiritualismo que conservantisticamente (reagindo, assim, simultaneamente, contra o pseudo-liberalismo burguês já então desmascarado, e temente do aburguesamento, já entrevisto, do pensamento materialístico-hegeliano) persiste em não superar a falsa antinomia matéria-espírito, só a *mistificação* surge como método seguro do conhecimento, como via para atingir-se *naturalisticamente*, dentro dos pressupostos da ciência natural que a Revolução Francesa fizera triunfar, o sentido do oculto, do mistério… etc. – «*Fingir é conhecer-se*», disse Fernando Pessoa.

Os valores, a sua purificação, o seu esclarecimento, a difusão e a *divulgação* didácticas, são inteiramente contrários a esta orientação espiritual, em que se integrará Pessoa, aliás com uma extrema originalidade e com uma audácia em levar tudo às últimas consequências da lucidez, que nenhum dos seus pares e contemporâneos post-simbolistas pode disputar-lhe.

Por muito que, como poeta ou como prosador de ideias, ou como o cidadão e patriota que ele foi, isso nos doa, o autor da *Ode Marítima* não pretende, afinal, oferecer-nos uma *obra*, um *sistema*, uma *personalidade*, uma *pátria* [3]. Nem sequer, como se tem dito, chamar a nossa atenção para o destino transcendental do Espírito [4] – não esqueçamos que o ocultismo é, por excelência, uma forma irónica do cepticismo… [5] Não! Fernando Pessoa dedicou a sua vida inteira à subversão, em si mesmo, nos seus amigos, nos seus contemporâneos, e na posteridade (sobretudo nesta, na qual o seu sempre hesitante

---

[3] «A minha pátria é a língua portuguesa», disse ele algures.
[4] De resto, a «reversibilidade» do *Oculto*, ou a identidade do aquém e do além é magistralmente posta no poema «*Eros e Psique*».
[5] Lá o diz Ricardo Reis:
*Mesmo para com esses*
*Que cremos serem deuses, não sejamos*
*Inteiros numa fé talvez sem causa.*

desejo de publicar-se e o seu gosto de entregar-se à lenda futura da *arca* dos papéis, ambos revelam que ele preferia agir, tal como tantos anos adiara a publicação dos *Indícios de Ouro*, do seu querido Sá-Carneiro), de tudo o que fosse contrário à nudez total do espírito, à derrocada de todas as pretensões humanas e sociais. É um dos maiores mestres de liberdade e de tolerância que jamais houve. E nada na sua obra e na sua vida, ou na sua fugidia e recatada personalidade civil, como na sua bonhomia familiar, o fada para mestre. «*Mestre*» era o Caeiro, dizia; que ele próprio, para tal, nem sabia «*estrelar ovos*»... E não sabe – porque não dá segurança, não dá confiança, *não dá nada*: tira tudo. A força paradoxal do seu mestrado, esse mestrado à *rebours*, consiste, suponho, em ser dada uma extraordinária lição de rigorosa disciplina do espírito (da razão...) por um homem que foi acima de tudo – como ele próprio se classificou em carta a Côrtes-Rodrigues – um «*indisciplinador de almas*».

Ele quis-se, e foi, de facto, um terrífico «indisciplinador de almas», para chamá-las ao conhecimento de si próprias, à hierática dignidade, à liberdade intemerata. E até o que há de espiritualismo conservantístico nele, é, por isso mesmo, num país de pretensa espiritualidade, profundamente revulsivo. Por muito tempo, no exercício desta missão sagrada, não haverá na língua portuguesa quem se lhe compare, como anteriormente o não houvera.

Pessoa, mistifica-os, mistifica-os, até que se vomitem! E indisciplina-os, para que tenham medo de tudo, menos da liberdade.

*1946*

# *INSCRIPTIONS*, DE FERNANDO PESSOA: ALGUMAS NOTAS PARA A SUA COMPREENSÃO

*Inscriptions*, que Pessoa terá escrito em 1920, foram publicados em 1921, em *English Poems I-II*, folheto do qual constituem a segunda parte, cabendo a primeira à refundição do extenso e magnífico poema *Antinous*, cuja primeira versão Pessoa publicara em 1918, «*an early and very imperfect draft*». Acerca dos poemas ingleses de Fernando Pessoa, e por mal sabido inglês ou mal compreendido nacionalismo literário, a crítica tem sido sobremodo reticente. E o caso é que a poesia inglesa de Pessoa se situa com certo brilho entre a dos outros poetas ingleses dos fins do século XIX e primeiro quartel do nosso século. Deve mesmo acentuar-se que os seus 35 sonetos ingleses, tão afins da poesia dos «*metaphysical poets*», e não tanto da tradição shakespeariana que Pessoa se propunha adoptar, quase antecedem a voga cultural, na própria Inglaterra, dessa esplêndida poesia[1] – com representarem, além disso, um preciosíssimo repositório, uma súmula, do pensamento íntimo do grande poeta que Pessoa viria a ser.

«*Inscriptions*» é uma sequência conscientemente realizada no espírito da cultura clássica greco-latina, que foi um dos esteios literários do esteticismo, do parnasianismo e do simbolismo, para citar três nomes escolares nos quais são diferenciados vários dos elementos constituintes do complexo cultural em que a actividade

---

[1] Com efeito, o célebre ensaio de T. S. Eliot, a propósito da antologia editada por J. C. Grierson, é de 1921, e foi publicado em volume só em 1924, in *Homage to John Dryden*. Os *35 Sonnets* foram dados à estampa em 1918 e teriam sido compostos em 1913.

criadora desse tempo colhia motivos de cristalização poética. Dentro da tradição greco-latina, os epigramas reunidos em *Inscriptions*, como o título geral sugeriria e o próprio texto dos poemas claramente revela, são «epitáfios», inscrições tumulares, e não «inscrições» no «Grand Livre», que tanto preocupavam as personagens de Balzac. Os epigramas desse tipo, tão correntes na literatura clássica e nos reflexos dela nas literaturas modernas, são *falantes*, isto é, o tumulado resume--se, *define-se*, quando, por intermédio do epitáfio, se dirige a quem cruze por onde ele jaz. A pessoa que fala *não é, pois, o poeta*, mas a figura a quem o poema se refere, da qual é epitáfio.

Se há algo de *dramático*, de extra-pessoal neste género de poesia, há também e sobretudo expressão da impersonalidade, da ausência de lirismo pessoal, que caracteriza toda a poesia clássica[2], onde a personalidade do poeta é essencialmente uma questão de género cultivado e do estilo linguístico adequado à *imitação* que o poeta pretende conseguir. O que não quer dizer que a intensidade emocional e a temática não sejam por vezes pessoalíssimas. Fernando Pessoa teve disto, como natural seria, um lúcido e experiente conhecimento[3]; e toda a sua poesia, mesmo a mais directa, reflecte, ainda quando «anti-artística» ou «anti-literária» (Alberto Caeiro), uma consciência, actuante no plano da criação, do carácter transposto, elaborado, «artístico», de toda a criação poética. Essa transposição, quase diríamos horaciana, a confiou ele aos heterónimos, quando a não esconde na própria estrutura intencional de cada poema. A qualidade de factura da sua obra o aproximaria dos grandes poetas de qualquer parte, se outros motivos de densidade humana o não colocassem de direito entre esses melhores da humanidade. É evidente que a parte de *fabricação* – «*cette mauvaise foi, qui modifie le sens de la vie banale à travers les moyens de l'écriture, et sans laquelle il n'est point d'art*» [4] – essa parte de fabricação, que é fatal na criação literária e para a sublimação da qual tanto contribuiu o movimento surrealista, é evidente que não poderá deixar de incomodar os amadores daquilo

---

[2] Isto pode também dizer-se da poesia medieval, v. g. os cantares de amigo da poesia galaico-portuguesa. Simplesmente aí o caso não é de cultura clássica, mas de persistência ou revivescência indirecta de uma normalização de cunho aristotélico.

[3] Vide in *Páginas de Doutrina Estética*, pgs. 350 e segs. a análise, com exemplos, das três maneiras de «utilização da sensibilidade pela inteligência».

[4] André Duvignaud, «L'univers du langage», in *Critique,* Abril de 1952.

a que Valéry chamava «poesia em estado bruto», ou de exacerbar a bisonhice pedantesca dos literatos de província. Mas voltemos aos epitáfios que Fernando Pessoa compôs em inglês, e deixemos aqueles que cada qual comporá para si próprio em português.

Descontado um certo requinte indispensável à simplicidade e concisão *lapidares* (que Pessoa utilizou também nos mais emblemáticos poemas de *Mensagem*), e também inerente ao estilo alusivo, carregado de significações mitológicas, que é o das literaturas da antiguidade ou suas subsidiárias[5], os 14 epitáfios de Fernando Pessoa são de uma sóbria e correcta singeleza, que não oferece as dificuldades de complexidade conceptual dos *Sonnets* ou de riqueza imagística do *Antinous*. O inglês em que estão vasados é correntio, ainda que elegante quanto necessário.

Exemplifiquemos com o II dos «epitáfios», acompanhado de uma tradução comodamente literal.

## II

*Me, Chloe, a maid, the mighty fates have given,*
*Who was nought to them, to the peopled shades.*
*Thus the gods will. My years were but twice seven.*
*I am forgotten in my distant glades.*

## II
(Tradução literal)

*A mim, Cloé, donzela, os poderosos fados deram,*
*Que era nada para eles, às populosas sombras.*
*Assim querem os deuses. Duas vezes sete eram só meus anos.*
*Jazo esquecida em meus prados distantes.*

---

[5] Diga-se que a alusividade, nestes poemas de Pessoa, como em toda ou quase toda a poesia em que se inserem, francesa, inglesa, etc., não excede o inspirado emprego de alguns lugares-comuns, familiares a quantos minimamente conheçam as literaturas clássicas. Exemplo: «*Sombras populosas*» por «*o outro mundo*».

Se é precisa uma explicação, à luz de quanto se disse, ei-la: quem fala é Cloé, que morreu donzela aos 14 anos, e cuja sepultura está num prado por onde se não faz caminho. O que nisso tudo haja de sugestão poética é outro caso. Há lugares-comuns evidentes do classicismo tradicional: as «populosas sombras», os fados «poderosos», o presente histórico para a referência à vontade dos deuses, até o modo de contar os anos. A única coisa que este poema exige, além do conhecimento destes lugares-comuns, e compreensão do inglês e interpretação da palavra *glades* tomada objecto de posse. O *my* é do discurso figurado, peculiar a esta forma de dicção. Quanto a *glade*, que em literalidade absoluta significa clareira (Merriam--Webster: «*a grassy open space in a forest*»), valerá a pena dizer que, segundo uma metalepse vulgaríssima, está *clareiras* (=prados) por *sepultura*? Ainda nesta forma de dicção, não é liberdade poética o traduzir-se o *I am* por *Jazo*, embora lá pudesse estar *I lie*, que não está. Por desnecessária que seja a explicação anterior, uma outra necessária se torna. Tem sido dito que há em Ricardo Reis, o heterónimo mais afim destes poemas ingleses, certa aguda renúncia que um vago epicurismo não consegue disfarçar. Isto é errado. Se o vago epicurismo não consegue disfarçar a renúncia, não é por ser vago ou por a renúncia ser tão aguda que ele não chega para disfarçá--la. Não disfarça precisamente por ser *epicurismo*. A moral materialista de Epicuro, e de seus seguidores como um Lucrécio, não é bem a moral, vulgarmente chamada epicurista, de quem rebenta de indigestões à mesa ou vive irresponsavelmente à cata de prazeres sensuais. Veja-se qualquer manual relativamente elementar de filosofia grega, acerca dos pontos de contacto entre o epicurismo e o estoicismo – o que, aliás, é importante para interpretação de alguns aspectos de Fernando Pessoa. E disse.

(1953)

# FERNANDO PESSOA
# E A LITERATURA INGLESA

    Este título que me foi proposto e eu chamei a mim com a sofreguidão de quem longamente se tem interessado pelo assunto, não corresponde exactamente ao tema que importa: seria, de certo modo, mais exacto e mais consentâneo com a personalidade de Pessoa dizer – «e a literatura de língua inglesa». De facto, não são ingleses nem Edgar Poe nem Walt Whitman, que um e outro tão necessários são à compreensão do que Pessoa foi e fez. Sobretudo o primeiro – e não só um Baudelaire, como, com todos os desastres do freudismo literato e obsessivo, já foi tentado – é, na vida e na obra, uma figura cujas estreitas e trágicas afinidades com Fernando Pessoa muito ajudariam a compreender *certos* (e apenas esses) aspectos essenciais da personalidade do poeta português. É certo que, na época em que Pessoa forma e desenvolve a sua cultura de língua inglesa, não tem a literatura norte-americana – *pelas vias culturais britânicas* que alimentavam Pessoa – um carácter próprio que exceda o das suas grandes figuras que todas são indiscriminadamente incluídas nas antologias inglesas. Claro que um Hawthorne, um Melville, um Emerson, um Thoreau, um Whitman, como até um Longfellow ou um Poe, são profundamente da sua época e lugar, e, portanto, profundamente americanos (alguns deles mesmo mais do que hoje os ignorantes supõem que o são um Steinbeck ou um Hemingway), ainda que a Inglaterra se não tivesse apercebido inteiramente de umas fronteiras espirituais que tão subtilmente acabara por reconhecer na diferença das estruturas sociais e políticas. Poe e Whitman, como poetas em *inglês* e não como norte-americanos, destacam-se entre a teoria dos poetas «ingleses» que Pessoa frequentemente cita. É conhecida de todos os seus admiradores a maestria suprema com que traduziu poemas do primeiro (a tradução de «O Corvo», por exemplo, na sua prodigiosa «conformidade», é bastante superior ao original…), a quem criticou, lapidarmente, em meia dúzia de frases[1]. Louvores que dedicou ao segundo (e nos quais não esqueceu envolver-se) pela pena de Álvaro de Campos, pode dizer-se que culminam na magistral «Saudação», que, sob a aparência apostrófica, é um excelente exemplo de lúcida «poesia crítica».

O problema das relações de Pessoa com o «inglês» e indirectamente com a cultura britânica (na mais lata acepção do termo, que deve incluir as instituições e os costumes políticos) é da mais alta importância. Não deve, porém, qualquer erro de perspectiva modificá-lo no seu verdadeiro sentido, que é o de ajudar a explicar a formação intelectual e artística em que sempre se comprazeu *um grande poeta português*, com uma ostensividade que talvez tivesse sido menos presunçosa, se, na época em que viveu, não fora tal cultura entre nós uma anómala raridade: raridade que lhe deu a opção por Portugal e um modo de vida, livre e seguro, de correspondente, num tempo em que o comércio com a Inglaterra era mais importante do que é hoje.

A situação de facto que ainda é a vasta ausência que a literatura inglesa ocupa na cultura dos intelectuais portugueses (só fragmentária ou ocasionalmente conhecedores, na sua maioria, quando conhecem os poetas e os críticos franceses, contemporâneos até à 25.ª categoria, o que, fazendo baixar a «média», não honra a cultura francesa) pode produzir um erro de perspectiva – e esse erro tem já sido cometido, quando é referida com pasmo a importância confessa que um Shakespeare, um Milton, um Shelley, um Tennyson, etc., etc., teriam tido na formação do gosto e da consciência poética de Pessoa… Como se Pessoa, caso tivesse lido apenas esses e outros que tais, houvesse passado além dos obrigatórios «chavões»! «Chavões» que ele cita, ao longo dos anos, repetidas e acintosas vezes, nos seus escritos, dir--se-ia que para sublinhar o ridículo, tão português, de falar de Shakespeare sem nunca o ter lido. Cair de cócoras perante a cultura britanizante de Pessoa, apenas por ser britanizante e não por ser, como é, amadurecida cultura… – mas então por que não cair de mesmas cócoras perante a portaria que lhe nomeou o padrasto para o consulado

---

[1] Nota à tradução de William Wilson, Lisboa, 1925(?).

de Durban, visto que é a essa inspiração do Terreiro do Paço que a língua portuguesa afinal deve o muito com que expressiva e funcionalmente Pessoa a enriqueceu e lhe deu obras imortais, *pensando-a* em inglês?

Teria, sem tão providencial comissão de serviço, um Pessoa educado em Portugal sido o que foi *como* o foi? Esta pergunta é de somenos interesse, mas serve para acentuar que foi à sua estadia em Durban que Fernando Pessoa ficou devendo as bases de uma cultura para a qual, no Portugal do seu tempo, nada o atrairia. Se ele não conseguiu atrair para ela os seus amigos (é certo que por sua própria índole, nunca a propagandeou, e se limitou a usá-la)! As palavras que algures ele diz ter dito a Sá-Carneiro, como o que acerca deste escreveu, permitem-nos comentar quanto a aproximação e a amizade de ambos foram significativas: Sá-Carneiro é como que a vítima expiatória e exemplar de uma fascinação «provinciana», é o «Werther» de Pessoa.

A cultura britânica deu a Pessoa – e não, é claro, apenas como cultura britânica, mas como cultura adquirida antes da não-cultura pátria – a possibilidade de usar a língua portuguesa com uma virgindade de quem a contempla pela primeira vez: precisamente por poder, dessa cultura, contemplá-la isento de quanto era pseudo-cultural comum aos que se serviam dela desatentamente. A sua pátria, disse ele, era a *língua portuguesa*, privilégio que compartilha com muito poucos escritores portugueses, cuja pátria é não a linguagem, mas a província individual ou cultural em que vivem[2].

Embora os poemas ingleses de Fernando Pessoa não desmereçam, antes pelo contrário, da língua em que foram concebidos e escritos, e possam, até certo ponto, enquadrar-se no período da literatura inglesa a que pertenceria um Fernando Pessoa mais socialmente britanizado do que intelectualmente ele o foi – não nos iludamos: pertencem, pela importância que o seu autor ocupa na língua e na cultura portuguesa, à nossa literatura, à qual urge, na medida possível da tradução, restituí-los. Os poemas franceses de Rainer Maria Rilke (um par de Pessoa, para o qual a França representou um papel muito

---

[2] No que pode atingir-se a mais alta qualidade, como, por exemplo, com Mário de Sá-Carneiro, ao qual a língua portuguesa não deverá menos que a Pessoa.

semelhante ao que a Inglaterra representou para Pessoa) não pertencem à literatura francesa, mas a Rilke, e, através dele, à de língua alemã, que foi aquela em que Rilke modelou a maioria das suas obras e no seio da qual mais fisicamente viveu. No entanto, eu tenho para mim que os grandes poetas do post-simbolismo pertencem bem menos às literaturas respectivas de que são figuras mestras, que a uma Europa ideal em que, conquanto diversissimamente, se integram aquela Europa da qual o Álvaro de Campos gostava de datar os seus escritos, pois que a real ele a sabia ser «aquilo» que descrevera no *Ultimatum*[3]...

Dos poemas ingleses que Pessoa publicou – todos entre 1918 e 1921, embora sejam de composição anterior – destacam-se, pelo seu interesse e qualidade, os *35 Sonnets*, o *Antinous* e o *Epithalamium*. Nos sonetos, está sintetizado com inigualável inspiração e maestria, numa linguagem que os aproxima da melhor tradição lírica isabelina e jacobita, o neoplatonismo integral e é subjacente ao pensamento profundo de Fernando Pessoa. Esses sonetos, que, por outro lado, tanto deverão à doutrinação esteticista e platonizante de Walter Pater – cuja sombra tutelar perpassa em tantos escritos de Pessoa, como dominava ainda o espírito da época em que a sua cultura inglesa se formou –, redimem-se de alguma literatura pela densa e harmoniosa exposição de um pensamento que, wordsworthianamente, o Pessoa ele-mesmo glosará nos seus tão belos poemas portugueses. É uma redenção análoga à da transfiguração poética que transforma a possível sugestão literária de «The solitary reaper», de Wordsworth, a 1.ª versão e depois na 2.ª do essencial «Ela canta, pobre ceifeira...», ou a possível sugestão do magnífico «The shepherdess», de Alice Meynell, com o seu meio verso que será matriz temática de *O Guardador de Rebanhos* (*Her flocks are thoughts*[4] – Os seus rebanhos são pensamentos), nessa sequência magistral, em que se afina e depura, até através dessa ideia-mater, a tradição do bucolismo europeu, que já na poesia portuguesa dos sécs. XVI e XVII, com a qual Pessoa conviveu muito, atingira um estádio de consciencialização metafórica.

---

[3] Que sentido teriam em Portugal, em 1917, as exactíssimas apóstrofes caricaturais com que ele mimoseia «desconhecidos» como Kipling, Shaw, Wells, Chesterton, Yeats, tão bem escolhidos para representarem as diversas tendências da literatura inglesa de então?

[4] Ver *Sydney's Arcadia*, p. 163. [Nota manuscrita por Jorge de Sena no exemplar *Estrada Larga* da sua biblioteca.]

O *Antinous* – cuja origem poderia supor-se no ensaio sobre essa estranha figura, inserto por John Addington Symonds nos seus *Sketches and studies in Italy and Greece*, que foram um breviário estético dos fins do séc. XIX e princípios do XX, ou apenas em Winckelmann, ou até num fragmento («The coliseum») e Shelley[5] – é, como o *Epithalamium*, um dos mais belos poemas audaciosos, raiando a obscenidade, que um poeta português tenha escrito. A opulência verbal de ambos e o seu amoralismo imagético aparentam--nos com o ambiente da poesia inglesa da segunda metade do séc. XIX – um Rossetti, um Swinburne, um Francis Thompson (essa dolorosa figura que os Meynell tanto protegeram e foi do círculo deles) –, sensualmente ornada, subtilmente pomposa, como de um Tennyson a quem pré-rafaelismo e esteticismo tivessem despido a púdica majestade.

A obra poética ou ensaística de Pessoa, sob o culto do paradoxo verbal e intelectual que Oscar Wilde e seus pares lhe ensinaram a cultivar como método de investigação poética – e é flagrante um certo paralelismo de tom entre as suas prosas preciosísticas e o ensaísmo inglês dos anos 90, um tom ao mesmo tempo sentimental e agressivo, irónico e profundamente empenhado em afirmar contraditoriamente a verdade, e que preparava, por um lado, pelas afinidades da raiz nietzscheana, Pessoa para as eventuais aventuras «futuristas», para as quais, por outro lado, Whitman lhe libertara a imaginação evocativa – sob esse culto, a obra de Pessoa é obscena, de uma obscenidade oculta, irmã da sua esotérica visão do Mundo. Disse Pessoa, e muito bem, que *Anthinous* e *Epithalamium* são os únicos poemas seus que são «nitidamente o que se pode chamar obscenos». Neste *nitidamente* é que está tudo. Por isso acrescentava não saber por que os escrevera em inglês… – dandismo e *coquetterie* que tanto se entremeiam, na sua correspondência explicativa, com as mais agudas e desassombradas análises da sua personalidade poética. Mas não fora o, como ele chamou, «mau cristão» Baudelaire, esse apóstolo do dandismo trágico, um dos corifeus da literatura inglesa dos fins do século XIX e princípios do actual, através do patriarca Arthur Symons? Esse dandismo, aliado a uma consciência que o poeta tem das finalidades e dos meios da sua arte como arte e não como

---

[5] Fragmento referido por J. A. Symonds, in vol. III *Sketches*, 1927, p.186.

exercício metafísico, que é da tradição inglesa com um excesso só comparável à quase inexistência em Portugal (pois não escalpelizou Pessoa essa questão em «O caso mental português»?), é que toma tão nacionalmente suspeita a muitos críticos portugueses a sua poesia demasiado lúcida, e portanto «anti-poética», como a alguns poetas a sua prosa ensaística demasiado irónica, e portanto «anti-cultural».

(1953)

# *ORPHEU*

Podem acreditar que considero uma grande honra, um daqueles acontecimentos que pela vida inteira nos consolam de muitas amarguras, o facto de ter sido convidado por Alfredo Guisado e por Almada para dizer «algumas palavras sobre os do *ORPHEU*». E foi com a mais profunda alegria que aceitei o honroso e difícil encargo. É que não posso deixar de interpretar como significativa a escolha: e, se não direi, porque seria ridiculamente exagerado, que ela legitima o pouco que acerca deles tenho escrito, permito-me, porém, dizer que representa o reconhecimento de uma identidade de vistas que apenas o tempo e as circunstâncias separam. Um respeito, que procuro tornar sempre mais esclarecido, pelo grupo do *ORPHEU*, tem sido sempre uma das minhas preocupações de crítico. E porque esse grupo, em que avultam já na gloriosa imortalidade um Fernando Pessoa e um Mário de Sá-Carneiro, é para mim um dos mais importantes e transcendentes momentos da cultura e da arte portuguesas, por muito que dele nos separe uma visão do mundo e uma concepção da missão do artista, fiquei desvanecido, é o termo, quando a escolha dos interessados recaiu sobre mim. Eu não tenho fama de pessoa indicada para dizer coisas agradáveis em saraus mais ou menos comemorativos. E este é-o, eminentemente. Uma lápida comemora que, neste local, se fundou ou reuniu habitualmente o grupo do *ORPHEU*, essa revista que desmente fulgurantemente que possa ser efémera a importância de uma revista efémera, quando outras copiosamente publicadas ao longo dos anos o podem ser muito mais. E, como se isto não fosse já suficiente para dar solenidade ao acto, descerra-se uma obra-prima da pintura portuguesa: o quadro «Fernando Pessoa», de Almada, altamente simbólico do que foi o *ORPHEU*: uma estreita associação de poesia escrita e de poesia plástica, associação de que temos a honra de ser contemporâneos na pessoa admirável de José de Almada Negreiros, o Almada, com um *d* muito comprido por ali acima.

Não esperam por certo que eu faça, em meia dúzia de folhas talhadas à medida da vossa paciência, a história de uma geração que outros não conseguiram ou não quiseram fazer em ponderosos volumes de centenas de páginas. Mas nunca é tarde ou cedo para pôr em relevo a importância conjunta de um grupo como este – (e não digamos «geração», pois que à mesma geração pertencem outras individualidades como Afonso Duarte, António Sardinha, Mário Beirão, Florbela Espanca, entre os poetas, e um Leonardo Coimbra, um António Sérgio, um Raul Proença, um Aquilino Ribeiro, entre os prosadores, as quais, por ilustres ou significativas que sejam, não têm nada que ver com o *ORPHEU*). Acidentalmente, apontemos que geração essa a que pertence o grupo do *ORPHEU*, nada e criada numa época denegrida precisamente pela vitalidade transbordante que a caracterizou; geração que, na sua diversíssima e complexa floração de personalidades tão opostas, um dia reconheceremos como um dos mais brilhantes períodos da nossa cultura! E é evidente que, quando há umas dezenas de anos estavam vivas e escrevendo todas, essas figuras e outras anteriores, já gloriosas, havia lacrimosos críticos lamentando a decadência da literatura portuguesa, tal como hoje, quando, além de todos eles, já estão vivas mais algumas gerações, não é verdade?

Mas é sempre da aguda consciência de uma carência qualquer no conjunto de uma literatura contemporânea, carência que é, em geral, precisamente a que resulta da falta, na primeira fila, das características que sente virtual ou realmente em si a personalidade que a denuncia, é dessa aguda consciência que esta personalidade extrai o maior estímulo para realizar-se. Refiro-me, é claro, a personalidades efectivas, e não àquelas que projectam sobre as outras a sua invejosa raiva, de ordem pessoal ou política, de que elas existam. É sempre de uma questão quanto aos meios e aos fins que surgem os novos caminhos da poesia e da arte. E não esqueçamos que, onde o amor da poesia e da arte é transcendentalmente puro e sincero, e não apenas o disfarce com que se parte à conquista de uma cátedra ou de um banco ou da consciência ou da liberdade alheias, há sempre de comum àqueles que se opõem o terreno sobre que se opõem: o dessa mesma devoção, quanto aos meios e aos fins da qual apenas discordam. Assim podemos interpretar que foi com o *ORPHEU*. Mas foi-o de uma maneira muito especial, rara. De facto, não basta que novas circunstâncias ponham em relevo a falta de novas regiões da expressão. É preciso que, além disso, haja o talento de, conquistando estas, trazê-las originalmente à realização formal. O castigo que a história literária, e até a nossa experiência de convívio, reserva aos que exigem dos outros aquilo que, por si próprios, não chegam nunca a realizar senão como um eco de outras grandezas passadas, é precisamente o espectáculo triste de uma promessa sempre adiada, que não há douraduras em vida que a defendam da morte. Disse eu, porém, que o caso do *ORPHEU* é raro. Apenas porque esse talento de realizar novas regiões da expressão veio a surgir da polémica inicial? Não e não: mas, estranha e quase unicamente, porque a própria atitude polémica e a realização coincidiram. Foi atirando com *obras* que a polémica foi feita, e digamos, desde já, que algumas obras-primas da literatura portuguesa moderna se encontram insertas nessas páginas que, hoje, quase quarenta anos depois, podemos, sem favor nem sentimentalismo, classificar de venerandas.

    Os jovens do *ORPHEU* não eram, em 1914-1915, desconhecidos. Publicados em revistas, já alguns deles, como Alfredo Guisado, Luís de Montalvor e Mário de Sá-Carneiro, haviam publicado volumes, em que se encontra do melhor ou mais significativo das suas obras.

    Fernando Pessoa fôra, com os seus célebres artigos de 1912, o teorizador do grupo da «Renascença Portuguesa», com um rigor de pensamento e uma audácia de afirmação, que haviam desencadeado vivas polémicas, e até o sincero receio dos teorizados que, salvo o génio de Teixeira de Pascoaes, creio que ficaram bastante assustados com as profundezas filosóficas que o teorizador via neles... E Almada Negreiros, que já expusera, havia sido o autor do celebrado e preciosíssimo *Manifesto Anti-Dantas*; e perdoem-me que recorde aqui essa manifestação de rebelião antiacadémica.,. (mas como poderia não referi-la, se uma das maiores glórias dos homens do *ORPHEU* é terem sido, puramente, aquele raro fermento de juventude antiacadémica, sem os ataques da qual as Academias morreriam, não direi de academismo, pois que disso vivem, mas de simples inanição, no silêncio impiedoso do esquecimento público?). Quanto aos brasileiros Ronald de Carvalho e Eduardo Guimarães, com os quais Luís de Montalvor convivera durante a sua estadia no Rio de Janeiro como secretário do Dr. Bernardino Machado, então o nosso embaixador, viriam a ser com um Álvaro Moreyra e um Filipe de Oliveira, aquelas figuras de poetas que, no Brasil, fariam a transição do simbolismo para o modernismo, do qual Ronald de Carvalho, o cantor versilibrista de *Toda a América*, veio a ser um dos chefes, alguns anos depois da sua passagem em Portugal.

Veja-se a complexidade deste grupo do *ORPHEU*, cuja fundação estamos comemorando, sob a vigilância tutelar de Fernando Pessoa, aqui presente! Com efeito, além de tudo o mais, foi também um honrado exemplo de espontâneo ainda que fugaz intercâmbio luso--brasileiro – uma plataforma atlântica dos destinos da poesia portuguesa.

A publicação de *ORPHEU* constituiu um escândalo, que ainda hoje dura. Ao contrário do que se tem dito e do que costuma acontecer, a repercussão foi muito grande: discutiram-se «os do *ORPHEU*», englobando-se na expressão os componentes do grupo e os colaboradores da revista. Foram consultados eminentes psiquiatras sobre se seriam doidos ou não. As opiniões dividiam-se. E muito bem se sabe que ainda se dividem a esse respeito, pois que a arte moderna, apesar de triunfadora, tão triunfadora que já há academizantes dela, tem em sua própria essência um elemento que a torna terrífica, vizinha da loucura, para todos quantos não aceitam a arte e a poesia como algo que, transcendendo a própria beleza atingida, significa uma consciência irónica da irrelevância fina, trágica, de uma conquista que nos rouba tudo: desde o êxito fácil e a paz de espírito à mesma vida, que, não obstante, nunca subiu tão alto como nessa arte e nessa poesia que implacavelmente a devoram. Ainda hoje, os heterónimos de Fernando Pessoa, as atitudes aparentemente inesperadas que em muitos momentos da vida nacional ele tomou, a magnificência imagística e o suicídio de Mário de Sá-Carneiro, poesia, imponderavelmente sábia na sua loucura, de Ângelo de Lima que «os do *ORPHEU*» foram buscar a Rilhafoles, os desvarios fogosamente prolixos e iluminados de Raul Leal, são a tal ponto sinais de um contacto com o horror do nada a que, comodamente, uns chamam «mistério», e outros, não menos comodamente, chamam «condições sociais», que é bem compreensível o esforço dos mais diversos sectores da crítica e do pensamento nacionais para embalsamar em classicismo literário, em neuroses catalogadas, em psicologias socialmente pejorativas, o que foi explosão de uma tão lúcida iconoclastia, de uma tão saudável e equilibradamente juvenil audácia de espírito, de uma tão vertiginosa identificação (por cima das fronteiras estreitas de uma cultura e de uma vida nacionais provincianas nas suas admirações, e mesquinhas nas suas aventuras sentimentais sem dívidas à inteligência), com a Europa e as tradições que os movimentos da vanguarda, parecendo subvertê-las, revivificam – tão isto tudo, que era e é preciso pacatamente defender, contra «os do *ORPHEU*», o privilégio burguês de envelhecer em paz.

Porque, no seio de uma época contraditória, activa, e em plena Primeira Grande Guerra, «os do *ORPHEU*», verificaram, de súbito, que, colaborando aqui, cavaqueando acolá, estavam envelhecendo em paz, estavam sendo envelhecidos, sub-repticiamente, por aquele sono ancestral que Guerra Junqueiro tão liricamente descrevera na *Pátria*.

A inevitável cisão com o movimento da «Renascença Portuguesa», preludiada nas cartas de Fernando Pessoa a Álvaro Pinto, por este publicadas, e pelo ataque lateral de Pessoa a Afonso Lopes Vieira (o feroz artigo «*Naufrágio de Bartolomeu*», a propósito do poema infantil *Bartolomeu Marinheiro*), consuma-se, quanto a mim[1], para o Poeta da *Ode Marítima* com a criação de Alberto Caeiro e da sua poesia satiricamente antitranscendentalista (só revelada, mais tarde, nas páginas da revista *Athena*, que é uma das muitas em que se prolongou o espírito do *ORPHEU*, ou certos aspectos dele: *Centauro, Exílio, Contemporânea*...), e com a publicação de *ORPHEU*. Aquilo que pode parecer, em Pessoa, uma reviravolta (e há um tão demasiado gosto de reduzir à inconsequência tudo quanto ele fez...) tinha muito profundas raízes, cravadas na insatisfação de personalidades extremamente imbuídas de cultura e cientes de uma crise iminente que, na expressão artística, propiciava simultaneamente um varrer da feira e um retorno.

A desarticulação da metrificação tradicional, o verso livre, a estrofe igualmente livre, que, a par de formas tão clássicas como o soneto, os homens do *ORPHEU* utilizaram, não pode dizer-se que tenham eles introduzido. Já um Nobre, um Junqueiro, um Pascoaes haviam levado algumas dessas barbaridades à perfeição artística. Mas

---

[1] Veja-se *Páginas de Doutrina Estética* de Fernando Pessoa – selecção, prefácio e notas de Jorge de Sena, Lisboa – 1946, pgs. 312 e seguintes.

é deles, e só deles, como antes nunca fôra de ninguém, o emprego do contraste entre a mais requintada sensualidade da forma e um prosaísmo de estilo, prosaísmo esse que ainda hoje arrepia os cabelos às almas sensíveis, que o consideram um exagero de mau gosto a que não deve voltar-se. Seria de mau gosto, seria. Está, porém, ainda por demonstrar que alguma violência perante a qual se não põem legitimamente as questões do bom senso e do bom gosto, pois que, sobre o abismo, tais distinções são supérfluas – não seja, em certas épocas, um elemento inevitável da grande poesia.

E grande poesia foi a que surgiu da crise que *ORPHEU* significa.

Essa crise é admiravelmente representada em toda a sua tragédia pelo dualismo intrínseco, que faz da poesia de Mário de Sá-Carneiro, independentemente da renovação audaciosa da língua portuguesa que, através dele e de Fernando Pessoa e, de um modo geral, de uma linguagem peculiar a todo o grupo, se opera em sentidos tão comuns e tão divergentes, uma das mais desgarradoras manifestações do lirismo universal. E foi magistralmente superada e vivida por Fernando Pessoa na criação dos seus heterónimos, nos quais, ao mesmo tempo que se realiza a objectivação da expressão poética, se processa a dissolução da personalidade corrente e indivisível das estruturas psicológicas clássicas da sociedade tradicional. Dissolução essa que o «saudosismo» iludira desesperadamente por um lirismo da ausência e uma contrapartida utópica de idealismo político, e que os homens do *ORPHEU* corajosamente trouxeram ao primeiro plano da vivência poética. Esta nova concepção da personalidade, extremo limite da derrocada de todos os valores anunciada por Nietzsche, é subjacente à mentalidade do grupo do *ORPHEU*, e igualmente se revela quer na pompa imagística de Alfredo Guisado e de Luís de Montalvor, quer na simplicidade lírica de Côrtes-Rodrigues e de muito Almada, como também na forma como Fernando Pessoa harmonizou, durante a sua vida, uma concepção rosicruciana do mundo (que o irmana a outras grandes figuras, suas contemporâneas, do post-simbolismo) e a sua posição política de, como ele definiu, conservador liberal, à inglesa. Assim, sociologicamente, à derradeira projecção cósmica do espírito poético no universo, efectuada por Teixeira de Pascoaes, sucede a antítese: a busca de uma estruturação transcendental, de uma ascensão de Deus em Deus até ao infinito, e, do mesmo passo, num mundo contraditório e dividido, uma posição de pragmatismo liberal, que defenda o livre jogo das personalidades até ao fundo mais fundo da própria consciência. Nos seus escritos políticos como nos seus escritos de filosofia comercial, além do chicoteante esforço para sacudir a intelectualidade portuguesa e a acordar para uma especulação que ultrapassasse as meras quesílias do racionalismo perante o irracionalismo não menos quesilento da *Renascença Portuguesa*, não fez Fernando Pessoa mais do que reiterar uma posição que, por atingida muito cedo em plena consciência cultural, lhe permitiu o racionalizado uso de uma ironia que ainda hoje ofende quem dele se aproxima confundindo as oportunidades a que ele a dirigia, com as oportunidades que entendemos nossas. De resto, essa ironia transcendente, que é uma das constantes, se as há, da poesia portuguesa, é uma das principais características do grupo do *ORPHEU*. Com ela se aprende a não tomar a sério, num sentido definitivo e catalogado, conforme à segurança, aquilo que a poesia e a arte exprimem. Porque a seriedade do que elas exprimem não releva, de facto, daquilo que se entende por seriedade nas relações quotidianas, porquanto elas devem exprimir as próprias mutabilidade, diversidade, imprevisibilidade da vida.

Compreende-se, pois, o sentimento de urgência do grupo do *ORPHEU*, perante a honesta seriedade com que, então, se iam perdendo a seus olhos: a arte em diluídos floreados da Arte Nova de 1900 ou em vagos impressionismos de pitoresco folclórico, e a poesia em frioleiras de um sentimentalismo palavrosamente vago e extremamente pobre de palavras, de imagens, de subtileza linguística, de pesquisa e de exigência artística, tudo o que fora o renascimento poético por formas tão opostas operado por um António Nobre e um Eugénio de Castro. Há na obra dos poetas de *ORPHEU*, sob este aspecto, um retorno, que é muito caracteristicamente representado pela descoberta da obra, então ainda dispersa, do mais puro poeta da geração simbolista: Camilo Pessanha, em cujos poemas se coadunam as duas exigências opostas que Nobre e Eugénio de Castro haviam personificado (e entre as quais intimamente se debateram quer o simbolismo, quer uma tendência sua paralela e de certo modo decorrente, que em Inglaterra veio a ser o esteticismo). Essas exigências opostas eram, no exemplo de Nobre, uma atenção à própria pessoa, não como o porta-voz de emoções versificáveis, que viera sendo cada vez mais até ao Romantismo, mas como elemento simbólico da expressão poética; e, no exemplo de Eugénio de Castro, uma objectivação do poema como obra de arte a realizar no âmbito de uma consciência imagística das possibilidade rítmicas da linguagem.

Nos poemas mais antigos de Fernando Pessoa, na obra de Mário de Sá-Carneiro, de Alfredo Guisado, de Luís de Montalvor, de Côrtes--Rodrigues, há um esteticismo que é actualização pela renovação do contacto com as correntes simbolistas e post-simbolistas, do que fora essencial, quer em Nobre, quer em Eugénio de Castro. E sem dúvida que esse retorno vai formalmente muito mais longe no tempo, em busca do que, na poesia portuguesa de outras eras, fora uma idêntica exigência do poeta para com a sua inteligência poética.

Este aspecto esteticista do *ORPHEU* foi fixado na obra de Alfredo Guisado e de Luís de Montalvor, com carácter bem mais permanente que em Fernando Pessoa ou Mário de Sá-Carneiro. De facto, em Fernando Pessoa esse esteticismo veio a sublimar-se no complexo esquema da sua filosofia da vida e na sua arte poética, sendo menos formalmente um elemento da sua expressão definitiva. E, em Mário de Sá-Carneiro, paradoxalmente, a imagística do simbolismo e do decadentismo foi apenas uma transposta maneira de dizer o indizível, e indizível não por fugidio ou vago ou transcendente, mas por ser uma sensação global, esmagadora, irredutível ao carácter selectivo, de uma discursividade mínima e libertadora, da frustração do homem que a si próprio se vê e a quem o conhecer-se não consola. Se houve um mártir da crise espiritual de 1914-1915, esse foi o grande Mário de Sá-Carneiro. A expressão, porém, de um esteticismo isento, em que assoma uma subtil e suave grandiloquência, tão característica do decadentismo, aliada a uma plástica noção da flutuação metafórica, coube a Luís de Montalvor. Essa mesma grandiloquência, complexamente contrastante com uma frescura rítmica de cancioneiro medieval, é uma das principais características da poesia de Alfredo Guisado, cujo lirismo discretamente optimista na sua interpretação de sensações recordadas e de objectos ou cenas evocadas veio a ser uma das linhas principais de muita poesia ulterior, tão patentemente nítida na poesia admirável do malogrado Carlos Queiroz, a tantos títulos filho espiritual do *ORPHEU*.

Por paradoxal que pareça, é com os poetas do *ORPHEU* – escandalosamente esteticistas em 1915, futuristas em 1917, sensacionalistas em 1920, sei lá que mais e pouco importa – que se reatam velhas tradições, se descobrem tons subjacentes à poesia de outras épocas. Se uma poesia portuguesa morreu grandiosa e gloriosamente em Teixeira de Pascoaes, uma outra renasceu com os homens do *ORPHEU*, e, sem desdouro dos mais, pode sumarizar-se exactamente com Fernando Pessoa, Mário de Sá-Carneiro e Almada Negreiros. Se o primeiro redescobriu a inteligência que sofre, e o segundo redescobriu que se pode morrer «à míngua... de excesso», o terceiro redescobriu inteligentemente a ingenuidade, a atenção ao destino daquela linha lírica que é o traço dos seus desenhos, a rigorosa geometria da sua *Invenção do Dia Claro* ou o realismo cru, de uma lancinante inocência, das páginas de *Nome de Guerra* e da *Engomadeira*.

Sem dúvida que esta redescoberta de correntes subterrâneas nas obras exemplares da poesia portuguesa, desde os *Cancioneiros* a Cesário Verde, não seria justo imaginá-la como um esforço literário, algo de paralelo ao que já em Eugénio de Castro traíra o seu complexo sentido da objectivação da poesia. Como igualmente seria ridículo ver no heterónimo Álvaro de Campos uma adaptação de Walt Whitman; no heterónimo Alberto Caeiro apenas uma polémica contra o saudosismo ou uma expressão voluntariamente empírio-criticista; no heterónimo Ricardo Reis um exercício de composição arcádica; ou na Violante de Cisneiros, inventada por Côrtes-Rodrigues e autora de alguns dos mais femininos poemas da nossa literatura, uma obediência à multiplicação do poeta, pouco depois posta em letra de forma no «*Ultimatum*» de Álvaro de Campos. Seria isso incorrer naquele pecado de miopia crítica, muito habitual entre nós, e no domínio do qual tudo se passa adentro de fronteiras, como coisa arrancada aqui em família: o Walt Whitman importado como folha de estanho para uma conserva poética, marca Álvaro de Campos, de uma firma: Fernando Pessoa, Lda. (artefactos poéticos e indústrias afins). Essa miopia crítica é uma sobrevivência anacrónica do tempo em que, no irónico dizer de Eça de Queiroz, a «civilização nos vinha pelo paquete». Para tais críticos, cuja imaginação só vê tradição onde se repetem incansavelmente os mesmos motivos, rimados da mesma maneira, ou só vê cultura, novidade, naquilo que «chegou pelo paquete», é inconcebível que surjam, aqui, pessoas originariamente civilizadas, as quais, por terem nascido civilizadas aqui, necessariamente que são como que ressoadores de quanto, no passado, foi iconoclastia civilizadora. Só poderia traduzir-se integralmente do inglês para um dos maiores poetas da língua portuguesa, como traduziu, uma dessas pessoas: aquele perturbante ser que Almada retratou, de memória, para sempre, e que é, por si, um símbolo do *ORPHEU*, único e diverso, nacional e universal, actual e eterno – e um exemplo de coragem moral e de indefectível liberdade de espírito.

Acentuemos, acidentalmente, que, se a cidade de Lisboa, que ele amou e soube ver como poucos, deve ainda um monumento a um homem que, como poucos, nunca em vida se vestiu de bronze, vai sendo tempo de que o país se lembre de lhe dever um túmulo ao lado de outros grandes da Pátria.

Vejam a que estamos chegados! Um túmulo conspícuo para um homem cuja obra tem sido, sucessivamente, uma desilusão para tanta gente! Uma obra que não serve para nada, pois que, noutro sítio, ou pela boca de outro heterónimo, diz logo uma coisa de que a gente não gosta, trai logo a confiança que pusemos nele como defensor dos nossos interesses! Companheiro do suicida Sá-Carneiro, aquele que viu o próprio braço, de casaca, a valsar nos salões do Vice-Rei! Companheiro do Almada, cujos «frescos» na gare marítima de Alcântara podiam assustar os estrangeiros que por lá desembarcassem! Do Montalvor! Do Guisado! Do Pacheco que renovou as artes gráficas, quando cá se faziam coisas tão bonitas! De dois brasileiros que ninguém cá sabe quem sejam! Do Côrtes-Rodrigues! Do Raul Leal!... Isto não é gente que se comemore. E não é, de facto. Porque comemora-se tudo aquilo que se quer chamar a nós, absorver, deglutir, neutralizar. E não se pode absorver, nem deglutir, nem neutralizar, por muito boa vontade que haja, a lição do *ORPHEU*. Há coisas irremediáveis, que comprometem para o futuro, que não ficam disponíveis, precisamente porque são uma lição de disponibilidade. E eu creio que o único gesto consentâneo que nos cumpre é voltarmo-nos para os que representam, bem vivos, o *ORPHEU*, e dizermos apenas: – Obrigado.

1954.

# MAUGHAM, MESTRE THERION E FERNANDO PESSOA

A figura de Mestre Therion, ou seja o escritor e aventureiro inglês Aleister Crowley (1875-1947), tem um certo interesse para a «petite histoire» de Fernando Pessoa. Isto é uma afirmação indiscutível. Mas eu creio que essa personalidade pode ter para nós um interesse maior e mais profundo, pelas analogias da mentalidade demoníaca, que há entre ambos, e que serão um elemento mais para a compreensão daquilo que, directa ou disfarçadamente, se tem chamado o espírito mistificador de Fernando Pessoa.

De Crowley me ocupei acidentalmente em 1946, com os dados de que então dispunha, nas notas à edição das *Páginas de Doutrina Estética* do nosso poeta, para garantir a sua existência real, posta em dúvida por Adolfo Casais Monteiro na 2.ª edição da sua antologia de Pessoa publicada em 1945. Esquecida que fora a aventura sensacional da «desaparição» de Crowley na Boca do Inferno, em Cascais, em Outubro de 1930, e que eu conhecera por mais tarde folhear o *Notícias Ilustrado* em busca de poemas de Fernando Pessoa, e encontradas ocasionalmente referências a Aleister Crowley in *Espionagem*, de Adolfo Coelho (2.ª edição, 1931) – tudo leituras quase da infância, feitas numa época em que os homens da *presença* repartiam a sua absorção entre o 2.º número do ORPHEU e as edições da *Nouvelle Revue Française* – não era admiração nenhuma eu saber da existência do Mestre Therion e ignorá-la Casais Monteiro. Quando muito, seriam ridículas a probreza da minha documentação e a necessidade de discutir-se a existência de uma criatura suficientemente famigerada no mundo britânico, sobre a qual, diga-se de passagem, não estava em 1950 João Gaspar Simões muito mais documentado, a não ser através dos mesmos elementos e das informações particulares do próprio Pessoa, na sua *Vida e Obra* do sobredito cujo. De resto, uma biografia informada, ainda que mediocremente ditirâmbica, do autor do *Hino a Pã*, só veio a ser publicada em 1951, por Charles Richards Cammell – e essa obra faz um esforço notório e confesso para quebrar o muro de suspicaz e horrorizado silêncio que rodeou a vida aventurosa e extravagante daquele que, para fins ocultistas, usava o nome de *Master* Therion. Este livro, cujo conhecimento devi ao poeta José Blanc de Portugal, não o cita, nem era de facto obrigada a citá--lo Maria da Encarnação Monteiro, na bibliografia da sua dissertação sobre *Incidências Inglesas na Poesia de Fernando Pessoa*, Coimbra, 1956, trabalho em que é sumariamente discutida a tradução do *Hino a Pã*, cujo original inglês é arquivado no Apêndice II. No Apêndice I desta dissertação muito útil, *Obras em Língua Inglesa na Biblioteca de Fernando Pessoa*, vêm mencionadas duas de Crowley: *The Spirit of Solitude* \*, que é uma autobiografia em dois volumes (1929) e deve ser a obra que, segundo Gaspar Simões refere, iniciou a correspondência entre os dois «astrólogos»; e *Magick*, em quatro volumes, s/d. No primeiro volume desta última obra é que aparece o texto do *Hino*, cuja tradução Fernando Pessoa só conseguiu que fosse publicada no n.º 33 da *presença* (Julho-Outubro de 1931). Ao que concluo da bibliografia de Crowley, que Cammell insere no seu estudo, *Magick* deve ter sido publicado entre 1930 e 1935, e é a espécie n.º 87 de uma lista de obras que comporta 105 títulos, contando os opúsculos e pagelas de vários feitios.

Acontece, porém, que já em 1908 Crowley se vira honrado com ser o modelo do protagonista de um romance: *The Magician*. Mas nem esse livro teve um grande êxito, nem fora reeditado nos últimos vinte e tal anos. O seu autor, ao publicá-lo, era apenas um nome na corrente, entre esteticista e realista, que, inspirando-se em Huysmans, Maupassant, os Goncourt, procurava zelosamente demolir a imponência virtuosa da época vitoriana. Algum escândalo, é certo, coroara a publicação das suas duas obras anteriores: *Liza of Lambeth*, um romance dos bairros pobres de Londres, e *Mrs. Craddock*, que hoje nos parece uma deliciosa e britânica Bovary, em tradução inócua

---

\* Segundo Raul Leal, em carta a Jorge de Sena em 22/3/57: «Não foi *The Spirit of Solitude* que motivou a correspondência com Fernando Pessoa mas antes o grande *Tratado de Magia* de que não saiu senão o primeiro volume, (ou os dois primeiros, não me recordo bem)». (M. de S.)

e correcta para as províncias do Reino Unido, que talvez preceda pudica e sociologicamente a Lady Chatterley de D. H. Lawrence. O autor desses livros – hoje romancista, dramaturgo e contista célebre – não era ainda o Somerset Maugham que conhecemos laureado e que este ano cumpre sessenta anos de actividade literária.

A reedição pelo editor W. Heinemann, nas obras completas de Maugham, da pequena e discreta obra-prima que é *Mrs. Craddock*, e do interessante documento e falhado romance que é *The Magician*, sugere-nos a oportunidade de rever um pouco, através deste último livro, a figura de Crowley que, começa a descobrir-se agora, muitos escritores ingleses eminentes do transacto meio-século (um Arnold Bennett, um Norman Douglas, um Osbert Sitwell, etc., por exemplo) conheceram também e detestaram mais ou menos cordialmente.

No prefácio que escreveu para a recente reedição de *The Magician*, Maugham conta o seguinte:

«Pouco depois da minha chegada (a Paris), Gerald Kelly (o pintor) levou-me a um restaurante chamado *Le Chat Blanc*, na Rue d'Odessa, perto da Gare Montparnasse, onde alguns artistas costumavam jantar; e de então em diante jantei lá todas as noites. Já descrevi o local, e com certo pormenor no romance que estas páginas são destinadas a prefaciar, e não preciso pois acrescentar mais nada. Em regra, apareciam todas as noites as mesmas pessoas, mas de vez em quando vinham outras, talvez uma vez só, talvez duas ou três vezes. Sentíamo-nos capazes de os considerar como intrusos, e não creio que os recebêssemos particularmente bem. Foi assim que conheci Arnold Bennett e Clive Bell.

«Um desses visitantes casuais foi Aleister Crowley. Estava a passar em Paris o Inverno. Imediatamente embirrei com ele, mas interessou--me e divertiu-me. Era grande conversador e falava invulgarmente bem. Na prima juventude, contaram-me, fora extremamente belo, mas, quando o conheci, engordara e o cabelo rareava-lhe. Tinha lindos olhos e uma maneira, não sei se natural ou adquirida, de os fixar, quando nos olhava, como que para além de nós. Era um intrujão, mas não inteiramente um intrujão (...). Era um mentiroso e indecentemente gabarola, mas o estranho era que fizera de facto algumas das coisas de que se gabava. Como alpinista, fizera a ascensão do K2 no Indo-Kush, a segunda montanha da Índia em altura, e fizera-a sem o complicado equipamento, cilindros de oxigénio e coisas que tais que tomam as ascensões do nosso tempo em êxitos muito mais fáceis. Não atingiu o cume, mas chegou mais perto dele que qualquer antecessor.

«Na época em que o conheci chafurdava ele no satanismo, na magia, no ocultismo. Havia então em Paris como que uma moda daquilo, ocasionada, ao que julgo, pelo interesse, que se mantinha, por um livro de Huysmans, *Là Bas*. Crowley contava histórias fantásticas de experiências suas, mas é difícil dizer se falava verdade ou meramente nos estava a levar à certa. Durante esse Inverno vi-o várias vezes, mas nunca mais depois que deixei Paris para voltar a Londres. Uma vez, muito mais tarde, recebi dele um telegrama que rezava assim: Favor mandar já vinte e cinco libras. Mãe de Deus e eu à fome. Aleister Crowley. Não mandei, e ele ainda viveu muitos anos desgraçados.»

E prosseguindo, Maugham diz: «Crowley era um volumoso escritor de versos, que publicava sumptuosamente à sua custa. Tinha o dom da rima, e os seus versos não são inteiramente destituídos de mérito. Fora grandemente influenciado por Swinburne e Robert Browning. Era grosseiramente mas não estupidamente imitativo. Ao farejarem-se-lhe as páginas, pode acontecer que se leia uma estância que, encontrada num volume de Swinburne, se aceitaria sem hesitação como obra do mestre. *It's hard, isn't it, Sir, to make sense of it?* Se nos mostrassem este verso e nos perguntassem que poeta o escrevera, creio que nos inclinaríamos a responder: Robert Browning. E enganarmo-nos-íamos. Foi escrito por Aleister Crowley.»

E mais adiante Maugham conclui as suas recordações, dizendo: «Embora Aleister Crowley tenha servido de modelo a Oliver Haddo, este não é de forma alguma um seu retrato. Dei à minha personagem um aspecto mais saliente, mais sinistro e mais desapiedado do que Crowley jamais foi. Atribuí-lhe poderes mágicos que Crowley, embora se gabasse deles, certamente nunca possuiu. Crowley, contudo, reconheceu-se na criatura da minha invenção, pois que tal ela era, e escreveu uma crítica de página ao romance, em *Vanity Fair*, que assinou Oliver Haddo. Não a li, e quem me dera tê-la lido! Ouso dizer que era um trecho selecto de vituperação, mas provavelmente, como os seus poemas, intoleravelmente palavroso.»

A transcrição foi longa, mas julgo-a de muito interesse, provindo como provém, de uma pena que sempre se caracterizou pela concisa objectividade da sua perfídia verbal. O retrato do romance, em que há páginas excelentes de criação romanesca e de «suspense», é de facto muito carregado, e tão fantasiosamente e horridamente sombrio que, sem exagero, só o contrabalançará a emoção um pouco ridícula com que o seu admirador Cammell evoca, aplaude e explica todas as mistificações de Crowley, cujos dotes de polemista verrinoso e escandaloso são, de resto, uma característica dos numerosos e ilustres franco-atiradores da cultura britânica a cuja geração pertenceu. Em relação com o nosso Fernando Pessoa, pouco se tem atentado em como o carácter das intervenções paradoxais deste, dos seus manifestos e panfletos, se filia estreitamente no tom das actividades análogas da intelectualidade esteticista e realista britânica no rondar do fim do século passado.

Com efeito, os leitores de Walter Pater, de Ruskin, de John Addington Symonds, de Oscar Wilde, estavam em condições de superar pela visão da «arte pela arte» os entraves de uma sociedade tacanhamente moralista como o fora a sociedade vitoriana, a cujo farisaísmo nem um Browning ou um Dickens ou um Thackeray ou uma George Eliot ou as Brontë haviam escapado inteiramente. Paralelamente com Yeats, mais velho do que ele vinte e três anos, Pessoa procurou no ocultismo menos um pretexto de superação pela mistificação, como alguns querem, do que uma saída natural para o espírito gnóstico do simbolismo que mentalmente os formara. Mas, assim como o romance de Maugham, que nos foi aqui pretexto também, é um elo entre a *gothic novel*, as ficções mais ou menos «espiritualistas» dos fins do século XIX em França e na Inglaterra, e a actual «ficção científica», assim a evolução da personalidade de um Pessoa, incluindo as astrologias e os convívios com homens como Aleister Crowley, significa a conquista de um amoralismo que era a única forma de libertação dentro das formas cristianizadas, ainda que heterodoxas ou heréticas, de que o simbolismo e suas sequelas foram uma esplêndida floração.

Ciente da dissolução da personalidade com que simbolicamente uma sociedade que perdeu a sua legitimidade se apresenta à consciência arguta, não podia o post-simbolismo aprofundar-se e aprofundar a análise do espírito senão através da *ironia*. Essa ironia é uma das constantes do pensamento europeu, desde que as circunstâncias a fizeram aflorar como primacial à mentalidade romântica em Schlegel e num Kierkegaard, cujas pseudonímias como as de alguns românticos alemães prenunciam as heteronímias de Fernando Pessoa e de um António Machado. E é então evidente que tal como a heteronímia é um demonismo psicológico, o ocultismo é um demonismo cósmico, qual o exprimem magistralmente os sonetos de Pessoa, «*No Túmulo de Christian Rosenkreutz*». Para o espiritualismo em derrocada, que persiste conservantisticamente em não superar a falsa antinomia matéria-espírito, só a mistificação surge como método seguro do conhecimento, como via para atingir-se naturalisticamente, dentro dos pressupostos da ciência natural que a Revolução Francesa fizera triunfar, o sentido oculto, o mistério... etc. Não é o demonismo que é uma mistificação. A mistificação é que é a *única* forma que o demónio tem de conhecer. E o demónio é ou está nas suas sete quintas, como o prova o nosso mundo actual, onde e sempre a cobardia dos homens alimente antinaturalmente a oposição dos contrários e suspenda a sua reconciliação.

(1957)

# «O POETA É UM FINGIDOR»
## (NIETZSCHE, PESSOA E OUTRAS COISAS MAIS)

Num breve ensaio sobre «Fernando Pessoa e a Literatura Inglesa»[1], disse eu que era «flagrante certo paralelismo de tom entre as suas prosas preciosísticas e o ensaísmo inglês dos anos noventa, um tom ao mesmo tempo sentimental e agressivo, irónico, e profundamente empenhado em afirmar contraditoriamente a verdade, e que preparava, por um lado, pelas afinidades de raiz nietzscheana, Pessoa para as eventuais aventuras "futuristas", para as quais, por outro lado, Whitman lhe libertara a imaginação evocativa».

Retenhamos, desta longa citação, «a raiz nietzscheana», que é atestada, para o esteticismo britânico, e entre outras, por um estudioso tão insuspeito, e minuciosa e directamente informado, como Holbrook Jackson[2].

E, agora, observemos o seguinte fragmento poético de Nietzsche, escrito no Outono de 1884 (quando a Fernando Pessoa ainda faltavam quatro anos para nascer), e do qual destaco os três versos que vão interessar-nos:

---

[1] Publicado no suplemento literário de *O Comércio do Porto*, de 11/8/953, e incluído no volume colectivo *Estrada Larga*, 1958.
[2] Cf. *The Eighteen Nineties*, 1.ª ed., 1913.

*DIE BÖSEN*[3]
..............................................
*Der Dichter, der lügen kann
wissentlich, willentlich,
der kann allein Wahrheit reden.*
..............................................

e para os quais se poderá propor a seguinte tradução:

*OS MAUS*
..............................................
*O poeta capaz de mentir
conscientemente, voluntariamente,
só ele é capaz de dizer a Verdade.*
..............................................

Isto é, segundo Nietzsche – e esta atitude contraditória é largamente patente na sua obra –, o poeta, para dizer a Verdade, precisa de, em consciência e vontade, ser capaz de mentir. Claro que esta capacidade de mentir não significará o «criar ficções» – terminologia que durante tantos séculos dominou a poética ocidental –, nem significa o pura e simplesmente *fingir*, qual os detractores de Fernando Pessoa leram no primeiro verso (e não nos outros) da «*Autopsicografia*» que de «ele-mesmo-ele mesmo» o poeta da *Ode Marítima* escreveu. A «mentira» consciente e voluntária do poeta, qual nietzscheanamente é proposto, no fragmento citado, refere-se especificamente à ordem do conhecimento, ou mais exactamente, à ordem da *expressão autêntica* de um conhecimento do Mundo. Só o poeta que se domine conscientemente e voluntariamente, durante a gestação do poema cujo significado desconhece ainda (e cuja complexidade significativa lhe escapará em parte), só ele será *capaz* de atingir, tão mais de perto quanto possível, uma *verdade* não perturbada pelas circunstâncias factuais da criação, as quais se cifram em imagens recorrentes, em tópicos analogicamente sugeridos, em ritmos de respiração momentânea, nos inúmeros escolhos que o ambiente, a idiossincrasia, a cultura, a educação, as tendências ideológicas, o momento político, etc., propõem a uma gestação difícil, para que ela naufrague na comodidade, no hábito e até no virtual

---

[3] Uso o texto da edição: Nietzsche – *Poésies Complètes* – texte allemand présenté et traduit par Ribemont-Dessaignes, Paris, Seuil, 1948. A apresentação não é profunda, e as traduções são muito imprecisas.

aplauso do público e da crítica. Mas não apenas isto, sem dúvida. Implica, principalmente, um critério de o que seja em poesia a *verdade*, isto é, uma coisa diferente daquela que o poeta diria, *se não soubesse mentir*. Em poesia, e para além dela, já que o *Dichter* de Nietzsche possui notoriamente conotações – aliás bastante correntes na cultura germânica – de sibila e de profeta. Esta mentira, que urgiria saber dominar, saber ultrapassar, não é, pois, apenas o engano da própria sensibilidade, o qual seria vencível pela lucidez, mas também o engano da própria vivência existencial na medida em que ignora a estrutura fenomenal da verdade. «O conceito de verdade é um contra-senso. O domínio do verdadeiro-falso refere-se às relações entre essências, não ao em-si (...). Não existe essência-em-si»[4]. Donde decorrerá que a verdade em poesia, aquela verdade não perturbada pelos factores ocasionais, e aquela verdade que é *visão*, resultarão da elisão da antinomia «*verdadeiro-falso*», elisão essa que irá processar-se através de um ultrapassamento do *em-si* do poeta, ao qual tradicionalmente se identificava a essência da poesia que o poeta materializava, existenciava objectivamente. Isto mesmo, à sua maneira, realizou Fernando Pessoa.

Em 1917, no celebrado *Ultimatum*, de Álvaro de Campos, preconizava ele, através do heterónimo a que foi na vida mais longamente fiel (ou o autor do «*Opiário*» foi nele), para transformação da sensibilidade, e para conseguir-se que esta se torne «apta a acompanhar, pelo menos por algum tempo, a progressão dos seus estímulos», a «intervenção cirúrgica anticristã» que implicaria, *em primeiro lugar*, a «abolição do dogma da personalidade», com o resultado «em arte» da «abolição total do conceito de que cada indivíduo tem o direito ou o dever de exprimir o que sente» («Só tem o direito ou o dever de exprimir o que sente, em arte, o indivíduo que sente por vários. Não confundir com a "expressão da Época", que é buscada pelos indivíduos que nem sabem sentir por si-próprios. O que é preciso é o artista que sinta por certo número de Outros, todos diferentes uns dos outros, uns do passado, outros do presente, outros do futuro. O artista cuja arte seja uma Síntese-Soma, e não uma Síntese-Subtracção dos outros de si, como a arte dos actuais.»), e com

---

[4] Nietzsche cit. por Karl Jaspers – *NIETZSCHE, introduction à sa philosophie* – trad. fr., 1950.

o resultado «em filosofia» da «abolição do conceito de verdade absoluta»; *em segundo lugar*, «a abolição do preconceito da individualidade», visto que «a ciência ensina (...) que cada um de nós é um agrupamento de psiquismos subsidiários», e com o resultado «em arte» da «abolição do dogma da individualidade artística» («O maior artista será o que menos se definir, e o que escrever em mais géneros com mais contradições e dissemelhanças. Nenhum artista deverá ter só uma personalidade. Deverá ter várias, *organizando cada uma por reunião concretizada de estados de alma semelhantes*[5], dissipando assim a ficção grosseira de que é uno e indivisível.»), e com o resultado, «em filosofia», da «abolição total da verdade como conceito filosófico, mesmo relativo ou subjectivo»; e, *em terceiro lugar*, «a abolição do dogma do objectivismo pessoal», uma vez que «a objectividade é uma média grosseira entre as subjectividades parciais», com o resultado, «em arte», da «abolição do conceito de Expressão, substituído por o de Entre-Expressão» («Só o que tiver consciência plena de estar exprimindo as opiniões de pessoa nenhuma... pode ter alcance.»), e «em filosofia» a «substituição do conceito de Filosofia por o de Ciência»[6]. E termina por proclamar o advento do Super-homem («o mais completo, o mais complexo, o mais harmónico»), como, em 1912, teorizando fulgurantemente acerca dos poetas do grupo da *Águia*, de que logo se afastou, proclamara a vinda do Super-Camões...

Desnecessário é insistir nos ecos nietzscheanos deste escrito de carácter polémico, que encerra todavia as bases explícitas, menos de um programa de reforma da arte poética e das suas correlações filosóficas, que de uma *autopsicografia* do próprio autor. Em 1917, já todos os heterónimos se definiram completamente, o mesmo tendo sucedido à expressão «ortónima» que foi talvez a que teve hesitações mais visíveis em orientar-se.

Mas voltemos à «mentira». Na *Vontade de Poder*, diz Nietzsche: «A mentira não é coisa divina? O valor de todas as coisas não provém de que são falsas? Não se deveria crer em Deus, não porque ele não é

---

[5] O sublinhado é meu.
[6] Os excertos são transcritos de: Fernando Pessoa – *ULTIMATUM de Álvaro de Campos*, Porto, s.d. reimpressão recente desse texto. Num poema de 6/11/32 («Que suave é o ar!...»), Pessoa diz: «A alma é literatura».

verdadeiro, mas porque é falso? – ...não são justamente a mentira e a falsificação, a interpolação, que constituem um valor, um sentido, um fim?»[7]. E, em *Para lá do Bem e do Mal*, afirma: «...fundamentalmente inclinamo-nos a manter que as mais falsas opiniões (às quais pertencem os juizos sintéticos *a priori*) são-nos indispensáveis; que sem reconhecimento das ficções lógicas, sem uma comparação da realidade com o mundo puramente *imaginado* do absoluto e do imutável, sem uma contrafacção constante do mundo por meio de números, o homem não poderia viver – que a renúncia às opiniões falsas seria uma renúncia à vida, uma negação da vida. *Reconhecer a não-verdade como condição da vida*: isto é certamente impugnar as ideias tradicionais de valor por um modo perigoso, e uma filosofia que se aventura a tanto coloca-se por si mesma para lá do bem e do mal»[8].

Temos nestes dois excertos de Nietzsche, em correlação com o «tema» da «mentira», dois outros que, neste pensamento, intimamente se lhe ligam e são da maior importância para a compreensão de Fernando Pessoa: o problema da realidade da transcendência, e um pragmatismo *trágico* que *reconhece* a existência indispensável das ficções lógicas (e pode comprazer-se por isso mesmo nelas) como jogo vital em relação ao «puramente *imaginado* do absoluto e do imutável», e como condição de fuga ao silêncio e à morte. Um outro tema ainda – além daqueles dois[9] –, aliás consequente, no pensamento nietzscheano, da situação que a descrita atitude filosófica automaticamente se cria, é o da situação desta atitude para lá do bem e do mal. Estes, uma vez postulada a relatividade vital dos valores éticos, perdem um sentido que só a acção pragmática pode restituir-lhes, na ordem prática. Mas – e é esse precisamente o ponto que nos aproxima da posição especificamente «fernandina» –, na ordem teórica (identificando-se esta com a visão anterior, perscrutadora, do carácter fenomenal da verdade), que será um Deus em que se crê, não por ele não ser verdadeiro, mas por ser falso? Sem dúvida que um Deus *em-si*, não referido ao domínio do verdadeiro-falso que é,

---

[7] Citado por Ernst Bertram, *Nietzsche, essai de mythologie*, trad. fr., 1932.
[8] Traduzido de *Beyond Good and Evil*, in *The Philosophy of Nietzsche*, Modern Library, s.d. Os sublinhados são do próprio Nietzsche.
[9] *Tema* é aqui tomado e usado já referencialmente, quanto à utilização ou cristalização poética no autor em estudo, Pessoa.

diversamente, o das relações entre essências... Mas um Deus *em-si*, quando não haja «essências-em-si», é um Deus existencial, um Deus «in progress», um Deus em acto de existenciar-se, e cuja progressão – no mesmo sentido em que algures expressamente Nietzsche o afirma da verdade – é *descontínua*. As correlações esotéricas do pensamento nietzscheano são conhecidas[10]; e é manifesta a importância que a noção de um Deus «imperfeito» veio a ter em expressões filosóficas ulteriores, mais ou menos ligadas, como é natural, a meditações de ordem axiológica[11]. Porém, uma *descontinuidade* como aquela, intuída nas circunstâncias culturais do fim do século XIX, quando, por idiossincrasias e ambiente social, se não aderisse a um hegelianismo contra o qual um Nietzsche ou um Kierkegaard se haviam erguido[12], e se não aderisse também à reinterpretação marxista da dialéctica hegeliana[13] – descontinuidade posta no «ser-em-si» por excelência –, não poderia deixar de ser, segundo fosse contemplada no próprio Ser ou no Tempo, respectivamente um agregado de hierarquias, ou uma sucessão (ascendente ou descendente) de Paixões e de Quedas[14]. É isto exactamente o que Fernando Pessoa declara,

---

[10] Cf. no livro citado de E. Bertram, o capítulo «Eleusis».

[11] Em Max Scheler, por exemplo; mas não devemos esquecer o que, nisto, já provinha das filosofias do «inconsciente», com frutos tão importantes na poesia portuguesa: Antero, um dos poucos poetas portugueses que Pessoa mais respeitou.

[12] Escusado será notar a importância que já, nesta linha de atitude, tivera Schopenhauer, cujo pensamento, legitimando a «arte» como actividade em si, aliás desenvolvendo consequências da *Crítica do Juízo*, de Kant, trouxe fundamentação à orientação simbolista que, latente desde o primeiro romantismo, veio a organizar-se como escola e a dissipar-se em individualidades metastásicas quais são os grandes post-simbolistas: Pessoa, A. Machado, Milosz, Yeats, George, Hofmansthal, Rilke, etc., cuja lição foi apreendida pelos expressionistas. Não será, de resto, por acaso que um pensamento de «retorno às origens», como o de Martin Heidegger, se tenha sucessivamente interessado pelo primeiro elo e pelo último desta cadeia na poesia germânica: Holderlin e Trakl.

A possibilidade de um nexo entre o pensamento de Pessoa e os de Nietzsche e Schopenhauer não escapara já a um professor de literatura que tentativamente a apontou numa obra que é dos mais sérios estudos sobre Fernando Pessoa (J. do Prado Coelho – *Diversidade e Unidade em Fernando Pessoa*, pp. 107-108) dados a público (esse em 1951). A verificação efectiva, o cotejo e a exploração deste aspecto decisivo para a interpretação de Pessoa estavam, todavia, fora do escopo daquele trabalho.

[13] Cf. Jorge de Sena, «Fernando Pessoa, indisciplinador de almas», in *Da Poesia Portuguesa*, Ática, 1959. [Incluído na presente obra.]

[14] Max Heindel – *The Rosicrucian Cosmo-Conception* – 20.ª ed., 1948.

com minuciosa concisão hermética, nos três sonetos «*No Túmulo de Christian Rosenkreutz*», numa linha em que já, na viragem do III para o IV século, Lactâncio dizia no seu *Hino à Fénix*:

> *Il est son propre fils, son héritier, son père.*
> *Il est tout à la fois nourricier et nourri;*
> *Il est lui et non lui, le même et non le même,*
> *Conquérant par la mort une vie éternelle.*[15]

A posição de *escândalo* perfeitamente definida por Nietzsche na citação de *Para lá do Bem e do Mal* foi aquela em que, sociologicamente, moralmente e psicologicamente, se colocaram as figuras entre as quais é a de Fernando Pessoa que nos ocupa. Ao escândalo romântico propriamente dito que foi, nas imaginações continentais, representado pela personalidade de Lord Byron[16], havia sucedido, no plano da vida socio-literária, o escândalo baudelairiano que Benjamin Fondane resume magistralmente assim: «A importância da obra de Baudelaire vem de que ela institui uma ruptura no tempo ordinário dos homens e abre para um Mundo onde tudo se passa ao invés do que sucede neste. Apresenta-se-nos como uma dessas festas do Sagrado, tempo de licença e de deboche, de violência e de desordem, de sacrilégio deliberado e de audácia premeditada, licença e deboche *sagrados*, pelos quais o indivíduo (ou o grupo) retoma um contacto intenso mas provisório (e talvez caricatural) com o tempo primitivo em que não havia ainda tempo, nem leis, nem moral, e em que nada era sacrilégio, uma vez nada nele ser tabu. Sabe-se que esta licença e este deboche tinham nos festivais do Sagrado, a missão de mimar o tempo dos deuses, a fim de reabrir a fonte primeira dos actos que permitem a vida, a fundamentam e renovam»[17]. Já o próprio Nietzsche, com o qual vem fundir-se, no simbolismo e no post-simbolismo, como no estetismo britânico, o espírito baudelairiano, havia notado – e em Byron – os sintomas da transição do *escândalo*, e dele tirara consequências que são também verídicas para alguns volantes do

---

[15] Trad. franc. in *Anthologie de la Poésie Hermétique*, Ed. Montbrun, 1948.
[16] Que era, todavia e sob certos aspectos, uma sobrevivência social do libertino esclarecido setecentista, tipo humano cujas associações com ideais maçónicos e rosicrucianos não devem ser menosprezadas, aliás.
[17] Benjamim Fondane – *Baudelaire et l'Expérience du Gouffre*, Paris, 1947, pág. 383.

político que é Fernando Pessoa: «... não é possível crer nesses dogmas da religião e da metafísica, se, na cabeça e no coração, temos o método estrito da verdade (...)». Do que provém também o perigo de o homem se ensanguentar ao contacto com a verdade reconhecida, mais exactamente, com o erro penetrado. É o que exprime Byron nos seus versos imortais: «Conhecimento é dor; os que mais sabem, mais têm de profundamente chorar sobre esta verdade fatal. A árvore da Ciência não é a Vida». Contra tais inquietações, nenhum meio é melhor que evocar a *magnífica frivolidade* de Horácio (...) e dizer consigo, como ele: «Por que atormentas com aspirações eternas uma tão pequena alma? Por que não iremos antes estender-nos à sombra deste alto plátano ou deste pinheiro?»[18]. E Fondane, por seu lado, retornando a Byron, completa esta fenomenologia do escândalo baudelairiano: «...e sofremos a fascinação do Abismo, como se, nesse instante, nós, e não mais ele, tivéssemos algo a dizer. Nesse instante, participamos numa aventura inaudita que transporta o homem para os seus próprios poderes, esses poderes cuja perda – que a experiência vulgar diz irremediável – é a substância mesma da sua meditação e do seu drama quais Byron os pintou, com uma força notável:

*To feel me in the solitude of kings,*
*Without the power that makes them bear a crown.*

«(...) Garantir-nos a existência desse *poder*, tal é talvez a função da poesia; o porquê de termos dela tamanha necessidade. Porque a necessidade de poesia é uma necessidade de outra coisa que não de poesia»[19].

---

[18] Citado de *Humano, Demasiado Humano*, por B. Fondane, *ob. cit.*, pág. 333. A citação de Horácio, que Nietzsche faz, é da Ode XI do Livro II.
[19] *Ob. cit.*, pág. 369. Será interessante e pertinente aproximar esta citação de Byron do que diz Christopher Marlowe no seu *Tamburlaine the Great* que é uma meditação ainda renascentista sobre o poder, em que se entrelaçam o titanismo mágico característico da época pré-barroca (por sua vez descendente do humanismo alquímico da Idade Média – ver Alexandre Koiré, *Paracelse*, in «Revue d'Histoire et de Philosophie Religieuse» da Faculdade de Teologia Protestante de Estrasburgo, 13.º ano, 1933, n.º 1 e 2 – e cujo último descendente, em reversão irónica, é o cepticismo esotérico de Fernando Pessoa, que apontei no ensaio citado («F. P., indisciplinador de almas»), e o naturalismo geometrizante de um intelectual domínio maravilhado da realidade, cuja «coroa» ainda não pesa (e só pesará na derrocada social que se inicia com as duas Revoluções Industriais, após as quais ficará a um Fernando Pessoa uma intersecção psicológica da «solidão dos reis», a que ele faz referências directas

Retenhamos os seguintes pontos: a ruptura no tempo ordinário dos homens; as festas do Sagrado, tempo de licença e de deboche, de violência e de desordem, de *sacrilégio deliberado e de audácia premeditada;* a magnífica frivolidade; o transporte do homem para os seus próprios poderes; e a necessidade de poesia como garantia de *poder.* Relembremos que Pessoa-Álvaro de Campos preconizava que o artista deverá ter várias personalidades, «organizando cada uma por uma reunião concretizada de estados de alma semelhantes»[20].

---

ou indirectas, com a marlowiana «doce fruição de uma terrestre coroa», que é a luciferina disponibilidade do espírito que, após a abdicação byroniana, se compraz nas «ficções lógicas», na comparação da realidade com o mundo puramente *imaginado* do absoluto e do imutável, na contrafacção constante do mundo por meio de números, como vimos na citação de Nietzsche, anteriormente feita. E como, na contrafacção do mundo por meio de números, se inscreve o *hobby* astrológico de Fernando Pessoa!). Os versos de Marlowe são:

> Nature (...)
> *Doth teach us all to have aspiring minds:*
> *Our souls, whose faculties can comprehend*
> *The wondrous architecture of the world.*
> *And measure every wandering planet's course,*
> *Still climbing after knowledge infinite,*
> *And always moving as the restless spheres,*
> *Wills us to wear ourselves and never rest,*
> *Until we reach the ripest fruit of all,*
> *That perfect bliss and sole felicity,*
> *The sweet fruition of an earthly crown.*

Poderíamos ainda notar que, por um discretíssimo desvio semântico – e qual sociológica e estilisticamente sabemos – o adjectivo *sole*, mesmo neste contexto, conteria já o drama que Pessoa herdará, e a que não é alheia a «magnífica frivolidade de Horácio», que Ricardo Reis se aplicará em espelhar. Como, por outro lado, poderíamos notar no «*still climbing after knowledge infinite*», correlacionado com o «infinito é a Queda» dos pitagóricos (ver Aristóteles, *Ética a Nicómaco*, L. II, 6, 14), correlação que se insere perfeitamente na linha do humanismo alquímico e do naturalismo geometrizante, uma premonição e um paralelismo da concepção rosicruciana de Deus, que Pessoa expõe nos célebres sonetos citados e na sequência dos *Passos da Cruz*, curiosamente em soneto também.

[20] A tal ponto esta afirmação representava uma consciencialização que Pessoa tomara de si próprio e de si próprio no mundo, que, em carta a Adolfo Casais Monteiro, de 20/1/1935, ano da sua morte e dezoito anos depois de *Ultimatum*, diz «... Vou (...) enriquecendo-me na capacidade de criar personalidades novas, novos tipos de fingir que compreendo o mundo, ou antes, de fingir que se pode compreendê-lo» (*Páginas de Doutrina Estética*, pág. 275). Uma identificação de «personalidades» com os, segundo ele, três processos (clássico, romântico e um «terceiro»), que

E retomemos a consideração dos temas da «mentira», do «problema da realidade da transcendência» e o do «pragmatismo trágico», que fomos apontando. Notemos ainda como Schopenhauer criticara a criação artística: «A vida verdadeira de uma ideia dura apenas até ao momento em que ela chega à palavra, esse limite... Desde o instante, com efeito, em que o nosso pensamento encontrou palavras para exprimir-se, não mais vem do fundo da alma, *perdeu, no fundo, toda a seriedade*...»[21].

Esta última observação aproxima-nos do tema da «mentira» em Fernando Pessoa, visto que, notava ele, «toda a emoção verdadeira é

---

correspondem a «estados de alma semelhantes», de «utilização da sensibilidade pela inteligência» exemplifica ele numa nota sem data, revelada por J. Gaspar Simões (*Novos Temas*, pp. 189, 90, 91), e recolhida também naquelas *Páginas* (pp. 350-1--2-3-). De um ponto de vista «psiquiátrico» (é o termo que Pessoa usa) resumira ele a criação de várias personalidades, dizendo: «seja como for, a origem mental dos meus heterónimos está na minha tendência orgânica e constante para a despersonalização e para a simulação» (*Páginas de Doutrina Estética*, pág. 260 – carta de 31/12/35 a Adolfo Casais Monteiro). Na célebre carta de 11/12/31, de mais de três anos antes, a J. Gaspar Simões, afirmara expressamente: «... E o estudo a meu respeito que peca só por se basear, como verdadeiros, em dados que são falsos por eu, artisticamente, não saber senão mentir». Este seu conceito de simulação – e o sentido que deveria dar-se-lhe – explicara-o ele numa das notas de *Ambiente*, (textos publicados em 1927 na revista *presença*, e recolhidos nas *Páginas de Doutrina Estética* pp. 165 e seguintes): «Toda a emoção verdadeira é mentira na inteligência, pois se não dá nela. Toda a emoção verdadeira tem portanto uma expressão falsa. Exprimir-se é dizer o que se não sente». Mas, num texto publicado em fins de 1924, e que é o ensaio de apresentação da revista *Athena*, de que foi co-director, aprofundara o afirmativismo cortante do Campos que assinara *Ambiente*: «A só sensibilidade, porém, não gera a arte; é tão-somente a sua condição como o desejo o é do propósito. Há mister que ao que a sensibilidade ministra se junte o que o entendimento lhe nega. (...) A arte é a expressão de um equilíbrio entre a subjectividade da emoção e a objectividade do entendimento» *(Páginas de Doutrina Estética*, p. 126). O ciclo destas citações fechar-se-ia iluminantemente com a estrofe –
    *Mas vejo tão atento*
    *Tão neles me disperso*
    *Que cada pensamento*
    *Me torna já diverso.*
– pertencente ao poema «Deixo ao cego e ao surdo», de 24/8/30, se, em função do hermetismo demoníaco e do dualismo intrínseco, a ironia do «fingir que se pode compreendê-lo (ao mundo)» não tivesse um eco retumbante no célebre aforismo: «Interpretar é não saber explicar. Explicar é não ter compreendido». (*Pág. de Dout. Est.*, p. 106.)

[21] Cit. por E. Bertram, *ob. cit.*, pág. 450. A genealogia desta visão, qual foi apontada na nota 12, corrobora as aproximações nesta altura praticadas.

mentira na inteligência, pois se não dá nela»[22], e, para ele, a transmutação das emoções se dá quando «o que em mim sente está pensando», segundo o verso célebre[23].

Com todos estes dados, não só nos situamos no âmago do escândalo baudelairiano, como na crise espiritual de que nascerão, em poesia, o «modernismo» genérico e o modernismo em particular qual a personalidade de Pessoa o realizará, iniciando-a escandalosamente com a sua participação activa na publicação de *ORPHEU*, em 1915. Já, em 1912, os artigos sobre os poetas da revista *Águia* e da *Renascença Portuguesa* haviam constituído um escândalo. Mas de outra ordem. Daí em diante, com alternâncias de hesitação e de retraimento, Pessoa intervirá, sempre que o escândalo sirva os seus fins. O permanente apoio crítico dado à obra de António Botto (que é o escritor de quem mais vezes e mais largamente Pessoa se ocupou)[24]

---

[22] A crítica «poética» desta afirmação, coincidindo com a interpretação do poema de Nietzsche, ao início deste estudo, é feita por Alberto Caeiro em toda a «sua» poesia, e em especial no passo:

*Procuro despir-me do que aprendi,*
*Procuro esquecer-me do modo de lembrar que me ensinaram*
*E raspar a tinta com que me pintaram os sentidos,*
*Desencaixotar as minhas emoções verdadeiras.*

(Alberto Caeiro, pág. 66)

Mas, numa nota assinada por Álvaro de Campos e publicada em 1935 (in *Sudoeste* 3 e *Pág. de Dout. Est.*, pp. 285, 6), Fernando Pessoa diz, em função da «sinceridade intelectual» que é a que «importa no poeta»: «O poeta superior diz o que efectivamente sente. O poeta médio diz o que decide sentir. O poeta inferior o que julga que deve sentir».

«Nada disto tem que ver com a sinceridade. Em primeiro lugar, ninguém sabe o que verdadeiramente sente; é possível sentirmos alívio com a morte de alguém querido, e julgar que estamos sentindo pena, porque é isso que se deve sentir nessas ocasiões. A maioria da gente sente convencionalmente, embora com a maior sinceridade humana; o que não sente é com qualquer espécie ou grau de sinceridade intelectual, e essa é que importa no poeta. (...) Quando um poeta inferior sente, sente sempre por caderno de encargos. Pode ser sincero na emoção: que importa, se o não é na poesia?»

Escusado será aproximar esta nota e a cadeia de citações da nota 20.

[23] Uma linha de transformação deste conceito, desde Oliveira Martins, foi já sumariamente estabelecida (cf. Jorge de Sena, *Da Poesia Portuguesa*, p. 83), e não é difícil, pois, aproximá-la da filosofia do inconsciente que tocou Antero (ver nota 11).

[24] É curiosíssimo observar que Fernando Pessoa, in «António Botto e o ideal estético em Portugal» (escrito publicado em 1922), depois de ter definido o «esteta»,

e o apoio panfletário dado, em 1923, a Raul Leal, o autor de *Sodoma Divinizada*, não teriam de resto outro sentido, se não constituíssem ilustrações práticas de um pensamento *dual*, em conexão transcendente com o dualismo esotérico da divindade. Este dualismo é inseparável do hermetismo, cujos traços são notoriamente distinguíveis em Pessoa como noutros seus pares post-simbolistas. Por outro lado, e ainda nas conexões ideológicas que nos estão interessando, essa dualidade

---

declara: «Nisto claramente se distingue do mau cristão decadente, como Baudelaire ou Wilde» (*Pág. Dout. Est.*, p. 70). Já em 1917, no «*Ultimatum*», Pessoa ataca, nas apóstrofes iniciais, o Yeats primeiro, «o da céltica bruma. A roda de poste sem indicações, saco de podres que veio à praia do simbolismo inglês!» (ed. cit., p. 8), ou seja, quem representaria então a mais conseguida expressão do decadentismo britânico, para um espírito que se alimentara de Walter Pater e se libertara de todo o decadentismo pela «leitura da *Degénérescence*, de Noudar»... (resposta a um inquérito de 1932, in *Pág. Dout. Est.*, p. 299). T.S. Eliot, no ensaio «Baudelaire in Our Time» (primeiro publicado em volume in *For Lancelot Andrews*, 1928, e mais tarde incluido em *Essays Ancient and Modern*), ao criticar as traduções de Baudelaire, feitas por Arthur Symons, conspícuo vulto do *fin-de-siècle*, cita Symons longamente, para comentar: «Este parágrafo é de extraordinário interesse por várias razões. Até nas suas cadências invoca Wilde e o espectro mais remoto de Pater. Igualmente conjura Lionel Johnson com a sua "vida como ritual". Não consegue livrar-se da religião e das religiosas figuras de retórica» (*Essays Ancient and Modern*, 1936, p. 66). É o decadentismo o que faz Pessoa chamar «mau cristão» a Baudelaire e a Wilde, segundo o quadro que o decadentismo, a partir de Huysmans, deu de si próprio (ou polemicamente a reacção contra ele desenhou) e que Eliot intencionalmente citara de Symons. Mas (*ibidem*, p. 74), uma citação de Charles Du Bos esclarece a posição de Eliot: «A noção de pecado, e mais profundamente ainda a necessidade de oração, tais são as duas realidades subterrâneas (em Baudelaire) que parecem pertencer a jazigos mais profundos do que o é a própria fé. Recorde-se o dito de Flaubert: "Sou místico no fundo e não creio em nada"; Baudelaire e ele sempre fraternalmente se compreenderam». A esta interpretação da personalidade de Baudelaire é que adere T. S. Eliot que diz (pg. 75) – «a sua tendência para o ritual, que Symons, com a sua tão aguda mas cega sensibilidade, observou, brota não de uma atracção pelas formas exteriores do Cristianismo, mas do instinto de uma alma que era *naturaliter* cristã. E, sendo a espécie de cristão que era, nascido quando nascera, tinha de descobrir por si próprio o Cristianismo. Nesta demanda estava isolado na solidão que apenas aos santos é conhecida. A ele, a noção de Pecado Original veio espontaneamente, e a necessidade de oração». Ao separar nitidamente Baudelaire dos esteticistas e decadentistas que dele decorreram em tão grande parte, Eliot chama precisamente a atenção para aspectos, como a «solidão dos santos» que é inseparável da experiência própria de Pessoa e que está na raiz do «escândalo» baudelairiano e do modernismo que, precisamente por isto e não pelos aspectos mais ou menos ante-simbolistas, em Baudelaire – e em Flaubert tão justamente aproximado dele por Du Bos, e que como ele caiu sob a alçada dos tribunais –, se

é condição de sageza. Em carta a Gast, de 1881[25], Nietzsche afirma: «Um homem *só, só* com as suas ideias, passa por louco, muitas vezes a seus próprios olhos[26]: só a dois começa o que se chama a sageza». Por seu lado, Baudelaire perguntara: «O artista só é artista com a condição de ser duplo, e de não ignorar qualquer fenómeno da sua

---

inicia. As simpatias católicas de Eliot permitem-lhe notar, em 1923, coisas que o crescente anticatolicismo, para mais «pragmático», de Pessoa já lhe não permitia ver (a menos que *in abstracto* ou na sua pessoal experiência) em 1922. Mas é bem interessante que Du Bos tenha notado esse misticismo mais fundo do que a própria fé, e que tão largos frutos de ocultismo, e não de misticismo propriamente dito, dará, no fim do século dezanove e primeiro quartel do presente século, em literatura, como aqui nos importa.

[25] Cit. por E. Bertram, *ob. cit.*, p. 436. Conferido na correspondência de Nietzsche com Gast (em Nietzsche, *Lettres à Peter Gast*, trad. de Louise Servicen, Ed. du Rocher, 1957, T. II, pp. 60-61, única ed. então ao nosso alcance), o fragmento citado – pertencente à carta 59, datada de Génova, 10 de Abril de 1881 – aparece no seguinte contexto: «Lendo ontem a sua carta, "o meu coração saltou", como é dito no livro sacro – *não era possível* dar-me duas notícias mais agradáveis! (O livro, pelo qual sinto desenvolver-se pouco a pouco em mim um apetite que não é dos menores, sem dúvida me chegará hoje às mãos). Então, assim seja! Mais uma vez, atingimos juntos essa cumeeira da vida, tão rica de perspectivas, e juntos olharemos em frente e atrás de nós, e dar-nos-emos a mão, em sinal de que muito temos em comum, muitas coisas boas, e mais do que as palavras podem exprimir. Mal você pode imaginar *quão* reconfortante me é o pensamento desta comunhão! – porque *um homem só, com as suas ideias, pode passar por louco, e muitas vezes a seus próprios olhos: a sageza começa a dois, como a segurança e a bravura e a saúde do espírito*». A parte citada por Bertram é esta em itálico, mas é de notar que os sublinhados anteriores e, na citação, o da palavra *dois* são do próprio Nietzsche. Deve reconhecer- -se, em abono da exactidão, que Bertram forçou o sentido, ao destacar do contexto aquele trecho, já que Nietzsche expressamente se está referindo à comunhão de espírito entre dois homens cujos ideais se identificam na medida do possível, e que, no caso, são ele e Gast, tal como este último se lhe oferecera na carta a que Nietzsche responde. Acontece, porém, que o nosso uso da citação não extrapola do mesmo modo, se considerarmos que a *dualidade* do artista e do pensador (expressamente definida por Nietzsche no passo logo a seguir citado) não deixa de poder assimilar- -se à comunhão de duas diversas pessoas a que a carta se referia. Porque essa comunhão, entre um Nietzsche e um Gast, não vai sem a projecção daquele sobre este, nem sem que este se submeta a ser o *alter-ego* que é reclamado pela saúde de espírito daquele. A conotação de saúde de espírito reveste-se, aliás, e neste contexto interpretativo, do maior interesse: as projecções heteronímicas são uma alternativa que defende da auto-destruição o espírito dividido, substituindo-se ficticiamente à «desaparição» esquizofrenicamente múltipla, tal como o amigo dócil, que partilhe as nossas ideias, nos defende dos males da solidão.

[26] Desde muito cedo, são numerosas em Fernando Pessoa as referências a este sentimento de loucura, quer em poemas, quer em ensaios, quer em cartas, daquele que «se adiantou aos seus contemporâneos de viagem».

dupla natureza?»[27]. E Nietzsche, num fragmento de 1872, dissera expressamente (e neste passo vê Bertram a génese de Zaratustra): «Voz amada (...), graças a ti, tenho a ilusão de não mais estar só, e mergulho numa miragem de multidão e de amor, porque o meu coração tem repugnância em crer que o amor haja morrido, não suporta o frémito da mais desolada solidão, e força-me a falar, como se eu fosse dois»[28]. É o que Pessoa repete por sua conta, em 1935: «(...) o espírito toma consciência de cada emoção como dupla, de cada sentimento como a contradição de si mesmo. O homem sente que, ao sentir, é dois»[29].

Mas a dualidade oferece ainda outro aspecto nietzscheano que importa relembrar aqui. É o que resulta da oposição do elemento *apolíneo* e do elemento *dionisíaco*, cuja distinção se fundamentará, segundo Nietzsche que os aponta, na relação vital com o *principium individuationis*, do qual «Apolo pode ser considerado como a gloriosa imagem divina», enquanto Diónisos surgirá do «vero colapso» daquele princípio. Do terror que este colapso suscita já havia falado Schopenhauer[30]. E na mesma obra sobre a Tragédia, ao tratar de Édipo, Nietzsche medita: «Este mito parece querer insinuar-nos que a sageza, especialmente a sageza dionisíaca, é um horror contranatura; que quem quer que pelo seu saber, precipita a natureza no abismo do aniquilamento, deve necessariamente contar com sofrer em si próprio a dissolução da natureza»[31]. É isto o que não pode ser dito. «E Kierkegaard garante-nos que o demoníaco é um pensador caracterizado pelo seu hermetismo; não pode dizer nem confessar o que lhe é mais íntimo do coração, nem aliviar-se, derramar a sua miséria no ouvido complacente dos seus semelhantes»[32].

Sem dúvida que muito hermetismo resulta dessa impotência demoníaca, que é a de todos aqueles que, por razões de ordem social ou por uma aguda dicotomização do bem e do mal, libertaram em si

---

[27] Cit. por B. Fondane, *ob. cit.*, p. 249
[28] Cit. por E. Bertram, *ob. cit.* p. 438.
[29] In artigo sobre Ciúme, de António Botto (*Pág. de Dout. Est.*, p. 95).
[30] In *A Origem da Tragédia*, na tradução ingl. em *The Philosophy of Nietzsche*, Modern Library, p. 171-2.
[31] Idem, p. 223.
[32] Benjamim Fondane, *ob. cit.* p. 128, ao caracterizar os aspectos «demoníacos» de Baudelaire.

o demónio, ou melhor, dissociaram na imagem divina o bem e o mal que nela integrados não têm sentido (ou porque a pessoa se submete a uma lei tida por mais ou menos transcendente, ou porque – e é o que nos importa mais – a personalidade se situa «para lá do bem e do mal», mas no vácuo da morte de Deus prefigurada por Dostoievsky[33].

Mas essa dissociação da imagem divina, ultrapassada para lá da morte de Deus, pode sublimar-se numa impotência voluntária ou *assumida*, que é a do *hermetismo voluntário*, em que a morte divina é, no princípio e na ordem do tempo, um processo permanente, do qual – como de toda sucessão serial – pode decorrer uma *lei*. Mas esta lei não tem nem poderá ter – para lá do bem e do mal – um sentido normativo. É, antes, uma fórmula simbólica do grau de ascensão espiritual, e corresponderá evidentemente às *palavras iniciáticas* que, em si mesmas, nada dizem, mas valem pelo conteúdo de experiência intelectual e moral e de ascese espiritual que só cada grau saberá atribuir-lhes. Aquela ascensão podemos segui-la na obra de Fernando Pessoa, em acordo com o que se sabe do seu interesse pelas sociedades secretas e pelos rosicrucianos, e da sua confessada veneração pelos Templários[34].

Embora se conheça quanto a acusação era medievicamente lançada sobre as grandes heresias ou as pessoas (singulares ou colectivas) que se tornavam suspeitas ou odiosas, os Templários foram acusados de «pecado nefando», do qual Pessoa desejou insinuar não estar o Álvaro de Campos isento[35], e que é base da teorização de Raul Leal, que Pessoa defendeu, da poesia de António Botto, que ele tanto impôs à admiração pública, e da temática e da expressão do seu magnificente poema em inglês, *Antinous*, em cujo texto se cruzam claramente todas as linhas que vimos destacando[36]. Mas não só isto:

---

[33] Sobre as conexões de Dostoiewsky e Nietzsche, ver, por exemplo, Leon Chestov, *La Philosophie de la Tragédie: Dostoiewsky et Nietzsche*, trad. fr., Paris, 1926.
[34] Vários textos conhecidos o documentam e também as informações colhidas pelo signatário. Raul Leal, que conheceu Fernando Pessoa e dele recebeu as melhores provas de consideração, garante que a iniciação esotérica «por concentração espiritual e adequação de tendências» – de Pessoa era um facto, ainda corroborado por possíveis ligações com uma restauração da Ordem do Templo.
[35] Ver Notas a *Páginas de Doutrina Estética*, pp. 321-2.
[36] Todo o texto do poema documenta estas afirmações, e sobretudo, com uma interpretação órfica, a sublimação platónica qual é exposta no *Banquete*. O que se verifica, quer no «*imperfect draft*» de 1915, publicado em 1918, quer no texto definitivo da edição de 1921.

«O D. Sebastião da *Mensagem* parece-se tão extraordinariamente com o Menino Jesus do *Guardador de Rebanhos* («era o deus que faltava»...), que quase se suspeita da objectividade de *O Menino da Sua Mãe*! É essa a fonte do espantoso vácuo que o cercava, meu Amigo: o vácuo da Terra, da qual o Sol se levanta, mas da qual não nasce!...»[37].

Ouçamos agora Albert Béguin: «Os deuses andróginos da antiguidade grega não são os da crença popular, mas os da iniciação órfica: o Zeus ao mesmo tempo masculino e "virgem imortal" dos hinos; o Fanés *arsenotelus* (macho e fêmea) que é a primeira criatura saída do Ovo original e que, de modo muito significativo, se assimila ao Eros que preside aos amores dos deuses e ao coito dos elementos; ou ainda o Diónisos "de dupla natureza", que uma singular imagem, da época dos Mistérios e conservada no Museu de Angers, representa barbado provido de falo e de três ordens de seios, reunindo em si os poderes de fecundidade e de concepção[38]. O hermetismo pagão dos séculos tardios imagina por sua vez um Júpiter "macho, emitindo o

---

[37] Jorge de Sena, in *Carta a Fernando Pessoa* (1944), artigo recolhido in *Da Poesia Portuguesa*, Lisboa, 1959. [Incluída na presente obra.] – É muito curioso, na ordem das aproximações neste escrito efectuadas, referir uma decisiva interrogação de Baudelaire: «Os poetas, os artistas e todo o género humano seriam bem infelizes se o ideal, essa absurdidade, essa impossibilidade, fosse encontrado; que faria cada um então do seu próprio eu?» cit. por B. Fondane, *ob. cit.*, p. 286.

[38] A antinomia Apolo-Diónisos, já apontada, metamorfoseia-se aqui na dualidade dionisíaca que tem sido, com grosseiros erros ou penetrante visão, detectada na criação artística, sobretudo na poética. Mas, dentro desta, não esqueçamos o papel da actividade dramática (precisamente, para a tragédia, segundo Nietzsche, nascida da harmonia entre os princípios apolíneo e dionisíaco). À luz de tudo o que vem sendo dito, a concepção do «drama em gente», proposta por Pessoa como explicação dos heterónimos, assume significado especial, o mesmo obviamente sucedendo ao seguinte seu texto: «Sabe que, como poeta, sinto; que, como poeta dramático, sinto despegando-me de mim; que, como dramático (sem poeta), transmudo automaticamente o que sinto para uma expressão alheia ao que senti, construindo na emoção uma pessoa inexistente que a sentisse verdadeiramente, e por isso sentisse, em derivação, outras emoções que eu, puramente eu, me esqueci de sentir» (*Pág. Dout. Est.*, p.227). É o que, num poema que deu para a *presença* e foi publicado em 1933, Pessoa diz, com uma ironia que convém referir ao que é apontado adiante, na nota 44:
> Dizem que finjo ou minto
> Tudo que escrevo. Não.
> Eu simplesmente sinto
> Com a imaginação.
> Não uso o coração.

esperma, e fêmea, recebendo-o", que se confunde de resto com o Universo "que faz brotar em si e prosperar todos os germes". Cristãos heterodoxos das primeiras épocas celebram ainda nos seus hinos um Deus "pai e mãe, macho e fêmea, raiz do cosmos, centro do que é, esperma de todas as coisas". A mesma tradição esotérica, à qual Platão podia referir o andrógino do *Banquete*, continua-se na Gnose e reaparece nas ambições da alquimia, que visa à criação de um homúnculo[39], criatura artificial, obra da ciência humana, na qual se reuniriam os dois sexos. Todos esses mitos são "savants", e em todos o homem é concebido como o microcosmos, como abreviatura do universo: para o ser de modo completo, é preciso admitir que, num estádio passado da sua história, necessariamente conteve em si os princípios masculino e feminino – ou os conterá num estádio vindouro. É a esta tradição que igualmente recorrem os místicos da Renascença, quando, como Jakob Boehme, renovam o sentido do mito[40]. Para o sapateiro silesiano, com efeito, a aurora e o termo da história humana encarnam-se no andrógino. Adão, segundo ele, tinha em si mesmo os dois sexos, e Sofia (ou a divina sabedoria) estava confundida no seu ser, ao tempo da realeza primitiva e da perfeição. Somente quando imaginou e desejou a vida animal, o princípio feminino foi retirado do seu flanco, para tornar-se, fora dele, Eva. (...) E, sempre segundo Boehme, o esforço da humanidade através da história como o do indivíduo, deve concluir-se pela supressão de toda a separação, pela reintegração de todos os seres na perfeita Unidade original, e o homem na sua natureza sem sexo (...). Este mito viria a sofrer, na época romântica, bem curiosas variantes (...). Dos órficos aos ocultistas e a Balzac, o mito do andrógino assume significações diversas, e, em cada um dos que sonharam tal sonho, é polivalente. Mas em todos

---

*Por isso escrevo em meio*
*Do que não está ao pé,*
*Livre do meu enleio,*
*Sério do que não é.*
*Sentir? Sinta quem lê!*

E Álvaro de Campos exclama algures: «Nada de estéticas com coração: sou lúcido», esse coração a que, em 1929, num poema ortónimo era recomendado: «Escuta só, meu coração».

[39] Esta nota embora assinalada não existe na publicação anterior. (M. de S.)
[40] É concludente agora aproximar o que é dito na nota 19, acerca de Paracelso.

tem pelo menos um sentido – comum talvez a todos os verdadeiros mitos, àqueles, todavia, que se ligam com a angústia amorosa[41] –, o de propor ao homem uma visão de si próprio tal como foi ou tal como será; mais luminoso, mais próximo da harmonia e do poder, do que o é na sua condição presente[42]. Os mitos são, com a sua tragédia desta confrontação com o real[43], actos de confiança nas faculdades de transfiguração que o homem pretende atribuir-se, e na eficácia das suas invenções[44]. Traduzem a grande nostalgia de Unidade, que habita

---

[41] Está por fazer o estudo *sistemático* do elemento erótico em toda a obra de Fernando Pessoa. O problema foi abordado, de um ponto de vista psicanalítico-literário, por J. Gaspar Simões, mas tendendo demasiadamente a uma «explicação», no seu estudo, *Vida e Obra de Fernando Pessoa*. De um modo geral, tem-se tendido a considerar secundário esse elemento na *obra*, como, independentemente da busca de «explicações centrais», na sua vida que se sabe ou se adivinha sem, ou quase sem, actividade sexual. Mas o erotismo manifesta-se com uma violência inaudita nos poemas ingleses *Antinous* e *Epithalamium*, em que, sobretudo no primeiro, a «angústia amorosa» é dramaticamente expressa. Uma revisão sistemática quanto à cronologia da concepção e quanto às incidências eróticas, poderá fornecer confirmações da sublimação (cuja raiz neste ponto menos importa) *baaderiana* dessa angústia, que tem antecedentes na poesia portuguesa do século XVII, que se sabe, por testemunhos vários, Pessoa ter, mais do que em «boutades» o confessou, apreciado bem.

[42] Esta explicação vem ao encontro do que Pessoa tão magnificamente exprime num dos seus poemas confessadamente esotéricos: «*O último Sortilégio*».

[43] Esta confrontação com o real – essencial num homem que, realizando-se na expressão literária, afirmava «A alma não tem justiça, / A sensação não tem forma» («Hoje estou triste...», poema de 1928) – é permanente em Fernando Pessoa que, deste ponto de vista, confiou a si próprio a verificação intelectual dela, a Álvaro de Campos a emoção perante ela, a Alberto Caeiro a superação dela, e a Ricardo Reis a indiferença epicurista no seio dela. E é essa confrontação aquela a que Nietzsche se refere em *Para lá do Bem e do Mal*, passagem citada.

[44] Esta expressão de Albert Béguin, manifestamente inspirada na alquimia e na magia, ajuda-nos a elucidar o sentido da acção interveniente, com panfletos ou artigos, de Fernando Pessoa na vida portuguesa, como a aperfeiçoar a nossa compreensão do programa do *Ultimatum* e do carácter *didáctico* das prosas ensaísticas e de tanta da sua poesia, nomeadamente a de Alberto Caeiro que, não por acaso, Pessoa sempre apontou como o «Mestre». De resto, que nos não escapem as conotações ocultistas que esta palavra não poderia deixar de ter para Fernando Pessoa. A eficácia mágica de toda a obra relaciona-se, pois, intimamente (lá onde a criação qualitativamente se transmuta de uma série acumulada de sugestões e de impulsos, e não ao nível da inteligência discursiva que depois a destaca dessa acumulação para conceder-lhe a justiça que a alma não tem e a forma que, por sua vez, a sensação não possui – «e só para pensares sente», diz Pessoa num poema de 1925), com o *fingimento* necessário, que podemos intuir, compreender e justificar a vários níveis e em correlação com as diversas antinomias tradicionais (na ordem mítica e na ordem filosófica) de uma

as imaginações e faz que, por mil espécies diversas, os homens se esforcem por escapar ao mundo do imperfeito em que se sentem exilados»[45].

Que a sageza surja a Nietzsche como um horror contranatura, e que o mito do andrógino, tão brilhantemente descrito e historiado, em síntese, por A. Béguin, apareça amplamente glosado nos versos opulentos de *Antinous*, quando rosicrucianamente a alma tem duplo sexo, à semelhança do próprio Deus[46], eis o que vem ao encontro do Mito da Divina Criança, tida por bissexuada ou indiferenciada ainda, que tão impressionantes metamorfoses apresenta na obra de Fernando Pessoa (o ciclo será Menino Jesus, Antínoo, D. Sebastião)[47]. «Agora reconhecemos que o reino da criança é mais antigo ainda. A imagem

---

natureza dual. A eficácia e o didactismo, como meios do «próprio instinto dramático do fluir da vida» que os heterónimos de certo modo são (Jorge de Sena, *Da Poesia Portuguesa*, p. 179), implicam uma dissociação que não pode deixar de ser *céptica* e *irónica* (*idem, idem*, p. 191), e que, por forma alguma, com o seu cepticismo e a sua ironia, significa um simples propósito de mistificação inteligente, embora esta possa ser uma tentação para um alto espírito irónico num país de alarves, e Pessoa não tenha sempre escapado a essa manifestação inferior do que nele era tão superiormente essencial. Com efeito, para um homem que tão agudamente tinha a consciência da contradição inerente ao Ser divino, que disse «Não haver deus é um deus também», a mistificação não podia senão ser aquela, eminentemente trágica, caracterizada por Nietzsche ou por Baudelaire nos passos citados no texto, e que a um Kierkegaard se afigurava «demonismo», em que o *poder* referido por Fondane, na solidão dos «próprios poderes» (poder que é «vontade de poder» nietzscheana), se confunde com a eficácia mágica do humanismo alquímico, e o silêncio a que se foge impotentemente se identifica com o silêncio que se procura. É, todavia, do maior interesse notar que, em 1926, Henri Bremond (*La Poesie Pure*, Paris, p. 86-7) dizia: «La poésie est la soeur germaine de l'humour; dans tout vrai poète, un mystificateur sommeille. (…) Eh! Oui! Tout poète se moque de nous, mais *en se moquant d'abord de lui-même*. (…) bienfaisants mystificateurs qui mantiennent, bon gré mal gré, une inquiétude salutaire dans le camp des faux poètes (…) *Ceux-ci, du reste, ne sont pas de moindres mystificateurs: seulement ils se mystifient eux mêmes tous les premiers*». (Sublinhados meus.) O primeiro sublinhado aproxima-se, por outras vias, da questão do «fingimento» e da ironia. O segundo coincide com o texto de *Sudoeste*, citado na nota 22.

[45] Albert Béguin, *L'Androgyne*, in *Minotaure II*, 1938.
[46] Max Heindel, *ob. cit.*
[47] O Menino Jesus de Caeiro é (8.º poema de *O Guardador de Rebanhos*) «a Eterna Criança, o deus que faltava». Antínoo «Now was he Venus white out of seas / And now was he Apollo, young and golden». D. Sebastião diz «É o que eu me sonhei que eterno dura. É Esse que regressarei». Como? «Na Cruz morta do Mundo / A Vida, que é a Rosa». E a meditação sobre Sá-Carneiro (*Pág. Dout. Est.*, pp. 115 e seguintes) glosa ostensivamente o tema do jovem roubado pelos deuses, que perpassa

da Criança Primordial ressurge, transfigurada na figura ideal do jovem. Que tal transformação é possível está implícito no sentido da palavra grega para rapaz, e é portanto também atestado pela etimologia. A criança supostamente masculina, enquanto ainda no ventre materno, é *Kouros*, o efebo e o jovem já em idade de usar armas é ainda *Kouros*. O próprio Eros aparece, nas bem conhecidas pinturas dos vasos, como um efebo alado. Os divinos jovens da grande arte grega – o ideal clássico de Apolo, Hermes, e do jovem Diónisos – não devem ser tomados como indicação de rejuvenescimento do mundo helénico (...), o idealizado efebo da idade agónica deu validade à criança *divina* numa forma amadurecida, mais conforme com a essência dessas divindades do que o homem adulto. (...) A Criança Primordial (...) é o *monotonus* que consiste no uníssono de todas as notas, o *leitmotiv* que se desenvolve noutras "figuras" divinas, (...) é a súmula e epítome de todas as possibilidades *indiferenciadas*, como de todas as que se realizam na pura forma dos deuses. (...) O estado que, vislumbrado através da imagem da Criança, descrevemos como *ser não separado ainda do não-ser*, pode também ser definido assim: *ainda não separado do ser, e todavia ainda não-ser*»[48].

As possibilidades indiferenciadas... Os heterónimos... O dualismo e as antinomias... A gnose... Baudelaire e Nietzsche... O esteticismo... E, acima de tudo, o *fingimento* que é a mais autêntica sinceridade intelectual, «que mais importa no poeta», pois que «fingir é conhecer-se»[49].

Como podemos entender agora, não direi, mas ver com outros olhos o que, na «*Autopsicografia*»[50], está e o que não está! Porque

---

em *Antinous* como processo de divinização na meditação de Adriano, e inicia-se com uma frase que «é preceito da sabedoria antiga» (diz Pessoa e é verdade), mas é também um fragmento célebre de Menandro (343?-293 a.C.). E é Byron quem o traduz e cita: «Whom the gods love die young...» (*Don Juan*, c. IV, 12). Stefan George, no mito de Maximino, segue um itinerário paralelo, em que todavia não figuram as fases sucessivas, como em Pessoa, do crescimento da Criança Divina.
[48] K. Kerényi, in C. G. Jung e K. Kerényi, *Introduction to a Science of Mythology – The Myth of the Divine Child and the Mysteries of Eleusis*, Londres, 1951, p. 89 e seguintes.
[49] *Pág. Dout. Est.*, p. 169.
[50] *Autopsicografia* foi primeiramente publicado in *presença 36*, de Novembro de 1932. Deve ser o poema que J. Gaspar Simões não identifica, na sua edição das cartas que recebeu do poeta, e que é referido na carta 29, de 22 de Outubro de 1932

muita coisa não está de tão grande poeta nesse «pequeno poema». Mas não há lá nem mais nem menos do que ele autenticamente era na sua solidão trágica, onde, como para a *Cassandra*, de Schiller, o saber era a morte, a morte que não há, pois que: «Neófito, não há morte». Assim pensou e agiu Fernando Pessoa. E que nos sirva de consolação que até o grande Montesquieu sabia que: «Os autores são personagens de teatro»[51].

1959

---

[-] «aí lhe envio um pequeno poema. Espero que chegue a tempo para este número da revista» – e que deve ter sido publicado logo, como sucedera antes com o fundamental poema *Iniciação*, que J. Gaspar Simões identifica, enviado com a carta de 25 de Maio do mesmo ano e logo publicado no n.º 35 da *presença*, referido a Março-Maio. Segundo M. A. D. Galhoz (in Notas a *Obra Poética de Fernando Pessoa*, Ed. J. Aguilar, Rio de Janeiro, 1960), o original do poema tem a data de 1 de Abril de 1931, o que faz ter sido escrito no dia seguinte ao do poema ortónimo «Fito-me frente a frente» (*idem*, p. 532) e dias antes do grupo de 3 e 5 de Abril (*id.*, pp. 533-4). Sobre outros aspectos interpretativos deste poema, ver Jorge de Sena, in *Pág. Dout. Est.*, p. 348 e seguintes.

[51] «Pensées diverses», in *Oeuvres Complètes*, de Montesquieu, Paris, 1934, p. 627.

# *CARTAS* DE SÁ-CARNEIRO A FERNANDO PESSOA

Sem dúvida que um dos mais importantes acontecimentos literários do ano que findou foi, em Portugal, a publicação das cartas de Mário de Sá-Carneiro ao seu amigo Fernando Pessoa. Reunidas em dois volumes, essa correspondência que faz parte do famoso espólio do autor de *Mensagem* – a «arca» célebre, que são duas malas – foi integrada nas *Obras Completas* de Mário de Sá-Carneiro.

O 1.º volume destas *Cartas* havia sido publicado em 1958, e, de um modo geral, a crítica aguardou, para se pronunciar, a aparição do 2.º volume. Mas, como sempre tem sucedido com Mário de Sá-Carneiro, mal se pronunciou. Não há, de resto, qualquer grande estudo de conjunto, à parte alguns ensaios e artigos dispersos, sobre a personalidade e a obra desse grande poeta que se suicidou em 1916, com 26 anos incompletos. Quase nada se sabe da sua vida, a não ser o que esta correspondência revela. Fernando Pessoa, em carta a João Gaspar Simões (este publicou em volume, em 1957, as cartas que recebera, de 1929 a 1934, do autor de *O Guardador de Rebanhos*), disse lapidarmente que «o Sá-Carneiro não teve biografia: teve só génio. O que disse foi o que viveu» (pág. 47 – carta de 10/ 1/ 1930). E esse génio é de tal forma singular, fulgurante, ao mesmo tempo agudamente lúcido e infantilmente juvenil, tão complexamente trágico, exigindo para sua plena compreensão e avaliação um tal conhecimento da poética simbolista que ele fez em estilhas, que a crítica se tem refugiado, ante ele, em congeminações psicológicas, generalidades reivindicativas do seu génio, comparações das suas originalidade e popularidade com as de Fernando Pessoa, seu par no lançamento da aventura modernista, e tem evitado, com timidez assaz louvável mas afinal preteridora dos autênticos méritos do Poeta, penetrar a fundo em textos cujo envelhecimento epocal (que na aparência confina grande parte deles a um esteticismo de luxos e requintes, de sinestesias forçadas e artificiais, de feminilidades aristocratizantes e um pouco ridículas para quem não busca na arte poética apenas o extravagante e o exótico) dilacerantemente põe em evidência – com uma acuidade que é a própria essência do génio de Sá-Carneiro – um vigor e uma coragem expressionais, uma lúcida ironia trágica quanto às hesitações tão francas da vida e da obra (estas cartas de agora são disso um documento fundamental), uma virilidade *gauche* mas bem mais vivida e sensual que a de Pessoa, e em suma um valor poético inexcedível, que não é só a *artisterie* que fascina uns, nem a peculiaridade individual que atrai os outros, mas uma *criação* que, confessadamente, ultrapassa as limitações das atitudes epocais e das inibições pessoais, para se impor ao próprio Sá-Carneiro com uma intensidade que esmaga os seus sonhos de prosador subtil, e faz dele um dos maiores poetas da língua portuguesa e um dos mais originais de qualquer época ou literatura. A tal ponto assim é, que estas cartas, a par de esquemas de novelas acerca dos quais pede constantemente a opinião de Fernando Pessoa mas de cujo interesse literário Sá-Carneiro não duvida –, transbordam de poemas enviados, cujo valor teme reconhecer, ou cuja importância, de tão intimamente que eles provêm, reclama de Pessoa uma sanção quase verso a verso, num esforço de solidão acompanhada que é a de ambos, e que, no entanto, só superficialmente afecta a segurança profunda de um poeta que se suicidou de insegurança total.

Acresce que estas cartas não eram de todo inéditas. Fragmentariamente, João Gaspar Simões que, para o seu estudo, *Vida e Obra de Fernando Pessoa* (1950) compulsara o espólio deste, utilizou o que delas lhe pareceu interessante para as teses que orientaram a sua investigação. Porém, perdidos no monumental acervo de factos novos, de intuições penetrantes, de interpretações imaginosas, de informações inverificáveis, de disparates irrisórios, que esse livro indispensável e ilegível é, os trechos transcritos perderam o ineditismo, sem terem adquirido a dignidade própria a que tinham jus, de espelho de uma grande alma cujas relações com Fernando Pessoa são, ao mesmo tempo, mais e menos dependentes do que podem parecer. Não é que Gaspar Simões coloque Sá-Carneiro numa posição subordinada. A inserção de algumas das cartas, então inéditas, num contexto dedicado à personalidade de Fernando Pessoa é que as reveste desse significado que maculou o interesse independente delas. Porque as relações são muito complexas: quando Pessoa escreve a Sá-Carneiro sobre a compreensão que este tem dos versos dele (e é, todavia, da maior importância observarmos que Sá-Carneiro não conheceu, por ter morrido, o Pessoa ortónimo e o Álvaro de Campos, quais estes evoluíram depois de 1916, embora tenha admirado entusiasticamente o Pessoa dos *Pauis*, tão artificial e falso, o Campos eloquente das grandes odes, o Caeiro que é quase todo do seu tempo, e aplaudido o «nascimento» de Ricardo Reis), Sá-Carneiro responde dizendo (14/5/13): «É esse um dos cumprimentos que mais me lisonjeiam – porque é, para mim, a melhor das *garantias* de mim próprio» (I – pág. 133).

As cartas (e bilhetes postais), em número de 114, cobrem um período que vai de 20/10/912 a 18/4/916. Esses exactos três anos e meio são, de facto, toda a vida do «Esfinge Gorda», como se apelidou, e um dos períodos mais decisivos da história da literatura portuguesa.

No princípio do ano de 1912, fora fundada, no Porto, a *Renascença Portuguesa*, movimento que procurava consubstanciar uma renovação da mentalidade portuguesa republicana. A *Águia*, órgão de Teixeira de Pascoaes e do seu grupo, fundada em fins de 1910 (Dezembro, dois meses após a proclamação da República), tornou-se, em nova série, a revista da *Renascença*, que é o último grande movimento espiritual a centrar-se no Porto. Com ele, que exerceu uma larga ainda que por vezes «lepidóptera» (para usarmos o termo que Pessoa e Sá--Carneiro aplicavam aos Acácios e fariseus) acção cultural, tem o seu derradeiro e mais alto arranco a democracia aristocrática, ruralista e sentimental que fora um dos pilares do liberalismo (e o nacionalismo comovido da *Renascença* fará que alguns dos seus membros se deixem engodar pelos propósitos «renascentes» da política ulterior). E contra o que havia de perigosamente deliquescente e irracionalista nos misticismos estético-provincianos do movimento é que, mais tarde, outro – *Seara Nova* – se erguerá em Lisboa, defendendo uma democracia mais urbana, racional e prática, e atacando ao mesmo tempo o nacionalismo do «Integralismo Lusitano» de António Sardinha, que alguma coisa devia ao ruralismo saudosista da *Águia*. Um entusiasmo bem típico da época, pelo que esta revista pretendia significar, provoca a estreia literária de Fernando Pessoa como crítico, aos 24 anos. São os tão discutidos – então, e ainda, apesar de logo ultrapassados pela evolução do autor – artigos de 1912 sobre «a nova poesia portuguesa» (a de Pascoaes, de Jaime Cortesão, de Mário

Beirão, etc.) que provocaram grande celeuma, publicados na *Águia*, e que propiciam a entrada de Pessoa e Sá-Carneiro como colaboradores, bastante apenas tolerados. Logo em Março de 1913, Pessoa em carta a Álvaro Pinto, secretário da *Renascença* (este publicou algumas cartas do poeta, muito importantes para o estudo da época, in *Ocidente* n.º 80, Dez. 1944) discordava de vários dislates críticos que faziam as delícias da *Águia* e respectivos admiradores, e declarava: «eu não sou para cousa alguma que se pareça com *côterie* ou seita, e acho do meu dever atacar o que de seita ou *côterie* se tem misturado com os altos propósitos e a fundamental verdade nacional da *Renascença*» (um nacionalismo esotérico, de esclarecido descendente do Padre Vieira, será sempre uma das constantes espirituais de Pessoa). E, em 12 de Novembro de 1914, outra carta de Pessoa a A. Pinto salda a rotura: «Sei bem a pouca simpatia que o meu trabalho propriamente literário obtém da maioria daqueles meus amigos e conhecidos, cuja orientação de espírito é lusitanista ou saudosista; e, mesmo que não o soubesse por eles mo dizerem ou sem querer o deixarem perceber, eu *a priori* saberia isso, porque a mera análise comparada dos estados psíquicos que produzem, uns o saudosismo e o lusitanismo, outros obra literária no género da minha e da (por exemplo) do Mário de Sá-Carneiro, me dá como radical e inevitável a incompatibilidade de aqueles para com estes». Em Abril e em Julho de 1915, com um escândalo estrondoso que ainda hoje reboa, saem os dois números de *ORPHEU*, que não constituiu de facto órgão de «seita ou *côterie*», mas a afirmação provocante, orgulhosa e decisiva, de umas quantas individualidades que emancipariam uma autenticamente «nova poesia portuguesa», e fundariam a consciência *modernista*. Do verdadeiro sentido desta consciência, em qualquer parte, poucos terão tido uma tão clara e profunda noção como Fernando Pessoa e Sá-Carneiro. São deste último (tido por tão «intuitivo» apenas, tão apenas sensibilidade...) as seguintes palavras: «Aí se evidencia exuberantemente que você é não só o grande, o admirável, o estranho pensador mas com ele, e acima dele – o maravilhoso artista. Isto endereçado àqueles (àqueles = Mário Beirão) que admirando-o (pelo menos dizendo que o admiram) como poeta ajuntam entanto que você intelectualiza tudo – é todo *intelectual*.

Como se a intelectualidade se não pudesse conter na arte! Meios--artistas aqueles que manufacturam, é certo, beleza mas são incapazes de a pensar – de a descer. Não é o pensamento que deve servir a arte

– a arte é que deve servir o pensamento, fazendo-o vibrar, resplandecer – ser luz, além de espírito. Mesmo, na sua expressão máxima, a Arte é Pensamento. E quando por vezes é grande arte e não é pensamento, é-o no entanto porque suscita o pensamento – o arrepio que uma obra plástica de maravilha pode provocar naquele que a contempla» (carta de 14/5/913, já citada). Nesta mesma carta – importantíssima para o período, para as ideias dos dois amigos, para o estudo da evolução poética de Sá-Carneiro e da sua *consciência* de artista, pois cita e discute vários poemas seus, e que Gaspar Simões não utilizou no seu estudo –, transcreve desvanecidamente uma frase da carta que de Pessoa recebera, e que seria de uma vaidade desmedida, se não fosse inteiramente a verdade: «Afinal estou em crer que, em plena altura, pelo menos quanto a sentimento artístico, há em Portugal só nós dois» (I, pág. 133). E outra frase de Pessoa que, linhas adiante destaca, é: «O que é preciso é ter um pouco de Europa na alma».

Mas as relações de ambos não são apenas as de dois jovens que se sabem detentores do futuro da poesia portuguesa e que se estimam pelo mútuo entendimento a que há muitas referências. Em 3/12/912, escreve Sá-Carneiro: «Um dia belo da minha vida foi aquele em que travei conhecimento consigo. Eu ficara conhecendo *alguém*. E não só uma grande alma; também um grande coração». E, uma semana depois, acrescenta: «Como é bom termos alguém que nos fale e que nos compreenda e é bom e sincero, lúcido, inteligente = grande» (I, pp. 43-44 e 48). A 21 de Janeiro de 1913, insiste com o amigo para que não se acanhe de o criticar: «Assim auxiliar-me-á poderosamente na minha tarefa; incutir-me-á entusiasmo e força» (I, pág. 61). O entusiasmo era essencial para o seu temperamento; e comentava (em 21/4, I, pág. 106): «Tudo o que me entusiasma me influencia instintivamente (…). Só quem teve dentro de si *alguma coisa* pode ser influenciado». E, para o conhecimento do seu temperamento, com a desenvoltura seriíssima com que ele se dirige a Pessoa, são decisivas as cartas: «Sofro (…) *pelas coisas que não foram*» (I, pág. 30); «… quando medito horas no suicídio, o que trago disso é um doloroso pesar de *ter de morrer forçosamente um dia*, mesmo que não me suicide» (I, pág. 34); «Inexplicavelmente, essa coisa que me falta para ser – *um ponto de referência* (…)» (I, pág. 75); «Vivo isolado falando a imensa gente» (I, pág. 94); «De resto as minhas dores são, em verdade, apenas "dores esquecidas" de que me lembro às vezes, apenas às vezes. E sofro então, tenho vontade de chorar, mas não por elas próprias que nunca existiram sinceramente – apenas pela sua recordação, *pela recordação da possibilidade de elas existirem!* Eis tudo. Isto assim é que é pôr as coisas, nos devidos termos – deixemo--nos de ilusões» (I, pág. 180); «... Paris enfim, meu amigo, era as mãos louras, a ternura elevada que não teve nunca a minha vida. (...) A minha vida hoje é uma porta fechada, sobre um saguão enorme onde se roja o meu tédio» (II, págs. 8-9); «O mundo exterior não me atinge, quase – e, ao mesmo tempo, afastou-se para muito longe o meu mundo interior» (II, pág. 49); «Vai um mundo de crepúsculo pela minha alma cansada de fazer pinos. Há capachos de esparto, muito enlameados pelo meu mundo interior» (II, pág. 120-1); «Porque creia, meu pobre Amigo, *eu estou doido* (...). Não sinto já a terra firme sob os meus pés. Dá-me a impressão que sulco nevoeiro: um nevoeiro negro de cidade fabril que me enfarrusca – e eu então volto umas poucas de vezes por dia a casa a mudar de colarinho. Claro que não mudo de colarinho na realidade – mas em "ideia" umas poucas de vezes por dia» (II, pág. 143-4).

Mas todos estes passos, escalonados de 1912 até às vésperas do suicídio, além da penetração psicológica que revelam e da tão original maneira de o exprimir (ele o disse – 24/8/915 – «Isto não é literatura – será apenas expressão literária duma realidade. E quem me dirá se me enganei ou não?»), são sobretudo sintomáticos da profunda intimidade de espírito que se estabelecera entre Pessoa e Sá-Carneiro, porque tais desnudamentos são bem mais difíceis que uma rude franqueza acerca do circunstancial da vida, a qual tantas vezes faz figura de autêntica intimidade.

Uma vez, algures, escrevi que Sá-Carneiro fora o «Werther» de Fernando Pessoa. Lembrado da passagem das conversações de Goethe com Eckermann, em que o olímpico autor do *Fausto*, comentando os suicídios que Werther teria suscitado, declara que escreveu a obra *para não se suicidar*, eu pretendia sugerir que a *catársis* de Fernando Pessoa se processou através de Mário de Sá-Carneiro, que o suicídio deste expiou tudo o que haveria de mortal nas heteronimias do amigo, que, entre um e outro, os laços são tremendamente complexos. O sacrifício de Sá-Carneiro em honra da instabilidade temperamental, de toda uma mutação de perspectiva do *eu* artístico, da própria visão referencial da individualidade humana – afinal, em honra de tudo o que será, depois, serenamente, a especulação de Fernando Pessoa – tem algo de semelhante ao sacrifício (atribuído) de Antínoo pelo prolongamento da vida do Imperador Adriano, qual a antiguidade oficialmente interpretou o seu afogamento no Nilo. E Fernando Pessoa, que cantara em inglês a dor de Adriano (em 1915), lembrou--se de que «morrem jovens os que os deuses amam», ao publicar, na sua revista *Athena* em 1924, uma magnificente (e algo pedantemente esteticista) prosa epicédica sobre o amigo morto. A juventude que se dissolve ao atingir a maturidade (Sá-Carneiro dissera numa carta que a perfeição *desaparece* por se tornar espírito, e é uma das suas ideias obsessivas esta) é como que o jovem raptado pelos deuses, e é, também, como que o morrer para renascer do sincretismo alexandrino e do ocultismo subsequente que foi uma das fontes informadoras de Pessoa. De tal modo isto é assim, que Fernando Pessoa sentiu como uma fatalidade inevitável, a que mal ou escassamente reage, o suicídio do amigo. Na carta, que não chegou a seguir em resposta às derradeiras declarações de suicídio próximo, Pessoa diz a Sá-Carneiro que sentiu como dele mesmo a «crise» que o outro lhe descreve. E, no silêncio em que, dentro do seu próprio espírito, o outro se estava suicidando entretanto, apenas encontra como desculpa o dizer: «Mas isto não podia ter sido senão assim» (carta não enviada, II, págs. 232-3).

Ninguém como Pessoa compreendeu Sá-Carneiro, porque se estava compreendendo a si próprio na pessoa do outro, cuja intimidade de espírito e cujas declarações escritas são sinal de uma identidade de contrários que o suicídio de Sá-Carneiro sublima (Sá-Carneiro dissera-lho belamente, em 1914: «você como o amigo, o companheiro dos brinquedos do meu génio – e aquele que assistiu ao seu nascimento, à sua infância, que arrumou a sua roupa, lhe aconchegou os cobertores – aquele a quem sempre confiadamente recorri e corri mostrando as minhas obras – como corria à minha ama para me deitar – e, antes de adormecer, não queria que ela fosse embora de ao pé--de-mim com medo dos ladrões…» – I, pág. 73). Em 1931, em carta a G. Simões (vol. cit. pág. 98-9), Pessoa afirma esplendidamente: «A obra de Sá-Carneiro é toda ela atravessada por uma íntima desumanidade, ou, melhor, inumanidade: não tem calor humano nem ternura humana, excepto a introvertida. Sabe por quê? Porque ele perdeu a mãe quando tinha dois anos e não conheceu nunca o carinho materno. Verifiquei sempre que os amadrastados da vida são falhos de ternura, sejam artistas, sejam simples homens; seja porque a mãe lhes falhasse por morte (a não ser que sejam secos de índole, como o não era Sá-Carneiro), viram sobre si mesmos a ternura própria, numa substituição de si mesmos à mãe incógnita (…)». Essa mãe era a morte, duplamente: na vida própria, e na alma alheia de Fernando Pessoa.

Quando pensamos na influência que António Nobre (uma parte dele) teve na eclosão do modernismo português (Sá-Carneiro descreve-o num dos seus mais subtis poemas; Fernando Pessoa escreveu, à sua memória, uma das suas mais sensíveis prosas), e comparamos esta correspondência com a vária correspondência de António Nobre revelada e coligida por Adolfo Casais Monteiro e por Alberto de Serpa, a diferença é abismal. E é a que vai de uma galinha que só tem de sério a consciência técnica com que faz os seus versos e cultiva a sua originalidade de pedrês ou *Leghorn*, a uma ave rara, uma espécie de dolorosa fénix que sempre renascerá do que nela é epocal, é esteticista, é ânsia provinciana (qual Pessoa caracterizou, in «*O Provincianismo Português*», talvez lembrado de um passo desta correspondência, carta de 13/7/1914). «Você tem mil razões: O *ORPHEU não acabou*. De qualquer maneira, em qualquer "tempo" há-de continuar», diz Sá-Carneiro (I, pág. 88, comentando a impossibilidade de continuarem a publicar a revista, que o pai dele pagara), porque (I, pág. 97) «o *ORPHEU* é propriedade espiritual tanto minha como sua».

Em 1914, escrevia Sá-Carneiro a Pessoa: «Você tem razão, que novidade literária sensacional o aparecimento em 1970 da *Correspondência Inédita* de Fernando Pessoa e Mário de Sá--Carneiro (…)» (I, pág. 182). Antecipada de onze anos na previsão dos dois jovens de então (hoje vivos fariam 72 e 70 anos neste ano de 1960), a correspondência apareceu, menos inédita do que esperava o sensacionalismo deles, mas não menos sensacional. Não contém, porém, das cartas de Fernando Pessoa senão uma ou outra. As cartas deste, com todos os outros papéis, foram guardados por amigos, na mala do outro poeta, no quarto do hotel em que Sá-Carneiro vivia e se vestira em traje de cerimónia para tomar estricnina. Essa mala de Paris não é lendária, nem mostrada aos fiéis com o ritual de venerador respeito com que a família de Fernando Pessoa patenteia a «arca» célebre. Possivelmente não existe já. No *Prefácio* (pág. 11) de *Vida e Obra de Fernando Pessoa* diz J. Gaspar Simões: «Pensando que o pai de Sá-Carneiro tivesse recolhido os haveres do poeta, pus-me em contacto com ele. Disse-me este, porém, que tendo, realmente, anos depois, em Paris, procurado, no Hotel de Nice, a mala do filho, ao abri-la, apenas encontrara roupa traçada…». Esta «roupa traçada» é toda a biografia de um homem que só teve génio e fez duas viagens a Paris. Esse génio, porém, além do que criou, era capaz de (I, pág.

120) dar conta do nascimento da poesia nele, com uma precisão que só tem paralelo no Coleridge mundialmente célebre que historia a génese do seu *Kubla Khan*.

Com notas de Helena Cidade Moura e um breve prefácio de Urbano Tavares Rodrigues, estes dois volumes são imprescindíveis para o estudo de Mário de Sá-Carneiro. Mas terão de sê-lo, também, na sua riqueza que um breve ensaio não pode comentar, para quantos, estudiosos ou não, amam aquela beleza que (palavras de Sá-Carneiro, I, pág. 68) «à força de grandiosa volve em espaço os olhos do poeta».

1960

# VINTE E CINCO ANOS
# DE FERNANDO PESSOA

Minha tia-avó, Virgínia Sena Pereira, irmã de meu avô paterno, vivia nos Açores, onde casou, já viúva, com o cônsul americano, que acompanhou a Boston, de onde ele era, e onde viveu muitos anos. Viúva segunda vez, partiu para Lisboa, onde a filha única do primeiro casamento casara com um primo direito de meu pai e dela. Viúva, sem filhos, esta prima de meu pai, que era homónima da mãe, foi viver com esta. Um filho, o único, do casamento americano de minha tia-avó com elas vivia também, e lembro-me de o ver imensamente gordo, e americano, até no nome que era Chester Merrill, por sinal apelido de família celebrado pelo simbolismo francês na personalidade de Stuart Merrill, «artiste raffiné», na opinião de Renée Lalou. As Senas Pereiras alugaram uma casa, à Estrela, na Rua Coelho da Rocha, 16- 1.º – Esquerdo. Em 1919, quando eu quase estava para nascer, uma senhora de origem açoriana, amiga de minha tia-avó, enviuvou na União Sul-Africana, onde o marido vivia comissionado como Cônsul, desde 1895. Regressaria a Portugal com os filhos. E um filho do primeiro casamento, então homem de trinta anos que vivia em Lisboa, alugou para a mãe e os meios-irmãos o 1.º andar direito no n.º 16 da Rua Coelho da Rocha, que vagara. Dois filhos partem a fazer os seus estudos na Inglaterra, onde ficarão, britanizados como já eram e britânicos como são hoje. Uma filha casa dentro em pouco. E D. Maria Madalena fica vivendo nessa casa com o filho do primeiro casamento, numa plena intimidade com a sua velha amiga. Minha tia-avó, como bostoniana honorária, era mais inglesa do que os ingleses, e a vantagem de estar próxima da Igreja de S. Jorge, sujeita ao bispo anglicano de Gibraltar, deve ter pesado na escolha da residência. Ela e a filha frequentavam conscienciosamente aquele protestantismo, e é no cemitério inglês de Lisboa, anexo àquela igreja, que minha tia-avó agora jaz, fazendo companhia a Fielding. Em 1925, D. Maria Madalena morreu. O filho continuou a viver naquela casa, servindo-se do telefone e de todas as pequenas atenções amigas daquelas duas velhotas que pareciam da mesma idade e só liam livros ingleses, como ninguém então, além do vizinho do lado e amigo íntimo, em Portugal lia, a não ser, talvez, a colónia britânica. Essa minha tia-avó, como a minha avó materna, foi uma das deusas tutelares da minha infância. Lembro-me de que, quando a visitava, às vezes encontrava lá aquele senhor suavemente simpático, muito bem vestido, que escondia no beiço de cima o riso discretamente casquinado. Parecia-me muito velho, e tinha ele então poucos mais anos do que tenho agora, já que morreu em 1935, aos quarenta e sete. Mas a calvície, os olhos gastos, o jeito de sentar-se com as mãos nos joelhos, e uma voz velada – o primo Chester contribuía com os seus uísques (em Lisboa, nos anos 30!) para isso – davam-lhe um ar estrangeiro, distante no tempo e no espaço. O meu primeiro contacto com a literatura inglesa sucedeu precisamente numa dessas visitas, quando, chegando eu com minha mãe, sobre a mesa da sala estava um livro que o vizinho do lado devolvia e era *Romola* de George Eliot. Curiosamente, e talvez por isso mesmo, é um dos raros livros que nunca li, de uma romancista que admiro tanto. Quando, em 31 de Dezembro de 1934, os jornais noticiaram que um prémio do Secretariado da (então) Propaganda Nacional fora atribuído a *Mensagem* de Fernando Pessoa, foi para mim um pasmo. Porque o premiado era precisamente aquele senhor amigo da minha tia-avó que não falava nunca de poesia e cujas aventuras modernistas eu ignorava. Ele morreu menos de um ano depois. Na noite de 27 para 28 de Novembro teve uma cólica hepática, e minha tia-avó, que o vigiava sempre que a irmã dele e o cunhado estavam vivendo na casa que então já tinham no Estoril, chamou o médico que o tratava, um primo dele, também conhecido dela, e avisou a família. Chamou-o contra a vontade de Pessoa. Foi ele levado para o Hospital de S. Luís dos Franceses, um dos melhores hospitais particulares de Lisboa, onde morreu no dia 30. Eu, que andava já fazendo versos que os meus colegas de liceu achavam irritantemente sem medida, não sabia que coisa era o modernismo. Em 1936, lia devotadamente Teixeira de Pascoaes. E só em 1937 comprei aquela *Mensagem* de três anos antes; é que só então o premiado-amigo-da-família começava a ser, para quem, como eu, não conhecia ninguém, nem sabia que houvesse uma coisa chamada vida literária (bons tempos!), um poeta por direito próprio, como eu já o era então para mim mesmo.

Nunca contei isto, e minha tia-avó morreu há alguns anos, e a filha pouco lhe sobreviveu. Mas a 30 de Novembro cumprem-se vinte e cinco anos sobre a morte de Fernando Pessoa, e há vinte e cinco anos que, tendo ouvido *La Cathédrale Engloutie*, de Debussy, perpetrei um poema muito mau, em que, se bem me lembro, se falava de almas penadas. E este ano publicou-se, enfim, a primeira tentativa monumental de edição da *Obra Poética* de Pessoa. É possível que, se todas estas circunstâncias se não houvessem reunido, eu continuasse calado com incidentes que, do meu ponto de vista autobiográfico, não interessam nada, mas que, ainda que ocasionalmente, ajudam a acertar o romance banal dos últimos anos da vida de um dos maiores poetas do mundo. Porque, afinal, e à semelhanhca de tantos que hoje se vangloriam de o ter conhecido, eu não cheguei a conhecer Fernando Pessoa.

E aqueles que efectivamente o conheceram, será que o conheceram melhor? E será que, para conhecer-se o poeta *que ele foi*, é necessário conhecer tudo isso? E o tudo isso não é, afinal, fora das congeminações terríficas em que o espírito dele se abismava lucidamente, e que o levavam a intervenções tão na aparência abstrusas e escandalosas, uma biografia sem biografia? Ser órfão de pai aos cinco anos; filho do primeiro casamento de uma mãe que casa outra vez quando ele tem sete anos; escolher um modo de vida livre para inteiramente poder dar-se à criação poética; escrever, depois de o padrasto morrer, uma poesia à memória dele, que figura no espólio inédito, onde a vi; ter considerado sempre como seu tio o irmão do padrasto, o General Henrique Rosa († 1924), cuja cultura e cuja poesia tiveram na sua mentalidade uma influência que está por estudar; ser um solteirão sem vida sexual e dado à solitária bebida, como tantos ingleses têm vivido, quando ele viveu sempre com uma família bilingue em que o inglês se conservou como língua doméstica; viver recatadamente, não dando britanicamente de si mesmo ao convívio mais que a convenção adequada aos circunstantes; morrer de cirrose no fígado, pensando em inglês – *I know not what tomorrow will bring*, foi o que ele escreveu a lápis, num papel pousado sobre a pastinha preta que usava e esta pousada sobre o peito, quando, no hospital, já perdida a fala, ia entrar em coma (esse papel, ainda inédito, está também no espólio); que tenha pertencido à Ordem do Templo, que ainda hoje nos Estados Unidos se reúne e faz fotografar: que tem tudo isto de extraordinário? Que tem tudo isto de romanesco? A complexidade do seu espírito é inteiramente outra coisa. E ela seria menos complexa para nós, e ter-se-ia para si mesma tornado menos britanicamente ostensiva, se Portugal não fosse, como era e é, um país de sentimentalismo e de imaginação devaneadora, em que a sinceridade é uma instituição social, com a qual as pessoas suprem a sua incapacidade para serem, profundamente e livremente, elas mesmas.

Na obra de Fernando Pessoa, como ele pensava publicá-la e está agora publicada, a sua poesia ortónima constituiria o *Cancioneiro* e a sua poesia heterónima seria as *Ficções do Interlúdio*. Em prosa inédita, agora revelada por Maria Aliete Dores Galhoz, e que Fernando Pessoa escreveu claramente para servir de prefácio às *Ficções* que agrupariam os poemas de Alberto Caeiro, Ricardo Reis e Álvaro de Campos, diz ele por forma lapidar:

*Dividiu Aristóteles a poesia em lírica, elegíaca, épica, e dramática. Como todas as classificações bem pensadas, é esta útil e clara; como todas as classificações, é falsa. Os géneros não se separam com tanta facilidade íntima, e, se analisarmos bem aquilo de que se compõem, verificaremos que da poesia lírica à dramática há uma gradação contínua. Com efeito, e indo às mesmas origens da poesia dramática – Ésquilo por exemplo – será mais certo dizer que encontramos poesia lírica posta na boca de diversos personagens.*

*O primeiro grau da poesia lírica é aquele em que o poeta, concentrado no seu sentimento, exprime esse sentimento. Se ele, porém, for uma criatura de sentimentos variáveis e vários, exprimirá como que uma multiplicidade de personagens, unificadas somente pelo temperamento e o estilo. Um passo mais, na escala poética, e temos o poeta que é uma criatura de sentimentos vários e fictícios, mais imaginativo do que sentimental, e vivendo cada estado de alma antes pela inteligência que pela emoção. Este poeta exprimir-se-á como uma multiplicidade de personagens, unificadas, não já pelo temperamento e o estilo, pois que o temperamento está substituído pela imaginação, e o sentimento pela inteligência, mas tão-somente pelo simples estilo. Outro passo, na mesma escala de despersonalização, ou seja de imaginação, e temos o poeta que em cada um dos seus estados mentais vários se integra de tal modo nele que de todo se despersonaliza, de sorte que, vivendo analiticamente esse estado de alma, faz dele como que a expressão de um outro personagem, e, sendo assim, o mesmo estilo pode variar. Dê-se o passo final, e teremos um poeta que seja vários poetas, um poeta dramático escrevendo em poesia lírica. Cada grupo de estados de alma mais aproximados insensivelmente se tornará uma personagem, com estilo próprio, com sentimentos porventura diferentes, até opostos, aos típicos da poesia na sua pessoa viva. E assim se terá levado a poesia lírica – ou qualquer forma literária análoga em sua substância à poesia lírica – até à poesia dramática, sem todavia se lhe dar a forma de drama, nem explícita nem implicitamente. (...) Negar-se o direito de fazer isto seria o mesmo que negar a Shakespeare o direito de dar expressão à alma de Lady Macbeth, com o fundamento de que ele, poeta, nem era mulher, nem, que se saiba, histero-epiléptico, ou de lhe atribuir uma tendência alucinatória e uma ambição que não recua perante o crime. Se assim é das personagens fictícias de um drama, é igualmente das personagens fictícias sem drama, pois que é lícito porque elas são fictícias e não porque estão num drama.*

*Parece escusado explicar uma coisa de si tão simples e intuitivamente compreensível. Sucede, porém, que a estupidez humana é grande, e a bondade humana não é notável.*

A carta célebre sobre a génese dos heterónimos havia colocado com uma total honestidade o mecanismo psicológico do autor, e historiara a aparição dessas sucessivas personagens. O texto acima citado completa-a e esclarece-a por forma superior, sendo que é a justificação teórica, crítica, da criação literária que são as *Ficções do Interlúdio*. Mas novos textos, também agora revelados, levam ainda mais longe, a um plano em que a criação de personalidades poéticas e a crítica dessa criação se fundem, essas «ficções»: são os fragmentos que Ricardo Reis escreveu sobre os poemas de Alberto Caeiro e Álvaro de Campos, e que Álvaro de Campos escreveu sobre os poemas de Ricardo Reis. Haviam sido dadas a público pelo próprio Fernando Pessoa a polémica sobre arte aristotélica e arte não-aristotélica entre Campos e o Pessoa ortónimo, e as belíssimas *«Notas para a Recordação de meu mestre Caeiro»* de Álvaro de Campos também.

Longamente tem sido discutido pela crítica o teor de mistificação de tudo isto, e o valor da sinceridade de um poeta que, ortonimamente, se declara um «fingidor». Ainda se discutem; ou, então, deixam de ser discutidos, na medida em que as pessoas se fartaram de Fernando Pessoa. Tudo isto são, evidentemente, equívocos.

Pessoa, nos textos acima referidos, põe com clareza meridiana, o direito que lhe assistia de criar como a sua natureza poética o levava a criar. E o primeiro equívoco está em confundir-se uma criação por despersonalização que em toda a Europa vinha então processando-se, e de que Pessoa é o mais alto e mais realizado expoente, com as atitudes insólitas, panfletárias, escandalosas, irónicas, que polemicamente, e a propósito das mais diversas questões, Fernando Pessoa assumiu, seguindo uma linhagem que poderíamos remontar ao esteticismo britânico (e ainda hoje se observa nos manifestos e proclamações surrealistas) que, em 1898, nietzscheanamente proclamava: «Uma Raça de Altruístas é necessariamente uma raça de Escravos. Uma Raça de Homens Livres é necessariamente uma Raça de Egoístas. Os Grandes são grandes apenas porque estamos de joelhos», num tom que repercute inteiramente no manifesto futurista, «*Ultimatum*» (1917), de Álvaro de Campos. A ascendência Poe-Baudelaire-Rimbaud estabelecera, por outro lado, uma «filosofia da composição», cujo revolucionarismo assentava primacialmente em transcender o subjectivismo romântico que, aliás, na cultura britânica em que a juventude de Pessoa se alimenta, nunca deixara de possuir uma clara consciência da diferença e das relações entre o poeta que concebe e o artista que realiza, como o comprovam tão brilhantemente os prefácios de Wordsworth, os ensaios de Coleridge, as cartas de Keats. O que há de mistificação no modernismo português de Fernando Pessoa, Mário de Sá-Carneiro e José de Almada Negreiros apenas pela burguesa tacanhez do meio é exagerado em relação ao que foi feito em todo o mundo, desde os anos 90 do século passado aos anos 20 deste século. Exagero que se manifesta tanto positiva como negativamente, nos que se admiram excessivamente com aquilo mesmo que a outros tanto escandaliza.

O segundo equívoco tem consistido em, iludida pelo título, «*Autopsicografia*», do poema que começa «O poeta é um fingidor», a crítica quase nunca ter atentado na ambivalência fundamental do que, sendo «autopsicográfico», é também, *genericamente*, uma profissão de fé na objectividade da criação artística, uma análise dos binómios poeta-poema e poema-leitor, e uma irónica e melancólica conclusão sobre a servidão sentimental de toda a criação artística, naquele que a cria e naquele que a procura como seu alimento espiritual. E, neste sentido dos dois equívocos apontados, a obra ortónima do poeta não é menos heterónima que a dos heterónimos.

O terceiro equívoco – o do enfartamento – é o destino natural de todas as grandes obras, e precisamente de tais equívocos se constroem em não pequena parte as histórias literárias. Num mundo de base capitalista, que passivamente exige uma dialéctica da imposição propagandística e uma substituição periódica dos estímulos, o tédio da vida não se compadece com a permanência daquelas obras. E humanamente é mais fácil admirar sem fundamento que estimar lucidamente. Todas as obras que, superiores como a de Fernando Pessoa, assentam no desmascarar das aparências, acabam por comunicar aos seus admiradores um frio mortal que os faz, cautelosamente, retraírem-se e afastarem-se. Admirar a frio, e sentindo que sombras temíveis como a do Nada e a dos mitos pré-adâmicos, pondo em causa a segurança quotidiana, se roçam pela pele desconfiada e pelo subconsciente apavorado, é coisa muito difícil. E a poesia de Fernando Pessoa – ortónima (em português e em inglês) e heterónima –, rescendendo a um erotismo que releva do mundo larvar das tradições esotéricas, e ao mesmo tempo multiplicando-se por uma partogénese intelectualista em que o amor-paixão e o amor-prazer se anulam na virtude neutra de um cidadão espiritualmente britânico, é, de facto, mais perigosa que as obras de Raul Leal e de António Botto, que ele polemicamente defendeu e impôs, ou do que a dissolução pessoal e intransmissível da personalidade, em que o simbolismo se sublima, na obra de Mário de Sá-Carneiro, a qual Pessoa administrou sabiamente, detentor que fora do espírito do poeta como o foi depois dos seus inéditos que, homeopaticamente, durante vinte anos, foi servindo ao vanguardismo literário, tal como fazia com os seus próprios.

Quando, em 1944, eu dirigi ao poeta falecido uma «carta aberta», dizia-lhe: «Se me não engano é esta a segunda carta que V. recebe depois de morto. A outra, como deve estar lembrado, escreveu-lha Carlos Queiroz que o conheceu pessoalmente. Não tive eu tanta honra, o que, pode crer, é um dos meus desgostos verdadeiros. No entanto, não lamento o desencontro. Apenas a curiosidade ficaria satisfeita; e, em contrapartida, jamais o Álvaro de Campos ou o Alberto Caeiro se revestiriam, a meus olhos, daquelas pungentes personalidades que lhes permitiu, e aos outros, o seu espírito sem realidade nenhuma». E eu estava duplamente mentindo e falando a verdade. Eu não o conhecera pessoalmente, tendo-o conhecido, porque nem ele fora ele para mim, nem eu, adolescente, era ainda eu. Mentia, dizendo a verdade. Mas que eu mesmo o tivesse conhecido a ele mesmo não seria nunca possível, não só porque não é possível de facto, no mais profundo sentido, como porque, poeta eminentemente didáctico, de uma ascese epicurista em que o ateísmo se ilumina nos graus convencionais de um misticismo esotérico que busca, para lá do cristianismo, a regeneração da natureza humana dividida, ele não é cognoscível senão na sua obra de que já foi dito ser toda a sua biografia. E o é de facto, como biografia *exemplar* de uma demanda do Graal que não existe. Falando assim a verdade, eu mentia. E esta dialéctica da mentira e da verdade, que não tem que ver nem põe em causa a *honestidade* e a *lealdade*, sem as quais não são possíveis a arte nem a compreensão dela, são precisamente a lição de Pessoa, que nos cumpre ultrapassar. Nós não podemos ficar na obra de um homem que nasceu em 1888, na «belle époque» (não era seu pai o crítico musical das óperas do teatro de S. Carlos, defronte do qual nasceu o poeta?), e morreu em 1935 (quando a Guerra de Espanha ia estalar, modificando por completo o panorama socio-cultural do mundo). Mas, se apenas a saborearmos ou nos aborrecermos dela, é nela, irremediavelmente, que ficaremos, já que nenhum outro poeta pôs como ele, em português, a questão da personalidade. Ou ficaremos no jogo que ele abriu, e, alheios à transcendência em que ele cria, praticamos saborosas rendas femininas de verso e de crítica; ou, negando essa transcendência, a transferimos para a humanidade cujo refazer quotidiano é missão da poesia. Honestamente e lealmente, não há outra saída.

Ao encerrar as 800 páginas desta *Obra Poética*, publicada pela Editora José Aguilar, mais uma vez me detenho a recordar aquele prédio da Rua Coelho da Rocha, que em breve por certo desaparecerá para dar lugar a um imóvel mais rendoso e moderno. A Fundação Fernando Pessoa, que se prevê, deveria transformá-lo num pequeno museu do poeta, chego a pensar. E logo penso: Para quê? Que se poria lá? Alguns objectos de uso pessoal? Os intermináveis papéis do espólio? Retratos de família? A pasta preta? Uma garrafinha simbólica? Não – decididamente seria amarrá-lo àquela figura que o destino lhe deu e ouço casquinhar «so gentlemanlike», àquela figura que ele apenas usou como um invólucro necessário, porque não tinha outro. Antes tê-lo neste monumental volume.

Com esta edição que marca uma data nos estudos fernandinos e que desejo ver, em reedição futura, melhor revista e então ordenada por forma estritamente cronológica, sem qualquer vestígio de sujeição às arrumações das edições anteriores (já que, para um homem que dizia não evoluir, mas viajar, a cronologia da peregrinação é também fundamental), Maria Aliete Dores Galhoz vem tomar um lugar proeminente entre os donos encartados de Fernando Pessoa: João Gaspar Simões, Adolfo Casais Monteiro, Jacinto do Prado Coelho, eu próprio, e alguns mais, como Joel Serrão, Jorge Nemésio, Agostinho da Silva. As suas notas e o seu prefácio, como o critério subtil de intercalação dos numerosos fragmentos em prosa inéditos, constituem toda uma atitude crítica. Discutir essa atitude levaria mais espaço. E, em verdade, nestes vinte e cinco anos em que se escreveu tanto e tão-pouco, e que culminaram neste volume, não trabalhámos para isso. Demasiado se tem discutido. Chegou a hora, em que também nos temos empenhado, de estudar. Minha tia-avó, naquelas suas faixas de múmia protestante em que vi enterrarem-na, por certo se riria. Decididamente, chegou a hora de eu ler *Romola*, de George Eliot.

1960

# PESSOA E A BESTA

O problema das relações de Fernando Pessoa com o mago Aleister Crowley foi, pela primeira vez, tratado por mim nas notas à minha edição das *Páginas de Doutrina Estética* do poeta, recolha de textos dispersos e esquecidos, que serviu a revelar o grande crítico e sobretudo ensaísta que também era criador de Alberto Caeiro, o mestre do grupo de poetas que conviveu na invenção de Fernando Pessoa. Foi isso em 1946; e, muito recentemente, o editor daquele volume publicou uma reedição dele, que, por imposição minha e dos detentores dos direitos do poeta, foi – tanto quanto estas coisas são cumpridas, quando há má-fé – retirada do mercado, uma vez que fora feita sem nosso conhecimento nem autorização. Não haveria que reeditar «ipsis verbis» aquele trabalho, desde que, sobre ele, tinham decorrido quinze anos de investigações, nas quais eu tive não pequena parte e pelo menos a bastante para alterar e ampliar muitas das notas e comentários de então. Quando, nesse volume de 1946, tratei de Aleister Crowley, estava ele completamente esquecido em Portugal, a ponto de todos os estudiosos de Pessoa, sem excepção, imaginarem que Crowley era mais uma das mistificações com que o poeta tinha por costume divertir-se da suposta bacoquice provinciana dos seus compatriotas, não exceptuando aqueles mesmos que primeiro lhe reconheceram o valor e o admiraram.

A figura de Aleister Crowley teve, para quantos conviveram com ela, aspectos sumamente sinistros e desagradáveis; e posso mesmo dizer que, em Inglaterra, se encontra uma barreira quase intransponível para arrancar-se dos que o conheceram algumas informações mais que banais e genéricas. Por volta da década de 50, a situação modificou-se, porque o temido e venenoso sujeito morreu em 1947 definitivamente (porque já antes «morrera provisoriamente» algumas vezes, como naquela para a qual Fernando Pessoa forneceu em Portugal o seu contributo), e não podia já vir lançar algumas verdades lamacentas acerca dos contactos que ele e o seu círculo haviam tido com as pessoas que se haviam afastado prudentemente daquelas escandalosas aventuras às vezes mais sexuais que esotéricas... Mas, em 1950, a crítica portuguesa, muito insuficientemente informada dos meandros da vida cultural britânica, tinha desculpa para ignorar uma personagem que os próprios ingleses não mencionavam.

A primeira obra que estudou biograficamente o aventureiro Crowley foi, muito hagiologicamente e com uma veneração algo ridícula, a de Charles Richards Cammell, cujo título é o nome do sujeito, e que foi publicada em 1951. Em 1952, *The Great Beast*, de John Symonds, ampliou muito o campo de pesquisa e a serenidade crítica, de tal modo que, em 1958, essa obra foi publicada em refundição total: *The Magic of Aleister Crowley*.

Quando, em 1957, no âmbito da publicação das suas obras completas, Somerset Maugham consentiu em reeditar o seu romance de 1908, *The Magician* e o prefaciou identificando o seu herói como sendo o Crowley que ele conhecera e de que se vingara meio século antes, eu publiquei um longo estudo – «Maugham, Mestre Therion e Fernando Pessoa» –, na Página Literária do *Diário de Notícias*, de Lisboa, em 21 de Março de 1957. O romance de Maugham permaneceu, até ser recentissimamente traduzido, desconhecido do público de língua portuguesa, mas o seu conteúdo e o prefácio foram nessa altura revelados, na medida em que, de certa maneira, o romance de Maugham (que, por certo, o não reeditou nunca, por receio de que Crowley viesse a ser mais viperinamente explícito do que o fora em 1908, no artigo em que ele-mesmo se identificara com o protagonista e atacara o ex-amigo) trazia achegas muito importantes para o conhecimento de uma muito curiosa figura inglesa deste século, com a qual se envolvera um dos maiores poetas da língua portuguesa.

A segunda obra de John Symonds é posterior ao meu artigo supracitado, e na data deste nem sequer chegara ainda ao meu conhecimento a primeira que ele escrevera sobre aquele homem que pretendia ser uma encarnação da Besta do Apocalipse... E não fora ainda publicada a obra mais recente – tanto quanto sei – sobre Crowley, *The Beast*, de Daniel P. Mannix, que apareceu em 1959.

É lícito afirmar que quase todas as figuras maiores da literatura britânica deste século conheceram Crowley e foram mais ou menos vítimas do fascínio da sua poderosa personalidade de ocultista e de mistificador desvergonhado. O grande poeta Yeats andou uma vez, em Londres, aterradamente foragido, porque se sentia perseguido por um demoníaco espírito que, julgava ele, Crowley lançara no seu encalço. E a curiosíssima figura que é Raul Leal, um dos sobreviventes do grupo de *ORPHEU*, forneceu-me interessantes revelações acerca do seu convívio em Portugal com Crowley, naquela época que terminou com a sensacional desaparição dele (que apaixonou a imprensa europeia), nos arredores de Lisboa, na gruta marítima, muito celebrada turisticamente, e chamada Boca do Inferno (o nome dela havia seduzido Crowley...). Entre essas revelações inclui-se a correspondência já antes mantida com o animador do ocultismo aventuroso que Crowley era. A cigarreira de Crowley, um dos indícios que, no local, a polícia descobriu e serviu à identificação do desaparecido, era, apesar das ponderosas considerações do *Times*, pertencente ao actual coronel Caetano Dias, cunhado de Fernando Pessoa, e que a cedera para o efeito; foi o próprio coronel, hoje o representante dos herdeiros do poeta, quem me comunicou esta informação. Era, porém, uma cigarreira suficientemente «oriental» para poder pertencer a um mago tão celebradamente íntimo dos mais recônditos orientes.

As obras supracitadas que nos informam sobre Crowley – e outra massa de informação é o corpo impressionante das suas publicações mais ou menos literárias (mais de cem títulos, desde folhetos a respeitáveis volumes como os de *Magick*, publicados de 1930 a 1935 sob o nome esotérico de Mestre Therion, e que Fernando Pessoa possuía na sua biblioteca) – não coincidem exactamente com a ideia que romanescamente foi intenção vingativa de Maugham, nem com os correctivos displicentes que este desenvolve no seu prefácio a *The Magician*. Crowley – acerca do qual o Serviço Secreto Britânico poderia fornecer alguns dados desconhecidos – não foi, é certo, o horrível e fantástico feiticeiro do romance, nem o mistificador ridículo a que o prefácio o reduz. Foi uma personalidade que soube rodear-se de mistério, que tinha real talento literário, e que possuía artes bastantes para interessar e dominar, pelo menos durante algum tempo (até aterrá-las...), individualidades que não pecaram por cretinas. É certo que Crowley não olhou nunca a meios: todos serviam aos seus desígnios, desde as Missas Negras à chantagem.

Como é sabido, Pessoa traduziu um poema esotérico – e obsceno – de Mestre Therion, que faz parte do primeiro volume de *Magick*. É o muito conhecido *Hino a Pan*. A tradução foi publicada no número 33, referente a Julho-Outubro de 1931, da revista *presença*; e fora enviada a Gaspar Simões com uma carta, datada de 6 de Dezembro de 1930 (Simões publicou em volume, em 1957, as cartas que recebeu de Pessoa, e, por uma carta de 19 do mesmo mês e ano, pode ver-se que Simões logo supusera que o Therion era mais um heterónimo, o que o poeta desmente, comunicando informes que seriam suficientes para uma investigação ulterior da existência de Crowley, para lá dos que eu forneci em 1946). A tradução é, a muitos títulos, superior ao original inglês; o que não é para admirar, se repararmos que o mesmo sucede com a tradução de *The Raven* de Edgar Poe, em que é habilmente elidido o mau gosto do autor de *Annabel Lee*.

O capítulo das relações e convicções esotéricas de Fernando Pessoa é, ainda hoje, com ser fundamental, um dos menos compreendidos. Não é possível compreender-se aquilo que se não toma a sério. Mas, para bem compreendermos e apreciarmos a importância daqueles aspectos decisivos da personalidade civil e da personalidade poética de Fernando Pessoa, não é necessário ser-se ocultista, e é até inconveniente, porque daríamos importância a coisas que esteticamente não importam. É, porém, indispensável tomarmos a sério, criticamente, aquilo que Pessoa assim tomava. Porque o grande equívoco é – por deficiência de visão e de informação – não situar devidamente no seu contexto europeu um interesse pelo Oculto, que Pessoa partilhou com quase todos os seus grandes pares do post--simbolismo. Ele, Yeats, George, Rilke, Milosz, e tantos outros, não podem ser compreendidos e valorizados, se forem pudicamente amputados do que, com características várias, foi parte integrante das suas pessoais visões do mundo. E há que entender que uma visão esotérica do mundo (que não implica uma iniciação específica, nem é incompatível com o mais esclarecido positivismo cientista, ao contrário do que primariamente se supõe) não existe, nem é possível, sem ironia, uma ironia de carácter transcendente, que, para uso de burgueses crédulos e assustadiços, pode assumir formas de mistificação. Na obra de Pessoa, não podemos confundir os aspectos de mistificação agressiva, peculiares à revolução estética do modernismo mundial desde os seus pródromos panfletários nos finais do século XIX, e aqueles aspectos que resultam de uma visão irónica, que o esoterismo fornece, da diferença de grau entre o entendimento de um iniciado e o entendimento que do mundo pode ter o pobre indivíduo que não tem comércio com os anjos e os demónios. Em maior ou menor grau, esta distinção tem de ser feita para quase todos os grandes poetas da primeira metade deste século em que vivemos. Mas em nenhum deles, como em Pessoa, ela tem de ser delineada mais firmemente, já que foi na ambiguidade dela que o grande poeta estruturou o, como ele diria, «núcleo central» da sua personalidade poética.

No momento em que o público toma contacto com o romance de Maugham sobre Crowley, e é recordada a conexão deste homem com Fernando Pessoa, não serão de todo inúteis as rectificações e informações destas breves notas.

# INTRODUÇÃO AO
## *LIVRO DO DESASSOSSEGO*

É célebre a «blague» de Cocteau sobre Victor Hugo: «Victor Hugo c'était un fou qui se croyait Victor Hugo». Aplicando-se a frase a Fernando Pessoa, poderíamos dizer que «Fernando Pessoa c'étaient plusieurs fous qui se croyaient Fernando Pessoa». Na verdade, Alberto Caeiro, Álvaro de Campos, Ricardo Reis, Bernardo Soares, Vicente Guedes, António Mora, o Barão de Teive, Carlos Otto, C. Pacheco; e um poeta nacionalista e sebastianista; um poeta inglês que pensava em inglês e em inglês chorou Antínoo e para o inglês traduziu António Botto; um poeta francês; um poeta português em quadras de fazer concorrência a Augusto Gil e António Correia de Oliveira; um polemista político; um crítico esteticista, muito discípulo de Oscar Wilde & Ca.; um juvenil e ardoroso admirador da *Renascença Portuguesa*; um panfletário defensor do amoralismo; o «banqueiro anarquista»; um novelista «policiário»; um estudioso da «sociologia do comércio», etc., etc. – todo um bando de loucos virtuais que, para existirem, e na diafaneidade em que se materializavam, ou mal chegavam a materializar-se, ou se dissolviam no ar ou uns nos outros, apoderavam-se, de quando em vez, da pessoa tranquila, mediana, afável, solitária, solteirona e lúcida, um tanto irónica também, de um cidadão pacífico e sem biografia, chamado Fernando António Nogueira Pessoa. Uns eram «ortónimos», outros eram «personalidades literárias», outros eram «heterónimos». Alguns foram fugazes: apareceram e não voltaram mais. Outros acompanharam-no por décadas, até à morte. Uns eram poetas, outros não eram. Uns escreviam mal, outros demasiado bem. Havia-os muito pedantes, enquanto outros tinham a pedantaria da simplicidade. E muitos deles se entretinham a escrever sobre outros deles. Todos porém existiram. Cada vez mais nos inclinamos a crer, se não fora o testemunho de contemporâneos, ou os nossos olhos, que quem nunca existiu foi aquele cidadão pacífico, dado à astrologia e em «flirt» com a Ordem do Templo, e que se repartia entre um trabalho que lhe desse para não fazer nada, o convívio de alguns amigos, o da família, e o da sua solidão – e que seria um louco, se os loucos não fossem todos os outros, ou um «medium», se eles fossem espíritos vindos do Além, e não, como eram, realidades absolutas no espírito, que visitavam, de um homem que, em vez de personalidade, só tinha imaginação para escapar a si mesmo. Tudo e todos foram «heterónimos» nele e quiçá o foi também o cidadão, pacífico e «gentlemanlike», com os seus «hobbies».

A tão discutida questão dos «heterónimos», há que colocá-la muito diversamente do que o tem sido: não nos interrogarmos sobre se são ou não são ele, ou em que medida correspondem a um Pessoa verdadeiro e sincero. Eles, como tudo o que fez e viveu o homem Fernando Pessoa, existiram e existem realmente (alguns até existirão hoje muito mais do que para ele chegaram a existir): quem não existiu foi ele mesmo. E não há que procurar-lhes uma referência individual que foi, na existência deles todos, uma mera circunstância. Ainda quando investigações minuciosas do estilo de cada um nos provem que não são tão diversos uns dos outros quanto aparentam, e que há, entre eles (a não ser em casos extremos, em que se imitaram excessivamente a si mesmos), um denominador muito comum que seria «ele», nem mesmo assim provaríamos a existência dele como personalidade, porquanto estaríamos tirando a prova, pelo absurdo, de que ele lhes cedera de si mesmo o que lhe cabia ser. Ele não foi um «eu», mas um «anti-eu».

Mas um anti-eu muito especial. Quando «ele» faz dizer a Bernardo Soares (que era quase ele) que a pátria dele era a língua portuguesa, não estava postulando uma comovente manifestação de patriotismo cultural e literário: estava, muito simplesmente, dando a chave da transformação que possibilitava as visitações daquela gente mais ou menos heterónima, até porque outros «eles» tinham às vezes como pátria outras línguas. A pátria «dele» era a *linguagem* esteticamente considerada. O que significa que, aquém da criação em linguagem, ele não era uma pessoa. *Pessoa*, nele, era um apelido de família.

Processando-se a fixação da personalidade ao nível da linguagem, mas da linguagem como criação estética, inevitável seria que, ao contrário do aforismo comummente mencionado, «os homens eram estilos», e tanto mais diferenciados como seres, quanto os estilos o fossem. Por isso, os heterónimos, parecendo máscaras, o não são, mas as realidades virtuais de um homem que cindiu em estilos as suas íntimas contradições e versatilidades, e que, tal como o átomo da física moderna que nascia quando ele fazia essas experiências consigo mesmo, era, rodeado de «eus» positivos, um *anti-eu*. Se aqueles «eus» eram personagens cujas obras ele escrevia, ou até a placidez de um viver sem aventuras, para o átomo de humanidade, que ele era, e que vemos que ele era, tanto faz. Apenas à literatura importam só aqueles de que obra ficou.

Como foi possível um homem levar tão longe a negação de si mesmo? Que negação de que si mesmo? Por certo que não acreditamos hoje, em psicologia, na visão tradicional da unidade psíquica, de que este poeta foi um dos primeiros, e dos maiores, a fazer esteticamente o processo. E que, portanto, não tem sentido o pasmo provinciano (e ele foi quem sangrentamente denunciou o provincianismo português), com que se continua a admirar os heterónimos. Eles não são mais extraordinários, nem mais vivos, que muitas personagens célebres do grande romance ou do grande teatro, ou que a imagem de si mesmos, que grandes poetas nos impuseram. O extraordinário é que esse homem chamado Fernando Pessoa os tenha criado, ou eles se tenham criado nele, sem um *contexto*, assim como há personagens célebres que se evadiram dos contextos em que os seus autores os criaram. Como um dramaturgo excelente, o homem que os escrevia apagou-se por trás deles, mesmo quando lhes não dava outro nome que não o dele como cidadão. Mas eles não se evadiram de peças como as de Shakespeare, de romances como os de Balzac ou de Tolstoi, ou de literatura quase de cordel, como sucedeu com Sherlock Holmes ou com o Tarzan. O extraordinário não está em que ele se tenha apagado, se tenha distribuído por eles – mas sim em que tenha tido uma tão espantosa e tão exemplar ciência de *não-ser*. A nossa personalidade é uma opção na vida, uma acumulação de opções – nada mais: e acabamos «unitários», pelo que escolhemos não ser, ou desistimos de ser, ou tememos poder ser. Acabamos unitários por defeito, quando dantes se julgava que assim começávamos na vida. Mas não foi isso o que ele realizou em si próprio, numa demonstração viva de que a personalidade unitária é uma ficção como qualquer outra. Ele recusou-se a optar, ou optou pela negação de ser. Não como o dramaturgo que não sabemos o que pensa de nada, porque as suas personagens são quem pensa, *em situação*, como é o caso de Shakespeare, por ele. Mas sim como o homem que é a própria realização vital do cepticismo absoluto, e que só virtualmente pensa e só virtualmente vive. Ele não teve biografia, não apenas por não tê--la, como tantos seres solitários e serenos, que se seguiram discretamente pelos intervalos da vida, e não são grandes poetas. Não a teve, *porque não podia tê-la*.

É isto o que faz o fascínio da sua *Obra Poética*, e mesmo nos encobre, muitas vezes, quanto há de habilidade trágica no que parece ser só a sua excepcional grandeza. Ele causa-nos uma inveja dolorosa e sinistra: a que todos nós – tendo escolhido ir sendo – não podemos deixar de sentir ante uma criatura que preferiu «não ser», e que vai até mais longe: brinca ironicamente com o horror disso.

Mas como foi possível tal negação do ser como consciência de si mesmo? Como? Por uma curiosa castração dialéctica. Pode a dialéctica ser apenas e dolorosamente uma «consciência infeliz», que revive constantemente uma síntese que se não forma e se não supera. Mas pode, mais medonhamente, recusar-se a ser uma «consciência infeliz», para ser uma consciência que goza a sua mesma infelicidade. Assim como um Descartes que, ao concluir que era por pensar, se detivesse no acto de pensar. Assim como uma dialéctica que, no jogo dos contrários, se detivesse aquém de ser dialéctica, e ficasse, pois, castrada do seu contrário, à beira do abismo de não-ser (de cuja identificação o seu ser se realiza). Sem talento romanesco ou dramático (que só a aceitação da vida *como acção* possibilita), e com faculdades de poeta lírico e de raciocinador gratuito, situado no cepticismo total (e por isso cepticamente crente de um extra-mundo esotérico que lhe compensasse a dinâmica da recusa dialéctica do ser e do pensar), Fernando Pessoa pulverizou-se nas suas virtualidades: «não evoluo, viajo», disse um dos Fernandos Pessoas. E era verdade – não evoluía para homem vivo, mas, como efectivamente veio a acontecer, para grande poeta morto. Um grande poeta que foi muitas pessoas, nenhuma das quais era ele mesmo, como ele mesmo não era quem se apresentava como tal.

Procurando penetrar nos recessos profundos desse ser «que ele não era» poderíamos interrogar-nos sobre as razões da psicologia profunda, que terão motivado este caso. Seria absurdo tentarmos resolvê-lo, por complexos de Édipo que toda a gente tem ou deixou de ter: e, de resto, nem ele se formou num mundo que já tivesse aceitado para si mesmo, nos domínios do inconsciente, a máscara que Freud lhe deu para ele se ver no espelho. O que assim o explicasse não explicaria que tanto complexo, por esse mundo fora, não produza artistas nem poetas. É algo mais profundo do que isso, algo que tem que ver com o mais terrível do «não-ser», o mais demoníaco da existência como negação: a incapacidade de amar.

É evidente que não estamos postulando uma concepção romântica do amor, pela qual os poetas devem ter todos tido grandes paixões notórias. Um sujeito decente e pacato, como era Fernando Pessoa às horas em que não poetava de Antínoo, nem saía em defesa de António Botto e de Raul Leal, nem propalava insinuações perversas acerca do seu heterónimo Álvaro de Campos, pode perfeitamente, da janela do seu quarto, ter mansas paixões pela vizinha da frente, e, porque não é um conquistador, mas um homem muito tímido, cujo sexo se abstém discretamente de exigências extemporâneas, jamais sairá à rua da vida, para conquistar a vizinha, ou para dormir com uma prostituta. Por incrível que pareça, há pessoas castas, sem que possamos chamar-lhes nomes feios, ou supor-lhes horrorosos vícios secretos. E essas pessoas, absortas numa actividade que é a castidade sublimada, podem mesmo passar a vida sem olhar para nenhuma vizinha, a não ser por raros momentos, logo ultrapassados. A incapacidade de amar é outra coisa – e inerente ao não-ser. Não é, de modo algum, uma impotência física, ou uma impotência de raiz psíquica. E, mais terrivelmente, a incapacidade de desejar, a incapacidade para fundir, num mesmo impulso, o desejo e a ternura. É o preço que paga quem vende a alma a troco de uma consciência, e a vende ao diabo. Não importa, de modo algum, que o «diabo», como entidade civil, exista ou não. O estado de vender-se-lhe a alma não necessita sequer da sua existência, nem da de alma, para realizar-se.

Fernando Pessoa não foi, e não é, o Super-Camões que ele profetizou. Mas é (e as farpadas que a Camões várias vezes dirigiu são sintomáticas) o anti-Camões. Poucas vezes, se alguma, numa literatura e numa língua, se terão polarizado tão extremamente as condições estéticas da existência humana. Um não foi senão ele mesmo, reduzindo tudo à escala da sua experiência de vida, e amplificando esta experiência à estrutura do universo. O outro não foi senão «não-ele-mesmo», amplificando o nada à escala da sua não--experiência, e reduzindo esta não-experiência a não-estrutura do não-

-universo. Para um, o amor era a força motriz do ser e do pensar. Para o outro, o amor simplesmente não era. Para um, o espírito conhecia--se não ter conhecimento. Para o outro, o conhecimento conhecia-se não ter espírito. Um foi a própria dialéctica do pensamento vivo realizando-se em estrutura estética. O outro foi a recusa do pensamento em estruturar a sua mesma essência dialéctica. Um sofreu dolorosamente o sofrimento. O outro sofreu angustiadamente que o sofrimento não existe. Um identificou-se com a História como acção e como destino. O outro transformou a História em epigramas belíssimos, de que o destino se iludisse em mitos de Quinto Império. Ambos viram Deus muito longe de suas humanidades: mas um tinha intercessores, e acreditava neles (os deuses, a alma minha gentil, até o papel seu secretário), e o outro não os tinha (e por isso os seus deuses são sempre imagens de outro deus maior). Não podemos saber qual deles amou mais: se o que amou muito, se o que não podia amar. Não podemos também saber qual deles foi «sincero», porque foram demasiado grandes para a sinceridade de que os homens comuns se iludem. Não podemos saber quão verdadeiros foram para si mesmos, ou qual nos mentiu mais. São demasiado poetas, para que possamos sabê-lo, e sempre estará, entre nós e eles, o que fizeram e o por que valem. Só os poetas menores estão, para que os vejamos, entre nós e as obras. Eles são aquilo que escreveram, e por isso mesmo são poetas maiores. Mas um escreveu para ser, e ser com uma intensidade que raros poetas do mundo se deram a si mesmos; e o outro fê-lo para não ser, com uma persistência de suicídio em vida. Camões transformou as suas frustrações em triunfos. Pessoa transformou em frustrações admiráveis os seus triunfos sobre si mesmo. Um é o ser, o outro o não-ser. E até nos problemas editoriais que a obra deles suscita são o oposto um do outro: ambos em grande parte poetas póstumos, um é incerto porque toda a gente foi confundida com ele, e outro é-o por ter criado a gente com que o confundissem. De um, não há papéis. Do outro, há papéis de mais. Um deixou que tudo se lhe perdesse. O outro, não houve tira de papel ou de frase, que não guardasse. É que um era uma estrutura fechada sobre si mesma, e sempre estaria todo num fragmento qualquer; e o outro necessitava de todos os fragmentos, não para reconstruir-se, mas para dissipar-se. Da angústia de Camões, eleva-se uma tremenda serenidade. Da irónica superioridade de Pessoa, emana um calmo desassossego.

É desse «desassossego» que se apresenta o Livro.

\*\*\*

Seria por certo um exagero considerar-se que o «desassossego» de Fernando Pessoa estará todo no livro que ele imaginou com esse título, ou no que, como «*Livro*», ele alguma vez chegou a ser. Esta obra fragmentária não é senão mais uma das suas várias obras por pessoas várias. É-o, porém, de um modo peculiar, nos sucessivos avatares que foram os seus e que adiante estudaremos; e também porque Fernando Pessoa acentuou mesmo que o Bernardo Soares, a quem o livro, em sua última forma irrealizada, acabou sendo atribuído, era qualquer coisa como um «semi-heterónimo». Não quer isto dizer que este livro tenha uma importância que resulte de, na semi-heteronimia, nos dar algo do Fernando Pessoa íntimo e profundo. As fragmentárias meditações, de que, numa forma sempre «aberta», o livro se formava, não são mais íntimas ou mais profundas, no sentido de lucidez de uma situação psíquica no mundo, do que as confiadas a Álvaro de Campos, com as quais terá sido o mesmo Fernando Pessoa o primeiro a encontrar-lhes afinidades. Mas o carácter flutuante da semi-heteronimia, e a natureza informe e fragmentária delas, permitem, respectivamente pela contiguidade com os autores «ortónimos» e pelo descaso estético quanto a uma estrutura poemática, que a ficção, através de que estas meditações são abandonadamente feitas (quando abandonadamente o são) seja mais transparente, não de uma realidade profunda, que do mesmo modo pode nela ser ocultada, recusada ou transformada, mas dessa mesma contiguidade em acto de, como ele dizia, «outrar-se». E, sendo ela – o que não devemos esquecer nunca – uma criação literária, patentear-nos, se assim podemos dizê-lo, as células «ortónimas» (da criatura que dava pelo nome de Fernando Pessoa) em processo de cissiparidade heterónimica, ou de descoberta do Outro, em si mesmas.

Não é que, insistimos, haja uma diferença de grau entre os heterónimos, os semi-heterónimos, e as diversas actividades ortónimas. Tudo o que Pessoa fazia, o fazia como sendo outro, assinasse-o ou não com o seu nome civil. A diferença não é de grau heterónimo do fazer, mas sim de configuração última do que é feito, com atribuição de «outra» identidade autoral, ou com «outração» da própria identidade civil. E isto nos coloca no cerne da criação poética *como tal*, e, correlativamente, da sinceridade da criação artística. Educado Fernando Pessoa sob os influxos literários do simbolismo francês e do esteticismo britânico, ele sabia muito bem a que ponto uma obra de arte *não é*, precisamente por ser obra de arte, o próprio artista, mas um objecto estético, em cuja confecção a experiência humana do artista entra a igual título que os ritmos, as significações complexas e contraditórias, as ideias, a linguagem. Sobretudo esta. Quando ela se fazia por outrem dizer que uma dada língua era a sua pátria, ele sublinhava como a linguagem, esteticamente considerada, era a condição «sine-qua-non» da existência do plano estético. E estabelecia a distinção radical, e fundamental, entre uma *verdade* abstracta da consciência criadora e a *verosimilhança* concreta do objecto estético. A própria verdade abstracta da consciência criadora, isto é, «o que em mim sente está pensando» do verso célebre, não está já na dependência directa de uma «sinceridade» que radicalmente ilude. Essa abstracção da experiência interior é já uma superação do problema da sinceridade da consciência ante si mesma. Esse problema, que é o de sabermos quanto de verdadeiros temos para com nós próprios, dá-lhe a humanidade comum (a que não cria objectos estéticos, ou a que os cria «romanticamente») uma solução fictícia que é a sua racionalização (em termos psicanalíticos) enquanto problema. A identificação da linguagem escrita com a consciência recriada esteticamente, sendo a superação dessa racionalização comum, cria uma *sinceridade estética* que não é correlata com aquele problema, mas com a verosimilhança. Aliás, a distinção, no plano da grande tragédia, entre a verdade e a verosimilhança encontra-se definida desde os apontamentos de Aristóteles no seu fragmento de «poética» (ainda que em termos de criação dramática), e os teóricos e preceptistas do Cinquecento italiano tiveram plena consciência de que a um poeta não se pedia senão verosimilhança das suas criações e, portanto, sinceridade estética. Se, na compreensão do fenómeno estético, se interpôs, entre o Renascimento e o Barroco, por um lado, e o Modernismo, por outro, a «racionalização» burguesa da individualidade, por certo que a culpa não cabe àqueles que ignoravam as mistificações românticas, por lhes serem anteriores, ou procuraram modernisticamente libertar-se delas. Isto não é, evidentemente, uma desvalorização crítica do Romantismo, mas é a sensata consideração de que nenhuma época pode ser julgada ou interpretada à luz de padrões que não são, ou nem podem ser, os seus. Se alguma evolução chegou a haver em Fernando Pessoa, nos seus anos formativos (que podemos delimitar até cerca de 1914-15), foi precisamente a que o libertou da sujeição aos mitos românticos, que persistia em muito post-simbolismo e muito esteticismo. E não é para nos admirarmos, mas para compreendermos melhor, que devemos espantar-nos com o que haja de mistificação, de agressividade, de atitude, de rebelião, no Primeiro Modernismo universal, de que Pessoa foi um dos criadores. Esses homens precisavam de agredir e de enganar todo um sistema socio-estético que assentava na mistificação da sinceridade (equivalente à do representativismo democrático burguês), e não podiam fazê-lo senão, como toda a noção de dialéctica nos ensina, praticando a mistificação da mistificação como mistificação. De resto, havia antecedentes conspícuos na própria literatura portuguesa, desde cerca de 1870: Carlos Fradique Mendes (de quem Álvaro de Campos herdou tanto). E até certo ponto, poderíamos até dizer que Bernardo Soares (esse «ser» que veio a herdar um livro que lhe era muito anterior) foi o Fradique Mendes de Fernando Pessoa.

Mas, tal como a Sociedade de Escritores F. N. Pessoa, Lda. era um «anti-Camões», importa compreender em que termos Bernardo Soares é um Fradique e um *anti-Fradique*. O Carlos Fradique Mendes que acompanhou Eça de Queiroz a vida inteira, desde os tempos em que, com Antero de Quental, o inventou poeta «satânico», e o fez depois, com Ramalho Ortigão, personagem de *O Mistério da Estrada de Sintra*, não é, ao contrário do que habitualmente se aceita com demasiada facilidade, uma hipóstase de tudo o que Eça de Queiroz desejava ser (pois que Eça não se esquece de frisar o carácter estéril dele, e a sua natureza diletante, que são o oposto do que o próprio Eça, como aplicado e consciente artista, triunfalmente foi), mas um semi-heterónimo, através do qual Eça faz, na sociedade do seu tempo e em si mesmo, o processo impiedoso da esterilidade suprema de uma civilização. Do mesmo modo, o Bernardo Soares que é autor do *Livro do Desassossego* (ou deste «livro», tal como ele veio a «não ser»), serve àquela associação múltipla de autores, que era um poeta só, para fazer a autocrítica de uma situação social. Curiosamente, porém, onde Fradique era, na vida, mais rico e mais livre do que Eça, o autor do «*Livro*» tem uma condição que podemos considerar inferior à de Fernando Pessoa. É um ajudante de guarda-livros, em Lisboa, trabalhando em escritórios modestos, em andares escusos, nas ruas menos conspícuas da Baixa pombalina. Nesses e noutros escritórios muito menos modestos, não viveu nunca Pessoa amarrado aos livros de contabilidade, mas entrando e saindo quando queria, a cavalo no seu prestígio de correspondente comercial, num tempo em que era mais intenso do que hoje o comércio com a Inglaterra, e a língua inglesa (que era uma das suas línguas mentais, *se não a sua língua mental*, já que as anotações de fragmentos em português são feitas em inglês, e são-no também os apontamentos pessoais em livrinhos de notas, e é em inglês a frase que, sobre o peito, num papelinho, rabiscou a lápis, momentos antes de mergulhar na noite que lhe seria a da morte: «I know not what tomorrow will bring») não fazia parte da cultura ou do conhecimento de ninguém, e era apenas uma coisa aprendida em cursos comerciais que não dariam o domínio dela que ele adquirira. O carácter de antítese, que é o do múltiplo Fernando Pessoa em tudo, também aqui se revela: ele fez do autor do «*Livro*», ou do que nele o visitava como eventual e vago autor desse livro, *menos do que ele próprio era*. E deu-lhe uma consciência de negatividade e de frustração, de que, nos avatares poéticos, ele se evadia, que mais não fosse, pela estruturação poemática. Os tantos pontos de contacto desta obra em prosa com os temas das várias obras poéticas (já na *Ode Marítima* Álvaro de Campos cantava, ainda que com certa ironia desesperada, as belezas da escrituração comercial, porque «tem ao fim um destino marítimo, um vapor onde embarquem/ /As mercadorias de que as cartas e as facturas tratam») não recebem, na prosa, um tratamento esteticamente *fechado*, que os defenda da fragmentação (ainda quando tanto poema de Pessoa e dos outros tenha aspecto de meditação fragmentária que continua, como os folhetins, no próximo poema), pela necessária estrutura que um poema, por existir no papel, recebe. E porque o não recebem, ficaram mais fragmentários do que tudo o mais, embora isso mesmo de serem fragmentos de uma prosaica meditação intermitente lhes dê uma analogia que os situa fora do tempo e do espaço, como típica expressão do que seja *a negação de uma obra enquanto tal*. Que como situação social do «autor», e como autor de uma obra que é a irrealização mesma, Bernardo Soares ou quem quer que este seja seja menos que Fernando Pessoa torna-o um anti-Fradique exacto, visto que, como Fradique, é a esterilidade e a incapacidade estética, mas, ao contrário de Fradique, não usa da consciência para fruir da vida, mas para recusá-la, do mesmo modo que o que era em Eça de Queiroz uma consciência socialista, ainda que progressivamente desanimada, que ele bebera na juventude em Proudhon, se torna, em Pessoa, a evasão místico-nacionalista de uma geração que viu produzirem amargos frutos as oposições (já patentes na geração de 1870) entre o socialismo aristocrático e o republicanismo pequeno-burguês. A náusea social que caracteriza tão profundamente Pessoa e Sá-Carneiro, ante a realidade portuguesa de então, tem muito de mutação qualitativa da acumulação de desilusões, que vinha sendo experimentada pela intelectualidade portuguesa do fim do século, complicada com uma visão extra-nacional e supra-nacional da cultura, que, desde a geração de 1870, vinha em processo de provincializar-se dolorosamente. Não sem razão Alberto Caeiro é, ironicamente, um pequeno cidadão de província, que, pelo empírio-criticismo, supera a sua condição, Álvaro de Campos é um técnico educado no estrangeiro, Ricardo Reis um monárquico exilado, e Bernardo Soares um modesto empregado de escritórios modestos e mais cortado que os outros das experiências cosmopolitas da vida, da elegância esteticista, ou da meditação filosófica, enquanto outros vultos, outros nomes, outros seres, flutuam passageiramente no mundo imaginário em que só eles são reais.

Não pode, assim, dizer-se que o *Livro do Desassossego* é *Os Cadernos de Malte Laurids Brigge* de Fernando Pessoa, apesar da tentação que o paralelo constitui. Rainer Maria Rilke não foi uma sociedade de escritores virtuais, e Malte não é heterónimo seu, tal como os poetas Abel Martín e Juan de Mairena o não são de Antonio Machado, nem o são de Yeats as «máscaras» que assumiu. Sem dúvida que a aproximação deve ser feita entre eles todos, sob este aspecto, pelo que há de semelhante, mas diverso, neles. Cremos mesmo ter sido os primeiros a propor a analogia. Esta, porém, e o mesmo se dá no paralelo entre a hipóstase da Criança Divina em Fernando Pessoa e o culto de Maximino em Stefan George, não vai além de paralelas reacções, de grau variável, a uma situação geral da cultura euro--americana, no Fim do Século, quando o esteticismo e o simbolismo se tornam uma «mauvaise conscience», e o Modernismo inicia o processo da legitimidade individual da criação estética. Alguns desses homens, todavia, ficaram muito vinculados aos valores do Fim do Século, e são mais post-simbolistas do que modernistas: não renegaram, e antes exacerbaram, o «espiritualismo», às vezes nas mais obnóxias de suas formas, que haviam recebido daquela época. E o interesse pela linguagem enquanto vivência estética, que é comum a todos, o exercício da criação de «personagens» que sejam, ao mesmo tempo, mais personagens e menos personagens que eles mesmos enquanto poetas (e é o caso também, por exemplo, das personagens da Antiguidade, às quais Cavafy empresta a sua voz alexandrina), não menos revela que todos, por diferentes caminhos, procuraram escapar-se ao individualismo romântico, pela projecção «externa» da arte da expressão poética. Mas, quer aquele «espiritualismo», quer a linguagem como consciência arbitrária (no que muitos deles convergem para uma compreensão moderna dos fenómenos linguísticos), não possuem, em Fernando Pessoa, um idêntico sentido, ou, pelo menos, a identidade suspende-se onde e quando a sua personalidade escolhe o apagamento e a anulação na própria criação estética. O espiritualismo dele é tão alheio, como o são as criaturas que, nele e por ele, escrevem sendo «outras». E é aí que ele se afasta de todos os outros que ficaram, e por isso são mais post-simbolistas apenas, do que modernistas, amarrados à ilusão flaubertiana do artista como tal (de que um James Joyce, levando o naturalismo às últimas consequências, é tão agudamente consciente, ao mesmo tempo que salta para a linguagem como estrutura de toda a arte e de si mesma também). Deste modo, o Malte Laurids Brigge, cujos cadernos Rilke compôs, e que, como o autor do *Livro do Desassossego* é um solitário, desvinculado de uma realidade que lhe é apenas pungente saudade, quando não dolorosa presença, é um prolongamento do próprio Rilke, no que ele não era de poeta da «arte» e para as princesas amadoras de «poetas». Mas não chega a ser, como Rilke jamais chega, uma faceta da anti-poesia ou do anti-eu. Rilke é, por de mais, demasiado poeta das coisas espiritualizadas, em que a nossa humanidade resiste à própria dissolução, para aceitar que o espírito se pulverizasse numa pluralidade que é a sua mesma negação como tal. As meditações de Malte, com todo o seu «desassossego» angustiado, constroem uma confiança infinita, ainda que irritante e socialmente desajustada, na poesia como poesia. Mas as meditações que Fernando Pessoa vai escrevendo em papelinhos e guardando num envelope que é o símbolo da obra fragmentária são a prosaica libertação do poeta que realiza, em prosa poética, a sua mesma descrença no verso como liberdade última.

Já Pessoa foi acusado de ser a mais acabada imagem da alienação da civilização burguesa –, e, se o fosse, por certo que o *Livro do Desassossego*, ou o que reconhecemos como tal, seria as notas em pé de página desse múltiplo poema da alienação, que as suas obras em verso (e mesmo em outra prosa) representariam. Mas isso corresponderia a uma concepção errada do que alienação seja, ou do que ela possa ser superada numa criação como exemplarmente é a de Fernando Pessoa. Na medida em que tudo é de «outro», que todo o manifesto é quase uma « blague», e em que as diversidades se multiplicam «alheadamente» – na medida em que Fernando Pessoa começou simbolicamente por perder-se «na floresta do alheamento» (e é altamente significativo que tenha este mesmo título o primeiro trecho que ele publicou do seu «livro» no seu primeiro aspecto projectado) –, ele não fica na alienação de que não é, então, um exemplo acabado, mas uma *demonstração crítica exemplar*. A própria diversificação da ilusão estética, a despersonalização dramática identificada com a pluralidade virtual do «eu», a constante negação da unidade psicológica da criação literária, a linguagem como personificação, a entrecruzada crítica realizada por essas diversas linguagens (corporizada no que os heterónimos escreveram uns dos outros e Fernando Pessoa deles), tudo isso não é alienação, mas a negação da alienação, por aquilo mesmo com que, pelos seus talentos, Fernando Pessoa podia fazê-la: o que de alienação terrível tem toda a criação estética (porque é sempre uma proposta de «outra» estrutura para a estrutura das coisas, ainda que estas não tenham outras senão a que a nossa experiência e a nossa «praxis» lhes atribuam), podendo mesmo dizer-se que nenhuma alienação é superada senão pela consciente vivência dela mesma que a poesia dá supremamente (quando dá), ele a criticou *não só na, mas com* a sua própria criação. E mais – com a destruição total, a eliminação absoluta do que, no caminho do conhecimento, é, ao mesmo tempo, a impossibilidade do conhecer pleno e a condição mesma de conhecer-se: aquele «eu» último, subjacente a todas as pluralidades de que, por eliminação, se faz o nosso eu exterior e superficial. Como Camões, Pessoa viveu terrivelmente a alienação de toda uma época e de toda uma fase civilizacional: aquela, opondo a um mundo que se tornava pavorosamente monolítico um super-eu absorvente, que era a contrapartida dialéctica de uma vida dissipada através do mundo; este, opondo a um mundo que se cindia por todos os lados, uma multiplicidade de eus, que eram, por sua vez, a contrapartida dialéctica de uma vida que, ciosamente, e para que isso fosse possível, se negara a qualquer dissipação, qualquer convivência que não consigo mesma. Assim, Pessoa realizou a alienação em si mesmo, tal como opostamente Camões recusara alienar-se alienando-se. E uma realização desta ordem, longe de ser o que vulgarmente é tido como alienação, constitui, sim, a mais acabada crítica dela. Se em muito do que escreveu Pessoa não patenteia consciência disso, e, em termos políticos, parece mesmo, às vezes, optar por ela, tal coisa acontece, porque os homens vivem, assistem a acontecimentos, ou morrem antes dos que seriam decisivos para um salto definitivo (e não sabemos que posição assumiria Pessoa ante, por exemplo, a Guerra Civil Espanhola, pelo que o clericalismo poderia tê-lo irritado), e são, mesmo quando grandes poetas, circunstancialmente inferiores a si próprios. Mas ninguém pode ser julgado pelo que não fez, se a sua natureza o não talhou para homem de acção, ou se a sua lucidez não admite a parte de ilusão, que toda a acção exige. E nem sequer pelo que eventualmente se deixou fazer, quando humanamente sobrevive por *uma obra*. Muito menos, quando essa obra é a realização das contradições que existiam nele mesmo e na sociedade do seu tempo. No fim de contas, se o sentido de uma obra não deve ser entendido fora dela, e se é criminosamente ilícito extrapolar do que essa obra *diz*, não menos nos cumpre saber que um autor (a menos que o não seja, e valha apenas como personalidade «interessante») é sempre inferior, e mais limitado, que a sua obra, e que esta não pode ser julgada, nem entendida, nos circunstancialismos de que a sua realização depende, mas no que ela os transcendeu. Todavia, a transcendência dela não é, de modo algum, aquilo que, tendo vivido depois dela, nós estamos em condições de encontrar nela, *e que não está lá*. Isso é a mais vil falácia do impressionismo crítico. A transcendência de uma obra, em relação ao seu autor, é só o ter sido *realizada*.

Também neste ponto há que acentuar quanto existe de sub-repticiamente mesquinho em explorarem-se os desânimos de um poeta, a sua amargura ante o fragmentário, o seu anseio triste de realizar uma *Divina Comédia, Os Lusíadas*, um *Fausto* – e o «Fausto» é especialmente pertinente no caso de Fernando Pessoa que, tendo vendido a alma ao diabo, desejou, e não conseguiu, fazer o Fausto com que se libertasse dessa perdição medonha, num muito humano desejo de «salvar-se» pela criação estética daquilo mesmo que a sua perdição era. Muitas vezes Pessoa, abertamente ou implicitamente, se lamentou de não ser desses a quem havia sido dada a criação em escala monumental. Em face dessas catedrais, magníficas, ele sentia-se, por toda uma imposição das tradições culturais, um poeta irrealizado, dispersivo, menor. E, no seu lirismo, vinga-se constantemente dessa consciência amarga, ridicularizando ou minimizando todas as ilusões de grandeza: esse processo de magnificência é feito, em todos os autores em que se repartiu, por uma forma impiedosa, e às vezes brutal, dos mais diversos ângulos. Mas, ainda quando as obras magnas existam para humilhar e fascinar os que não são capazes de fazê-las (e Pessoa não é, tenhamos paciência e ele postumamente também, um Dante, um Camões, um Goethe, ou o Shakespeare ou o Milton, que ele fazia tanta questão de fingir que admirava mais), isso não implica que o poeta que elas humilham seja muito menor que os autores delas. Um poeta é *maior*, não apenas por realizar obras magnas como estruturas estéticas, mas por ter e viver uma visão do mundo, por impor a si mesmo essa visão em tudo quanto cria. Se a visão é negativa, demoniacamente negativa, o preço dela é também, ainda que o poeta se doa às vezes de pagá-lo, a incapacidade para a realização estética de uma obra colossal como aquelas que demos por invejáveis. Ao abdicar de ser ele mesmo, num mundo em que seria uma vergonha estética ser-se tal coisa sem tomar estricnina (como Sá-Carneiro fez *por ele* – e já uma vez afirmámos que Sá--Carneiro foi o Werther de Fernando Pessoa, que se matou para ele continuar vivo), Pessoa abdicou de tudo: não se pode, ao mesmo tempo, aceitar a missão de negar o mundo no fundo da consciência, e realizar, em vez dele, um outro, a menos que, como Lautréamont, se criem monstros de substituição. Querendo, ou só podendo, negar o mundo com ele mesmo, a monumentalidade é diabolicamente vedada. E, por isso, um dos Fernandos Pessoas se dá a imaginar esotericamente um universo ascensional, colossal, de Deus em Deus maior, que o compense de não haver, para ele, um Deus de escala humana suficientemente antropomórfico para que a «comédia» seja possível, ou para que, esteticamente, os paraísos se percam e se ganhem. Nem um Fausto ele conseguirá criar. Mas, como vemos, precisamente por isso é que ele não é tão menor quanto às vezes se supunha, nem quanto há quem se compraza em imaginá-lo. Porque – e o maligno equívoco reside nisto – uma coisa é ser-se o poeta da negação e muito outra a negação de um poeta, apesar de quanto, para que aquela negação tenha realização estética, o poeta tenha que usar de meios negadores do que tradicionalmente se entenda que um poeta é. É outro dos preços que Fernando Pessoa pagou para ser o que foi: a negação, e até a caricatura, do poeta romanticamente pressuposto, que tanto aflige os que se obstinam em não entendê-lo como um *moderno.*

Claro que a negação de que Fernando Pessoa se fez a demonstração viva não exclui uma muito aguda consciência de *missão*, que ele muito cedo manifestou (por exemplo, nas cartas a Côrtes-Rodrigues ou a Álvaro Pinto, tal como foram dadas a público). Simplesmente essa missão, ainda quando se manifeste em intervencionismos públicos (a defesa de Botto e de Raul Leal, a defesa da Maçonaria, o ataque à ditadura de Pimenta de Castro, a defesa e justificação, tão embaraçantes para gregos e troianos, da ditadura militar, etc.), está muito longe de ser assumida como os românticos a viviam, e como a crítica (no que alienadamente colabora na manutenção das mistificações correlatas) se obstina em propugnar.

Os românticos, como os seus actuais imitadores, quando não foram ou se deixaram ser «mulheres públicas», sem dúvida que pretenderam ser «homens públicos». E isso está nos antípodas das atitudes de Fernando Pessoa. Precisamente «público» é o que ele jamais visa a ser, porque se sabe representante virtual, *não de supostas maiorias*, mas da consciência crítica, ou, pelo menos, do paradoxo opondo-se ao primarismo de qualquer racionalização (de que, nos seus escritos polémicos, com o seu racionalismo irónico, Pessoa faz a caricatura). As simplificações racionais a que o estilo desses escritos arrastam o autor deles (qualquer que seja no momento o «autor») não deixa de ser o «negativo» das racionalizações que eles atacam, ainda quando nos não soem bem, ou nos desagradem com justificadas razões. A «publicidade» de uma criatura depende do grau de personalidade unamente fictícia que ela permite que lhe seja atribuída. E não há contradição alguma entre a discrição distante que Pessoa, como ser social, desejou para si e mesmo aconselhou aos outros (cf. o poema ortónimo, *Conselho*, o último que publicou em vida), e as intervenções insólitas e mesmo escandalosas com que provocou, em várias ocasiões, largos sectores da opinião «pública». Nem também entre essas intervenções e o carácter «anti-social» ou «a-social» da maior parte da sua produção poética. Tudo são *outros*, como temos insistido. Mas, sendo de «outros», não menos são expressões da oposição em que a pluralidade de Pessoa se instalou, em nome do direito do «não ser». A inteira submissão a este papel de multivário intérprete da negação, e de crítico da inexistência, caracteriza a missão que ele intensamente e absortamente viveu e realizou. Uma missão que, nas suas mesmas raízes, é a crítica da predestinação romântica.

Há, todavia, em Pessoa, em parte pelo muito que ele, em notas sobre si mesmo, confessou de ter lido dos românticos, em parte pelo que terá marcado a um menino português uma educação britânica (a que ficou amarrado para o resto da vida, desde o pudor de si mesmo, à elegância no vestuário e à superação da solidão pelo álcool), e também em parte pela consciência (que partilhou com Mário de Sá--Carneiro) de que, no tempo dele, não havia ninguém que se comparasse às virtualidades que sentia dentro de si, há uma consciência muito vincada de predestinação (e não recorremos aqui à desculpa final com que se despediu da mulher com quem pensou em casar, numa carta que é uma monstruosidade de frieza, se não é, dolorosamente, uma confissão de mau pagador no plano sexual). Poderíamos aqui evocar as palavras, tão belas, com que em 1624,

Manuel Severim de Faria defendia Camões dos que o acusavam de excessiva presunção (que, em Camões, é tão fortemente uma consciência de predestinado): «Desta geral reputação que os naturais e estrangeiros tinham dele, não é muito lhe nascesse a estima grande que de si tinha, louvando e abonando seu engenho em muitas partes dos seus *Lusíadas* e mais obras: o que alguns lhe atribuíram a vício, não atentando que é impossível não se conhecer um bom entendimento a si próprio, e ter verdadeira opinião de suas coisas». E poderíamos mesmo ir mais longe, e observar que o «bom entendimento», para conhecer-se a si próprio e ter verdadeira opinião de suas coisas, nem sequer precisa, como estímulo, do prestígio que os outros lhe concedam: muito pelo contrário, a «verdadeira opinião» apura-se e afina-se, quantas vezes, na inexistência dessa «geral reputação». Por certo que não podemos culpar inteiramente os contemporâneos de Pessoa, por o não terem reconhecido pelo grande poeta que ele era: tão ou mais culpado foi ele mesmo, que se deixou ficar quase inédito, e não publicando tanto que pudesse equilibrar a repercussão infeliz de muitas atitudes que, por literárias, não menos pareciam «públicas» e menos poéticas que a obra propriamente dita. Até certo ponto, a sua consciência de predestinado (que humanamente colidia com a consciência de a sua criação ter de ser sempre dispersa, fragmentária, e «alheia») vingou-se de si mesma e da contemporaneidade que lhe era inferior: reservando-se para a posteridade (exactamente como fizera com a publicação dos inéditos de Sá-Carneiro, que este lhe confiara às vésperas de matar-se, e que diferiu por uma vintena de anos), ele – ao mesmo tempo por doentia consciência do inacabado, e por inconsciente cálculo malicioso – marcou a sua contemporaneidade com o signo da estupidez, e jogou no mistério e no fascínio do grande poeta inédito, com a lenda das arcas de onde não mais acabam de sair livros... E isto é tão verdade, que é possível afirmar--se que, contraditoriamente, essa obra imensa, que ficou inédita, pouco ou nada acrescenta àquilo mesmo que, embora disperso durante mais de vinte anos em publicações eventuais, já estava publicado à data da sua morte... Em vez de alguns poemas, temos centenas; em vez de alguns fragmentos de prosa, temos centenas também. Em vez de uma imagem do poeta, temos a sua multiplicação «ad infinitum», apesar de muitas jóias magníficas que apareceram dos inéditos. Pormenorizou-se, amplificou-se, completou-se ante os nossos olhos uma vida inteiramente dedicada à criação poética. Mas o poeta, cuja publicação da obra completa, a partir de 1942, constituiu, no mundo de língua portuguesa, uma das maiores revoluções literárias de todos os tempos, continuou fundamentalmente o mesmo que todos poderiam ter conhecido antes, se tivessem atentado nele, desde aqueles idos de 1915, em que ele, com outros (com confusões que estão na raiz de muito equívoco crítico em relação ao modernismo já que este, também em *ORPHEU*, aparecia misturado ao simbolismo exacerbado que Portugal não tivera ainda, apesar de ter produzido grandes simbolistas como Camilo Pessanha, António Nobre, Raul Brandão ou Ângelo de Lima), foi, como a geração de 70 já o havia sido, o executor definitivo de um Romantismo que, se ainda persiste na nossa cultura (e em formas que envergonhariam até os ultra-românticos), o faz inteiramente à revelia dos relógios que se acertaram pelo mundo há cinquenta anos.

\*\*\*

Que a nossa insistência no «fragmentário» não seja mal compreendida. Não se trata de sub-repticiamente desvalorizar Fernando Pessoa, ou em particular um «*Livro*» que tem forçosamente de ser seleccionado de uma massa de fragmentos inaproveitáveis até por excessivamente fragmentários ou ilegíveis. Ou, reciprocamente, de defender o carácter necessariamente fragmentário de uma obra, como este «*Livro*» cuja estrutura tinha de ser, à base de comentários do «desassossego», esta mesma ausência dela. Estamos muito apenas definindo, através dela própria, uma maneira de ser, para que uma obra seja melhor compreendida. A obra de Fernando Pessoa. E, no âmbito dela, o livro que mais completamente representa a dramaticidade dolorosa da negação a que ele dedicou a sua vida. Não se entenda também, e perversamente, que essa negação implica negatividade da realização estética em que ela se corporiza. Nenhuma negação seria possível, no plano estético, se a sua realização não fosse, como arte, cabal e perfeita. Em precisão rigorosa da expressão, em articulação estrutural do pensamento, em ciência rítmica da frase, Pessoa, e é bom que se diga, é talvez o único poeta português que sofre comparação com o paradigma máximo da língua, que Camões é. Com toda a altitude da sua vivência intelectual, e toda a honestidade expressiva dos seus dramas de consciência, Antero é um artista descuidado. Com toda a magnitude apaixonada das suas visões, Pascoaes é um poeta pouco exigente consigo mesmo. E outros, como Bernardim, ou como Garrett, ou como Pessanha, de tão extraordinárias sensibilidades, não possuem a categoria «maior» que é a daqueles. O que não quer dizer que não sejam grandes poetas. Mas ser-se o poeta da negação do eu e das realidades aparentes, sistematicamente, e metodicamente, como Fernando Pessoa foi (com tudo o que, por vezes, é habilidade frágil – e quem as não tem, ou não se diverte a usar delas?), num nível de alta consciência linguística, só ele. Se isso é pouco, se é muito, se a nossa cultura estava aguardando o anti-Camões de que precisava para escapar-se ao ensimesmamento que o génio de Camões lhe impusera, eis o que é uma outra questão.

É sabido que, rotulados de pertencerem ao *Livro do Desassossego*, publicou Fernando Pessoa, em sua vida, alguns trechos de prosa. O primeiro apareceu na *Águia*, em 1913. Os outros concentram-se entre 1929 e 1932: em 1929, na Solução Editora; em 1930, na *presença*; em 1931, em *Descobrimento*; em 1932, outra vez na *presença*. Todos em nome de Bernardo Soares, a partir de 1929. E é de notar que, entre 1913 e 1929, nas diversas revistas em que colaborou e com trechos de prosa, nomeadamente na *Athena* que dirigiu (e em que tanto publicou dos seus diversos «eus»), o «*Livro*» não aparece. É que o «livro» a que pertence o trecho de 1913 não é, todavia, o mesmo a que pertencem os outros – mas um dos núcleos de que, como de outros projectos iniciais, brotou o Fernando Pessoa verdadeiramente grande e liberto de esteticismos a que, no entanto, devera a consciência de si mesmo como artista, que primeiro adquiriu. A transformação do *Livro do Desassossego* é, pois, da maior importância para distinguirmos a transformação do Pessoa esteticista e simbolista, no grande modernista que ele foi. Para vermos, tão documentadamente quanto possível, esta concomitante transformação através do famigerado «livro» em seus sucessivos avatares, façamos um levantamento das disponíveis referências, publicadas ou inéditas, a ele. Disponíveis deve aqui entender-se por as que estão nas obras ou cartas publicadas de Pessoa ou de outros, ou em notas a elas, ou em estudos críticos ou bibliográficos, e também o que consta do original que nos foi facultado para esta edição, e que adiante será, para plena informação dos estudiosos e do público, inteiramente catalogado e descrito. Isto tem sua importância, também porque a arca de Fernando Pessoa é uma espécie de perigoso tonel das Danaides, ou cartola de prestidigitador. De um momento para o outro, pode surgir de lá outro livro que nunca ninguém viu, ou que foi visto por outros olhos, mais do que os nossos no segredo dos deuses. Os deuses, como é sabido, são extremamente volúveis; e, dado que, nos quase trinta anos da nossa vida literária, já temos visto por mão de tanta gente tanto papel de Fernando Pessoa, há sempre a possibilidade de os deuses nos pregarem alguma partida... Não há como lavarmos qual Pilatos as mãos, antes de, como ele, andarmos às aranhas no credo dos mesmos deuses.

\*\*\*

A mais antiga referência a uma obra (?) em cujo título a palavra «desassossego» entrasse parece ser de 1910. No seu prestimoso inventário bibliográfico, *A Obra Poética de Fernando Pessoa*, Bahia, 1958, que peca pelas numerosas gralhas que a desfiguram, e por alguma precipitação na arrumação do material (que é, por vezes, insuficientemente explicitado), Jorge Nemésio afirma (p. 29) que «a atribuição do título de *"Desassossego"* a um livro de prosa é já muito antiga. Assim, com data provável de 1910, encontramos o seguinte averbamento no espólio do poeta: "subtítulo de *Rumor* ou *Desassossego"*. Não pudemos, todavia, relacioná-lo com o presumível título a que se subordinaria». A transcrição, feita noutro lugar, do Plano D-1, não nos elucida: é exactamente aquele «averbamento», com a indicação de que se encontra «junto do fragmento *"Deixa que o meu olhar desça"*, datado de 21-8-1910». Não conseguimos sequer saber qual a razão de referir-se a um livro de prosa o dito averbamento. Com o título *Rumor* há, no inventário de J. Nemésio, um poema ortónimo, a que é atribuído o ano de 1910, que, como o supracitado, não parece ter encontrado abrigo nos volumes de inéditos organizados por J. Nemésio, nem na edição Aguilar preparada por M. Aliete Dores Galhoz. O que seria para o *«Livro»* o Plano D-2 é o seguinte averbamento «o título Desassossego», que, segundo J. Nemésio, teria data aproximada de 1913, «dado que se encontra junto do poema *"A falsa e exterior eternidade"*, com data provável de 1913» (*ob. cit.*, p. 71). Também este poema continua inédito, ao que parece. Que a palavra, como título previsto para alguma coisa, parece andar nos ares de Fernando Pessoa, entre 1910 e 1913, quando os heterónimos Carlos Otto e Vicente Guedes, ao que se conclui das listas de J. Nemésio, já poetavam desde 1909 e precisamente até 1913 (no que se antecipam aos outros poetas heterónimos conhecidos, visto que Pessoa, ao historiar de heterónimos, menciona que Ricardo Reis foi o primeiro a aparecer, cerca de 1912), parece indubitável. E é interessante notar que o *«Livro»* passará por uma fase de ser atribuído por Pessoa àquele mesmo Vicente Guedes que, pelo que se conhece dele em poesia e é tão pouco, quem sabe se não é um pré-Ricardo Reis que Pessoa recorda (ou omite), ao dizer que Reis aparecera em 1912, esporadicamente, «sem que ele soubesse», para fazer a sua entrada oficial em 1914, com Campos e Caeiro.

Em carta de 3/2/1913, Sá-Carneiro dizia de Paris ao seu amigo: «O que é preciso, meu querido Fernando, é reunir, concluir os seus versos e publicá-los, não perdendo energias em longos artigos de crítica nem tão-pouco escrevendo fragmentos admiráveis de obras admiráveis mas nunca terminadas». Sá-Carneiro, com a sua extraordinária penetração (tão diversa da lucidez que o fascinava em Pessoa), referia--se ao desperdício que, implicitamente, para ele eram os artigos de Pessoa sobre os poetas da *Renascença Portuguesa*, e que tinham saído, durante o ano de 1912, em cinco números da *Águia*, e patenteava conhecer os outros escritos fragmentários, que, com «*Na Floresta do Alheamento*», constituiriam, na sua projectada primeira forma, o *Livro do Desassossego*. Como Sá-Carneiro partira para Paris em fins de 1912, e não parece que haja, nas suas cartas anteriores àquela, referência alguma a que Fernando Pessoa lhe houvesse mandado prosas dessas, elas já existiam, ainda que fragmentariamente, nos meados de 1912.

Em carta de 10/7/1913 a Álvaro Pinto («Vinte Cartas de Fernando Pessoa a Álvaro Pinto», em *Ocidente*, vol. XXIV, n.º 80, Dezembro de 1944), Pessoa queixa-se de que «só tive tempo para acabar de passar a limpo aquela minha prosa que hoje deve ter recebido». Em carta de 29/7, pergunta a Álvaro Pinto se a sua colaboração teria chegado tarde... E acrescenta: «Em todo o caso, penso sempre se desagradará aí qualquer das três coisas remetidas. O meu amigo sabe que nada mais estimo do que absoluta franqueza nestes assuntos. O "*Na Floresta do Alheamento*" será ultra-excessivo, em matéria de requinte, para que achem prudente que a *Águia* o insira? Diga-mo francamente». Era já, numa desconfiança que, com o mais inocente dos ares, se esconde atrás de uma ironia ferina (o que ele escrevia não seria ultra-excessivo, em matéria de requinte, para o provincianismo dos saudosistas *et alia*?...), o prenúncio do rompimento que se consumará, mais de um ano depois, com a carta de 12/11/1914, (embora a revista tenha publicado o texto, e contos de Sá-Carneiro, em 1913-14), por causa do *Marinheiro* que Pessoa não se esqueceu de publicar no primeiro número de ORPHEU.

Um mês antes daquela carta de rompimento com a *Águia* («Sei bem a pouca simpatia que o meu trabalho propriamente literário obtém da maioria daqueles meus amigos e conhecidos, cuja orientação de espírito é lusitanista ou saudosista; e, mesmo que o não soubesse por eles mo dizerem ou sem querer o deixarem perceber, eu *a priori* saberia isso, porque a mera análise comparada dos estados psíquicos que produzem, uns o saudosismo e o lusitanismo, outros obra literária no género da minha e da (por exemplo) do Mário de Sá-Carneiro, me dá como radical e inevitável a incompatibilidade de aqueles para com estes», dizia Pessoa a Armando Côrtes-Rodrigues (*Cartas de F.P. a A.C.R.*, Lisboa, 1945): «O meu estado de espírito actual é de uma depressão profunda e calma. Estou há dias, ao nível do *Livro do Desassossego*. E alguma coisa dessa obra tenho escrito. Ainda hoje escrevi quase um capítulo todo» (carta de 4/10/1914). Uma semana depois do rompimento com a *Águia*, diz ele a Côrtes-Rodrigues (carta de 19/11/1914): «o meu estado de espírito obriga-me agora a trabalhar bastante, sem querer, no *Livro do Desassossego*. Mas tudo fragmentos, fragmentos».

Um plano D-3 de publicação de obras, que J. Nemésio transcreve, após uma seriada e incompleta anotação de livros de versos, diz:

    Prosa: Livro do Desassossego
        I  Bailado
       II  O Último Cisne
      III  Antemanhã
      IV  ...

E Jorge Nemésio declara que deve fixar-se-lhe a data provável de 1913, «na medida em que está inserido, no espólio de Pessoa, junto do fragmento intitulado *Livro do Outro Amor*, com data de 1913». Este fragmento tem um dos títulos mencionados no índice para «livros de versos» deste plano, mas é estranho que, sendo de 1913, o plano do «*Livro*» não inclua «*Na Floresta do Alheamento*», remetido a Álvaro Pinto em meados desse ano, e que não era sequer um fragmento, mas um texto completo. A menos que o plano seja anterior a esses meados em que Fernando Pessoa não apenas teria «passado a limpo» aquele texto, mas o criara e copiara para publicação.

Nos manuscritos fotocopiados que nos foram facultados como sendo do *Livro do Desassossego*, há cinco planos, e algumas coisas mais, que melhor nos permitem elucidar a questão da história do «*Livro*».

Aquele plano D-3, apresentado por Jorge Nemésio (e que não figura na nossa massa de originais), deve ser efectivamente anterior a 15/5/12, que é a data no fim de uma sequência de dois papéis (n.ºs 380 e 381) escritos na frente e nas costas, e que se concluem por um apontamento de poema, que é a que a data se refere, se aquele 15/5 não é de 1913, com o 3 emendado para 2, com a mesma pena. Mas vimos já, pelas cartas de Sá-Carneiro, que os fragmentos do projectado livro existiam em meados de 1912. No papel n.º 380, está o seguinte:

*Livro do Desassossego*

1  Peristilo        13 trechos
2  Bailado
3  Último Cisne
4  Tecedeira
5  Encantamento
   Apoteose
6              do Absurdo (da Mentira)
   Epifania
7  Antemanhã
Fim

– e, após um traço, segue-se um fragmento («Visto que talvez...») que continua no verso e em 381 (estando nas costas deste papel o citado projecto de poema, com a data).

Onde tínhamos um plano que não previa número de trechos, e registava três, temos agora um plano que prevê expressamente 13, e regista sete títulos, entre os quais os anteriores três estão pela mesma ordem. Entre os sete títulos não figura ainda «*Na Floresta do Alheamento*», pelo menos como mais que ideia vaga (que pode corresponder ao título «Encantamento»). E, de modo que seja aceitavelmente reconhecível, os outros títulos não coincidem com nenhum fragmento da nossa colecção, a não ser talvez o sexto (no papel n.º 355, há um trecho rabiscado sob o título de *Estética do Artifício*). Mas, por certo, a coincidência existia no espírito de Pessoa, e nas leituras (ou conversas bordando a leitura do inexistente) que teria feito, em 1912, a Sá-Carneiro.

O mesmo já não sucede com outro plano que consta do papel n.º 439:

*L. do D.*

1 Introdução
2 Na Floresta do Alheamento
3 Paisagem de Chuva
4 Chuva Oblíqua
5 Marcha Fúnebre para o Rei Luiz Segundo da Baviera
6 Diário
7 Sinfonia de uma noite inquieta
8 Manhã
9 Sonho triangular
10 N. Senhora das D. (?)
11
12

 Neste plano, em que passámos de sete a dez títulos, com mais dois números vagos ainda, e em que a interrogação do décimo título é do próprio original, os textos já correspondem a realidades mais que apontadas, ainda que quase todas fragmentárias. Devemos estar, com este plano, em meados de 1913. O trecho n.º 2 estava publicado na *Águia*, o n.º 3 existe fragmentário; o n.º 5 existe praticamente completo (e nitidamente escrito de um jacto que encheu dez páginas a lápis); o n.º 6 existe num fragmento com o título de *Diário ao Acaso*; do n.º 10, sob o nome de *Nossa Senhora do Silêncio*, há dois fragmentos; o n.º 4 deve estar englobando, como veremos, sob um título geral, os n.ºs 2 e 3 do plano anterior; o n.º 8 deve corresponder ao n.º 7 do mesmo anterior plano: há apontamentos de um prefácio; e o n.º 9 deve ser a primeira ideia de *O Marinheiro*, que foi escrito em Outubro de 1913, se não for um primeiro título que esse escrito teve. Seria possível a hipótese de que o nome *Chuva Oblíqua* correspondesse aos poemas do mesmo título, publicados em *ORPHEU*, e datados de 8/3/1914, o que adiantaria o plano para depois desta data, mas o mais provável é que, depois desta data, esses poemas tenham roubado àquele trecho (ou sequência de trechos) o seu título, como veremos pelos dois outros planos seguintes.

 O que consta do papel n.º 437 é o seguinte:

*Livro do Desassossego*

  1. Na Floresta do Alheamento

2. Viagem nunca feita
   3. Intervalo doloroso
 + 4. Epílogo na? (ilegível)
   5. Nossa Senhora do Silêncio
   6. Chuva de Ócio (Bailado. O Último Cisne. Hora tremular)
   7. Litania da Desesperança
   8. Ética do Silêncio
   9. Idílio mágico (?)
  10. Peristilo
  11. Apoteose do Absurdo
  12. Paisagem de Chuva
  13. Glorificação dos Estéreis
 + 14. As Três Graças (A Coroada de Rosas, A Coroada de Mirtos, A Coroada de Espinhos)

As cruzes antes dos n.ºs 4 e 14 figuram no manuscrito, e é duvidosa a leitura da palavra «mágico» no n.º 9.

Como se vê, o plano atingiu finalmente o n.º 13 previsto no primeiro plano inédito, e até o ultrapassou, porque o peristilo ou introdução se autonomizou e veio misturar-se com os outros textos. As cruzes não podem indicar que os trechos estavam conclusos, porque o plano (em que aparecem títulos novos) inclui e à cabeça *Na Floresta do Alheamento*. Mas como se completou o plano no espírito de Pessoa? Com curiosíssimas alterações. O trecho hipotético *Manhã* ou *Antemanhã* reaparece. A *Nossa Senhora*, que era *das Dores* duvidosamente, tornou-se *do Silêncio*. O *Diário*, de que havia fragmento, some, como também some a *Sinfonia*. Reaparece, com título já sem dúvidas, a *Apoteose do Absurdo*. E entram sete novos títulos (n.ºs 2, 3, 4, 7, 8, 9, 13). Destes, há dois fragmentos da *Viagem nunca feita*, um apontamento da *Glorificação dos Estéreis*, uma breve nota sob o título *Epílogo*, e é muito duvidoso identificar outros fragmentos. E note-se como a *Chuva* que era *Oblíqua* passou a ser «de Ócio». Sensacional, porém, é a desaparição da *Marcha Fúnebre para o Rei Luiz Segundo da Baviera*, trecho que podia perfeitamente ser «passado a limpo», como *Na Floresta do Alheamento*, que significativamente vem à cabeça do plano, o tinha sido.

Em todos estes planos é manifesto o estilo do simbolismo e do esteticismo do Fim do Século: Bailado, O Último Cisne, Antemanhã,

Na Floresta do Alheamento, Encantamento, Marcha Fúnebre para o Rei Luiz Segundo da Baviera, Sinfonia de uma Noite Inquieta, Nossa Senhora do Silêncio, Idílio Mágico, Apoteose do Absurdo, Glorificação dos Estéreis, e outros títulos de outros fragmentos análogos (Estética do Artifício, Estética do Desalento), são um dicionário de sugestões cruzadas do simbolismo francês e do esteticismo britânico. Também neste sentido é sintomática a ideia de organizar um livro de trechos de prosa poética, cujos títulos sugestivos são preexistentes a eles ou quase, e que se desenvolvem por mimetismo vocabular e por exaltação fraseológica, a partir da ideia vaga que o brilho do título contém. A própria *Águia* andava cheia de prosas como essas, que tiveram talvez o seu melhor exemplo (se o é) no Carlos Parreira, que Fernando Pessoa professava admirar, e os contos de um António Patrício não escaparam inteiramente a essa doença do ensimesmamento estilístico que foi o mais pessoal do génio de Raul Brandão.

O outro plano (folha n.º 440) é, após uma enumeração de títulos, separados por traços (*Metafísica do Epíteto, Glorificação dos Estéreis, A bordo, Monotonia Azul*, este seguido, entre parênteses, da alternativa *Lagoa da Monotonia*), variante deste que discutimos:

1 Peristilo
2 Paisagem de Chuva
3 Glorificação dos Estéreis
4 Litania da Desesperança
5 Apoteose do Absurdo
6 A bordo (Viagem nunca feita)
7 Metafísica do Epíteto
8 Na Floresta do Alheamento
9 Chuva de Ouro (Bailado, O Último Cisne, Hora Tremular)
10 As Três Silenciosas (A Coroada de Rosas, A Coroada de Mirtos, A Coroada de Espinhos)
11 Rua Deserta
12 Sonho Triangular (e nota ilegível entre parênteses)
13 Idílio Mágico
14 (Ética do Silêncio)

Neste plano, a *Chuva de Ócio* tornou-se de *Ouro* (e no momento de ser escrito o plano, pois que está emendada por cima a palavra), e o *Idílio* é indubitavelmente *mágico*. No n.º 10 há a alternativa de «enlaçadas», em vez de «silenciosas» (pois que nenhuma das duas palavras está riscada). O *Sonho Triangular* reaparece (e é pena que a nota a seguir manuscrita seja ilegível, pois que nos elucidaria por certo acerca da correlação entre esse título, *O Marinheiro* e aquela trindade duvidosa de graças (ou) silenciosas (ou) enlaçadas). O plano deve, porém, ainda que próximo no tempo, ser posterior ao que demos antes, visto que as coincidências são muitas e que o trecho *Viagem nunca feita* é identificado com um novo título.

Em fins de 1913 ou princípios de 1914, estava Fernando Pessoa a braços com um exacerbamento simbolista de que todavia ele sentia que começariam a desconfiar os homens do lusitanismo, e que é igualmente patente nos poemas interseccionistas ou nos que publicou, já em 1917, no *Portugal Futurista*, com o seu nome, quando, desde 1914 (e nas condições que ele mesmo descreveu minuciosamente), Alberto Caeiro, Ricardo Reis e Álvaro de Campos haviam desfraldado a bandeira do Modernismo. Se estes são complexamente a sátira ao saudosismo, a rebelião contra o cristianismo (catolicizante ou não) que era um dos apoios das emoções simbolistas, a busca de uma autenticidade não-literata (ainda que, como no caso de Reis, através da mais literata das imitações), a afirmação da liberdade da expressão, o caso é que, em prosa e em verso, o Fernando Pessoa ortónimo (ou os heterónimos pela metade de que ele já se compunha) continuou ainda submetido aos arrebiques esteticistas, pelo menos até 1917, e pode dizer-se que, sempre que desejou elevar o seu tom, ou discutir de esteticismos, nunca inteiramente se livrou deles. A carta dele a Sá--Carneiro, de 14/3/1916, que conhecemos, é de uma petulância intolerável (que contrasta singularmente com a tão espontânea humanidade do grande Sá-Carneiro), e chega a declarar: «Pode ser que, se não deitar hoje esta carta no correio, amanhã, relendo-a, me demore a copiá-la à máquina, para inserir frases e esgares dela no *Livro do Desassossego*». Deste livro que era fragmentariamente uma projectada composição de frases e de esgares, vimos o que seria por estes planos, e pelos fragmentos, na maior parte inaproveitáveis, que lhe dizem respeito. O verdadeiro livro do verdadeiro desassossego iria ser outro, como já era prenunciado pela retirada, do plano, de um trecho não pessoal, mas de «apoteose fúnebre», como o dedicado à memória do Rei que foi um dos mitos do Simbolismo (através do culto de Wagner que o simbolismo teve). E, em abono da transformação do *«Livro»*, cujo simbolismo exagerado e sediço os heterónimos crestavam com o seu fogo ou o seu gelo observe-se o seguinte.

De um modo geral, os textos mais antigos são os mais fragmentários, os mais simbolistas, e os que não estão copiados à máquina. E não são heteronímicos. O original que recebemos é composto pela cópia dactilografada de cerca de 200 fragmentos já dactilografados pelo poeta, e pelas fotocópias (em número de 278) dos vários papelinhos por que se dissipam, às vezes de um lado e de outro, cerca de 150 fragmentos mais. Nem todo este original pertencerá a qualquer *Livro do Desassossego*: há trechos assinados pelo Barão de Teive, há-os que são fragmentos de ensaios literários (sobre Omar Khayyam por exemplo), e só dois têm a menção de Bernardo Soares, não havendo atribuição de nenhum a Vicente Guedes. Muitos têm a indicação «L. do D.», dactilografada ou manuscrita, à cabeça. Esta menção possuem-na cerca de 100 dos manuscritos fotocopiados, enquanto ela aparece esmagadoramente em quase todos os fragmentos dactilografados. Destes, 33% (uma terça parte) estão datados. Dos outros (entre os quais há também algumas folhas dactilografadas) só 15% dos expressamente marcados «L. do D.» têm data. As datas dos dactilografados estão todas entre 22/3/29 e 21/6/34. As datas dos fotocopiados, tirando o fragmento de 1912, já mencionado, dois fragmentos escritos em envelopes que têm carimbo de recepção em Lisboa em 13/5/13 e 12/9/13 (e que não é natural que tenham sido escritos muito mais tarde), e outro que está datado de 18/9/17, têm datas que variam entre 5/4/30 e 31/3/34. Em 1929 deu Pessoa início à publicação de trechos do «novo» livro. Tudo isto, e o que atrás vimos dos planos conhecidos (e como os próprios trechos parecem confirmá-lo), nos aponta para o que se terá efectivamente passado: três fases distintas e principais: a primeira, de um livro muito simbolista e esteticista, literário por de mais, e anterior, na concepção, à descoberta da heteronimia profunda de que a grandeza de Pessoa se faria (e isto independentemente da recorrência de imaginadas «pessoas», desde a infância), fragmentariamente escrito, e necessariamente irrealizável por contrariar o modernista que vegetava em Pessoa (e sintomaticamente os fragmentos dessa fase, salvo o publicado e a «*Marcha Fúnebre*», não são fragmentos «completos», mas trechos inacabados ou nem sequer saídos de um embrionário começo), escrito até 1914, e com recorrências até 1917; uma segunda fase, durante a qual, até cerca de 1929, o «livro» ficou em dormência hesitante e muito fragmentária (a ponto de nada ser datado); e uma terceira fase que corresponde à massa de datas que possuímos entre 22/3/29 e 21/6/34. O livro que nos importa é, com raras excepções, este último, até porque os fragmentos (quando não são meras anotações) não são trechos inacabados, mas «fragmentos completos». São, efectivamente, o *desassossego*. Prossigamos a nossa pesquisa de indícios, para vermos de quem.

Em 1914, após a eclosão dos grandes heterónimos, Sá-Carneiro, que era a divisão em pessoa mas em si mesmo, comentava finamente, como quem avisa dos perigos que aquela gente representaria, se o amigo se lhes abandonasse: «será bom não esquecermos que toda essa gente é um só: tão grande, tão grande... que, a bem dizer, talvez não precise de pseudónimos...» (carta de 27/6). Mas o processo estava já em desenvolvimento, e Sá-Carneiro delicadamente se rende ao inevitável: «Extremamente curioso o que me diz sobre o seu desdobramento em várias personagens – e o sentir-se mais elas, às vezes, do que você próprio» (carta de 20/7). O que fora um velho hábito infantil, e depois uma brincadeira muito séria da mistificação modernista, tornava-se a realidade que o hábito e a brincadeira tinham apenas prenunciado: eles eram, às vezes (isto é, quando apareciam), mais ele do que ele próprio... Mas eram, por isso mesmo, a libertação, a dissolução da literatura (com que o não-ser se disfarçava) em criação poética (com que, em disfarce do disfarce, o não-ser se realiza). E em 1915 é o *ORPHEU*, em que Álvaro de Campos faz a sua aparição pública.

Entre 1915 e 1929, quando primeiro publica do novo *Livro do Desassossego*, Fernando Pessoa, do mesmo passo que publica vários poemas, dá à impressão diversos artigos de crítica literária ou de polémica política. Façamos uma lista relativamente completa de uns e de outros, para vermos como não publicou pouco (e não era o desconhecido que fizeram dele), e como as prosas que o distraíram não são poucas também.

*Poesia*

**1915**
– poemas de Campos em *ORPHEU* entre os quais a *Ode Marítima*

*Prosa*

**1915**
– «Fábula» (em *Jornal*);
– «António Nobre» (em *A Galera*);
– «O Preconceito da Ordem» (em *Eh Real*);

**1916**
- os 14 sonetos de *Passos da Cruz*, em *Centauro*;
- «Hora Absurda», em *Exílio*

**1917**
- poemas em *Portugal Futurista*

**1918**
- *Antinous* (primeira versão);
- *35 Sonnets*

**1920**
- poema em inglês, em *The Athenaeum*;
- «Abdicação» (em *Ressurreição*);
- «À Memória do Presidente-Rei Sidónio Pais»

**1921**
- *English Poems* (I – *Antinous*, versão def.; II – *Inscriptions;* III – *Epithalamium*)

**1922**
- «Natal» (*Contemporânea*);
- «Soneto já antigo», de Campos (*Contemporânea*);
- «Mar Português», 12 poemas (*Contemporânea*)

- carta de Álvaro de Campos à *Capital*;
- diversas crónicas em *Jornal*.

**1916**
- «Movimento Sensacionista» (em *Exílio*);
- «O Varre Canelhas» (idem)

**1917**
- «Ultimatum», de Álvaro de Campos, em *Portugal Futurista*

**1919**
- Colaboração em *Acção*

**1922**
- «António Botto e o ideal Estético em Portugal» (*Contemporânea*);
- Carta de Álvaro de Campos (idem);
- *O Banqueiro Anarquista* (idem).

**1923**
- «Lisbon Revisited», de Campos (*Contemporânea*);
- 3 poemas em francês (*Contemporânea*)

**1923**
- artigo em *Motivos de Beleza* de A. Botto;
- *Aviso por causa da moral;*
- *Sobre um manifesto de estudantes;*
- prefácio a *Entrevistas*, de Cabral Metello;
- «Carta ao autor de *Sachá*»;
- artigos na *Revista Portuguesa*

**1924**
- 20 odes de R. Reis (*Athena*);
- 16 poemas ortón., em *Athena*;
- «O Corvo», de Poe (*Athena*);
- «Canção» (*Folhas de Arte*)

**1924**
- «Athena» (em *Athena*);
- «Mário de Sá-Carneiro» (idem);
- «O que é a metafísica», de Campos (idem);
- «Apontamentos para uma estética não-aristotélica – I», de Campos (idem);
- entrevista ao *Diário de Lisboa*

**1925**
- c. 40 poemas de A. Caeiro (*Athena*);
- traduções de Poe (*Athena*)

**1925**
- «Apontamentos para uma estética não-aristotélica – II», de Campos (*Athena*)

**1926**
- «O Menino da sua mãe» *(Contemporânea);*
- «Lisbon revisited – 1926» (*Contemporânea*)

**1926**
- entrevista de Campos à *Informação*;
- resposta ao inquérito do *Jornal do Comércio*;
- «Narração exacta e comovida do que é o Conto do Vigário» (*Sol*);
- artigos na *Revista de Comércio e Contabilidade*

**1927**
- «Marinha» (*presença*);
- 3 odes de R. Reis (*presença*)

**1927**
- fragmentos de prosa de Campos (*presença*);
- «Luís de Montalvor» (*Imparcial*)

**1928**
- 2 poemas ortón. (*presença*);
- 2 odes de R. Reis (*presença*);
- «Escrito num livro...», de Campos (*presença*);
- «Adiamento» de Campos (*Solução Editora*);
- «Apostilha», de Campos (*Notícias Ilustrado*);
- «Gomes Leal» (*Notícias Ilustrado*);
- «Natal» (*Notícias Ilustrado*)

**1928**
- *Interregno (defesa e justificação da Ditadura Militar);*
- «O provincianismo português» (*Notícias Ilustrado*);
- «Tábua Bibliográfica» (*presença*)

**1929**
- «A Fernando Pessoa», de Campos (*Solução Editora*);
- «Gazetilha», de Campos (presença);
- «Apontamento», de Campos (*presença*).

**1929**
- prefácio à antologia de poetas portugueses *da Solução Editora;*
- «O Fado» (*Notícias Ilustrado*);
- reaparição do *Livro do Desassossego (Solução Editora)*

Este quadro mostra-nos que, nos quinze anos que vão de 1915 a 1929, Fernando Pessoa publicou quase continuamente prosa ou verso: só em 1919 parece não ter publicado poemas, e só entre 1918 e 1922 esmorece a sua colaboração como articulista ou ensaísta, em jornais e revistas. Nesses quinze anos, publicou ele cerca de 170 poemas (em português, em inglês, e também em francês), alguns de escala excepcional, assinados por Fernando Pessoa, Álvaro de Campos, Alberto Caeiro, Ricardo Reis. Durante o mesmo período, os seus artigos, crónicas, prefácios, entrevistas, etc., ascendem a mais de 40. Aquela massa de poemas (e muitas publicações foram maciças) e estes artigos deram-se em cerca de 70 aparições impressas em jornais ou revistas várias, ou em números diversos da mesma publicação.

Com raras suspensões que já analisaremos, Fernando Pessoa, nos seus avatares ortónimos e heterónimos, e poéticos, literários, filosóficos, ou políticos, esteve sempre presente na cultura portuguesa durante esses quinze anos em que, de prosa ou verso, publicou alguns dos seus textos fundamentais ou de mais alta categoria. De resto, mais de uma centena e meia de poemas e cerca de meia centena de prosas, em setenta impressões diferentes, é uma presença que de muito poucos escritores se pode verificar. Haverá quem, em igual prazo, tenha publicado tantos poemas, a não ser em volume? E muitos poetas se fazem «indisciplinadores de almas» com tantos artigos, entretanto publicados? De resto, e a título de informação complementar, note-se que, nos mais seis anos que ainda viveu, Fernando Pessoa publicou mais uma vintena de poemas dispersos, o livro *Mensagem* (em que havia cerca de 30 poemas inéditos) e mais uma dúzia de artigos vários, pelo que, nos últimos anos da vida, o seu ritmo de publicação não diminuiu (e também não se intensificou, apesar do reconhecimento que já o assediava, com insistentes pedidos de inéditos, como, desde 1927, a *presença* lhe fazia, e por certo não se processariam senão ao nível da camaradagem e da amizade, nos anos anteriores). Se, após cerca de um quarto de século de pública vida literária, Fernando Pessoa morreu (com só quarenta e sete anos), sendo apenas para raros um dos maiores poetas da língua portuguesa e um dos mais brilhantes espíritos das nossas letras, sem dúvida que isso se não deve a que tenha publicado pouco, agitado pouco, escandalizado pouco, e multiplicado em seres e atitudes o seu «não-ser» exemplar, mas porque um grande escritor, quer se mantenha discretamente inédito quer pratique toda a sorte de indiscreções (como Pessoa praticou), jamais atinge o largo reconhecimento que só chega quando, convenientemente morto, ele pode ser transformado em utilidade pública, sem que se corra o risco de ele se levantar da tumba para exautorar os seus admiradores (e isto, independentemente das cautelas do escritor em providenciar a existência, nos seus papéis publicados ou inéditos, de matérias suficientes para desmentir todo o mundo... a arte da omissão ou da citação truncada cuidará desse pequeno problema).

Observemos, agora, o que nos diz o quadro que organizámos, quanto à evolução da prosa de Fernando Pessoa, no período de 1915--29, e em cotejo com a publicação de heterónimos. É evidente que muita publicação que um autor faz é ocasional, e não corresponde necessariamente àquilo que ele passa o dia escrevendo fragmentariamente. Mas o facto de que tenha escolhido este ou aquele poema para publicação, ou que os seus interesses, em artigos mesmo eventuais, se tenham dirigido neste ou naquele sentido serão seguro indício (que pode ser completado por um levantamento rigoroso das datas dos poemas inéditos durante o mesmo período).

Em 1915, no ano de *ORPHEU*, a prosa publicada por Fernando Pessoa reparte-se entre prosas sonhadoras e esteticistas, e artigos políticos (um dos quais, *O Preconceito da Ordem*, é uma das suas obras-primas de racionalismo irónico). Em 1916, quando as efémeras revistas *Centauro* e *Exílio* prolongam de *ORPHEU*, não a linhagem modernista, mas as persistências simbolistas (e sintomaticamente Pessoa escolhe, para elas, colaboração poética ortónima, recheada de «requintes», como é o caso mesmo dos magnificentes *Passos da Cruz*), as críticas que, numa delas, publica, se, por um lado, continuam o ajuste de contas com os autores mais ou menos academicistas (praticado, em 1912, nas crónicas de *Teatro-revista de crítica*, quando Pessoa conduzia um jogo duplo de ataque ao academicismo que se disfarçava de mais ou menos *Renascença Portuguesa, ou era-a*, jogo de que há laboriosas explicações nas cartas a Álvaro Pinto), por outro, reduzem a grande revolução de *ORPHEU* ao aplauso a livros «sensacionistas» que repercutiam ou prolongavam só a linhagem simbolista que se agregara a *ORPHEU* (e que, como já dissemos, representa na literatura portuguesa o refinamento esteticista do simbolismo, que ela não tivera antes senão em formas demasiado vagas). No ano do *Portugal Futurista*, 1917 (e está por fazer a necessária reedição crítica dessa publicação admirável, pela qual se compreendesse a que ponto o seu título a limita, já que há muito mais que só futurismo nela), data do último fragmento datado do *Livro do Desassossego* esteticista, Fernando Pessoa, se colabora ortonimamente na revista, com poemas que prolongam, quase caricaturalmente, o modo «sensacionista» de se fingir poesia, entrega a Álvaro de Campos o encargo do retumbante *ultimatum*, que é, sem dúvida, um dos mais notáveis manifestos da época heróica dos vanguardismos euro-americanos, mas é, também, o *ultimatum* de Fernando Pessoa, a que toda a gente faça como ele *e se heteronimize*. Além de chorar em verso público a morte do presidente Sidónio Pais (e note-se que quem chora a morte de um presidente que a Maçonaria foi acusada de ter feito assassinar é o mesmo autor que defenderá, em 1935, as associações secretas…), durante quatro anos Pessoa quase não publica em português (só rara prosa política e mais um poema), e são de resto muito poucos os poemas portugueses da sua obra inédita ou publicada, que, datados, o sejam desses anos (cerca de 40). E importa acentuar que, no catálogo de fragmentos poéticos em português, elaborado por Jorge Nemésio (*ob. cit.*), há cerca de uma centena deles para esses quatro anos: era como se os poemas em português se inarticulassem ante a massa dos grandes poemas em inglês (e curiosamente, de todos os autores heterónimos, o que melhor resiste é Alberto Caeiro).

Nítido será que uma primeira fase se encerrava. Após a agitação de 1915-1917, em que os heterónimos haviam surgido em público e proclamado a sua liberdade no *Ultimatum* de um deles, Fernando Pessoa só volta a publicá-los (muito significativamente o Campos) em 1922, enquanto a poesia inglesa é revista, ou escrita, e editada. Não é aqui o lugar (é-o no prefácio à edição, que preparamos, dos poemas ingleses «publicados») para estudar em profundidade o significado, na obra de Fernando Pessoa, desses poemas. Mas reparemos em como, naqueles anos que nos ocupam, eles afogam, até pela extensão, as «outras» poesias dele. Por certo que o *Epithalamium* está datado de 1913 e a primeira versão de *Antinous* é de 1915, mas as datas de Pessoa não parecem referir-se nunca ao estado final, mas ao inicial de uma obra. Seria apenas que Pessoa procurava ter em inglês, pelo apuro da forma, a celebridade que os escândalos de 1915 e 1917, logo evaporados no marasmo da literatura nacional (e deixando nas memórias, pior que a recordação de uma coisa heróica, a lembrança sarcástica de rapaziadas ridículas), lhe não haviam concedido? Será que, em 1919, com a morte do padrasto, e, em 1920, com o regresso da mãe, ele sente que não é mais o menino que, desde 1905, ficara à solta em Lisboa e sem fazer quase nada que se parecesse com uma vida séria de trabalho ou de estudos? Será que, em 1920 (e a sua primeira carta precede de menos de um mês a chegada da mãe a Lisboa), decide instalar-se ostensivamente num namoro como o de todos os homens que casam ou não casam (e teria sido muito curioso assistir às explicações do texto de *Antinous*, e do interesse em publicar esse poema, a qualquer namorada de 1920…)? Será que, passada a época heróica do *ORPHEU* e de *Portugal Futurista*, apenas prolongada em ecos ainda esteticístico-simbolistas, e em revistas desconsoladamente e efemeramente elegantes, que uns e outros se perdiam na agitação dramática da política portuguesa (revoltas contra o consulado de Sidónio Pais, em 1918; assassinato de Sidónio, nos fins desse ano; revoltas monárquicas de Lisboa e do Porto, em 1919; o 19 de Outubro de 1921…), em que todavia o ano de 1920 foi relativamente calmo? No fim de contas, em 1918, tinha Pessoa trinta anos: não era já tão criança que essas coisas o forçassem muito, nem tão velho, que elas pudessem desanimá-lo tanto. Se é possível que elas tenham, cada uma de sua direcção, influído alguma coisa, cumpre-nos recordar a que ponto Pessoa não escondeu que precisava dizer publicamente, em inglês, o que não podia ser dito em versos portugueses. E isto é mais verdade, mesmo assim, do que à primeira vista parece, porque, como inglês da Inglaterra, e depois dos escândalos esteticistas do Fim do Século, ele arriscava-se seriamente a ir para a cadeia por pornografia e incitação ao vício, se lá tivesse publicado então tais poemas.

A crise de que os heterónimos explodem, como uma revolta contra o «statu-quo» literário de que uma parte do Pessoa ortónimo era e continuava conivente, conclui-se por uma quase desaparição deles, da poesia ortónima simbolista, do *Livro do Desassossego* na sua forma esteticista, e pela publicação intervalar de uma obra em inglês, que tanta ingenuidade seria pensar que ao autor daria uma celebridade britânica, como o teria sido ter pensado que o Portugal daquela época consagraria os mártires do *ORPHEU* e do *Portugal Futurista*. Se esta ingenuidade não transparece, senão em termos razoáveis de apreciação do escândalo, da correspondência de Pessoa com Sá-Carneiro e com Côrtes-Rodrigues, é óbvio que a outra não será parte preponderante da decisão de passar-se o poeta, com armas e bagagens (mas não com a sua pessoa física), para o mundo da literatura em inglês, apesar do prazer que terá sido, para Fernando Pessoa, o ver-se criticado no suplemento literário do *Times*... A questão é muito mais complexa, e sumamente delicada. Nós nada sabemos da vida sexual de Fernando Pessoa, e, acentue-se, não precisamos saber dela. E muito menos precisamos de supor-lhe segredos horríveis, para lá daquilo que ele mesmo, e com cândida ou maliciosa honestidade, sempre confessou ou deixou que se entendesse: que era um casto. Para explicar esta castidade não necessitamos de recorrer a pavorosos complexos de Édipo (que, diga-se de passagem, não parecem revelar-se concretamente na sua tão vasta obra), nem a medonhas (e todavia fascinantes, já que toda a gente mais ou menos pretende subentendê-las nela) suspeitas de reprimida homossexualidade. O fenómeno parece-nos mais profundo do que tudo isso, com tudo o que possa ter, e tem, de superficialidade literária. Com esta superficialidade, queremos referir-nos ao quanto de esteticismo directamente britânico informa poemas como *Antinous* e como

*Epithalamium*, não só na escolha dos temas (o amante de Adriano foi um dos lugares-comuns do Fim do Século, quando o padrão da beleza se transfere para o efebo), como no próprio desenvolvimento, e na linguagem (que foi buscar muitos dos seus requintes à literatura isabelina que era todo um consolador arraial de incestos e outras monstruosidades deliciosas, vasadas numa linguagem que repercute inteiramente nos *35 Sonnets*). Mas o exacerbamento que os poemas patenteiam no erotismo não tem apenas as conotações esteticistas. Tem outras que as transcendem. Antes de mais, se, como o próprio Pessoa uma vez apontou, o *Epithalamium* se constitui de uma brutalidade e de uma grosseria que pretende retratar a sensualidade romana (mas está todavia na melhor tradição, desde a antiguidade, do que epitalâmios sejam, dos quais daremos, no estudo supracitado, um quadro elucidativo), o caso é que o «pendant» de intelectualizado e refinado amor grego não se pode dizer que seja realizado em *Antinous*, por muita grandiloquência cósmica a que ascenda a lamentação de Adriano. O ilustre imperador evoca actividades muito activas e nada espirituais. Essas artes do favorito, que ele recorda saudoso e desesperado ante o seu cadáver, são poeticamente descritas, todavia, com uma delicadeza (apesar do que tenham de chocante) que não existe no *Epithalamium*. É como se tivesse de ser uma coisa horrível o que é tido por natural, e nada pudesse haver de brutal e de grosseiro no que por antinatural é tomado. Pretenderá o poeta que, após dedicar quatro anos de verso britânico a estas coisas, ocupou os dois anos seguintes da sua prosa a prefaciar, ou defender em planfletos, António Botto, Raul Leal e Cabral Metello e arrostando com ataques virulentos ou com constrangimentos dúbios, insinuar-nos a superior pureza do amor homossexual, ou transpor mais subtilmente a insinuação para a doutrina (mais socrática que platónica) de que é dele que se sobe para a contemplação da beleza intelectual? De modo algum. Sem dúvida que – e isso é patente em muitas notas ou poemas seus – Fernando Pessoa achava que cada qual tem, ou deve ter, pleno direito às satisfações eróticas que prefira. E esta opinião não é mais do que um aspecto do seu radical e profundo amoralismo (no sentido de oposição a qualquer moral convencional e normativa). E também sem dúvida que os poemas ingleses em causa, como a defesa de Botto e dos outros, são outro aspecto – e polemicamente actuante – desse amoralismo. Mas este amoralismo – e com ele o que possa haver por trás daquelas aparências «suspeitas» – não é, por sua vez, senão uma *aparência* da ressonância fundamental que o mito do Andrógino e o mito da Divina Criança possuem no âmago de Fernando Pessoa (como apontámos em 1944, e aprofundámos em 1959), e de que ele transitou, ao explicitá-los no vácuo de si mesmo, para o pensamento esotérico. Pode o leitor perguntar-se o que está antes: se a importância dos mitos, se tendências que expliquem essa importância. Fernando Pessoa viveu numa época cuja cultura, em certas das suas formas, tendia para o reconhecimento desses mitos que tiveram, em várias fases da cultura humana, valor ostensivo, mas são visceralmente básicos do que se convencionou chamar a nossa natureza. A pergunta – com o que possa ter de desabusada malícia – é pois um pouco óbvia. Em que nos arrepie, todos somos andróginos, porque o fomos antes de adolescentes, enquanto crianças, e porque do equilíbrio andrógino se faz a nossa diferenciação sexual. E deverá ser evidente que nos referimos a androginia psico-hormonal, e não a teratologias anatómicas ou do comportamento. O Mito do Andrógino (que está implícito, ou às vezes bem explícito, nas acusações feitas aos Templários, e que Pessoa algures lembra; e no Rosicrucianismo, como noutras formas cristianizadas das religiões dos Mistérios) é manifestação arquetípica (mesmo independentemente do idealismo em que Jung envolveu o termo) daquela realidade humana. Que ele assuma, num adolescente que passa à idade viril, e num homem que, por timidez e por solidão, não teve oportunidades de definir-se sexualmente em acto (ou para quem o acto hetero-sexual assume, por razões que desconhecemos e podem ter sido um mal representado espectáculo entrevisto, características que violam uma ingénua concepção do amor – e o *Epithalamium* celebra contraditoriamente muito mais uma violação do que uma consumação do matrimónio), não significa necessariamente a existência de homossexualidade, mas um fascínio – que muitos homens inteiramente «normais» conservam a vida inteira –, e fascínio exacerbado ao ponto de obsessão, por uma realização erótica que é a contradição dialéctica da própria androginia, na medida em que se procura em «outro», não a metade ideal (que não pode ser possuída sem o que foi tido por grosseiro e por brutal para com a mulher), mas o completamento da carência que é sentida na metade que procura e não na procurada. E quanto de grosseiro e de brutal possa haver nisso acrescenta ao fascínio (e transfigura-se em esteticismos), uma vez que mais acentua a carência de que a androginia possa manter-se irresoluta. Do mesmo modo a Divina Criança, ou um simples amor pelas crianças, é monstruoso supor que signifique pedofilia secreta. Esta não passa, precisamente ao contrário, de monstruosa perversão daquela inocente perversidade infantil que o mito simboliza. É assim que nós podemos e devemos, francamente, e sem indelicadeza nem desrespeito, compreender Fernando Pessoa. Se uma obsessão do «anormal» não tinha que realizar-se (porque da irrealização se alimentava), se uma algidez ante o «normal» conduzia à recusa (porque era a irrealização mesma), e se o narcisismo inapelável desta situação tinha padrões de virtude puritana (em que as exigências físicas se racionalizam e sublimam), do mesmo passo a realização estética processa-se, como compensação, a uma profundidade tal, que está mais abaixo que a própria aceitação de que o que *aparece* no espírito possa ser expressão de *uma* personalidade que só existe em níveis mais superiores e mais «artificiais» da consciência. Daí que um hábito infantil, e já premonitório, de inventar personagens (que tanta gente conserva pela vida fora, em termos mais modestos) se transforme, no próprio momento em que a realização estética se configura como a única salvação possível (e Pessoa sentiu isso claramente, ao escrever a sua carta de 19/1/1915 a Côrtes-Rodrigues), em *heteronímia total*, enquanto a salvação se constrói de uma perdição absoluta que é a radical incapacidade de amar. Neste gelo terrível, os «esteticismos» já não podem ser graças de estilo e de sensibilidade, «frases e esgares» de um desassossego finito (em vez do profundo), porque se subvertem no gelo ardente de toda uma figurada pluralidade heteronímica. Depois da eclosão dos heterónimos, as obsessões *têm de* confessar-se e de publicar-se (mas de um modo indirecto, já que numa língua que, no mundo literário daquela época, ninguém entendia, e que era, além disso, *a língua da consciência habitual do poeta*); e, uma vez libertadas, o homem delas pode (e tem de), num irónico alívio, ocupar, durante dois anos, a sua prosa com o risco de prefaciar e defender a homossexualidade como estilo de vida, ao mesmo tempo em que dá, para publicação, um «Natal» esotérico, uma dúzia de poemas de sublimação sebastianista (e D. Sebastião é ainda e sempre a Divina Criança, mas como arcanjo destruidor e como salvador futuro daquilo mesmo que destruiu), e poemas do Álvaro de Campos que, precisamente, na sua rude franqueza, fôra o panfletário propugnador da heteronimia como superação dos impasses da falsidade individualista. Não por acaso, é evidente, um desses poemas de Campos é o *Soneto já antigo* (que o não era pela data de composição), em que a ambivalência erótica é insinuada (em termos que Campos repetirá nos voluntários lapsos da sua entrevista a *A Informação*, de 17/9/26, cf. *Páginas de Doutrina Estética*, Lisboa 1946, pp. 321-22).

1922-23 foi o tempo da *Contemporânea* que, de certo modo, era a sucessora de *ORPHEU*, que outras revistas não haviam, senão equivocadamente, sido («V. tem visto a *Contemporânea*? É, de certo modo, a sucessora do *ORPHEU*. Mas que diferença! Que diferença! Uma e outra coisa relembra esse passado; o resto, o conjunto...» – carta a Côrtes-Rodrigues, de 4/8/23). A esse passado (apenas velho, no tempo do calendário, de meia dúzia de anos), ele revertia poeticamente, e, como devia ser, em forma de ortónimo e de Campos; e o que, no conjunto da *Contemporânea*, lho não lembra é precisamente aquilo por que na *Contemporânea*, persistiam os prolongamentos esteticístico-simbolistas que haviam entrado no conjunto de *ORPHEU*. Quem era «outro» era ele, despido de tudo isso. Um «outro» que, em 1924-25, vai dedicar-se exclusivamente à sua *Athena*.

A *Athena* não pode ser considerada a revista da maturidade de Pessoa, como já foi afirmado, porque essa maturidade havia sido atingida (se maturidade podemos chamar-lhe) em 1914-17, e se firmara na crise de 1918-21. O que a *Athena* é, graças a circunstâncias materiais que a livraram de eventual como tudo o de que Pessoa dispusera até então, é uma revista que durou, e com regularidade contínua, cinco números. Se apenas tivesse saído dela o primeiro, a actividade publicatória de Pessoa, nela, parecer-nos-ia tão «imatura», como tudo o que a precedera... e o artigo de apresentação da revista tão ocasional como outro dos seus artigos anteriores. Pessoa aproveitou a oportunidade que a *Athena* lhe oferecia para publicar--se, como poeta, largamente. Poderia mesmo dizer-se que, na dúvida de que a revista durasse, ele agarrou a oportunidade pelos cabelos. Nem de outro modo se explicaria, do ponto de vista editorial, que ele tenha ocupado as páginas da revista com publicações maciças de poesia sua: nada menos que cerca de 70 poemas em cinco números, além de cinco artigos e outras pequenas coisas. Os poemas eram, em massa, a apresentação imponente de Alberto Caeiro e de Ricardo Reis, e também da nova e depurada poesia ortónima, de que só escassos espécimes haviam aparecido antes. Campos transfere-se para a prosa, enquanto Fernando Pessoa assume o encargo de apresentar e divulgar a *Athena*, e de, na primeira revista que conspicuamente dirige, prestar comovida homenagem àquele que, matando-se, fora também um dos catalisadores da sua própria morte (a de que morrera, para renascer livremente múltiplo): Mário de Sá-Carneiro. Que a poesia publicada seja a de Caeiro e de Reis, além da poesia ortónima e da exemplificação das artes tradutórias (com o Edgar Poe, a quem tantas afinidades de «filosofia da composição» o ligavam, como igualmente de complexidade íntima do ser), tomando Álvaro de Campos para si quase toda a prosa (e uma prosa que continua e desenvolve, sem a violência polémica, muito do que estava no *Ultimatum*), eis o que é muito significativo. Salvo no artigo de abertura da revista e na homenagem a Sá-Carneiro, onde, por razões de ostensiva seriedade ou de ostensivo respeito, a prosa de Fernando Pessoa, ao alçar-se, adquire ressaibos esteticistas (que, no entanto, nele, estariam conexos com a pessoa de Sá-Carneiro, com quem convivera nesses termos de petulância «estética»), a prosa é directa, clara, calculadamente «baixa» de tom, como convinha ao Álvaro de Campos que era a revolta contra isso tudo. Em verso, Campos apaga-se ante a aparição gloriosa de Caeiro e de Reis: e não só para que eles avultem, mas porque ele substituíra, na prosa, as circunvoluções em que Pessoa (quando os vários eles mesmos) se escondia. E, se, entre 1926 e 1929, a prosa de Campos quase desaparece dos lugares públicos, enquanto, no mesmo período, a sua poesia regressa às páginas impressas, pode dizer-se que, com a discrição das indiscrições que o Pessoa ortónimo cometeu nesse período, a prosa deste (ou destes...) jamais voltou a ser o que tinha sido antes de Álvaro de Campos lhe calar a boca.

Em 1926, a prosa de Pessoa é muito eventual, salvo nos exercícios raciocinantes de filosofia do comércio, na revista que dirigiu com seu cunhado. Mas um trecho há que manifesta uma nova maneira: fluência da frase, ironia mansa, realismo subjacente – é a narração do «*Conto do Vigário*», que é, todavia, uma sátira política. Em 1927, com um pequeno poema ortónimo, Fernando Pessoa inicia a sua colaboração na *presença* recentemente fundada. Será, de resto, entre as solicitações desta revista e a *Solução Editora* (que continuava a *Contemporânea*, como esta continuara *ORPHEU*) e o magazine *Notícias Ilustrado*, que ele, em 1927-1929, distribuirá quase todas as suas colaborações. Estas, na poesia, e com poucas excepções ortónimas, são sobretudo de Álvaro de Campos, cuja prosa não é publicada quando a sua poesia o é. A prosa «ortónima», ou desenvolve luciferinamente as deduções, ou se compraz em amabilidades subtis – umas e outras perpassadas da devastadora ironia oculta, com que Pessoa lava superiormente as mãos da qualidade e do valor daquilo ou de quem trata, e que se acentuará, nos anos seguintes, até ao elegante assassinato do seu competidor no prémio atribuído a *Mensagem*. De uma prosa que «sirva», ou de uma poesia que não seja de outrem, está Pessoa desistindo definitivamente. De resto, a consagração que ele finalmente já entrevê (e de que não precisava senão fora de si mesmo, já que o seu orgulho desmedido e agressivo, sob a aparente fineza do senhor delicado, estalara não só na frase célebre do «*Interregno*» como no desdém de «O Provincianismo Português») levava-o a pensar em organizar-se como autor público, e não como apenas grande poeta e agitador, isento de responsabilidades para com a posteridade que ele sempre visionara em termos abstractos. Aproxima-se a hora de retomar as ideias vagamente concretizadas de um *Livro do Desassossego*. Mas na «*Tábua Bibliográfica*», que elaborou em fins de 1928, e que a *presença* publicou no seu último número desse ano, ele cita os heterónimos que já largamente publicara (Campos, Caeiro, Reis), e acrescenta: «O resto, ortónimo ou heterónimo, ou não tem interesse, ou o não teve mais que passageiro, ou está por aperfeiçoar ou redefinir, ou são pequenas composições, em prosa ou em verso, que seria difícil lembrar e tediento enumerar, depois de lembradas».

É muito importante a análise desta frase que parece não dizer nada, porque, em face do que temos observado, ela nos diz muito. Ficamos sabendo, e em 1928 não se sabia, que havia mais heterónimos além daqueles que estavam publicados; que obra deles, como da heteronimia ortónima, existia nos papéis de Pessoa, em quatro classes diferentes que, com o seu habitual rigor expressivo, Pessoa classifica por ordem gradativa: são coisas que não têm interesse (muitos dos fragmentos, da mais variada natureza, de projectos que não chegaram a ser); ou coisas que tiveram um interesse passageiro (trechos que, embora realizados, o foram mercê de circunstâncias ultrapassadas da vida portuguesa ou da própria consciência que o autor tem de si como tal); ou coisas que estão por aperfeiçoar (por exemplo, o *Fausto*) ou por redefinir (por exemplo, o *Livro do Desassossego*); ou são pequenas composições em prosa ou verso, difíceis de lembrar ou, se lembradas, tedientas de enumerar (por exemplo, a maior parte dos poemas de que se têm feito e farão volumes de necessários inéditos, ou os montes de fragmentos como as «*Notas ao Acaso*» de Álvaro de Campos). Nem Vicente Guedes, nem Bernardo Soares, autores do *Livro* que seria o do desassossego final, são mencionados, nem tal livro o é. Isto significa que ele estava precisamente na fase da redefinição, e que Pessoa o tinha então, como tal, em mente. De nada ele tinha tão grande massa de fragmentos que representassem uma vivência a redefinir, que não deste livro, já que o fragmentário *Fausto* não precisava de ser redefinido mas acabado (enquanto o acabamento do

*Livro* era de uma inteiramente outra ordem). E que efectivamente o tinha em mente naquela alusão, eis o que se comprova pelo facto de, fazendo-a sem menção nominal da obra, esta reaparece, pouco tempo depois, redefinida, nas páginas da *Solução Editora*. É bem possível que, já fermentante no espírito de Fernando Pessoa, a reflexão necessária à redacção da «*Tábua Bibliográfica*» haja desencadeado a redefinição do livro, em relação àquilo que ele havia artificialmente sido, nos tempos idos das frases e dos esgares de que era então composto, e também em relação ao que, fragmentariamente (se é que o foi), havia sido rabiscado indistintamente da massa de apontamentos em prosa, sobre os mais variados temas, e das mais variadas autorias prováveis (e esta probabilidade de certa indefinição está patente claramente, em anotações apostas pelo próprio Fernando Pessoa em alguns dos seus originais – por exemplo, um fragmento inédito tem a seguinte: «Nota» ou «L. do D.»; e outro diz «A. de C., ou L. do D. ou outra coisa parecida»). Diga-se de passagem que estas duas anotações serão úteis, eventualmente, para saber-se que qualquer prosa fragmentária, com analogia com as «*Notas ao Acaso*», é de Álvaro de Campos, enquanto, ao tempo deste fragmento infelizmente não datado, havia possibilidade de projectos de coisas parecidas com o novo *Livro do Desassossego*, já que o estilo do fragmento não é semelhante ao do livro antigo, que a grandeza de Pessoa preterira havia muito.

Deixando para ulterior análise a charneira que é a publicação da prosa da *Solução Editora* em 1929, prossigamos o nosso estudo das referências e o quadro sinóptico das publicações que Pessoa fez, ou proporcionou, até morrer. As referências em vida não inéditas até 1960 são muito poucas: um plano mencionado por Jorge Nemésio, e o que é dito por Pessoa, em 1930 e 1932, em cartas a Gaspar Simões, e, em 1935, na célebre carta a Casais Monteiro sobre a génese dos heterónimos. Mesmo aquele plano (D-4, *obra cit.*) não nos parece ter de comum com o livro mais do que a palavra «desassossego» num dos capítulos ou artigos previstos e a data provável de 1929 (demasiado tardia, para que ainda seja só uma palavra, dentro de um plano do *Livro*, o que já estava sendo «outro»), que J. N. fixa baseado em que o manuscrito do plano «se encontra junto do fragmento "Vai leve a sombra...", com data aproximada de 1929, e a seguir ao fragmento "Não ser livre é prisão, cárcere, ou prado", datado de 26/3/29», não nos parece, por este arrazoado, suficientemente justificada. De qualquer modo, trata-se de mera coincidência, já que o plano se refere a uma colectânea de trechos que, por certo, teriam estrutura de pequenas parábolas, como «*Fábula*» ou como «*O Conto do Vigário*». É o que alguns dos títulos denunciam. Eis esse plano:

1. O homem e a cobra
2. O vale do desassossego
3. De como Napoleão...
4. O segredo de Tse-i-lá
5. Carta do Ms de Pombal
6. Miscelânea I, II, etc.

De 1930 a 1935, aquilo que Pessoa publicou ou deixou que lhe publicassem foi o seguinte:

*Poesia*

**1930**
– O Último Sortilégio» (*presença*);
– «Aniversário», de Campos (*presença*)

**1931**
– 2 poemas de Caeiro, um dos quais o 8.º de «O Guardador de Rebanhos» (*presença*);
– 2 odes de Reis (*presença*);
– «Trapo», de Campos (*presença*);
– «O andaime» (*presença*);
– trad. de «Hino a Pã», de Crowley (*presença*);

**1932**
– «Ah um soneto», de Campos (*presença*);

*Prosa*

**1930**
– Entrevista sobre o caso Aleister Crowley, no *Notícias Ilustrado*;
– trecho do *Livro do Desassossego*, de Bernardo Soares (*presença*)

**1931**
– *Notas para a recordação de meu mestre Caeiro*, de Campos (*presença*);
– trecho do *Livro do Desassossego*, de Bernardo Soares (*Descobrimento*)

**1932**
– *O caso mental português* (*Fama*);

- «Quero acabar entre rosas...», de Campos (*Descobrimento*);
- «Guia-me a só razão» (*Descobrimento*);
- «Autopsicografia» (*presença*);
- «Iniciação» (*presença*)

- «Sobre os poemas de Paulino de Oliveira» (*Descobrimento*);
- nota em *Cartas que foram devolvidas*, de A. Botto;
- prefácio a *Acrónios*, de Luís Pedro;
- prefácio a *Alma Errante*, de E. Kamenezky;
- trecho do *Livro do Desassossego*, de B. Soares (*presença*)

**1933**
- «Tabacaria», de Campos (*presença*);
- ode de R. Reis (*presença*);
- «Isto» (*presença*)

**1934**
- «Eros e Psique» (*presença*);
- o livro *Mensagem*

**1935**
- «Intervalo» (*Momento*);
- «Conselho» (*Sudoeste*)

**1933**
- Post-fácio a *António*, de A. Botto

**1935**
- «Sobre a *Romaria*, de Vasco Reis» (*Diário de Lisboa*);
- o artigo em defesa das Associações Secretas (*Diário de Lisboa*);
- nota biográfica de 30/3;
- crítica a *Ciúme*, de A. Botto (*Diário de Lisboa*);
- *Nós os de ORPHEU* (*Sudoeste*);
- «Poesias de um prosador» (*Diário de Lisboa*);
- nota sobre *O Desaparecido*, de Carlos Queiroz

Em carta de 28/6/30, a Gaspar Simões (*vol. cit.*), e que é a 6.ª dessas 39 cartas publicadas (a primeira das quais é de 1929), escreve Fernando Pessoa: «Quando se publica o 27 da *presença*? Desejo enviar um dos triunfais do Álvaro de Campos e mais uma coisa de meu meu (?). Pergunto isto porque não sei se vocês suspendem agora até Outubro, ou se prosseguem, *quand même*, nos meses débeis». O destinatário desta esclarece, em nota, que o n.º 27 da *presença* tem a data de Junho-Julho de 1930, e que nele foram publicados *Aniversário*, de Álvaro de Campos, e um trecho do *Livro do Desassossego*, de Bernardo Soares. Assim (meu meu) é, com efeito; mas, por isso mesmo, é da maior importância a dúvida que consignamos com a interrogação entre parênteses, após a duplicação do possessivo «meu». Parece que esta duplicação deveria referir-se, se não é gralha, a qualquer coisa bem ortónima, e não a um texto de um semi--heterónimo, de quem, assinadamente, Fernando Pessoa (como não para os outros heterónimos notórios) era o «publicador». Ou Pessoa escreveu realmente a duplicação, e não estava pensando no trecho, que enviou, de Bernardo Soares; ou não a escreveu, e poderia já estar pensando em enviá-lo. Em carta de 3/12/30, desta série de cartas, diz Pessoa: «Para o n.º 30, ou lhe enviarei qualquer trecho do *Livro do Desassossego*, ou, se puder fazê-lo, qualquer dos trechos que formam as «*Notas para a Recordação do Meu Mestre Caeiro*», do Álvaro de Campos, que são, a meu ver, das melhores páginas do meu engenheiro. Concluo que prefere prosa; de aí esta indicação de um propósito». As notas belíssimas foram o que saiu no n.º 30 (Janeiro-Fevereiro de 1931) da *presença*. Mas o que citamos da carta é muito interessante, nas artes epistolares de Pessoa. O que ele quer saber é se efectivamente o director da *presença* prefere prosa, que é o que ele deseja mandar; e saber, também, se os trechos do *Livro* têm a aceitação que ele espera ou anseia que eles recebam. Por isso, é da conclusão de que é preferida prosa que ele só oferece dela... E, ao oferecê-la, põe em contraste um «qualquer trecho» do *Livro*, com as *Notas* de Campos sobre Caeiro, cuja propaganda faz... Não sabemos, porque essas cartas não foram publicadas, o que lhe respondeu Gaspar Simões mas, muito naturalmente, teria insinuado uma preferência pelo «piquant» sensacional que era um dos heterónimos a falar de outro. Na carta seguinte, não se fala mais de *Livro do Desassossego*; e Pessoa diz (a carta é de três dias depois): «Para o número 30 lhe enviarei o poema do Caeiro e algumas das "notas" do Álvaro de Campos. Já estão escritas, de modo que não é preciso senão passá-las a limpo. São apontamentos soltos, uma espécie de biografia espiritual anedótica do Caeiro pelo seu discípulo. Diz V. que mande "mais um poema" do Caeiro. Aquele em que lhe falei já é bastante longo, e não há outro que fique certo junto dele. Uma das "notas" do Álvaro de Campos diz respeito a este poema». Este poema era o 8.º de «*O Guardador de Rebanhos*». Mas o *Livro do Desassossego*, com que Pessoa acenara (ainda que dividindo-se entre ele e o gosto de publicar as notas de Campos sobre Caeiro e o escandaloso poema), passa para a revista *Descobrimento*... Em carta de 28/7/32, a última da série, em que se fala do *Livro*, Pessoa declara que está «começando – lentamente porque não é coisa que possa fazer-se com rapidez – a classificar e rever os meus papéis; isto com o fim de publicar, para fins do ano em que estamos, um ou dois livros. Serão provavelmente ambos em verso, pois não conto poder preparar qualquer outro tão depressa, entendendo-se preparar de modo a ficar como eu quero». Seguidamente, na mesma carta, esboça o plano de publicação: primeiro, com o título ainda de *Portugal*, a futura *Mensagem*; depois, *Livro do Desassossego* (Bernardo Soares, mas subsidiariamente, pois que o B.S. não é um heterónimo, mas uma personalidade literária); o terceiro seria os *Poemas Completos de Alberto Caeiro*; e por fim vários «Livros» do *Cancioneiro*, «onde reuniria vários dos muitos poemas soltos que tenho, e que são por natureza inclassificáveis salvo de essa maneira inexpressiva». Repare-se em como o *Livro do Desassossego* ocupava neste plano um lugar eminente logo após *Mensagem* que seria o primeiro livro, como efectivamente foi; e isto, apesar de ele saber que, provavelmente, o segundo livro que publicasse não seria ele, mas de versos porque ele não estaria, para tal, devidamente pronto. O plano, é evidente, refere-se a publicações previstas a curto prazo, e não a obras completas de toda a sociedade heteronímica, visto que seria inexplicável que nele não figurassem Campos e Reis, que o plano menciona expressamente como prefaciador (Reis) e posfaciador (Campos, com as suas «notas para a recordação, etc.»). E a carta reitera as preocupações com o *Livro do Desassossego*: «tem muita coisa que equilibrar e rever, não podendo eu calcular, decentemente, que me leve menos de um ano a fazê-lo». Nisso, e na *Mensagem*, deve ter-se ele ocupado realmente, nos anos de 1933 e 1934, em que não publicou prosa alguma e quase nenhuma poesia dispersa. Mas, depois do trecho de 1932 do *Livro*, na *presença*, parece não ter voltado a tentar a publicação de trechos dele.

Notemos, porém, que prosas publica, ou entrega para publicação, Pessoa, desde 1930 até morrer. Álvaro de Campos aparece, em 1931, com as suas magnas «*Notas para a Recordação do Meu Mestre Caeiro*» (de quem três poemas são publicados nesse mesmo ano, poemas que são as últimas produções poéticas dele, dadas à estampa por Fernando Pessoa – de resto, nos poemas datados de Caeiro, não há nenhum de data ulterior a 1930, e, se Pessoa o dera por morto em 1919, a verdade é que Campos só recordou publicamente o mestre falecido, depois que, ao que parece, ele «falecera» definitivamente *for the time being*) e com uma «*Nota ao Acaso*». Bernardo Soares, em compensação, é publicado três vezes. Tirando o breve escrito «*Nós os de ORPHEU*», (nitidamente escrito para uma revista, como *Sudoeste*, que pretendia opor a «originalidade» de *ORPHEU* ao domínio crítico do vanguardismo, que a *presença* vinha pretendendo exercer no vácuo de publicações de vanguarda, oposição que, se tinha muito de «ingrata», era perfeitamente compreensível da parte de homens, como Fernando Pessoa ou Almada Negreiros, que não eram propriamente para ser tutelados, mesmo pela admiração crítica), a restante prosa reparte-se em quatro categorias que, aliás, se interpenetram significativamente. O artigo de 1932, *O caso mental português*, prossegue a crítica do «provincianismo» que vinha desde sempre, e já estava no *Ultimatum* de Campos. Três artigos sobre António Botto manifestam a fidelidade (por certo, com a fidelidade a Sá-Carneiro, a única que Pessoa professou, em matéria literária) à amizade e à admiração de Pessoa pelo autor das *Canções*, pelo qual quebrava públicas lanças desde 1923. Dois prefácios e quatro artigos (prefácios a *Acrónios* e *Alma Errante*; carta a João de Castro Osório, publicada em *Descobrimento*, sobre os poemas de Paulino de Oliveira, cuja edição o filho providenciara; artigos sobre os livros de Da Cunha Dias e de Carlos Queiroz; artigos sobre *A Romaria*, de Vasco Reis, com que Pessoa se esquivou elegantemente a falar do prémio que lhe fora concedido à *Mensagem*, falando do livro que ganhara na outra categoria...) são amabilidades gentis, com que Fernando Pessoa corresponde a solicitações ou deseja ser agradável, com uma indiferença total pela obra que prefacia ou de que finge estar falando. O que, no caso de *O Desaparecido*, de Carlos Queiroz, livro belíssimo de um notável poeta, chega, na confrangedora vacuidade da tão breve nota, a ser de uma flagrante injustiça. Mas o fingimento amável, aproveita-o ele para falar de outras coisas, mais ou menos conexas com o autor tratado, e que lhe servem para outros fins. Estes pertencem à ultima das categorias em que repartimos estes escritos. O artigo sobre o livro do Padre Vasco Reis não é apenas uma manifestação de grandeza de ânimo para com uma obra inferior que tinha todavia o número de páginas suficiente, nos regulamentos do prémio, como o prefácio a *Alma Errante* não é apenas resultado de uma solicitação feita pelo autor (que era um dos eixos do ocultismo de Terceira Ordem, e cuja loja de antiguidades, em São Pedro de Alcântara, era, ao mesmo tempo, um centro de rosicrucianismo e de admiradores do Templo, e um ponto de reunião de homossexuais de distinção social), ou como a carta sobre a poesia de Paulino de Oliveira não é só a aplicação delicada das artes de raciocínio, à valorização de poemas de um poeta muito menor, piedosamente publicados por um dos seus filhos, que era também o director de uma das revistas literárias de que Pessoa dispunha para publicar-se. No artigo sobre Vasco Reis, é atacado o catolicismo português, do mesmo passo que é feita a apologia do Mito da Criança Divina. Na carta sobre Paulino de Oliveira, é aproveitada a oportunidade para outro desses ataques laterais, do mesmo passo que é feito, em termos que são os dos artigos sobre o tema do «provincianismo», o processo da cultura portuguesa nas suas formas frustes, e é propagandeado, como antídoto (como o era em muitos dos artigos sobre António Botto), o «paganismo», visto que, deste ao pitagorismo e às religiões dos Mistérios, vai um passo. E o prefácio a Eliezer Kamenezky é pretexto para largas considerações sobre a Maçonaria. Assim, estes escritos inserem-se também no conjunto de preocupações de que se faz eco sintético a «*Nota Biográfica*» de 1935, com as suas proclamações templárias, de que o artigo em defesa das associações secretas é o corajoso panfleto público (ao mesmo tempo manifestação de liberalismo, em geral, e de respeito pelo ocultismo, em particular), e de que a entrevista sobre o pretenso desaparecimento de Aleister Crowley é o aspecto sensacionalista.

Note-se que, paralelamente com tudo isto, dos 19 poemas (e não contando o livro *Mensagem* que é uma interpretação esotérica da história) publicados ou dados para publicação neste período, registados no quadro, e que são 9 ortónimos, uma tradução ortónima, 4 de Campos, 3 de Reis, e 2 de Caeiro, pelo menos *seis* (os de Caeiro, a tradução, e três ortónimos) são de evidente conotação esotérica, *cinco* (dos outros ortónimos) são de explicação pessoal, e a um dos ortónimos (*Intervalo*), como às três odes de Ricardo Reis, é que, além da beleza de serem, não é confiada missão especial que dois dos poemas de Campos (*Aniversário* e *Quero acabar entre rosas...* – dos mais belos dele) não deixam de ter. Como vemos, o que Pessoa dava para publicar nunca ou quase nunca o era gratuitamente, e estava em acordo com as «eventualidades» prosaicas a que ele se entregava num mesmo período. Não obedecia isso, por certo, a um plano rigoroso e sistemático, mas também não era o mero acaso de satisfazer, em todos os planos, caprichosos interesses de momento. E muito menos apenas a política do poeta que se gradua habilmente para publicação. Tudo o que ele fazia, nesse sentido, desde os tempos da sua estreia literária, estava mais ou menos subordinado a uma visão eminentemente *pedagógica*, menos do seu prestígio e da sua popularidade, que de altos desígnios actuantes. Por certo que Pessoa soube explorar habilmente o futuro: mas o que ele pretende com isso é muito menos ser um grande poeta universalmente reconhecido, do que esse reconhecimento servir as causas que se haviam identificado com a sua natureza de «não-eu». Não seria apenas por natural vaidade que ele preferiu sempre, com raras excepções, o convívio literário de pessoas – e que me perdoem – muitíssimo inferiores a ele, mesmo quando já tinha outras melhores, com que poderia ter convivido mais. É que algumas dessas pessoas partilhavam, com ele, alguns dos ideais «pedagógicos» que eram parte do seu feixe de heteronimias; enquanto ele *não* partilhava com outros melhores o considerar a literatura, mesmo na mais digna e mais profunda das acepções, como um *fim*, mas como um *meio*. Não que, para ele, a arte «servisse» para alguma coisa de alheio à expressão estética; esta última é que tinha destinos superiores a si mesma. Se ele se deu, nos anos de 1930 a 1935, a uma actividade exterior de propaganda e defesa de ideais que eram, interiormente, esotéricos, isso não significa sequer que este aspecto do seu feixe de personalidades estivesse assumindo, no seu espírito, proporções absorventes. Mas que, tal como acontecera em 1923 com os casos de António Botto e de Raul Leal, havia tendências dominantes, ou que detinham o poder, ou o pretendiam, na sociedade portuguesa, que constituíam um desafio à liberdade de expressão ou de prática de um qualquer estilo de vida, que, a Fernando Pessoa, por natureza da sua pluralidade, eram condição «sine-qua-non» da progressão espiritual da pessoa humana a que ele sacrificara a sua consciência una. É assim muito importante notar que, ao lado dos poemas esotéricos e dos de explicação pessoal, a única prosa de criação literária, além das recordações de Campos, sejam os trechos do *Livro do Desassossego*, de Bernardo Soares. Na verdade, dos cinco poemas ortónimos de explicação pessoal, quatro (*«Autopsicografia»*, *«Isto»*, *«Guia-me a só razão»* e *«Conselho»*) não só são dos mais significativos, como estão mesmo profundamente ligados entre si, por raízes temáticas e até imagéticas. Pessoa, numa época em que pensava a sério em começar a ordenar para publicação em volume a sua obra, sentiu a necessidade de publicá-los, para que eles precedessem a formação dos equívocos que a obra não deixaria de suscitar – se alguns deles, em vez de auxiliarem, com a sua luminosa franqueza, a que os equívocos se não formassem, até vieram a contribuir para o adensamento deles, a culpa não é por certo dos poemas, nem do autor que os publicou em tempo, mas dos preconceitos «românticos» da crítica, e da inabilidade impressionista para aceitar-se e compreender-se a honesta literalidade de uma obra de arte. Mas notemos mais o seguinte. Depois de 1931, Pessoa não mais publica Caeiro; não mais publica Campos, depois de 1932; e Reis desaparece de publicação, em 1933, com só uma bela ode («Para ser grande...») – isto na poesia, e pode dizer-se que também na prosa de Campos, já que este, após as *Notas* sobre Caeiro, em 1931, só tinha para publicação a «*Nota ao Acaso*» de *Sudoeste* (1935). Ora se o último poema datado de Caeiro é de 1930, como já vimos, o último poema datado de Reis é de Dezembro de 1933, e Campos figura entre os derradeiros poemas de 1935. Logo, se a desaparição de Caeiro e de Reis, das publicações, de certo modo corresponde a uma suspensão deles (porque a desaparição definitiva deve ser entendida apenas à luz de a morte ter acabado com as virtualidades deles todos, como com as do suporte deles todos, nos fins de 1935), a suspensão de Campos não corresponde à realidade: se ele estava em recesso de vida pública, continuava a ser, dentro de Fernando Pessoa, a mais viva e dolorosa das consciências. Mais: os poemas que podemos considerar últimos dele, tal como os últimos que Pessoa lhe publicou, são da mais terrível das pungências. Esta pungência não se coadunava, porém, com a serenidade esotérica ou graciosa da maior parte dos poemas ortónimos ou heterónimos que Pessoa publicou em 1931-35 – e Campos era obrigado a manter-se numa discreta sombra que não perturbasse, nem a Sociedade de Escritores Fernando Pessoa Lda., que se empenhava em ordenar a sua escrita ou em defender o que lhe importava que o fosse –, nem – o que é mais – apagar, com o seu vulto gigantesco, a menoridade meditativa de Bernardo Soares, cuja divulgação estava sendo feita à escala das publicações disponíveis, e que, em muitas coisas, tanto se parecia com ele.

O facto de Bernardo Soares ser um semi-heterónimo (o que é acentuado por os seus trechos, epigrafados como dele e da sua obra, serem assinados publicamente pelo Pessoa que lhos dava à luz da impressão) terá muito que ver com tudo isto que vimos dizendo. Ele não era nem mais nem menos heterónimo que os outros ou que o próprio Fernando Pessoa. Mas Pessoa é que, do «não-ser» como ente pensante, transitara a escritor com uma obra, com admiradores, com estudos críticos. Se isso tinha que o irritasse (e ele foi por vezes de uma ironia feroz com alguns dos que o admiravam), não menos o responsabilizava na vida literária, e o paralisava para a invenção plena de heterónimos que já toda a gente sabia que eram ele mesmo. Esta paralisação chega, pois, a projectar-se sobre a própria publicação dos outros – que tinham começado por existir tanto, que haviam enganado muito boa gente quanto às suas realidades. O Bernardo Soares que se configura como autor do novo *Livro do Desassossego* é, assim, na sua fragmentariedade, não apenas menos do que os outros haviam sido e Campos ainda era, mas, paradoxalmente, mais do que eles. Com efeito, para ele confluía toda a meditação dispersa e fragmentária de uma sociedade de heterónimos na disponibilidade. O livro dele era uma espécie de refugo de tudo o que não chegava a ser de ninguém dos outros; e uma espécie de depósito da fragmentária tristeza de Fernando Pessoa que, até certo ponto para que ele existisse, sofria a suspensão existencial deles. Sofria mesmo mais do que isso: o regresso desolado à prosa de que, na juventude esperançada, ele se imaginara um grande criador. É pois, nestes termos, que deveremos entender o novo *Livro do Desassossego* que a Pessoa se configura e impõe a partir de 1929, e de que ele trata de fazer a fragmentária divulgação. Não há que supor, é óbvio, que Pessoa estava confinando os seus celebrados heterónimos ao limbo das *Ficções do Interlúdio:* isso seria diminuir, ou tomar demasiado à letra, um título que ele tomou o cuidado de explicar minuciosamente. Mas, e é isso que também dá peculiar importância ao *Livro*, tudo se passa como se, a partir de 1930, Pessoa falasse e publicasse *testamentariamente*. Se a morte, em 30 de Novembro de 1935, e em circunstâncias vertiginosas, o liquidou, abruptamente, quase poderíamos dizer que ele se sentia já perto dela, ou que ela o estava matando *um a um* e ele sabia que morreria de uma vez, quando os mais fortes de entre eles tivessem morrido todos. A importância que o ocultismo assume nesses anos de 30 que ele viveu é mais do que uma coincidência entre algumas das suas maneiras de ser e as circunstâncias da vida nacional: é também, e em parte dos termos que ele admitia, uma preparação para a morte. E, se pensarmos que, entre meados de 1934 e meados de 1935, ele revertera às «quadras ao gosto popular» (recentemente publicadas), pelas quais acertara o ouvido português na extrema juventude britanizada, e com as quais fizera, em poesia ortónima, o muito mais de intelectualismo que esse «gosto» não tem, há com que nos arrepiemos com essa premonição da morte: se ele não tem morrido a tempo, na sua realidade física, que acabaria ele fazendo como poeta sobrevivo... Porque ele *não era*, e, na morte progressiva de todos os que o constituíam, dele não ficaria senão o horror das habilidades de um homem capaz de fazer o que quisesse, e capaz de, então, só fazer o que não valia a pena. De resto, ele *sabia* que morreria em 1935. Contou o falecido Raul Leal ao autor destas linhas, que o horóscopo que Pessoa, como ser vivente, levantara de si mesmo não concordava com o que o próprio Raul Leal fizera dele (Pessoa também levantara o horóscopo de Raul Leal, como experimentação recíproca). Para Raul Leal, Pessoa tinha todas as probabilidades de morrer em 1935*... E o caso é que ambos morreram, não nas datas que Pessoa previra, mas nas que Raul Leal previu para ambos... Parece que o pacto de Pessoa com o demónio não era tão eficaz como o de Raul Leal; ou Fernando Pessoa falsificara inconscientemente os dados da astrologia. Isto, evidentemente, pode parecer infantil aos espíritos fortes que, em geral, à hora de morrer, quando não antes, se revelam fraquíssimos; mas não pode ser menoscabado, nem ignorado, para homens que, com a demoníaca ironia própria de tal crença, acreditavam não só nessas fantasias astrológicas, mas, mais do que nelas, naquele verso terrível do soneto dedicado a Gomes Leal (e que poderia sê-lo ao outro Leal, mas Raul): «Sagra, sinistro, a alguns o astro baço». O *Livro do Desassossego*, de Bernardo, Soares, é como que o diário melancólico dessa sagração sinistra – mas, discretamente, ao nível de um ajudante de guarda-livros na cidade de Lisboa.

Na carta de 13/1/35, a Casais Monteiro, em que descreve minuciosamente como os heterónimos foram aparecendo, Fernando Pessoa alarga-se a respeito de Bernardo Soares: «O meu semi--heterónimo Bernardo Soares, que aliás em muitas coisas se parece

---

* Tivesse este escrito sido preparado para final publicação e este passo por certo ficaria mais bem esclarecido. Na realidade Raul Leal contou que a discrepância entre o horóscopo levantado por Fernando Pessoa para si mesmo e o que ele, Leal, fizera, era de dois anos, pelo que Pessoa morreria em 35 e não 37, como pensava, mas que lho não dissera, para o não entristecer mais ainda. Assim se justificaria que Pessoa não tivesse querido que se chamasse o médico (que, também, se pensasse que morria seria inútil), como lhe teria dado tempo para pôr em ordem a sua obra e fazer desaparecer todos os heterónimos. Acrescente-se que também Raul Leal se enganara em relação a si mesmo. Segundo diz em carta de 28/7/57 a J. de S., a sua morte devia dar-se em 1967 – mas deu-se em 18/8/64. (M. de S.)

com Álvaro de Campos, aparece sempre que estou cansado ou sonolento, de sorte que tenha um pouco suspensas as qualidades de raciocínio e de inibição; aquela prosa é um constante devaneio. É um semi-heterónimo porque, não sendo a personalidade a minha, é, não diferente da minha, mas uma simples mutilação dela. Sou eu menos o raciocínio e a afectividade. A prosa, salvo o que o raciocínio dá de *ténue* à minha, é igual a esta, e o português perfeitamente igual; ao passo que Caeiro escrevia mal o português, Campos razoavelmente mas com lapsos como dizer «eu próprio» em vez de «eu mesmo», etc., Reis melhor do que eu, mas com um purismo que considero exagerado. O difícil para mim é escrever a prosa de Reis – ainda inédita – ou de Campos. A simulação é mais fácil, até porque é mais espontânea, em verso».

Observemos as peculiaridades significativas deste importante texto. O autor do *Livro do Desassossego* passou da simples categoria de personalidade literária à de semi-heterónimo, de meados de 1932 a princípios de 1935. Tem muito de comum com Álvaro de Campos, como o mesmo Pessoa se antecipa em no-lo dizer. Aparece quando «ele» está cansado ou sonolento, e com as qualidades de raciocínio e de inibição embotadas. A prosa de Bernardo Soares é um constante devaneio, porque não se atém à logicidade da prosa raciocinante ortónima, nem se submete à disciplina com que ele cria a prosa heterónima... Bernardo Soares não é «ele», mas diferente. É-o, porém, não por excesso, como sucede aos outros, mas por defeito: ele, menos o raciocínio e a afectividade. Esta última surge, no texto, como um insólito sinónimo de inibição. O estilo de Bernardo Soares não difere do das prosas ortónimas, senão por uma espessura que elas perdem por efeito do raciocínio que as faz ténues (transparentes, ou melhor, como que uma talagarça dos fios do raciocínio). E, sendo a inibição um estranho sinónimo de afectividade, esta não entra, realmente, na composição da diferença: é apenas uma qualidade «negativa» que tem por missão policiar o aspecto exterior da convivência... Desaparecendo ela, a prosa não será menos sentimental, se o for; o que ela será é menos um exercício da sensibilidade. O Soares é, assim, o Pessoa mutilado daquilo que *não é ele*, e de que cria a sua exterior personalidade civil de criatura ou de articulista. Escreve pois como ele. Pior do que ele (e o Soares) escreve o Campos; melhor, o Reis, mas com exagerado purismo. Esse pior e esse melhor são mais difíceis de atingir, porque um poeta simula (finge = conhece-se) melhor em verso do que em prosa.

Não há duvida de que, nesta caracterização de Bernardo Soares, que coincide com tudo o que temos mostrado, ele é um *prosador e só*. Mas passara por uma fase, por certo anterior, de não sê-lo. É o que se depreende de um plano e de uma nota, ambos sem data, revelados por M.A.D. Galhoz, na edição Aguilar das *Obras Completas* (pp. 694 e 695). O plano ou apontamento diz o seguinte:

«Bernardo Soares
Rua dos Douradores

Os trechos vários (Sinfonia de uma noite inquieta, Marcha Fúnebre, Na Floresta do Alheamento)

Experiências de ultra-sensação:

1 Chuva Oblíqua.
2 Passos da Cruz.
3 Os poemas de absorção musical que incluem Rio entre sonhos.
4 Vários outros poemas que representam iguais experiências (Distinguir o «em congruência com a esfinge» – se valer a pena conservá-lo – do «Em horas inda louras» meu). Soares não é poeta. A sua poesia é imperfeita e sem a continuidade que tem na prosa; os seus versos são o lixo da sua prosa, aparas do que escreve a valer.»

A nota é esta: «Reunir, mais tarde, em um livro separado, os poemas vários que havia errada tenção de incluir no *Livro do Desassossego*; este livro deve ter um título mais ou menos equivalente a dizer que contém lixo ou intervalo, ou qualquer palavra de igual afastamento. Este livro poderá, aliás, formar parte de um definitivo de refugos, e ser o armazém publicado do impublicável que pode sobreviver como exemplo triste. Está um pouco no caso dos versos incompletos do lírico morto cedo, ou das cartas do grande escritor, mas aqui o que se fixa é não só inferior senão que é diferente, e nesta diferença consiste a razão de publicar-se, pois não poderia consistir em a de se não dever publicar». Diz M.A.D. Galhoz que esta nota se encontrava junto do original das *«Notas para a Recordação do Meu Mestre Caeiro»*. O «junto» é demasiado vago para sabermos se está num mesmo daqueles papéis, ou se está num papel preso a eles, ou se o papel está juntado ao dito original por Pessoa ou pelo acaso das mãos que têm visitado os papéis do poeta. Se aquelas «notas» são mencionadas na correspondência de 1930, que citámos, podem ser originariamente muito anteriores a essa data. Sê-lo-ão, por certo, como veremos, anteriores ao tempo em que o autor de um *Livro do Desassossego*, nem era Bernardo Soares, nem este era o poeta dos sensacionismos e intersecionismos dos anos 1914-1917. Entre os originais de que dispomos (fotocópia n.º 438), há o seguinte apontamento manuscrito:

«*Na Casa de saúde de Cascais*
  inclui: (1) Introdução, entrevista com António Mora
     (2) Alberto Caeiro
     (3) Ricardo Reis
     (4) «Prolegómenos» de António Mora
     (5) Fragmentos

*Vida e obras do engenheiro Álvaro de Campos*
*Livro do Desassossego*

escrito por Vicente Guedes, publicado por Fernando Pessoa.»

Parece que o plano publicado por M. A. D. Galhoz se refere a um livro em que o Bernardo Soares da Rua dos Douradores, prosador, é chamado a assumir a responsabilidade heteronímica da poesia «ortónima» dos tempos esteticistas, e em que não só lhe são atribuídas as equivalentes prosas do primeiro *Livro do Desassossego*, como estas são consideradas «poesia». Isto é muito interessante, porque nos revela as ligações profundas do «semi-heterónimo» com o próprio Fernando Pessoa em seus aspectos ortónimos. O Soares seria quem arcava com as culpas de ter perpetrado aquelas coisas «imperfeitas», entre as quais, no entanto, se incluíam obras-primas, como os sonetos dos «*Passos da Cruz*» (acerca dos quais, pelos vistos, nesta ocasião, Pessoa era muito mais severo do que nós, vendo neles apenas o que tinha sido epocal). Essa poesia ortónima das várias estreias ortónimas do poeta, mais os trechos de prosa como a «*Marcha Fúnebre*» e «*Na Floresta do Alheamento*», eram o lixo metrificado da prosa que Soares escrevia «a valer», isto é, da que começara a escrever, enfim, por volta de 1929, e que, por sua vez, era de um Fernando Pessoa cansado e sonolento... A nota, que M.A.D. Galhoz também revelou, dá-nos o momento imediatamente seguinte: aquele «lixo ou intervalo» era errado considerá-lo parte do *Livro do Desassossego*, no que a nota revela a que ponto, ao escrevê-la Pessoa, o livro se lhe identificara já com Bernardo Soares, visto que ele não dera tal intervalo ou lixo como parte do livro, mas como parte do Bernardo Soares. E era irremediável que, mais tarde ou mais cedo, assim como sucede com versos incompletos do lírico morto cedo, ou com as cartas de um grande escritor, tudo aquilo fosse reunido num livro separado, num «definitivo de refugos» que, todavia, não eram, em grande parte, refugos inéditos, mas publicações do Fernando Pessoa em seu nome, e como tal teriam de ficar (como ficaram e continuam ficando). Quando, portanto, no plano inédito que apresentamos, o *Livro do Desassossego* aparece atribuído a Vicente Guedes (correspondendo à ressurreição de um dos primeiros e incipientes ou larvares heterónimos), a par de uma ideia de «vida e obras» de Álvaro de Campos, e de um projecto de situar os heterónimos Caeiro e Reis na órbita de António Mora (que seria, através de uma entrevista feita na casa de saúde de Cascais, o apresentador deles e de si mesmo), Pessoa está fazendo três coisas altamente significativas: dar independência absoluta a Álvaro de Campos, em face dos outros (o que concorda com a posição que Campos assume nos últimos anos da sua vida, a partir de 1930); criar outro heterónimo que o liberte do encargo de viver os heterónimos; e ressuscitar um velho heterónimo que, por sua vez, o liberte da semi-heteronimia angustiosa (de ser mais e menos do que ele próprio) de um Bernardo Soares que era um pouco de todos e o muito dele no nada terrífico de sê-los e de eles irem morrendo. A manobra não surtiu efeito: o Bernardo Soares não ficou autor de versos de Fernando Pessoa e prosas de um «Livro» que lhe não pertencia, e muito menos cedeu o passo ao Vicente Guedes que tinha sido, ineditamente, um pré-Ricardo Reis. O mais que Pessoa conseguiu foi arrancar-lhe alguma daquela prosa devaneadora, para dá-la ao Barão de Teive – separando dele o que poderia restar-lhe de aristocratismo. Os esteticismos, a nobreza, a cultura, etc., que eram comuns àquelas prosas e versos antigos, e à elegância e às ideias monárquicas de Reis vieram a consubstanciar-se num barão. Mas este também não vingou, apesar de ser o suporte das pretensões nobiliárquicas do próprio Fernando Pessoa que, em 1935, se dá descendente de fidalgos e de judeus (necessariamente sefardis...). Quem tudo reduzia a fragmento era mesmo o pobre do Bernardo Soares.

Numa longa prosa que foi primeiro publicada na edição Aguilar já citada (apontamentos soltos sem data, mas que são ulteriores ao plano de publicação das obras poéticas, com os heterónimos-poetas sob o título geral de *Ficções do Interlúdio*, e que Pessoa expõe em carta de 28/7/32, a Gaspar Simões), Pessoa estabelece as distinções entre Soares e Teive, dizendo ambas as figuras «minhamente alheias» – no que se confirma a cisão que definiu melhor o Bernardo Soares. Esta prosa é tão rica de sugestões, que a transcreveremos aqui: «Compararei algumas destas figuras, para mostrar, pelo exemplo, em que consistem essas diferenças. O ajudante de guarda-livros Bernardo Soares e o Barão de Teive – são ambas figuras minhamente alheias – escrevem com a mesma substância de estilo, a mesma gramática, e o mesmo tipo e forma de propriedade: é que escrevem com o estilo que, bom ou mau, é o meu. Comparo as duas porque são casos de um mesmo fenómeno – a inadaptação à realidade da vida, e o que é mais, a inadaptação pelos mesmos motivos e razões. Mas, ao passo que o português é igual no Barão de Teive [e] em Bernardo Soares, o estilo difere em que o do fidalgo é intelectual, despido de imagens, um pouco, como direi?, hirto e restrito; e o do burguês é fluido, participando da música e da pintura, pouco arquitectural. O fidalgo pensa claro, escreve claro, e domina as suas emoções, se bem que não os seus sentimentos; o guarda-livros nem emoções nem sentimentos domina, e quando pensa é subsidiariamente a sentir. Há notáveis semelhanças, por outra, entre Bernardo Soares e Álvaro de Campos. Mas, desde logo, surge em Álvaro de Campos o desleixo do português e o desatado das imagens, mais íntimo e menos propositado que o de Soares. Há acidentes do meu distinguir uns dos outros que pesam como grandes fardos no meu discernimento espiritual: distinguir tal composição musicante de Bernardo Soares de uma composição de igual teor que é a minha. Há momentos em que o faço repentinamente com uma perfeição de que pasmo; e pasmo sem imodéstia, porque, não crendo em nenhum fragmento da liberdade humana, pasmo do que se passa em mim, como pasmaria do que se passa em outros – em dois estranhos. Só uma grande intuição pode ser bússola nos descampados da alma; só com um sentido que usa da inteligência, mas se não assemelha a ela, embora nisto com ela se funda, se pode distinguir estas figuras de sonho na sua realidade de uma a outra. Nestes desdobramentos de personalidade ou, antes, invenções de personalidades diferentes, há dois graus ou tipos, que estarão revelados ao leitor, se os seguiu, por características distintas. No primeiro grau, a personalidade distingue-se por ideias e sentimentos próprios, distintos dos meus, assim como, em mais baixo nível desse grau, se distingue por ideias, postas em raciocínio ou argumento, que não são minhas, ou, se o são, o não conheço. *O Banqueiro Anarquista* é um exemplo deste grau inferior; o *Livro do Desassossego* e a personagem Bernardo Soares são o grau superior. Há o leitor de reparar que, embora eu publique (publica-se) o *Livro do Desassossego* como sendo de um tal Bernardo Soares, ajudante de guarda-livros na cidade de Lisboa, o não incluí todavia nestas *Ficções do Interlúdio*. É que Bernardo Soares, distinguindo-se de mim por suas ideias, seus sentimentos, seus modos de ver e de compreender, não se distingue de mim pelo estilo de expor. Dou a personalidade diferente através do estilo que me é natural, não havendo mais que a distinção inevitável do tom especial que a própria especialidade das emoções necessariamente projecta. Nos autores das *Ficções do Interlúdio* não são só as ideias e os sentimentos que se distinguem dos meus: a mesma técnica da composição, o mesmo estilo, é diferente do meu. Aí cada personagem é criada integralmente diferente, e não apenas diferentemente pensada. Por isso, nas *Ficções do Interlúdio* predomina o verso. Em prosa é mais difícil de se outrar».

Que Pessoa pretendia realmente distinguir um Teive daquilo que era Bernardo Soares, e que a distinção nem sempre era fácil (o que aliás às vezes lhe acontece nos manuscritos de poemas, que, interrogativamente, têm anotados os nomes de dois heterónimos) é comprovado pelo facto de a dúvida surgir em manuscritos que oscilam, com interrogação ou disjuntiva, entre eles dois. E que toda a gente que lhe aparecia, em grau maior ou menor de materialização, era heteronímica, eis o que resulta transparente dos exemplos que ele dá. No mais, este citado trecho reafirma o que ele, noutros lugares, dissera da heteronimia, amplificando algumas harmónicas de tais lugares: é nítida, porém, a insistência num «sentido» que, diz ele, «usa da inteligência, mas se não assemelha a ela, embora nisto com ela se funda» e que permite «distinguir estas figuras de sonho na sua realidade de uma a outra». A frase é esplêndida de dilucidação, aplicada ao caso, do «o que em mim sente está pensando»: isso que sente pensando (não ele mesmo sentindo, mas o que, nele, sente inteligentemente) é «uma grande intuição» que serve de «bússola nos descampados da alma», nesses descampados que, só eles, eram a matéria da sua, em que vagavam seres que o eram, e que, sem aquele sexto sentido, se perderiam, como ele mesmo, no vazio de si. Em suma: o sentido criador, capaz de materializar, pior ou melhor, essas figuras de sonho, cujas realidades contíguas há que distinguir «de uma a outra». Bernardo Soares, porém, tal como tínhamos apontado, não é, na escala dessas figuras, um ser inferior: abaixo dele está tudo o que se não «outra» suficientemente, a ponto de ter um nome, mas só ideias, «postas em raciocínio ou argumento», que não são de Pessoa, ou que, se acaso o são, ele não conhece como tal... É o caso do *Banqueiro Anarquista* – mas é também, quiçá, o de muitas das prosas ortónimas em que ele se outrou consigo mesmo, em raciocínio ou argumento.

O estilo de Bernardo Soares é caracterizado assim: representa uma inadaptação à vida (pelos mesmos motivos e razões do Pessoa quotidiano); não é intelectual nem despido de imagens, nem hirto ou restrito, mas fluido com qualidades musicais e plásticas, pouco arquitectural. É um estilo que não serve a dominar as emoções ou os sentimentos, e em que o pensar não surge autónomo «mas subsidiariamente a sentir». Mas, com o que o assemelhe assim ao de Álvaro de Campos, não é desleixado no português, nem o desatado das imagens, que ambos praticarão, tem, em Bernardo Soares, a intimidade e o propositado que terá em Campos.

Em «Colofão» (sic), da já referida edição Aguilar da obra poética de Pessoa, M.A.D. Galhoz publicou 17 fragmentos inéditos, alguns dos quais formados por mais que uma nota, *sete* dos quais são dados como do *Livro do Desassossego*, *um* tem a indicação autoral de pertencer ou ao *Livro* ou ao Barão de Teive, *seis* estão assinados pelo Barão, e *três* (que seriam talvez fragmentos de «notas ao acaso») não têm assinatura alguma. Tudo isto está sob o título geral de «Fernando Pessoa, correspondente estrangeiro, apresenta Bernardo Soares- -Vicente Guedes, empregado de comércio», título evidentemente de ocasião, e para a oportunidade, algo inoportuna, de apresentar amostras do celebrado «*Livro*», para valorizar o volume da «Obra Poética». Teive, como é dito no supracitado trecho (publicado noutro lugar da edição), claramente não é Bernardo Soares ou Vicente Guedes. E este, nos próprios fragmentos revelados, aparece para desaparecer. A primeira parte de um dos fragmentos duplos (que tem a indicação de pertencer a um projectado prefácio do *Livro*), e que começa: «O meu conhecimento com Vicente Guedes...» descreve sucintamente que ele conheceu o Guedes no restaurante em que ambos comiam: de se verem lá, passaram ao cumprimento silencioso, deste a começarem por acaso a conversar, e da conversa a saírem juntos, conversando. A segunda parte descreve, em meia dúzia de linhas, como a atitude mental de Guedes era um estoicismo de fraco (e não há qualquer razão para duvidar que seja «fraco» o que esteja no manuscrito (se o é)). Toda a cena de como Pessoa conheceu o autor do *Livro* é pormenorizadamente descrita no fragmento anteriormente impresso na edição, sem que o nome desse autor seja mencionado. Nitidamente, este outro fragmento, também do prefácio, é a versão desenvolvida daquele – e, na versão desenvolvida, o Guedes desaparece, efémero e fugaz como era nos fragmentos que conhecemos e nas publicações e referências que dizem respeito ao *Livro do Desassossego*. Também o trecho postumamente publicado em *Mensagem*, n.º 1, Abril de 1938 (certamente por mão de Eduardo Freitas da Costa, colaborador da revista) menciona Vicente Guedes, mas não no contexto – a rubrica final é que diz: «do *Livro do Desassossego*, escrito por Vicente Guedes e publicado por Fernando Pessoa», tal como está escrito no apontamento inédito que mencionámos, e paralelamente ao título com que os trechos que Pessoa publicou de 1929 a 1932 foram impressos, e em que só houve uma substituição de autores: o nome de Bernardo Soares substituiu o de Vicente Guedes.

São estas – publicadas ou inéditas – as notícias de que dispomos acerca do *Livro do Desassossego* e do seu autor, e que procurámos enquadrar numa explicação geral do poeta Fernando Pessoa, de que o *Livro* e quem o escreveu são apenas uma parte. Parte de um todo que se multiplicou *ad infinitum*, como se, quanto mais se perdesse, mais se encontrasse. Um todo que não é uno na diversidade, mas exactamente o contrário: diverso na unidade esplendorosa do «não-ser», e que foi sempre tanto maior e mais «real», quanto mais de sonho criou as suas figuras. Como o Inconsciente de que falava Antero de Quental, Fernando Pessoa podia dizer que todos sabem o seu nome, mas ele, ele, não sabia como se chamava... – a não ser depois que, ortónimo ou heterónimo, recebia um nome e uma obra. Na noite do não-ser, no limbo da imaginação, na margem da beira-mágua de onde fitava o nada, exactamente nos antípodas de onde Camões fitara tudo, atingiu ele, por isso mesmo, a própria essência da poesia. Porque o poeta não é aquele que é, mas aquele que, sendo ou não sendo, vive e morre «donnant un sens plus pur aux mots de la tribu», como Mallarmé disse daquele Poe que Pessoa traduziu tão melhor do que o próprio Poe escrevera, e fazendo de Poe o grande poeta que este desejaria ter sido.

A publicação do *Livro do Desassossego*, por tudo o que fica dito, é por certo um acontecimento. Se nem todos os trechos são de igual valor, alguns serão da mais bela e mais penetrante prosa da língua portuguesa. Neles perpassam os temas, às vezes mesmo fantasmas de estrutura, dos poemas de todos os heterónimos e ortónimos. Tudo o que a poesia plenamente realizada, ou a diversificada prosa, deles todos foi – está presente nestes fragmentos feitos da análise espectral das vivências que pululavam dentro do homem Fernando Pessoa, acotovelando-se e atropelando-se para serem, ou, pouco a pouco, desvanecendo-se nas trevas inferiores, como espíritos que se cansam de comparecer à mesa de pé-de-galo a que os convocaram demasiadamente. O racionalismo transcendental de Fernando Pessoa; o misticismo irónico e frio de outro Fernando Pessoa; a meditação existencial de Álvaro de Campos; o empírio-criticismo de Alberto Caeiro; a consciência cansadamente hedonística da fugacidade de tudo, que era de Ricardo Reis; o neo-positivismo espiritualista do autor dos *35 Sonnets*; a lascívia reprimida do autor de *Antinous*; o anarquismo paradoxal do *Banqueiro*, etc., etc. – e, sob tudo isto, como uma maldição, de que todos são filhos, como um pecado original a que todos devem o ser, a terrível incapacidade de amar, a medonha demonstração de que o homem existe pelos seus actos e não é outro senão eles, e que não existe, *senão como ficção*, quando, em lugar de aceitar *ir sendo*, escolhe fixar-se na pedagogia monstruosa de ser por conta alheia, de perder-se «na floresta do alheamento». Mas jamais nos descobriríamos como um não-ser que se realiza, se não tivesse havido este ser, chamado Fernando Pessoa, que se desrealizou. E o fez de uma maneira tão profunda e tão extraordinária, que, em seu tempo, quase ninguém deu por isso, e, no nosso, muito pouca gente acredita. É que, concordemos, estas coisas são terríveis e, se, para tantos, a vida é fragilmente uma coisa que se sustenta da ilusão de estarem vivos, como pode aceitar-se e reconhecer-se o pavoroso espectáculo de um suicídio exemplar, executado a frio, durante vinte e cinco anos de poesia? Não – como já foi dito –, um suicídio a goladas de álcool. Sim – como devemos dizer–, um suicídio heterónimo a heterónimo, nos descampados da alma, lá onde não há álcool que aqueça nem embriague, como não há amor que ali perpasse. Se nenhum fígado resiste a tanto, muito menos existência existe que lhe sobreviva. Pessoa morreu, quando já os heterónimos o tinham morto. Se é que, mais horrivelmente, eles não são fogos fátuos pairando espectrais sobre o cadáver de uma alma que se destituíra de ser.

Poderíamos dizer que o *Livro do Desassossego*, irregular, fragmentário, às vezes irisado fascinantemente, é desse processo o licor de cheiro adocicado que entontece e faz náuseas. A náusea do não-ser.

(1964)

# «ELA CANTA POBRE CEIFEIRA»

O poema que começa «*Ela canta, pobre ceifeira*», publicou-o Fernando Pessoa, na revista *Athena* (vol. 1, n.º 3, Dezembro de 1924, p. 88), que co-dirigiu com Ruy Vaz. Foi nessa revista que ele publicou a maior massa de poemas seus: 14 poemas ortónimos, 20 odes de Ricardo Reis, e cerca de 40 poemas de Alberto Caeiro. Álvaro de Campos não foi colaborador poético da revista, mas os seus ensaios *O que é a metafísica* e *Apontamentos para uma estética não-aristotélica* nela é que apareceram. Dir-se-ia que, para acentuar o carácter «sério» da sua poesia que então se dispunha a revelar amplamente, Fernando Pessoa teve o cuidado de, na *Athena*, calar aquele dos seus poetas que mais responsável era pelos escândalos do Modernismo em 1915, embora o não omitisse de colaborador, e tivesse a preocupação de apresentar Alberto Caeiro e Ricardo Reis, também heterónimos, ao lado da sua produção ortónima. Esta havia sido, com poemas de Campos em *ORPHEU* (1915) e em *Contemporânea* (1922-23), a maior parte da sua obra poética impressa (na *Contemporânea*, também, e em *ORPHEU, Centauro, Exílio, Portugal Futurista, Ressureição*, além do poema «Á memória do Presidente-Rei Sidónio Pais» e dos poemas em inglês – *Antinous, 35 Sonnets*, e *English Poems I-II*). De resto, Álvaro de Campos, e tanto quanto se sabe pelas datas dos poemas, após o surto daqueles que são conexos com *ORPHEU* não foi muito produtivo antes de 1928, quando *Tabacaria* o fez retornar à glória das grandes odes ou fragmentos de odes de 1914-15.

Assim, o poeta que, em 1924-25, usou com tanta liberalidade das páginas da sua *Athena* para revelar ao distraído público diversas facetas da sua criação, não era de modo algum um desconhecido, ou

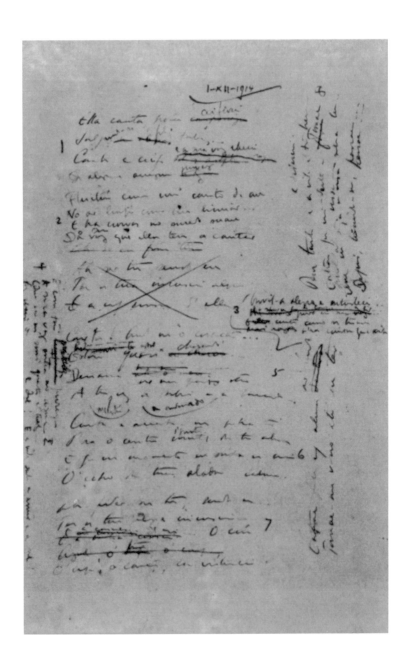

não deveria sê-lo. Não contando os poemas ingleses impressos entre 1918 e 1921, ele havia feito imprimir, assinados em seu nome ou no de Álvaro de Campos, cerca de 50 poemas entre 1915 e 1923. E o ensaísta e o panfletário, desde 1912, publicara à volta de igual número de artigos ou manifestos. Apenas essa colaboração fora sempre dispersa, ou conexa com escandalosas publicações eventuais, ou, como era o caso dos primeiros artigos críticos sobre os poetas da *Águia*, não se integrava na recriação cultural a que, depois de 1915, os modernistas se haviam dedicado. E é interessante observar-se que poesia ortónima, em português, Fernando Pessoa publicara antes da que apresentou na *Athena*, para compreendermos melhor o sentido dessa larga colaboração na revista que ele co-dirigia.

Os seis poemas da *Chuva Oblíqua* (*ORPHEU*, 1915), *Hora Absurda* (*Exílio*, 1916), os cinco poemas de *A Múmia* e as cinco *Ficções de Interlúdio* (todos em *Portugal Futurista*, 1917) constituem o pólo artificioso e artificial da criação ortónima nesse período. O outro pólo é o representado pela dignidade algo esteticista de quinze sonetos admiráveis (os catorze de *Passos da Cruz*, em *Centauro*, 1916, e *Abdicação*, em *Ressurreição*, 1920, cujo tom é muito afim do daquela sequência). Em 1922, com a publicação na *Contemporânea*, de *Natal* («Nasce um Deus, etc.») e dos poemas de *Mar Português* (que será, no livro de 1934, a Segunda Parte de *Mensagem*), Fernando Pessoa ele-mesmo não apenas abandona publicamente os exercícios «interseccionistas» ou os requebros esteticistas (em que se insinuam extensamente alusões ocultistas): passa a, com uma idêntica disciplina da concisão sintáctica ou metafórica, dicotomizar diversamente o lirismo ortónimo, separando para a poesia ocultista o hieratismo da expressão (hieratismo que, nos sonetos de *Passos da Cruz*, se tingia de subjectiva melancolia), e deixando o lirismo pessoal a caminho de uma grande simplicidade aparente. O metro e a rima, e as organizações estróficas mais ou menos regulares passam a ser de regra na poesia ortónima, embora a extinção dos interseccionismos experimentais arraste consigo a quase desaparição ortónima do soneto (a forma extremamente fixa opondo-se ao desregramento dos poemas de 1915 e 1916). O grupo de poemas apresentado em *Athena* n.º 3 precisamente corresponde à aparição desse lirismo aparentemente simples, vasado em formas estróficas regulares, mas não em esquemas rígidos como o soneto.

Aliás o conjunto de poemas em que surgiu integrado o «*Ela canta, pobre ceifeira*» é um dos mais belos poemas que poderia ser formado com poesia ortónima de Fernando Pessoa: estão entre eles obras primas como «*Ó Sino da minha Aldeia*», «*Leve, Breve, Suave*», «*Pobre Velha Música!*», «*Sol nulo dos dias vãos*», «*Trila na Noite uma Flauta. É de algum*», «*Põe-me as Mãos nos Ombros...*», «*Manhã dos outros! Ó Sol que dás confiança*», «*Ao longe, ao luar*», etc. O conjunto, na sua singeleza severamente epigramática, parece ter sido escolhido para documentar não só a originalidade de dicção do poeta, como o seu domínio dos metros e das estrofes.

Há, por desatenção, uma muito generalizada ideia de que o Fernando Pessoa ortónimo, quando não escrevia os poemas, e nem todos, de *Mensagem*, era quase uniformemente heptassilábico e em quadras rimadas *abab*. Aquele grupo de poemas, em que há quadras, quintilhas, sextilhas, estrofes de metros variáveis, e todas as medidas desde uma sílaba até oito e dez (e ritmos mais longos de mais complexa medida), e em que só dois poemas combinam o metro de sete sílabas e a estrofe de quatro versos (mesmo assim, um deles apenas é que os rima *abab*, enquanto o outro é o único que se conforma ao esquema popular da «quadra», com só rima do 2.º e do 4.º versos, e é precisamente o «*Ó sino da minha aldeia*» que sublima num tom de penetrante análise o sentimentalismo tradicional), está constituído por forma a desmentir essa impressão, do mesmo passo que é uma esplêndida amostragem do intelectualismo que, integrando numa linguagem nova os recursos da retórica tradicional (ao contrário do que acontece com Ricardo Reis, em que é a linguagem nova o que é integrado na mais estrita das imitações literárias), caracterizará a poesia do ortónimo Fernando Pessoa ante a dos outros heterónimos, como Álvaro de Campos ou Alberto Caeiro, que menos criarão uma sintaxe que uma discursividade analógica.

Depois da maciça publicação de poemas em *Athena* (mais de setenta, com três assinaturas diversas), não tornou Pessoa a repetir a proeza de apresentar-se tão amplamente, nem de resto tinha revista sua em que o fizesse, embora dos cerca de quarenta poemas que deu a público entre 1929 e 1935 (e descontando-se *Mensagem*) uns quinze tivessem usado da insistente hospitalidade que a *presença* lhe oferecia. Nesses quarenta poemas, cerca de 40% são ortónimos, uma dúzia pertence a Álvaro de Campos, há oito odes de Ricardo Reis e apenas dois poemas de Alberto Caeiro (um deles, todavia, o longo e celebrado

VIII de *O Guardador de Rebanhos*). Naquela maior proporção de poesia ortónima, quatro poemas são ocultistas (*Gomes Leal, O Último Sortilégio, Iniciação, Eros e Psique*), dois ou três são de auto--explicação (*Autopsicografia, Isto, Conselho*) e os restantes oito (com, à frente, os célebres *O Menino da Sua Mãe* e «*Natal. Na província neva*») mais ou menos se integram na linha do comentário lírico definida pelo grupo ortónimo da *Athena* (em que havia, além dos mencionados, os poemas *Sacadura Cabral*[1] e *Gládio*, este último pertencente aos que Pessoa destinara ao malogrado *ORPHEU* n.º 3 e que veio a ser a Segunda das Quinas, como *D. Fernando, Infante de Portugal*, em *Mensagem*).

Entre este enorme número de poemas publicados por Pessoa em vida (com muito menor número de poemas, e com muito mais pequena proporção de poemas excepcionais, há muito quem ande fazendo figura de gente nas histórias literárias, enquanto ainda se lamenta o carácter incompleto e fragmentário da obra de Pessoa, apesar de quanto de inédito se acrescentou àquele número), o poema da «ceifeira» ocupa lugar de relevo, sobretudo pelo belo e importante verso *O que em mim sente está pensando* que não figurava na versão que Pessoa remeteu a Armando Côrtes-Rodrigues, com carta de 19 de Janeiro de 1915[2]. Nessa carta diz ele: «Mando-lhe alguns versos meus... Leia-os e guarde-os para si... A seu Pai, se quiser, pode lê--los, mas não *espalhe*, porque são inéditos. Amo especialmente a última poesia, a da *Ceifeira* onde consegui dar a nota *paúlica* em linguagem simples. Amo-me por ter escrito

> *Ah, poder ser tu, sendo eu!*
> *Ter a tua alegre inconsciência*
> *E a consciência disso!...*

---

[1] Cf. *Poemas Inéditos destinados ao n.º 3 do «ORPHEU»*, com um prefácio de Adolfo Casais Monteiro, etc., Lisboa, 1953. O poema à memória do aviador Sacadura Cabral não nos parece que até hoje tenha ingressado nas obras sempre mais completas de Fernando Pessoa.

[2] Cf. *Cartas de Fernando Pessoa a Armando Côrtes-Rodrigues*, introdução de Joel Serrão, Lisboa, s/d (1945). Os poemas enviados com a carta referida são doze, um dos quais é *Pauis*, que pretende recriar versicularmente um equivalente da prosa de Sá-Carneiro, sendo os outros estilisticamente uma transição do alambicamento esteticista para a expressão tersa que vai caracterizar a poesia ortónima. Aquela carta de 19/1/15, uma das mais interessantes da correspondência conhecida de Pessoa, foi republicada por mim em Fernando Pessoa – *Páginas de Doutrina Estética*, sel., pref. e notas de Jorge de Sena, Lisboa, 1946.

e, enfim, essa poesia toda». Amava o poema então, parece, pela nota paúlica em linguagem simples... E amava o poeta que era, pelos três versos citados... Não se amava, nem amava o poema, por aquele verso que ainda não escrevera e é um dos versos pelos quais mais o amamos nós. Esse verso, porém, só veio quando a sua poesia ortónima perdeu de todo precisamente a enfatuação «paúlica», para reter apenas a aparência de «linguagem simples». Dessa transformação é preciosa prova o confronto das duas versões, visto que a segunda perdeu, por supressão de duas estrofes e introdução de variantes em quatro versos, o que nela representava identificação com o exacerbamento post-simbolista que, juntamente com o modernismo de Pessoa, de Sá-Carneiro e de Almada, se confundiu, entre 1915 e 1920, com o movimento renovador da linguagem poética, que, sob certos aspectos, estimulou[3].

O poema da *Ceifeira*, como o próprio Pessoa lhe chamava, ficou nas páginas da *Athena* até que reapareceu na antologia de Casais Monteiro, em dois volumes, em 1942, que foi a grande revelação de Pessoa ao público, e que precipitou a publicação do primeiro volume das *Obras Completas*, acabado de imprimir em Setembro desse ano, e em que o poema está incluído. O texto de Casais Monteiro reproduz o da *Athena*, obviamente. O volume preparado por Luís de Montalvor e João Gaspar Simões igualmente o repete. Ambos os textos apenas actualizam a ortografia, e acontece que a introdução de um trema em *viuvez* (como então se escrevia, quando os versos não obrigassem a retirá-lo), feita em ambos, erra o verso que é de oito sílabas (como todos os do poema) e não de nove. O mesmo aliás sucede na transcrição da 1.ª versão, no volume das cartas de Pessoa a Côrtes-Rodrigues; e não sucede na edição Aguilar (e é de supor que também não nas reedições recentes do 1.º volume das OC), pelas razões ortográficas contrárias... – o trema havia desaparecido entretanto.

---

[3] Referimo-nos a um variável misto de nacionalismo literário, de influência de Eugénio de Castro, e de tentativas de certo «interseccionismo» mallarmeano, aliadas a um complexo esteticismo (que era simultaneamente do «modernismo» de Rubén Darío e da influência dos esteticistas ingleses nas metástases do simbolismo francês), e que diversamente se observa nas experiências «paúlicas» de Pessoa, na prosa de Sá-Carneiro, na poesia de Alfredo Pedro Guisado, Luís de Montalvor, e Armando Côrtes-Rodrigues, na obra do injustamente esquecido Carlos Parreira, e que tinha um precursor magnífico em António Patrício, como teve um admirável continuador em José Régio.

O verso de oito sílabas não é, na nossa língua, um verso comum; e é mesmo um verso de acentuação indecisa, o que sucede no poema que nos ocupa. Essa indecisão permite que chamemos a atenção para a muito frequente ambiguidade do regime dos encontros vocálicos, na metrificação de Fernando Pessoa, particularmente evidente neste poema, onde 25% dos versos da versão definitiva são duvidosos (para não dizermos defeituosos) quanto à sua correcta leitura à primeira vista. Dir-se-ia que Fernando Pessoa, mais que ouvia, *via* destacadamente as palavras portuguesas escritas, e essa visão, mais impressa que auditiva, fazia-o esquecer os encontros vocálicos e considerar como sílabas separadas, na dicção de um verso, o que na verdade se resolve por elisão e sinalefa, quando acaso o hiato não seja claramente usado como recurso expressivo (e não pode dizer-se que seja esse o caso na maior parte das vezes em que Pessoa o pratica)[4].

Se considerarmos os quatro volumes da edição das *Obras Completas* de Pessoa, que contêm a sua obra ortónima, esta eleva-se, entre poemas formando sequências, poemas diversos, e numerosos fragmentos contáveis como poemas, a cerca de 500 textos[5]. Neste

---

[4] Acerca da evolução do hiato na metrificação portuguesa, ver os estudos de Celso Cunha, em especial os incluídos em *Língua e Verso*, Rio de Janeiro, 1963, e as nossas observações de análise rítmica em *A sextina e sextina de Bernardim Ribeiro*, Assis, 1963, e em *Uma Canção de Camões*, Lisboa, 1966. Quanto ao verso de oito sílabas (que era, não esqueçamos, o de nove, antes da reforma de António Feliciano de Castilho), diz dele Teófilo Braga, na breve «poética histórica» que precede a sua interessantíssima *Antologia Portuguesa*, Porto, 1876, que «não é do génio prosódico da língua portuguesa; há contudo exemplos produzidos por um esforço não louvável» (p.V). Olavo Bilac e Guimarães Passos, no seu *Tratado de Versificação* (cit. da 6.ª edição, Rio de Janeiro, 1930), dizem que «os antigos poetas portugueses pouco empregaram este metro; o próprio Castilho cultivou-o duas ou três vezes» (p. 64). E acrescentam que o octossílabo pode decompor-se em dois versos de duas sílabas e um de quatro, ou em um de quatro e dois de duas, ou ainda em quatro de duas (do que dão exemplos). Nos cancioneiros medievais, o verso de oito sílabas aparece com acentos na 3.ª, 4.ª ou 5.ª sílaba e na 8.ª (cf. J. J. Nunes, *Cantigas de Amigo dos Trovadores Galego-Portugueses*, Vol. 1, Coimbra, 1928), embora seja de considerar que, aí, octossílabos muitas vezes aparecem misturados a heptassílabos graves (que eram então octossílabos).

[5] Além de *Mensagem*, e do volume *Poesias de Fernando Pessoa*, primeiro publicado em 1942, consideramos os volumes *Poesias Inéditas* (1919-1930), Lisboa, 1956, e *Poesias Inéditas* (1930-1935), Lisboa, 1955, que apenas contêm obra ortónima. Não consideramos os fragmentos do *Primeiro Fausto*, incluídos em *Poemas Dramáticos*, Lisboa, 1956, em que a aparição do octossílabo é eventual, nem as lamentáveis *Quadras ao Gosto Popular*, 1965, que são um exercício quase todo composto entre Julho de 1934 e Junho de 1935. A consideração dos fragmentos

meio milhar de poemas, perto de *sessenta* são parcial ou integralmente octossilábicos: 12%, ou seja cerca de uma oitava parte. Esta proporção global não confirma que o verso octossilábico seja um dos predilectos de Pessoa. No entanto, dificilmente haverá poeta português em que ela seja tão elevada, o que aponta, todavia, para um gosto incomum por essa medida. E isto é confirmado pelo que se passa numa obra organizada conscientemente durante cerca de vinte anos, como *Mensagem*, de cujos 44 poemas 7 são total ou parcialmente

---

indiculados nas listas contidas em Jorge Nemésio, *A Obra Poética de Fernando Pessoa – estrutura das futuras edições*, Bahia, 1958 (referimo-nos à lista I Poemas e fragmentos inéditos que devem figurar no conjunto da obra poética de Fernando Pessoa em português, e à Lista II – Poemas e fragmentos inéditos que devem ser incluídos em volumes anexos ao conjunto da obra poética de Fernando Pessoa em português, pp. 89-114 desse volume), não queremos deixar de anotá-la, embora não possa ser feita com segurança, visto que as listas só registam primeiros versos e, como já acentuámos, e porque a metrificação de Fernando Pessoa se constitui de violentos hiatos (quando não, inversamente, de violentas ditongações e sinalefas), é muito inseguro por vezes, com só um primeiro verso, saber-se se um poema é em versos de sete, oito ou nove sílabas. Mais adiante, no texto, todavia, usamos expressamente dessas listas, com o que para o nosso estudo, dadas as reservas postas, possam ter de falível, pelo que são inestimáveis para a poesia de Fernando Pessoa, anterior a 1913-1914, escassamente recolhida ainda em volume. No período de 1914--1921, aquelas listas parecem dar um fragmento octossilábico em 1918, três em 1919, e seis em 1920, o que, elevando a média, a coloca todavia em dois poemas por ano, com a maior densidade em 1920. Parece haver dois fragmentos octossilábicos em 1925, e mais um em 1927, pelo que o hiato de alguns anos após 1920 se mantém. Quanto à distribuição anual de poemas mais ou menos octossilábicos, de 1928 em diante, apresentada no texto, ela passa a ser a seguinte:

| | | | |
|---|---|---|---|
| 1928: | 5 | + 3 = | 8 |
| 1929: | 3 | + 1 = | 4 |
| 1930: | 17 | +1 = | 18 |
| 1931: | 4 | + 1 = | 5 |
| 1932: | 5 | + 0 = | 5 |
| 1933: | 3 | + 3 = | 6 |
| 1934: | 8 | + 0 = | 8 |

Como se vê, e com ainda a reserva de algumas datas serem talvez hipótese de J. Nemésio, a inclusão dos poemas ou fragmentos mencionados por J. N. não altera e antes confirma as observações feitas no texto. E a proporção de poemas octossilábicos, no total de obras, não aumentaria, se juntássemos à obra publicada o número dos fragmentos inéditos. É de notar que um desses 2 poemas («*Suavemente Grande Avança*», de 16/11/1909), todo octossilábico, publicou-o J. N. em apêndice do seu *Os Inéditos de Fernando Pessoa e os Critérios do Dr. Gaspar Simões, com seis poemas inéditos de Fernando Pessoa e seus heterónimos: Ricardo Reis e Vicente Guedes*, Lisboa, 1957, e foi incluído por M.A.D. Galhoz na edição Aguilar, Rio de

octossilábicos: 16%, ou seja mais ou menos um sexto. Se, num livro que obedeceu a um plano e uma inspiração comum, a percentagem é um pouco mais elevada, eis o que nos prova que aquele incomum gosto por essa medida existia.

A forma como os poemas octossilábicos se distribuem ao longo dos anos em que foram escritos, porém, não só nos corrige qualquer exagero quanto àquela predilecção de Pessoa, como é extremamente revelador quanto ao modo como as suas recorrências formais se constituíam. Os cerca de sessenta poemas distribuem-se da seguinte maneira. Entre 1914, que é o ano da *Ceifeira*, e 1921, temos apenas seis poemas (menos de um por ano, em média). Até 1926, há apenas

---

Janeiro, 1960, da *Obra Poética* de Pessoa. O inédito de Vicente Guedes também M. A. D. Galhoz o inclui nesse volume, mas integrado na parte ortónima, embora em nota seja mencionada aquela autoria que Pessoa atribuiu a quem chegou a inventar como autor de um *Livro do Desassossego*. Que este livro atribuído a esse efémero Vicente Guedes (e tão efémero como ele) não é o que veio a ser fragmentariamente reunido sob o nome de Bernardo Soares, eis o que demonstramos na nossa edição da obra deste «semi-heterónimo». Diga-se de passagem que de modo algum concordamos com a tese de Jorge Nemésio, segundo a qual, porque há versos de um heterónimo que passam aos poemas de um outro, o poeta era «uma personalidade única de que os heterónimos seriam aspectos de um *disfarce*», *Os Inéditos, etc.*, p. 73 (a propósito de um inédito de Ricardo Reis, que contém um verso que reapareceu depois num poema de *Mensagem*). A *única personalidade* (não é indiferente a colocação desse adjectivo) de Fernando Pessoa é um truísmo civil que nunca ninguém pôs em dúvida para efeitos de identidade, mesmo na História literária. Mas não são os heterónimos *disfarces*, a não ser que aceitemos que, muitas vezes, Pessoa se disfarçava de ele mesmo e assinava poesia com o seu próprio nome. Que um verso transite, ou que entre os inéditos haja às vezes poemas que Pessoa não sabia como classificar (e o mesmo acontece com fragmentos seus em prosa), nada prova. O verso viajante não menos era propriedade da Sociedade de Autores Fernando Pessoa & C.[a], e um texto, como as personagens de Pirandello, em busca de um autor até parece que prova como todos, o ortónimo e os outros, estavam em pé de igualdade. É evidente que, levando-se ao absurdo as incompatibilidades estilísticas, não parece aceitável que um verso possa ser de duas criaturas diversas... Mas, se isso já aconteceu com personalidades como Camões ou Shakespeare e os seus contemporâneos (que eram outras pessoas), não se vê como não possa ter acontecido com uma sociedade de poetas que viviam todos na mesma cabeça. Voltando ao número de poemas de Pessoa: a edição Aguilar numera cerca de 900, mas não conta separadamente muitos que compõem sequência, pelo que só o número de poemas aí coligidos sob os vários nomes deve rondar o milhar.

um poema de 1924 (quando a *Ceifeira* é publicada em *Athena*). Há dois poemas em 1926 e nenhum de 1927. Daí em diante, a distribuição é a seguinte[6]:

```
1928:   5
1929:   3
1930:  17
1931:   4
1932:   5
1933:   3
1934:   8
```

No que respeita a totais, é evidente que o uso do octossílabo se intensificou nos últimos anos da vida de Pessoa: três quartas partes dos sessenta poemas octossilábicos escritos entre 1914 e 1934 foram efectivamente escritos entre 1928 e 1934. Mas esta produção mais concentrada não está regularmente distribuída ao longo dos anos, por entre poemas de outras medidas: os cinco poemas de 1928 são do mesmo mês; dos dezassete de 1930, seis são de um mesmo dia e os outros pertencem ao mesmo mês; os cinco poemas de 1932 são quase todos do mesmo dia; os três de 1933 foram escritos em quatro dias seguidos; dos oito de 1934, uma metade é do mesmo mês. *O que a Pessoa sucedia com os heterónimos sucedia-lhe também com os metros*. Aquilo que ele contou que lhe sucedera com a criação de Alberto Caeiro foi, de um modo geral, o padrão da sua criação poética: uma vez fixada a personalidade heteronímica, ou a medida rítmica, aquela ou esta multiplicavam-se por cissiparidade durante um curto prazo. E é também isto que explica o carácter *eventual* de grande parte de uma vasta produção poética, como a sua é: a contrapartida da auto-imitação, por ritmo obsidiante ou por dicção atingida, é a *não-necessidade* absoluta de muitos dos poemas dessas falsas sequências, e que, sem dúvida por disso ter plena consciência, o poeta tendia a confinar ao limbo do inédito abandonado, do qual, quando solicitado, extraía aqueles que eram efectivamente poemas em si e por si mesmos, e não apenas a eventualidade temática que, em dado momento, enchera um esquema ou uma dicção disponíveis. Não apenas por serem dos melhores poemas foi que Pessoa foi publicando

---

[6] Há, entre estes poemas octossilábicos, dois parece que sem qualquer data conhecida ou hipotética.

o que era, na verdade, do melhor da sua obra; mas também porque esses eram, mais do que os outros, os poemas que tinham sido concreção de ter que dizer, e não um dizer que resultara de um ritmo ou de um estilo prévio, que o devaneio verbal era chamado a justificar (como acontece em grande parte da sua produção ortónima que, sem o suporte da transposição heteronímica, mais sujeita estava ao vazio de uma personalidade disposta e predisposta a só pensar-se *noutro*)[7]. Na verdade, ele não era sempre *qualquer das suas criaturas* ou qualquer esquema métrico, *ad libitum*, com a mesma liberdade com que um dramaturgo desenvolve as suas personagens. Poderíamos dizer que, ao contrário do que sucede à «matéria pura» no soneto célebre

---

[7] Acerca da evolução de Fernando Pessoa, segundo a temos concebido, ver os estudos nos volumes *Da Poesia Portuguesa* e *«O Poeta é Um Fingidor»*, respectivamente de 1959 e 1961, e em especial, o prefácio à edição em preparação de O *Livro do Desassossego* de Bernardo Soares. Para nós, a obra dita ortónima não é, de certo modo, menos heteronímica que a dos heterónimos propriamente ditos. Apenas muitas vezes ela participa simultaneamente dessa criação «em nome de outrem» (ainda que assinada Fernando Pessoa), que imita uma *maneira de estilo*, e de uma consciência crítica do *não-eu* que a assinatura ortónima civilmente representava. Há grandes poemas em que Fernando Pessoa se confina a imitar Fernando Pessoa, e grandes poemas em que, através dessa imitação, ele faz a sua autocrítica (o mesmo aliás sucede com os poemas heteronímicos, sobretudo com os de Álvaro de Campos que é, de todos os heterónimos, o que goza de mais especiais privilégios de existência); mas, numa proporção muito maior do que sucede em obra heteronímica, a obra ortónima abunda de frustres imitações mecânicas da maneira que o Pessoa ele-mesmo adquirira após libertar-se (mais tarde que na obra dos heterónimos) da literatice post-simbolista. É como se, às vezes, essa obra não fosse efectivamente uma «criação», e sim uma dolorosa e entediada manifestação da disponibilidade de um espírito que, se, com a plena imitação de uma maneira adquirida, não compensava o atomizado vazio que da sua realidade fizera, ficava reduzido a esquemas rítmicos e jeitos de frase, cujo significado profundo é não significarem nada, por serem precisamente a caricatura de uma significação. Isto não é evidentemente, o que seria injusto, diminuir o poeta em função da enorme massa de inéditos mais ou menos fragmentários que têm sido revelados, e que nada acrescentam, por si mesmos, à sua glória ou ao entendimento da sua personalidade poética. Que essa massa sem interesse seja exactamente ortónima apenas prova que, para elevar-se da imitação mecânica à grande criação, Fernando Pessoa necessitava de *inventar-se*, ainda quando ortonimamente escrevesse. Se essa invenção não acompanhava a ressurgência eventual de um ritmo·ou de uma linguagem, os poemas ou não chegavam a sê-lo, ou não criavam, por suas mesmas estruturas, o grau de *necessidade*, que os libertasse de serem só o gastar de um ritmo obsidiante que era prévio, no poeta, a qualquer aceitação de uma significação pressentida. Dir-se-ia que a terrível lucidez que ele desenvolveu lhe destruíra o mínimo de inocência e de ingenuidade, indispensável a que um poeta comece por aceitar, com um ritmo, as palavras primeiras em que ele se manifesta. Em contrapartida, essa lucidez

de Camões, ele era eventualmente uma forma pura e abstracta, em busca de matéria que nem sempre encontrava (e desse não-encontrar de matéria para um romântico estado depressivo de alma foi muitas vezes Álvaro de Campos o amargo e amargurado comentarista)[8].

---

paradoxalmente o entregava amarrado de pés e mãos à habilidade, à esperteza, à *cleverness*, com que, após começar um poema, ele sabia muito bem – e às vezes com uma ironia que contra isso mesmo se volta, muito mais que contra os leitores – levá--lo ao fim (desde que, entretanto, a auto-ironia o não cansasse de «fingir», transformando o poema num fragmento abandonado). Esta relação do *fingimento* com a ironia não deve confundir-nos quanto ao outro fingimento, o da autêntica criação, que precisamente esta consciência estético-psicológica o conduziu a intuir e reconhecer como raros poetas. Apenas por essa específica e peculiar consciência (na forma que nele assumiu) ele não ascendia ao fingimento superior inerente à criação de um objecto estético liberto de ilusões românticas subjectivistas, se a criação de um objecto não fosse acompanhada da invenção do autor dele. Muitos poetas, e mesmo alguns dos grandes românticos, foram capazes de, para esse efeito superior, criarem a sua própria subjectividade estética. Pessoa só a criava com a invenção de um *outro* que a representasse. E é o que também explica que ele, ortonimamente, tivesse usado de pseudo-transcendências que o compensassem da alteridade que lhe era essencial, como foi o caso do ocultismo, do nacionalismo místico, etc, que, subjacentes como concepção do mundo à sua obra ortónima ou heterónima (porque as alusões esotéricas também abundam em Caeiro, em Campos, ou em Reis), no entanto é ortonimamente que servem de mais explícito e formal suporte à criação poética.

[8] Note-se, a este respeito, que Camões foi dialecticamente muito mais arguto e mais lúcido do que nunca o foi Pessoa. Um e outro extremamente abstraccionantes e agudamente sensíveis ao próprio fluir do pensamento (o deles mesmos enquanto pessoas, e o do pensamento humano como tal enquanto observável neles), a poesia de ambos, independentemente das dissemelhanças evidentes, tem afinidades (e recíprocas divergências) muito curiosas. Ambos documentam casos últimos de refinada alienação psico-social (que, de certo modo, o Antero dramaticamente dividido entre a contemplação abstracta e a acção político-moral partilha com eles que igualmente tentaram não só fazer poesia mas influir na mentalidade nacional), em que a consciência recusa agonicamente o seu presente que ela substitui pela rememoração do passado ou pela invenção de uma experiência (quando não por uma visão transcendente que é dinâmica em Camões e é estática em Pessoa). Essa recusa leva-os diversamente a uma vivência dialéctica que profundamente, se personaliza como supraconsciência em Camões (abrindo-lhe a compreensão do carácter normal» da dialéctica, ou seja da «matéria pura» que continuamente procura a sua «forma») e como infraconsciência em Pessoa (dando-lhe o medonho entendimento do carácter «fictício» de qualquer formalidade dialéctica). Naquela supraconsciência, o processo dialéctico encontra a sua formulação dinâmica; nesta infraconsciência, ele fixa-se em eventualidades permanentes de que o tempo interior é excluído como experiência, porque a heteronimia é a vida tornada a-temporal. Essa fixação, todavia, não excluiria o reconhecimento da historicidade humana individual ou colectiva, se Pessoa se não houvesse refugiado num vazio céptico de

Anteriormente a 1914, parece haver, entre 1909 e 1913 inclusive, 23 poemas ou fragmentos com início por verso octossilábico (um dos quais sabemos que é todo em octossílabos)[9], sete dos quais estão datados de dia, mês e ano. A distribuição anual é a seguinte:

1909: 4 (*dois* datados – 8/8 e 16/11)
1910: 2 (*um* datado – 25 /9)
1911: 2
1912: 5 (*dois* datados – 30/6 e 13/12)
1913: 10 (*dois* datados – 27/2 e 12/3)

Isto mostra que o poema da *Ceifeira*, cuja composição o original manuscrito da primeira versão nos revela ter sido laboriosa, não foi a primeira tentativa octossilábica: e o poema de 16/11/1909, que já referimos, e que será pelo menos o segundo desse metro que Pessoa compôs, não é nem mais nem menos prosodicamente feliz que aquele que nos ocupa: são de leitura incerta à primeira vista uns cinco dos seus vinte versos: *os mesmos 25%*... As datas conhecidas para 30% daqueles 23 poemas escritos em cinco anos, e que por mero acaso chegam até nós, revelam *duas proximidades* de tempo de composição – o que sem dúvida é uma forte confirmação, sobretudo por referir-se a uma época de início da prática de um metro, do que dissemos acerca do tipo de composição grupal, por estilos ou por metros dominantes, de Fernando Pessoa. É-o mais ainda, se recordarmos que, por expressa

---

que só o esoterismo o arrancava. Também Camões teve o esoterismo como estruturação transcendente da História e da sua vida, mas o seu sentido da vida como experiência moral livrou-o de um esoterismo, que substituísse a experiência moral por uma ficção iniciática de ascensão por graus (que, no entanto, podem significar os sucessivos momentos da transformação dialéctica), em que o dinamismo da consciência é substituído por uma «demanda» cujos «passos da cruz» estão convencionalmente estabelecidos todos, e há só que percorrê-los e não que vivê-los na História e na vida. Quanto ao carácter de alienação psico-social que igualmente atribuímos a Camões e a Pessoa, quiçá a explicação do facto residirá em que uma plena consciência portuguesa «normal» não mais foi possível depois dos meados do século XVI, em artistas cuja personalidade fosse individualisticamente mais exigente que a sua própria arte. Sem evidentemente aderirmos à tese de Oliveira Martins, de que Portugal se sobreviveu após a derrocada cuja aproximação Camões pressentiu angustiadamente, o caso é que Portugal foi, na moderna civilização ocidental, o primeiro país a passar de uma experiência imperial à abdicação da identidade nacional, e nunca mais se recompôs do pecado mortal dos seus maiores ao preferirem, à dignidade de uma independência, as vantagens de uma integração.

[9] As reservas, quanto ao número de poemas ou fragmentos octossilábicos, no espólio português, são as mesmas anteriormente feitas.

declaração sua («Notas fornecidas por ele mesmo a Côrtes-Rodrigues e publicadas em Apêndice ao citado volume de cartas, pp 88-89), «só para o fim de 1908 escreve poesias em português», «o que só aconteceu em Setembro de 1908»[10], «num impulso súbito, vindo da

[10] Pessoa declara que começou a escrever versos em português, em Setembro de 1908; e, de um modo geral, ele foi sempre muito verídico ao prestar informações sobre si mesmo, e a muitos anos de distância do que estava evocando, o que não é o caso das que deu a Côrtes-Rodrigues, meia dúzia de anos depois das épocas, que minuciosamente caracteriza, da sua vida. Nas listas organizadas por Jorge Nemésio, figuram uns 16 poemas ou fragmentos desse ano, 13 dos quais com data exactamente referida: *todos compostos entre 14 de Novembro e 31 de Dezembro, sendo sete de 14-15 de Novembro*. Será Setembro um lapso de memória? Um «lapsus calami'? Um erro de cópia ou transcrição dos apontamentos? Naquelas listas, há, todavia, três poemas ou fragmentos datados, segundo J. Nemésio, de 1907. Só um deles terá mês e ano: *15 de Novembro*. Não é uma estranha coincidência? Havendo sete poemas de 14-15 desse mês, em 1908, e dizendo Pessoa que nesse ano começou a escrever em português, não será que aquele poema tão datado de 1907 será do ano seguinte e pertencente ao grupo que por certo representa esse começo de escrita em português metrificado? O lapso de ano não é impossível em Pessoa: conhecemos manuscritos (e um deles está reproduzido neste estudo) com o ano emendado. Ou pode ter sido J. N. induzido em erro, por qualquer data aposta em papéis próximos no espólio. Não parece lógico nem provável que Pessoa, ele que terá guardado ciosamente o mais insignificante dos fragmentos que escrevera no mais humilde dos papelinhos, tivesse nesse espólio fragmentos de 15 de Novembro de 1907 e, depois desta data, só os tivesse de exactamente um ano adiante, 15 de Novembro de 1908, quando ele diz que em 1908 começou a compor versos portugueses, e quando temos um numeroso grupo de poemas, que confirma este ano. Na «Sinopse Cronológica» apensa aos dois volumes de *Vida e Obra de Fernando Pessoa*, Lisboa, s/d (1951) (e mais tarde reproduzida por M. A. Galhoz na edição Aguilar), João Gaspar Simões não inclui, nos anos de 1907 e 1908, qualquer referência a esse início de composição de versos portugueses (certamente por simples lapso, pois que diversos dados das informações prestadas por Pessoa a Côrtes-Rodrigues foram inseridos nessa minuciosa «sinopse»), mas discute o caso, à luz dessas informações (e confessando que o faz hipoteticamente, por não conhecer as poesias de Pessoa, dessa data), no Cap. III do 1.º volume, aceitando (e não tinha motivos para duvidar, se ignorava os fragmentos referidos anos depois por Jorge Nemésio) a data de Setembro de 1908, indicada por Fernando Pessoa. Nas *Quadras ao Gosto Popular*, coligidas por G. R. Lind e J. do Prado Coelho, há uma datada de 27/8/1907 e três datadas de 19-20 de Novembro do mesmo ano. Estas últimas pertencem iniludivelmente ao período de composição, destacável nos fragmentos mencionados por J. Nemésio, que teve início em 14/11/1908, e ao qual pertencerá por certo a poesia dita de 1907, cujos dia e mês coincidem com os de tal período. A quadra de 1907, com data completa, aliada aos fragmentos que J. N. diz de 1907, poderá apontar-nos a seguinte solução para o caso: em 1907, em datas incertas, Pessoa terá tentado algumas composições frustres em português, de que nos restarão (e talvez restassem também a ele mesmo) dois fragmentos e uma quadra. Mas a conquista de uma expressão em português, quiçá aparecida em Setembro de 1908, só se efectivou em 14 de Novembro desse ano. Voltaremos ao assunto na nota 12.

leitura das *Folhas Caídas* e das *Flores sem Fruto*» de Almeida Garrett, encontrando-se ele, de 1908 ao fim de 1909, sob a influência não apenas de Garrett, mas também de António Correia de Oliveira e de António Nobre (p. 91 do mesmo volume)[11] porque «a ditadura franquista (...) o colocou dentro do patriotismo literário e começou então a desejar intensamente escrever em português» quando até aí pensara «em escrever só poesias inglesas»[12]. O «impulso súbito» que

---

[11] Não foi o Garrett de *Folhas Caídas* quem ensinou ao ouvido até então britânico de Fernando Pessoa o octossílabo: não parece que os haja nesse livro cujos poemas são, além disso, predominantemente heptassilábicos. E quer-nos parecer que também não o de *Flores sem Fruto* (que deve ser muito mais responsável por Ricardo Reis, ou Correia de Oliveira, poeta tão heptassílabo. A grande responsabilidade portuguesa, nas mencionadas leituras de Pessoa, deve caber ao *Só* de António Nobre. Nesse livro que foi a bíblia do nacionalismo literário (e a admiração de Pessoa por António Nobre ficou consignada no ensaio escrito para e publicado em *A Galera*, n.º 5-6, de 25 de Fevereiro de 1915, *Para a memória de António Nobre*, que salvámos do esquecimento na colectânea *Páginas de Doutrina Estética*), há *cinco* poemas inteiramente octossilábicos (dois em sextilhas, *Viagens na Minha Terra* e *Pobre Tísica*; um em quartetos, *O Meu Cachimbo*; dois em forma de «romance» amatório, *Balada do Caixão* e *Fala ao Coração*), um poema de estrofes de quatro versos, na maioria formadas pela alternância de 8 e 4 sílabas (*Os Sinos*), um poema em que o que diríamos o contracanto é formado com versos de 8 sílabas (*António*) e há versos octossílabos na complexa estrutura métrica da sequência *Lusitânia no Bairro Latino*, um deles o célebre e sugestivo «Ai do Lusíada, coitado». Isto é uma massa muito grande de belíssimos octossílabos, suficiente para ligar essa medida a um patriotismo literário como o que Pessoa diz ter sentido. Poderíamos mesmo ir mais longe na importância de Nobre para Pessoa, e notar que, em 1902, que foi o ano em que *Despedidas* foi publicado, tentara Pessoa versos em português, aliás heptassílabos: é o poema intitulado *Quando ela passa*. Pode ser mera coincidência, mas este título coincide com o primeiro verso de *Pobre Tísica* de António Nobre: «Quando ela passa à minha Porta». Aliás a mera coincidência vai mais longe: basta ler cotejadamente os dois poemas para reconhecer-se que o de Pessoa pode não ser mais que o influído comentário do de Nobre. Em Maio de 1902, Pessoa estava com a família na ilha Terceira, onde poderá ter tido contacto com a poesia de António Nobre. Note-se que, nas informações dadas a Côrtes-Rodrigues, Pessoa afirma que, em 1901-1902, escrevera «algumas poesias portuguesas». Ele, com a família, viera a Portugal em Agosto de 1901 e voltara a Durban um ano depois (cf. Gaspar Simões, *ob. cit.*). A lista de «influências» comunicada a Côrtes-Rodrigues começa o seu registo em 1904-1905. Registemos, o que não é de somenos importância, que, no grupo de poemas que Pessoa seleccionou para publicação em *Athena*, dois são em sextilhas (ainda que hexassilábicas).

[12] A ditadura de João Franco pode dizer-se que durou de 19 de Maio de 1906, quando ele começou a governar por decretos, até ao Regicídio, em 1 de Fevereiro de 1908. Este período só coincide com as declarações de Fernando Pessoa, se ele tiver começado a escrever em 1907, quando parece que incipientemente começou de facto a escrever em português, e não em «Setembro de 1908», e muito menos em Novembro

o fez escrever poesias em português foi sempre idêntico ao que o fez depois inventar o Alberto Caeiro, ou escrever fosse o que fosse, em série, até à momentânea exaustão. E o impulso que o levara a escrever a *Ceifeira* em 1/12/1914, prolongou-se em dois poemas (inéditos) de início octossilábico, escritos em 17 e 18 do mesmo mês. Todavia, o verso octossilábico era muito consciente em Pessoa, como se depreende da última estrofe de um dos poemas octossílabos insertos no volume de *Poesias Inéditas 1919-1930*. É o que, datado de 3/4/29, começa: «*O céu de todos os invernos*». Embora referências de poetas ao tipo do poema que estão escrevendo sejam tradicionais, a consciência crítica do metro, da forma ou do esquema, não pode dizer--se que tenha sido peculiar ao Modernismo (embora o tenha sido, sob certos aspectos mais ideológico-formais que apenas formais, para o Fernando Pessoa que diferençava os seus heterónimos, e em maior escala que para os críticos da *presença*, sobretudo interessados na «originalidade» de um autor, em termos de «humano» e de «psicológico»). Essa última estrofe termina assim:

> *Ridículo? É claro. E todos?*
> *Mas a consciência de o ser fi-la bas-*
> *tante clara deitando-a a rodos*
> *Em Cinco quadras de oito sílabas.*

---

desse ano. Essa aparente incongruência não escapou a Gaspar Simões (*ob. cit.*, vol. I, p. 107), na base da declaração que fixava Setembro como data *inicial* da poesia em português; e levou-o à engenhosa hipótese da coincidência entre essa referência e o facto de, nesse mês e ano, se ter verificado o que chama de «derradeira data feliz da monarquia portuguesa», qual foi a celebração do centenário da Guerra Peninsular, que D. Manuel II e a propaganda defensiva da monarquia consideraram como um triunfo do regime. Não é de modo algum inverosímil. Mas necessitaríamos de melhor conhecer, nessa época, as ideias políticas do Pessoa que, em 1912, surge em público como apologeta dos poetas republicanos da *Águia*. De qualquer modo, a ditadura de João Franco e talvez que a comemoração do Buçaco, é muito possível que estejam na origem da concretização de um impulso que vimos já ter raízes bem prováveis em 1902, no nacionalismo literário. Este movimento (que se difundiu em diversas interferências noutros) dominou a última década do século XIX, e teve particular exacerbação depois da morte de António Nobre, ocorrida em 18 de Março de 1900, já que ele era o Cristo do movimento, com Garrett por S. João Baptista e Alberto de Oliveira por São Paulo. Este movimento não foi ainda estudado como devia sê-lo, sem prejuízos políticos, pró ou contra, e mais como estética que como a ideologia frágil e literata que na verdade foi (é o caso do interessante, mas demasiado polémico com tão ruim defunto, *A Crise da Consciência Pequeno-Burguesa – I – O Nacionalismo Literário da Geração de 90*, de Augusto da Costa Dias, 1.ª edição, Lisboa, 1962, 2.ª edição revista, Lisboa, 1964).

– e, nela, o jogo formal com a medida vai ao ponto de, com «fi-la bas–», ser arranjada uma rima para «sílabas» (o que não é, de modo algum, uma audácia modernística, já que, nos cancioneiros medievais, o rei D. Dinis, por exemplo, também reparte assim uma palavra para efeitos rímicos). No entanto, isto, associado ao facto de Pessoa dizer que fazia sempre o que queria[13] mostra que, na preferência pela espontaneidade inspirada, e primacialmente preocupada com a expressão de uma vivência íntima, ele é mais «artista» (no bom e no mau sentido tradicional da palavra) do que o «puro poeta» que a crítica que lhe iniciou a glória pretendeu ver nele, e menos o criador de um Modernismo voltado para as peculiaridades fascinantes do «humano», de que, todavia, com as suas fantasias heteronímicas, ele era conspícuo e original exemplo.

Vimos já como aquele por Pessoa apregoado carácter voluntário da sua criação poética operava mais por acumulação do desejo até ao dia ou série de dias felizes, em que, encontrada a personalidade

---

[13] Dizia ele a Côrtes-Rodrigues, nas notas já citadas: «Não tem a tortura da forma. O aperfeiçoamento realiza-se mentalmente antes da escrita – nas coisas pequenas – desenvolvendo ao mesmo tempo os detalhes com que são expostas. Escrevendo, paralisa um pouco as ideias. A grande tortura é na composição do conjunto. Nunca deixou de fazer o que 'quis'». Todas as cartas célebres que se referem à génese dos heterónimos, como diversos dos fragmentos em prosa incluídos na edição Aguilar, glosam estas afirmações. Há, porém, à luz dos documentos, que interpretá-las. Nem sempre a escrita das «coisas pequenas» estava tão aperfeiçoada mentalmente, que os manuscritos não apresentem, menos que emendas ulteriores, sucessivas tentativas para fixar um verso. A menos que o poema da *Ceifeira*, por exemplo, não fosse uma coisa pequena... A tortura também era dos detalhes, e não só da realização do conjunto (embora a grande abundância de fragmentos confirme o sentimento de frustração, em relação ao «conjunto», poemas acabados ou uma grande obra realizada, que acompanhou Pessoa toda a sua vida e que tão explorado foi, perversamente, por contemporâneos seus, depois que, morto ele, a melhor crítica prosseguiu na aclamação que já em vida lhe vinha tributando). A chave está, segundo parece, na frase «escrevendo, paralisa as ideias», decisiva na iluminação das hipóteses explicativas que vimos propondo. Querer e desejar era uma coisa. Muito outra, chegada a hora, realizá-la por escrito, quando o querer se ia corporizando em ideias que não encontravam a sua forma, ou em formas que não encontravam as respectivas ideias. Dir-se-ia que, com a sua heteronimia, ele não era apenas o bode expiatório da derrocada da psicologia tradicional; era-o também da cisão tradicional e idealística (que ele procurou compensar por contínuas racionalizações de que os heterónimos são também expressão) entre «matéria» e «forma». Porque um poeta que se divorciara de um si-mesmo, o acto de escrever paralisava-lhe dolorosamente o que vinha acumulando-se, em excessiva abstracção linguística, na consciência criadora.

ou seguro o metro, uma descarga se realizava em numerosos poemas ou fragmentos de poemas. O que ele tomava por exercício da vontade era um processo dialéctico entre a sua natureza de poeta (sempre disponível e também sempre vazio de assunto, por ter-se reduzido a uma *não-personalidade* que se alimentava de vivências imaginárias) e o anseio de encontrar-se em alguém (que podia ser o ortónimo). Quando a tensão entre estes dois pólos atingia, segundo as circunstâncias, o nível suficiente, e a descarga se produzia, aquela «vontade» realizava-se conforme o esquema já mentalmente perseguido (e concordemos em que é sedutora a analogia entre este processo e a vida de um homem casto que, ao mesmo tempo, adiasse e provocasse, sublimadamente, uma satisfação solitária), e parecia ao poeta muito mais voluntária do que o era realmente. É-o todavia bem mais do que em poetas preocupados com exprimirem-se, e não com criarem-se tais. Este esforço íntimo (que absurdo seria confundirmos com a força de vontade dos poetas medíocres) tinha, em Pessoa, naturalmente, a sua contrapartida numa espécie de culto de inconsciência (*nos outros*) de que o poema da *Ceifeira* é a acabada expressão simbólica, mas que não deixa de estar presente na admiração sincera por António Botto (consignada no maior número de artigos que Pessoa dedicou a alguém)[14] ou na admiração irónica ostensivamente professada por outros autores sobre quem escreveu.

Da *Ceifeira*, nós possuímos a versão remetida a Côrtes-Rodrigues, o manuscrito original dessa versão (que nos mostra a difícil elaboração dela), o texto publicado em *Athena* (necessariamente revisto pelo poeta em provas e que é o mais fidedigno da segunda versão), uma estrofe solta que foi publicada em *Poesias Inéditas 1930-1935*, e uma tentativa inicial e anterior, escrita no verso de um fragmento pertencente ao *Livro do Desassossego*. Como se vê da respectiva reprodução, a tentativa inicial é de 15/5/912[15]. A versão remetida a

---

[14] *António Botto e o ideal estético em Portugal* (1922), artigo em *Motivos de Beleza* (1923), nota em *Cartas que me foram devolvidas* (1932), post-fácio a *António* (1933), crítica a *Ciúme* (1935), além da carta «polémica» de Álvaro de Campos à *Contemporânea* (1922), escrita «contra» os racionalismos daquele primeiro artigo de Pessoa, mas em favor de Botto, documentam essa excepcional fidelidade num homem que foi algo flutuante ou displicente nas suas «admirações» públicas.

[15] Os textos que, como fazendo parte do *Livro do Desassossego*, nos foram comunicados por cópia dactilográfica ou cópia fotográfica, preparadas por M. A. D. Galhoz, serão todos descritos na nossa edição dessa obra, independentemente de serem legíveis e aproveitáveis ou não. Os papéis fotografados haviam sido numerados

Côrtes-Rodrigues, como o reproduzido manuscrito confirma, é de 1/12/1914. O texto de *Athena*, cuja data exacta não conhecemos, foi publicado em fins de 1924, e é da maior importância conjecturar quando foi que ele resultou da revisão da primeira versão completa, a de 1914. A *Ceifeira* portuguesa agitou-se no espírito de Pessoa – «Ela canta...» –, desde os meados de 1912 a fins de 1914, e um mantido prestígio do poema levou o autor a seleccioná-lo e revê-lo, dez anos depois, para a primeira publicação maciça de obra ortónima. Isto, o número de textos, e a importância do significado global da última versão (estruturado à volta do verso célebre que nela aparece), apontam para o valor particular que, para a compreensão de Pessoa, esse poema tem, pois que nos é possível não apenas analisá-lo, mas observar como ele se foi formando e como essa formação lenta e procurada nos revela, nas diversas fases que os documentos conservam, Fernando Pessoa no acto de escrever.

---

com numerador. Aquele em que figura a ante-primeira versão da *Ceifeira* é uma metade de uma proposta de hipoteca, com o n.º 381, que reproduzimos. [Este fragmento não é reproduzido porque todas as fotocópias foram, na devida altura, devolvidas à Ática por J. de S. (*M. de S.*)] Na parte branca, está o fragmentário poema, seguido de uma prosa (nitidamente não são versos, nem o trecho faz parte do poema, pois que se compõe de quatro linhas cuja maiúscula inicial só existe em duas delas, em função do princípio do trecho e porque a segunda linha termina em ponto final) que é a seguinte: «E quando a mentira começar (?) a dar-nos / prazer, fallemos a verdade para lhe mentirmos. E quando nos causar angústia, paremos, para / que o soffrimento nos não signifique no pensamento prazer...». Repare-se em que este fragmento de prosa, escrito depois de abandonado o poema irresoluto, contém ainda a medida decassilábica que se esvaziara na suspensão desse poema («quando a mentira começar a dar-nos»/«prazer, falemos a verdade para»). Essa medida, ao repetir-se dentro da estrutura prosaica já leva em si uma ampliação da medida («falemos a verdade para lhe mentirmos»). E a segunda frase já não contém sobreposições de decassílabos e alexandrinos.

Na parte impressa desse papel n.º 381 está a p. 3 (numerada no canto superior esquerdo) de um trecho em prosa, que vem continuado do papel n.º 380, que é, escrita dos dois lados, a outra metade da proposta de hipoteca. Estes trechos de prosa, mesmo quando marcados *L do D*, não pertencem ao *Livro do Desassossego* propriamente dito, como ele veio a definir-se para Bernardo Soares. Mas isso é uma outra questão que não cabe aqui. A data aposta no poema fragmentário tinha o ano de 1913, que foi emendado para 1912. Em qual dos anos andou Pessoa cuidando de hipotecas? Entre os papéis tidos como do *LD*, há (papéis n.ºs 158 e 159) uma carta-minuta aos directores do Banco Nacional Ultramarino, sem data, que diz o seguinte, acerca de uma letra para a qual o banco pedira (por carta de 30 de Abril, segundo a minuta que não indica ano) indicação de fiador. O fragmento que está manuscrito nas costas destes dois papéis da minuta pertence, porém, ao *LD* propriamente dito, pois que menciona a «Rua dos Douradores» onde trabalhava Bernardo Soares. A

É muito curioso que, na primeira tentativa, a de 1912, o que viria a ser a *Ceifeira* pretendia ser um poema decassilábico e parece que em sextilhas rimadas *abaaab*. Tentemos a difícil leitura de um bastante incompleto fragmento que, no entanto, se poderá considerar muito legível a comparar com numerosos dos fragmentos, às vezes de apenas grupos de palavras, que fazem parte do espólio de um poeta que armazenava cuidadosamente a mínima concreção verbal que lhe cruzava o espírito.

---

minuta de carta, portanto, que deve ser de ou posterior a 1929, não nos elucida quanto à hipoteca de 1912 ou 1913, mas muito apenas quanto às famosas dificuldades de dinheiro, que Fernando Pessoa, como toda a gente que tem algum mas não muito (quem não tem dinheiro, como os verdadeiramente pobres, vive fora do mundo das letras e das hipotecas), habitualmente sofria. O estudo dos diversos planos para o primitivo *LD*, uns já conhecidos e outros inéditos, que fazemos na edição dos fragmentos atribuídos ou atribuíveis a Bernardo Soares, leva-nos a supor, conjecturalmente, que o 1912 deve corresponder à verdade. Não nos parece possível que o papel da hipoteca, duvidoso entre 1912 e 1913, nos obrigue a considerar ainda o ano de 1907, em que Pessoa tentou o negócio fracassado de uma tipografia. Quando muito, ter-lhe-á ficado um impresso desse tempo, que ele usou anos depois para escrever nele (nas costas de exemplares devidamente cortados do panfleto *Sobre um manifesto de estudantes*, lançado em 1923, escreveu ele várias vezes, mais tarde). Mas nada nos obriga a aproximar, dos textos em questão e da data emendada, esse ano de 1907. A estrofe solta referida no texto e que nele estudaremos foi publicada a p. 66 do volume *Poesias Inéditas (1930-1935)*, organizado por Jorge Nemésio, com o título *Ceifeira*, com data atribuída em 1932, sem dia e mês. Está impressa entre um poema incompleto e um breve fragmento, ambos nas mesmas condições

E os três estão, na justa ordem cronológica a que o volume obedece, entre um poema acabado, que tem data de 23/2/32, e outro inacabado, datado de 26/4/32. Significa isto que a estrofe foi composta presumivelmente entre estas duas datas? Ou que o papel em que figura estava junto de ou entre esse grupo? Na dúvida, a estrofe deve ser estudada, e sê-lo-á no texto, segundo duas hipóteses: a de ter sido estrofe composta e rejeitada, aquando da revisão que transformou a primeira versão de 1914, na que, dez anos depois, foi impressa na *Athena*; e a de ter sido efectivamente composta em 1932, por então ter Pessoa pensado rever o poema publicado oito anos antes. Que ela não fez parte da versão de 1914, o manuscrito dela o prova. O título que figurará no original desta estrofe solta não deve ser um título, mas uma anotação de Pessoa, referindo-se à poesia que ele já em 1914, como sabemos da carta a Côrtes-Rodrigues, mencionava como «a da *Ceifeira*». Esta explicação do suposto «título» dessa estrofe solta é igualmente válida, quer na primeira, quer na segunda hipótese, que estudaremos. O manuscrito de 1914 é um papel branco, sem linhas, amarelecido pelo tempo, que parece ter sido cuidadosamente cortado (com faca e não tesoura) de uma folha dupla, pois que duas das margens não possuem corte de papelaria. As suas dimensões são 21,5x 16 cm. Nas costas do original que nos importa está o do poema, da mesma data, que começa «*Chove?... Nenhuma chuva cai...*», primeiro publicado em *O Globo*, n.º 28, Lisboa, 1 de Agosto de 1944, e que não havia sido,

Ella canta e as suas notas soltas tecem
Penumbras de sentir no                    ar...
Em torno as cousas todas entontecem,
———————————————adormecem
———————————————anoitecem
Só p'ra que ella lhes possa ser luar.

Ó alma derramando-se *invisível*,
Ó natural requinte da expressão...
Rio de som em tuas águas (...)
Vae boiando um silêncio do *insensível*
E debruça-se a vel-o o inextinguível
Esforço *do subir* da imperfeição.

Azas de borboletas de só-sprito
Volteiam              em torno dos sons
Que a tua voz em espiras (...)[16]

---

como muitos outros, incluído no vol. I (1942) das *Obras Completas*. Foi depois publicado no volume de *Cartas* a *Côrtes-Rodrigues*, em 1945, pois que, e datado, fazia parte do grupo de poemas remetidos àquele poeta, com a carta de 4 de Janeiro de 1915. Figura, com erros, sob o n.º 61, na edição Aguilar, 1960. No texto, ao tratarmos desse grupo de poemas examinaremos este que, *da mesma data que o da Ceifeira, é octossilábico como ele*. A história de como tão precioso manuscrito veio parar às nossas mãos é interessante, mas é cedo ainda para contá-la. Note-se que é por este manuscrito que pode saber-se a data exacta da primeira versão da *Ceifeira*, sem data no volume das cartas a Côrtes-Rodrigues, e com um hipotético (1914) na edição Aguilar.

[16] Na transcrição, respeitou-se, é claro, a ortografia original, e as palavras em itálico são as de leitura duvidosa. No primeiro verso da primeira estrofe, repare-se que a palavra «soltas» foi acrescentada depois, para encher o vazio do verso, que Pessoa deixava para mais tarde ocupar com a palavra que coubesse na medida (descontada desta a palavra que contivesse a obrigatoriedade rímica, e que ficara inscrita, como sucede também no 2.º verso da mesma estrofe, onde o adjectivo para «ar» não foi procurado). À primeira vista, poderá parecer que os traços contínuos, depois do 3.º verso, não são aspas para que o verso se repita com outras palavras finais duas vezes, mas indicações de alternativas para «entontecem». Poderá ter sido assim, no momento em que Pessoa escreveu a primeira estrofe. Mas essa mesma escrita o levou à estrofe de seis versos, pois que a segunda foi composta indubitavelmente com esse número já. Nesta 2.ª estrofe, as palavras terminais duvidosas foram supostas por comparação da grafia, pela terminação obrigatória, e pelo número de sílabas que os versos lhes autorizam. Ao escrever o terceiro verso da estrofe, a inspiração de Pessoa manteve-se fiel à medida, mas tentou fugir ao esquema estrófico: o verso era (?) «Rio de som *atraz* em tua corrente», logo emendado para a

Apesar das diferenças de metro e de cadência das rimas, que o distanciam do que a *Ceifeira* veio a ser em 1/12/1914, há algumas coincidências da expressão, e também analogias da sugestão que provoca o poema, pelas quais podemos, por certo, identificar nele uma primeira forma, extremamente indecisa (quer em relação a si mesma, quer em relação ao que o poema será ano e meio depois), do que viria realizar-se diversamente (e notemos. desde já, que, para a publicação em *Athena*, se não antes, Pessoa apenas suprimiu duas estrofes e, noutra, alterou três versos). A sugestão inicial é a mesma, e igualmente fixa o começo do poema, nas duas ocasiões: o ouvir-se uma voz feminina que canta. Mas, de 1912 para 1914, não foi só o começo o que ficou: *Ela canta*. As notas soltas dessa voz, que teciam penumbras de sentir no ar, e cujos sons eram em espiras, tornaram-se: «E há curvas no enredo suave/ Do som que ela tem a cantar...». O «tecer penumbras» evoluiu para «enredo suave». e as «espiras» são, mais abstractamente, «curvas». Mas não só. No mesmo caminho de abstracção da tentada forma anterior (e é sempre o que sucede, com a depuração, no tempo, de uma expressão procurada), o «rio de som» em cujas águas «vai boiando um silêncio», está oculto em «flutua a sua voz cheia». E também as «asas de borboletas de só--sprito», se purificam na «tão nítida pureza» com que «a sua voz entra no azul». Estas asas continuam presentes, ainda e mais, na «alada calma» cujo eco o poeta deseja sentir em si mesmo. Apenas as borboletas, que volteavam em torno dos sons, subiram de voadora categoria, simplificaram-se de metáfora em símile, e são, em 1914, «como um canto de ave». O símile, por sua vez, concentrava várias das linhas expressivas de 1912: a *naturalidade* do canto («Ó natural requinte da expressão»), o carácter etéreo e espiritual do canto ouvido, o voo dos sons (e de aves também ou de seres alados). A relação entre a voz e as coisas, que, em 1912, coloca o poema numa vaga atmosfera panteísta e enluarada (que é a do saudosismo por

---

forma que transcrevemos, com o espaço final em aberto para uma rima em *ível*. O último verso desta 2.ª estrofe é confuso no manuscrito. Parece que Pessoa começou por escrever «Esforço d'imperfeita» suspendeu a escrita, transferiu, com substantivação da ideia, o «imperfeita» para o fim do verso, onde a transformação substantivada lhe dava a rima em *ão*, riscou, sem que o traço cortasse efectivamente a palavra, o adjectivo, e acrescentou em entrelinha um verbo substantivado, de leitura duvidosa (e esqueceu-se de corrigir o *d'*, a menos que a palavra intercalada comece por vogal e não seja a que lemos). As cruzes marginais ao último verso da 2.ª estrofe e ao primeiro da 3.ª aparecem às vezes, em posições análogas, nos manuscritos de Fernando Pessoa. Provavelmente marcam versos para futura alteração.

desenvolvimento da influência da personalidade de Teixeira de Pascoaes, e também por directa herança do simbolismo em geral e do de António Nobre em particular)[17], torna-se em 1914, e criticamente, uma ilusão de felicidade de quem canta e uma solidão («viuvez») «alegre e anónima» (isto é, destituída da melancolia das coisas e desprovida de conotações individualistas e subjectivas, o que precisamente distingue quem canta e quem ouve, no poema de 1914). Esta transformação de uma linguagem extremamente convencional («requinte da expressão», como, em 1912, todo o canto é) numa linguagem densamente significativa (em que a densidade substitui a pretensa sensibilidade) progride do esboço de 1912 para o texto de 1914. E o que, neste texto, ainda restava de mais claramente conexo com essa literatice primeira é o que, para a publicação em *Athena*, é suprimido ou alterado.

Mencionámos já o grupo de poemas que Pessoa seleccionou para remeter a Côrtes-Rodrigues, em 1915. Deles só *Pauis* é comum às remessas feitas a Sá-Carneiro dois anos antes. De resto, Sá-Carneiro voltara para Lisboa, em Setembro de 1914, onde ficou (com estadias em Camarate) até Julho de 1915, quando regressou a Paris. As novas produções não precisava Pessoa de remeter-lhas, como fez, em Janeiro

---

[17] Pelas *Vinte Cartas de Fernando Pessoa a Álvaro Pinto*, publicadas pelo destinatário em *Ocidente*, n.º 80, vol. XXIV, Dezembro de 1944, e que cobrem o período que vai de 25 de Abril de 1912 a 20 de Novembro de 1914, podemos saber exactamente em que se ocupava Pessoa, em 15 de Maio de 1912, quando tentou a composição do fragmento que nos interessa. Genericamente, é essa a época dos artigos da *Águia*, que marcaram a estreia literária de Fernando Pessoa (esses artigos, juntamente com a carta de réplica a Adolfo Coelho, primeiro publicada no jornal *República*, de Lisboa, e não na *Águia*, foram reunidos em voluminho por Álvaro Ribeiro, sob o título *A Nova Poesia Portuguesa*, Lisboa, 1944, que era a parte comum aos títulos dos artigos: «A nova poesia portuguesa sociologicamente considerada» e «A nova poesia portuguesa psicologicamente considerada», e que produziu, há vinte e dois anos, as maiores confusões na crítica malévola e desprevenida). Em 30 de Abril de 1912, escrevia Pessoa a Álvaro Pinto, desculpando-se de não ter mandado ainda, como prometera, o segundo artigo, do qual apenas remete cinco páginas dactilografadas. Em 1 de Maio, envia mais três páginas e anuncia a remessa das restantes três que mandou realmente no dia seguinte. A seguinte carta publicada é de 24 de Junho, e nela Pessoa desculpa-se de não ter dado um outro artigo na data prometida; e, pela carta a seguir publicada, de 29 de Agosto, sabemos que, entretanto, em duas remessas, ele remetera o prometido escrito. Faltam, ao que parece, cartas nos intervalos. Mas as publicadas chegam perfeitamente para situarmos a actividade de Fernando Pessoa em meados de Maio de 1912. Na primeira carta, de 25 de Abril,

deste último ano, a Côrtes-Rodrigues que estava então nos Açores. Os poemas e suas datas são por ordem cronológica, e não pela que tiveram na publicação das cartas ao poeta açoriano:

| | |
|---|---|
| *Pauis* | 29/3/13 |
| «Elfos ou gnomos tocam» | 25/9/14 |
| «Serena voz imperfeita, eleita» | 6/10/14 |
| «Como a noite é longa!» | 4/11/14 |
| «Bate a luz no cimo» | 4/11/14 |
| «Vai redonda e alta» | 4/11/14 |
| «Saber? Que sei eu?» | 4/11/14 |
| «Sopra de mais o vento» | 5/11/14 |
| «Chove?... Nenhuma chuva cai...» | 1/12/14 |
| «Ela canta, pobre ceifeira» | 1/12/14 |
| «Ameaçou chuva. E a negra» | s.d. |
| «Meu pensamento é um rio subterrâneo» | s.d. |

é dito que ele recebera a 7 de Abril as provas do «primeiro artigo», e por ela ficamos sabendo que a *Águia* saía no «habitual dia 15». O segundo artigo referido acima é, de certo modo, um desenvolvimento do primeiro, o da «nova poesia sociologicamente considerada», que procura explicar e justificar contra os ataques de uma *Carta de Coimbra* publicada no jornal *O Dia*, em 24 de Abril. Chama-se *Reincidindo* – e é o que Pessoa mandou a Álvaro Pinto, de 30 de Abril a 1 de Maio. Em 24 de Junho ainda Pessoa não acabara o verdadeiro segundo artigo, e afirma que «não posso prometer – nem me fica já muita autoridade para promessas – mandar o artigo em dia determinado». Isto provavelmente significa que nem sequer tinha em definitivo, se é que tinha em provisório estado, uma parte dele, ou, como antes fizera, iria mandando pequenos grupos de folhas dactilografadas. O artigo só foi enviado, e em duas remessas, lá para Agosto, visto que a carta de 29 deste mês é como que um PS a essas remessas, em que Pessoa dá instruções sobre a forma de repartir o artigo, que era longo, em dois números, ou mesmo em três, se necessário fosse. Em meados de Maio de 1912, portanto, Pessoa estava repousando de ter escrito o primeiro artigo e saboreando as suas repercussões que haviam provocado *Reincidindo...* (e cogitando do segundo). Nas notas em apêndice às cartas a Côrtes-Rodrigues, Pessoa declarava-se em 1912-1913 sob a influência do saudosismo e depois sob a dos futuristas. Uma anotação de Côrtes-Rodrigues esclarece que esta última lhe veio das cartas de Sá-Carneiro. Não cremos que Pessoa, para saber o que se passava mais ou menos em Paris, precisasse das cartas de Sá-Carneiro, que apenas estimularam, na direcção modernista, a sua desilusão com a gente da «Renascença Portuguesa», com a qual o rompimento ficou selado pela última carta a Álvaro Pinto, em 12 de Novembro de 1914. Mas os mal-entendidos já vinham dos princípios de 1913, e parecem primeiro evidentes na carta de 28 de Janeiro de 1913. Mas eram já anteriores as desilusões, pois transparecem nas citações de uma carta de Pessoa a Sá-Carneiro que este comenta em carta de Paris, a 7 daquele mês e ano (*Cartas a Fernando Pessoa*, vol. I, Lisboa,

Com excepção de *Pauis*, este punhado de poemas tem datas entre 25/9/14 e 1/12/14, e foram remetidos em 19 de Janeiro de1915. Tudo indica que os poemas não datados serão, como os outros, de entre fins de Setembro e princípios de Dezembro. Se à lista acima acrescentarmos, na devida ordem, os primeiros versos que, datados com exactidão desse intervalo ou proximidades, figuram na Lista I

---

1958, pp 47-48). Quando Pessoa dizia que, em 1912-1913, as influências eram 1.º o saudosismo e 2.º os futuristas, ele falava com extrema precisão, sobretudo em relação ao seu desânimo com o saudosismo, que foi seminal na criação da sua verdadeira obra, pelo que há de ataque àquela «escola», na poesia de Alberto Caeiro (cf. As nossas notas a *Páginas de Doutrina Estética*). Efectivamente, em 1912, ele é um apologeta do saudosismo; mas, em fins desse ano e em 1913, já começa a ter desentendimentos com a *Renascença*, uma das primeiras consubstanciações laterais dos quais foi o ataque violentíssimo a Afonso Lopes Vieira, descoberto para as páginas que há vinte anos reunimos, e que apareceu em *Theatro*, de Fevereiro-Março de 1913. Quanto ao interesse pela arte moderna, é de notar que, nas suas cartas, Sá--Carneiro é lento em reconhecê-la: as cartas de 1912 (a primeira é de 20 de Outubro) ocupam-se das questões apologéticas do saudosismo, em que Pessoa se envolvera, dos contos que Sá-Carneiro prepara, e muito da pessoa, ditos e feitos de Guilherme de Santa-Rita, o lendário «Santa Rita Pintor». Numa carta de 10/12/12, Sá-Carneiro, comentando as admirações daquele, chega a dizer: «Dos artistas de hoje, a par do Parreira, apenas tem culto por um literato cubista, Max Jacob, que ninguém conhece, e publicou dois livros em tiragem de cem exemplares. Mas é genial!... porque é cubista... Picturalmente a sua admiração vai para o chefe da escola *Picasso*.» Dir--se-ia que Sá-Carneiro tinha a popularidade e as tiragens como índice de interesse actual... – o que, se não é exactamente a verdade, mostra que ele não tinha grande respeito pelos vanguardistas seus contemporâneos de Paris, então. Aliás, as cartas de Sá-Carneiro não são, de um modo geral, as que se esperariam de um jovem entusiasmado com as vanguardas do seu tempo, e atento e curioso do que se passava de novo à sua volta. Ao contrário do que é costume dizer-se, a eclosão do modernismo de Sá-Carneiro é muito menos devido à curiosidade ou ao entusiasmo pela época artística que Paris vivia (e de que um dos grandes poetas veio a ser precisamente aquele Max Jacob «que ninguém conhece») do que à descoberta do poeta em si mesmo, que a atmosfera de solidão parisiense (e a sensibilidade à libertação da expressão que o modernismo trazia, em relação aos maneirismos esteticístico--simbolistas que infestam abominavelmente a obra em prosa de Sá-Carneiro) precipitou. Só em 1913 foi que ambos os poetas se descobriram como quem eram, embora Pessoa tenha sido mais lento do que o amigo em libertar-se do que um misto de saudosismo e de esteticismo marcava pedantescamente a sua expressão (Sá--Carneiro não se libertou disso: transcendeu-o absolutamente, interiorizando, como expressão de indizíveis vivências psicológicas e morais, o que neles era pretensiosismo de artistas mais «requintados» do que os outros), e é precisamente na carta de 14 de Maio de 1913 que Sá-Carneiro transcreve «comovido e orgulhoso» a frase com que o amigo, em carta a que ele responde, declarara solenemente a grandeza de ambos: «Afinal estou em crer que em plena altura, pelo menos quanto a sentimento artístico, há em Portugal só nós dois». Esta grandeza, como se vê, não

de Jorge Nemésio (não os há deste intervalo na Lista II), poderemos não apenas tentar datar aproximadamente esses dois poemas, como melhor estudar o grupo. Com datas de entre princípios de Outubro e

era ainda colocada em termos de realização estética, mas das condições essenciais ao mais alto nível dela: o sentimento estético como tal. Em 29 de Março de 1913, escrevera Fernando Pessoa os pavorosamente preciosísticos *Pauis*, em que a linguagem é muito mais a de um Sá-Carneiro mal imitado, adentro de uma tentativa de amplificação versilibrista, mas em que certos recursos de nova sintaxe já prenunciam as diversas linguagens do múltiplo Fernando Pessoa na plenitude da sua expressão. Este poema, que ele mandou a Côrtes-Rodrigues, em 1915, mandara-o primeiro ele a Sá-Carneiro, nos primeiros dias de Maio de 1913 (pois que Sá-Carneiro comenta entusiasticamente no dia 6, e é curioso notar que, datado o poema de 29 de Março, Pessoa só o tenha remetido cerca de cinco semanas depois, o que parece denunciar que a forma definitiva, ou a inspiração de consegui-la, só veio após uma laboriosa gestação). Mandara antes outros ao Amigo, em Janeiro de 1913 (uma vez que Sá-Carneiro os comenta em carta de 3 de Fevereiro), que são *Dobre* («Pequei no meu coração») e *Abismo* (o n.º 1 de *Além-Deus*, cf. *Poemas Inéditos destinados ao n.º 3 do ORPHEU*, com um pref. de Adolfo Casais Monteiro, etc., Lisboa, 1953), em Fevereiro (o n.º 3, *A Voz de Deus*, e o n.º 5, *Braço sem corpo brandindo um gládio*, que Sá-Carneiro comenta na carta de 26 de Fevereiro), e nos primeiros dias de Março (o n.º 2, *Passou*, e o n.º 4, *A Queda*, da mesma sequência, que Sá-Carneiro comenta a 10 de Março). O poema *Hora Morta* (vide *Cartas de Sá-Carneiro*, vol. cit., p. 216), datado de 23/3/1913, e a sua continuação *Espuma*, do mesmo dia, foram juntamente com *Cortejo Fúnebre*, e recebeu-as Sá-Carneiro entre 10 e 14 de Maio desse ano (comenta-as neste e não as refere naquele dia). Todo este conjunto de poemas deve pois situar-se entre os fins de 1912 e o fim de Março de 1913. Ao tratarmos do grupo em que Pessoa incluiu a *Ceifeira*, no texto, analisá-los-emos melhor. Nos papéis indiculados por Jorge Nemésio, há cerca de 65 fragmentos poéticos, de que 19 têm data exacta, entre 11 de Fevereiro e 25 de Dezembro. Dois são de Maio: dia 1 (*Tarde* – «Bênçãos de cinza de almas sobre a hora») e dia 12 (*Complexidade* – «São horas, meu amor, de ter tédio de tudo»). A lista V de J.N. informa-nos que o bem conhecido poema da *Athena*, «Põe-me as mãos nos ombros» é de 25/6/12. Tudo isto permite-nos enquadrar a fase durante a qual Pessoa compôs a fragmentária primeira versão da *Ceifeira*. Alguns dos primeiros versos, nos índices de J.N., são belíssimos, e distinguem-se pela nobre simplicidade de uma cadência firme e fluente, como serão os primeiros versos dos sonetos dos *Passos da Cruz* (cuja temática o *Além-Deus* prenuncia). Em 1912, Pessoa caminhava para o domínio tranquilo da sua linguagem poética, libertando-se dos preciosismos esteticistas. No entanto, com a revolta modernista, que se desenha e define ao longo de 1913 e 1914, esses preciosismos levam em grande parte a melhor, por certo por sugestão da efectividade expressiva que adquiriam nas tentativas de Sá-Carneiro. A primeira tentativa da *Ceifeira* situa-se antes desta transformação em que os caminhos se bifurcavam (e grande parte do preciosismo, reduzido a elegância epicurista, encontrará brilhante expressão nas odes de Ricardo Reis), enquanto a versão de 1914 significa já uma vitória da simplicidade complexa e não ostensiva. No entanto, é de notar que, ao escolher poemas mesmo para o *Portugal Futurista*, em 1917, em que o futurismo e outros vanguardismos tomavam a dianteira aos resquícios esteticistas, foi a estes

meados de Dezembro de 1914, aquela Lista I indica-nos seis poemas ou fragmentos, um dos quais é conhecido[18]. E a nossa supra passa a ser, sem os dois sem data[19]:

| | | |
|---|---|---|
| CR — | *Pauis* | 29/3/13 |
| CR — | «*Elfos ou gnomos tocam*» | 25/9/14 |
| CR — | «Serena voz imperfeita, eleita» | 6/10/14 |
| JN — | «Vive o momento com saudade dele» | 11/10/14 |
| CR — | «Como a noite é longa» | 4/11/14 |
| CR — | «Bate a luz no cimo» | 4/11/14 |
| CR — | «Vai redonda e alta» | 4/11/14 |
| CR — | «Saber? Que sei eu?» | 4/11/14 |
| CR — | «Sopra de mais o vento» | 5/11/14 |

---

que Pessoa recorreu para colaborar, e não ao que, mais futurista, já usara em *ORPHEU*. Era como se sentisse e achasse que futurista era o Álvaro de Campos; e, ao mesmo tempo, fiel ao esteticismo britânico que fora para ele a primeira imagem de audácias requintadas (cf. o nosso artigo *Fernando Pessoa e a literatura inglesa*, em Suplemento Literário de *O Comércio do Porto*, de 11/8/53 e depois recolhido em *Estrada Larga*, 1.º volume, Porto, 1958), continuasse ortonimamente a achar que os requebros esteticísticos-decadentistas continuavam a ser um vanguardismo aceitável, ao lado do que, contra eles, vinha sendo feito na França e na Itália. Os datados primeiros versos de 1912, do índice de J. N., colocam a primeira tentativa da *Ceifeira* na sequência de um verso pernóstico (*Tarde*, com «bênçãos», «cinzas», «cinzas de alma», e a «hora» que foi uma das pragas simbolístico-esteticistas) e de um verso que poderia ter sido escrito por Álvaro de Campos nos seus momentos de abandono («São horas, meu amor, de ter tédio de tudo», em que as «horas» são as de uma metáfora da língua corrente). Esta escassa amostragem mostra-nos como seria pendular a irresolução entre o preciosismo (a que, em 15 de Maio, com a primeira tentativa da *Ceifeira*, Pessoa volta) e a conquista de uma complexidade profunda e destituída de pedantarias ostentosas, ao tempo em que Pessoa, em 1912, aparecia para o mundo das letras. O mesmo é confirmado pelos fragmentos, mais ou menos contemporâneos, do primeiramente projectado *Livro do Desassossego*, todos análogos, no tom, à medonha vacuidade do trecho *Na Floresta do Alheamento*, que a *Águia* publicou em 1913 (e que Álvaro Pinto – carta 17 – «deve ter recebido» por volta de 10 de Julho desse ano).

[18] É o que, de título *Uns Versos Quaisquer*, começa «Vive o momento com saudade dele», e que J.N. publicou no folheto já citado, *Os Inéditos de Fernando Pessoa*, etc. Foi depois recolhido à edição Aguilar. São quatro estrofes de seis versos, com esquema fixo (que só um verso desrespeita): 10-4-10-6-10-10. O predomínio pertence ao decassílabo, como se vê.

[19] À esquerda da lista as letras CR e JN designam os poemas remetidos a Côrtes-Rodrigues e os indiculados por Jorge Nemésio. A letra *i* acrescentada a estes últimos distingue os inéditos do poema que o não é.

| | | |
|---|---|---|
| JNi — | «Eh deixa-os longe! Isola-te, ó minha alma» | 30/11/14 |
| CR — | «Chove? Nenhuma chuva cai...» | 1/12/14 |
| CR — | «Ela canta, pobre ceifeira» | 1/12/14 |
| JNi — | «Pescador que recolhes a esta hora» | 3/12/14 |
| JNi — | «Há certas coisas sem relevo» | 17/12/14 |
| JNi — | «Ermo sob o ermo céu» | 17/12/14 |
| JNi — | «Minha consciência de existir» | 18/12/14 |

Esta nova lista, com dezasseis poemas a que os acasos preservaram as datas, constitui por certo uma amostragem da poesia composta por Pessoa, no período que vai dos fins de Setembro a meados de Dezembro de 1914. E contém, além de *Pauis*, os poemas que ele copiou e mandou a Côrtes-Rodrigues. Repare-se em como o poema de 25/9 é hexassilábico, e em como essa medida aumenta para nove e dez sílabas nos primeiros dias do mês seguinte. Os poemas de 4/11 são todos inteiram a (o poema «*Chove? etc.*» é-o predominantemente). Novamente o decassílabo aparece, dois dias depois; mas, em 17-18/12, o metro é novamente octossilábico em dois de três poemas. Os dois poemas sem data, da lista anterior, que Pessoa enviou a Côrtes-Rodrigues, inteiramente hexassílabo um e decassílabo o outro, se pertencem ao mesmo período de composição (e tudo indica que pertencem, pois que só extravagantemente *Pauis* não pertence ao período de todos os outros e é mesmo muito exterior a ele), devem ser, o primeiro, de cerca de 5/11, e de cerca de 6-11/10 o segundo[20].

O poema «*Serena voz imperfeita, eleita*» tem, com maior simplicidade, algumas analogias com *Pauis*, mas afasta-se pela mobília do esteticismo simbolista («deuses mortos», «palácio»,

---

[20] Tendo em atenção as recorrências métricas, temáticas e mesmo de «personalidade», a que obedecia a escrita de Pessoa, sobejamente demonstradas em vários passos deste estudo, o poema «*Ameaçou chuva. E a negra*» poderia em princípio ser de 25/9, 5/11, ou 17/12, mais ou menos, pois que são dessas datas os poemas de igual metro. Mas a contiguidade temática parece aproximá-lo sobretudo de «*Sopra de mais o vento*». O poema «*Meu pensamento é um rio subterrâneo*», por idênticas razões, parece situar-se entre «*Serena voz imperfeita, eleita*» e «*Vive o momento com saudade dele*».

«princesas», «brumas», «sonho», «tédio», etc:), que em *Pauis* é mais do retorcimento pretensamente subjectivo da expressão. Todavia, as analogias são profundas entre os componentes do grupo que formámos com os poemas remetidos a C.R., o inédito publicado por J.N. e os primeiros versos que desse período, nos são conhecidos. Esta generalidade analógica – e em profundidade também – afasta-nos a hipótese de os poemas seleccionados para fruição de Côrtes-Rodrigues o terem sido especialmente com um olho no destinatário (o que seria aliás natural que, até certo ponto, tivesse sido feito, já que um poeta não manda, a um amigo cujo gosto conhece, poema que este não vá estimar, a menos que a intimidade intelectual seja relativamente grande e se procurem então as observações estimulantes – e, se, de certo modo, era esta a relação epistolar com Sá-Carneiro, não parece que o tenha sido com Côrtes-Rodrigues, apesar da carta magnífica que é precisamente a emissária dos poemas). Os poemas remetidos ao poeta açoriano constituem, sem *Pauis* na lista, e com apenas duas excepções que não foram remetidas, *um grupo de poemas consecutivos no tempo, compostos entre 25/9/14 e 1/12/14*, conforme é bem visível pelas siglas marginais que lhes apusemos. E os dois poemas sem data, quando muito, só um deles estará fora destes limites, mas muito pouco: à volta de 3 daquele último mês. Mas o mais importante é que eles, mais o poema revelado por Jorge Nemésio, e os primeiros versos datados, são, mais ou menos todos, *variações sobre o tema do Canto, e como que diversas convergências para a definição poemática, em conexão com o fascínio pela inconsciência inocente, de «o que em mim sente está pensando» que só surgirá na revisão de 1924*. É o que a análise deles nos mostrará, e como todos também por isso *decorrem da primeira tentativa da «Ceifeira», cuja primeira versão completa é a culminação do grupo, além de ser talvez o último dos poemas cronologicamente*.

Nós temos, pois, um pequeno grupo de poemas remetidos por Pessoa a Sá-Carneiro, entre Janeiro e Maio de 1913 e que devem datar de entre fins de 1912 e o fim de Março de 1913. E um grupo de poemas (um dos quais coincide com o grupo anterior), que ele remeteu em Janeiro de 1915 a Côrtes-Rodrigues, e cujas datas de composição, com excepção do repetido *Pauis*, de fim de Março de 1913, estão entre os princípios de Outubro e os princípios de Dezembro de 1914. *Pauis*, juntamente com o poema «O sino da minha aldeia», e sob o título comum de *Impressões do Crepúsculo*, havia sido entretanto publicado em *A Renascença*, em Fevereiro de 1914, pelo que o célebre poema referente ao sino «da Igreja dos Mártires, ali no Chiado»[21] deve ser de 1913 (e quiçá de composição próxima de *Pauis*, como reacção contra os exageros de expressão «paúlica»). O que é curioso é que Pessoa tivesse mandado a Côrtes-Rodrigues os *Pauis* que não estavam inéditos, e outros poemas que, como ele diz do da *Ceifeira*, davam o paulismo «em linguagem simples», e não tivesse remetido o poema que, publicado com *Pauis*, nessa mesma publicação exemplificava o contraste. Aliás, a data, que conhecemos, de «*Põe--me as mãos nos ombros*» – 1912 – mostra que, ao lado dos preciosismos estético-simbolistas, a densa simplicidade se conservava e constituía. Quase se diria que a presença da cópia de *Pauis*, entre os poemas a que se refere a carta a Côrtes-Rodrigues, de 19/1/1915, é um lapso do destinatário, que se repetiu na publicação da correspondência. Não faz realmente sentido que o poema tenha sido enviado juntamente com os outros, quando ele dera o nome ao «paulismo» de que Pessoa, em cartas anteriores a Côrtes-Rodrigues, fala naturalmente. Aqueles poemas que haviam sido remetidos a Sá-Carneiro são, de que conhecemos os textos, uma dezena: a sequência *Além-Deus*, que Pessoa escolheu para o malogrado *ORPHEU 3* (cinco poemas), como *Gládio*, que veio a ser vinte anos depois integrado em *Mensagem*, e mais três ou quatro (porque *Espuma* é tematicamente e estroficamente uma continuação de *Hora Morta*, da mesma data, 23/3/1913, meia dúzia de dias antes de *Pauis*). Foi o facto de não haver saído o

---

[21] Esta frase de Pessoa é célebre, desde a primeira publicação da carta a João Gaspar Simões, em que figura, e com as primeiras publicações ulteriores (*presença* 48; J. Gaspar Simões, *Novos Temas*, Lisboa, 1938; *Fernando Pessoa – Páginas de Doutrina Estética*, sel., pref. e notas de Jorge de Sena, Lisboa, 1946). A carta é a n.º 23 de *Cartas de Fernando Pessoa a João Gaspar Simões*, Lisboa, 1957. Na biografia já citada, J.G. Simões ocupa-se demoradamente do poema *Pauis*, e menciona a dupla publicação de *A Renascença*, para acentuar como o poema do sino representativo do abandono do preciosismo paúlico: «Mas Fernando Pessoa transcenderá esta fase do seu paulismo e não há-de tardar muito. Juntamente com a poesia *Pauis*, publicava (...) uma composição sem título (...), a qual representava já, sem dúvida, uma como que depuração do 'paulismo'» (vol. I, p. 193) – e cita seguidamente, em abono da asserção, a frase da carta a Côrtes-Rodrigues, referente à «nota 'paúlica' em linguagem simples». Parece-nos que, se sem dúvida o pequeno poema representa a reacção contra o preciosismo, essa reacção não a considera, para todos os efeitos, Pessoa mais que um contraste, já que até publicou os dois poemas juntos, quase um ano depois de ter escrito *Pauis*. Por outro lado, a data do poema «*Põe-me as mãos nos ombros*», publicado em *Athena*, em 1924, juntamente com os «paúlicos» poemas do sino e da ceifeira, sabemos hoje que é 25/6/1912; e, em 1917, no *Portugal Futurista*, o Pessoa ortónimo, que, por ser abstruso, terá sido seleccionado para publicação

projectado 3.º número de *ORPHEU* o que impediu a publicação de *Além-Deus*. Esse número, anuncia-o para breve Pessoa, em carta a Côrtes-Rodrigues, de 4/9/16. Em meados de 1916, os poemas nascidos dos entusiasmos epistolares com Sá-Carneiro, entre fins de 1912 e o fim de Março de 1913, continuavam válidos para publicação, tal como, em princípios de 1914, o haviam sido, lado a lado, os *Pauis* e «*O sino da minha aldeia*», de cujos paulismos ainda em princípios de 1915 Pessoa fala a Côrtes-Rodrigues. Mas, em 1924, para a publicação maciça da *Athena*, destes poemas ortónimos o que figura? Apenas «*O sino da minha aldeia*» (que parece já havia sido publicado uma segunda vez, no ano anterior)[22], e «*Ela canta, pobre ceifeira*».

Os poemas remetidos a Sá-Carneiro, seis dos quais foram escolhidos para o *ORPHEU 3*, constituem um grupo que, estilisti-

---

(*A Múmia* e *Ficções do Interlúdio*), é muito mais «paúlico» do que propriamente futurista (como de certo modo o haviam sido as odes de Álvaro de Campos publicadas em *ORPHEU*, em 1915). O que se nos afigura mais correcto, actualmente, em função dos novos dados que Gaspar Simões não encontrara nos papéis do poeta, é considerar o carácter eventual do «paulismo», como Simões acertadamente fazia, mas ter presente que esse paulismo foi apenas o exacerbamento de uma tendência que, ao lado da simplicidade pretensa ou autêntica de quem se dizia influenciado por Correia de Oliveira em 1908-1909, e pelo saudosismo em 1912-1913, sempre existiu no estilo do Pessoa ortónimo, e nem sempre se fundiu tão perfeitamente quanto Gaspar Simões desejaria – e nós também – num lirismo clássico que será o grande lirismo de Fernando Pessoa» (vol. cit., p. 194). De resto, esse preciosismo nunca o abandonou inteiramente, mesmo na prosa ortónima, sempre que ele pretendia elevar o tom: é o que acontece no ensaio *Para a memória de António Nobre*, publicado em Fevereiro de 1915, em *António Botto e o ideal estético em Portugal*, publicado em 1922, no breve escrito sobre Sá-Carneiro e na apresentação da *Athena*, ambos de 1924, sendo que o 1.º deve ter sido escrito cerca de 4 de Maio de 1916, quando Pessoa, anunciando a C.R. o suicídio de Sá-Carneiro, lhe solicita colaboração, para uma plaquete que a revista publicaria, em memória dele. Depois deste ano é que nos parece que a tendência raciocinante dilui, na prosa de Pessoa, as inclinações preciosísticas – e é quando, por volta de 1923, reaparecem fragmentos datados do *Livro do Desassossego*, o verdadeiro e não o de 10 anos antes, preciosístico também.

[22] Conhecendo a publicação em *A Renascença*, não tivemos possibilidade de esclarecer a sibilina nota de p. 211 do vol. I das cartas de Sá-Carneiro a Pessoa, acerca de *Pauis*, e que parece indicar uma outra publicação de «*O Sino da Minha Aldeia*», que não conhecemos e a qual se não refere M. A. Galhoz na edição Aguilar: «Esta poesia foi publicada no n.º 1 da *Renascença*, 1914, como sendo a segunda parte do poema *Impressões do Crepúsculo*. A primeira parte é composta pela poesia «*O Sino da Minha Aldeia*», in *Poesias*, ed. cit—p. 95, aí transcrita da revista «*Além*» n.º 3, 1923. O volume das poesias ortónimas, em referência ao poema do sino, que está naquela página, apenas menciona a publicação na *Athena*, e nem sequer a de *A Renascença* (citamos da 1.ª edição). Que transcrição é aquela?

camente, é como que um meio-termo entre a severidade elegante dos *Passos da Cruz*: (de que há tentativas de 28/11/13 e de 3/6/14, nos inéditos catalogados por J. Nemésio), sem a dignidade formal desses sonetos, e a grandiloquência epigramática de *Mensagem* (e não por acaso um dos poemas que, com *Além-Deus*, foi escolhido para ORPHEU 3 é o *Gládio* que se tomou um dos ínclitos infantes naquele livro). Mas no I e no V de *Além-Deus*, afloram as expressões que serão (e já vinham sendo, como se vê, no poema *Análise*, de 1911, por exemplo, publicado por Gaspar Simões, na sua biografia) divergentemente a dialéctica entre o ver e o ouvir, de um lado, e o pensar e o sentir, de outro, a qual será a matéria predominante da poesia ortónima (conquanto *Análise*, que não é soneto, seja estruturalmente uma antecipação dos contemporâneos *35 Sonnets*, pela abstracção da linguagem e o jogo verbal das contradições)[23]. Esse aflorar está, porém, envolto nas expressões da noção de descontinuidade, que são raiz das experiências interseccionistas, que estruturam *Chuva Oblíqua*, de 8/3/1914. Isso tem o seu desenvolvimento depurado no poema da *Ceifeira*, e, como vimos, estava implícito na tentativa de 1912, cuja linguagem continha o que, depois, Pessoa destilou diversamente. Vejamos como os temas e as expressões se diferenciaram nos poemas enviados a Côrtes-Rodrigues (em conjunto com o poema e os primeiros versos contemporâneos que aproximámos deles).

---

[23] Nas notas comunicadas a Côrtes-Rodrigues, Pessoa teria dito que «quando morava na Rua da Glória, achou nos sonetos de Shakespeare uma complexidade que quis reproduzir numa adaptação moderna sem perda de originalidade e imposição de individualidade aos sonetos. Passados tempos realizou-os». Nem os sonetos, nem a sequência dele ao fim, têm qualquer data no folheto de 1918. A edição Aguilar, no título, acrescenta-lhes 1918, o que se refere por certo ao ano de publicação. Mas, no texto, põe a seguir ao último a indicação Lisboa, 1918 – o que é um lapso sem dúvida. As notas biográfico-críticas foram coligidas por Côrtes-Rodrigues em 1914, conforme é dito na edição. Ele morou por volta de 1912 na Rua da Glória. Gaspar Simões declara (vol. II, p. 184) que os *35 Sonnets* são de 1913, como *Epithalamium* que, na edição de 1921 (*English Poems – III*), tem realmente esse ano indicado ao fim do texto (como *Inscriptions* têm 1920). Mas, na sinopse cronológica do vol. I, a residência na Rua da Glória (e mais duas seguintes também) está no ano de 1912, embora sem indicação de meses. Parece que os *35 Sonnets* serão de 1912, à fé destes dados, e anteriores a *Epithalamium*, de 1913, o «first draft» de *Antinous*, de 1915 (publicado em 1918), *Inscriptions*, de 1920. O volume de poemas ingleses, inédito, *The Mad Fiddler*, compõe-se de poemas escritos entre 1911 e 1916 (cf. G. R. Lind, *Descobertas no espólio de Fernando Pessoa*, em *Ocidente*, n.º 334, Fevereiro de 1966). É em Janeiro de 1920 que *The Athenaeum*, de Londres, publica um poema de Pessoa. As questões referentes aos poemas ingleses, tratá-las-emos no prefácio da edição bilingue dos que Pessoa publicou.

Afastando da nossa observação *Pauis*, extractemos dos poemas, pela ordem cronológica, os temas e as expressões.

«*Elfos ou gnomos tocam*»[24] – Vaga música ouvida, dúvida sobre a realidade dela. «Sombras e bafos leves de ritmos musicais, «ondulam como em voltas» de caminhos ignorados, ou como alguém que «se mostra ou esconde» entre as árvores. Essa música é a «forma longínqua e incerta» do que o poeta nunca terá. Mal a ouve e comove-se, sem saber porquê. A melodia é tão ténue, que o poeta não sabe se ela existe na verdade, ou se é apenas efeito do crepúsculo, dos pinhais e de ele, a essa hora e ante essa paisagem de árvores, estar triste. E, após essa dúvida surgida na consciência do poeta, a música cessa, à maneira de uma brisa que «esquece a forma aos seus ais», e só fica uma outra música,

---

[24] Na publicação deste poema, em *Folhas de Arte*, 1924, o texto foi por Pessoa alterado no primeiro verso: «silfos» substituíram os «elfos». A razão da emenda, muito provavelmente, terá sido eufónica, com fins aliterativos: «silfos»-«sombras», em que a analogia entre os entes imaginados e uma sombra de música é acentuada pela aliteração. Os silfos (segundo a *Grande Encyclopédie*, tomo 30) são, ou foram inicialmente, os espíritos elementares do ar, nas visões cosmo-cabalísticas de Paracelso, e o nome seria mesmo uma adaptação da designação dada, nos antigos altares votivos galo-romanos, a esses espíritos, quiçá proveniente do nome que teriam nas crendices populares do século XV. Os silfos ou elfos, mais ou menos confundidos na sua qualidade de espíritos aéreos (é esta a designação de Ariel, «an airy spirit», em *The Tempest*, de Shakespeare), tiveram enorme fortuna literária. O rei dos Elfos (Alberic – Auberon – Oberon) aparece como Auberon na celebrada gesta medieval de *Huon de Bordeaux*, de onde transitou a Chaucer, depois a Spenser e a Shakespeare (*Midsummer Night's Dream*), e, no século XVIII, a Wieland (que o fez herói do seu feérico poema) e a Goethe (*Der Erlkönig*). Nesta genealogia, os silfos de Paracelso (para os quais foram criadas as fêmeas – sílfides – que ainda hoje sobrevivem no sempre dansado «ballet» sobre música de Chopin, de 1908, e que pretendia recordar, ao que parece, o título, no singular, de um «ballet» estreado em 1832, sobre o texto de *Trilby*, de Charles Nodier) e os elfos da mitologia germânico-escandinava são indistinguíveis, mas caracteristicamente aéreos. Pessoa, dentro dela, podia perfeitamente substituir, por simples razões eufónicas e aliterantes, os elfos por silfos: uns e outros se opunham aos seres terrestres que os gnomos eram. Os elfos (em alto alemão, *Alb*, com plural *Elbe*; em anglo-saxão, *oelf*, que deu o inglês *elf*) eram, todavia, uma designação geral que compreendia os elfos luminosos ou brancos, etéreos (que diríamos os elfos propriamente ditos e tal como vieram a confundir-se com os silfos), e os elfos sombrios ou negros, terrestres (que vieram a ser confundidos com os anões, e cujo rei era efectivamente Alberic) isto segundo a *Grande Encyclopédie*, (tomo 15, no artigo respectivo). A tradição de Alberic como rei dos anões e não dos elfos em geral, ou dos elfos etéreos, foi a que Wagner recolheu e

a dos pinheirais, isto é, um pouco menos que o conjunto do crepúsculo, pinhais e melancolia subjectiva (que era um dos termos da alternativa que a dúvida, implícita no sentir e dizer, fez nascer no espírito do poeta).

*«Serena voz imperfeita, eleita»* – Uma «serena voz» que é «imperfeita» (isto é, incapaz de exprimir tudo o que deveria ser exprimível ou tudo o que o não é pela diferença existente entre a realidade da expressão e as virtualidades do espírito), e não obstante «eleita» (para, diz o poeta, «falar aos deuses mortos» – isto é, escolhida para dizer do que vive nas profundidades onde os deuses mortos estão vivos e incomunicáveis, seleccionada pelo destino para isso), é invocada e o poeta dirige-se-lhe. Essa voz tanto pode ser uma voz ouvida, como a voz de poeta que o

---

desenvolveu na sua *Tetralogia*. Estritamente na mitologia escandinava, os elfos eram espíritos aéreos, mas também terrestres (não como moradores na terra, mas como ligados a colinas mortuárias e ao culto dos mortos). Simbolizavam porém a pura espiritualidade, e eram entes solares cuja boa vontade devia ser propiciada. A morada deles estava situada para além da dos deuses (que era Asgard, e não o Valhala que era apenas um dos palácios de que Odin dispunha nesse território divino). Não são, no entanto, estes elfos em caso algum subterrâneos como os gnomos ou anões, moradores dos montes e dos rochedos, hábeis artesãos que fabricaram os tesouros dos deuses que os haviam criado como criaram, de duas árvores à beira-mar, o Homem e a Mulher (cf. H. R. Ellis Davidson, *Gods and Myths of Northern*, Londres, 1964). Note-se, em relação ao poema de Pessoa, a extrema exactidão da conexão mítica, talvez inconsciente, entre esta criação da humanidade a partir de árvores à beira-mar e os pinheirais tão conexamente marítimos. Quando opunha aos gnomos, na sua dúvida sobre que espíritos tocariam, os silfos ou os elfos, Pessoa estava rigorosamente dentro do sincretismo das duas classes de diferente proveniência, que observámos ter-se processado na literatura e sobretudo na linhagem inglesa a que, a tantos títulos, Pessoa pertence (observe-se, por exemplo, que, para o Shakespeare de *A Midsummer Night's Dream*, Oberon é só, o mais vagamente possível, «rei das fadas»). Mas, ao substituir elfos por silfos, depois da confusão que os românticos mais ampliaram, Pessoa distinguia mais nitidamente os espíritos aéreos e os terrestres, entre os quais coloca a hipótese de uma suposta música. Na verdade, e originariamente, os elfos, se negros, eram algo como gnomos. E os silfos (ainda quando as suas fêmeas tivessem romanticamente sido confundidas com as *Nix* malignas), originariamente, haviam sido o contrário de espíritos terrestres. Por outro lado, como os silfos foram «criados» por Paracelso, o vocabulário de Pessoa, nestes respeitos, se nos aparece muito mitologicamente lúcido, também se nos revela na tradição esotérica e cabalística de que Paracelso foi um dos mais influentes promotores. Pelo que, ao que se vê, uma pequena emenda nos pode revelar mais coisas do que a mera crítica textual, de superfície, veria numa «variante» com a qual seria ridículo gastar tanto espaço como nesta nota.

poeta ouve em si mesmo. E ele diz-lhe que «a janela que falta ao teu palácio», a possibilidade de expressão de certa zona da realidade ou da virtualidade, é a que precisamente deita «para o Porto de todos os portos». Foi muito do simbolismo a indicação de um *em si*, ou de um termo significativo de uma espécie definida, pela maiúscula. Pessoa acrescenta-lhe o conjunto representado. De modo que, simultaneamente, afirma o *em si* abstracto e a exemplaridade totalizante – o que, aliás, paralelisticamente repete no fim das outras estrofes: «Enseada todas as enseadas», «Barco todos os barcos». Ao deitar para todos os portos essa janela que precisamente falta ao palácio da voz ouvida (isto é, a que abre para todas as virtualidades do ir além de, do partir para, do entender diversas divergências do sentido), ela é a abertura que essa voz não possui, por sua mesma condição, para todo o exterior ao que diz. Daí que, ante esse mar que a escuta, ela seja «faísca da ideia de uma voz soando» (a revelação de que se ouve uma voz, depois de com os ouvidos, com a consciência). Simbolisticamente, o *soando* soa outra coisa que são «lírios nas mãos das princesas sonhadas», ou sejam a pureza dos sentidos conduzidos nas mãos das ideias supostas. Aquele mar que escuta é o poeta, mas ele sob a forma de «a maré de pensar-te», isto é, o fluxo que, «orlando a Enseada todas as enseadas», envolve e rodeia todo o contorno de um mundo de sentidos que é ele quem pensa. Seguidamente, num estilo muito afim de Sá-Carneiro (especialmente o magnífico soneto *Apoteose*, de 28 de Junho de 1914, com os seus *mots-valise* e as suas metáforas sintagmaticamente acopladas), há «brumas marinhas esquinas de sonho», em que «esquinas de sonho» é o adjectivo modificador (e também no plano metafórico) do sintagma substantivo «brumas marinhas». Sobre o mar do pensamento que escuta, levantaram-se as brumas da indecisão do entendimento, brumas que são esquinas de sonho, ou divergências dubitativas do imaginado entender. Logo, as janelas que a voz possui dão afinal, neste momento, para «Tédio os charcos» (para um *tédio em si* que é adjectivamente a estagnação, a superficialidade pantanosa, e uma água que não tem a imensidade do mar). E o poeta fica fitando o seu Fim (a sua finalidade, a sua significação última) que o olha «tristonho, do convés do Barco todos os barcos», porque o Barco por excelência (ou qualquer barco) não pode afinal partir do charco para o grande sentido, pois que à voz faltava, como de início sabíamos, a janela aberta para a plenitude. Como vemos, na sua forma pedante e forçada (como nunca o é em Sá-Carneiro), este poema significa muito mais do que merece. E significa exactamente o mesmo que, dirigindo-se à «Ceifeira», Pessoa dirá, dizendo também então outras coisas mais.

«*Vive o momento com saudade dele*» – O poeta recomenda ao ouvinte (ou a si mesmo) que viva cada momento já com saudades dele. Nós somos «barcas vazias» que, «como a um solto cabelo», «um vento para longe impele». Somos formas desprovidas de conteúdo, que flutuam no mar da existência, e que, «ao viver», não sabem o que sentem ou o que querem (os dois últimos versos da primeira estrofe eles mesmos explicam a metáfora das barcas). «Demo-nos pois a consciência disto». E seja essa consciência «como de um lago posto em paisagens de torpor mortiço sob um céu ermo e vago» (ou seja a paisagem metafórica descrita no poema anterior). «E que a nossa consciência de nós seja uma coisa que nada já deseja» (análoga, pois, ao «Tédio os charcos»). «Assim idênticos à hora toda em seu pleno sabor» (identificados com o fugidio instante em que não sabemos o que sentimos nem o que queremos, em que não somos nem entendimento sensível nem esforço da vontade), a «nossa vida será nossa ante-boda», isto é (apesar de a «boda» nos soar a demasiado forçada rima), será a nossa satisfação com apenas uma ante-satisfação: «não nós» (que não sabemos nem podemos ser), «mas uma cor, um perfume, um meneio de arvoredo» (um crepúsculo, uma brisa perfumada, um pinheiral, como em «*Elfos ou gnomos tocam*»). «E a morte não virá nem tarde ou cedo», nem antes nem depois de termos tentado ser o que não podíamos ser ou saber ou pensar ser. «Porque o que importa é que já nada importe». «Nada nos vale que se debruce sobre nós a Sorte, ou, ténue e longe, cale seus gestos». Nessa indiferença de um sublimado tédio de existir, tanto faz que o Destino se interesse por nós, como que, ténue e longe (indistinto e distante, como uma voz mal ouvida), *cale* seus gestos, não se mova em nosso proveito (ou desproveito). «Tudo é o mesmo» (que o Destino, cantando perto, nos insinue sentidos para a vida, ou que se cale e se afaste, se imobilize). «Eis o momento»: chegou um instante selecto: «sejamo-lo» apenas, em lugar de, pelo pensamento, tentarmos compreendê-lo e, portanto, sermo-*nos* e não ao momento. «Pra quê o pensamento?» É evidente como as linhas do pensamento poético de Pessoa, de poema para poema deste grupo, se vão desenvolvendo e entrelaçando, de recorrência em recorrência, como hipóteses diversas de uma mesma intuição fundamental. Mas, reparemos, esta intuição não é a simples ideia de que o pensamento é impossível ou um fardo inútil. É muito mais do que isso, pois que as várias hipóteses lhe dão uma multiplicidade de facetas abstraccionantes ou metafóricas, inseparáveis da complexidade de sentido construída por cada poema de per si.

«*Meu pensamento é um rio subterrâneo*» – O pensamento do poeta é um rio subterrâneo, e ele pergunta-se (ao que responderá que não sabe) para que terras vai e donde vem. O fluir do pensamento é, pois, no fundo da consciência do poeta, algo de contínuo como um rio, mas que ele não vê (está nos subterrâneos da alma), e cuja origem ou cujo fim desconhece. Isto é, ao começar o poema, o poeta apenas se propõe a questão de que a sua consciência profunda é um contínuo fluir – isso ele sabe, mas não de onde esse fluir provém, nem aonde conduz. Dir-se-ia que vai surgir-lhe uma concepção dialéctica, dinâmica, do pensamento profundo – a noção de seu fluir ele possui já, e a da ignorância do começo ou do fim também (que são sem sentido para uma plena concepção dialéctica). Mas não. O fluir é demasiadamente um *continuum*, para ser dialéctico. Com efeito, essa excessiva sensação de um fluir contínuo leva o poeta a dizer que, «na noite em que o meu ser o tem», «emerge dele um ruído subitâneo», que não é uma iluminação quanto à transmutação dialéctica, mas uma memória platónica, subitamente ouvida na treva do ser (e da caverna platónica onde afinal aquele rio corria), «de origens no Mistério extraviadas de eu compreendê-las». A expressão é ambígua: não sabemos claramente se as origens se extraviaram no Mistério por o poeta as compreender, ou se as origens, que estavam nesse Mistério, se extraviaram por ele as compreender ou tentar compreendê-las. O que não é exactamente a mesma coisa. Aliás um gosto por este tipo de ambiguidades, geralmente não notadas à leitura desatenta de Pessoa, é muito dele, ainda quando a aparente lucidez da expressão nos ilude quanto à precisão e à clareza. Muitas vezes, representa uma demoníaca preferência pela falsa exactidão; outras vezes, como cremos ser o caso (além do que há ainda de incipiente no estilo deste poema, sobretudo pela entrega à linguagem presumida dos pretensos platonismos esteticistas), é uma ambiguidade procurada, que pretende sugerir a complexidade do que o espírito é incapaz de formalmente decidir (no caso, se o extravio se deu no Mistério, ou se as origens estavam nele, como já a possibilidade de extravio). E o que é seguidamente e aparentemente esclarecido: as origens são «misteriosas fontes habitando a distância de ermos montes onde os momentos são a Deus chegados». O que há do saudosismo de Pascoaes, nesta sequência de fontes, de montes ermos a distância, e de aí estar-se mais perto de Deus, é evidente. Mas com uma diferença. Nem somos nós, nem os montes, quem está lá mais perto de Deus: mas *os momentos* que já conhecemos do poema anterior. E será evidente também a que ponto essa sequência é um «flatus vocis» metafórico que não significa coisa alguma. A explicação é transferida, na estrofe seguinte, para a descrição, em termos do primeiro verso do poema, de como tais momentos acontecem. «De vez em quando», brilha na mágoa do poeta (na sua expectante melancolia), «como um farol num mar desconhecido» (como uma iluminação que se abre para o mar dos ignotos sentidos, e a penetra a escuridão de que esse mar é sinónimo, pois que só de noite os faróis funcionam), o quê? «Um movimento de correr» (a sensação de que o pensamento flui), perdido no fundo do poeta, «um pálido soluço de água» (ou seja, na recorrência das imagens, a analogia do primeiro verso recordada em termos da saudosística segunda estrofe). O «movimento de correr» é uma variação explicativa do «ruído subitâneo» ouvido ao fim da primeira estrofe. Esse ruído, que o era de «origens no Mistério extraviadas», faz que o poeta relembre, «de tempos mais antigos que a minha consciência de ilusão», «águas divinas percorrendo o chão de verdores uníssonos e amigos». O ruído desperta na memória do poeta lembranças de tempos anteriores àquele em que passou a ter consciência de que a consciência de si mesmo, ou a só consciência, é uma ilusão de consciência (já em 1912 ele dissera que «tudo é ilusão» e que «sonhar é sabê-lo»). Essas lembranças, no rio subterrâneo do pensamento, são «águas divinas» que não ficamos sabendo claramente se percorriam um chão de verduras simpáticas e em uníssono (i.e. anteriores à decomposição da ideia de personalidade), ou se o percorriam *com* isso (em que o *de* estaria por *com* ou *por*, regências possíveis de *de* na estrutura da frase). A ambiguidade significará, sem que o poeta tenha talvez pensado em tal, que, naquele tempo, não havia sequer dissociação entre o rio do pensamento e o leito em que ele corria ou as suas margens. Daqui resulta (5.ª estrofe) que ao poeta dói, no que ele deseja, «a ideia de uma Pátria anterior à forma consciente do (seu) ser». No anseio do poeta surge como uma dor a noção de um mundo «uníssono e amigo», anterior à consciência de si mesmo, que adquiriu, e que, ao adquiri-la, lhe revelou a mesma impossibilidade dessa consciência como una e autêntica. Do mesmo passo que aquela ideia de uma Pátria anterior lhe dói, essa ideia vem embater contra a sua dor, como uma onda. Isto é, a ideia de Pátria anterior, ao mesmo tempo que lhe dói ela mesma, é algo de exterior que fere violentamente (mas também como uma força que embate e se desfaz, o que é das ondas) a própria dor que provoca. Portanto, há uma diferença de qualidade e de situação, entre «no que desejo» (aquilo que o poeta deseja e por que anseia) e a dor que aí lhe dói. Compreende-se que assim seja, na medida em que a Pátria anterior é uma *ideia*, e em que reciprocamente a sensação de que ela dói é um dado daquela mesma consciência impossível. É esta a razão de ser da aparentemente repetitiva 6.ª estrofe. «Escuto-o» (ao rio do pensamento), ao longe, «no meu vago tacto da minha alma». Repare-se na subtil maneira de definir que, nas circunstâncias descritas, o poeta não pode sentir aquele rio, *com* o tacto, mas *no* tacto. A capacidade de sentir, e os instrumentos analógicos do sentir, não significam que a pessoa descrita sinta *com* eles ou através deles uma realidade que é uma ilusão do pensamento. Só pode senti-la *neles*. Sentir um «perdido som incerto» que é *semelhante* a «um eterno rio indescoberto» (um rio que corre desde sempre, mas que é em si mesmo inatingível), e que o poeta sente mais e melhor que «a ideia de rio certo e abstracto» (que seria a reconstituição racionalmente formulada desse fluir que ele sente, e, ao mesmo tempo, não seria já a realidade espiritual mas uma ideal suposição dela). «E pra onde é que ele vai, que se extravia do meu ouvi-lo?» pergunta o poeta, indicando-nos a que ponto o anterior extravio no Mistério era também um extravio por efeito da consciência pensante. «A que cavernas desce?» (ou seja, em que profundidades vai desaparecendo, em que cavernas platónicas, não da visão mas da audição interior, ele reverte). «Em que frios de assombro é que arrefece?» – em que friagem do *espanto em si* se congela esse rio que é como que, deixado de ouvir-se, deixasse de, gelado, correr? Ou, diversa hipótese, «de que névoas soturnas se anuvia», de que obnubilações se encobre à visão da consciência (uma visão que é auditiva, pela condição *verbal* de uma consciência intelectualizada)? Eis o que o poeta não sabe, eis por que perde de vista e de ouvido o rio. «E outra vez regressa a luz e a cor do mundo claro e actual». A súbita iluminação («ruído subitâneo») desapareceu, para dar lugar à realidade presente e exterior. Note-se como a frase associa *luz-claro* e *cor-actual*, acentuando que a claridade poderia ser uma abstração, se não fosse acompanhada pelo colorido que caracteriza o aspecto exterior do que passa por ser a realidade. É por isso que, «na interior distância do meu Real», nos confins da realidade do poeta, que é o que ele sente e pensa, ou sente que pensa, ou pensa que sente, o rio cessa, «como se a alma acabasse», isto é, como se a alma fosse apenas como que uma súbita pressentida iluminação de certos momentos privilegiados. Não quer o poeta dizer que a alma acaba, mas que tudo se passa como se acabasse. A alma que ele por momentos sentiu-ouviu-viu desaparece nas profundidades do Ser, deixando à superfície apenas o Real que é o Espírito ilusoriamente consciente de si próprio. Sob uma linguagem um pouco «strained», repuxada, esforçada, que resulta de o poeta estar querendo falar de coisas, como diria o seu admirado Wordsworth, «too deep for tears»[25]; sem optar, como

---

[25] A citação é de um dos mais célebres e importantes poemas de Wordsworth, *Ode on Intimations of Immortality from Recollections of Early Childhood*, e ocorre exactamente ao fim do último verso da última estrofe: «Thoughts that do often lie too deep for tears». Nas influências declaradas manuscritamente a Côrtes-Rodrigues, Pessoa menciona Wordsworth do seguinte modo, reportando-se ao período de 1904--1905, o dos seus dezasseis-dezassete anos: «Neste período a ordem das influências foi, pouco, mais ou menos: 1) Byron; 2) Milton, Pope, Byron; 3) Byron, Milton, Pope, Keats, Tennyson e ligeiramente Shelley; 4) Milton, Keats, Tennyson, Wordsworth e Shelley; 5) Shelley, Wordsworth, Keats e Poe». A minúcia da informação, para um período que vai de meados de 1904 a fins de 1905 (ao que se depreende de outras informações próximas), e corresponde a pouco mais de um ano, é muito característica de Pessoa. O que ele pretendia definir com rigor, para esse período, era a importância relativa que, ao longo dele, determinados poetas haviam tido. É de crer que, ainda hoje, um rapaz anglo-saxónico com tendências literárias, e educado com os «chavões românticos», seguiria uma mesma linha evolutiva, em que todavia, para o caso presente, poderemos distinguir o despertar de uma consciência poética «fernandina». É perfeitamente natural que Byron, imagem tradicional da rebelião romântica, seja o primeiro daqueles nomes a fascinar um adolescente. Se este adolescente desenvolve um gosto pela precisão da expressão e contra a efusão romântica, ele transitará para os dois chavões que, não-românticos, representam a grandiloquência (autêntica, contra a pretensa ou irónica de Byron), Milton, e a elegância clarificada da linguagem poética, Pope (que, todavia, era uma das grandes admirações do Byron que sempre mais foi um libertino setecentista em

já às vezes optara, por uma expressão extremamente simples na aparência (mas que deixa muitas coisas por explicar e dilucidar), o poema é mais um aspecto, e muito complexo, da análise que a poesia ortónima está conduzindo da consciência do poeta, e das suas possibilidades e virtualidades, *do seu sentido e da sua situação* como consciência poética.

«*Como a noite é longa*» – Este poema, com os três seguintes, constitui a diversos títulos um grupo: são do mesmo dia, todos em verso de cinco sílabas, e todos glosando, numa mesma direcção de clarificação simplificada da expressão (como se, pelo breve verso de cinco sílabas, o poeta se forçasse a uma simplicidade que tenderia a complicar-se no espaço de medidas mais longas), outras

---

plena época romântica que o romântico que a si mesmo se viveu), e eles passarão à frente de Byron. A ordem é exacta: Milton-Pope-Byron. Seguidamente, o quadro romântico amplia-se, e é natural que Byron volte à posição primeira e tenha como caudatários imediatos os que representam a reacção contra ele, e que depois venham Keats e o post-romântico vitoriano Tennyson, que ambos trazem o correctivo de uma segurança esteticista da linguagem. Shelley, após eles todos e «ligeiramente», é como que um contrapeso de livre-pensamento, equilibrando o grupo (em «pendant» com Byron). Depois, o peso da elegância formal e da espiritualidade (autêntica ou convencional) eliminou Byron e Pope (cuja elegância é a da frieza racionalista de Setecentos), e substituiu-os por Wordsworth, cuja exigência intelectualista só no grupo tem paralelo em Shelley. É o que plenamente se verifica logo depois, quando a trindade Shelley, Wordsworth, Keats se antepõe, e suprime o Milton que ainda sobrara. O Poe que então aparece é o contista, como cuidadosamente sublinha Pessoa, remetendo o Poe poeta para o período seguinte não com os ingleses, mas com Baudelaire (muito justamente, já que através de Baudelaire foi que Poe teve na poesia continental europeia uma importância que nunca teve na poesia de língua inglesa), Rollinat, Antero, Cesário, José Duro, Henrique Rosa (ou seja, com o Rollinat que, naquele tempo, era o continuador celebrado dos escândalos baudelairianos, o grupo português que podia representar familiarmente, para o jovem Pessoa, a descendência de Baudelaire, muito mais que a tradição de António Nobre e do nacionalismo literário, que só virá depois, em 1908-1909). Na perfeita lógica das informações, o que contribui decisivamente para as aceitarmos como verídicas, encontramos Wordsworth no fim do período que destacámos, tendo primeiro à sua frente Milton, Keats e Tennyson, e depois só o Shelley que antes o seguia. Quer isto dizer que, segundo Pessoa via a importância relativa que aqueles poetas para ele haviam tido, Wordsworth não ocupou posição exclusiva nunca. Isso nenhum dos outros ocupou, salvo o Byron do início do período, por compreensíveis razões que acentuámos. Mas, no fim do período, Wordsworth e Shelley caminhavam para o primeiro lugar e mesmo chegaram a ultrapassar Keats. A associação deles com Poe é apenas aparente: significa a transição da educação escolar que Pessoa recebera, para a consciência literária (e também na Inglaterra Baudelaire fora, para os esteticistas, o ponto de apoio para se libertarem, na cola dos pré-rafaelitas, da ditadura

eventuais virtualidades dos temas que o estão obsidiando. Escritos no mesmo dia, embora não saibamos por qual ordem, são altamente importantes para analisarmos como as virtualidades se associam e dissociam de uns para os outros, cada um retomando o que a expressão de outro deixou de fora ou apenas indicado. Dois são em quadras, num rimadas *abab* e noutro *abba*; e dois em quintilhas falsas, num rimadas *cabba* e noutro *abacb* (em que um verso que não rima se antepõe ou se intercala nos esquemas rímicos que serviram aos dois poemas em quadras). Quanto à extensão, em relação com os esquemas estróficos, e para a melhor observarmos em correlação com o desenvolvimento de cada um, estabeleçamos o seguinte quadro comparativo:

---

prestigiosa dos românticos e dos vitorianos) que em termos de Poe-Baudelaire (e note-se que a transição da importância do Poe-contista para o Poe-poeta também Baudelaire a preparara, com a sua tradução dos contos), se afirma no período seguinte. Na biblioteca inglesa de Pessoa, tal como chegou até nós, não há os poemas completos, ou mesmo uma edição de poemas escolhidos, de Wordsworth (cf. Maria da Encarnação Monteiro, *Incidências Inglesas na Poesia de Fernando Pessoa*, Coimbra, 1956, Apêndice I – Obras inglesas na biblioteca de F. P.). Dos poetas mencionados como importantes naquele período de 1904-1905, ele possuía as edições seguintes:

Byron – *The Poetical Works*, edit. by E. H. Coleridge, Londres, 1905

Keats – *The Poetical Works*, Londres, s/d – um dos volumes recebidos como prémio em 1904, pela sua composição inglesa na admissão à Universidade de Capetown

Milton – *The Poetical Works*, Londres, s/d (a data figura no prefácio, 1858)

Poe – *The Choice Works*, poems, stories, essays, with an introduction by Charles Baudelaire, Londres, 1902 (outro dos volumes do prémio)

Shelley – *The Complete Poetical Works*, ed. with textual notes by T. Hutchinson, Londres, 1904

Tennyson – T*he Works of...*. Londres, 1902 (outro dos volumes do prémio).

Edições anteriores a 1905 em que os outros poetas figurem, ele possuía a então muito popular *A Thousand and One Gems of the English Poetry* (da edição de Londres, 1896), antologia preparada por Charles Mackay (1814-1889), que foi um popular poeta vitoriano. Na obra de James Russell Lowell, *Among My Books*, que Pessoa possuía numa edição londrina sem data (o prefácio é de 1888), há traços à margem do ensaio sobre Wordsworth, segundo nos informa a autora supracitada. Numa edição de 1915 da obra de Stopford A. Brooke, *Theology in the English Poets / Cowper, Coleridge, Wordsworth and Burns*, e que não nos importa para o período em causa, vemos no entanto Wordsworth aparecer num contexto de análises teológico--metafísicas. As obras poéticas completas de Cowper e as de Coleridge também existem na biblioteca inglesa de Pessoa. As de Burns, não. Isto tudo nos leva a supor, pela coincidência de ele ter as obras de todos os poetas que expressamente mencionou a Côrtes-Rodrigues, menos Pope e Wordsworth, e as de praticamente

|  | esq. estrof. | esq. rim. | n.º de estrof. | n.º de vers. |
|---|---|---|---|---|
| «*Como a noite é longa*» | quintilha | cabba | 4 | 20 |
| «*Bate a luz no cimo*» | quadra | abab | 6 | 24 |
| «*Vai redonda e alta*» | quadra | abba | 8 | 32 |
| «*Saber? Que sei eu?*» | quintilha | abacb | 3 | 15 |

Este quadro mostra-nos que, no mesmo dia e portanto no mesmo impulso de escrever, o poeta, fixado no verso de cinco sílabas, usou da quadra plenamente rimada nas duas maneiras possíveis (*abab* e *abba*), nos dois poemas que precisamente são os mais longos. E da adição de um verso não-rimado àqueles dois esquemas de rima, para produzir algo de semelhante à quintilha, nos dois poemas mais breves. É como se a quebra da estrutura de quatro versos conduzisse necessariamente a uma maior concisão. O que, de certo modo, corresponde à verdade, já que o esquema da «quadra» é um dos mais mecânicos para engendrar-se a si mesmo. Tanto assim é, que, sendo de um modo geral as estrofes unidades do sentido, elas o são inteiramente em todos os poemas, menos, depois de uma excepção a meio, nas três últimas estrofes do mais longo, em que uma unidade lógica é os dois primeiros versos da antepenúltima estrofe, outra vai daí aos dois primeiros versos da seguinte, e os dois últimos desta penúltima, com a última, formam uma outra e derradeira unidade lógica. Essas três estrofes do mais longo dos quatro poemas, que

---

todos os que por outras razões o interessaram (além das obras poéticas mais ou menos completas, ainda, de Matthew Arnold, Blake, E. B. Browning, Robert Browning, Donne – este na famosa edição de 1912, preparada por E.K. Chambers, que iniciou a restauração do prestígio dos poetas «metafísicos» –, Thomas Hardy, Thomas Hood, Ben Jonson, Longfellow, Andrew Marvell, Dante Gabriel Rossetti, Shakespeare, Francis Thompson, Whitman – este comprado em 1916 –, o que é por certo uma razoável biblioteca de poesia de língua inglesa), que talvez se tenham extraviado os volumes de Pope e de Wordsworth, que não é crível que ele não tivesse conservado, como conservou todos os outros. Tanto mais que, embora Pessoa não precisasse de obras completas de Wordsworth para deparar com os poemas mais conhecidos, este poeta foi extremamente seminal (como ele diria) na dilucidação do seu pensamento poético, e na selecção formal dos temas encarregados de exprimi--lo, como adiante veremos.

somam 12 versos, são precisamente o número de versos em que esse poema excede a média de extensão dos outros três, que é 20. É esta a extensão do poema que primeiro analisaremos.

O começo dele estabelece uma atmosfera nocturna, demoradamente nocturna: «Como a noite é longa! Toda a noite é assim...» para quem está «esperto» no leito. E o poeta pede à sua ama que se sente perto, e reitera como a criança acordada na longa noite: «Vem pr'ao pé de mim...». A ama, aqui, surgindo como símbolo da segurança embaladora, não era apenas das grandes tradições literárias, conexas com o tom de cantiga e de romanceiro que o poema assume. Era, mais proximamente, «La servante au grand coeur» do belíssimo poema de Baudelaire, que tivera, em português, uma esplêndida reaparição na doçura pungente e musical de *Regresso ao Lar*, em *Os Simples* (1892), de Guerra Junqueiro. O poeta diz-lhe que amou tanta coisa, e que hoje nada disso existe. Ali ao pé da cama, ela que lhe cante uma canção triste, coadunada à destituição sentimental que é a sua (como a de Junqueiro dirigindo-se à ama). «Era uma princesa que amou...» – e a cantiga interrompe-se com a afirmação de que o poeta já não sabe. Dir-se-ia, pois, que, mesmo no ambiente imaginário do poema, a ama é imaginária, apenas evocada na solidão do poeta, visto que é ele quem se não lembra do resto da cantiga. «Como estou esquecido!» – esquecido das princesas sonhadas no poema «*Serena voz imperfeita, eleita*». A ama que lhe cante ao ouvido e ele adormecerá. Isto é, se a evocada ama cantar tão baixo e tão indistintamente, que ele a ouça, mas não entenda as palavras que não recorda, ele entrará no sono, repousará da lucidez em que vive (o «leito onde esperto»). E interroga-se: «Que é feito de tudo? Que fiz eu de mim?» As duas perguntas colocam perfeitamente a dupla possibilidade da destituição: o sumir das coisas e dos seres à nossa volta, a destruição de nós mesmos que, vivendo, perpetramos. São últimas perguntas de quem já mergulha no sono... «Deixa-me dormir, dormir a sorrir e seja isto o fim». A ama é como que a consciência das ilusões da vida, que nos cantam cantigas de embalar. Que ela uma última vez lhas cante, para que ele adormeça na inconsciência do que perdeu. A progressão do estribilho das estrofes de Junqueiro está inteiramente paralelizada neste poema: «Canta-me cantigas para me eu lembrar – canta-me cantigas de me adormentar – canta-me cantigas para me embalar – canta-me cantigas de fazer chorar – canta-me cantigas de dormir, chorar», com apenas a transposição da paz lacrimosa, que Junqueiro pede, em sorriso de quem dorme tranquilo. E mesmo o final do poema de Pessoa – «e seja isto o fim» – resume o final do de Junqueiro: «Canta-me cantigas para ver se alcanço/ Que a minh'alma durma, tenha paz, descanso,/ Quando a Morte, em breve, ma vier buscar!...» Se alguma dúvida restasse do parentesco entre os dois poemas, há ainda uma prova decisiva: os versos de 11 sílabas do de Junqueiro estão rimados, nas estrofes, com o mesmo esquema: *cabba*... Pessoa, porém, ao condensar a emoção literária que lhe teria causado o poema de Junqueiro, integrou-a na sequência de ideias que vinham sendo desenvolvidas nos poemas que estamos comentando.

«*Bate a luz no cimo*» – A criança que o poeta se imaginou no poema anterior reaparece neste, ainda que só no fim, e não propriamente como personagem do poema, mas como metáfora final e resumidora de uma situação. Mas o poeta começara por dizer que «bate a luz no cimo da montanha», e logo chamara a atenção de alguém (que pode ser ele mesmo ou a ama do poema anterior) para esse facto, com o imperativo «vê». Essa luz fá-lo «sem querer» cismar, mas uma cisma em si, «mas não sei em quê». Por isso, ele não sabe o que perdeu ou o que não achou (dois termos que colocam com precisão o que deixámos fugir e o que nunca encontrámos, as duas classes das coisas que não temos), a vida que ele viveu, quão mal ele a amou (isto é, a que ponto ele se não dedicou a conservar o que terá perdido e a procurar o que não encontrou)! «Hoje quero tanto que o não posso ter.» Ele, agora que já é tarde (e veremos como isso é metaforicamente acentuado na penúltima estrofe), é que deseja excessivamente (o que não quer dizer que os desejos sejam de facto excessivos, mas que o são em relação às possibilidades de quem deixou a vida perder-se-lhe). É que o pranto (a lamentação pelo que não temos, a consciência do que não tivemos) existe pela manhã e ao anoitecer (isto é, quando estamos no começo da vida, e quando ela vai perdendo o ímpeto). Quem lhe dera que ele tivesse feitio de ser feliz (o que é uma insinuação muito esclarecedora, pois que coloca a ênfase da infelicidade numa incapacidade do poeta, e não em alguém ou na vida em si). «Como o mundo é estreito, e o pouco que eu quis!» – com efeito, se o mundo não é muito largo em benesses, a verdade é que o poeta também não desejou muito (o que pode ambiguamente significar que deveria ter desejado mais, e que nem esse pouco ele conseguiu). «Vai morrendo a luz no alto da montanha» – estamos, como já adivinháramos, num fim de tarde, que, todavia, inunda de claridade o poeta («como um rio a flux, a minha alma banha» – um rio que é contrapartida do rio subterrâneo do seu pensamento). Mas essa derradeira claridade nem o acarinha, nem o acalma – ele é «pobre criancinha, perdida na estrada».

«*Vai redonda e alta*» – Anoiteceu já, neste poema, em que os versos rimam *abba*, como rimavam nas quintilhas do outro poema nocturno da sequência («*Como a noite é longa*»). Trata-se, neste poema, de uma meditação suscitada pela Lua cheia indo alta no céu. Note-se que o «Vai alta a lua» é o começo de um dos mais célebres poemas românticos portugueses, *Noivado do Sepulcro*, de Soares de Passos, o que pode ser uma mera coincidência, mas o caso é que o poema de Pessoa poderíamos interpretá-lo como um eco do outro, na medida em que significaria um noivado solitário do poeta vazio de si mesmo com o seu próprio eu destituído de significação. Da mesma forma que, no poema analisado anteriormente, a luz batia na montanha, e o poeta cismava sem saber em quê, agora a luz da Lua corresponde à pergunta «Que dor é em mim um amor?», a que ele não sabe responder pois que não sabe o que lhe falta (se o amor que se tornou dor, se uma dor que seria como um amor). É que ele não sabe o que quer, nem é capaz de sonhar isso que quereria (e essa imaginação substituiria o desejo real). «Como o luar é ralo, no chão vago e austero» – isto é, como aquela claridade afinal, no chão da realidade, ilumina pouco!... Qual, porém, a razão de esse chão ser «vago e austero»? «Vago», não é difícil compreender que o seja. Mas «austero», porquê? *Austero* significa «severo, rígido de carácter, sério, penoso, acerbo, áspero, etc.». Qual destas acepções, ou outras afins, é aplicável aqui? Provavelmente, *o severo*, no sentido de *ascético, despojado*. E o chão será, ao mesmo tempo, vago e despojado, incerto e sem nada. Um chão em que, de facto, a luz da Lua não tem que iluminar. Isto faz sorrir o poeta para a ideia dele mesmo. Sorri tristemente todavia, assim como quem está a ouvir uma voz que o chama mas não sabe donde («elfos ou gnomos tocam...»), voz essa que contudo é a única que ama. O símile, transpondo para o som da consciência a ideia de si mesmo, é perfeitamente transparente, sobretudo em conexão com os poemas anteriores. «E tudo isto» (duas coisas: «o luar e a minha dor») é apenas o resultado de o luar e a dor se terem tornado exteriores ao seu meditar. Pelo que ficamos sabendo...

(1965-1966)

# OS POEMAS DE FERNANDO PESSOA CONTRA SALAZAR E CONTRA O ESTADO NOVO

a) NOTA ESCRITA PARA SAIR ANÓNIMA E PARA INTRODUZIR A PUBLICAÇÃO DO «TRIPLO POEMA», «SALAZAR», DE FERNANDO PESSOA, EM *O ESTADO DE S. PAULO*

*Nota da redacção:* Um correspondente anónimo mandou-nos de Portugal esta sensacional sequência inédita do grande Fernando Pessoa, com a indicação de que a cópia é datada de 29 de Março de 1935, e, com ironia adicional, está assinada por «Um Sonhador Nostálgico do Abatimento e da Decadência». Antes de nos decidirmos a publicar estes textos, consultámos sobre a sua autenticidade alguns especialistas da obra do autor da *Mensagem*: eles nos deram todas as garantias.

(1960)

b) NOTA QUE ACOMPANHAVA A PUBLICAÇÃO DO MESMO «TRIPLO POEMA» NO *DIÁRIO POPULAR*

Nos papéis de Fernando Pessoa (não na lendária mala, mas numa outra que a família do poeta generosamente nos facultou examinar e que era até então desconhecida) encontrámos há uns quinze anos esta tripla sequência, juntamente com o poema «Liberdade» (que foi publicado na *Seara Nova*, em 1973), com a sátira «*Sim, é o Estado Novo, e o Povo*», que revelámos há pouco nestas colunas, e com vários fragmentos que não copiámos então. Esta tripla sequência estava passada a limpo, à máquina, em mais de uma cópia: e, com ironia em relação ao «renascimento» que se anunciava ser o Estado Novo, assinada *Um Sonhador Nostálgico do Abatimento e da Decadência*. As diversas cópias, e esta assinatura, dão a impressão de que o poema foi copiado para alguma distribuição anónima e clandestina. A sequência está datada de 29 de Março de 1935, quatro meses antes da sátira contra o Estado Novo e oito meses antes da morte de Fernando Pessoa. Esta composição e aquela sátira mostram que Pessoa, se se deixara envolver na farsa do prémio concedido por favor à *Mensagem* que havia sido publicada nos fins do ano anterior (supomos que nunca se reparou nos termos do cólofon, quando diz, com o anticristianismo de Ricardo Reis, que o livro fora composto e impresso «durante o mês de Outubro do ano de 1934, da Era *do Cristo de Nazaré*» – itálico nosso), não só mantinha as suas distâncias como estava a enveredar por uma atitude de franca «resistência». Esta sequência não está inédita: foi publicada no Brasil, em São Paulo, no Suplemento Literário do jornal *O Estado de São Paulo*, em 1959 ou 1960, data que não nos é possível agora precisar. Mas está-o em Portugal, onde, por razões tristemente óbvias, não podia ser impressa.

Santa Bárbara, Califórnia, 9 de Maio de 1974 e 15.º dia da Libertação Nacional.

c) NOTA PUBLICADA EM *O COMÉRCIO DO PORTO* A PROPÓSITO DA REPRODUÇÃO DO «TRIPLO POEMA» NESSE MESMO JORNAL

Acaba (31 de Maio de 1974) de chegar-me às mãos *O Comércio do Porto*, de 28 do corrente, em cujo suplemento Cultura e Arte o escritor Joaquim Montezuma de Carvalho publica um triplo poema de Fernando Pessoa contra Salazar, transcrevendo-o do suplemento literário do jornal paulistano *O Estado de S. Paulo*, de 20 de Agosto de 1960. Com carta de 9 do corrente mês, e do mesmo modo aproveitando a nova liberdade, havia-o eu agora remetido ao *Diário Popular*, de Lisboa, aonde não sei se entretanto chegou a ser publicado. Aquele escritor, segundo conta, recebera do Brasil, há anos, o recorte da publicação, e o seu correspondente manifestava dúvidas acerca da autenticidade, que Montezuma de Carvalho diz não partilhar. Nem deve. Para esclarecimento dos leitores d' *O Comércio do Porto*, devo dizer que fui eu quem fez, no *E.S.P.*, aquela publicação, nos termos que Montezuma transcreve, e que os poemas são autênticos. Quando, nos anos 50, eu tive acesso aos papéis de Fernando Pessoa, graças à gentileza da família do poeta, encontrei o triplo poema copiado à máquina em várias cópias (o que sugere que Pessoa o destinara a alguma circulação anónima e clandestina que talvez tenha tido), bem como um outro, que não estava copiado em definitivo, contra o Estado Novo, que, na data indicada acima, também enviei para oportuna publicação no *Diário Popular*. Pelo interesse dos poemas, e ciente de que poderia haver, entre as várias pessoas que podiam ter acesso aos papéis de Pessoa, quem os desencaminhasse para suprimir tais prova do anti-salazarismo do poeta, copiei-os. Exilei-me no Brasil em Agosto de 1959. Papéis e alguns livros só me chegaram depois. Antes de publicados, os poemas e a sua proveniência eram conhecidos de amigos meus em Lisboa, a quem os mostrei, e foram-no, no Brasil, dos meus amigos portugueses de São Paulo, como os saudosos Adolfo Casais Monteiro e Vítor Ramos, o ilustre e admirável João Sarmento Pimentel, e o pintor Fernando Lemos, aos quais me juntei, como a outros, na luta antifascista. Sabia também da proveniência o crítico brasileiro Décio de Almeida Prado, que então dirigia o suplemento literário do *E.S.P.*. A razão de haver-se decidido que a publicação, que se fez em 1960, deveria fazer-se com uma «nota da redacção desse suplemento, e não expressamente assinada por mim, é simples: eu recebera o encargo de organizar, para as *Obras Completas de Fernando Pessoa*, a edição do *Livro do Desassossego* do semi-heterónimo Bernardo Soares, de que anos depois desisti por dificuldades insuperáveis no meu exílio transatlântico, e a edição dos poemas ingleses de Fernando Pessoa, em que Casais Monteiro colaborava com traduções suas, e que só agora acabo de concluir; e considerámos, eu e os meus amigos, e Décio, que essas edições podiam ser gravemente prejudicadas, se eu não mantivesse o anonimato. Mas posso garantir pessoalmente a autenticidade do triplo poema que, se acaso não foi desencaminhado, existirá no espólio de Fernando Pessoa, aonde o encontrei, como ao outro que acima refiro, e ainda alguns fragmentos que não copiei então. Junto com eles estava também o poema ortónimo «*Liberdade*», a que Pessoa terá dado circulação, já que foi primeiro publicado, após a sua morte, na *Seara Nova* n.º 526, de 11 de Setembro de 1937.

(1974)

## SALAZAR

António de Oliveira Salazar.
Três nomes em sequência regular...
António é António.
Oliveira é uma árvore.
Salazar é só apelido.
Até aí está bem.
O que não faz sentido
É o sentido que tudo isto tem.

. . . . . . . . . . . . . . . . . . . . . . . . . . . . . . . . . . . . . . . . .

Este senhor Salazar
É feito de sal e azar.
Se um dia chove,
A água dissolve
O sal,
E sob o céu
Fica só azar, é natural.

Oh, c'os diabos!
Parece que já choveu...

. . . . . . . . . . . . . . . . . . . . . . . . . . . . . . . . . . . . . . . . .

Coitadinho
Do tiraninho!
Não bebe vinho.
Nem sequer sozinho...

Bebe a verdade
E a liberdade.
E com tal agrado
Que já começam
A escassear no mercado.

Coitadinho
Do tiraninho!
O meu vizinho
Está na Guiné
E o meu padrinho

No Limoeiro
Aqui ao pé.
Mas ninguém sabe porquê.

Mas enfim é
Certo e certeiro
Que isto consola
E nos dá fé.
Que o coitadinho
Do tiraninho
Não bebe vinho,
Nem até
Café.

d) NOTA PUBLICADA NO *DIÁRIO POPULAR*,
EM 30/5/1974, ACOMPANHANDO O POEMA
«SIM, É O ESTADO NOVO»

*Este poema, com outros que estão inéditos em Portugal e que tivemos ocasião de, em 1959 ou 1960, publicar no suplemento literário de* O Estado de S. Paulo, *no Brasil, está inteiramente inédito. O original de que o copiámos encontrava-se entre os papéis de Fernando Pessoa, que nos anos 50, devido à gentileza da família do poeta, compulsámos várias vezes. Todos estes poemas (e publicaremos com a devida vénia os outros), que copiámos, são de 1935, ano da morte de Pessoa, e este está datado de 29 de Julho desse ano, quatro meses antes do seu falecimento. Este poema, como os outros (três em que é atacado Salazar), patenteia claramente (ao contrário do que longamente se tem querido por não ser possível em Portugal, até agora, provar documentalmente o contrário), na sua cortante ironia, e em tom da gazetilha política, que Pessoa pertencia à «Oposição» ao regime que lhe merecia estes versos. Por certo que ele não era, e em muitos dos seus escritos se vê, um modelo de ideais socialistas que não eram os seus. Mas que era anti-autoritário, e adversário do antigo regime, eis do que não pode haver dúvida.*

*O poema tem, tanto quanto recordo, um ar inacabado e não revisto no original: a estrofe «Com directrizes, etc.» está separada por traços, da anterior e da seguinte, o que talvez signifique a intenção ou de a retirar ou de inserir outras nos intervalos: e a seguinte («E a* fé, etc.») *tem entre parentesis* Asneira *como alternativa para* Fraude. *Não é um grande poema, mas é um importante documento. E, quanto ao teor dele, faça-se a reconversão mental para há quase quarenta anos. Estava-se apenas em 1935 com nove anos de ditadura: a grande noite ainda – quem então o previa? – iria durar décadas que Pessoa não viu nem viveu. Mas acabou, e cremos que este poema tinha de ser publicado, para reintegrar-se plenamente um grande português à grandeza de uma pátria renascida.*

*Santa Bárbara, Califórnia, 9 de Maio de 1974*

«SIM, É O ESTADO NOVO, E O POVO»...

Sim, é o Estado Novo, e o povo
Ouviu, leu e assentiu.
Sim, isto é um Estado Novo

Pois é um estado de coisas
Que nunca antes se viu.

Em tudo paira a alegria
E, de tão íntima que é,
Como Deus na Teologia
Ela existe em toda a parte
E em parte alguma se vê.

Há estradas, e a grande Estrada
Que a tradição ao porvir
Liga, branca e orçamentada,
E vai de onde ninguém parte
Para onde ninguém quer ir.

Há portos, e o porto-maca
Onde vem doente o cais.
Sim, mas nunca ali atraca
O Paquete «Portugal»
Pois tem calado de mais.

Há esquadra… Só um tolo o cala,
Que a inteligência, propícia
A achar, sabe que, se fala,
Desde logo encontra a esquadra:
É uma esquadra de polícia.

Visão grande! Ódio à minúscula!
Nem para prová-la tal
Tem alguém que ficar triste:
União Nacional existe
Mas não união nacional.

E o Império? Vasto caminho
Onde os que o poder despeja
Conduzirão com carinho
A civilização cristã,
Que ninguém sabe o que seja.

Com directrizes à arte
Reata-se a tradição,
E juntam-se Apolo e Marte
No Teatro Nacional
Que é onde era a inquisição.

E a fé dos nossos maiores?
Forma-a impoluta o consórcio
Entre os padres e os doutores.
Casados o Erro e a Fraude
Já não pode haver divórcio.

Que a fé seja sempre viva.
Porque a esperança não é vã!
A fome corporativa
É derrotismo. Alegria!
Hoje o almoço é amanhã.

# O HETERÓNIMO FERNANDO PESSOA
# E OS *POEMAS INGLESES* QUE PUBLICOU

**Introdução geral**

Este volume das *Obras completas* de *Fernando Pessoa* é exclusivamente dedicado à poesia em inglês que ele publicou em sua vida. A massa de outros poemas ingleses que ele escreveu, e que um ou outro tem sido recentemente revelado dos seus manuscritos, constitui, e deve constituir, um grupo à parte, objecto de outra compilação. Desde que a presente edição foi projectada, considerou-se a conveniência de que fosse bilingue, não só porque uma língua estrangeira não é necessariamente dominada pelo público leitor em português e porque por certo o inglês se não conta ainda entre as línguas mais conhecidas desse público, mas também porque, nestes poemas, o inglês de Pessoa é muito complexo e ambicioso, além de por vezes excessivamente literário e até arcaizante. Adiante faremos algumas observações sobre os critérios seguidos na tradução dos diversos poemas, e cuja flutuação encontra justificação na diversa tonalidade deles. Diga-se desde já que estes poemas não são, à parte excelentes passos, da melhor poesia de Fernando Pessoa – mas são indubitavelmente da maior importância, pelo que revelam do que ele menos revelou de si mesmo na sua poesia em português, e pelo que por outro lado mostram de uma fixação de temas e expressões suas, como de muitos jeitos sintácticos e estilísticos da sua língua poética que, em português, se criou da *tradução* mental, por ele mesmo, de construções correntes, ou menos correntes, que a língua inglesa possui e permite. Não é nunca demasiado acentuar o paradoxo máximo de Fernando Pessoa enquanto poeta português, e para a compreensão do qual estes poemas ingleses são decisiva prova. Pessoa é, na verdade, e foi sempre, um «naturalizado» numa língua e numa cultura que não recebera na infância e na adolescência, e em que se integrou por actos da inteligência e também, possivelmente, por não terem tido os seus poemas ingleses a recepção britânica que ele ingenuamente esperava. Essa integração, porém, quer nas opiniões críticas, quer em intervenções polémicas, quer no próprio viver social ou literário, foi sempre marcada por uma distância que ele ciosamente cultivou, é de crer que por duas razões principais. Com efeito, por um lado, tal distância permitia-lhe não ser parte «daquilo» e dominar do alto e de fora a própria cena em que se resignara a representar um papel (que multiplicou em vários heterónimos que, sendo a diversificação desse papel, eram ao mesmo tempo o sublinhar do carácter *fictício* desse papel e por extensão, de toda a criação estético-literária) e onde se sabia ser um grande poeta, à falta de sê-lo no mais largo mundo que se lhe não abrira; e, por outro lado, consolava-o dos limites de ser apenas português, pela ilusão de que ele mesmo decidira «ficar» lá onde as raízes familiares e tradicionais afinal o prendiam (e por isso Álvaro de Campos ou Ricardo Reis viveram no estrangeiro, como não o «ele-mesmo», Alberto Caeiro, ou o Bernardo Soares, que são projecções e hipóteses diversas do Pessoa que «ficou»).

Fernando Pessoa partiu para a África do Sul com sete anos e meio, e voltou a Lisboa onde nascera, e para não mais sair dela, nove anos e meio depois, aos dezassete anos, tendo, aos treze, passado um ano em Lisboa e nos Açores. Quer dizer que a sua vida «britânica» durou realmente dois períodos apenas: um de cinco anos e meio de infância e primeira adolescência, e outro de três anos adolescentes, separados por um ano português. E, na britanidade da Colónia do Cabo (que não era ainda a União Sul-Africana de hoje), tinha consigo a sua família, e esta não estava emigrada, mas dependente da eventualidade de um cargo diplomático do chefe dela. No entanto, Fernando Pessoa «britanizou-se» (e, como ele, e mais do que ele, os seus irmãos homens vieram a ser realmente ingleses, na Inglaterra em que estudaram e se fixaram). O que deve dizer-se deste processo é que a atmosfera britânica da África do Sul (culturalmente voltada para o vitorianismo imperial da pátria distante) coincidiu decisivamente com a idade crucial em que aquelas crianças foram a ela expostas – e que, por mais velho, Pessoa escapou, mais do que os irmãos, e numa indecisão ambígua, à absorção que atraiu os outros. Se insistimos neste ponto, é para colocar nas devidas proporções a «britanização» do poeta, que foi apenas um aspecto do que mais amplamente sucedeu na família. Note-se que esta, tendo raízes açorianas, não tinha um mundo de língua inglesa como tão estranho qual o seria no continente, apesar das ligações luso-britânicas – os laços daquelas ilhas com a América (uma América então culturalmente muito mais voltada para a Inglaterra) eram marcados por um intenso intercâmbio de pessoas pela emigração, ainda mais do que hoje. Educado num mundo colonial inglês, muito apropriado a corresponder ao estilo de vida de uma lata burguesia (e a viragem do século, quer por vitorianismo, quer por esteticismo antivitoriano, teve ocidentalmente a Inglaterra como modelo social, por excelência, da «Belle-Époque», com a mais um Paris em que os *gentlemen* iam elegantemente refocilar-se), Fernando Pessoa. quando em 1906 volta a Portugal, e se decide que em Portugal ficaria a estudar, dificilmente não se sentiria superior àquele mundo que era, para ele, tanto mais uma caricatura provinciana, quanto ele tinha do largo mundo socio--político do seu tempo, que nunca vira, uma imagem literariamente mitológica. Isto explica em grande parte as atitudes algo arrogantes e anti-republicanas ou antipopulistas que ele manifestará em relação à República, tanto mais que a classe social a que ele pertencia afectava, por requinte de aristocratismo burguês, certo desprezo pela vulgaridade pequeno-burguesa do regime de 1910 (que, no entanto, não correspondia ao *status* social da maior parte dos vultos republicanos, quase todos membros da pequena aristocracia tradicional ou da burguesia patrícia); mas explica principalmente que ele se tenha mantido, defensivamente e com certa petulância sensível nos seus escritos em prosa (em que insistiu sempre em referir autores que eram e ainda são «chinês» para a maioria mesmo dos literatos cultos de Portugal), «britânico» pela cultura e pela língua mental que adquirira. No entanto, e é um muito curioso pormenor, ele sentia muito bem a que ponto essa sua língua não era «corrente» mas literária – na verdade, dominando-a perfeitamente, e fazendo dela modo comercial de vida, não deixava de escrever repetidos rascunhos de cartas para os seus irmãos ingleses, que figuravam entre os seus mais pessoais papéis. E mesmo mais do que isso, já que livrinhos seus de notas quotidianas são muitas vezes anotados em inglês, e, ao morrer, ainda foi em inglês, quando já sem fala, que escreveu uma última frase: *I know not what tomorrow will bring*. Quer esta frase seja uma citação ou uma reminiscência que não conseguimos localizar, quer seja um verso, quer um último pensar em inglês, pouco importa para o caso: nela, a ausência do auxiliar *to do* para a negativa patenteia a natureza literária dela. Segundo ele mesmo declarou (cf. apêndice de *Cartas de Fernando Pessoa a Armando Côrtes-Rodrigues*, introd. de Joel Serrão, Lisboa, s/d), e após uma quadra infantil dos cinco anos portugueses, a primeira poesia que escreveu (1901) era em inglês, se bem que no mesmo ano e no seguinte tenha escrito também algumas em português. O adolescente sentia-se atraído para a poesia, como é comum em grupos sociais em que a cultura não é repelida (como se sabe que era o caso da sua família), e diversamente do jovem que escreve à revelia de um grupo social que despreza ou diminui as actividades literárias. Mas, num ambiente cultural britânico, tenderia a escrever primeiro na língua em que a sua educação se fazia, e só depois na língua que era a sua domesticamente, já que os modelos e exemplos lhe vinham da literatura inglesa. Na lista de influências e leituras que ele estabeleceu com grande minúcia cronológica (e não há que duvidar dela, uma vez que Pessoa era, como as malas dos seus papéis, um arquivo de notas escritas, e de um modo geral esses papéis têm confirmado tudo o que ele uma ou outra vez afirmou), leituras portuguesas só figuram a partir dos fins de 1905, quando ele diz ter lido Antero, Junqueiro, Cesário, José Duro, Garrett, Correia de Oliveira, António Nobre (até fins de 1909), e ter descoberto em 1909-11 Camilo Pessanha. O início destas leituras, que eram a modernidade poética ao tempo[1], é evidente que coincide com o regresso de Fernando Pessoa a Portugal em fins de 1905, quando os seus interesses literários se alimentam directamente das publicações portuguesas, das preferências do tempo, e do que lhe comunicaria o convívio com jovens da sua idade em Lisboa. A ideia de frequentar o Curso Superior de Letras, na algo ingenuamente britânica ilusão de que a letrada universidade corresponderia às suas apetências estético-literárias, foi

---

[1] Antero suicidara-se em 1891, tendo no ano anterior sido publicada a reedição dos *Sonetos Completos*, e a sua figura continuava a dominar a poesia portuguesa. Junqueiro continuava a ser um dos poetas mais populares e uma das grandes figuras passadas que estava viva. O *Livro* de Cesário Verde ressuscitara em 1901, reeditado da pequena edição póstuma de 1887. O *Fel* de José Duro, primeiro publicado em 1898, ainda era e foi longamente um dos livros mais estimados de um malogrado poeta. Garrett havia sido reposto em glória pela campanha neogarrettista de Alberto de Oliveira (*Palavras Loucas*, 1894). Correia de Oliveira vinha sendo desde a viragem do século um dos nomes mais em evidência de um simbolismo nacionalista. Esta corrente, como o neogarrettismo, e a modernidade, projectavam igualmente Nobre.

sol de pouca dura, em 1906-07. E não tarda que Pessoa opte por dividir as suas horas vagas entre ser «escritor» e o capitalizar dos seus conhecimentos de inglês numa época em que o comércio com a Inglaterra era proporcionalmente mais intenso do que hoje e não haveria muita gente capaz de fazer adequadamente a necessária correspondência. Era um modo de não comprometer a sua íntima e absorvente vivência literária com obrigações de vida regular e pautada por um horário, e de ao mesmo tempo conservar num abstracto que se temia concreto o contacto com a Inglaterra mítica (e distante em milhas náuticas) da sua adolescência. Aliás, esse contacto não o descurava ele em possibilidades de estabelecer ligações com editores ingleses que viessem a abrir caminho ao poeta inglês que ele se queria ser, ele que vira os poetas britânicos admirados nos confins da África e soubera, do mesmo passo, como eram ignorados e sem repercussão os poetas portugueses.

Fundada a *Águia* em 1910, como órgão de um complexo movimento em que confluíam, na pessoa de Teixeira de Pascoaes e seus companheiros e discípulos, quase todas as tendências literárias que haviam sido e eram, portuguesmente, a atmosfera estético-cultural que Pessoa respirara como um ar de regresso meia dúzia de anos antes e em que, para um jovem que soubera de movimentos como o *Celtic Revival* irlandês ainda em pleno desenvolvimento, não podia deixar de haver pontos de semelhança, inevitável seria que Fernando Pessoa aclamasse o saudosismo como uma ressurreição, tanto mais que um tal movimento lhe dava ou auxiliava a integração «nacional» que ele desejaria tanto mais quanto a sabia interessar, e contraditoriamente, só uma parte – a não-britânica – dele mesmo. Foram os artigos de 1912, que tanta celeuma provocaram, e mesmo assustaram, pelo exagero do neófito, os aclamados. Havia nisto muito de equívoco e de complicada ironia. Homem urbano e de tradições urbanas, nada havia de comum entre ele e as raízes de tradicionalismo rural do saudosismo, como não havia entre a cultura que era a sua e aquela hipóstase transfigurada de um regionalismo esteticista. Mas, para quem se criara na leitura dos românticos ingleses, e adquirira consequentemente um respeito poético pela Natureza, aquele movimento podia parecer que trazia, poeticamente, uma vivência fundamente romântica do mundo, que a poesia portuguesa na verdade não tivera no Romantismo ou depois. Romântica no sentido de visão profunda, de espiritualismo transcendendo o mero sentimento de amoroso vago, etc. Mas as mesmas tendências esteticistas do fim do século, que ele teria conhecido (Oscar Wilde, etc.) como um desafiador antivitorianismo e com que aprendeu o culto do paradoxo e dos refinamentos audaciosos da expressão, se estavam presentes em muito do que confluía na *Águia* e escritores afins, não o estariam nunca ao nível do exagero de autonomia da invenção de estilo pelo estilo, que, por 1913, atrai cada vez mais Pessoa e os seus amigos. E a cisão seria inevitável, quando à primeira fantasia hiper-simbolista deles – no caso, *O Marinheiro*, de Fernando Pessoa – fosse protelada ou recusada publicação (cf. F. P., *Páginas de Doutrina Estética*, sel., pref. e notas de Jorge de Sena, Lisboa, 1946, pp. 312 e segs.), e deu-se em fins de 1914. Não é evidentemente por acaso que as datas conhecidas de *O Guardador de Rebanhos*, de Alberto Caeiro, que marcam a aparição deste heterónimo, sejam de 1914; e menos o são as datas fictícias (1911-12) apostas à sequência, já que Pessoa declarou, e não muito mais tarde, a Côrtes-Rodrigues que o saudosismo o interessara em 1912-13. Caeiro surge, na realidade e na ficção, como simultaneamente uma sátira contra o saudosismo e uma demonstração empírio-crítica de que o bucolismo simbólico não necessitava de pretensas espiritualidades para ser o que não era. Da mesma forma, no misto de deliquescência estilística, que era a do saudosismo, e de exigência formalista que era cada vez mais a de Pessoa e seus amigos (ainda que por caminhos de literatice que um Sá-Carneiro veio a transfigurar na sua original poesia, e que Pessoa superou na sua obra), não é de admirar a coincidência de, por 1913-14, ser que Ricardo Reis apareceu – até porque representava uma reacção epicurista e hedonista contra o cristianismo catolicizante que dominava, directa ou indirectamente, a poesia portuguesa (nunca será demasiado acentuar, nestes termos, o carácter anti-religioso destes dois heterónimos, não por transcendentalização filosófica qual Antero fizera, ou por anticlericalismo, como Junqueiro e outros, mas por diversas atitudes que voluntariamente se confinam, quer em Reis a uma tradição de classicismo, quer em Caeiro a uma reafirmação do senso comum enquanto tal). É também em 1914 que se «corporiza» Álvaro de Campos, aquele dos heterónimos que estudará e viverá na Inglaterra como os irmãos de Pessoa, e que representa, diversamente do Pessoa ele-mesmo, uma «tradução» da sintaxe britânica.

Em Abril de 1915, saiu o primeiro número de *ORPHEU*, seguido do segundo em Julho. Nesta revista efémera, que marcou o início do Modernismo em Portugal, cruzavam-se nitidamente as duas tendências principais que fizeram esse movimento euro-americano:

uma exacerbação simbolístico-esteticista, que devemos chamar post-simbolismo, e uma iconoclastia vanguardista. A que ponto personalidades como Pessoa e Sá-Carneiro se enlearam na confusão das duas tendências, eis o que está patente nas cartas existentes do segundo ao primeiro. E, se personalidades como Luís de Montalvor ou Alfredo Pedro Guisado eram post-simbolistas, e a poesia de um Côrtes-Rodrigues, mesmo no episódio heteronímico da Violante de Cisneiros, representa também essa tendência (e veio a afinar-se por uma poética de Correia de Oliveira em verso mais ou menos livre), não pode dizer-se que longamente o Almada dos *Pierrots e Arlequins* não fosse ainda esse esteticismo. O vanguardismo, na verdade, estava confinado à «*Manucure*» de Sá-Carneiro, que este mesmo não tomava inteiramente a sério, e ao Álvaro de Campos das odes monumentais. Aliás, a comparação entre os dois números da revista, tendo-se presente que a direcção de Luís de Montalvor e do brasileiro Ronald de Carvalho desaparece (com tudo o que isso significava de prevalência post-simbolista ou do que hispanicamente foi o chamado «modernismo» esteticista-simbolista em que Eugénio de Castro desempenhou em Latino-América um papel ainda por investigar) e é substituída por Pessoa—Sá-Carneiro no 2.º número, mostra que estas duas linhas se sobrepunham e que a vanguardista tende a dominar. Mas mesmo no *Portugal Futurista*, em 1917, em que sai o *Ultimatum* de Álvaro de Campos, o Pessoa ele-mesmo ainda não encontra melhor que publicar que as esteticistas *Ficções do Interlúdio*, e só apresenta uma forma mais vanguardista em alguns dos poemas da sequência «*Episódios – A Múmia*» igualmente aí impressos. Por ocasião da publicação do 2.º ORPHEU, F.P., sob a capa de Álvaro de Campos, fizera na imprensa referências desairosas a um acidente de que fora vítima Afonso Costa, que provocaram que Guisado e António Ferro se desligassem da revista. Era o aristocratismo burguês não--republicano de Pessoa (e de Sá-Carneiro), de que se separava a pequena-burguesia aristocratizada na República; e era também a vanguarda a cindir-se do simbolismo-esteticismo (e do que, em Ferro, viria a ser o sensacionalismo dos anos 20 magazinescos, cuja face profunda foi descrita por Almada em *Nome de Guerra*). Mas era-o de uma forma que não resultava clara, para os próprios autores envolvidos – e que só viria a configurar-se plenamente na persistência heterónima de Fernando Pessoa, e em textos de Almada Negreiros, uma vez que Sá-Carneiro evoluiu, como poeta, mas não como poeta lúcido de si mesmo que tão grandemente era, desde dentro, isto é, pela transfiguração de uma linguagem esteticista em expressão do drama de ser-se *quase* (o que pode interpretar-se como a própria vivência de uma incapacidade trágica de abandonar as afectações simbolísticas que se tornaram «alma»). No Pessoa ele-mesmo, a transformação operar-se-á por uma depuração cada vez maior da linguagem e da imagística, e por uma redução semântica da expressão à invenção sintáctica.

   O facto de que os heterónimos de Pessoa, desde a aparição deles mais ou menos por 1914, tenham sobrevivido longamente (mesmo Caeiro, o mais efémero, durou, e foi aliás promovido a mestre dos outros todos, inclusive o próprio Pessoa), e vinte anos depois ainda estivessem «vivos» (um dos últimos poemas de Pessoa será de Álvaro de Campos, e se Reis tem um último de 1933 bem possível seria que voltasse a escrever, se o poeta não tivesse morrido em 1935), é por certo prova suficiente de que não eram e não são apenas «ficções» eventuais, mas «personalidades» definidas em que o poeta realizou diversas virtualidades suas, e variantes diversas de uma visão do mundo. Lado a lado com os heterónimos, o Pessoa ele-mesmo não é menos heterónimo do que eles. Isto é: o poeta que na vida civil se chamou Fernando António Nogueira Pessoa, não é de modo algum mais ele mesmo em seu próprio nome que quando se deu a escrever no estilo e nos esquemas formais peculiares das outras personalidades que assumiu. Cremos ser um erro absoluto quer o aceitarem-se os heterónimos como só admiráveis criações de um ilustre talento, quer o proclamar-se a fundamental unidade deles todos com aquele senhor F.A.N.P. – uma e outra atitude não são senão resultado de uma concepção vulgarmente romântica da criação poética, e de confundir-se a pessoa civil e física de uma criatura com as suas invenções estéticas. É óbvio que os heterónimos nunca existiram enquanto seres viventes e que foi Pessoa quem os criou para exprimir-se. Mas para exprimir-se enquanto o quê? Ao criá-los, Pessoa culminava uma tendência heteronímica que vinha a manifestar-se nas literaturas europeias desde o Romantismo (e que já surgira no desejo de mistificação realista da ficção do século XVIII, quando as obras eram apresentadas, pelo modelo picaresco do século XVII, como escritas pelos heróis e narradores), e que, desde a viragem do século XIX, se multiplica nas literaturas ocidentais que se dirigem do esteticismo para a Vanguarda. Poetas e romancistas poéticos (ou não) multiplicam as semi-heteronimias, atribuindo obras a personalidades cuja criação como tais resulta da própria obra que lhes é atribuída ou que o autor descreve: Valle-Inclán, Baroja, Antonio Machado, Pérez de Ayala, Valéry

Larbaud, André Gide, Paul Valéry, Rilke, Ezra Pound, T. S. Eliot, etc., todos em maior ou menor grau recorrem a este tipo diverso de personagens que não são pseudónimos. Nenhum, porém, foi ao ponto de criá-las numa independência completa, com vidas, estilo e pensamentos próprios, e em fazê-las viver a seu lado, não só no espaço literário mas no tempo da vida. Isto era ao mesmo tempo a derrocada da personalidade una da psicologia clássica, que dividia em personalidades as suas virtualidades contraditórias; e a emergência de um consciencializar-se a psicologia profunda que o freudismo estudava, revelando camadas sucessivas da realidade interior (da qual a menos relevante era a de «fora», com que se representasse o papel de ser o sr. Fernando A.N. Pessoa); e ainda a rejeição do mito romântico da «individualidade», pelo qual se pressupunha que a criação literária, e sobretudo a poética, era necessariamente uma «expressão pessoal». Entenda-se que nenhum desses autores, e Pessoa em particular, pretendia que o que escrevia não era «pessoal» ou não passava de um jogo artístico. Muito pelo contrário: tal artifício era precisamente a garantia estética de superar-se a contradição confessional entre *ser-se e escrever-se* – que só pode superar-se a si mesma na «confissão» apologética (como foi o caso de Santo Agostinho e de Rousseau). E o próprio Romantismo com todas as suas confissões superficiais e exibicionistas *ad nauseam*, como o Simbolismo e o esteticismo ao transferirem para o símbolo ou o artificialismo a chamada expressão, haviam provado que o poeta não tinha que justificar-se nem que confessar-se, mas que realizar através da criação estética as suas virtualidades humanas – e é essa a essência da narrativa «pessoal» de um protagonista em *À La Recherche du Temps Perdu*, de Marcel Proust, quando toda a obra se estrutura sobre o simples facto de terminar no momento em que o autor descobre que vai escrevê-la e como. Numa tal redução ao estético, do mesmo passo que o estético surge como a realização imanente da vida, perde qualquer sentido o falar-se da sinceridade do autor, e o congeminar--se, como no caso de Fernando Pessoa, de quando será que ele é mais ele mesmo, se quando escreve em seu nome, se em nome de outrem. A mínima atenção aos escritos em verso e prosa que em diverso nome ele nos deixou mostra que, quase sempre, ele foi mais longe e foi mais «sincero» em nome de outrem que no seu próprio. Dir-se-á que, por natureza discreto e tímido, se sentia mais à vontade na heteronimia. Mas a poesia ortónima não é a poesia de uma personalidade, e sim a de uma personalidade que analisa a sua inexistência, *precisamente porque as outras lhe existem*. Do mesmo modo, as numerosas prosas ortónimas ou de assinatura civil (com o que distinguimos o ensaio meramente literário, e o que escreveu como cidadão interveniente, ou ainda as notas com que se comentava para si mesmo) tendem, muitas vezes, para um carácter lúdico, irónico, um prazer de escrever paradoxos que enganam até, em certos casos, os elogiados, ou um gosto de levar a lógica às últimas consequências num país cuja lógica nunca foi forte e cuja lucidez só raras vezes foi invejável (e só em alguns escritores). E isso sucede não apenas porque se trata de escritos de um homem que confinou a sua existência à criação estética, e para quem tudo é «criação» (mesmo um panfleto político), mas sobretudo porque essa colecção de heterónimos caprichosamente orquestrada como um *drama em gente* (a expressão é dele) significa que, na existência tranquila e visível, ainda que recatada, do cidadão Pessoa, se escondia a demonstração terrífica da gratuitidade virtual de todo o humano, e de como, paradoxalmente, a liberdade só se conquista não pela afirmação da personalidade mas pela anulação dela na personificação estética.

Que relação tem tudo isto com a poesia em inglês de Fernando Pessoa, que aqui primacialmente nos ocupa? Antes de mais, um tão completo processo de despersonalização lírica[2] não poderia efectivar-se tão perfeitamente senão num homem cuja dualidade linguística lhe desse a linguagem como um sistema de signos e relações destituído de outro valor que o de serem *equivalentes* de um sistema para outro, como da conceptualização à verbalização (e os numerosos exercícios de tradução literária de umas línguas para outras, que existem nos papéis de Pessoa, são prova complementar deste tipo de consciência linguística que ele desenvolveu pelas circunstâncias da sua vida e pelo gosto da «personificação» inventada que ele insistia ser

---

[2] A expressão «drama em gente» e a assimilação que Pessoa dela fez com as criações teatrais de Shakespeare (a respeito de quem sempre a crítica notou a que extremo representam uma despersonalização) podem facilmente induzir em erro. Na realidade, a despersonalização de Pessoa só aparentemente é assimilável – e o grau em que o não é se patenteia na incapacidade teatral das suas tentativas dramáticas. O conduzir vidas paralelas de personalidades assumidas não é o mesmo que criar caracteres fechados dentro de diversos esquemas dramáticos – Hamlet não existe fora da acção teatral que o confina. A despersonalização de Pessoa é *lírica*, isto é, realiza-se através de poemas que transcrevem a meditação existencial de determinadas personalidades virtuais e que se não definem por uma acção teatral. As «biografias» dos heterónimos não excedem a notícia de dicionário, ou as «memórias» uns dos outros, e não equivalem a qualquer acção dramática.

característica sua desde a infância e de personalidades da sua família). Pela boca de um dos seus heterónimos, ele disse uma vez que a sua pátria era a língua portuguesa. É isto uma declaração de nacionalismo linguístico? Por certo que não, já que ele não deixou nunca de escrever e de pensar noutra língua. O que Bernardo Soares – e não directamente o Pessoa unidade civil – quer dizer é que se sente *sem pátria*, e que não tem outra senão a língua em que escreve. Pela mesma ordem de ideias, o Pessoa ele-mesmo tinha duas pátrias linguísticas, ambas seus amores infelizes: o inglês que não viera a reconhecê-lo como cidadão estético, e o português em que se «naturalizara». Mas como então conciliar isto com o nacionalismo esotérico do autor de *Mensagem*, com o seu sebastianismo político, com o seu ardor por caudilhos simbólicos como Sidónio Pais? Nenhuma destas coisas se pode dizer muito britânica. Mas o Fernando Pessoa ele-mesmo, ao contrário dos outros, e com o semi-heterónimo (como ele dizia) Bernardo Soares, é *o que fica*, o que se faz «português», o que cresceu no nacionalismo literário da viragem do século (e seja aquele monárquico ou republicano). Os outros, ou por morte, ou por exílio ou viagens, são os que não estão *ali* mas em si mesmos, ao contrário do Pessoa ele-mesmo que é ele-mesmo por ficar lá. Assim, o nacionalismo de *Mensagem*, se é uma integração do «naturalizado» (e com toda a paixão do convertido), é também a criação mitológica de uma pátria ideal de história e de linguagem, oposta ao país *real* em que o autor vive (e por isso qualquer nacionalismo tomado sistema de governo viria a parecer-lhe ridículo). D. Sebastião, e a sua eventual encarnação em Sidónio Pais, é ao mesmo tempo a absorção de um mito «lusitano» desde 1578, e que a Geração de 70 tornara símbolo da decadência ulterior do país, e a reversão dele no sentido ilusoriamente positivo da expectativa de um Salvador. Não é necessário especular com as ligações judaicas e cristãs-novas do sebastianismo messiânico, nem com a ascendência hebraica do próprio Fernando Pessoa, para entender-se que um aristocrata burguês, nos anos 10 e 20 deste século, quando se vem forjando todo um descrédito das repúblicas e das democracias burguesas, apelasse mais para um sonho que tinha o atractivo de ser tradicional e literário (e fornecer-lhe uma integração nacional), do que para o aperfeiçoamento de uma república democrática que, nas dificuldades políticas, quotidianamente parecia provar a sua inviabilidade. Mas o problema situa-se ainda a níveis mais profundos. O Menino Jesus de Alberto Caeiro, o D. Sebastião da *Mensagem*, as alusões de Álvaro de Campos, o esoterismo de quase tudo e não só do próprio Fernando Pessoa, tudo isto decorre de uma realidade psico-

-sexual arquetípica: a da bissexualidade divina, a da bissexualidade do Adão primigénio, a da disponibilidade erótica da criança e do adolescente, a da permanência de estádios intersexuais no homem e na mulher adultos. O poeta alemão moderno Stefan George personificou as suas obsessões sexuais e o seu mito de salvação da Alemanha (que o nazismo «salvaria» de maneira muito outra) no adolescente Maximino, aliás personalidade real. É sabido quanto de fascínio erótico, mais ou menos sublimado, houve no prestígio e no culto de Sidónio Pais – o «presidente-rei», como Pessoa lhe chamou, acentuando o carácter de «ungido» que o distinguia como ao Desejado. Desde o Menino Jesus (anticristão) até ao «presidente-rei», há toda uma gama de transmutações da Criança Divina, do jovem Deus que seja o Amor, do soberano mítico e simbólico que, sendo o Messias, seja também uma imagem do Eros supremo, não como espiritualização mas como sexo. E por isso mesmo foi que por outro lado, Pessoa defendeu como liberdade «estética» e «pagã» a homossexualidade de António Botto em diversos artigos; essa liberdade era a outra face de um pan-sexualismo imediato, contraditória realização da bissexualidade originária e profunda. Sob este aspecto, e tendo-se em conta que o melhor período de António Botto é o que coincide com o interesse de Pessoa pela sua poesia, até à morte deste em 1935, quase se seria tentado a considerar que, de certo modo, Botto foi também um heterónimo de Fernando Pessoa – e que este se «realizou» também na poesia daquele, e na vida a que ela correspondia. Mas este processo, se realmente é lícito supô-lo, tinha precedentes pan-eróticos *na poesia inglesa que Pessoa publicou*. Dos poemas em causa trataremos especificamente adiante. Aqui, importa-nos acentuar o significado deles neste contexto de heterónimos e de psicologia profunda.

Conforme às datas dadas nas publicações, Pessoa escrevera *Epithalamium* em 1913, quando tinha vinte e cinco anos, e a primeira versão de *Antinous* em 1915, dois anos depois. Era, num e noutro caso, um jovem já bem fora da adolescência, e as explosões eróticas que esses dois poemas longos representam não podem explicar-se por ardores juvenis, mas como irresistíveis concreções poéticas escritas por um homem que precisamente então estava no «annus mirabilis» da sua realização heteronímica. Muito mais tarde, em 1930, explicava ele que se integravam ambos, com outros três, num projectado livro «que percorre o círculo do fenómeno amoroso» (cf. *Cartas a J. Gaspar Simões*, Lisboa, 1957, p. 67); e, na mesma carta, havia antes dito: «Há em cada um de nós, por pouco que especialize instintivamente na obscenidade, um certo elemento desta ordem, cuja quantidade, evidentemente, varia de homem para homem. Como esses elementos, por pequeno que seja o grau em que existem, são um certo estorvo para alguns processos mentais superiores, decidi, por duas vezes, eliminá-los pelo processo simples de os exprimir intensamente. É nisto que se baseia o que será para V. a violência inteiramente inesperada de obscenidade que naqueles dois poemas – e sobretudo no *Epithalamium*, que é directo e bestial – se revela. Não sei porque escrevi qualquer dos poemas em inglês» (*loc. cit.*). Esta carta que citamos acompanhava a oferta dos folhetos ao destinatário. Em 1916, quando se preparava *ORPHEU 3* que não chegou a sair, dissera ele a Côrtes-Rodrigues: «É aí que no fim do número, publico dois poemas ingleses meus, muito indecentes, e, portanto, impublicáveis em Inglaterra» (ed. cit., p. 79) – e é evidente que se trata dos dois poemas longos em causa. Essa publicação fracassou; mas é interessante sublinhar que, em 1918, desses poemas que de facto seria difícil pensar-se que fossem impressos e publicados na Inglaterra, podendo sê-lo em Portugal aonde praticamente ninguém sabia então inglês para avaliar da indecência, foi *Antinous* o que ele tratou de imprimir. Pode dizer-se que uma razão de qualidade o levou a esta escolha, já que por certo a factura do poema sobre o favorito do imperador Adriano é superior à de *Epithalamium*, em que as estruturas linguísticas são excessivamente artificializadas para conformarem-se a esquemas de ode esteticista. Mas qualquer que fosse a indecência «relativa» dos dois poemas, sem dúvida que, se a crítica britânica atentasse neles uma vez publicados, se chocaria muito mais com as evocações homossexuais de *Antinous* que com toda a butalidade que houvesse no heterossexual *Epithalamium*. Não seria de Fernando Pessoa, com tudo o que sabemos dele, o provocar para sucesso literário um pessoal escândalo, embora ele nunca haja recuado de os provocar por conta alheia. Se, dos poemas cuja publicação fracassara em 1916, ele escolheu *Antinous* logo dois anos depois, foi porque, no desejo de publicá-los, o de publicar este poema era mais forte. Isto nos permite analisar a obra-prima de prosa fernandina que é o trecho de carta acima citado. Obra-prima, não porque seja um dos seus magníficos passos, mas pelo que tem de exemplar da sua arte de escrever, quando queria, ironicamente, dizer e não-dizer tudo, e, fazendo-o, iludir o seu leitor. Todos os homens, diz ele, possuem algum elemento de obscenidade (isto é, do sexual elevado ao gesto público, ou à expressão verbal), por pouco que nisso se especializem...

(o que seria, é implícito, o caso dele mesmo, que ele assimilara ao do destinatário com aquele hábil e anódino «cada um de nós»). Obtida assim a neutralização do destinatário pela sua associação humana num «pouco» que é perfeitamente comum, embora a quantidade de obscenidade varie de homem para homem (o que deixa ambíguo quem o terá em maior grau, se o autor que tal escreve, se o leitor que com tal se choque), Pessoa explica que esses elementos são, de certo modo, «estorvo para alguns processos mentais superiores», pelo que decidira um dia eliminá-los «pelo processo simples de os exprimir intensamente». Desta maneira, o facto de escrever e de publicarem-se textos obscenos encontra a sua justificação, não em si mesmo, mas no de limpar o espírito de tais inferiores coisas, para desimpedi-lo para mais altas meditações. Trata-se de uma inteligente racionalização de uma circunstância psicológica real – o escritor, como qualquer humano, pode libertar-se de uma obsessão por um excesso momentâneo dela. O implícito «inferior» está ali por obsessão que ele não quis ou a racionalização o dispensou de referir. Mas essa racionalização, vindo acompanhada do «processo simples» da intensificação, realmente acrescenta e sublinha que a obsessão não era muito grande, imprópria de um sujeito bem comportado, mas algo que uma intensificação literária podia resolver, assim se dissolvendo o estorvo que ela constituía... A quê? Que são os processos mentais superiores a que ele se refere? Evidentemente que aquele grau de expressão literária, e de abstracção intelectual, que ele considerava, e esotericamente era, a sublimação dos apetites mais profundos da psique humana, perturbadores de uma serenidade e de uma isenção de espírito, que são supostamente parte de outro processo: o da ascensão espiritual. A partir do momento em que lucidamente ele tomara consciência das complexidades sexuais (e não é errado supor que essa consciência, aos dezassete anos, lhe tenha vindo do choque que o menino «britânico» recebeu entre adolescentes portugueses, qual anteviu J. Gaspar Simões, *Vida e Obra de F. P.*, Lisboa, s/d., 1.ª ed., vol. II, p. 182, mas é errado supor, como ele supõe, que a educação inglesa distrai os jovens dos segredos do sexo, quando sempre foi notória a incidência da homossexualidade nas escolas britânicas, e quando o puritanismo se realizou nos Estados Unidos e não na Inglaterra que, e só na época vitoriana não abertamente, foi sempre licenciosa – Fernando Pessoa educara-se numa colónia britânica, um pequeno meio mais vitoriano que a Inglaterra, e tendo por outro lado só o meio familiar português de respeitável burguesia, o que lhe limitava as possibilidades de experiência mas não o fazia mais necessariamente britânico em purezas e ignorâncias que qualquer menino português criado nas saias da mãe), não tanto porque as sentisse em si mesmo, mas porque se descobrira uma capacidade de tudo imaginar, mesmo o mais reprimido e mais proibido, a um ponto de obsessão. Fernando Pessoa pretende objectivar o sexo, e libertar-se de uma sujeição a ele. É isto, por outro lado, uma dupla racionalização, porque é a de um homem capaz de imaginar todas as possibilidades, sem repulsa, e que só «objectiva» e elimina o sexo, precisamente por este tender nele a intelectualizar-se (não como se intelectualiza no don-juanismo mais apurado, mas como pode ser intelectualizado pelo processo ascético da negação dele). Ascético será um pouco exagerado, mas significa aqui um homem sexualmente normal nos seus desejos, mas naturalmente casto, a quem repugne a eventualidade de um encontro mercenário ou meramente aventuroso, não pelo acto sexual em si, mas por não o aceitar, na sua delicadeza de ânimo, sem um envolvimento de afecto e de paixão. Esta espécie é menos rara do que a malícia supõe, precisamente porque essa malícia faz, sobretudo em sociedades como a portuguesa sempre espreitadoras da cama alheia, que os tímidos e os castos se gabem do que não fazem. Voltando ao texto. Após a explicação da obscenidade dos dois poemas (e note-se que ele, na mesma carta, comparando-os com os tais outros três que diz inéditos, acentua que são ambos o que de propriamente obsceno escreveu), ele antecipa alguma surpresa que o destinatário sinta ao tomar conhecimento de o grande Fernando Pessoa haver escrito coisas tão impróprias, desviando uma possível surpresa, ante a violência, de *Antinous* para *Epithalamium*, e ao mesmo tempo insistindo em que este último é mesmo «bestial» (como se o não fosse mais, para uma mentalidade «normal», precisamente aquele). Deste modo, Pessoa queria que *Antinous*, com o seu explícito erotismo «anormal», não fosse visto como mais «bestial» que *Epithalamium* que todo ele se desenvolve numa calculada excitação masturbatória ante a ideia do desfloramento nupcial. E termina por dizer que não sabe qual a razão de ter escrito em inglês os poemas. Pouco tempo depois de os ter assim escrito, sabia, como vimos, que eles não eram publicáveis em Inglaterra, e no entanto publicou-os como projectara, em Portugal (com os olhos na Inglaterra e em si mesmo). E em si mesmo. Com efeito, na plena virtualidade absoluta que se lhe corporizava nos heterónimos, o que ele exorcismava *em inglês*, a sua língua profunda, a de primeira adquirida cultura, e aquela que ninguém ou muito poucos entenderiam em Portugal, havia sido a obsessão epitalâmica do desfloramento (típica de uma cultura como a portuguesa secularmente dominada pelo mito cristão da virgindade feminina) e a obsessão teológica da homossexualidade (ou de uma amizade entre homens, que vai do sexo à divinização). Era, ao mesmo tempo, exorcismar o «feminino» e o «masculino», para justificar a castidade e a disponibilidade heteronímica do ortónimo e dos heterónimos, dando a estes uma «universalidade» acima das circunstancialidades eróticas. Não há nisto que julgá-lo ou desculpá-lo, mas compreendê-lo e aceitá-lo – e tanto mais quanto o preço que ele pagou foi o de uma frieza amorosa que perpassa na sua obra poética inteira, mesmo quando os «autores» falam em termos de amor. A obra poética de Fernando Pessoa, excepto nestes dois poemas em inglês, é como a *noche oscura* do sexo, o deserto da privação absoluta, «normal» ou «anormal», da afectividade erótica, e mais do que nenhum outro é Álvaro de Campos quem representa este papel trágico que, paradoxalmente, era e é uma novidade na poesia portuguesa, em que tanta pretensa ou mesmo autêntica sublimação idealizada ou tanta declamação superficialmente apaixonada faz as vezes de erotismo e de amor. Ao mesmo tempo libertando-se e afirmando-se em virtualidade pela língua sua e ignorada, ele talhara-se para o desmascaramento de tudo isso: uma agonia, um tédio, um desalento da vida, que são o homem privado de satisfação sexual e mesmo de acreditar no sexo como plenitude – a não ser no plano abstracto em que ele, na carta citada, «fingia» que, se *Antinous* era a Grécia e *Epithalamium* Roma, «*Prayer to a Woman's Body*» era a Cristandade, «*Pan-Eros*» o «Império Moderno», e *Anteros* o Quinto Império (estes três os poemas que refere e que não publicou[3]. Mas limitava-se a explicar que *Antinous* era «grego quanto ao sentimento» e «romano quanto à colocação histórica» e que *Epithalamium*, «que é romano

---

[3] Numa folha comercial sem data, escrita à máquina, do espólio do poeta, há destes cinco poemas um plano diverso, e que é nitidamente anterior ao comunicado a G. Simões:
   *Five Poems*
   1. Antinous
   2. Divineness
   3. Epithalamium
   4. Prayer to a Fair Body
   5. Spring 1917
   Com efeito, este plano não corresponde, ao que parece, ainda à ordenação lógica (da lógica do erotismo esotérico) que Pessoa menciona, nem os títulos dos outros três poemas significam para tal ordenação. Note-se como a *Fair Body*, com a

quanto ao sentimento, que é a bestialidade romana, é, quanto ao assunto, um simples casamento em qualquer país cristão» – e abstinha-se de dizer o que eram os outros. Mas o ciclo obviamente não era o que G. Simões deduziu (*ob. e vol. cit.* pp. 185-186). Na sequência como Pessoa a nomeia, *Antinous* não é o «amor proibido» por antítese ao «amor normal» de *Epithalamium*, mas o amor que os gregos só concebiam em tal grau de dialéctica sexo-divinização em termos homossexuais, oposto ao amor *sensual* dos romanos (que não foram mais «normais» que os gregos nessas matérias), sem transcendência além da carne (e por isso há tanto pormenor de licenciosidade em *Epithalamium*). Um poema simbolizando o amor na cristandade, e chamado «*Oração a um Corpo de Mulher*», é precisamente a figuração da transferência, operada pelo cristianismo, daquela dialéctica homossexualmente fixada pelos gregos, para uma dialéctica em que a relação heterossexual recebe, na sensualidade «romana», a divinização «grega». «*Pan-Eros*», como o nome indica, e referido ao «Império Moderno» (i.e., o mundo contemporâneo), é a dissolução e coexistência de todas essas fases, que precederá, no Quinto Império, o triunfo de *Anteros*. Este não é, ao contrário do que, por certo levado por uma etimologia aparente, G. S. supôs («o amor de cuja negação sistemática nasce a grandeza de um mundo em que os seres se repelem mais do que se aproximam – o mundo atómico talvez, ou, então, o mundo integrado, de novo, no paraíso perdido»), o «anti-amor», mas a divindade grega, que era irmã de Eros, e seu complemento não antagónico: ao amor *em si* correspondia o amor *além de si* (como explica Cícero, em *De Natura Deorum*). Assim, da pan-sexualidade, se transitaria ao amor sublime de tudo e todos por tudo e todos. Muito esotericamente, Pessoa dizia que estes três inéditos não tinham «colocação precisa no tempo, mas só no sentimento», querendo com isto significar que a libertação do cristianismo, Pan-Eros e Anteros

---

ambiguidade de género, que a língua inglesa permite, se transformou em a *Woman's Body*, explícito o sexo desse corpo. E é curioso que um poema sobre a qualidade do divino se intercalasse entre *Antinous* e *Epithalamium*. Por outro lado, é também interessante que um dos poemas celebrasse (ou fosse planeado que celebrasse) a Primavera de 1917, e não a Primavera em geral – e que fosse para ele que a sequência confluísse. Crê-se que o seu encontro com a senhora que namorou alguns anos, D. Ofélia Soares Queiroz, tia do poeta Carlos Queiroz, se deu em 1919 (cf. G. S. *ob. cit.*, vol. II, p. 164 e segs.). Ou teria sido em 1917? Pessoa, desfeito o noivado, manteve pelo sobrinho dela um paternal carinho e uma amizade que durou até ao fim da sua vida.

eram não necessariamente épocas históricas, colocadas na historicidade, mas graus de penetração evolutiva e de realização espiritual da essência erótica do Universo. Com efeito, Anteros será, nesse esquema, a reconquista do paraíso perdido – mas não como alternativa semântica da desintegração atómica que Pessoa, com todos os poderes de profecia que possuísse, não terá adivinhado... E há, de resto, que ter em conta que, num esoterismo como o de Pessoa, não houve realmente pecado original, mas fases diversas no caminho em que «*Nasce um Deus. Outros morrem. A verdade /Nem veio nem se foi: o Erro mudou*», e, do mesmo passo, Deus é sempre (ele, e não nós) o Adão de outro Deus maior, como ele também disse.

*Antinous*, escrito em 1915, foi publicado em folheto próprio em 1918. *Epithalamium*, de 1913, foi-o em 1921, constituindo *English Poems – III*. Aquele poema, numa versão revista (diz o poeta: «An early and very imperfect draft of *Antinous* was published in 1918. The present one is meant to annul and supersede that, from which it is essentially different», numa apensa nota), e acrescentado de *Inscriptions*, datadas de 1920, foi, naquele mesmo ano de 1921, *English Poems – I-II*. Em 1918, publicara também Pessoa os *35 Sonnets* que teriam sido compostos poucos anos antes[4].

Tendo exorcismado a viril obsessão adolescente com o desfloramento, antes de exorcismar a mais profunda obsessão homossexual (como é lógico na mecânica da psicologia profunda), Pessoa publicou primeiro esta última e depois aquela, em parte porque, segundo aquela lógica (a que o seu «plano» dos cinco poemas corresponde neste

---

[4] No já citado apêndice das cartas a Côrtes-Rodrigues, e que é de 1914, informava Pessoa: «Quando morava na Rua da Glória, achou nos sonetos de Shakespeare uma complexidade que quis reproduzir numa adaptação moderna sem perda de originalidade e imposição de individualidade aos sonetos. Passados tempos realizou-os». Parece poder depreender-se (Gaspar Simões, *Vida e Obra*, vol. I, p. 304) que a residência naquela rua foi por 1912, o que significará que os sonetos serão talvez contemporâneos de *Epithalamium*, ou, quando muito, da primeira versão de *Antinous*. O poeta não os datou ao publicá-los. Note-se como a informação, mais do que a dizer dos sonetos, visa – e é muito típico de informações de Pessoa, semelhantes – a acentuar como ele, após ter posto na ideia alguma coisa, acabava sempre por fazer aquilo que queria, não tanto por um carácter voluntário da criação, mas por todo um trabalho semiconsciente de fixação mental, a partir de uma inicial ideia. Eis outro aspecto daqueles «processos mentais superiores» de que ele falou.

ponto), *Antinous* passava primeiro. Mas, em folheto separado, fez que o poema fosse acompanhado pelos *35 Sonnets* que haviam sido, possivelmente, a compensação abstracta das duas explosões eróticas, e que apresentavam o poeta inglês como capaz de, opostamente, se dar a complicadas meditações abstractas, no jogo semântico e sintáctico-estrutural, não fosse pensar-se que ele era apenas, com maior ou menor qualidade, mais um outro esteticista cortejando os temas homossexuais. Quando, em 1921, republicou um poema e publicou outros pela primeira vez (e não sabemos a que ponto teria projectado uma reedição dos sonetos, pois que o título geral de *English Poems*, seguido de um numeral, abria a porta a uma série em que tudo em inglês cabia)[5], *Antinous* (o poema de «sentimento» grego e «colocação» romana) vem acompanhado das catorze *Inscriptions*. Na biblioteca de Pessoa, existe a edição W. R. Paton da *Greek Anthology*, em 5 volumes, Londres, 1916-1918. Já foi notado que, no vol. II, de 1917, o dos «Epigramas Tumulares», há «várias chamadas e tentativas de tradução», e que dessa antologia são os poemas que Pessoa traduziu e publicou na sua revista *Athena* (n.º 2, Novembro de 1924). E vários volumes da biblioteca inglesa do poeta são obra das ou sobre as literaturas clássicas (cf. Maria da Encarnação Monteiro, *Incidências Inglesas na Poesia de Fernando Pessoa*, Coimbra, 1956, Apêndices *I* e *II*). Assim, *Inscriptions*, independentemente de serem fruto de leituras tais do poeta, que seriam parte dos estudos que fez, representam uma imitação (no alto sentido da palavra) que, no espírito que ele descreveu para a realização dos seus sonetos ingleses, decorre do desafio que o seu interesse pela *Antologia Grega* lhe propôs. E é bem plausível que tenham sido concebidos aqueles epigramas entre 1919 e 1920, quando Pessoa terá obtido a edição Paton. Deste modo, a um poema «grego», agora revisto, juntava ele poemas cuja imitação grega não era só de «sentimento», mas de estilo também, e que,

---

[5] Há, no espólio de Pessoa, dois exemplares dos *35 Sonnets*, com correcções manuscritas, e um deles foi apenas rascunho do outro em que as emendas seleccionadas foram cuidadosamente feitas. Isto indicará que ele chegou a pensar numa edição revista dos sonetos, tal como fizera para *Antinous*, também primeiro publicado na mesma ocasião que eles. Numa nota dactilografada, adiante referida, e em que há um plano de publicação dos poemas mais extensos, Pessoa previa a publicação de *Fifty Sonnets*, e não apenas de trinta e cinco, como fez em 1918. Porque essa nota é ulterior aos princípios de 1917, repare-se que por essa altura (1917-18) quinze sonetos não foram escritos ou foram abandonados. Voltaremos a este ponto ao tratarmos especificamente dos *35 Sonnets*.

diversamente, equilibravam pela contenção o erotismo daquele poema, como antes sucedera com a publicação dos sonetos. Curiosamente, nenhuns outros poemas foram acrescentados à publicação de *Epithalamium*, apesar do «bestial» do texto. E não foi uma questão de páginas dos folhetos: *E. P. – I-II* tem 20, e sem as quatro de *Inscriptions* teria a exacta dimensão de *E. P. – III*. É que não só não possuiria o poeta outros poemas ingleses que ali harmonicamente ficassem, como a «bestialidade» heterossexual não precisava, qual o outro poema, da amplificação dignificadora das imitações da insigne *Antologia Grega*...

Assim, os poemas ingleses que Pessoa publicou, escritos em 1913-1920, foram-no em 1918-1921. Repare-se que, em 1912, com os seus artigos sobre o saudosismo, ele se fizera um nome na vida literária, e que em 1915-17, esse nome se tornara o de um dos chefes do Modernismo vanguardista em Portugal. Ora nada mais demonstrará melhor como, em 1917-18, e tendo-se Sá-Carneiro suicidado em 1916, Pessoa se sentia só na chefia de um movimento que tudo parecia diluir em prolongamentos esteticistas-simbolistas e na literatice tradicional, quanto o facto de, após essas aventuras que hoje assumem o aspecto de uma gloriosa época, ser quando ele se decide a publicar--se em inglês – ao mesmo tempo que, paradoxalmente, ele em inglês era inifinitamente menos vanguardista do que o estava simultaneamente sendo em português.

A este respeito, e é da maior importância para o entendimento do Pessoa inglês e português «traduzido», há que insistir numa diferença fundamental entre o vanguardismo continental europeu e o anglo-saxónico. Este, por acção dos imagistas, de Ezra Pound, e de revistas na Inglaterra e na América, não teve o carácter de escândalo que foi buscado em Portugal em 1915, e é antes um conjunto de diversas tendências e personalidades que, nessa década, pouco a pouco vão afirmando os seus caminhos. Os escândalos e as agressividades chocantes *já* tinham sido usados e esgotados, na Inglaterra, pelos esteticistas, na viragem do século, e o processo de Oscar Wilde pusera neles um ominoso ponto final. Mas será o tom de escritos ingleses dessa época, muito mais do que ecos ou acções paralelas do que faziam os vanguardistas franceses ou os futuristas italianos, o que repercutirá por exemplo no *Ultimatum* de Álvaro de

Campos[6]. Na Literatura de língua inglesa, por outro lado, e desde *Leaves of Grass* de Walt Whitman nos meados do século XIX, o versilibrismo e a liberdade das formas poéticas não eram os escândalos que eram, e ainda são, nas literaturas neolatinas com uma tradição mais rígida, aliás, de metrificação, ainda que, em 1917, o jovem T. S. Eliot (nascido no mesmo ano de Pessoa) se sentisse na obrigação de explicar o *vers libre* pelo modelo dos simbolistas franceses – mas não como o fariam um português ou um francês, e sim para, ao lado e para além do largo versículo whitmaniano (que tinha tradições bíblicas anglo-saxónicas, com a magnificência versicular da *King James' Bible* desde o século XVII quotidiano), defender estruturas quase «prosaicas» do verso mais curto[7]. Portanto, com Whitman por um lado, e os esteticistas por outro, a liberdade métrica e as agressividades escandalosas já, por então, haviam exercido o seu papel. E isto explica duas essenciais coisas que marcaram o vanguardismo anglo-saxónico: a busca de uma objectividade poética contra o sentimentalismo e as convenções literárias, e certo datar os escândalos, não do início do modernismo, mas da década de 90, quando havia sido que, diferentemente do que acontecera no continente europeu, a respeitabilidade e os convencionalismos vitorianos são frontalmente atacados por uma coligação contraditória de simbolismo, naturalismo, esteticismo, literatura social, etc., que havia um quarto de século que desafiavam e vinham derrubando as literaturas amestradas e oficiais na Europa continental, como movimentos mais ou menos sucessivos. Por 1914, Fernando Pessoa entendera que, em Portugal, afinal o convencionalismo literário se reinstalara e até seria representado pelo saudosismo e tendências afins que ele aplaudira em 1912. Mas entendera-o em termos britânicos de os excessos esteticistas não serem aceites (e será nestes termos que, nos anos 20, ele defenderá António Botto), ainda quando uma

---

[6] Veja-se, do autor deste prefácio, *A Literatura Inglesa*, São Paulo, 1963, para o desenvolvimento do modernismo britânico. E, para textos e informações sobre o esteticismo em edições acessíveis: Holbrook Jackson, *The Eighteen Nineties*, ed. Penguin, Londres, 1939; William Gaunt, *The Aesthetic Adventure*, ed. Penguin, Londres 1957; *Aesthetes and Decadents of the 1890's*, ed. Karl Beckson, New York, 1966; *The Yellow Book: Quintessence of the Nineties*, ed. Stanley Weintraub, New York, 1964. [*A Literatura Inglesa* teve edição portuguesa em 1989 (M. de S.)].

[7] T. S. Eliot, *Selected Prose*, ed. John Hayward, Londres, 1953.

consciência de vanguarda nele se desenvolvia. Mas, enquanto poeta inglês, e não apenas por, não vivendo na Inglaterra, a língua lhe ser «literária», já que sempre teve, na família e fora dela, contactos com pessoas de língua inglesa, mas porque, ainda que na Inglaterra vivesse, não lhe teria sido fácil estabelecer uma fronteira entre o esteticismo e o mais que com este se misturara, e um vanguardismo que despontava dispersamente e com repercussão restrita, Fernando Pessoa necessariamente escreveria uma poesia «literária» que, até certo ponto, constitui reversão da poética dos esteticistas (e nem o arcaísmo literário, mesmo em poetas ingleses ulteriores, deixou de ser uma linguagem da poesia britânica).

As obras críticas citadas mencionam as referências críticas inglesas aos poemas de Fernando Pessoa, e podem para tal ser consultadas. Todavia, essas referências não têm sido interpretadas no seu contexto britânico e temporal. A poesia inglesa, naquela época, e a crítica dela continuavam dominadas pela dicção elegante e sonhadora da poesia «georgiana» que os vanguardistas desafiavam e que foi nos poetas, e não todos, saídos da Primeira Grande Guerra, que encontrou uma expressão mais directa, mais dramática, ou menos bucolicamente tradicional. Esta poesia, que continuava certos aspectos do romantismo e do vitorianismo menores, fora de certo modo uma reacção respeitável contra os excessos esteticistas de invenção estilística e de audácia temática. A ressurreição dos poetas ditos «metafísicos» do século XVII (que são, em classes diferentes que a crítica inglesa ainda hoje não separa, maneiristas e barrocos), que, por exóticos, haviam interessado vanguardas britânicas, desde os pré-rafaelitas aos esteticistas, não se inicia, na vida literária inglesa, antes dos anos 20, com os famosos ensaios de T.S. Eliot (cf. *Selected Essays* e outros volumes seus). E, por outro lado, o isolacionismo e a arrogância anglo-saxónicas nunca em verdade reconhecem que um «estrangeiro» possa escrever em inglês (ainda hoje a crítica insiste no estilo «artificial» do polaco Conrad, um dos maiores escritores da língua inglesa, e por certo muito menos «artificial» que o de muitos ingleses ilustres do seu tempo), ou sequer *viver* em literatura da língua (o que não é bem a mesma coisa que o mito romântico da vivência de uma língua e de uma cultura «nacionais»). Assim sendo, e ainda quando os poemas ingleses de Pessoa fossem melhor poesia, a crítica britânica da época achá-los--ia uma curiosidade estrangeira, uma imitação das fantasias estilístico-intelectuais do soneto isabelino e jacobita não reposto em glória[8], um excesso dos requebros esteticistas, ou inspirações literárias (a poesia georgiana, extremamente literária, afectava uma simplicidade «natural»). Mas não só. A este respeito, cumpre ponderar o que um sul-africano comentou: «It is odd to read that this great Portuguese poet "never fully mastered the syntax of his own language" and the touch of humour in his writing is essentially of the Englisb type. One can guess that it had the odd attraction that the occasional un-English phrase in Conrad's novels has, or the slight English twist that exists in the Afrikaans poetry of Eugene Marais – the South African genius who most resembles Fernando Pessoa»[9]. Este trecho serve-nos igualmente para encerrar o comentário à crítica britânica e para compreendermos Pessoa linguisticamente. Muito inteligentemente, o autor entendeu – e os dois exemplos que dá são excelentes – como Pessoa se britanizara intelectualmente e linguisticamente, e como por isso mesmo (tal como o polaco Conrad escrevendo em inglês, ou o sul-africano Marais projectando em poesia «afrikander» giros ingleses da frase) o que pode parecer falta de domínio da sintaxe portuguesa é o forçar os esquemas tradicionais da língua escrita a conformarem-se, no que se torna uma invenção de estilo, a estruturas comuns da língua «primeira» que, para Pessoa

---

[8] Quando Pessoa se refere, em nota a Côrtes-Rodrigues, aos sonetos de Shakespeare, quer-nos parecer que o grande Will é usado como o símbolo de uma época para um amigo que não conhecia literatura inglesa, e era a única maneira traduzível de referi-la sem mais explicações. Na verdade, a sequência, na extrema complicação estilística e na análise das relações abstractas do conhecimento e da linguagem, era muito mais uma modernização das numerosas sequências de sonetos dos reinados de Isabel I e de Jaime I, que propriamente dos sonetos de Shakespeare, cuja complicação intelectual é compensada por uma directa paixão que não há nos de Pessoa.

[9] «É estranho ler-se que este grande poeta português "nunca plenamente dominou a sintaxe da sua própria língua" e o toque de humor nos seus escritos é essencialmente do tipo inglês. Pode supor-se que terá a estranha atracção que tem a ocasional frase não-inglesa nos romances de Conrad, ou o leve jeito britânico que existe na poesia "afrikander" de Eugene Marais, o génio sul-africano que mais se parece com Fernando Pessoa», Hubert D. Jennings, *The D(urban) H(igh) S(chool) Story, 1866-1966, faithfully recorded*, Durban, 1966, obra fundamental, apesar do pouco e vago das informações, para os estudos de Pessoa na União Sul-Africana e a sua personalidade adolescente (o poeta é apresentado como uma das glórias da escola). A estes aspectos foi dedicada também uma tese do professor norte-americano Alexandrino Severino. Depreende-se do livro que Pessoa não deixou memórias de eminência em ginástica ou jogos, e quase as não deixou pessoais pela arte de fazer--se invisível. Mas deixou-as quanto ao seu domínio da língua inglesa e à sua inteligência de estudante.

era, literariamente, o inglês. Fenómenos desta ordem, em autores bilingues, não serão tanto efeito de projecção inconsciente de uma língua sobre a outra, mas de a invenção estilística resultar de o escritor não encontrar, na outra língua, modos de dizer para expressões que lhe parecem mais rigorosas e adequadas se consideradas na outra – e é o que Pessoa fez com as suas adjectivações sintagmáticas, a sua substantivação dos verbos, os seus desdobramentos, em português, do «caso possessivo» britânico, etc. E, com toda a artificialidade virtuosística da sua linguagem poética inglesa (artificialidade que, traduzida em esquemas sintácticos como os acima referidos, é a naturalidade insólita da muito sua língua em português...), não pode dizer-se que ela seja marcada, muito ao contrário, por lusismos sintácticos. O que poderá dizer-se é o que em famosa piada disse Bernard Shaw – vê-se logo que não é inglês um sujeito que escreve tão bem (i.e. que domina tão virtuosisticamente o vocabulário e as estruturas do inglês)...

Além dos poemas publicados em folheto em 1918-21, dentro desse período Pessoa publicou disperso um pequeno poema, «*Meantime*», em *The Athenaeum* de 30 de Janeiro de 1920 (uma das mais prestigiosas revistas do tempo). É fácil de concluir que a aceitação desse poema terá sido um resultado dos folhetos de 1918, e que ela por certo contribuiu para que logo Pessoa trate de novamente publicar-se em inglês em 1921, abrindo a série dos *English Poems*. Ainda em 1923, na revista *Contemporânea*, inseriu ele um outro breve poema em inglês, cuja publicação não fazia sentido na cultura literária portuguesa do tempo. E foi a sua despedida de poeta inglês em público. A colectânea *The Mad Fiddler* ficou inédita. E, quando em 1924-25 dirigiu a *Athena*, em que tão largamente se publicou, foi à revelação sobretudo de Alberto Caeiro (39 poemas) e Ricardo Reis (20 poemas), além de poesia ortónima, que dedicou as páginas da revista. Os dois grandes heterónimos, que já tinham então uma década de existência, estavam ainda inéditos: ao lado do Fernando Pessoa ortónimo, e com o encargo de ser mais agressivo do que este, só Álvaro de Campos era uma «figura literária».

Que devemos pensar desta coincidência entre o silêncio inglês e a aparição pública dos dois lusos heterónimos (um dos quais o «mestre»)? Uma crítica de vanguarda chamando a atenção para o «caso» excepcional de Pessoa e reconhecendo-lhe a grandeza data da segunda metade dos anos 20, e é de qualquer modo ulterior à transformação que se situa (de «inglês» a «português» sobretudo) em 1924, e com que Pessoa havia respondido à sua solidão de chefe vanguardista quase sem vanguarda... Não foi, portanto, pelo menos inicialmente, a aclamação que os críticos «presencistas» lhe deram o que provocou a integração definitiva no mundo dos heterónimos portugueses (que são, de certo modo, não só a ideia de multiplicação objectiva da subjectividade proclamada em *Ultimatum*, nem só a brincada máscara da mistificação vanguardista, que se tenha colado à alma, mas também uma necessidade de encher, com gente mais real que a gente real, a solidão e o vazio) e a desistência do britânico. Por um lado, a cena das letras e das artes (*Contemporânea, Athena*, Salão dos Independentes, etc.) recuperava-se um pouco, em Portugal, na década de 20, das sobrevivências meramente esteticistas e do predomínio saudosista – algo havia no ar, quando é por 1924 que Teixeira de Pascoaes mais se confina à preparação das suas «obras completas» que à continuidade ininterrupta com que publicara novos livros de poemas por três décadas. Não era muito, mas era um pouco mais – e era *no* mundo em que Pessoa vivia havia vinte anos, e em que se ficara saboreando a ironia muito britânica de ser e de não ser dali. Além disso, a poesia em inglês, sendo um pressuposto prévio da sua formação literário-linguística, colidia com a «realidade» múltipla da heteronimia, era como que pré-histórica em relação a ela. Os heterónimos (o ortónimo incluído) haviam sido, em termos de vanguarda, *maneiras diversas de poder ser português* o poeta que havia no homem chamado Fernando Pessoa. Este aceitava a realidade de *não-ser*, uma vez que se ficava no Portugal em que ser, para ele, era uma virtualidade do intelecto. No fim dos anos 20, e nos anos 30 que viveu (e às vésperas de 1935 sabendo-se já perto da morte, pois que começara a arrumar e classificar os seus papéis[10], a literatura mais jovem rodeava-o de uma aura que ele, se por um lado gratamente aceitava, por outro lado mantinha a uma irónica distância, como sempre mantivera tudo e todos[11]. Mas, em 1934, e na mesma ordem

---

[10] Com efeito, a comparação dos envelopes em que ele classificara por heterónimos muitos poemas, com os primeiros volumes publicados das suas obras completas, mostra que estes são mais ou menos esses envelopes (os definidos, já que outros estavam marcados interrogativamente entre pares de autores possíveis), acrescentados todos do que estava dispersamente impresso e que Pessoa, entre os papéis, não se deu por isso a recolher.

[11] Sempre bem educadas, as cartas publicadas a diversas pessoas no entanto patenteiam essa distância irónica e mesmo, por vezes, certa impaciência que se disfarça nas explicações racionalizadoras que dá de si mesmo.

de ideias, pela qual vinte anos antes se libertara da «obscenidade» incómoda, deixou-se organizar e editar *Mensagem*[12] e mesmo ser oficialmente premiado com o livro[13] quando era evidente, por poemas seus e prosas mais ou menos inéditas, que não aderia à situação política, quando sabia perfeitamente que os seus admiradores mais devotados se chocariam com o que podia ser apresentado como uma adesão (e foi-o longamente), e quando ficar publicamente o poeta de *Mensagem* prejudicaria necessariamente a imagem do conjunto heteronímico (como ainda sucede em meios universitários, por repetição de muita «bibliografia», quando não por um misto de simpatia pelo tradicional que métrica e estroficamente o livro parece ser, de antipatia pelas formas vanguardistas, e de desconfiança por essa história estranha dos heterónimos...)[14]. Em parte, o que ele fez era reflexo da atitude muito britânica, e anglo-saxónica em geral (mas muito pouco portuguesa), de afirmar-se uma liberdade de opinião e de acção, independentemente de obediência a uma imagem assumida ou atribuída (já ele uma vez dissera que os poetas portugueses pensavam por caderno de encargos...); por outra parte, era certo gosto vanguardista de mistificar e de chocar; mas, ainda por outra, era na verdade – e, se arriscava um prémio oficial que o seu amigo António Ferro queria dar-lhe com *aquele* livro, tanto melhor... – o despir a máscara do nacionalismo sebastianista, quando o nacionalismo se tornava um *regime*, da mesma forma que publicara *Antinous* e *Epithalamium* para exorcismar-se para mais altos voos. A morte, que ele cortejara tantos anos e que, com discreto alcoolismo britânico, acumulara em si mesmo, chegou talvez um pouco mais depressa do que ele a esperava, a 30 de Novembro de 1935, não lhe dando tempo a iniciar a publicação da sua obra. Para criar o que criou teve uma vintena de anos – e havia trinta e quatro que escrevia versos enquanto tais, desde aqueles tempos de 1901 em que começou a escrevê-los

---

[12] Nunca é demais acentuar, já que críticos responsáveis cometem habitualmente o erro, que *Mensagem* é de 1934, e não de 1935 em que ganhou o prémio parcialmente. O colofon da 1.ª edição declara que o livro acabou de imprimir-se em Outubro de 1934, e é 1934 o ano que figura na capa.

[13] Algumas informações sobre as circunstâncias algo burlescas desse prémio foram primeiro dadas pelo autor destas linhas, em *F. P. – Páginas de Doutrina Estética*, p. 339 e segs., em nota ao artigo com que Pessoa se vingou ironicamente da preferência dada ao premiado principal.

[14] Para o equívoco do «tradicional» contribuiu muitíssimo que o 1.º volume das *Obras completas*, em 1942, tenha sido de poesia «ortónima», bem como para o relegar-se os heterónimos a segundo lugar em relação a ela.

em inglês[15]. Essa morte, porém, fora-lhe anunciada em 1915-16, na sua amizade por Sá-Carneiro e na obsessão deste com o suicídio que se deu em Paris, a 26 de Abril de 1916, no exacto dia em que Pessoa lhe escreve uma carta que não conclui nem remete. A morte de Sá--Carneiro (e em cartas a Côrtes-Rodrigues, em Maio e Setembro desse ano, Pessoa fala de uma «enorme crise intelectual» pela qual passava, *ob. cit.*, pp. 76 e segs.) havia sido, simbolicamente, *a sua própria morte*, num processo oposto ao que para a sua personalidade havia sido o nascimento dos heterónimos por 1914. Sá-Carneiro escrevera, em 18 de Abril, uma carta desesperada a Pessoa (e já antes tentara suicidar-se). É curiosíssimo notar-se que a carta de Pessoa (a resposta não enviada, e por isso a temos, pois que os papéis de Sá-Carneiro desapareceram) é literariamente afectada e distante, muito diversa do tom das últimas que recebia do amigo. Não é de modo algum uma carta de socorro, um apelo à vida, mas como que um paradoxalmente trágico lavar de mãos à Pilatos. Ou Pessoa não acreditava nos dramas de Sá-Carneiro (por este os magnificar não eram menos reais para quem os sofria), o que não é possível pelo que o conhecia e as cartas que recebia dele; ou mantinha na exterioridade a certa distância uma intimidade que o assustava, o que só é parcialmente possível, dada a identificação entre ambos como pares e génios singulares, que se manifesta nas cartas de Sá-Carneiro; ou Pessoa via Sá-Carneiro como um ser inviável, marcado para a morte e, mais que para ela, para o suicídio, e, na união simbólica deles dois, ambos divididos dentro de si mesmos, aquele que tinha por destino o suicídio expiatório da sobrevivência do outro. Deste modo, o Antínoo que se teria suicidado misticamente para que o imperador Adriano sobrevivesse, e cuja morte este pagou com uma divinização oficial, era, em 1915, a potencialidade dessa morte, mas é, na publicação do poema, em 1918, o epicédio simbólico desse sacrifício expiatório[16].

---

[15] Note-se que, estando em geral (a não ser em casos muito especiais) um desejo de expressão literária conexo com o despertar sexual do adolescente, Pessoa não é nessa matéria um retardado, já que isso lhe aconteceu aos doze anos de idade. O poema *Separated from thee....* datado de 12 de Maio de 1901, quando ele tinha treze anos menos um mês, é, na sua ingenuidade literata e juvenil, um poema de amor.

[16] Há, a confirmar tudo isto, uma extraordinária coincidência. Fernando Pessoa publicou em *Athena* n.º 2, de Novembro de 1924, uma belíssima prosa, *Mário de Sá--Carneiro*, anteposta à publicação, que fazia, dos «últimos poemas» do amigo, que este, antes de suicidar-se, lhe remetera de Paris. A primeira frase desse artigo é esta: «*Morre jovem o que os Deuses amam*, é um preceito da sabedoria antiga» (itálico de

Que fique bem claro que não insinuamos, nem sequer admitimos, uma probabilidade de quaisquer relações entre os dois amigos como as descritas no poema. Mesmo no plano dito «platónico» elas não existiram com qualquer conotação sexual, sem dúvida. Mas a filosofia platónica, o neoplatonismo, o que deles fluiu para o esoterismo hermético, autorizam perfeitamente o simbolismo expressamente sexual como representação da pura espiritualidade e o mesmo autoriza a Cabala, ainda que possamos interpretar essa pura espiritualidade como sublimação e projecção das coexistências complexas da psicologia profunda (não de indivíduos «anormais», mas de toda a humanidade normal ou não). Mas nada há, ao contrário do que pensa Gaspar Simões (ob. e vol. citado, p. 187) de «serena e bela *abstracção*» (sublinhado seu) no erotismo de *Antinous*. Além do dramatismo emprestado à desesperada frustração erótico-sexual de Adriano ante o cadáver do amante (não são cenas de ternura e paixão as que ele evoca, mas as habilidades sexuais do favorito), as evocações são bem pouco «abstractas». Por certo que a literatura erótica da Antiguidade podia fornecer a Pessoa muitas sugestões descritivas, de explícita que é, como a literatura pornográfica vitoriana (a outra face da respeitabilidade) que talvez circulasse de mão em mão por baixo das castas carteiras das aulas da Durban High School, nos idos da viragem do século. Mas se as sugestões serão, não duvidamos, inteiramente literárias, não menos – como aliás em *Epithalamium*, em que ninguém de certo modo, se escandalizará que o não sejam – assumem uma ardência imaginosa que excede em muito a simples *abstracção*

---

Pessoa) (veja-se o artigo em *Páginas de Doutrina Estética*, sel., pref. e notas de Jorge de Sena, Lisboa, 1946, pp. 115-20). Como adiante veremos, uma das fontes modernas mais importantes para a figura de Antínoo é o longo estudo de John Addington Symonds, «*Antinous*», que faz parte dos seus *Sketches and Studies in Italy and Grece*, cuja primeira edição é de Londres, 1898. Estudioso de classicismo, historiador do Renascimento, biógrafo de Miguel Ângelo, e escritor por direito próprio, Symonds (1840-1893) foi uma das mais importantes personalidades do esteticismo britânico. Aquela vasta colectânea de artigos e ensaios (e não conseguimos descobrir aonde terá sido primeiro publicado o sobre Antínoo) teve reimpressões em 1907, 1910 e 1927. É desta última edição (3 vols., Londres, 1927) que citamos o que se seguirá. A terminar o estudo, depois de sopesar as várias imagens e interpretações de Antínoo, que a antiguidade nos legou, diz: «Front to front with them, it is allowed us to forget all else but the beauty of one who died young because the gods loved him» («Face a face com elas, é-nos permitido esquecer tudo o mais menos a beleza de *alguém que morreu jovem porque os deuses o amavam*» (itálico nosso) (*ed. cit.*, vol. III p. 229). Symonds aplicou, ao terminar o seu artigo, a Antínoo, a mesma frase com que Pessoa abre o seu sobre Sá-Carneiro.

(supomos que no sentido de «imaginação não dependente de efectiva experiência»). Evidentemente que, neste caso, G.S. procurava pôr discreta delicadeza no pisar de tão delicado terreno. Mas a verdade dos estudos sexológicos é que uma pessoa só não é capaz de imaginar aquilo que profundamente teme (ou porque o teme em si mesmo, ou porque as repressões sociais assim o condicionaram, no que não há muita diferença). Diremos, antes, no caso de Pessoa, que não é necessário defendê-lo do que nunca constou que ele efectivamente fosse, mas colocar a questão, não num plano de «anormalidade» – e sim no de uma dialéctica de castidade e de pan-erotismo, pela qual ele era, ao mesmo tempo, «normal», e se libertara da sua capacidade de imaginar fosse o que fosse sem repressão alguma. Se, depois disto, ele namorou longamente uma senhora, e não veio a casar com ela nem com ninguém, não pode tirar-se daí nenhuma conclusão directa, pois que não seria o primeiro nem o último homem a quem isso acontecesse. Se ao longo de tudo isto foi casto (e por certo que o álcool pode ser uma complementar transferência que à castidade ajuda), também não pode dar-se sobre ele um veredicto de impotência, já que só em mitologias de machismo lusitano as duas condições são quase necessariamente sinónimas. E, se tudo isto se coadunava com a sua descoberta do esoterismo – significativamente feita por 1915, quando traduzia livros teosóficos[17] –, quanto podemos e devemos

---

[17] Como ele conta a Sá-Carneiro num trecho de carta (J. G. S., *ob. cit.*, II, pp. 229-30) que podemos interrogar-nos sobre se, por ter ficado nos papéis de Pessoa, chegou a ser enviada. Esta carta pode ser lida em Apêndice de Mário de Sá-Carneiro, *Cartas a Fernando Pessoa*, 1959, vol. II, pp. 221-23, e é datada de 26 de Abril de 1916, o exacto dia do suicídio de Sá-Carneiro em Paris.

Depois desta carta, Sá-Carneiro ainda escreveu uma última, de 18 de abril, que, depois da morte dele, certamente por ter ficado sem ser remetida entre os papéis do suicida, foi enviada a Pessoa por José António Baptista de Araújo, em 27 do mesmo mês. As últimas cartas de Sá-Carneiro estavam cheias de referências aos seus projectos de suicídio, e já ele enviara a Pessoa o manuscrito dos seus poemas (que figura no espólio de Fernando Pessoa) e mesmo como recordação, a sua «carta de estudante» na Faculdade de Direito de Paris. Cumpre notar que as últimas cartas de Sá-Carneiro a Pessoa eram angustiadas, insistindo por receber notícias dele, etc., e, se mantinham aquele tom de época esteticista com que Sá-Carneiro escrevera tantas (e tão belas), vibravam de uma intensa e desesperada humanidade em que os ouropéis se desfaziam à pressão interna de uma vida que se decidira pela extinção. A comparar com estas cartas, e em face das declarações de suicídio que Sá-Carneiro fazia, a carta que de Pessoa possuímos (uma outra, de 14 de Março, conhecemos também, porque existia por cópia nos papéis de Pessoa), e que não terá chegado a ser enviada, é aterradora de distância, de desculpas por «eu tenho tido, com efeito,

dizer é que ele soube, como raros, criar-se o ser que lhe convinha para triunfalmente realizar-se e a uma obra que é em verdade *a sua vida*. Dele se poderia afirmar o que ele afirmou de Sá-Carneiro (carta a G.S., de 10 de Janeiro de 1930): «O Sá-Carneiro não teve biografia: teve só génio. *O que disse foi o que viveu*» (sublinhado nosso). E é apenas em função desse «dizer» que foi a sua «vida», e para o entendermos melhor, que tudo o mais pode interessar-nos. Como Freud disse no seu magnífico ensaio sobre Leonardo da Vinci, o que interessa na vida de um artista, ou nas profundas da sua natureza, não é isso, mas o que ele fez disso, que é a obra de arte.

\*
\* \*

Cumpre-nos, agora, estudar, por si mesmos, os poemas que Pessoa publicou, e pela ordem em que ele os colocou. Embora seja uma questão algo secundária, qual é realmente essa ordem? Nos English Poems – I-II-III, sucedem-se *Antinous*, *Inscriptions*, *Epithalamium*, em 1921. Mas, em 1918, a primeira versão daquele primeiro e os *35 Sonnets* precederam os outros, e em especial *Epithalamium*, que é por certo cronologicamente anterior aos outros na composição. Os sonetos, todavia, não chegaram a entrar na reedição. Parece, portanto, que a ordem será, ou deve ser, a dos *English poems*, seguidos dos *35 Sonnets*, vindo após estes os dispersos poucos, cuja publicação foi mais tardia. E esta é a ordem estabelecida nesta edição, para os próprios poemas.

### *Antinous*

Para o leitor de hoje, que leia os poemas de Fernando Pessoa como os de um «contemporâneo»[18], o tema deste poema e a própria estrutura narrativa dele podem parecer distantes; e o uso desse tema da história

---

bastante que fazer», etc. E há nela um passo decisivo em que Pessoa se identifica com Sá-Carneiro (que na verdade está a abandonar ao seu destino), dizendo que sentiu a crise dele como sua mesma, por *projecção astral* (sublinhado de Pessoa) do sofrimento de Sá-Carneiro. O projecto inconcluso da carta termina com estas palavras pavorosas: «peço-lhe, meu querido Sá-Carneiro, milhares de desculpas. *Mas isto não podia ter sido senão assim*» (sublinhado nosso).

[18] Escritores e críticos não eruditos tendem sempre a ler os autores anteriores num plano de abstracção estética, que se concretiza, para eles, na relação com os seus próprios gostos e interesses contemporâneos – é, ainda que nem sempre

antiga (e também da arte da Antiguidade já que Antínoo, inspirou numerosas obras de arte) parecerá, por sua vez, algo de pretensiosamente erudito. Perdeu-se vulgarmente muita coisa indispensável ao entendimento deste poema: a presença efectiva da cultura clássica, a recordação (não compensada por amplos ou monográficos estudos específicos) da atmosfera cultural do Ocidente, desde o último quartel do século XIX aos primeiros anos do século actual, a compreensão do interesse narrativo em poesia (para não falarmos da própria compreensão de um *poema longo em si*). Se hoje, apesar da linhagem que tende para a destruição de estruturas não apenas discursivas mas também de concreção imagística e metafórica, pela concentração nos aspectos da linguagem como signo arbitrário e tipográfico, já a própria prática da poesia moderna com numerosos poemas longos, desmentiu a superstição da validade exclusiva do momento lírico, decorrente das teorias de Bergson e de Croce, não menos ainda se conserva (e até se ampliou à própria arte da ficção em geral) uma superstição contra o poema que se estruture *narrativamente*, como é o caso de *Antinous* e de *Epithalamium*. Quando actualmente, a crítica teme ou ataca o que chama «discursivo» está realmente, na maioria dos casos, a confundir «discursivo» com «narrativo». Porque é importante tomar consciência de que, se «discursivo» não significa necessariamente «oratório», também «narrativo» não implica contar-se uma história. «Narrativo» é também o que descreve uma cena, o que evoca uma situação, o que analisa um estado de alma, em lugar de simbolizá-los em metáforas que os suprimem como referência concreta. Por outro lado, o poema longo, exigindo uma justaposição sucessiva de momentos líricos (e referimo-nos apenas a poesia sobretudo lírica, ainda que em amplo sentido), assume necessariamente uma *estrutura narrativa*, sem que por isso seja aquele amplo género de que a poesia épica foi a imagem ideal. Exemplo excepcional, na obra de Fernando Pessoa, é a *Ode Marítima* de Álvaro de Campos, cuja estrutura é narrativa, sem que o tom deixe de ser o celebratório da ode; e, no plano de narração que se organiza como uma sequência, *O Guardador de Rebanhos*, de Alberto Caeiro, não menos o é. Com isto, queremos também acentuar que um poema como *Antinous*, ainda que o não pareça, não é único na obra de Fernando Pessoa & C.ª (ou seja a sociedade heteronímica em que ele se realizou).

---

declarado, um critério de *relevância*, que ignora o importantíssimo e indispensável correctivo da *perspectiva histórica*, pelo qual um autor só pode ser entendido e apreciado na relação dialéctica, entre o tempo e a cultura que foram dele, e o que, nele, possa ou *deva* chamar-nos a atenção.

Se a poesia inglesa, em que ele se educara primeiro, lhe oferecia uma vasta massa triunfal de poemas longos da mais vária espécie, desde a meditação à epopeia, que não tem realmente par na poesia portuguesa em semelhante proporção de obras excepcionais, a verdade é que esta, e sobretudo na imagem que apresentava ao tempo dele, não era a esse respeito um deserto. Junqueiro, Gomes Leal, Eugénio de Castro, Teixeira de Pascoaes, etc., todos haviam escrito longos poemas, e precisamente Eugénio de Castro os escrevera em estilo esteticista-simbolista.

A poesia ocidental, mesmo em poemas puramente líricos, na segunda metade do século XIX, está carregada de referências e de alusões históricas ou cultas, colhidas quer mais ou menos directamente, quer como fórmulas transmitidas na própria prática literária. Isto, em grande parte, e se bem que o Romantismo largamente as tivesse feito ou tivesse desenvolvido temas históricos, deveu-se à reacção esteticista contra o subjectivismo romântico (que se deu aliás em muitos românticos como um Keats ou um Platen) e ao desejo de opor ao sentimentalismo e à contemporaneidade realista um mundo prestigiado pela História que o Romantismo glorificaria. Alguns românticos, os esteticistas do realismo, e os decadentes e parnasianos, como os simbolistas, mais e mais apelaram para evocações dessa ordem[19].

Em Portugal, aonde estas complicações foram algo simplificadas, a cultura clássica não desempenhou nelas, até certo ponto, um tão grande papel. E, nela, menos ainda os aspectos gregos dela o desempenharam. O neoclassicismo helénico que, nas outras literaturas europeias, reagiu contra a tradição do classicismo seiscentista e setecentista pelos modelos franceses, e, conforme os casos, precedeu, opôs-se ou fundiu-se em individualidades românticas, não é visível, quer nos árcades finais, quer nos chamados pré-românticos, quer em

---

[19] Flaubert é típico a este respeito, e teve uma influência sugestiva imensa. O realismo esteticista, que se simboliza nele, e que tem na poesia de Baudelaire uma contrapartida, procurou objectivar na criação estética o realismo romântico que já regia contra o Romantismo propriamente dito. Baudelaire, com o seu gosto pelos aspectos ditos «mórbidos», veio logo a ser imagem do «decadentismo»; paralelamente, Leconte de Lisle foi o parnasianismo. Deste e da descendência decadentista de Baudelaire se diferenciaram, como escola, os simbolistas. E o simbolismo-decadentismo francês, ao frutificar na Inglaterra na continuidade do pré-rafaelismo, foi o *esteticismo* britânico dos anos 90.

escritores românticos, que todos continuaram mais ou menos presos à tradição eclesiástico-universitária de uma educação sobretudo latina e retórica. E isto é tanto mais curioso quanto (o que é uma contraprova) sobretudo os pré-românticos, como os primeiros românticos, não eram ignorantes de cultura alemã ou inglesa, aonde tais coisas se haviam passado e passavam: Portugal não tomou conhecimento do que era o que correspondeu ao Goethe neoclássico, a Hölderlin, ou mesmo a um Maurice de Guérin, e que radicava em grande parte nos estudos de crítica de arte de Winckelmann (uma das fontes, este, de Pessoa, neste caso). Mas não se pense que aquela cultura clássica não pesava realmente na formação dos escritores portugueses no século XIX: basta atentar-se nas constantes referências que a ela faz um Eça de Queiroz.

Todos os «ismos» do século XIX, e sobretudo na segunda metade dele, usaram das referências e das alusões clássicas, como do exotismo do Próximo Oriente, para oporem um mundo mais «livre» ao mundo das repressões da respeitabilidade burguesa. O realismo (retomando, em termos moralistas, os temas da licenciosidade do século XVIII) desejara exprimir uma franqueza erótica que as idealizações românticas haviam suprimido (sem prejuízo de muitos românticos terem sido intensamente eróticos nas suas obras). O erotismo tornava--se, moralista ou não, uma das armas de demolição social. Mas, ao mesmo tempo, ou descrevia o que se passava grosseira e violentamente (como a «realidade» parecia ser a esses homens, e ainda hoje parece a muitos) no mundo quotidiano (e foi o que o naturalismo fez), ou transferia para um mundo fantástico de evocação historicista aquela exacerbação erótica que, no contemporâneo, estava «suja», ou era vista degradadamente por séculos de cristianismo repressivo (e foi o que as várias correntes esteticistas fizeram). O entrecruzar constante destas duas tendências é patente nas literaturas da segunda metade do século XIX e primeiros anos do século XX (e, por isso, muita «Arte pela Arte» deve ser, entendida como o revolucionarismo, que foi, contra o enquadramento sócio-moral das sociedades estabelecidas).

Por séculos e séculos a cultura clássica, mais ou menos exclusivamente latina, havia sido o suporte da educação ocidental, que só deixou de ser, quando o pragmatismo burguês lhe opôs, falsamente, a necessidade da instrução científica (o que era, note-se, também uma manobra, que ainda hoje muitos não entendem, contra uma cultura que, independentizada do enquadramento cristão, ameaçava o pietismo protestante e a sacristia católica, em que as sociedades estabelecidas baseavam o seu poder). Mais longamente que em Portugal, continuou a sê-lo, apesar de tudo, e até tempos recentes, noutras áreas culturais. Assim, todo aquele material de alusões, referências, temas, que esteticisticamente é empregado nos fins do século XIX, e que muitas vezes serviu para sugestões audaciosamente eróticas e até calculadamente perversas, não era, na verdade, para quem o usava como para quem o lia, tão «exótico» ou tão «pedante», como hoje, na cultura pedestre e precipitadamente autodidacta de escritores e de público, pode parecer que o é. O que era então «novo» e agressivo não era, pois, o mero uso de tudo isso, mas as patentes intenções com que era empregado: e estas eram o repor em público, por desafiador requinte esteticista, aquilo que os latinistas e helenistas sempre tinham conhecido, e que a Idade Média, o Renascimento, o Barroco e mesmo o classicismo setecentista haviam imitado com maior ou menor licenciosidade. Educado através de um currículo de estudos secundários britânicos, em que as literaturas clássicas ocupavam um lugar que não teriam tido para ele se tivesse ficado em Portugal, Fernando Pessoa apenas recebeu mais extensa e profundamente, ainda que em nível elementar, o que integrava numa tradição de séculos, que, nesse momento, era desviada – descobri-lo-ia ele – para outros fins: de libertação moral, social e literária.

Desde os meados do século XIX, Antínoo era, na literatura ocidental, uma referência ou alusão constante, que o esteticismo explorou, sempre que se tratasse de simbolizar a beleza masculina juvenil (e também um carácter dúbio que essa beleza pudesse ter). Mas a figura dele e a sua história verídica haviam sido sempre conhecidas e referidas, desde que, já na era cristã, o imperador Adriano elevara a personalidade histórica do seu favorito à divinização, acrescentando Antínoo à lista de adolescentes mitológicos e eroticamente simbólicos: Adónis, Átis, Ganimedes, etc., que todos, e mesmo nos momentos mais católicos das literaturas ocidentais, não deixaram de ser tema poético, precisamente pelo que eroticamente podiam simbolizar. Se Adónis e Átis são de certo modo heterossexuais, Ganimedes e Antínoo expressamente o não eram. Mas Ganimedes raptado por Zeus podia ser, e foi, interpretado cristãmente como significando o humano possuído pelo divino. Antínoo havia sido, porém, uma figura histórica divinizada por um amante mais histórico ainda – era realmente o mesmo processo transferido ao plano do meramente «humano» (com toda a sugestividade das grandezas imperiais romanas). Mas esta transferência era precisamente o que, por várias razões, podia interessar no século XIX. Era uma portentosa manifestação de paganismo, *ulterior* à aparição do cristianismo; era uma divinização *imanente*, ao alcance do homem e realizada por este; e era, além disso, tudo isso indissoluvelmente ligado com a, em termos socio-morais cristãos, mais escandalosa e proibida das «paixões»: a homossexualidade masculina. Esta, e não porque alguns grandes escritores dos fins do século XIX tenham sido homossexuais, mas pelo que mencioná-la representava de audácia agressiva contra os tabus sexuais de qualquer ordem, foi aberta ou subterraneamente um dos mais ocorrentes temas dessa época[20], e Fernando Pessoa, ao usá-la em *Antinous*, não fazia mais, de certa maneira, que seguir essa tendência dela, centrando-a num dos símbolos mais especificamente significativos.

Por outro lado, Antínoo não ficou, na cultura, apenas como uma memória histórica de um «caso» da Roma imperial. Ao imortalizá-lo, Adriano povoou de estátuas dele o Império, e muitas dessas obras, que representam a última floração magnífica da escultura da Antiguidade, sobreviveram nos museus e colecções da Europa. O jovem bitínio não é, assim, um fantasma histórico e um nome, mas uma realidade iconográfica que se perpetuou e sobreviveu. Por idealizadas que as suas figurações fossem e por muito que, na divinização intencional, o representem com atributos de deuses a que poderia ser assimilado, há, nas que se conhecem ou se identificaram como tais, um ar de «retrato» a irmaná-las, que não é só do realismo retratístico da escultura romana, mas por certo de expressa intenção

---

[20] Seria absurdo e ridículo supor, como há quem primariamente suponha, que a emergência de escritores como Verlaine, Rimbaud, Oscar Wilde, André Gide, Marcel Proust, etc., e o êxito deles, representavam uma conspiração homossexual para o domínio da cultura e a dissolução dos costumes. O que sucedeu foi o contrário: porque toda uma rebelião contra a hipocrisia socio-moral se desencadeara, foi que eles puderam realizar-se como escritores, independentemente de serem homossexuais, lado a lado com muitos outros que o não foram, mas que viam neles uma afirmação da liberdade da literatura e, também, aquele imenso grau de «perversidade» (que vários deles não teriam) que era parte da ideia de decadência. Esta, ao contrário do que tradicionalmente sucedera por comparação com épocas supostas modelarmente ideais, surgia como um valor positivo: a frutificação das «flores do mal» que Baudelaire plantara. Sobre a ideia de decadência, veja-se o nosso ensaio sobre ela, em *Dialécticas da Literatura*, Lisboa, 1973.

de não torná-lo *abstracto* e sim de tornar divino *aquele* homem, tal como ele era. Portanto, as alusões ou referências a ele (a não ser quando se sente que são mecânicas e superficiais) correspondiam a uma *imagem definida*, precisamente a que teria sido a sua e Adriano fez que fosse perpetuada. Essa imagem não é, porém, de modo algum, a de um jovem lânguido e efeminado, ondulante e frágil, que habitualmente se associa, irónica ou perversamente, com *efebo* (vocábulo que o esteticismo tanto usou): é sim a de um jovem atlético e viril, marcado de uma intensa sensualidade física e de uma curiosa e distante, quase irónica, melancolia profunda. Tal melancolia não será, porém, a morbidez culpada que autores condicionados pelo cristianismo supuseram que seria. Não poderia haver tal na representação iconográfica de quem foi divinizado como ele o foi, nem as relações dele com o imperador estavam psicológica ou socialmente manchadas de um sentimento de culpa. Será, antes, a expressão simbólica de uma grande complexidade que se reflecte no poema de Pessoa, e de que o próprio Adriano nos legou uma das chaves, num brevíssimo poema que veio a ser das mais fecundas coisas que jamais se escreveram. Antínoo reflecte, no rosto e nas atitudes, a mágoa irreparável da juventude cortada pela morte, a surpresa irónica daquele que morreu de súbito num acidente sem sentido ou a consciência transcendente daquele que se mata para dar vida a quem ama[21], e a ambiguidade suprema daquele que, sendo humano, se vê divinizado. A chave de Adriano é a seguinte.

Nos últimos anos da sua vida (Adriano terá sobrevivido oito anos a Antínoo)[22], dos quais os últimos quatro foram de grande sofrimento físico, e quando estava às vésperas da morte (salvo em casos de

---

[21] Adriano, oficialmente, considerou a morte de Antínoo acidental. Mas o que se dizia, e os historiadores registaram, foi que, sabedor de um oráculo de morte próxima do imperador, Antínoo se suicidou propiciatoriamente para prolongar-lhe a vida. Dado às iniciações esotéricas como Adriano era, nada há de contraditório na atitude oficial dele: o sacrifício era um segredo que ele não tinha o direito de revelar, e cuja eficácia poderia perder-se pela revelação. Neste último caso, não estava Adriano egoisticamente a capitalizar o segredo em proveito da sua superstição; mas a evitar que o suicídio de Antínoo, além de horrível para ele, se tornasse absurdo por transcendentalmente inútil.

[22] Em 130 da nossa era, quando terá morrido Antínoo, Adriano tinha cinquenta e quatro anos. No poema de Pessoa é um homem desta idade quem chora um morto pelo menos trinta anos mais novo do que ele. Mas é também o Deus Pai, chorando a morte necessária do deus Seu Filho, que é um seu *alter-ego*. Veja-se, para uma comparação, Charles Péguy, *Le Porche du Mystère de la Deuxième Vertu*.

acidente ou doença súbita, a humanidade, até aos progressos médicos do século XIX, se estava para morrer, sabia que morria) compôs ele um poema muito breve, gracioso e irónico, mas também profundamente dramático – o famosíssimo *Animula vagula blandula*, que aqui damos e traduzimos[23].

Este poema, que é o ponto de partida do que veio a ser a *Alma minha gentil* [24] e fascinou os séculos, corresponde àquela melancolia de Antínoo, mas também ao espírito de jogo, cuja perda, no poema de Pessoa, o imperador lamenta no favorito morto. E é uma despedida irónica e pungente, terna e displicente, da vida, no que ela pode ter de gratuito e a morte não, através da apóstrofe à própria alma que parte.

Públio Élio Adriano nasceu em Itálica, nas proximidades da actual Sevilha, em 76 da nossa era, membro de uma velha família romana estabelecida nas Espanhas. Neto de uma tia do imperador Trajano que era também «espanhol», a ele sucedeu em 117, tendo ao tempo havido dúvidas sobre se a sua adopção por aquele imperador era autêntica ou não (de qualquer modo, ao que parece, era o mais próximo parente de Trajano, que então havia, e gozava da protecção deste e da

---

[23] É impossível dar em português, sem que o texto fique metricamente excessivo e sentimentalmente piegas, a acumulação de diminutivos do original latino. Note-se que Fernando Pessoa conheceria possivelmente este poema de Adriano das suas leituras de poesia clássica, mas, grande leitor que havia sido de Byron, poderia ter encontrado a tradução (publicada com o original latino) que este poeta fez e se encontra em *Hours of Idleness*, colectânea juvenil com que abrem as *Obras completas*. Byron, aliás, traduziu também o verso célebre sobre a morte juvenil: *Whom the gods love die young*.

> *Animula vagula blandula*
> *hospes comesque corporis*
> *quae nunc abibis in loca*
> *pallidula rigida nudula*
> *nec ut soles dabis iocos.*
>
> *Alminha vagabunda blandiciosa,*
> *Do corpo a moradora e companheira,*
> *A que lugares tu te vais agora,*
> *Tão pálida, tão rígida, tão nua?*
> *Nem mais às graças te darás de outrora.*

[24] Veja-se o estudo de Stanley Robinson de Cerqueira, «Adriano, Petrarca e Camões», *Revista de Letras*, Assis., vol. 2, 1961.

imperatriz Plotina que teria manobrado a sucessão). Considerado um dos maiores imperadores já pela Antiguidade, os historiadores modernos de certo modo confirmam esta opinião acerca de quem foi uma das mais fascinantes e poderosas personalidades da história romana. Reinou até à morte em 138 (10 de Julho), tendo sido sucedido pelo imperador Antonino Pio, que ele adoptara para o efeito. As notícias históricas sobre a complexa personalidade de Adriano são os historiadores do Baixo Império, que por vezes manifestam os juízos contraditórios que a Antiguidade teve dela, por várias razões políticas (nos autores cristãos, a antipatia por quem havia sido sem dúvida uma das grandes glórias pagãs). Para o caso de Adriano são eles, por ordem cronológica, o grego Díon Cássio (155-235), os autores da compilação (preparada entre os fins do século III e os princípios do século IV) chamada *História Augusta*, o cristão Eusébio de Cesárea (264-340) na sua *História Eclesiástica* (IV, 3-9), os *Césares* (XIV) de Aurélio Vítor, compostos por 360 (cujo retrato da personalidade de Adriano é algo sinistro), Eutrópio no seu *Breviário* (VIII, 67) composto em 378, as *Crónicas* (II, 31, 3-6) de Sulpício Severo que este cristão compôs entre 400 e 405, e as *Histórias contra os Pagãos* (VII, 13) do cristão Orósio, compostas por 417. Das notícias destes historiadores e da documentação histórico-epigráfica, um rápido esboço da personalidade e da vida de Adriano pode ser esquiçado. Deixou fama de ser um grande pacificador do Império e das suas fronteiras, era um trabalhador infatigável e um administrador excepcional. A sua cultura enciclopédica ficou proverbial: Tertuliano chamou-o *omnium curiositatum explorator*. Era particularmente interessado em arte e em literatura (as antologias guardam poemas gregos seus); e, nas suas viagens, não perdia oportunidade de interrogar os oráculos, visitar santuários famosos, os lugares célebres, os túmulos dos grandes homens. Dos vinte e um anos do seu reinado, passou fora da Itália mais de dez. Na verdade, a sua história pessoal é a das suas viagens. Estando na Síria, quando sucedeu ao trono, chegou a Roma só no ano seguinte (118). Em 121-125, esteve ausente de Roma quatro anos. Tendo passado o Inverno de 122-23 em Espanha, vai à Mauritânia de onde embarcou para a Ásia Menor, que percorreu até à fronteira do Eufrates. É em 123 que conhece o bitínio[25]

---

[25] A Bitínia era uma região a noroeste da Ásia Menor, confinante com o Mar da Mármara, o Bósforo e o Mar Negro, que havia sido povoada por populações de origem trácia, as quais resistiram a Alexandre Magno, apesar das colónias gregas que o país possuía ao longo da costa. Organizada em reino, que resistiu longamente

Antínoo, que se torna seu companheiro inseparável. Chega à Grécia nos fins de 124, e passa o Inverno de 124-125 em Atenas, iniciando-se nos mistérios de Elêusis. Em 125, preside às Dionisíacas e percorre a Grécia, de onde parte para a Sicília, aonde sobe ao monte Etna: esta ascensão cativou contraditoriamente a imaginação dos contemporâneos, por a razão ser o contemplar da altura o nascer do Sol (atitude romântica que aqueles tempos não podiam ainda compreender). Regressou a Roma no fim desse ano. Mas, pouco depois, passava a Primavera e o Verão de 128 em África, voltando a Roma em Agosto para logo partir de novo para a Grécia, aonde está em Atenas e assiste às festas de Elêusis (para receber a segunda iniciação nos mistérios). Demora-se por aí até à Primavera de 129, quando percorre a Ásia Menor. Uma nova ascensão – desta vez no monte Cássio na Capadócia – ficou lendária como a anterior, e com acrescentadas razões: um raio matou o vitimário, quando, no cimo do monte, o imperador sacrificava. Nos meados do ano está Adriano em Palmira, e passa o Inverno seguinte em Antioquia. Na Primavera de 130, visita a Palestina, aonde manda reconstruir a Jerusalém que havia sido destruída pelo imperador Tito, e mesmo deixa alguns judeus voltarem a estabelecer-se lá. Percorre seguidamente a Arábia, e, nos meados do ano, chega ao Egipto, passando dois meses em Alexandria. Organiza-se então uma expedição que sobe o Nilo, e é nesta viagem que Antínoo se afoga em circunstâncias que ficaram misteriosas. Adriano proclama luto nacional, a deificação de Antínoo, e funda em sua memória a cidade Antinópolis. Impulsionado por Adriano, o culto do favorito propaga-se por todo o império – note-se que já o próprio imperador vinha sendo assimilado ao Sol e ao Zeus olímpico, e era objecto de culto religioso. Até ao Inverno de 130, quando voltou a Alexandria, Adriano manteve-se no Alto Egipto. Em princípios de 131, visitou a Cirenaica, partindo no Outono para a sua querida Atenas que ele embelezara e modernizara (ainda hoje as ruínas do seu fórum contam entre as antiguidades atenienses). Passado o Inverno, percorre a Trácia, a Mésia e a Macedónia, e funda Andrinopla (Adrianópolis). E novamente vem passar o Inverno de 132-133 em Atenas. Mas, neste último ano, preside pessoalmente à queda de Jerusalém aonde os

---

às pretensões da Síria helenística, foi governada por uma dinastia que durou desde 298 a.C. a 74 a.C., quando os romanos a conquistaram e a absorveram como província. Pela sua posição geográfica e pela sua história, a Bitínia era uma das províncias romanas em que se cruzavam as tradições do Próximo Oriente com a influência grega.

judeus haviam desencadeado uma última revolta. É nos princípios de 134 que regressa a Roma, mandando então construir a sua gigantesca Vila Adriana, aonde são reproduzidos monumentos de todo o império, e aonde as estátuas de Antínoo velam a sua vida que já se extingue. Mas foi em Baies, na Campânia, e não na sua vila dos arredores de Roma, que ele morreu em 138. O mausoléu que mandara preparar para si mesmo é hoje, muito modificado na Idade Média e no Renascimento, o castelo de Santo Ângelo, em Roma, aonde, na câmara funerária, mão moderna inscreveu o pequeno poema que anteriormente transcrevemos. Adriano compusera as suas memórias, que se perderam. Uma magnificente invenção delas foi escrita por Marguerite Yourcenar, em *Mémoires d'Hadrien*, Paris, 1951, de onde na esmagadora maioria partem as referências modernas a Antínoo[26].

Antínoo, cuja imagem sobrevive na maior parte da sua iconografia que tem todo o carácter de ser predominantemente retratística, nascera em Claudiópolis, na Bitínia, e, como vimos, encontrou-se com Adriano por 123, quando era ainda um adolescente. Se foi ou não escravo do imperador é ponto de dúvida, até porque, em tempo de Adriano, a posição de escravo podia ser, em certas circunstâncias, muito fluida. A sua morte no Nilo foi interpretada de diversas maneiras, conforme os preconceitos simpáticos ou antipáticos ao imperador e às suas relações com o favorito e à deificação deste. Teria sido um acidente, conforme o próprio Adriano proclamou; teria sido um auto-sacrifício de ordem esotérica para prolongar a vida do seu bem-amado imperador; teria sido até um sacrifício ordenado por Adriano, com a aquiescência do jovem, para obedecer-se a oráculos em que o imperador acreditava. Já referimos antes estes aspectos que ficaram, mesmo na época, ocultos – e que, como Yourcenar bem diz, têm a incerteza da própria vida, quando interpretamos o que se passou na consciência de alguém. Mas o culto de Antínoo lançado a partir da fundação de Antinópolis aonde ele morrera foi tudo menos incerto. Na verdade, constituiu o último grande fogo criador do paganismo que se extinguia. E as estátuas, baixos e altos-relevos, e moedas comemorativas desse culto formam um dos derradeiros conjuntos iconográficos – esplêndidos – do Império Romano. No século II, o

---

[26] Este extraordinário romance é baseado numa sólida erudição acerca de Adriano e do seu tempo, como pode ser visto na sua nota final que pode dar ao leitor um sem-número de referências.

epicurista Celso, autor de um «Discurso Verdadeiro», composto para ridicularizar o Antigo e o Novo Testamento, opunha o culto de Antínoo ao de Cristo, c. 178, quase meio século depois da morte de Antínoo e quarenta depois da de Adriano. Conhecemos fragmentariamente o texto de Celso, pela veemente resposta polémica que lhe deu o cristão Orígenes (c. 185 – c. 254) em 248. Por esta mesma época, o culto de Antínoo enfurecia S. Clemente de Alexandria (c. 150 – c. 215). Note-se que Fernando Pessoa estava informado destas polémicas e da existência dos «cristos pagãos» (ou individualidades mitológicas ou divinizadas cujo sacrifício era paralelo do de Cristo)[27]. E há notícias de o culto de Antínoo ter sobrevivido longamente, nos primeiros séculos cristãos, ao cristianismo que conquistava o Império. Não há dúvida – até pela quantidade de obras de arte, que sobreviveram à destruição promovida pelos cristãos dos ídolos pagãos – que esse culto centrado inicialmente na Bitínia, no Alto Egipto, e em Atenas (além da própria Vila Adriana), como também em Mantineia, na Grécia, por esta cidade se considerar a mãe das colónias gregas da Bitínia, se difundiu largamente e teve uma escandalosa importância que afligia os polemistas cristãos.

No século XVI, quando se difunde o interesse pela estatuária e a medalhística antigas, Antínoo reaparece, não só na sua iconografia mesma (ele fora representado como um deus egípcio, como Diónisos, como Hermes, como Apolo, no plano divino, mas também como Hércules, ou como ele mesmo cujos traços todas as estátuas preservaram), mas também na literatura. É disto testemunho um longo poema atribuído a Ronsard (1524-85), primeiro publicado em 1855 [28].

---

[27] Havia, na biblioteca inglesa de Fernando Pessoa (cf. Apêndice I de Maria da Encarnação Monteiro, *Incidências Inglesas na Poesia de Fernando Pessoa*, Coimbra, 1956), a obra de John M. Robertson, *Pagan Christs, Studies in Comparative Hierology*, Londres, 1903, além de muitas outras obras deste livre-pensador britânico. Sobre os ataques de autores pagãos ao cristianismo, veja-se o fundamental Pierre de Labriolle, *La Réaction Paienne, étude sur la polémique antichrétienne du I au VI siècle*, Paris, 1934 (que consultamos na 6.ª ed., de 1942).

[28] O poema, que, se não é de Ronsard, pertence à sua época, foi atribuído a este poeta por Blanchemain, na sua edição de 1855 de obras inéditas. O final dele pode ser lido, mais acessivelmente, com o título de «La Mort d'Antinous», em *La Poésie Française et le Maniérisme*, textes choisis et présentés par Marcel Raymond, Paris, 1971, pp. 86-87. É de notar que o autor do poema não ignora nem esconde as relações entre Adriano e Antínoo.

No século XVIII, uma referência do marquês de Sade (1740--1814) mostra que a história de Antínoo era tão conhecida sua, quanto uma mera alusão seria reconhecida pelos seus leitores. Diz ele de uma personagem masculina na novela *Augustine de Villefranche*: «il aurait pu dans le même jour devenir l'Antinous de quelque Hadrien ou l'Adonis de quelque Psyché»[29]. Por essa época, o crítico de arte alemão Winckelmann (1717-68)[30] um dos restauradores do gosto neoclássico com os seus estudos sobre a arte da antiguidade, descreveu mais de uma vez as imagens de Antínoo. É desse novo gosto que resultaram, na segunda metade do século XIX, numerosas imitações ou cópias de esculturas antigas, como o «Castor e Pólux», estátua assinada e datada de 1767, por Joseph Nollekens (1737-1823), que foi famoso neoclássico da época, cópia que pode ser vista no Victoria and Albert Museum, em Londres. Com efeito, é cópia de uma famosíssima escultura antiga (provavelmente já uma cópia tardia), o chamado «grupo de santo Ildefonso»[31] que tradicionalmente representaria Antínoo, e uma divindade (se não o próprio Adriano). Uma das figuras é sem dúvida, sobretudo a cabeça e a atitude dela, reprodução de várias das cabeças conhecidas do favorito imperial. Desse «grupo» do Museu do Prado ocupa-se largamente Symonds, no seu ensaio sobre Antínoo, que já referimos anteriormente como uma das possíveis fontes directas de Fernando Pessoa. Nas *Ilusions Perdues*, cujos três volumes apareceram em 1837, 1839, 1843, Balzac descreve o seu protagonista Lucien de Rubempré em termos de ambiguidade sexual que vinham sendo aplicados a Antínoo e uma divindade (se não o próprio Adriano). Uma das personagem refere-se a ele, nos seguintes termos: «Lucien était un Antinous et un grand poète». É interessante referir que o *Larousse do Século XIX*, no seu tomo I, datado de 1866, no artigo Antínoo citava a descrição de Winckelmann, e dizia: «La beauté d'A. est devenue proverbiale, et ce nom a passé dans la langue pour désigner un homme d'une beauté accomplie»[32], e abona-se de

---

[29] Cf. *Les Vingt Meilleures Nouvelles Françaises*, choix et préface par A. Bosquet, Paris, 1956.
[30] Note-se que Winckelmann forneceu a António Botto, via Fernando Pessoa, a célebre epígrafe das *Canções* sobre a supremacia da beleza masculina.
[31] Uma gravura desse grupo ilustra o vol. III dos *Sketches* de J. A. Symonds.
[32] É a conotação de tipo ideal de beleza masculina a que usa um autor tão discreto como Pérez Galdós, em *Los Cien Mil Hijos de San Luís (Episódios Nacionales*, II, 6, 1877, que citamos da ed. de Madrid, 1928, p. 159): «Alcalá Galiano era tan feo y tan elocuente como Mirabeau. Su figura, bien poco académica y su cara no semejante a la de Antínoo (…).»

Théophile Gautier e Eugène Sue. Mas, em Balzac, a alusão a propósito de Lucien ia carregada de muito mais que só beleza. E poucos anos antes, em 1859, num poema publicado na *Revue Contemporaine*, intitulado *Danse Macabre*[33], Baudelaire apostrofava:

. . . . . . . . . . . . . . . . . . . . . . . . . . . . . . . . . . . . . . . . . . . . . . . . . . . . .

*Fiers mignons, malgré l'art des poudres et du rouge,*
*Vous sentez tous la mort! O squelettes musqués,*

*Antinoüs flétris, dandys à face glabre,*
*Cadavres vernissés, lovelaces chenus,*
*Le branle universel de la danse macabre*
*Vous entraîne en des lieux qui ne sont pas connus!*
. . . . . . . . . . . . . . . . . . . . . . . . . . . . . . . . . . . . . . . . . . . . . . . . . . . . .

Nesta apóstrofe insinua-se já certa conotação de vício que será corrente nas referências da época simbolista e esteticista. Assim é que Jean Lorrain, numa sequência de sonetos, «Les Ephèbes», do seu livro *Le Sang des Dieux* (1882), tem um sobre Antínoo (como sobre outros jovens de semelhante destino como Ganimedes, Hylas, etc.) em quem encontra a «testa estreita e os olhos largos» daquelas criaturas «passivas» amadas por «perversos deuses»[34]. Por esse mesmo tempo J. A. Symonds publicava fora do mercado uma breve plaqueta,

---

[33] A sequência dos *Tableaux Parisiens*, de que este poema faz parte, não aparecia pois na 1.ª edição de *Les Fleurs du Mal*, em 1857. Foi Incluída na 2.ª, de 1861.

[34] Jean Lorrain, pseudónimo de Paul Duval (1855-1906), pertenceu à transição do parnasianismo para o simbolismo, na atmosfera do qual a sua obra se desenvolveu, sem prejuízo de o polemista iracundo que ele foi ter atacado muita da literatura simbolista ou outras das manifestações artísticas do mesmo período, como por exemplo os admiradores do *Pelléas*, de Debussy, que ele acoimou de «pelléastres» Foi um dos colaboradores da famosa *Revue Blanche*, fundada em 1891, e em que colaboraram o parnasiano Heredia, ao lado de Verlaine, Mallarmé, Barrès, e os jovens Marcel Proust e André Gide. Quando Proust reuniu em volume, *Les Plaisirs et les Jours*, em 1897, vários dos seus escritos juvenis, aliás publicados em grande parte naquela revista, Lorrain atacou-o com uma violência tal que Proust se bateu em duelo com ele. Jornalista, poeta, dramaturgo, ficcionista, Lorrain não é uma figura medíocre e, no seu estilo e na sua violência contundente, equivale ao nosso Fialho de Almeida. Sobre ele e Proust, e as relações de ambos com Robert de Montesquiou que seria o modelo do monstruoso Charlus proustiano, veja-se o 1.º volume, *The Early Years of Proust*, de George D. Painter, Boston, 1959, obra que é o mais actualizado e maior estudo biográfico-crítico sobre Proust. É curioso acentuar que o que fez Montesquiou aproximar-se de Lorrain (para logo se separarem) foi

*A Problem in Greek Ethics* (publicada em 1883 e reimpressa, também em reduzíssima edição, em 1901), em que, tratando da inversão na antiguidade, se refere a Antínoo com uma franqueza que não teve no seu ensaio dos *Sketches*. Oscar Wilde (1854-1900) refere, no seu poema *The Sphynx*, Antínoo nos seguintes termos:

> *Sing to me of that odorous green eve when crouching by*
> *the marge*
> *You heard from Adrian's gilded barge the laughter of*
> *Antinous*
>
> *And lapped the stream and fed your drought and watched*
> *with hot and hungry stare*
> *The ivory body of that rare young slave with his pome-*
> *granate mouth!*
>
> *(Canta-me dessa tarde verde e odorosa em que,*
> *agachada na margem*
> *Ouviste na barca dourada de Adriano o riso de Antínoo*
>
> *E lambeste as águas e saciaste a sede e viste com ardente*
> *e esfaimado olhar*
> *O corpo de marfim desse raro jovem escravo com sua*
> *boca de romã!)*

– trecho que, na sua ardência esteticista, antecipa muito da atmosfera do poema de Pessoa[35].

---

precisamente aquele soneto sobre Antínoo. O favorito de Adriano é mencionado por Lorrain no seu romance *M. de Phocas. Astarté*, de 1901, que foi um dos grandes êxitos do decadentismo. Acerca desse romance e de *A Confissão de Lúcio*, de Sá--Carneiro, veja-se o oportuno estudo de Pamela Bacarisse, «A Confissão de Lúcio: Decadentism après la lettre», em *Forum for Modern Languages Studies*, vol. X, n.º 2, Abril, 1974.

[35] Wilde refere Antínoo em *The Portrait of Dorian Gray*. Traduzimos: «O que a invenção da pintura a óleo foi para os Venezianos, a face de Antínoo foi para a escultura grega tardia, e a face de Dorian Gray será um dia para mim.» Numa carta de Wilde, escrita de Paris, em Janeiro de 1898 (cf. Rupert Croft-Cooke, *Bosie*, Lord Alfred Douglas, his friends and enemies, New York, 1963), Antínoo é mencionado. No seu ensaio ficcionalizado sobre a identidade do recipiendário dos sonetos de Shakespeare (tema que tem apaixonado, sem solução definitiva, a crítica britânica),

No seu *Contre Sainte-Beuve*, manuscrito que ficou inédito e, como *Jean Santeuil*, precede e anuncia em muitas páginas o colossal *À la Recherche du Temps Perdu*, Marcel Proust, escrevendo por 1908--10, evocava, no capítulo XIII – *La Race Maudite*, a figura de Antínoo: «Il se promenait pendant des heures seul sur la plage, s'asseyait sur les rochers et interrogeant la mer bleue d'un oeil mélancolique, déjà inquiet et insistant, se demandait si dans ce paysage de mer et de ciel d'un léger azur, le même qui brillait déjà aux jours de Marathon et de Salamine, il n'allait pas voir s'avancer sur une barque rapide et l'enlever avec lui, l'Antinoüs dont il rêvait tout le jour, et la nuit à la fenêtre de la petit villa, où le passant attardé l'apercevait au clair de lune, regardant la nuit, et rentrant vite quand on l'avait aperçu»[36]. Nesta longa citação, Antínoo, por certo aparece como um sonho homossexual de beleza masculina, mas nada tem do carácter «passivo» que Lorrain lhe atribuía.

É com este aspecto que Proust lhe dá, mas retornando à imagística descendente de Winckelmann, que Antínoo aparece, na época decadentista, na literatura portuguesa, com Abel Botelho, em *O Barão de Lavos*, em 1891. Vale a pena citar o trecho desta obra escrita em 1888-89, quando Pesssoa nascia, pelo que compreendia sobre a iconografia do favorito de Adriano:

---

*The Portrait of Mr. W. H.*, Wilde escreveu o seguinte, que particularmente nos importa: «His true tomb, as Shakespeare saw, was the poet's verse, his true monument the permanence of the drama. So it had been with others whose beauty had given a new creative impulse to their age. The ivory body of the Bithinyan slave rots in the green ooze of the Nile, and on the yellow hills of the Cerameicus is strewn the dust of the young Athenian; but Antinous lived in sculpture, and Charmides in philosophy» (*The Works*, ed. Collins, London, 1948, p. 1108). Que se traduz: «O vero túmulo dele, como Shakespeare viu, eram os versos do poeta, o seu vero monumento a permanência do drama. Assim tem sido com outros cuja beleza deu um novo impulso criador à sua época. O corpo de marfim do escravo bitínio apodrece na lama verde do Nilo, e nos amarelos montes do Cerâmico está espalhado o pó do jovem ateniense; mas Antínoo viveu na escultura, e Cármides» (jovem celebrado por Platão) «na filosofia». É de acentuar-se que o problema da identidade de Shakespeare, como se verifica da sua biblioteca inglesa, do mesmo modo que as diversas questões shakespearianas, entre as quais ocupa, como acima apontámos, particular lugar a identidade do jovem W. H. a quem os sonetos foram dedicados, interessou especialmente Fernando Pessoa.

[36] Marcel Proust, *Contre Sainte-Beuve*, Paris, 1954, p. 261.

«Estátuas e quadros que figurassem a nu belos adolescentes, estonteavam-no. Trouxe-o doente da mais cega paixão, dias seguidos, o célebre *Antinous* descoberto em Roma no século XVI, no bairro *Esquilino*, que ocupa hoje no *Belvedere* do Vaticano um gabinete especial, e é das melhores obras da antiguidade que o tempo nos poupou. Maior que o natural, deslumbrante na lisa alvura do mármore, ele inclina a cabeça levemente e dealba no sorriso uma expressão graciosa e fina, que faz um contraste adorável com a vigorosa envergadura do arcaboiço. Misto inexprimível de *morbidezza* e força, de energia e doçura, esta figura preciosíssima realizava para Sebastião em êxtase uma tão perfeita harmonia de conjunto, que ele ficou-a tomando sempre por modelo das boas proporções da figura humana. Mas muitas outras estátuas do favorito de Adriano impressionaram fortemente o futuro barão de Lavos. Mesmo no Vaticano, mais duas ainda: uma figurando-o de deus egípcio, o olhar hirto e parado, a curva do *lotus* no sobrolho, o cabelo todo em anéis colados às fontes, paralelos; outra singelamente coroada de gramas e nas mãos as insígnias agrárias de Vertúmnio, fresca e robusta. Uma outra em Roma, no Capitólio, trazida da antiga *villa* de Adriano em Tivoli, representando o formoso escravo, que as águas do Nilo sepultaram, com o rosto repassado de melancolia – como na antevisão do seu destino –, os olhos grandes e magistralmente desenhados, a cabeça também inclinada ligeiramente, e em torno da boca e da face uma perfeição de contorno ideal esvoaçando... No Louvre, uma com os atributos de Hércules, da mais altiva elegância; outra com os olhos de pedras finas e sobre as espáduas um manto de bronze, largamente panejado; e uma terceira, sedutora, com o largo chapéu, redondo e baixo, de Mercúrio, meia túnica deixando descoberto um braço soberbamente modelado, a perna cingida por botinas de coiro, a coxa inteiramente nua, opulenta e suave»[37].

Por esta mesma época, nas suas *Cartas sem Moral Nenhuma*, cuja 1.ª edição é de 1903, Teixeira Gomes, descrevendo «um forte rapaz dos seus dezoito anos, muito elegante no trajo do chulo que lhe realçava a ambígua plástica apolínea, escandalosamente», refere-se-lhe dizendo: «O Antínoo, porém, muito senhor de si (...)»[38] – o que aponta para que, nos anos dos fins do século XIX e primeiros do

---

[37] Os itálicos são do original que citamos da 4.ª edição, Porto, 1920.
[38] Citado da 2.ª ed., Lisboa, 1912.

século XX, tanto em Portugal, como lá fora, Antínoo era uma referência literária de clara identificação[39]. Não só através da cultura clássica, mas desde o século XVI com a revalorização da sua iconografia, e em especial nos fins do século XVIII com o neoclassicismo, e a partir dos meados do século XIX, Antínoo, era um motivo literário. O que ele não tinha sido, nas literaturas modernas, era o tema central de um longo poema escandaloso como o que Fernando Pessoa escreveu, do qual a crítica de *The Athenaeum*, em Janeiro de 1919, dizia: «A poem expressing the grief of Hadrian at the death of Antinous. The theme is often repellent, but certain passages have unquestionable power»[40].

*Antinous* prolonga-se por 361 versos, e é assim um dos mais extensos e ambiciosos poemas que Fernando Pessoa escreveu. Os versos estão agrupados em estâncias de variável número de versos que rimam por esquemas irregulares, e que são, na sua maioria, pentâmetros. A linguagem do poema, sem deixar de ser algo afectada, é mais fluente que a dos *35 Sonnets* com os seus artifícios estilísticos, para obtenção de uma densidade expressiva, ou que a de *Epithalamium*, em que entre o pretensiosismo formal e a grosseria vulgar não há equilíbrio da expressão. Possui o poema uma unidade de tom, para a narrativa, que, nos sonetos, existe só ao nível de uma continuada complicação verbal. Mas, a comparar com a poesia que, em português, Fernando Pessoa estava escrevendo pela mesma época[41],

---

[39] Não pretendemos, neste esforço, esgotar todas as referências literárias a Antínoo, mas tão-só ilustrar a sua presença em certos momentos, um dos quais é o próprio ambiente do «fim do século», em que Fernando Pessoa se formou. Na literatura portuguesa contemporânea, poetas como Sophia de Mello Breyner e o autor deste prefácio, por confluência de cultura clássica, do poema de Pessoa, e do livro de M. Yourcenar, têm referências a Antínoo. Uma curiosa descrição do favorito de Adriano (que lhe atribui como que um sentimento de pecado, que nem Antínoo nem os escultores pagãos podiam sentir) encontra-se em Urbano Tavares Rodrigues, *Jornadas na Europa*, Lisboa, 1958.

[40] «Um poema exprimindo a dor de Adriano pela morte de Antínoo. O tema é muitas vezes repelente, mas certas passagens têm uma força indiscutível.» Tirando o facto de o articulista chamar tema ao que é desenvolvimento dele, a frase descreve muito bem o que poderia ter sido a reacção, ainda vitoriana nos anos 20, de um leitor britânico preso entre o chocante de vários passos e a beleza de muitos desses ou de outros.

[41] Em 1914, haviam «nascido» Alberto Caeiro e Álvaro Campos, que ambos afinavam pelas audácias modernistas, e também Ricardo Reis, cujo neoclassicismo se pode considerar, pelo rigor que transcende toda a tradição romântico-sentimental, uma experiência de vanguarda. Em 1915, é o ano da publicação de *ORPHEU*, em

não é o que diríamos um poema», «moderno, mas antes um poema «datado» do *Fin de Siècle*. Pela temática, enquadra-se no esteticismo britânico, ainda que conserve na dicção muito da poesia romântica inglesa que havia sido uma das grandes influências que Pessoa sempre declarou para a sua juventude[42].

Diversamente do *Epithalamium*, que é composto de diversos números sucessivos, *Antinous* procura ter uma unidade interna que se apoia na recorrência do motivo da chuva, a qual se supõe estar a cair lá fora durante o tempo da narrativa[43]. Este motivo aparece logo no isolado verso 1.º, em que, antes de Antínoo, é Adriano quem surge. E o ser dito que a chuva lá fora é frio na alma de Adriano transfere o motivo unificador para o espírito do imperador, o que é exacto em relação ao ulterior desenvolvimento da narrativa, e em relação à História, visto que Antínoo, quer como ser vivo, quer como ente divinizado depois da morte, existiu em função de Adriano. A recorrência do motivo da chuva (versos 48, 171, 342) coincide com o início das sucessivas secções do poema, que se dirigem para o largo discurso do imperador, que tem início no v. 179 e dura até v. 341, e em que a transfiguração de Antínoo se processa. Esta transfiguração,

---

que Campos lança a sua ampla *Ode Marítima* e a tonitroante *Ode Triunfal*; e é desse mesmo ano a «*Saudação a Walt Whitman*» do mesmo «autor». Há de 1915, poemas de Caeiro e odes de Ricardo Reis. Os heterónimos, e em especial Álvaro de Campos, estavam muito activos nesse ano. Quanto ao Pessoa-ele-mesmo, se publicava a *«Chuva Oblíqua»* em *ORPHEU*, tinha neste poema ainda muito da afectação esteticista que ainda é peculiar aos poemas que publicou em 1917, em *Portugal Futurista*, e que não deixa de haver nos sonetos «*Passos da Cruz*» que deu para a *Centauro* de 1916. Pelos volumes publicados, e por outras referências (cf. Jorge Nemésio, *A Obra Poética de Fernando Pessoa*, Salvador, 1958), verifica-se que o Pessoa ortónimo estava mais ocupado com a sua poesia em inglês, mas que, tanto em português como em inglês, se libertara menos do que os seus heterónimos. O que é curioso ponto a acrescentar à génese deles. Dir-se-ia que eles, em parte, resultaram da extrema dificuldade que o Pessoa ele-mesmo teve em soltar-se das suas peias romântico--esteticistas; e, na verdade, com o que de interessante haja em poesia ortónima que seja anterior a 1917-1920, é só por esta última data que o ortónimo atinge a sua personalidade que conservará até ao fim da vida do poeta que era eles todos. Naquela libertação já vimos que papel, em psicologia profunda, o *Antinous* desempenhou.

[42] Vejam-se as leituras de Pessoa, em Apêndice de *Cartas a Armando Côrtes--Rodrigues*, ed. Joel Serrão, Lisboa, 1945(?), tal como ele as comunicou ao amigo.

[43] Este recurso a uma recorrência, para manter a unidade de um poema longo, e fazer transição de umas partes para as outras, empregou-o Pessoa noutros poemas; é o que Álvaro de Campos faz com o «volante», na *Ode Marítima*.

desde as saudades da carne que desesperam o imperador ante o cadáver do favorito[44], até à apoteose desse amor na divinização de Antínoo, é o fito central a que é levado o tema do poema.

*Inscriptions*

Ao tornar a publicar *Antinous*, em versão revista, Pessoa acrescentou-lhe, como que a contrabalançar o que o poema tinha de escandaloso, e sublinhando o que ele queria que ele representasse de «grego» ou pelo menos de «clássico», as catorze *Inscriptions*, datadas de 1920, cinco anos depois da data da 1.ª versão. Dir-se-ia que, paralelamente com a revisão do poema. que entretanto estaria fazendo, Pessoa sentira a necessidade de o equilibrar com imitações directas da *Antologia Grega*[45]. Todos os catorze poemas são directa ou indirectamente «inscrições tumulares falantes», isto é, seguem o antiquíssimo modelo de um morto real ou imaginário (porque já a poesia grega cultivou imaginosamente o «epitáfio»[46]) se dirigir a quem lê a inscrição. Note-se que o cultivo desta forma podia incluir o epitáfio concebido para divulgação literária, de herói ou heróis famosos, ou simplesmente de um qualquer exemplo típico da vida humana, como pretexto poético-moralizante, ou para permitir ao poeta expôr a sua filosofia da vida e da morte.

---

[44] Não deixemos de sublinhar um curioso pormenor do poema de Pessoa, quando no v. 130 menciona o «cabelo de oiro» de Antínoo, traindo uma concepção anglo--saxónica da beleza masculina, já que o bitínio por certo que não seria louro.

[45] No século IX, em Constantinopla, Constantino Céfalas organizou uma antologia de breves poemas da antiguidade e da tradição helénicas. Essa antologia, revista e ampliada em 980, é a *Antologia Palatina* (do «Codex Palatinus», descoberto em 1606, que a contém), composta por c. 3700 epigramas, num total de 22 000 versos. Máximo Planúdio (1260-1310), outro bizantino, editou uma nova antologia – a *Planúdia* – que corresponde à de Céfalas e à Palatina. Vulgarmente, chama-se «Antologia Grega» ao corpo total de epigramas destas colecções, que incluem muitos textos das épocas romana e bizantina.

[46] Originariamente, na Grécia, *epitáfio* não era um epigrama funerário ou inscrição tumular, mas uma oração fúnebre proferida cerimonialmente em honra dos mortos em combate, nos seus funerais oficiais, segundo o *Oxford Classical Dictionary*. Quanto à civilização romana, as inscrições funerárias constituem a massa mais importante das inscrições latinas que chegaram até nós. Mas, a princípio, não se lia nos monumentos funerários mais que o nome do defunto, a que mais tarde começaram a ser acrescentados alguns dados biográficos como a idade e a profissão. Só depois, talvez cerca de 300 a.C., é que as famílias ilustres, que dominavam a sociedade romana, introduziram o costume de o nome ser seguido de um breve *elogio* em verso. O *epicédio* não deve ser confundido com este elogio, do qual se

No mesmo número da *Athena* (n.º 2, Novembro de 1924) em que publicava os «últimos poemas» de Sá-Carneiro, precedidos do breve ensaio a cuja importância já nos referimos em nota, publicava Pessoa oito traduções, sob a epígrafe de *Da Antologia Grega*, de epigramas funerários extraídos da famosa colecção bizantina. Tinha ele, na sua biblioteca (cf. M. da Encarnação Monteiro, *ob.cit.*, p. 95) os cinco volumes da edição da *Antologia Grega*, com traduções inglesas, por W.R. Paton, que haviam aparecido em Londres entre 1916 e 1918. É de crer que Pessoa terá adquirido a obra por 1918-1920. No 2.º volume, que contém os «epigramas funerários», há várias «chamadas e tentativas de tradução» (segundo M.E.M., *loc. cit.*), e nele figuram os poemas cujas traduções não-assinadas Pessoa fez imprimir na sua revista, em 1924. É de crer que a aquisição da obra, não só por natural curiosidade do poeta que via aquela magna colecção acessível, mas também para aprimorar na «fonte», o classicismo do seu Ricardo Reis, tenha despertado o gosto tradutório de Pessoa (que foi grande), e o tenha levado a tentar a imitação por conta própria, no fazer do que seguia a concepção literária de imitação dos clássicos, em que Reis, por natureza e educação (em relação a Horácio), se inseria...[47]

A poesia greco-latina, como é sabido, não era rimada: mas, a partir do Renascimento, ao traduzi-la ou imitá-la, os poetas tendem a

---

desenvolveu o epigrama literário por influência grega. O epicédio era um poema ou secção de um poema, em honra de um morto. Cultivado pelos alexandrinos, passou a Roma na Idade de Ouro da literatura latina, e há-os em Catulo, Virgílio, Horácio, Ovídio, Propércio, etc. O epigrama era, na tradição greco-latina, qualquer poema curto, de estrutura concisa (assim, por muito tempo, nas épocas modernas, o soneto era classificado entre os «epigramas»). No século XVI português António Ferreira e Andrade Caminha compuseram epitáfios usando para isso a estância chamada oitava. O próprio Fernando Pessoa, em muitos dos poemas que são «epigramas» da sua *Mensagem* (nem todos o são), usou do tom e do espírito do «epitáfio» em louvor de heróis, v. g. o epitáfio de Bartolomeu Dias. Recordemos ainda o belíssimo epitáfio de Antero de Quental por João de Deus, e os epitáfios satíricos de Gomes Leal, em *O Fim de um Mundo* (1899).

[47] Não cremos necessário dizer, com M. da E. Monteiro (*ob. cit.*, p. 37), que as poucas traduções da *Antologia Grega* publicadas por Pessoa devam, por algumas características sintácticas, atribuir-se a Ricardo Reis, e não ao Pessoa ortónimo. Este, ao publicá-las, não as assinou. Mas também as *Inscriptions* inglesas praticam, por analogia com os estilos clássicos, algumas inversões e hipérbatos, e Pessoa publicou--as como suas. As traduções são antes exercícios do escritor «inglês» que compunha as *Inscriptions* e que tinha Ricardo Reis «em casa»...

rimar. E é o que faz Pessoa nas suas catorze composições. Nas que são quartetos, a rima é cruzada em todas, à excepção da V, em que é emparelhada; nas de seis versos, a rima é também emparelhada, menos na XIII, em que obedece ao esquema *aab ccb*.

A série dos catorze poemas não é propriamente uma simples colectânea de epitáfios dispersos, mas uma sequência coordenada em suas partes. Efectivamente individuais são nove: o II, de uma donzela; o III, de um varão mais patrício à romana que cidadão à grega; o IV, de um lavrador; o V, de um conquistador; o VI, de uma esposa fiel; o VII, de um contemplativo, mais de raiz metafísica e religiosa que o protagonista do III, e que, também à romana, é antes um moralista; o VIII, de uma criança; o XI, de um soldado e patriota; o XIV, e último, o de quem manda gravar epitáfios, ou, alegoricamente para o conjunto, do poeta. De certo modo colectivos, mas em sentido muito especial, são ainda os IX e X, que consagram, numa transposição retórica bem comum, respectivamente, os habitantes genéricos de um aglomerado urbano e um par de amantes; e o XII, que se refere, em termos de classicismo tradicional, aos habitantes piedosos mas não dedicados à contemplação filosófica. Só a primeira inscrição e a XIII não são propriamente epitáfios: aquela serve de introdução ao conjunto, esta diz da morte das obras, como a seguinte e final diz da extinção do autor. Os temas e tipos de pessoas escolhidos, a própria linguagem que lhes é atribuída, tudo releva de uma actualização elegante do «epitáfio» clássico, de que centenas podia ter Pessoa visto na edição de Paton, que possuía. Ordenou-os, porém, de uma forma gradual e equilibrada, partindo de um poema genérico sobre a morte, para concluir com poemas sobre a morte das obras humanas e de quem as faz. Não concordamos com M.E.M. (*ob. cit.* p. 39), quando diz que nos epitáfios, se vai «gradualmente introduzindo, sobretudo a partir da sétima inscrição, um matiz estranho ao seu carácter propositadamente clássico». E, pelos comentários subsequentes, quer referir-se à dialéctica do sonho e da realidade em torno do problema do conhecimento da personalidade cognoscente, que é um dos temas básicos de Fernando Pessoa e que este tão largamente usou nos seus sonetos ingleses, por isso um repositório do que seria o seu pensamento poético. O tema da Vida como Sonho é logo apresentado no primeiro verso do primeiro dos «epitáfios», o introdutório. E é perfeitamente natural que esse tema, aliás recorrente mais ou menos ao de leve em todos os epitáfios, surja pujante, na sua conexão com a *validade* da expressão artística, precisamente no n.º XIII, que trata da sobrevivência de uma obra humana. De resto, a Vida como Sonho, tema muitas vezes suposto característico do Barroco europeu, e mais especificamente, via Calderón, do espanhol do Século de Ouro, está muito longe de ser alheio à atmosfera das literaturas da antiguidade clássica, e é pelo contrário um tema fundamental na encruzilhada de estoicismo e de epicurismo em que se situa a parte confinante com Platão do pensamento classicizante de Fernando Pessoa. Mas a verdade é que, muito antes desses contraditórios filósofos todos (empiristas, idealistas, etc.), já c. 500 a.C. o poeta Píndaro exclamara: «O Homem vive um dia. Que é ele? O que não é? Uma sombra num sonho é o Homem»[48].

*Epithalamium*

O epitalâmio, na sua origem grega, era estritamente uma canção cantada por jovens (rapazes e donzelas) ante a câmara nupcial, segundo explica Dionísio de Halicarnasso, na sua *Retórica*, alguns anos antes da Era Cristã. Mas tomara-se, já muito antes, na literatura grega, uma forma artística cultivada, por exemplo, por Safo ou Teócrito. Os gregos não o confundiam, como mais tarde artisticamente o veio a ser, com *himenaios*, que era o cântico processional que acompanhava a casa os recém-casados e que é descrito já em Hesíodo e na *Ilíada* de Homero. Os latinos tomaram para si o epitalâmio literário, e deles cerca de dezassete chegaram até nós, sendo os mais antigos e melhores os de Catulo. Mas eles tinham, oriunda da Etrúria e do Lácio, uma velha tradição: a das festas «fesceninas». Estes festivais rurais, correspondentes às colheitas, incluíam a aparição de adolescentes (homens apenas), com máscaras ou as caras pintadas, cantando versos obscenos. O costume verificava-se também nas festas matrimoniais, e, gradualmente, na civilização romana, os versos fesceninos passaram a corresponder ao que os gregos chamavam *himenaios*, ou cântico processional, como uma tradição – que a Europa cristã e rural longamente conservou e ainda conserva – de acompanhar os noivos à câmara nupcial com chufas e piadas indecentes. O epitalâmio literário, que reaparece no Renascimento, nunca se esqueceu desta dupla origem, e, conforme as circunstâncias a celebrar ou a

---

[48] Usámos, para esta secção, em grande parte, o nosso artigo *«Inscriptions*, de Fernando Pessoa», publicado no suplemento literário de *O Comércio do Porto*, de Setembro de 1958, e que apresentava as traduções dos catorze poemas, que agora se publicam nesta edição. [V. Apêndice]

inspiração dos poetas tendeu a esconder o erotismo sob uma retórica cerimonial, ou a dar largas a uma imaginação «fescenina» – e é o que Fernando Pessoa fez no seu *Epithalamium*, já que são menos o famosíssimo epitalâmio de Edmund Spenser ou os de Sá de Miranda e de António Ferreira que ele toma para modelo distante, do que aquela última e obscena alternativa[49].

As vinte e uma secções do poema de Pessoa, que descrevem sucessivos aspectos de um matrimónio (as referências ao casamento religioso, que é incluído, são mínimas) desde o despertar matutino da noiva no dia marcado, até à consumação do acto sexual, concentram-se sobretudo, e muito curiosamente, mais na noiva temerosa do desfloramento, e no delírio que se apossa da festa, do que no ponto de vista do noivo. Em que medida isto se relaciona com o sadomasoquismo que, na *Ode Marítima*, Álvaro de Campos tão abertamente evoca, juntamente com uma explosão de promiscuidade sexual? Por certo, e como já tivemos ocasião de apontar, Pessoa queria purgar-se (e o fez com este poema e depois com *Antinous*) das obsessões que o perseguiam. O que não se vê, a não ser este desejo de libertar-se, é como ele podia imaginar que este poema pudesse, e para mais numa Inglaterra fortemente puritana ao tempo, contribuir de algum modo para um renome seu britânico. Porque o poema, se tem um ou outro passo de interesse, é nitidamente inferior à sua restante produção em inglês. Os versos, em que as medidas são de alternância maior do que sucede em *Antinous*, e que usa de variada rima semelhantemente, não conseguem equilibrar certo artificialismo esteticista da dicção com a procurada grosseria de algumas sugestões, e muito menos com o tom de paroxismo erótico, constantemente inflado, que é o seu, diríamos que masturbatoriamente. Quase mais diríamos: é como que um esforço mental de Pessoa para libertar-se

---

[49] É de notar que os hebraizantes consideram «epitalâmicos» o Salmo 44 e o Cântico dos Cânticos. Além dos nomes citados, o século XVI e seguintes apresentam outros grandes nomes como autores de epitalâmios: os franceses Ronsard e Malherbe (1558-1628), os ingleses John Donne (1572-1631), poeta «metafísico» por excelência, Ben Jonson (1572-1637), e os italianos Marino (1569-1637) que foi o Góngora da Itália, e Metastásio (1698-1782). Spenser celebrou as suas próprias bodas no que veio a ser um dos mais famosos poemas da língua inglesa, publicado em 1595, e as bodas de outrem no *Protalâmio*, publicado em 1596, e tão célebre como aquele. Dir--se-ia que Pessoa, ao compor o seu poema, tinha em mente o fazer o oposto da compostura, solenidade e doçura elegante que Spenser pôs nos seus.

de uma obsessão que não era exactamente sua, mas as convenções o forçavam a sentir. Muito diversos de *Antinous* e deste poema de 1913 são os *35 Sonnets*, que são datáveis desse ano e foram publicados por Pessoa, em 1918. Note-se que a libertação das obsessões sexuais e o resultado inglês de estar «livre» não fizeram que, em 1918, ele publicasse também o *Epithalamium*, mas sim a primeira versão do *Antinous*, que ele, em 1921, diria ter sido «um primeiro e muito imperfeito esboço».

## *35 Sonnets*

A sua sequência de sonetos ingleses, publicou-a Fernando Pessoa pela primeira e única vez, num folheto autónomo, em 1918. Mas tinham sido escritos alguns anos antes, muito provavelmente por 1913. Com efeito, nos apontamentos biográficos que Pessoa preparou e comunicou a Côrtes-Rodrigues, a pedido deste, em 1914 (cf. *Cartas a A.C.R.*, p. 90), ao referir que, entre 1908 e 1914, havia escrito poesia em português, inglês e francês, Pessoa diz: «Nunca deixou de fazer o que 'quis'. Quando morava na rua da Glória, achou nos sonetos de Shakespeare uma complexidade que quis reproduzir numa adaptação moderna sem perda de originalidade e imposição de individualidade aos sonetos. Passados tempos realizou-os». Como, por outro lado, ele morou naquela rua por 1912-13 (cf. J.G.S., *Vida e Obra de Fernando Pessoa*, Lisboa, s/d., vol. I, p. 304), é muito de supor que a época de composição dos sonetos seja a mesma da de *Epithamium*.

A citação acima patenteia aquela superafirmação de si mesmo e dos seus poderes, que, com ironia ou sem ela, em ensaios ou cartas pessoais, caracteriza Pessoa. Mas a verdade é que, daquela complexidade que ele vira nos sonetos de Shakespeare, não ficou nos sonetos dele senão a complexidade, além de alguns temas que serão os da sua obra sobretudo ortónima... M. da E. Monteiro (*ob. cit.*, p. 29) anotou finalmente a diferença (independentemente da de qualidade que separa as duas sequências). Comentando o que as críticas do *Times* e do *Glasgow Herald* haviam dito, ao referirem-se aos «shakespearianismos ultra-shakespearianos» e a *Tudor tricks* nos sonetos, diz ela: «se é certo que em quase todos os sonetos surgem os fenómenos apontados pelo crítico: aliterações, jogos de palavras, contradições, manejo sábio e experimentado da língua para dela extrair todas as virtualidades da expressão, a verdade é que aquilo que em Shakespeare e em certo sector da poesia isabelina, nomeadamente os "*court wits*", é instrumento de expressar, por meio de argúcias de pensamento, as complexidades do sentir, reveste-se no poeta português de diverso significado, dado que abandona a esfera do sentimento ou parte da sensação para penetrar e se expandir largamente no mundo das ideias». Poderia ter acrescentado, ainda, que, quanto a domínio da língua, se trata de um total artificialismo da expressão que faz estremecer mesmo os mais generosos leitores de língua inglesa, e os mais adeptos de complexidades metafísicas. Não é tanto um domínio que conduza a um superior equilíbrio entre os jogos de palavras e a fluência expressiva, mas um domínio que se confina a complicar pela complicação, transformando a poesia num exercício literário. Que o interesse dos sonetos nos não iluda a este respeito, ainda quando se deva ter em conta que a ressurreição crítica dos poetas dos fins do século XVI e do século XVII, apodados de «metafísicos», é, na Inglaterra, um facto dos anos 20 sobretudo, e que uma crítica não necessariamente aberta a experimentalismo não podia, em 1918, aceitar tais delírios formais, além de a imitação ser esteticamente «inútil».

Tal como foram publicados por Pessoa, os *35 Sonnets* constituem um ciclo, com um de abertura e outro de fecho, cujos poemas são unidos menos por uma sequência lógica de desenvolvimento do pensar poético, que por diversas recorrências de temas, e pela semelhança estilística de uma sintaxe «metafísica». A forma deles é a do soneto shakespeariano, com o esquema de rimas *abab cdcd efef gg*[50]. Um dos temas unificadores é a insistência do poeta no que veio a ser um dos seus principais como autor ortónimo: a dialéctica do sonho e da realidade, ou do pensar e do ver (interior e exterior), ou do pensamento e da acção que o pensamento paralisa. Outro tem directas ligações com a razão pela qual ele criou os heterónimos e se criou ele próprio heterónimo de si mesmo: é a convicção de que toda a comunicação é impossível entre nós mesmos, e que, se escrevermos do conhecer, seremos «conhecidos» pelo que escrevemos e não pelo que somos, o

---

[50] Esta forma de «soneto inglês» parece ter aparecido, pela primeira vez, na *Tottel's Miscellany*, que se publicou em 1557, antes de Shakespeare nascer. Mas ficou consagrada, como «shakespeariana», quando ele a usou na sequência de sonetos (154), que, conhecidos (ou, que se saiba, referidos) desde 1598, foram primeiro publicados com grande êxito em 1609. É de notar que uma ou outra vez Pessoa, nos seus, usou de rimas imperfeitas ou toantes (*grasp – mask*, por exemplo). Vejam-se as *Variantes* aos sonetos, a este respeito.

que está como que a uma infinita impossível distância. É fácil observar como este tema, variamente desenvolvido nos sonetos, precede a racionalização psicológica que projectou os heterónimos. Com efeito, se não podemos ser conhecidos em e por nós mesmos, criemo-nos uma ou mais projecções (como Álvaro de Campos postulava no seu «*Ultimatum*») que, por serem objectos virtuais da vida, negam, e na negação reafirmam essa impossibilidade de ser-se por escrito (ou na voz da consciência), do mesmo passo que a superam. Como este engano pode funcionar, iludindo a angústia da impossibilidade de conhecimento, é o que diz o soneto X, por exemplo, que ecoará na última estrofe da famosa «*Autopsicografia*». E sem dúvida muito importante, apesar das circunvoluções dos jogos de palavras, é o soneto VIII, com a sua doutrina das máscaras que se negam a si mesmas e podem permitir a expressão de uma realidade transposta, porque tudo é máscara de máscara cobrindo um vazio[51]. Este vazio do ser e da realidade do mundo, a que nem o amor escapa, enche a atmosfera destes sonetos, como um intelectualismo exorcismando os seus próprios espectros. Mas, se às vezes, em raros momentos, para lá de uma conseguida elegância, os sonetos atingem uma emotiva expressão, como sucede no X, o nível geral deles todos fica aquém da autêntica expressão poética, no plano de uma imitação que não imita senão as exterioridades dos jogos formais menos de Shakespeare que dos seus contemporâneos e sucessores. O grande poeta que Pessoa foi está ausente deles: só a sua imagem radiografada, que será temática do Pessoa ortónimo, neles sobrevive. E é isto que, além de serem dele, dá valor e interesse a estes exercícios de virtuosismo e de obsessão com a realidade que o poeta se recusa a aceitar como mais que uma sombra platónica de uma outra realidade que possivelmente não existe. Se os sonetos são de 1913, a transfor-mação do jogo heterónimico (a que se dera desde a infância) em heterónimos maiores de idade, que iam surgir como Minerva da cabeça do Júpiter que ele era, essa transformação estava iminente.

---

[51] W. B. Yeats (1865-1939), que evoluiu do simbolismo esteticista e do nacionalismo literário, e, Irlandês, é talvez o maior poeta da língua inglesa neste século, desenvolveu uma doutrina das «máscaras», equivalente à dos heterónimos de Pessoa, sem que, todavia, tenha jamais criado «heterónimos». Veja-se, a tal respeito, *Yeats, the Man and the Masks*, de Richard Ellmann, New York, 1948, estudo clássico sobre aquele poeta. Pessoa, através de Álvaro de Campos, atacou-o no seu «*Ultimatum*», referindo-se sobretudo ao celtismo que era das primeiras fases de Yeats, antes da sua reconversão ao modernismo.

Como já referimos anteriormente, há no espólio de Fernando Pessoa dois exemplares dos *35 Sonnets*, com emendas. Um deles está em quase todas as páginas, e no interior das capas, inteiramente coberto de notas escritas a lápis, quase ilegíveis. E em dois lugares, a toda a largura da folha, está escrito «copiado» [*copied*]. E na verdade o resultado final está no outro, aonde emendas foram cuidadosamente feitas, como se se tratasse de provas revistas – nitidamente um exemplar preparado para servir de base a uma reedição que não chegou a efectivar-se. Quase todas as emendas finais as conseguimos ler no microfilme de que pudemos dispor, e vão indicadas em *Variantes* aos sonetos. Junto da palavra *copiado*, num dos lugares em que esta declaração aparece, do exemplar-rascunho, há uma data: 6/11/20. O que significa que Pessoa terá feito a passagem das emendas ao exemplar corrigido, naquela ocasião, isto é, pela mesma ocasião em que terá preparado a edição dos *English Poems – I-II-III*, que saíram em 1921. Que razão o terá levado a não reeditar afinal os sonetos que poderiam ter saído, juntos com os outros poemas, na mesma oportunidade? Como também já vimos, ele chegou a projectar a publicação de 50 sonetos, e não dos 35. E, naquele exemplar-rascunho, no fim de todas as emendas, há na contracapa, uma anotação que diz *Other Sonnets*, seguida (muito ilegível) de uma lista de *oito* primeiros versos. Seriam projecto de sonetos ou existirão no espólio? Aqui deixamos a pergunta. Mas o caso é que, no exemplar limpamente corrigido, não há qualquer menção de sonetos a serem intercalados entre os 35, e muito menos depois do último (que aliás é «último» de uma série, não fazendo sentido que outros fossem incluídos depois dele). Por outro lado, é curioso notar que, de tão vasta anotação de hipóteses de alterações, correcções, etc, que aparecem no exemplar--rascunho, o que passou ao exemplar corrigido é realmente muito pouco. Com efeito, os sonetos II, III, IV, VI, X, XIII, XV, XVI, XVII, XX, XXII, XXIII, XXIV, XXV, XXVI, XXVIII, XXXIV, e XXXV ficaram totalmente intocados, constituindo sensivelmente metade da sequência. E as emendas que os restantes 17 recebem são mínimas, a comparar com o muito que teria incidido nas dúvidas de Pessoa. Assim, parece que Pessoa não perdera a fé nestes sonetos seus, e apenas terá adiado – quiçá para escrever ou aperfeiçoar mais quinze sonetos – uma publicação de que depois se desinteressou. Quem tinha publicado dois folhetos podia muito bem publicar três, sem arruinar--se. E que ele um pouco mais tarde ainda não desistira de se apresentar como poeta em inglês, é comprovado pelo facto de ter dado para publicação em *Contemporânea*, n.º 9, de Março de 1923, o poema

*«Spell»* (que, por ser em inglês, era ininteligível, praticamente, em Portugal, naquele tempo). Provavelmente ele sentia que, se a sua poesia inglesa não lhe abria as portas da Inglaterra, sempre podia contribuir para o ar exótico que ele gostava de, com muito calculada simplicidade, assumir; e sentia também que o reconhecimento do seu génio como poeta em português vinha despontando, do mesmo passo impondo-se a ele mesmo. De qualquer modo, os *35 Sonnets* corrigidos ficaram por reeditar.

## Dispersos

Além dos poemas ingleses que tratou de editar em 1918 e 1921, num total de cerca de 1400 versos – o que não é pequena produção –, Pessoa só publicou mais dois breves poemas em inglês: «*Meantime*, que apareceu em *The Athenaeum*, de Londres, de 30 de Janeiro de 1920, e «*Spell*», que saiu na *Contemporânea* n.º 9, referente a Março de 1923. É fácil de verificar que a publicação do primeiro, após a aparição de *35 Sonnets* e da primeira versão de *Antinous*, coincide com a preparação, para publicação, dos *English Poems – I-II-III*. Quase se poderia dizer que Pessoa, de certo modo não inteiramente desencorajado pela crítica britânica feita às suas primícias, e animado pela aceitação daquele seu poema por um periódico que era dos mais prestigiosos da vida cultural inglesa ao tempo, tenta novamente a sua saída para o largo mundo de além da língua portuguesa que o seu semi-heterónimo Bernardo Soares, o do *Livro do Desassossego*, diria que era a sua pátria (dele Bernardo e de Pessoa enquanto tal). Nem um nem outro destes dois poemas acrescenta nada à glória ou ao nosso conhecimento de Pessoa, mas merecem algum comentário que vai feito nas notas.

Apenas por curiosidade, já que esta edição se limita aos poemas em inglês que o próprio Pessoa publicou, a esses dois dispersos acrescentamos três poemas juvenis que correm o risco de ficar esquecidos lá onde primeiro foram revelados: «*Separated from thee...*», de 1901, primeiro publicado na edição Aguilar da *Obra Poética*, por Maria Aliete Galhoz, e dois outros, provavelmente de 1907, inseridos por J. Gaspar Simões na sua biografia crítica do poeta. Deles nos ocupamos nas notas[52].

---

[52] Na 1.ª edição, Rio de Janeiro, 1960, da *Obra Poética*, M. A. Galhoz não só publicava aquele poema, como um outro, «*Anamnesis*» (pp. 680-81), com a anotação

*Sobre as traduções*

Os poemas ingleses de Fernando Pessoa recolhidos a esta edição das suas *Obras completas* somam cerca de 1400 versos. As traduções de *Antinous* (361 versos), de *Epithalamium* (377 versos) de *Inscriptions* (62 versos), e de vinte dos *35 Sonnets*, bem como dos «dispersos» (86 versos), são da exclusiva responsabilidade do organizador desta edição. Para seis dos sonetos partilhou a responsabilidade com Adolfo Casais Monteiro, e este poeta traduziu à sua conta mais oito. Um soneto, o primeiro da série, foi traduzido por José Blanc de Portugal.

Registe-se que as traduções de catorze dos sonetos não estão inéditas desde 1954, quando foram publicadas no hoje raro folheto *Alguns dos «35 Sonetos» de Fernando Pessoa*, tradução de Adolfo Casais Monteiro e Jorge de Sena acompanhada do texto original inglês, Clube de Poesia de São Paulo. As traduções dos restantes vinte e um sonetos também não estão inéditas, ainda que, como as anteriores, praticamente o estejam em Portugal: foram publicadas em *Alfa*, n.º 10, Setembro de 1966 (revista da Faculdade de Filosofia, Ciências e Letras de Marília, São Paulo, à qual haviam sido remetidas em 1965): «21 dos *35 Sonnets*. Apresentação em português», por Jorge de Sena[53]. Este organizador da presente edição, como já foi dito antes, publicara, em 9 de Setembro de 1958, no *Comércio do Porto*, as suas traduções de *Inscriptions*.

Quanto às traduções, diversos ainda que afins critérios foram usados conforme os vários poemas.

Para *Antinous* traduziram-se ora por decassílabos ora por alexandrinos (neste caso, para ganhar na extensão silábica o conveniente a abarcar o desdobramento do monossilabismo e da sintaxe ingleses) os pentâmetros do original, e abandonou-se a rima para permitir maior flexibilidade à tradução.

---

(p. 786) de que pertence ao volume inédito de poemas ingleses, *The Mad Fiddler*. Nunca havíamos compulsado esse volume, nem conseguimos sobre ele obter informações directas. De qualquer modo, a poesia inglesa «inédita» (e dela em artigos a crítica se tem ocupado, por tê-los tido acessíveis) não nos diz respeito na presente edição que é do que Fernando Pessoa publicou.

[53] Na publicação de 1954, foram apresentadas as traduções dos sonetos II, III, V, X, XI, XIII, XIV, XV, XVII, XXVII, XXVIII, XXIX, XXXI e XXXV. Na publicação de 1966, os restantes.

Para *Inscriptions*, usou-se de uma tradução que, verso a verso, é tão literal quanto possível, ainda que respeitando o tom epigráfico dos originais. Mas não se procurou, a não ser ocasionalmente, uma exacta correspondência métrica. Preferiu-se pois um relativo versilibrismo. Pessoa, ao traduzir para português os «epitáfios» e epigramas da «Antologia Grega», usara de verso semilivre (na verdade, a maioria dos seus versos nessas traduções são tentativas de escrever hexâmetros da tradição clássica em português moderno). Não fazer aproximadamente o mesmo que ele fizera, e, pelo contrário, dar às traduções o tom e o estilo de odes de Ricardo Reis, seria propor ao leitor português uma ideia errada de um formalismo neoclássico que, nos poemas, não vai além de alguns lugares-comuns da tradição clássica.

Para *Epithalamium*, é importante acentuar que se adoptou uma orientação experimental, com curiosos resultados. Começou-se por procurar certa equivalência rítmica e a manutenção do esquema de rimas, para gradualmente abandonar este último e propor uma tradução quase literal, verso a verso. Deste modo, e com um poema em que não há grandes belezas ou originalidades a salvar, obteve-se o que não poderá por certo escapar ao leitor avisado: *o desdobramento dos artificialismos literários em inglês torna-se, na tradução portuguesa, um estilo extremamente afim do Álvaro de Campos declamatório*, cujos maneirismos sempre nos haviam parecido tradução «literal» de construções sintácticas inglesas ou possíveis em inglês.

Sobre os sonetos traduzidos, dizíamos, ao dar para publicação os 21 restantes, tal como foi descrito acima: «No pequeno prefácio da plaquete contendo catorze sonetos traduzidos, Casais Monteiro explicava, em 1954: "Sem pretendermos, evidentemente, conseguir um equivalente em português à altura do original[54] procuramos ater--nos o mais possível tanto às características formais, como ao pensamento que informa os sonetos. As nossas 'transigências' resultaram sempre de uma impossibilidade; e essas transigências resumiram-se em sacrificar a rima, em todos os sonetos menos um, e recorrer às vezes ao verso de doze sílabas. O sacrifício das rimas

---

[54] Sem que o presente autor queira insinuar que as suas traduções e as dos outros são iguais ou superiores aos originais, cumpre dizer que, neste passo, Casais Monteiro cedia à sua justa veneração por Fernando Pessoa. Em termos de interesse, a «altura» dos sonetos ingleses é grande, mas a complexidade deles não é equivalente a uma grande altura como poesia em inglês.

mostrou-se o menor dos males, evitando-nos outro que seria uma visível traição ao espírito de Pessoa; com efeito, queríamos conservar a forma por ele escolhida, mas na medida em que ficasse nela o espírito das produções originais; o contrário seria um formalismo perfeitamente absurdo e estéril; ora nós vimos que, sacrificando a rima, não só conseguíamos que os sonetos ficassem muito mais 'Pessoa', do que no caso contrário, como, sobretudo, não deixam de ser sonetos, porque a rima não faz parte do seu 'corpo', digamos assim, e é na realidade um elemento secundário. O recurso aos versos de doze sílabas explica-se por motivo idêntico, pois que dez sílabas correspondem, em inglês, a mais palavras do que o mesmo número daquelas em português – isto para não falar nas possibilidades de concentração oferecidas pela própria construção gramatical inglesa." Nas suas notas aos poemas ingleses, na edição Aguilar, Maria Aliete Galhoz diz daquelas traduções nossas: "Em colaboração, publicaram a versão livre para português de 14 dos sonetos. E uma tradução a todos os respeitos modelar pela intuição e pela conformidade, não literal, mas poética e de cuidado formal, com o original inglês." O problema da tradução será sempre motivo de discussões eternas, enquanto persistirem critérios mitológicos da linguagem: a própria frase de M.A. Galhoz contém a contradição de que essas discussões se alimentam, apesar de quanto é gentil no elogio, e quanto é compreensiva quanto aos critérios. É que as traduções que fizemos *não são livres*, caso em que se apoiariam muito mais na intuição do que na reflexão sobre o texto. São, talvez, a busca do compromisso possível entre a literalidade (na qual não só se perde a "poesia", como se perde a ambiguidade de sentidos, com que a densidade poética se estabelece) e a transposição poeticamente livre, com a qual se fariam por certo traduções mais belas, mas muito menos exactas. (...) Às vezes a impossibilidade de manter-se um ritmo e um estilo forçou a que se optasse por uma linha condutora do discurso poético, nunca porém escolhendo arbitrariamente uma equivalência que o próprio texto não admitisse. O texto, sem deixar de ser complexo, pode às vezes, pois, ter ficado mais simples.»

Isto que dizíamos sobre as traduções dos sonetos, e a elas sobretudo se aplica, pode ser dito, de certo modo, para esta edição toda.

Resta dizer que os textos foram tirados das edições que Pessoa publicou, as originais. O texto que se publica de *Antinous* é necessariamente o da reedição revista que é um novo original preferido por Pessoa: nas variantes se dão as do texto primitivo publicado em

1918. Os *35 Sonnets* publicam-se como Pessoa os publicou, pela mesma ordem de ideias; mas dão-se as variantes correspondentes às emendas do exemplar que ele corrigiu, para uma reedição em que terá chegado a pensar mas não publicou.

\*
\* \*

Esta edição, pelas suas traduções, começou a ser preparada muito antes de a ideia de o volume vir a ser incluído nas *Obras completas de Fernando Pessoa*, sob a responsabilidade do signatário, como se veio a verificar. A primitiva ideia surgiu, pelos idos dos fins dos anos 40 e princípios da década de 50, entre o signatário, Adolfo Casais Monteiro e José Blanc de Portugal – e consistia apenas em tentar a tradução dos poemas que Pessoa publicara, começando-se pelos sonetos. Assim foi que, partindo para o Brasil, Casais publicou algumas traduções existentes. Mais tarde, cinco anos depois dessa edição, e já com o encargo de realizar a presente edição (o que terá sucedido por 1958), o signatário exilou-se também no Brasil, e incitou Casais Monteiro a retomar a tarefa antiga, o que sobretudo se verificou nos anos que o signatário e ele passaram juntos na Faculdade de Filosofia de Araraquara, São Paulo – datam dessa época as restantes traduções dos sonetos, e a de *Antinous*. Mas Casais não chegou nunca a fazer a tradução de *Epithalamium*, de que desistiu. Transferido o signatário do Brasil para os Estados Unidos, segundo exílio, só pôde voltar a entrar em Portugal em fins de 1968, para uma breve estadia. Tudo isto complicou e dificultou o acesso a materiais e a informações necessárias à realização desta edição[55] – e só muito recentemente foi possível, ao fim de homéricas contendas burocráticas, conseguir-se o microfilme dos dois exemplares emendados de *35 Sonnets*[56]. Assim, por vicissitudes diversas, só agora enfim a edição está pronta.

Lisboa, 1958 – Santa Bárbara, Maio de 1974

---

[55] Foram essas dificuldades da distância, agravadas pelo facto de, à distância, ser muito difícil vencer a falta de interesse ou de ajuda por parte de várias pessoas, que fizeram o signatário desistir de fazer a edição em que longamente trabalhou, sem nunca ter conseguido catálogos completos dos manuscritos existentes, do *Livro do Desassossego*, de Bernardo Soares. Cumpre aqui agradecer a gentileza com que, nos tempos de Brasil e de exílio absoluto, Maria Aliete Galhoz e o P.e Manuel Antunes fizeram no espólio de Pessoa algumas verificações indispensáveis.

[56] Aos porfiados esforços do escritor Luís Amaro se deveu que esses microfilmes chegassem a ser autorizados.

# NOTAS [A ALGUNS POEMAS]

## «SEPARATED FROM THEE...»

Este poema, que apareceu no espólio de Fernando Pessoa, em «manuscrito datado e assinado, com uma cuidadosa caligrafia escolar», segundo M. A. Galhoz, que o revelou na 1.ª edição da *Obra Poética* da Aguilar (cf. pág. 679-80 e pág. 786), está datado de 12 de Maio de 1901. Foi portanto escrito durante a primeira estada de Pessoa na União Sul-Africana, que durou dos princípios de 1896 (quando ele tinha oito anos incompletos) até meados desse ano de 1901 (em que fazia treze anos), quando a família veio a Portugal por uns meses, e ele a acompanhou. O poema é do mês anterior a Junho, quando ele passou o *Cape School High Examination*, quando fez os treze anos no dia 13, e quando sua irmã Madalena faleceu a 25. Em Agosto, foi a viagem para Portugal. Tem o poema o interesse de ser, depois da quadra escrita aos cinco anos de idade (cf. *Cartas de Fernando Pessoa a A. Côrtes-Rodrigues*, Apêndice, pág. 89), o mais antigo poema dele até agora revelado, pois que precede o poema «*Quando ela passa*», datado de um ano depois. E é, sem dúvida, confirmação documental da veracidade da informação dada por Pessoa a Côrtes-Rodrigues, em 1914: «Depois disso (da quadra dos cinco anos), só fez poesia em 1901 – inglesa» (*ob. cit.*, pág. 90).

Tal como foi primeiro publicado, o poema tem gralhas e lapsos óbvios que corrigimos (palavras em parênteses rectos).

## *ALENTEJO SEEN FROM THE TRAIN*

Despretensioso poema dos dezanove anos de Pessoa, é aqui transcrito segundo o revelou J. Gaspar Simões (*Vida e Obra, etc.*, 1.ª ed., vol. I, pág. 95). O poema é o final de uma divertida carta em inglês, escrita de Portalegre pelo jovem poeta ao seu amigo Armando Teixeira Rebelo, em 24 de Agosto de 1907 (*ob. cit.*, pág. 96). Embora não pareça necessário atribuir-se a este breve poema sem ambições qualquer importância especial, os comentários de J.G.S. requerem algumas observações. O «epigrama» (e assim pode com efeito chamar-se ao que é, na verdade, um simples exemplo de *doggerel verse*, tão comum nos exercícios métricos anglo-saxónicos) afigura-se-lhe «uma das primeiras composições poéticas de Fernando Pessoa emancipadas do formalismo métrico inglês» (pág. 94). Ora todas as composições que Pessoa publicou e aqui se reeditam não se emanciparam nunca desse formalismo métrico e de outros exageros formais não métricos. E o crítico prossegue: «É de presumir que nesta altura já tivesse chegado ao conhecimento do futuro autor da *Ode a Walt Whitman* a mensagem deste ciclópico cantor da civilização norte-americana. A rima ainda rege o ritmo métrico mas é a influência de Álvaro de Campos que preside (...) Vale a pena reparar no facto de esta sextilha versilibrista (...). Fernando Pessoa pode muito bem ter tido neste momento a primeira iluminação "Álvaro de Campos". Habituado como estava ao formalismo de Pope, incutido pela escola (...). Em inglês o texto do epigrama é este (...), o qual, em tradução livre, dará este dístico de um Álvaro de Campos *avant-la-lettre*:

> Nada com coisa alguma em torno
> E lá dentro, entre isto, poucas árvores
> Nenhuma delas muito claramente verde,
> Ermo a que não pagam visita flor ou rio de água,
> Se há um inferno, ele aqui está,
> Sim, porque se não é aqui o inferno, onde diabo é que fica?»

(*ob.* e *ed. cit.*, págs. 94-96). Acontece, porém, que o poema não apenas mantém a rima, como é composto por trímetros anapésticos, com ligeiras liberdades compatíveis com a maleabilidade da métrica quantitativa e com o tom do *doggerel verse*. E basta comparar a tradução proposta por J. G. S. com o original para ver-se que, sugestionado pela inteligente aproximação que fez (pág. 95) entre esta estada do jovem Pessoa em Portalegre e o poema de Campos, datado de muitos anos depois, *Escrito num livro abandonado em viagem*, aquele crítico projectou sobre a singela sextilha o Álvaro de Campos que só existiria na sua tradução que, para tal efeito, saiu libérrima e Campos. Para isso, foi suprimida a repetição de *nothing*, traduzido o corrente in *between* por uma metafórica perífrase "E lá dentro, entre isto", acrescentado um *ermo* de que o poema é só sugestão, acrescentada a rio *água*, repetido *inferno*, etc. Uma coisa é verificar-se que uma tradução quase literal de estruturas britânicas se aproxima da sintaxe de Campos (como experimentámos na tradução de *Epitalâmio*), e muito outra supor-se que, em inglês, é Campos o que lá estará, ou que se queira que esteja. Quanto à tonalidade de Whitman é ela inteiramente alheia ao tom do poema em causa[1].

*ON AN ANKLE*

Também este soneto, como a sextilha anterior, foi meritoriamente revelado por J. Gaspar Simões (*ob. e vol. cit.*, págs. 97-98), que o dá como mais ou menos da mesma época, e o recebeu da mesma proveniência, o citado amigo de Pessoa. Este crítico informa que o soneto está assinado por Alexander Search, «heterónimo inglês a quem Fernando Pessoa desde os seus dez anos atribuía parte das suas poesias escritas na língua adoptiva» (pág. 97). George Rudolf Lind («A Poesia Juvenil de Fernando Pessoa», *Humboldt*, 7, 1967) informa que no espólio do poeta encontrou 115 poemas, assinados Alexander Search ou Ch. R. Anon, escritos todos entre 1903 e 1909. Estas datas coincidem aproximadamente com as que o próprio Pessoa indica a Côrtes-Rodrigues, quando diz que, depois de uma quadra portuguesa dos cinco anos de idade, e de ter começado a escrever poesia – e em inglês – em 1901, e de ter escrito algumas em português em 1901-02, em 1904-1908 escrevera poesia e prosa em inglês. Note-se que nem

---

[1] Sobre Walt Whitman, ouçamos Fredson Bowers, *Textual and Literary Criticism*, Cambridge, 1959, págs. 36-37: «A primeira edição de *Leaves of Grass*, em 1855, continha apenas doze poemas, e era, apesar de todo o seu idioma revolucionário, a muitos respeitos uma pobre coisa. A segunda edição, de 1856, aumentada para 32 poemas, não era muito melhor. De súbito, em 1860 – na terceira edição – temos um jorro de cerca de 130 poemas, com uma maturidade e uma vivacidade de escrita que não haviam sido igualadas antes, e só o seriam mais tarde em poucos (seus) inspirados poemas. Esta terceira edição, na opinião de críticos recentes, é a mais significativa de todas.» Uma verdadeira influência e difusão de Whitman, para fora dos Estados Unidos, não começa a processar-se antes do fim do século. Na sua lista de influências recebidas, estabelecida até 1914, Fernando Pessoa não o menciona, e temos visto que os factos confirmam as informações dele. O certo é que Pessoa (veja-se M. E. M., Apêndice, pág. 102), só adquiriu em 1916 (como datou no volume, 16 de Maio) um exemplar da edição londrina de Whitman, de 1909, que leu interessadamente, pois que há sublinhados em quase todos os poemas. A data de aquisição do volume deve ser a verdadeira, porque, ao assinar e datar no volume, Pessoa escreveu o seu apelido com acento cincunflexo, e ele anunciou a supressão desse acento, por conveniência «cosmopolita», a Côrtes-Rodrigues, em Setembro de 1916. Todavia, a *Ode Triunfal*, muito whitmaniana (mas também futurista, e os futuristas influíam em Pessoa em 1912-13, segundo ele informou), é datada de Junho de 1914, e foi publicada em *ORPHEU* em 1915. Deste último ano é – datada de 11 de Junho de 1915 – a *Saudação a Walt Whitman*. Assim, é de crer que o contacto com Whitman terá sido despertado por via «futurista» (ou modernista, como diríamos hoje), se processou, por poemas em antologias ou referências, em 1914-1915, e não antes, e a obra completa só Pessoa a teve, para maior leitura e estudo, em 1916, um ano depois de ter escrito a «saudação» ao autor.

toda a sua poesia inglesa da época é assinada por algum daqueles dois «pré-heterónimos», como se poderá chamar-lhes. É interessante anotar que Pessoa deu, todavia, a Search existência e autoridade suficientes para possuir livros... Com efeito, *pertenciam* a Search, segundo o catálogo dos livros ingleses de Pessoa estabelecido por M.E. Monteiro, pois que é o nome assinado neles, pelo menos as obras poéticas de Coleridge (edição sem data), as de Shelley (edição de 1904, quando Pessoa estava ainda na África do Sul, mas que pode ter sido já adquirida em Portugal, para onde ele partiu em Agosto de 1905 – e de facto só no fim do período 1904-05 a influência de Shelley é mencionada por Pessoa, na lista comunicada a Côrtes-Rodrigues), e uma obra polémica, sem indicação de autor, *Regeneration: a Reply to Nordau* (ed. de 1895, que responde ao famoso ataque de Max Nordau à arte «moderna» do seu tempo). Uma tradução inglesa da *Degenerescência*, editada em 1907, *On Art and Artists*, existe na mesma colecção de livros. Se esta tradução tem sublinhados, a «réplica» tem anotações que acabam por dar razão a Nordau que, segundo informação de Pessoa, lhe destruiu, por 1908, as influências simbolistas que para fins de 1905-1908 ele indicara ter sofrido. Essas influências (como Pessoa indica) voltaram a interessá-lo mais tarde. Para 1904-05 é que Pessoa mencionara Pope entre as suas influências, mas diluído entre presenças românticas. Pelo que não parece muito lícito supor, como J. G. S. faz, o vulto tutelar de Pope ou de uma sua «escola», por trás de um soneto malicioso e juvenil, que é isto e nada mais. Formalmente, o soneto, note-se, não é «shakespeariano», mas italiano, ou, como diriam anglo-saxões, «miltónico» (*abba abba cde cde*). O que reflectiria a influência apenas formal de Milton que é uma das influências dadas por Pessoa como mais presente em 1904-05 (e ainda presente anos depois). Não há, no subtítulo, ou no texto, ao contrário do que amplifica G.S., nada de puritanismo britânico: trata-se de uma brincadeira em verso, que um jovem que costumava escrever em inglês a um seu amigo português da mesma idade, lhe terá mandado, por tê-lo visto, ao que conta G.S., entusiasmado com uma perna entrevista, à maneira de Cesário Verde, no Chiado ou algures[2].

---

[2] Que estas brincadeiras barrocas eram comuns, mostra a coincidência de Marcel Proust, também aos dezanove anos, ter escrito um soneto (e péssimo) «a uma menina que esta noite representou o papel de Cleópatra, para presente perturbação e futura perdição de um jovem que sucedia estar presente» (cf. George Painter, *Marcel Proust*, vol. I, Londres, 1959).

*MEANTIME*

Esta poesia foi publicada em *The Athenaeum*[3], de Londres, de 30 de Janeiro de 1920. Não se conhecem pormenores das circunstâncias que levaram à aceitação e publicação do poema, por parte do «editor» da revista, que, na altura, era John Middleton Murry (um ano mais novo que Pessoa, e que veio a ser famoso crítico); é possível que, nos papéis do poeta, haja documentação a este respeito, que não vimos e não sabemos que tenha já sido mencionada. Na altura em que Pessoa colabora nela com um poema muito tradicional, convergiam na revista muitos dos nomes do vanguardismo anglo--saxónico, além de outros mais velhos. Assim, além de Santayana, surge Aldous Huxley (n. 1894, e que nesse ano se estreia em volume mas como poeta «imagista» e como contista), T. S. Eliot (da mesma idade que Pessoa, e autor já do *Prufrock* de 1917, e que, em 1920, publicará os ensaios de *The Sacred Wood*), Herbert Read (n. 1893, que publicou um volume de versos no ano anterior), Bertrand Russell (n. 1872, e que nesse ano publica a sua «teoria e prática do bolchevismo»), Lytton Strachey (n. 1880, e já autor do celebrado *Eminent Victorians*, de 1918), Virginia Woolf (n. 1882, que casara em 1912 com Leonard Woolf e com ele fundara em 1917 a Hogarth Press, e já era autora de *The Voyage Out*, 1915), Katherine Mansfield (n. 1890, mulher de Murry, e que escrevia para a revista crítica de ficção), etc. Fundada em 1924, a *Athena* não terá sido para Pessoa, até pela coincidência do título, a ideia de criar em Portugal algo de semelhante?

*SPELL*

Este poema é por certo muito superior ao anterior, e consegue uma tensão no esteticismo que o outro dilui em névoas românticas e repetitivas à maneira de Thomas Hood e de Edgar Poe (o qual escreveu sobre aquele um longo estudo). M.E.M. (*ob cit.*, pág. 69) faz dele o seguinte comentário: «Em *Spell* (...) os motivos dir-se-iam de amor

---

[3] Periódico fundado em 1828, durou quase um século, até ser absorvido, em 1921, por *The Nation*, que mais tarde se uniu a *The New Statesman*. A direcção de Murry durou de 1919 a 1921.

espiritualizado, mas capaz, ainda assim, de provocar reacção interjectiva. Porém, a última invocação revela-nos a fonte de inspiração do poema, desconcertante, por inesperada». Parece depreender-se deste segundo período que a autora entendeu literalmente o verso, e da literalidade só a palavra *vinho*... Ora trata-se de uma metáfora apenas, que já estava anunciada na aliás sensual imagem das *twined lives*. O que é de muito interesse no poema é o poeta desejar, para o seu amor pela imagem que entrevê em sonhos, uma superação do comum desejo físico, uma *nova emoção*, uma pureza de luxúria – como parece que ele fez na vida. Muito curioso, mas perfeitamente possível em inglês, é que a visão não tem sexo declarado ou perceptível através do texto. Por isso, na tradução, nos reportamos ao *anjo* que é nome que o poeta lhe dá.

(1974)

# JORGE DE SENA RESPONDE A TRÊS PERGUNTAS DE LUCIANA STEGAGNO PICCHIO SOBRE FERNANDO PESSOA

I

– *Na sua introdução à edição dos* Poemas Ingleses *(Ática, Lisboa, 1974) declara que estes não são, salvo nalgumas excelentes passagens, os melhores poemas de P., mas que são seguramente uma chave para a interpretação da sua grande poesia em português: exactamente porque esta nasce muitas vezes como «tradução mental», expressão de um «pensamento inglês». Quererá esclarecer esta ideia que levanta o interessantíssimo problema de saber se o «scarto» poético de P. deve ser imputado também ao «scarto» linguístico do naturalizado? E que coloca perante o outro o problema da consciência e da voluntariedade de P. em tudo isso?*

– Para responder a esta pergunta, importa, antes de mais nada, sublinhar dois importantes pontos, no que se refere ao que eu disse sobre os «poemas ingleses publicados por Fernando Pessoa» (assim denominados para distingui-los dos numerosos inéditos ingleses, ainda não coligidos em volume das *Obras completas*, como aqueles finalmente o foram), que apareceram recentemente em edição crítica e bilingue minha. Um dos pontos a pergunta subentende, mas importa esclarecê-lo. Quando, no meu estudo crítico de introdução àquele volume, eu digo que os poemas em causa, além de alguns passos notáveis, não contam entre os melhores de Pessoa, mas são sem dúvida uma das chaves para compreender-se o seu pensamento poético (ou como ele se manifestava e desenvolveria), quero acentuar o que creio ser «evidente»: os poemas não são todos (excepto alguns dos sonetos, e esplêndidas passagens de *Antinous*, por exemplo) da altíssima qualidade do melhor da poesia em português, ortónima e heterónima, do poeta. Mas devo dizer que, igualmente, não considero tudo o que Pessoa escreveu em forma de verso como possuindo igual interesse e qualidade. Acho o Pessoa-ele-mesmo, em muitíssimos dos poemas primeiro conhecidos ou mais recentemente revelados, extremamente repetitivo (este «ele-mesmo» significa a poesia em português assinada por «ele»), usando e abusando de certos esquemas e fórmulas. Acho que, por vezes, alguns dos clamores de Álvaro de Campos mostram demasiadamente a fabricada intenção (menos quando Campos se toma efectivamente uma *segunda natureza* para o poeta, e exprime, nos últimos anos da sua vida, o desespero existencial levado quase à inércia melancólica, que o «ele-mesmo» se coíbe de exprimir tão abertamente). Acho que Ricardo Reis, cuja poesia admiro profundamente e não é, de modo algum, uma apenas estrita «imitação» (mesmo no melhor sentido da palavra) de Horácio, se limita também a certas fórmulas que por vezes lhe roubam interesse. É talvez Caeiro, para mim, hoje, aquele que, ao longo de toda a obra, mantém uma mais viva e totalizante qualidade. Todavia, dizer-se que algo é menor ou repetitivo num poeta da imensa e complexa categoria de Fernando Pessoa não é o mesmo que dizê-lo para outra criatura poética inferior ao nível que é o seu. Quanto ao «repetitivo», há que recordar uma afirmação de Paul Claudel naquela admirável *Art Poétique* que escreveu (cito de memória), e em que diz que todo o poeta (e ele pretende referir-se aos grandes) tem apenas «une toute petit chose» a dizer. Mas – diz Claudel – o que vale não é essa pequena coisa, porque o que vale (e veja-se como isto antecipa uma visão profundamente estrutural da criação poética) é o como o resto do mundo se organiza em volta desse pequeno núcleo. Para completar este ponto, recordemos uma anedota literária norte-americana. Quando, após anos de silêncio no que se referia a publicar um romance, Hemingway publicou *Across the River and into the Trees*, a crítica americana (e outra) pura e simplesmente «assassinou» este romance que ainda hoje sofre injustamente, admirável que é, dos efeitos dessa incompreensão. Para culminar a conspirata literária, houve um jornalista que foi entrevistar Faulkner sobre o assunto – este outro génio romanesco emergia como o grande rival daquele, e era sem dúvida, como é, o seu pólo oposto, estilístico-estrutural. Faulkner, raposa velha e «grand seigneur» do Sul tradicional, não caiu na cilada, ainda que, ao que parece, não estimasse pessoalmente a obra de Hemingway (compreende-se: no século XIX algo de semelhante sucedera nos Estados Unidos quando a grande Emily Dickinson, de todos desconhecida, mas exemplo de suprema concentração, leu o seu contemporâneo Walt Whitman, e não gostou). Faulkner respondeu mais ou menos isto: eu não li o romance do Sr. Hemingway (que por certo tinha lido...), mas devo lembrar que, em qualquer caso, um romance menos bom do Sr. Hemingway é sempre um romance do Sr. Hemingway... O que significa – e é o que eu queria esclarecer – que mesmo o menor de um grande *vale*. No caso dos poemas ingleses algo juvenis, convém não esquecer, de Fernando Pessoa, e escritos pois quando ele se desenvolvia para ser plenamente e em total consciência o que estava sendo e veio a ser, temos de ter presente que, menor que seja alguma coisa, isso tem especial valor sempre. Todavia, no caso presente, esse valor é duplo, e uma das faces dele (a qual tem que ver com o ponto que expliquei com a referência ao dito de Claudel) foi plenamente tratada naquela introdução minha, segundo penso. E é quando explico ou procuro explicar o mecanismo que levou Pessoa a escrever primeiro o heterossexual *Epithalamium* e depois o homossexual *Antinous*, publicando-os na ordem inversa. Creio que o homossexual sublimado em si mesmo que ele, de certo modo era, tinha primeiro de libertar-se da sexualidade convencional em público, para depois se confessar pela boca do imperador Adriano (o longo monologar de *Antinous*, e uma espécie de «heterónimo» operando no plano da pura imaginação sexual), enquanto privadamente havia sido o contrário que de facto sucedera – o mais profundo emergindo primeiro do que o menos profundo. Todavia, tudo isto se passa, como então apontei, *em inglês*. Pessoa sabia perfeitamente que, no seu tempo, e entre os seus amigos ou possíveis críticos, não havia, ou quase não havia, quem lesse inglês – era o mesmo que «confessar-se» para os ventos no deserto. Mas, na esperança de que a Inglaterra o reconheceria pelo que ele prometia ser, mandou os seus poemas à crítica britânica que, apesar de tudo, não os recebeu inteiramente mal. Em risco de repetir-me, devo sublinhar duas coisas em abono do pouco entusiasmo dessa crítica inglesa. O lado «metaphysical» de Pessoa, levado ao cúmulo do Maneirismo quinhentista-seiscentista, nos sonetos dele, não podia ainda ser devidamente apreciado, porque antecipava de alguns anos a ressurreição britânica dos poetas «metafísicos» ingleses, que se processou nos anos vinte sobretudo (e é de notar que a ressurreição do desprezado «Barroco» literário vinha fazendo um lento caminho na Europa do tempo, e que a descoberta do «Maneirismo», então como hoje ainda confundido com aquele período, é dos nossos dias, e tanto um como outro estão longe de plena aceitação crítica por parte de algumas culturas ou de alguns críticos agarrados aos velhos rótulos tradicionais, ou ao tradicional desprezo – romântico-positivista... – por «complicações» e «intelectualidades» poéticas...). E o lado *esteticista* desses poemas ingleses, sobretudo manifesto em *Antinous*, que tanto dominara o «Fin de Siècle» na Inglaterra e dela se projectara sobre as mais literaturas ocidentais (modificando a presença do simbolismo francês), era ainda lá um tabu literário, desde a memorável «queda» do sumo-sacerdote, Oscar Wilde. Escrever e publicar o que era sem dúvida um escandaloso poema, quer pelo tema, quer pelo seu carácter explícito, não era exactamente o que a Inglaterra estaria disposta a reconhecer calorosamente por volta de 1920 (note-se que uma verdadeira ressurreição crítica de Wilde, e de outros companheiros seus, data dos nossos mais recentes dias do mundo anglo-saxónico). Mas tê-lo feito reflecte um aspecto muito curioso da britanidade de Pessoa. Estilisticamente, o «esteticismo» pesava muito nestes poemas, ele *necessitou* escrevê-los e publicá-los (nessa «linguagem»), e de remetê-los para Inglaterra, aonde ninguém sabia quem ele era, mas aonde podiam ser lidos. Ora isto mostra que Pessoa, tão educadamente britânico, não estava bem consciente (ou tentava a sorte sem bem saber como eram as coisas) do ambiente literário inglês da época. Os esteticismos do Fim do Século, por razões opostas, estavam igualmente banidos pelos conservadores e tradicionalistas literários (pois que, além da reacção «moralista», houvera a reacção dita «georgiana» no sentido de um retorno à simplicidade da dicção poética, e até de uma volta ao bucolismo), e pelos vanguardistas, que – imagistas ou não – pugnavam por uma poesia «objectiva» (como Pessoa faria em português consigo mesmo e os heterónimos, e insisto em dizer que o «ele-mesmo» é tanto um heterónimo como os inventados), despojada de ouropéis esteticistas-simbolistas (que, quando usados, o são só ironicamente, como sucede com T.S. Eliot desenvolvendo a lição de Laforgue). Ainda que, anos depois, um poema de Pessoa, em inglês, algo breve e pouco significativo, tenha sido aceite e publicado em *The Athenaeum* (revista em que muita da vanguarda anglo-saxónica se publicava) nada prova em relação à distância a que Pessoa literariamente estava da Inglaterra «vanguardista» do seu tempo, quando ele próprio, em Portugal, se preparava para ser o *mestre* da nova poesia em português. Se bem que a incompreensão dos sonetos seja culpa que lhe não cabe, também eles reiteram este aspecto. É do maior interesse acentuar o que Fernando Pessoa, em 1917, dizia no famoso (e menos lido e comentado do que deveria sê-lo) *Ultimatum*, o manifesto «futurista» de Álvaro de Campos (menos, na verdade, futurista, que reflexo do *programa de heterónimos* da entidade chamada civilmente Fernando Pessoa), no que se refere a literatura inglesa. Esse escrito, impresso no número único do *Portugal Futurista*, começa por dirigir sucessivos impropérios a diversas figuras ilustres das literaturas *francesa* e *inglesa* (mais alusões surgem adiante no texto, e também a figuras políticas). Os franceses estão primeiro, os ingleses depois. Isto correspondia não apenas ao interese que Pessoa tinha – como se sabe – por vários aspectos da literatura francesa do século XIX, mas sobretudo, ao que nos parece, ao facto de que, escrevendo em Portugal um *Ultimatum* (que Pessoa-Campos não esqueceria, visto que, anos depois na revista *Athena* o referiria, de modo mesmo a retirar-lhe o carácter de exibicionismo polémico dos manifestos de vanguarda, que o texto tinha), naquele tempo, e daquele carácter, referir-se primeiro aos ingleses ou dados como tal não tinha sentido algum, como veremos. Os franceses mencionados no princípio do manifesto são, por esta ordem, e devidamente atacados com muito acertados epítetos satíricos (em que o estilo de Campos é levado ao exagero polémico), Anatole France, Maurice Barrès, Paul Bourget. É extremamente curioso notar que Fernando Pessoa, neles, atacava não apenas quem era parangona da influência francesa (mas note-se que não menciona nenhum poeta, daqueles que prolongavam o século XIX em França, e não anunciavam nada da Vanguarda ou se opunham a ela – o que coincide com o que se passa na correspondência de Sá--Carneiro para ele, o qual, escrevendo-lhe de Paris, nos anos cruciais do lançamento das «vanguardas» sucessivas, não refere *nada ou quase nada* de tal coisa, como se estivessse em Paris alheio ao que os Jacobs e os Apollinaires faziam então e haviam já feito), mas o velho liberalismo céptico e de simpatias esquerdizantes do aristocrático France, a par de duas personagens que representavam a direita *bem--pensante* (o que Campos menciona para um com o nacionalismo político, e para outro com o retorno ao tradicionalismo católico).

Todos são prosadores, nenhum é poeta, sublinhemos. A seguir, são injuriados, por esta ordem, Kipling, Bernard Shaw, H. G. Wells, Chesterton, Yeats. Depois destes há ainda insultos a D'Annunzio, Maeterlink (exorcismando Pessoa quem lhe inspirara alguma poesia mais *O Marinheiro*, sua tentativa teatral), e Pierre Loti. Notemos os «ingleses» (entre aspas, já que tanto Shaw como Yeats, figuras máximas do fim do século e do século XX ingleses, são ambos irlandeses). Kipling havia sido, e ainda era, o símbolo do imperialismo britânico em literatura (o que é dito). Shaw é atacado pelas suas atitudes progressistas, tal como Wells, e referido como patriarca da entrada do ibsenismo na Inglaterra, que ele de facto havia sido (o Ibsen da Inglaterra foi uma das armas para um renovado teatro realista- -naturalista, e *não* para também um teatro simbolista, como, com Strindberg, foi para a maior parte da Europa). Chesterton era então o renascimento católico na literatura inglesa (e o anticatolicismo de Fernando Pessoa revelar-se-á cada vez mais intenso, com o andar do tempo). Yeats é referido como a grande figura do *Celtic Revival*, o movimento nacionalista literário-político da Irlanda, renascimento cultural que tinha as suas fontes no esteticismo britânico e no simbolismo francês – *mas não* pelo que se estava a passar já, e Pessoa ignora, e que é a sua transformação em *poeta moderno*, sob o influxo de Ezra Pound. E ocorre perguntar: quem eram, para os portugueses de 1917, estas pessoas? Tirando talvez um Shaw, absolutamente nada – todos chegaram muito mais tarde, em traduções, e não o Kipling poeta mas o autor do *Livro da Selva*. Quanto a Yeats, muito provavelmente o maior poeta da língua inglesa neste século (e tão afim do próprio Fernando Pessoa pelos seus interesses esotéricos e a sua teoria das «máscaras» que são variante menor dos *heterónimos*), ainda hoje em Portugal não serão muitos os literatos de real categoria que realmente o conheçam e tenham lido... Pelo que o Pessoa de 1917, pela pena de Campos, atacava o que na Inglaterra era «Fin de Siècle» prolongado (*sem atacar*, note-se, o esteticismo que lhe havia sido um dos alimentos espirituais, e que, nos seus manifestos antes de Wilde e no tempo de Wilde, usa muito da estrutura que aparece no próprio *Ultimatum* que é, na verdade, um cruzamento desses manifestos esteticistas com os do futurismo italiano publicados em França). Assim, Pessoa, mantinha-se ao par do que a Inglaterra havia sido na sequência da que lhe chegara na infância e na extrema juventude (Wilde & Ca. *sous le manteau*, é claro – pois como é que na África do Sul tais horrores antiburgueses e etc. circulariam?), mas ignorava as transformações do Vanguardismo anglo-saxónico, a que não há referência nos seus numerosos escritos, nem vestígios na sua biblioteca «inglesa». Pessoa viveu toda a sua vida, crescendo como quem era e se quis ser, sem dar-se conta de que tinha irmãos em T. S. Eliot, Pound, Yeats, e numa vasta hoste de poetas ingleses e norte- americanos, muito grandes. E isto nos leva de volta à educação britânica que tanto o marcou pessoalmente (e à sua própria família, em que o britanismo dele não era isolado, não só pelos irmãos ingleses, como pelas atitudes e hábitos britânicos conservados na família regressada a Portugal). Foi nessa base que Pessoa assentou pés para levantar voo – voo em que as suas curiosidades literárias pelo que vai no mundo são algo limitadas àquilo que são os seus interesses religiosos (ou anti-religiosos) e filosófico-históricos. Essa limitação de horizontes foi aliás, e paradoxalmente, partilhada por Sá-Carneiro ou por Almada Negreiros, que, como ele, são mais internacionais e cosmopolitas que o resto de Portugal, e mais indiferentes ao que vai no resto do mundo que a ansiosa curiosidade provinciana dos outros portugueses (ou um sincero desejo de modernizar Portugal, a que os homens de *ORPHEU* não trouxeram mais que a rara grandeza estranha das suas personalidades, ao contrário do que faziam os vanguardistas activos no mundo ocidental, desde os Estados Unidos à Rússia). Do ponto de vista cultural, as relações anglo-saxónicas de Pessoa confinam-se aos limites que desenhámos acima. É de acentuar, igualmente, que ele, tendo irmãos que viviam na Inglaterra e altamente britanizados (como natural seria com quem lá prosseguira a educação e fizera a sua vida), e, além disso, por trabalhar para firmas de importação e exportação como tradutor inglês-português e vice-versa, tendo ao seu alcance possibilidades de viajar à Inglaterra que não vira nunca num daqueles barcos com que sonha na *Ode Marítima* de Campos (e muito de um ponto de vista que poderia ser o seu de tradutor-intérprete daquelas firmas tão presas a um então largo comércio com a Inglaterra), *nunca* fez esforço algum para fazer a não longa viagem até Londres e volta – *ele não queria* ver uma Inglaterra real. E bem poderia tê-lo feito mesmo sem as facilidades daquelas firmas para quem trabalhava e tendo família na Inglaterra. Porque, feitas as contas, ele não foi jamais pobre durante a vida inteira, e tinha os seus rendimentos de família (dificuldades de dinheiro na juventude, ou em certos momentos da vida, é coisa que pode afectar até os milionários). Nunca foi a Inglaterra, como aliás praticamente nunca saiu de Lisboa, desde que, jovem, se instalou nela. O largo mundo era para ele como as outras pessoas: inteiramente secundário, a comparar com a riqueza esquizofrénica sublimada dentro dele, mais a bissexualidade ou o que seria que ele sublimara igualmente a um tremendo ponto de concentração intelectual (em que pouco ou nada resta da sensualidade ou sexualidade que há em *Antinous* e em *Epithalamium*). Mas o ponto de partida era uma cultura britânica bebida e vivida num páramo distante do então Império igualmente britânico, e uma língua em que os valores literários lhe haviam sido ensinados. Por outro lado, o tom em que, com os poemas da *Mensagem*, ou com panfletos ou poemas políticos, Pessoa se integra – às vezes paradoxalmente e ironicamente – num patriotismo transcendental, quando ele não gostava da República por «burguesa» e «vulgar» (ideia que partilha com a grande maioria dos Vanguardistas, por toda a parte, irmãos que ele escolheu ignorar), e punha um Camões abaixo de Milton sempre (como para acentuar o que era, na verdade, falta de vivência e compreensão de um Camões diferente e muito seu, que ele podia ter descoberto com as armas esotéricas que possuía), tudo isso indica certo afã de «naturalizado», que se queria português (ser grande poeta inglês não resultara e ele talhava-se para construir com cuidado uma fama que seria postumamente sólida), *mas pensava em inglês*. Os seus livrinhos de notas pessoais estão cheios de apontamentos em inglês (não me refiro a esboços literários). E, quando, entrando em coma no hospital aonde morreu, comunicou com o mundo exterior pela última vez, escreveu a lápis, num papel posto sobre uma pequena pasta preta que ele usava às vezes, uma derradeira frase – *em inglês:* «I know not what tomorrow will bring», que espero não se tenha perdido no seu espólio, aonde a vi. A frase parece uma citação que, até hoje, não consegui localizar – mas pode ser que o não seja, e apenas aquela língua sobretudo *literária*, que ele adquirira, e que se manifesta pela última vez, tão significativamente, à hora da morte: «não sei que me trará o amanhã». No entanto, este homem que assim pensava em inglês muitas vezes sem dúvida, e que transferiu para a língua portuguesa construções sintácticas do inglês (as catadupas de vocábulos ligados por preposições ou pelo determinativo *de*, em Álvaro de Campos, funcionam como *traduções* do «caso possessivo» inglês ou de outras estruturas – o que procurei mostrar ao traduzir com literalidade o *Epithalamium*, cuja linguagem tremendamente artificial e literária, levada ao exagero absoluto nos *35 Sonnets*, se torna assim um «novo» coloquialismo português, à maneira de Campos), este homem, digo, que escrevia de um jacto os seus poemas e prosas, embora depois os emendasse ou completasse do carácter fragmentário que primeiro apresentavam às vezes, tinha, entre os seus papéis, *rascunhos* laboriosos de cartas, em inglês, para os seus irmãos da Inglaterra – curiosa e significativa insegurança em relação à comunicação não-literária, ou fora de si mesmo simplesmente. Ou não queria mostrar aos irmãos naturalmente ingleses que era susceptível de cometer erros ou impropriedades de expressão, ou buscava uma simplicidade que, escrevendo em inglês, raras vezes libertou dos retorcimentos esteticistas ou da reflexão abstracta. Mais um sinal de que estava linguisticamente radicado nos limites da língua adquirida na infância e primeira juventude, mas com, mais tarde, aquela insegurança típica do «naturalizado-desnaturalizado-vice-versa» que é de facto a sua situação pessoal. Sublinhemos que o facto de, por pressão do ambiente (e é a minha experiência pessoal, vivendo e ensinando cursos em inglês, há uma dúzia de anos nos Estados Unidos, depois e ao mesmo tempo de sempre ter lido muito em inglês e ter viajado várias vezes à Inglaterra), uma criatura dar consigo mesma a pensar na língua do país é perfeitamente normal, mesmo que escreva e fale essa língua com erros (como tenho verificado com emigrantes portugueses na América\*). Mas Pessoa não tinha essa pressão do ambiente; pelo contrário, vivia num mundo *sem* língua inglesa, excepto a que necessitava para escrever laboriosas cartas à família, ou para as obrigações do trabalho que nunca aceitou regular e quotidiano, porque também não precisava que inteiramente o fosse. Assim, para Pessoa, *o inglês* é, dentro de si mesmo, uma *distância defensiva* que ele conserva em relação a um mundo português a que ele se sente infinitamente superior (e era), mas que existe só para consumo «interno» nos dois sentidos de mundo privado e de libertação expressiva numa língua que não é *a da tribo* a que, queira ou não queira, acabou por pertencer, e fez por pertencer com todo o verdadeiro-falso (porque a relação é assim complexa) do *converso*. Ao usar este termo não pretendo aludir à ancestralidade judaica de Pessoa, denunciada pelo seu amigo Mário Saa e que é um facto – quem em Portugal pode jurar que a não tem, incluindo a deposta Casa Real? *Converso* a um país aonde ele funciona como o estrangeiro que passa à frente de todos: curiosa peculiaridade de numerosa gente grande do Modernismo. Mencionemos: Eliot feito inglês; Pound, exilado perpétuo e ítalo-fascista; Ungaretti e Cavafy nascidos em Alexandria; Apollinaire, tudo quanto há menos o francês cem por cento que ele se quis ser; e a lista não acabaria, se acrescentássemos o carácter de *exílio* que marca a obra de quase todos os outros pares desta gente monumentalmente monstruosa e genial. Que, em Pessoa, muito de tudo é perfeitamente consciente, a lucidez dele o prova a todo o momento, nos seus escritos privados ou públicos. Quanto a voluntariedade, creio que, como sucede com gente tão lúcida como ele o foi acerca de si mesmo, ela é mais um efeito que uma causa. Pessoa não faz tanto o que quer, como ele diz que faz: possesso de si mesmo, e dividido entre línguas (divisão de que usa para reinar

---

\* Nas últimas horas de vida e em semi-inconsciência, Jorge de Sena falou consistentemente em inglês, tendência que se lhe vinha acentuando já nos últimos dias. (M. de S.)

numa delas), o carácter voluntário é apenas racionalização levada ao último extremo. Acentuemos que ele, ao criar os heterónimos, e ao explicá-los, não deixa de sublinhar o modo *inspirado* como eles apareceram (especialmente Caeiro, que não sem razão é dado como o *mestre*, que efectivamente é, do «grupo») – ele sublimara tudo em si mesmo, incluindo a destruição esquizofrénica da personalidade, que nele se manifesta com uma violência que não é partilhada pelos seus pares do Modernismo, tantos deles «flirtando» com a heteronimia que ele inteiramente assumiu (esta direcção «heteronímica», de ser-se «outro» na pessoa de «outro», é típica de toda a Vanguarda, em maior ou menor grau). Destruição levada a cabo com tal arte de sobreviver-se que o Pessoa-ele-mesmo é o poeta do *vácuo* de todos os outros terem saído dele mesmo, deixando-o inteiramente só. O parêntese anterior necessita alguns exemplos: o *André Walter* de Gide, o *Barnabooth* de Valéry Larbaud, o *Mr. Teste* de Valéry, o *Mauberley* de Pound, Abel Martin e Juan de Mairena, realmente heterónimos (ideológicos mas não estilísticos) de António Machado, as personagens monologantes de Cavafy, as «máscaras» de Yeats, mesmo o *Malte Laurids Brigge* de Rilke, para não falarmos das teorias do imagismo anglo-saxónico ou do «objectivo-correlativo» de Eliot, tudo isto é paralelo de Pessoa, mas foi nele que atingiu a máxima realização, como cissiparidade psicológica e estética. Qual a razão? A dualidade linguística, a repressão sublimada do sexo, o facto de passar de uma grande e imperial cultura para uma «pátria chica», a tendência esquizofrénica que ele detecta desde a sua infância – tudo se conjugou para Pessoa ser esta coisa rara: um inglês fictício, sem realidade alguma, criando em português uma série de poetas igualmente fictícios, com toda a realidade da grande poesia.

## II

– *Poderia dar a sua interpretação da «absoluta sinceridade» de Fernando Pessoa, poeta «fingidor» por autodefinição?*

– Creio que, em escritos meus, por exemplo o ensaio titular do meu livro de estudos *O Poeta é um Fingidor* (1961), como na longa introdução à edição dos *Poemas Ingleses* de Pessoa (1974), introdução que é mais que um estudo introdutório desses poemas, porque pretende ser compêndio da minha explicação do poeta (se os poetas, ou qualquer pessoa, têm ou necessita de explicação), já abordei este ponto mais

de uma vez. Naquele estudo acima, apontei as raizes esteticistas-
-nietzscheanas da teoria do «fingimento», exposta por Pessoa-ele-
-mesmo no poema de que aquele título é primeiro verso. No entanto,
esse «fingimento» é, em grande parte, como deve concluir-se à luz
do que ficou dito na resposta à pergunta anterior, uma «arte poética»
que Pessoa, na verdade, partilha com grande número dos seus pares
modernistas de várias línguas e culturas, naquilo em que, todos eles,
de uma maneira ou de outra, desejavam libertar-se da herança do
subjectivismo romântico (dialecticamente levando às últimas
consequências a criação de *alter-egos* que os românticos, em alguns
países e personalidades, haviam desenvolvido). Por outro lado,
convém recordar que a ideia central é muito antiga, uma vez que
pode ser encontrada, por exemplo, num fragmento de Archilocus,
que viveu cerca de 700 a.C., e num breve poema profano e sânscrito
clássico, que ambos publiquei em português, chamando em notas a
atenção para a semelhança, na minha colectânea de traduções, *Poesia
de 26 Séculos*, vol. I – *De Arquíloco a Caldéron* (1971). Foi aliás
esse comum aspecto o que me atraiu a traduzir esses dois poemas, da
seguinte forma. Eis o grego:

> Seco de inspiração, mas não de sentimento
> pelas tristezas que o comovem tanto
> para assunto de poemas, o medíocre poeta
> o seu estilete molha, preparando-se...

– e eis o indiano:

> O poeta que em grã dor não teve parte
> chora fingindo, e toca-nos tão fundo!
> Quem sofre de verdade não tem arte
> para a tristeza revelar ao mundo.

Mas a questão do «fingimento» pode ser vista de um ponto de
vista teórico-histórico, ainda com maior efectividade. Na verdade, o
fingimento, tal como o define Pessoa (cujas tendências esotéricas o
colocavam necessariamente próximo da tradição neoplatónica, a qual,
não esqueçamos nunca, é muitas vezes a reinterpretação de Platão à
luz de conciliá-lo com Aristóteles, se é que não é isso sempre, ou
pelo menos originariamente), pode inserir-se perfeitamente na tradição
da *mimesis*, tal como a introduziu Platão, e como a desenvolveu
Aristóteles (e que, queiramos ou não, continua a ser o ponto de

referência, positivo ou negativo, de qualquer teoria da criação «poética»). Isto pode parecer um tanto paradoxal, no caso de um poeta que, pela pena do seu heterónimo Álvaro de Campos, apresentou uns «*Apontamentos para uma estética não-aristotélica*», em 1924- -25, na revista *Athena* que ele mesmo dirigia, e atacando um artigo anterior, na mesma revista, assinado pelo «Pessoa-ele-mesmo». E não é, como veremos. Com efeito, note-se que a *mimesis* platónica postula que a criação estética é «imitação» do nosso entendimento da realidade (ou da realidade mesma), e esta, por sua vez, já é «imitação» da realidade ideal. Consequência disto, seria dar à arte (como à alma cognoscente) um papel inferior de imitação em segunda mão, que é, nos poemas ingleses de Pessoa (sobretudo nos sonetos) e em muita da sua poesia ortónima ou heterónima, um dos temas fundamentais: nós não conhecemos a realidade, nós ansiamos por uma outra mais verdadeira, etc., e a poesia não é mais que a expressão desse desespero de *não* chegar lá, ao mesmo tempo que é, como os neoplatónicos viram e os esotéricos à Pessoa pretenderam, a escada que permite ascender (de certo modo e até certo ponto) a um contacto com essa realidade última que pode ser o Nada mesmo. Mas Aristóteles, ao que primeiro parece, atacou esta hierarquia de contacto com o real «verdadeiro», postulando uma teoria poética que, e é esse o crucial ponto, eleva a arte ou possibilita que ela seja elevada a parangona do conhecimento verdadeiro da realidade essencial, abrindo a porta a todos os esteticismos, como também (qual Platão) a todas as artes dirigidas pelo «pensamento». É estranho mas é assim. A *mimesis* aristotélica permite ao poeta *fingir* a realidade para melhor cingi-la (e isto é sublinhado pela famosa diferença traçada por Aristóteles entre a Poesia e a História, aquela mais «verdadeira» do que esta) – e sem esse *fingimento* a criação estética não é possível. Devemos aliás lembrar-nos de que cultura clássica, directa ou indirecta (como cultura filosófica), era coisa que não faltava a Fernando Pessoa: alguns dos poemas ingleses, numerosas alusões na sua outra poesia, Ricardo Reis, etc., são disso evidente prova (além da sua biblioteca pessoal). E basta consultar-se um dicionário escolar de latim, para saber-se que o verbo *fingo*, significa «moldar», «modelar», arranjar, vestir, imaginar, supor, pensar, conceber, forçar, inventar, fingir, etc. (note-se o conjunto de variedades e fronteiras semânticas), significava, se aplicado à criação poética, *compor*, nem mais, nem menos... Pelo que o grande pseudo-mistério de «*Autopsicografia*», o poema ortónimo do «fingidor», se resolve facilmente, somando a tradição esteticista-nietzscheana em que a formação de Pessoa se inseria (é notória a importância de Nietzsche no esteticismo europeu e no desenvolvimento do simbolismo), a grande tradição da distância entre o sentimento e a criação estética (e a consequente necessidade do «artifício-arte» para fazer a ponte, o que aliás radica nas visões mágicas do domínio da realidade que, antropologicamente, se perdem na noite dos tempos, e na noite do nosso inconsciente colectivo), a tradição filosófica platónico-aristotélica, o anti-romantismo dos Vanguardistas, e, muito simplesmente, um modesto dicionário de latim, que nos recorde o que está semanticamente dentro de *fingir*. Quando Álvaro de Campos ataca o Pessoa-ele-mesmo, propondo o que ele chama uma estética não-aristotélica, na sequência de um outro ataque que já aparecera na citada revista (*O que é a metafísica?*), não propunha na verdade senão uma estética *moderna*, que tivesse em conta os progressos da ciência, mas considerasse que – como ele dizia no artigo referido no parêntese acima – as actividades que não são racionalizáveis (pelo menos ainda, acentuava ele) fossem consideradas no plano da «irracionalização». O que ele defendia era uma modernização do platonismo-aristotelismo, opondo o seu empirismo de Campos ao idealismo do «ele-mesmo», que ele, invertendo-o, tomava como (e com certa razão) o aristotelismo tradicional, com o seu poder da razão, e a sua ordem poética, imposta pelos manuais e a «natureza». E isto integra-se perfeitamente no esquema do *fingidor*, uma vez que o próprio Campos, nesses artigos, não se esquece de citar o *Ultimatum* de 1917, no qual ele proclamara a necessidade de o poeta se dividir em muitos (como ele fez). Assim, os heterónimos, que são «ficções», constituem *formas de fingimento* para apreensão hipotética da realidade, num mundo neoplatónico--esotérico, inscrito entre uma absoluta *contingência* à Boutroux, e um *absoluto* que de grau em grau ascende até ao Deus supremo que pode ser sempre, como Pessoa disse, o Cristo de outro Deus maior. Não existe, pois, vistas as coisas desta maneira, qualquer questão da «sinceridade» em Pessoa, em maior ou menor grau do que existe nos seus pares e contemporâneos que andaram perto de criar heterónimos, ou diversamente da que pode ser posta para qualquer tempo ou lugar, sem a cegueira do romantismo barato e vulgar. Nem sequer podemos dizer que esta era a maneira que Pessoa arranjou de ser «sincero». Até o mais *artificial* (no sentido vulgar de pessoa que abusa de «artifícios») dos poetas pode ser absolutamente sincero. A única sinceridade dum poeta não é ser ele-mesmo, outro, ou muitos outros, confessando uma real vida que lhes tenha acontecido: a única sinceridade de um poeta é dedicar-se a ouvir o universo, e a dizê-lo tão bem quanto possível, independentemente de ser quem é (o que os grandes românticos entenderam perfeitamente, todos eles, e Jean Cocteau definiu tão bem na famosa frase: «Victor Hugo c'était un fou qui se croyait Victor Hugo»). Tal como na vida, somos quem nos fazemos ou quem assumimos ser, ou quem aceitamos que nos mandem ser.

### III

— *Pensa que para um leitor de poesia inglesa que, conheça de Pessoa só os textos ingleses, Pessoa pode ser considerado um grande poeta?*

— Ao referir-me, nesta resposta, a «poemas ingleses» de Pessoa, suponho que a pergunta se refere àqueles que ele publicou em vida e eu editei recentemente em volume, em edição bilingue e crítica. E não pode ser de outro modo, visto que a massa dos inéditos ingleses é praticamente desconhecida, e eu, como a quase total maioria das pessoas, não vira senão algumas amostras dispersamente publicadas. Creio firmemente que não são grande poesia, mas que há neles momentos de grande poesia. E que importam muito pelo que revelam do poeta Fernando Pessoa (ou do que do homem com esse nome possa interessar à elucidação da sua poesia), e por conterem, sobretudo os sonetos, muitos dos temas, ou praticamente todos, que ele desenvolverá em diversas direcções. De um modo geral, a reacção do leitor de língua inglesa não é entusiástica: os poemas, principalmente os sonetos no seu imitar do estilo «metafísico» das sequências de sonetos do tempo de Isabel I e Jaime I (tanto ou mais que ao próprio Shakespeare que nunca é tão aridamente «metafísico», mas exuberantemente «maneirista» no seu jogo de imagens), soam demasiado a *pastiche* de um período, são excessivamente «literários» na linguagem. Pelo que devemos acentuar que há «artifício» e «artifício», e que às vezes uma pessoa é mal sucedida no seu esforço de mostrar que *domina* uma língua (que, em verdade, deixou de conhecer «viva», como era o caso de Pessoa). Quando, há muitos anos, eu e Casais Monteiro tivemos primeiro a ideia de traduzir para português os sonetos, vimo-nos aflitos com entender ou interpretar alguns passos, à simples e reiterada leitura (o fazer algumas traduções só veio depois). E recorremos ao poeta inglês, aliás sul-africano, Roy Campbell (1901-57) que então vivia em Portugal onde morreu.

Não tenho já no mundo Casais vivo para confirmar as nossas conversas. Mas Campbell, que detestava muito do modernismo, favorecia uma simplicidade directa da expressão poética, e fazia questão de ser «homem de acção» (era um reaccionário pavoroso, combatente franquista da Guerra Civil Espanhola, admirador do Salazar, e venerador fervoroso da Nossa Senhora de Fátima) que odiava «literatices», não gostou dos sonetos, e muito menos do mais. E confessou que não *entendia* vários dos passos que nós não entendíamos. Isto podia ser mera hostilidade a uma linguagem levada à mais incrível complicação literário-sintáctica, mas não era inteiramente ódio à complexa ambiguidade. Era realmente uma reacção a uma expressão em que o esforço se sente por de mais e nem sempre funciona. Por esse mesmo tempo, tive oportunidade de oferecer os poemas ingleses que Pessoa publicara ao grande poeta que foi Edith Sitwell (1887-1964), que conheci e me honrou com a sua estima. Esta mulher extraordinária (cuja grandeza muita crítica anglo-saxónica insiste em diminuir) admirou profundamente muito dos sonetos, reconhecendo indubitavelmente a riqueza contida neles, e que é, quanto a mim, muitas vezes, a visão do poeta que, em tantos outros lugares, veremos realizada e expressa. Por mim, acho que há nos sonetos notáveis e fascinantes passos e que os há, de um ponto de vista de realização estética, em *Antinous*, por certo o melhor de todo o conjunto, em que *Epithalamium* é uma obra inferioríssima (com algumas invenções felizes), e *Inscriptions* preservam sem fundas consequências, algum encanto dos seus modelos clássicos. Poderia dizer-se, portanto, que este aspecto da obra de Pessoa, quando os seus poemas portugueses lhe derem o lugar altíssimo que merece na poesia do século XX, que ainda lhe não é dado, apesar de tanto reconhecimento internacional que não vê que pouquíssimos dos seus grandes contemporâneos atingem a categoria deles, terão interesse menor para leitores de língua inglesa, mas não deixarão de ter interesse. E o mesmo pode suceder se traduzidos noutras línguas. Quando se é Fernando Pessoa, a velha máxima clássica inverte-se de sentido: não é todo o humano que nos interessa, é em gente como ele que o humano significa, e nada que tal homem tenha feito se pode perder ou esquecer. Vivemos numa época em que a crítica se recusa a juízos de valor – e o simples seleccionar de um autor *prova* que ele importou ao crítico por alguma razão que pode não ser sequer a da crítica. Mas cumpre não esquecer que ser-se Fernando Pessoa é ser-se uma daquelas coisas raras que, infelizmente, nunca são reconhecidas no seu pleno valor, porque há uma *lenda negra* contra Portugal, porque se considera o português uma língua menor (e ainda mais se não tem o exótico que é a desgraça do Brasil), sendo uma das seis principais do mundo, e porque, ante o prestígio das Franças, não há Valéry de terceira classe (Valéry é de terceira classe) que não passe à frente de um Pessoa, provincianismo que é o de todo o universo, e que Pessoa tão ferozmente dissecou e atacou no Portugal aonde se tornou, como sucede com os filhos adoptivos, maior que o pai, naquele tempo que foi o seu.

Santa Bárbara, Califórnia, Março de 1977

# FERNANDO PESSOA:
# O HOMEM QUE NUNCA FOI

*O presente texto é tradução portuguesa, pelo autor, do original inglês com que contribuiu, por convite, para o Simpósio Internacional sobre Fernando Pessoa, que, organizado e realizado pelo Centro de Estudos Portugueses e Brasileiros da ilustre Brown University, em Providence, Rhode Island, Estados Unidos da América, aí teve lugar, com o generoso apoio da Fundação Calouste Gulbenkian, em 7 e 8 de Outubro de 1977. Foi esta a comunicação de encerramento da reunião que teve uma enorme e atenta assistência, enquanto a de abertura coube, como deveria ser, a quem é o indiscutível decano dos estudos pessoanos, João Gaspar Simões, vindo da Europa para a ocasião. Veteranos tradutores de Fernando Pessoa, como Jean Longland, da Hispanic Society of America, e Edwin Honing, da própria Brown University, iniciaram e encerraram o evento, dando no inglês deles as vozes dos vários não-Pessoas. Entre as outras comunicações foram sem dúvida de capital interesse as dos Professores Alexandrino Severino e Gilberto Cavaco, como também a do Professor Hellmut Wohl que iluminantemente falou do envolvimento dos artistas plásticos no início da Vanguarda portuguesa, com especial ênfase na obra de Amadeu de Sousa-Cardoso. Ao esforço e à dedicação do Professor George Monteiro, director do supracitado Centro, e dos seus colaboradores os Profs. Nelson H. Vieira e Onésimo T. de Almeida, se deve o êxito da oportuna iniciativa, por certo da maior importância para a difusão, no mundo de língua inglesa (que era o seu mental ainda que abstracto como mundo, se bem que não pelos poemas que em inglês escreveu), da obra e significado para a poesia moderna de um dos maiores poetas da língua portuguesa. Pena foi que outras personalidades convidadas estivessem ocupadas em outros hemisférios e não se dignassem comparecer nas refinadamente civilizadas costas de New England, cheias de portugueses e de memórias deles, há mais de duzentos anos. Nestas costas, lá para Boston, viveu longamente aquela minha tia-avó Virgínia, então casada com um eminente Merrill,* brahmin *e ex-cônsul ou vice-cônsul nos Açores, amiga de infância e juventude da mãe de Fernando Pessoa, e a vizinha do lado dele, e tutelar protectora, desde que ele alugara, no outro extremo do breve patamar, para a mãe viúva que chegava da África do Sul, o 1.º andar, direito, da Rua Coelho da Rocha, 16, em Lisboa, em 1920, até que de lá saiu para ir morrer, como é sabido, no Hospital de S. Luís, quinze anos depois. O texto que se segue, de um autor que há pelo menos trinta e quatro anos que se tem ocupado de Fernando Pessoa, mas nunca publicou livro nenhum sobre ele com as bênçãos catedráticas do Portugal que não sabia de Pessoa ou da França que não sabe português, ou sem elas (o que significa apenas uma declaração de facto, e não um juízo de valor sobre obras de mérito reconhecido, e tanto mais quanto em geral os lusófilos sabem quanto precisam dos que vivem ou irão viver em Portugal, para que, nos países deles, alguém saiba que eles fazem alguma coisa rentável, que mais não seja eles mesmos), deve ser lido não apenas por si, mas em continuação coerente de um pensamento sobre o Poeta desenvolvido em escritos vários (como por exemplo o prefácio e as notas a umas pioneiras* Páginas de Doutrina Estética, *recolhidas dos dispersos de Pessoa, e que, como o ensaio* O Poeta É um Fingidor, *apresentado ao Colóquio de Estudos Luso-Brasileiros reunido na Bahia, e lá relatado por eminentíssimo estudioso que o usou sem citá-lo, ao apresentar depois o discutido poema numa antologia colectiva em que Pessoa era miraculosamente incluído, na América, têm servido para muito pano anónimo de sumptuosas mangas doutas e abastadas, pobres trabalhos de 1946 e de 1959...), dos quais o leitor actual, apressado ou buscando os últimos ditames das idioteiras críticas, não deverá aproximar-se, a menos que realmente deseje mais que os elos imediatamente anteriores, os quais são a ampla introdução à edição dos* Poemas Ingleses *publicados por Fernando Pessoa, nas obras completas da Ática (1974), e a entrevista que a essa introdução comenta e amplifica em alguns pontos, concedida à Professora Luciana Stegagno Picchio, e publicada em* Quaderni Portoghesi – 1, *Pisa, Primavera 1977.*

*À tradução aqui publicada acrescentam-se notas elucidativas de um que outro passo, que o texto original, escrito para ser lido, não possuía (e possuirá em inglês, se nesta língua vier a ser impresso), e que poderão eventualmente ser úteis, por certo que não aos que já sabem tudo sobre Pessoa (desenvolve-se, segundo parece, uma teoria que é a de que tudo o que havia a dizer sobre Pessoa já foi dito, e o que valia a pena publicar já foi publicado, pelo que há que desencorajar os estudos fernandinos ou pessoanos, e que deixar os papéis dele às baratas, ou vice-versa, não sei bem ao certo), mas aos jovens estudiosos e curiosos da poesia, que devem todavia lembrar--se que a poesia, no mais alto sentido de criação,* Dichtung, *nunca foi escrita para ser explicada pelos professores, ainda que sempre para ser entendida pelas pessoas educadas e inteligentes. E basta: vamo-nos a mirar de vários lados o homem que se suprimiu a si mesmo.*

Santa Bárbara, Califórnia, Fevereiro de 1978. – J. de S.

A um tal grupo de pessoas entendidas em Fernando Pessoa, eu não vou dizer, ao dar início a esta minha fala, dos principais acontecimentos de uma vida que por inteiro não teve nenhum, ou o número e as biografias dessas criações que ele chamava, insistindo na palavra, *heterónimos*. Mesmo que regressemos a tais criações, por essenciais que são para o que pretendo dizer aqui, não há razão para informações de todos conhecidas. E se acaso algumas pessoas aqui vieram por curiosidade bastante a ouvir-nos falar de um grande poeta de quem não têm conhecimento prévio, deixem-me que lhes recomende um ou ambos dos seguintes caminhos: estudarem português para poderem ler numa das cinco ou seis mais faladas línguas do mundo de hoje, ou, pelo menos, buscarem as muitas traduções existentes em inglês de poemas portugueses de um dos maiores poetas deste século em qualquer língua.

Permitam-me que comece com o que em música se chama mais ou menos um falso começo temático, ou, o que será mais interessante, pareça sê-lo. Eu principiei a escrever (a sério, ainda que bastante mal, nesse tempo) em 1936, apenas alguns meses depois de Pessoa ter morrido em 30 de Novembro de 1935. E publiquei pela primeira vez – um poema e um ensaio – em 1938, vão cumprir-se quarenta anos\*. Entre 1938 e 1944, pode ser que tenha mencionado mais de uma vez Fernando Pessoa (com efeito, o real início do meu contacto pessoal com os papas literários da época, muitos dos quais vieram a

---

\* O primeiro publicado (um poema) foi-o realmente em *Movimento*, ano 1, de 3/3/39. Ver *40 anos de servidão*, Lisboa, 1979. (M. de S.)

ser amigos meus da vida inteira, verificou-se através de uma carta que eu escrevi à *presença*, apontando que um poema de Álvaro de Campos, publicado pela revista como inédito, havia na verdade sido primeiro impresso muitos anos antes, em vida de Pessoa e com diversas variantes – essa carta apareceu no último número da *presença*, em 1940[1]). Mas foi em 1944 que eu dirigi uma carta-aberta ao próprio Fernando Pessoa, que saiu num Suplemento Literário[2]. Foi isto da carta há exactamente 33 anos; e aqui estamos nós a celebrar em simpósio o poeta 22 anos depois da sua morte. Com aquela crença tão irónica em coisas em que ele de facto acreditava, e o seu tão sério acreditar naquilo em que realmente não acreditava, Pessoa sem dúvida que ficaria absolutamente deliciado com todas estas coincidências numerológicas e outras.

Não há nada de novo em escrever cartas-abertas a criaturas vivas ou mortas. E, no caso de Pessoa, havia um precedente, e um belíssimo e agora esquecido precedente. Quando ele morreu, a *presença* dedicou-lhe o seu n.º 48, Julho de 1936, que eu vim a ver só um par de anos mais tarde, creio eu, mas que aparecera ao tempo de eu ter tido ideia de seguir o caminho de escritor. E nesse número da revista, ainda hoje uma peça fundamental da bibliografia fernandina, há uma carta a ele dirigida, nessa ocasião *post-mortem*, por Carlos Queiroz (1907-

---

[1] O poema em causa era *Apostilha*, mais tarde incluído no 2.º volume das obras completas da Ática, o referente a Álvaro de Campos em nome do qual aparecera, tanto na publicação lembrada pelo presente autor, como no ms. que chegara às mãos dos directores da *presença*. Aquela primeira publicação havia sido feita no semanário *Notícias Ilustrado*, de 21/5/28, magazine em que, como é apontado na publicada carta, apareceram outras composições de Pessoa, além de outras de outros modernistas ou textos de interesse para a história do movimento modernista. Ao publicarem da carta do presente autor a parte que ao poema e ao mais se referia, os directores da *presença* acentuavam o interesse dela, mas não comentavam das variantes apontadas (não havia aliás comentário algum). O mesmo sucedeu com aquelas *Poesias* de Álvaro de Campos (1.ª edição, 1944), que publicaram o texto da *presença*, sem mencionar as variantes que sem dúvida tornam o texto mais correcto. Mas quem se importa, mesmo em edições ditas críticas, com exactidões de crítica textual, ainda hoje, depois de décadas de algum aprendizado que então não havia, que não fosse para emendar gratuitamente mesmo os Camões deste mundo e do outro?

[2] Esta *Carta a Fernando Pessoa* saiu na página literária de *O Primeiro de Janeiro*, de 9/8/44, e foi depois coligida no volume de ensaios do autor, *Da Poesia Portuguesa*, Lisboa, 1959, hoje esgotado e esquecido, convenientemente. Mas o que primeiro eu lá dizia de Pessoa, a ele mesmo-não-ele-mesmo-mas-os-outros, é núcleo inicial do que ainda digo, para bem ou para mal.

-49), meu saudoso amigo e um dos mais distintos poetas da segunda geração de escritores modernistas[3]. Carlos Queiroz, que morreu subitamente no Paris que antes nunca vira, cinco anos depois de ter visto a minha própria carta, não foi porém só aquilo. O primeiro livro que publicou na sua malograda vida, *O Desaparecido* (e em vida só outro publicou antes de morrer), havia sido uma elegante e muito pessoal combinação de muitos lados do multímodo Pessoa, e este logo o saudou com destaque, não muito antes da sua mesma morte. Receber uma salva de vinte e um tiros de Fernando Pessoa podia não ser, como todos sabemos muito bem, grande coisa, uma vez que Pessoa era mestre da mais subtil ironia e da mais acabada impostura em casos semelhantes, e era perfeitamente capaz de escrever na aparência grandes aclamações que não significavam nada, ou significavam muito diversamente. Eu disse na *aparência* – porque com uns quantos raros o louvor de Pessoa era realmente sentido em profundidade e autenticidade. Carlos Queiroz tinha sido para ele algo de muito especial. Mais jovem do que Pessoa muito perto de vinte anos, e assim um membro da geração (ou parte dela) que impusera ou vinha impondo Pessoa criticamente, e mesmo, pode dizer-se, de certa maneira membro também do próprio grupo da *presença*, Carlos Queiroz era o sobrinho daquela senhora que ele namorara longamente e indecisamente, até que, em 1929, a ela escreveu uma final carta, declarando que escolhia a carreira literária, em vez do casamento com ela[4]. Assim sendo, a conexão de Carlos com Pessoa era

---

[3] Nesse número, em cuja capa aparece o esplêndido retrato de Pessoa, a finos traços, desenhado por Almada, e datado de 1935, C. Queiroz revelou fragmentos das cartas de amor de Pessoa a sua tia (que não identificava), e publicou a carta acima referida, admirável documento. Gil Vaz publicou o soneto «*Além – à memória de F. P.*», magnífico, e um dos mais belos epicédios da língua portuguesa (e sendo, para mais, um denso exemplo de poesia «crítica»); e Guilherme de Castilho o ensaio «*Alberto Caeiro – ensaio de compreensão poética*» – fundamental ainda hoje, e de uma sagacidade excepcional, quando a obra inédita não estava publicada e muito menos as toneladas de prosa que Pessoa distribuiu ineditamente pelos seus eu-mesmo--e-não. Foi também aí que apareceu pela primeira vez a espantosa carta de 11 de Dez. de 1931 a João Gaspar Simões. E etc.

[4] No simpósio para que este trabalho foi escrito, a comunicação do Prof. Alexandrino Severino versou, com extrema discrição e delicadeza, a correspondência entre Fernando Pessoa e a senhora que, hoje também morta [assim se julgava, embora essa senhora continue viva à data presente. (M. de S. 1979)], foi tia de Carlos Queiroz. As cartas dela, uma jovem extremamente ingénua e inocentemente vaidosa das atenções daquele homem mais velho e tão fascinante, criatura que ela via muito

extremamente peculiar: ele era, de múltipla maneira, o filho que ele nunca fizera à única mulher (tanto quanto sabemos) para quem ele terá olhado ou a quem terá a seu modo estimado com algo de semelhante à atracção e ao desejo sexual (ou à ilusão disto). Como antes ficou dito em nota, a primeira publicação fragmentária das cartas de amor de Pessoa à tia de Carlos Queiroz verificou-se, por mão deste filho espiritual de ambos, no número de homenagem ao recentemente falecido Pessoa, em 1936. Ao escrever eu uma carta ao poeta, oito anos depois da de Carlos Queiroz, fazia algo que todos os admiradores e conhecedores de Pessoa então comparariam com a que ele previamente recebera no outro mundo, se é que há um tal lugar para os Fernandos Pessoas cujo destino é viver para sempre neste nosso. Mas havia uma diferença, ou mais do que uma. Só muito mais tarde vim eu a dizer de ter chegado a conhecer Pessoa «pessoalmente», pela simples razão de que o conheci como bom amigo e vizinho de tia-avó minha, em cuja casa o vira várias vezes, sem fazer a menor ideia de quem ele de facto era, e antes de eu mesmo saber que seria um poeta e, entre as minhas várias actividades como crítico, um dos espíritos dados à crítica, que ele astuciosamente enfeitiçaria postumamente para falarem dele[5]. Era mais velho do que eu mais de trinta anos, e parecia-me a mim, ao que ainda recordo, um

---

acima de si mesma e cujas fantasias fazia por aceitar e compreender, são de uma pungência aterradora, na sua paciente e dorida contenção, em sofrer o jogo de gato e rato que ele jogou com ela, chegando mesmo às vezes a ser o Álvaro de Campos quem lhe escrevia e não «ele»... (e ela «sabia» que o Álvaro a detestava, sabendo nós que o mesmo Álvaro era quem Pessoa talhara para homossexual do grupo). A publicação conjunta dessa correspondência, longe de ferir a memória de alguém, projecta uma luz decisiva sobre aquele ser chamado civilmente Fernando António Nogueira Pessoa – que já não há nada que faça «menor»– e é uma rendida homenagem àquela pobre e digna senhora que, em rapariga, foi jogo de quem, de qualquer maneira, com amor ou sem ele, sabia que havia um abismo intelectual entre essa menina e o monstro de racionalização, que ele era, para não falarmos em grandezas poéticas sequer.

[5] As relações quase indirectas ou praticamente indirectas entre mim e o Poeta, brevemente referidas na introdução a esta tradução e adiante no texto dela, foram por mim primeiro mencionadas no artigo «Vinte e Cinco Anos de Fernando Pessoa», publicado no Suplemento Literário de *O Estado de São Paulo*, Brasil, em 19 de Março de 1960, e não me parece que tenha este artigo sido publicado em Portugal, antes de ser coligido no meu volume de ensaios *O Poeta é um Fingidor*, Lisboa, 1961, hoje esgotado, em que outros estudos sobre Pessoa são reunidos, ou ainda outros que lhe dizem de algum modo respeito.

senhor distinto e simpático (já velhote, quando estava apenas nos seus quarenta anos)[6] o qual falava ocasionalmente em inglês com a minha tia-avó, permutava com ela livros em inglês, objectos raríssimos e invulgares naquele tempo em Portugal, e fazia uso do telefone dela (outro objecto então tremendamente incomum em casas de família, nesse tempo). Vivia no outro lado do mesmo andar, na hoje famosa casa, e que ele alugara para a mãe quando, viúva, voltou para Lisboa e assim ficava de vizinha de uma das grandes amigas da sua juventude, essa minha tia-avó. Por ocasião de, anos depois, a família se mudar para o Estoril, Pessoa decidiu ficar a viver sozinho na casa para ele tão conveniente, próxima de companhia amiga e de um telefone secreto e de graça, que não estava na lista em nome dele, e com a possibilidade de falar o seu querido inglês com essa mulher que, viúva de um bostoniano, se tornara mais de Boston que qualquer criatura de Boston, a ponto de ser por certo a única criatura em Portugal a praticar a religião anglicana, o único protestantismo que lhe convinha e se parecia com o do seu aristocrático passado norte-americano, e que estava ao seu alcance naqueles anos de Lisboa (quando havia já uns protestantes diversos que, socialmente, minha tia-avó, com toda a sua lhaneza social, não podia aceitar, quero crer). E, como o grande romancista inglês Fielding, ela dorme no Cemitério Inglês de Lisboa.

Só por 1936, quando comecei a interessar-me conscientemente por literatura que lera e escrevera desde que me lembro de mim, é que identifiquei o autor do que era então, pelas razões erradas, a aclamada *Mensagem*, com o autor de outros poemas que me fascinavam em velhas revistas e magazines, e, mais do que tudo isto, com aquele excelente senhor que muitas vezes vira graciosamente curvado e vagamente sorridente em casa da minha tia Virgínia. Ao escrever-lhe, como o meu bom amigo Carlos Queiroz fizera, a minha posição e o meu intento eram inteiramente diferentes, como tinham de ser. A minha geração literária desejava muitíssimo, e apesar de toda a nossa dívida à *presença* e à aclamação, feita pelos presencistas, da gente do *ORPHEU*, saltar por sobre a *presença*, para renovar um

---

[6] Importa acentuar que – e não só os retratos dele o mostram, como o depoimento dos que lidaram com ele de perto e longamente –, nos últimos anos da sua vida, que são necessariamente aqueles em que o recordo, Pessoa envelhecera vertiginosamente, e, sem nada perder da sua distinção «britânica», parecia vinte anos mais idoso do que realmente era.

contacto directo com essa tradição, e começar de novo, em termos contemporâneos nossos, o movimento modernista. No fim das contas, eu «não conhecera» Fernando Pessoa, como Carlos Queiroz e os outros tinham conhecido, e não era seu filho espiritual, a menos no sentido de que todos, sem excepção, somos assim filhos não só dele, mas de todos os poetas de várias línguas ou da nossa mesma, que, então mais acessíveis a nós do que ele, vieram a ser tanto como ele e os seus companheiros, para nós, os grandes mestres do que havia sido a revolução da cultura moderna nas duas primeiras décadas do nosso século[7]. Claro que eu tenho sido chamado um discípulo de Fernando Pessoa – ninguém, com um mínimo de distinção poética

---

[7] Será conveniente acentuar alguns factos concretos. Nos últimos anos 30, quando a minha geração saía das fraldas da primeira adolescência, a *presença*, como revista que nunca tivera larga distribuição e as livrarias não mostravam (lembro-me de que vários números dela eu ia comprando na Livraria Clássica Editora, aos Restauradores, em Lisboa, arrancados a ferros à indiferença dos empregados ou patrões, que os desenterravam dos armários que havia por baixo das prateleiras dos livros), declinara já (sobre a evolução da publicação da revista, veja-se o meu estudo de 1967, na II Parte do livro recentemente publicado, de ensaios meus colgidos, *Régio, Casais, a «presença» e Outros Afins*, Porto, 1977), substituída pela outra «presença» lisboeta de Gaspar Simões e de Casais Monteiro, pela crítica literária de Gaspar Simões no *Diário de Lisboa* (independentemente da eventual simpatia de alguns jornalistas, a primeira base crítica que o modernismo teve, ao alcance do grande público), e substituída também pela *Revista de Portugal* de Vitorino Nemésio, aonde todos tiveram mais ou menos lugar, e na qual um começo houve de tanta coisa, e poderia dizer-se que o neo-realismo novelesco também, em alta categoria, com a publicação do capítulo «Parafuso» do romance *Chiquinho* do caboverdiano Baltazar Lopes, obra esplêndida que, impressa só anos depois, não teve a repercussão nem o reconhecimento que merecia, e ainda hoje não ocupa na história literária portuguesa o lugar que é o seu. Mas isto é um àparte. O que importa é acentuar qual era a situação real nos anos 30, ou fim deles. Para lá do que alguém laboriosamente catasse em alfarrabistas ou bibliotecas (será que muitos o fizeram?), o modernismo era o que vai descrito acima, mais os prestígios rivais, crescentemente afirmados, de Régio e de Torga. Sá-Carneiro teve *Indícios de Ouro* em 1.ª edição (*presença*) só em 1937, *Dispersão* reeditado pela *presença* em 1939, *A Confissão de Lúcio* republicada pela Ática só em 1945, as «poesias» reunidas, ao alcance do grande público após aquelas limitadas edições anteriores, publicadas pela Ática só em 1946, para não falarmos de *Céu em Fogo* só reeditado em... 1956! Fernando Pessoa só explodiu na cena literária em 1942 com a antologia em que Casais Monteiro reuniu praticamente toda a poesia por ele dispersamente publicada (ou postumamente impressa por quem detinha cópias de originais), que precipitou a publicação pela Ática do 1.º volume das «Obras Completas», o «ortónimo», em Setembro desse mesmo ano, sendo que o 2.º (Álvaro de Campos) só veio a sair em Junho de 1944, o 3.º (Alberto Caeiro) em Agosto de 1946, e o 4.º (Ricardo Reis), esse saíra em Dezembro de 1945. Estes

tem escapado a isso em Portugal, uma vez que Pessoa se tornou o símbolo do Modernismo que todos buscávamos, e era por certo parte da nossa educação poética. Mas todos somos, em sentido positivo, negativo, ou ambivalente, discípulos de tudo o que nos precedeu, desde a *Epopeia de Gilgamesh* e o egípcio *Livro dos Mortos*, quer se queira, quer não. Além de que, sendo-se crítico de Fernando Pessoa, é fácil supor-se que nos interessa no verso quem nos importa discutir no pensamento crítico (fácil, e adequadamente maligno, como a portugueses convém sempre).

O facto de eu ter conhecido Pessoa sem na realidade o ter conhecido impressiona-me como excelente fonte de inspiração para uma análise desse Pessoa que, no vero pólo oposto daquele grande Camões que ele professava não admirar muito, não deixou a vida pelo mundo em pedaços repartida, como Camões, com boas razões, disse da sua mesma. Pessoa jamais se dispersou pelo mundo, a menos que compreendamos o mundo como o próprio espírito dele; e, após as suas estadas na África do Sul, na infância e na prima juventude, nunca mais saiu de Portugal, e, em Portugal, mal saiu alguma vez de Lisboa, cidade da qual se pode dizer que, a muitos respeitos, ele foi o poeta, ou um deles, como o Cesário Verde que ele tanto e tão justamente admirou. Pessoa – poeta de Lisboa, eis um bom tema de

---

quatro volumes foram longamente o cânone básico da obra poética de Pessoa, aparecido pois em 1942-46; e há que notar a diferença de dois anos entre o «ortónimo» e a sequência dos «heterónimos», o que acentuou muito a influência aparentemente menos «modernista» que Pessoa então teve, sendo que, para lá do magnificente dos heterónimos que era conhecido de uns quantos, o «ortónimo», mais «tradicional» nas aparências formais, vinha adicionar-se a quem era, para muitos, o poeta da «tradicional» (a mais de um confundido título) *Mensagem*. A este quadro, há que acrescentar que, depois da morte de Pessoa, Almada, salvo uma que outra intervenção, só reaparece com o romance *Nome de Guerra*, em 1938, e que numerosos dos seus textos principais, além deste romance, só reaparecem, nas «obras completas», a partir de 1970. A revista *ORPHEU* começou a ser reeditada (e eram só dois números) em 1949, e só agora é que chegou ao fim... E o decisivo e importante *Portugal Futurista*, uma das coisas mais raras do mundo, continua invisível sessenta anos depois. Este é o real quadro, e foi, para quem não era mais velho que a minha geração, e nem sequer sabia como procurar o esquecido ou perdido. Por isso, a poesia moderna de outras literaturas, lida nas próprias línguas ou em outras acessíveis, ou a poesia do modernismo brasileiro com Manuel Bandeira e Carlos Drummond de Andrade à frente, foram para nós de decisiva importância naqueles anos de fome modernista que outros mais jovens, já com a papa toda feita (e pronta para ser imitada), nem sonham o que terá sido.

dissertação ou de artigo que, que eu saiba, não foram escritos[8]. Regressemos porém ao fim do nosso discurso. Não tendo conhecido Pessoa pessoalmente como o grande poeta ou, melhor dito, o ajuntamento de grandes poetas que ele foi, corresponde exactamente a um dos principais fitos dos poetas modernistas, nossos antepassados imediatos, e do próprio Fernando Pessoa. Para eles, e Pessoa o proclamou no seu *Ultimatum* assinado por Álvaro de Campos, um poeta devia ser vários poetas, nenhum deles sendo a personalidade que, em termos românticos, se suporia sentindo e transmitindo os seus sentimentos a nós. De um modo ou de outro, todos os grandes e menos grandes fundadores e continuadores do que veio a ser a Literatura moderna (no sentido de «modernista»), tentaram criar textos atrás dos quais o autor como o ele-mesmo de todos os dias desaparecesse, ao contrário do que os Românticos tinham a tal ponto tentado fazer (e podemos dizer que, muitas vezes, imaginando ardentemente em verso as vidas que não tinham na vida real, como se fossem a própria). Como é sabido, ninguém jamais levou esse fito dos modernos a tão acabados extremos de conseguida e magnífica realização como Fernando Pessoa. Os *alter-egos* de Valéry Larbaud, André Gide, Proust, Joyce, Rilke, António Machado, Yeats, Eliot, Pound, etc., ou as equivalentes teorias que desenvolveram, podem ter-nos dado obras-primas, mas nunca foram até àquele extremo que fez de Pessoa uma lenda, ainda antes de entender-se pior ou melhor o que tal coisa significava, ou antes de aceitar-se esse extremo como a mais mortalmente séria criação poética, que efectivamente era[9]. *Mortal*, de facto. Porque, num sentido afim do aniquilamento místico,

---

[8] Quando este estudo foi composto e lido, não havia o autor visto ainda o artigo de Maria José de Lencastre, «Peregrinatio ad loca fernandina: la Lisbona di Pessoa», em *Quaderni portoghesi*, Pisa, Primavera 1977, que é precisamente, quanto à sugestão feita, o que pode chamar-se, como diriam os brasileiros, um bom «começo de conversa». No que ao autor destas linhas se refere, aparece ele como Pilatos no Credo, naquele título, sem que o leitor menos informado acerca de um poeta que não merece as gerais bênçãos dos diversos partidos e universidades correlatas saiba, sequer por uma breve nota, que o título do artigo é cunhado sobre o do meu livro de poemas *Peregrinatio ad loca infecta*, dos idos de 1969.

[9] Esta aproximação dos diversos *alter-egos* inventados pelos fundadores vanguardistas ou transitados do post-simbolismo, etc., pode ser encontrada em vários escritos do autor, como por exemplo alguns dos reunidos no livro «*O Poeta é um Fingidor*», e não necessariamente só os que a Pessoa especificamente se refere, e é o caso do que aí estuda a sinceridade e Cavafy (1953) ou o dedicado a António Machado (1957), e na já referida introdução aos *Poemas Ingleses*, etc.

implicava a morte do «eu», sacrificado à criação de todas as virtualidades que houvesse nele, e sacrificado também ao invisível e silente Deus que pode ser que não exista, que pode ser constantemente, como Pessoa disse, o Cristo de outro Deus maior (o que, por sua vez, implica, é evidente, a encarnação e a morte na cruz, ou algo de equivalente a isso, e que, além do mais, pode ser precisamente aquela superior unidade apenas atingida após que cada grão do nosso pó se dispersou por completo, de uma maneira simbólica). Assim, Pessoa fez-se, e o sintagma estritamente pessoal é dele, um drama em gente, multiplicando os heterónimos e semi-heterónimos (note-se a distinção que tão habilmente ele traçou, quando chamou, por exemplo, a Bernardo Soares, o autor do ainda inédito *Livro do Desassossego*[10], um incompleto e não um completo heterónimo). Como – e já o referimos em nota – nas obras completas o 1.º volume a sair foi o «ortónimo» em 1942, e também porque parecia mais formalmente tradicional, o chamado Pessoa-ele-mesmo, ou (repitamos) o *ortónimo* como ele chamou a essa parte de si próprio, pareceu e ainda parece a muitos o principal Pessoa, com os heterónimos como inteligentes jogos, ainda que jogos de génio. Na realidade, o Pessoa-ele-mesmo, era tão heterónimo como todos os outros. Ou, melhor dito, *ele é o vazio deixado dentro do homem, e do homem enquanto poeta, depois da fuga dos outros*. Nenhum deles, nem mesmo o Álvaro de Campos às suas horas de mais negro desespero, é tanto o poeta de esse especificamente nada que o «ele-mesmo» ficou sendo. E aqui pode ser que tenhamos a razão, ou uma delas, para muitas das coisas que tal «ele-mesmo» fez, lado a lado com assinar tantos poemas (muitos inteiramente repetitivos mas nunca de todo maus) com o nome que usava como cidadão e como a criatura conhecida dos outros cidadãos por esse nome.

Fernando Pessoa sabia perfeitamente (e desde muito cedo na vida) que, apesar do génio de um ou outro dos seus amigos e companheiros, e de alguns outros na geração seguinte, a primeira

---

[10] Não cabem aqui as aventuras editoriais de que *LD* tem sido objecto, nem as de que, por anos de intenso e desesperado estudo, o autor destas linhas foi vítima, até desistir de, a uma distância transatlântica que lhe faziam maior, preparar a edição dessa obra. Mas há que avisar os leitores de que há textos erradamente atribuídos, de que houve no espírito de Pessoa mais do que um *LD*, etc., etc., tudo coisas de somenos no hoje em dia da meia bola e força, com todos os aparatos da não-crítica armada em crítica textual.

metade do século XX, em poesia escrita em português, seria sua, para lá da grandeza que lhe daria um lugar muito próximo de Camões na história literária. Eu ainda conheci muitas pessoas da geração dele, dos grandes e dos menos grandes, e pude por mim próprio verificar quanto se curvavam ou tinham curvado à sua indisputada superioridade intelectual, do mesmo passo que se defendiam com unhas e dentes de serem devorados ou transformados em «heterónimos» – o que faziam com sorrir-se de tais mistificações, ou com acentuar a que ponto Pessoa insistia em dizer que morreria sem realizar por completo a sua obra… Estas conversas minhas foram simultaneamente iluminantes e de perder-se a cabeça. Ver pessoas mais ou menos decentes comportarem-se desta maneira, explorando *o desespero de não fazer-se tudo, que é parte integrante de qualquer sério espírito criador*, ou o de não terminar-se alguma coisa, certa ou erradamente suposta a «obra magna», quando *esta era tudo o que já tinha sido feito* – assistir a isto era por certo para perder-se a cabeça de fúria. Mas era também extremamente iluminante, de facto, uma vez que reflectia, com meridiana clareza, o contacto pessoal e muitas vezes, durante longos anos, a quase quotidiana experiência de viver-se perto daquela pessoa real chamada Fernando Pessoa *que era realmente um fantasma*, ou, se quisermos, um cabide para a multidão de seres inexistentes muito mais reais do que ele mesmo queria ser. Na vida chamada privada (e há sempre outra mais privada de que nunca se sabe nada ao certo), como eu o vi, e como testemunharam todos os que o conheceram, família, amigos, companheiros, etc., ele era capaz de ser um homem agradabilíssimo, cheio de encanto e bom humor (ainda quando esse humor, muito britânico, nada tivesse da tradicional grosseria da lusitana chalaça) – mas este papel era também um outro «heterónimo» que o defendia da intimidade fosse de quem fosse, enquanto lhe permitia tomar um discreto lugar na festa *normal* da vida quotidiana. Por certo que havia, para quantos não eram admitidos a um mais interior *sanctum* (Pessoa pode ser comparado a uma sucessão de caixas chinesas, a última das quais contém o Nada que nós e o mundo somos, um Nada que é o Tudo), mas eram sensíveis à existência de outros «interiores», uma espécie de frio aterrador que emanava de Fernando Pessoa – algo daquele frio terrífico que a gente às vezes sente ao lê-lo. É o frio do espaço exterior, o frio dos Campos Elísios, o frio do Não-Ser. Que outra coisa poderia *ser*? Pessoa era o vácuo, e os seus heterónimos não eram (quer queiramos ou não, quando amamos tanto algum deles) reais seres humanos, mesmo que no sentido de ser-se uma ambulante inexistência.

Deste modo, Pessoa, além de usar as máscaras do amável amigo ou parente, ou de atencioso camarada nas letras, tentava encher o vazio que, por ordem da sua mesma natureza ou dos deuses que a comandavam, ele se vira forçado a criar para tornar-se «ele-mesmo», ou seja Fernando Pessoa, Campos, Caeiro, Reis, etc. & C.[ia], uma entidade feita de criaturas irreais, cujo papel era virem da realidade exterior para conquistá-la e ocupá-la de todos os ângulos de ataque. Como muitos outros dos seus companheiros pelo mundo adiante (de muitos dos quais ele não cuidou de saber, enquanto eles o ignoravam totalmente), que fizeram o Modernismo, Pessoa era um *déraciné* em mais de um sentido da palavra. Orfão de pai em criança (embora nos seus papéis haja – ou havia – provas diversas do seu amor pelo padrasto, a situação mantém-se)[11]; um rapaz educado num país estrangeiro, e aí alimentado de uma cultura não só estrangeira mas obnóxia caricatura, na África do Sul, ainda que honesta, da da «pátria», aquela Inglaterra, na qual, tão caracteristicamente, ficando sempre tão britânico (como a sua família ficou também sendo), e tendo imensas oportunidades de visitá-la, com os irmãos que lá viviam e os navios representados ou remetidos às companhias, para as quais ele trabalhava de respeitado tradutor comercial, ali nos cais da *Ode Marítima* à espera dele, ele nunca fez esforço algum para pôr nela os pés; um homossexual latente que sublimara em si mesmo todos os impulsos sexuais até ao ponto de extinguir, tanto quanto sabemos, qualquer actividade sexual ou qualquer intimidade distante que envolvesse mais do que só isso mesmo (e assim eu pude dizer uma vez como, sendo ele tão amigo de António Botto, defendendo-o quando atacado, ou escrevendo sobre ele com uma extensão, uma frequência e uma profundidade, que jamais terá dado igualmente a outrem, tudo isto fazia de Botto ainda um outro heterónimo que ele reprimira na sua vida)[12]; um homem que, pela educação, a cultura, e

---

[11] Lembro-me de ter visto entre os inéditos de Pessoa (e não fui verificar recentemente se acaso o texto encontrou lugar nos volumes ad-hoc-mente organizados com vaga poesia ortónima, mas não tenho ideia) um poema de certa extensão que era dedicado à memória do padrasto, e a que faltavam lacunarmente versos que o poeta não escrevera ou não completara. E nos seus papéis outros testemunhos havia.

[12] Isto foi primeiro dito, e de maneira explícita, na introdução aos *Poemas Ingleses* (edição já citada), ainda que com toda a cauta delicadeza que a sugestão comporta, lá onde as pessoas se precipitam tão facilmente para conclusões apressadas, sobretudo se elas projectam tudo quanto há sobre a intimidade discreta (ou inexistente) de alguém. Deve acentuar-se que, a Fernando Pessoa, nunca se lhe conheceu

até mesmo a tradição familiar (a família era dos Açores, o que não fazia dele um açoriano, nem significa que os açorianos sempre se mantinham «juntos», qual uma espécie de maçonaria), se sentia «estrangeiro» em Portugal, e infinitamente acima do nível médio da cultura e dos gostos literários portugueses (não obstante e talvez por isso mesmo, há que acentuar como, com algumas possíveis raras excepções – e lembremo-nos de que Sá-Carneiro, o único que ele realmente terá reconhecido como seu par enquanto poeta, se matara em 1916, e, como eu afirmei uma ocasião, sendo o Werther que morria para que o Goethe-Pessoa pudesse sobreviver[13] –, os seus mais habituais companheiros de quotidiana conversa e convívio não foram escolhidos entre os grandes do seu tempo, e eram mais para o medíocre, ainda que tenham sido pessoas interessantes ou simpáticas); um revolucionário literário que compreendera quanto a revolução modernista, depois dos breves chamaréus de 1914-17, estava morta,

---

(a menos que talvez nas eventualidades da juventude) ligação amorosa efectiva, ou busca de encontros casuais, uma e outros de que espécie sejam. É certo que o recato «britânico» não permitiria nunca a Pessoa aquele indicar ou dar a adivinhar aventuras que muitas vezes as pessoas não tiveram, ou seja certo exibicionismo psicológico que, em Portugal, se é muito «macho», não é menos dos homossexuais que, agora mais do que antigamente, saboreiam dar-se a uma atitude idêntica que tem, na sua «libertação», semelhantes raízes psico-sociais. Cumpre acentuar, nesta nota, que António Botto, sorridente sugestionador de suspeitas, em verdade nunca as lançou sobre Fernando Pessoa que, há que dizer-se, deve ter sido quem, na vida, ele mais profundamente estimou e respeitou (e um dos mais esplêndidos epicédios da língua portuguesa é precisamente o *Poema de Cinza* que, em 1938, ele publicou no *Diário de Notícias*, de Lisboa, no dia do 3.º aniversário da morte do poeta), se é que não foi a única criatura literária que realmente ele respeitou, para lá da amizade e das dívidas críticas. Ao que se conta, Botto apenas teria, com meias palavras, e alguma vez, referido duas coisas acerca do Pessoa sexual: que ele olhava, notem, de certa maneira para os rapazinhos; e que o seu membro viril, muito pequenino, explicava a abstinência envergonhada dele (como é que ele sabia?). Só as pessoas desses tempos que possam recordar uma observação ou tenham visto Pessoa em pelota poderão confirmar ou desmentir o que pode até ser que não seja verdade. De qualquer modo, não é só «metáfora» dizer-se que Botto foi, de algum modo, um heterónimo do autor da *Mensagem*, sem que isto implique que Botto não escreveu ele mesmo a sua poesia, mas sim que existiu para Pessoa como um outro *alter-ego* mais, que o dispensava de viver alguma porção importante da sua própria vida.
[13] Veja-se mais ampla elucidação deste símile de Werther – Sá-Carneiro, por exemplo no nosso estudo sobre «Cartas de Sá-Carneiro a Fernando Pessoa», primeiro publicado no Suplemento Literário de *O Estado de S. Paulo*, Brasil, em 19/3/60, como crítica aos volumes então recentemente aparecidos, e recolhido depois no nosso volume de ensaios, «*O Poeta é um Fingidor*», referido anteriormente.

e que ele tinha de esperar, e a obra dos seus amigos também, pela posteridade (e podemos dizer que as delongas em publicar-se a si mesmo em livro, o seu quase forçar quem quer que fosse que lhe pedisse um poema a ter de entregar-se a uma espécie de namoro epistolar, etc., eram menos falta de confiança na posteridade, pois que são numerosos os passos em que essa confiança orgulhosamente se manifesta sob, às vezes, capas de calculada ironia, do que eram, de facto, o apostar na posteridade, o obrigar o futuro a sentir-se fascinado pelo Grande Teatro irreal do seu mundo interior, tal como ele o construíra com palco, personagens, peça, e espectadores – e a famosa *mala ou baú*, que veio a tornar-se, como os heterónimos, múltipla, certamente que foi concebida como parte dessa mais ou menos conscientemente deliberada aposta no futuro) – tudo isto que enumerámos é o que explica ou condiciona muito do comportamento e das realizações criadoras de Fernando Pessoa.

Ao pretender acreditar numa espécie de Rosicrucianismo (e os seus extraordinários sonetos sobre o túmulo do lendário fundador são perfeitas transcrições poéticas das palavras esotéricas originais desse fundador ou de quem em nome deste as escreveu[14]), ele forjava uma espécie de elo entre ele-mesmo – o existente e o não-existente – e um mundo ideal, cuja estrutura fugitiva coincidia perfeitamente com a mistura de aniquilamento e de realização, que era parte inescapável do seu desejo de morte. Em buscar tendências ou mistérios esotéricos, era ele afim dos contemporâneos seus pares, todos lutando por manter-se à superfície e por buscar o mais adiante e o novo, enquanto o *ego* tradicional, as tradicionais visões do mundo, e os estilos de vida, todos se desfaziam à volta e dentro deles, tal como o superficial optimismo científico do século XIX, que já não podia satisfazer o espírito deles – e não satisfazia também os mais avançados espíritos científicos do tempo (e poderei recordar-vos que, nos anos 20, Pessoa terá sido o primeiro escritor a mencionar em português as ideias de Einstein, muito antes de qualquer cientista o fazer?). Por outro lado, muitos desses homens, ou grande maioria deles (com excepções entre os Expressionistas germânicos e os Futuristas russos,

---

[14] Para quem não tenha mais fontes de informação, e mesmo para quem as tenha, recomenda-se como essencial o livro de Frances A. Yates, *The Rosicrucian Enlightenment*, Londres e Boston, 1972, sobre as origens e desenvolvimento dessa sociedade secreta.

que se tornaram esquerdistas, ainda que não-crentes na democracia, ou na pluralística, como é moda hoje dizer-se, não podiam aceitar, sendo, como eram, individualistas da burguesia aristocratizada, as ideias revolucionárias do seu tempo, e foram, mais ou menos por todo o mundo, muito reaccionários nas suas atitudes políticas. Não podemos dizer que Pessoa tenha sido isto: conhecemos os seus escritos contra a ditadura de Salazar, e havia entre os seus papéis, recordo perfeitamente, muitas cópias fotográficas misteriosas de documentos e papéis secretos das organizações salazaristas que – será que se perderam? – apontam para alguma actividade secreta contra o governo da Ditadura. Mas ele tinha desprezado sempre como *petite-bourgeoise* a Primeira República Portuguesa, e por certo que mais de uma vez em seus escritos indicou que o socialismo não era exactamente o mundo dos seus sonhos. Sendo ele algo de sul-africano de raiz britânica, lançara raízes em Portugal. Como podia ele conseguir isto, sentindo-se tão «de fora», pensando a maior parte do tempo em inglês até ao fim da sua vida (os seus livrinhos de notas – ainda existem? – estão grandemente escritos em inglês, excepto quando contêm um que outro verso em português) – como, sem compensar a real falta de raízes com uma espécie de britânico complexo de superioridade? Claro que o sentia, mas tentou usá-lo e transmutá-lo de dois modos que muitas vezes se cruzam ou coincidem. Um, criando um Portugal mítico, retomado pela mão de um vigoroso, deslumbrante e juvenil D. Sebastião à sua grandeza de outrora (por espiritual-política que fosse), através do mágico regresso do perdido Rei sob qualquer disfarce adequado (e assim foi que Pessoa chorou realmente em verso, quando o Presidente Sidónio Pais foi assassinado[15]). Ao fazer isto,

---

[15] É sabido como Sidónio Pais, que assumira o poder supremo e presidencialista à testa de uma revolução dirigida contra o Partido Democrático, e que explorava muito sentimento antiparticipação na Primeira Grande Guerra Mundial (que muitas Direitas difundiam, já que haviam sido e continuavam a ser contrárias aos «aliados» democráticos e a favor dos Impérios Centrais autoritários chefiados pela Alemanha), em 5 de Dezembro de 1917, e que se fez eleger Presidente por sufrágio directo ou plebiscito, em Abril do ano seguinte, foi assassinado em Dezembro de 1918, após um ano de ditadura que recebeu, de largos sectores do país, um irracional apoio que as Direitas lhe prepararam, a agonia com a guerra que muita gente sentia sem motivação política favoreceu, e que o carácter rapidamente carismático da sua pessoa e do seu estilo público de ser ditador lhe garantiram. É do folclore doméstico da minha infância e juventude, que recordo em pessoas de diversa categoria social e até orientação ideológica, o saudosismo do seu fascínio pessoal, e a narrativa do que, na imaginação dos narradores (confirmada pelas reportagens de velhas revistas), havia sido o carácter de «luto nacional» do seu monumental enterro. Tudo isto, é claro,

ele podia juntar o Mito do Quinto Império, de tão alta antiguidade e depois tão lusitana (também) tradição, as suas tendências esotéricas, e a sua necessidade de uma *figura paterna* que fosse ao mesmo tempo um atraente jovem semelhante a um jovem deus (recordemos que, pela boca do Imperador Adriano, ele reassumira e tomara em suas próprias mãos o deificar de Antínoo). Estes deuses juvenis, dos quais se esperava a redenção do mundo graças a excepcionais virtudes ou

---

pode ser analisado à luz de uma linha antiga, ou várias que convergiriam no gradual poder que Salazar veio a assumir depois. Mas sem dúvida enquadra o poema que Pessoa escreveu à memória do *Presidente-Rei*, como ele lhe chamou, se ao folclore acima referido acrescentarmos que se narrou por décadas o modo como os *cadetes* do Sidónio lhe eram dedicados, e como, sobre o ataúde dele, um que outro se atirara e desmaiara de emoção e dor (sem que isto pretenda insinuar mais que o «carisma» de um homem por quem as mulheres se apaixonavam em imaginadas satisfações erótico-políticas, não contando as muitas que ele terá tido para si). O carisma e os entusiasmos esconderam muitíssimo um regime de terror contra os adversários de Sidónio e também a total falta de qualquer orientação ideológica. Mas já apontámos que a República pequeno-burguesa não era o que Pessoas admiravam; e que um Pessoa, lúcido como era, se seria perfeitamente sensível ao vácuo ideológico, encontrava-o, por outro lado, preenchido por um aparente «despertar da Nação» que o elegante Sidónio corporizara. O que *não* havia sido, algum tempo antes, a atitude dele contra a ditadura de Pimenta de Castro, que ele ridicularizara com o panfleto *O Preconceito da Ordem*, primeiro publicado em Maio de 1915. É de sublinhar que não é a «ordem» o que fascina Pessoa em Sidónio, e que essa aversão transparece nos poemas mais tarde escritos contra o salazarismo, muito curiosamente e compreensivelmente. É o carisma do «chefe», do D. Sebastião possível. Por outro lado, quando, em Janeiro de 1928, Fernando Pessoa lançou o seu panfleto *Interregno*, em «defesa e justificação da ditadura militar em Portugal», não era de modo algum um salazarismo futuro o que ele pretendia ou fingia defender (naquela sua terrível ambiguidade luciferina), nem a ordem, mas uma «suspensão» (digamos) preparatória de reformas políticas que fossem ao encontro de um desgosto bastante generalizado contra a Primeira República e o que parecia ser ou era a sua ineficácia governativa. Por muito que se deva dizer que a República de 1910-26 teve lealíssimos e competentes servidores, devotados partidários a todos os níveis sociais, e realizações que se verificaram em grande parte irreversíveis quando a Reacção tão longamente lhe sucede triunfante, e que muitas das dificuldades dessa República foram criadas pelos monárquicos ou pelas direitas republicanas que se tomavam mais direitas que republicanas, a dura verdade é que a República deveu muitos dos fracassos e da má imagem à luta dos partidos e suas clientelas, que nunca recuaram perante nada para desacreditarem-se uns aos outros, desacreditando-a a ela, para desespero de muito republicano digno e nobre. A demissão de um Teixeira Gomes em 1925 e o seu exílio voluntário são perfeitos exemplos disto mesmo, se se recordar de que super--sórdidos ataques era vítima essa figura das mais distintas da República, que nem o ter sido parlamentarmente eleito (como era constitucional da Primeira República) salvou das vesânias daqueles mesmos que o haviam elegido ou aceite a sua eleição.

vícios, tinham estado muitíssimo em moda desde o Esteticismo (precisamente quando Antínoo se torna bastante um *topos* em toda a literatura ocidental): e Stefan George conjugou a sua homossexualidade e o seu sonho de uma renovada Grande Alemanha (nada afim do que os Nazis pretenderam que ele havia sonhado) ao endeusar o seu Maximino. A criação de um Portugal mítico foi um dos trabalhos da vida de Pessoa ao longo de muitos anos, e veio a configurar-se no único livro de poemas em português, que ele publicou: *Mensagem*. Estes *emblemas* ou *inscrições* (ambos os géneros ou formas constituem esse seu livro de poemas *epigramáticos*) são obra do Pessoa-ele-mesmo tratando de encher em si próprio um vazio muito mais vasto do que o seu: Portugal. Mas ele tentou arduamente encher este imenso vazio de outra maneira, a qual contribuiu, durante a sua vida, para fazer dele um escritor conhecido sobretudo pelos panfletos, folhetos, artigos, que chocavam ou enfureciam a maior parte das pessoas, ou as faziam pensar que tais piadas não eram para tomar a sério, como o próprio autor o não deveria ser. Esta vera ambivalência – que é parte essencial de tais escritos – mostra-nos como Pessoa desejava *intervir, estar presente*, sem de facto intervir ou estar presente de maneira alguma.

Claro que não devemos esquecer que, em Portugal, desde que em 1869 Eça de Queiroz e Antero de Quental haviam inventado e lançado o inexistente poeta Carlos Fradique Mendes, se criara (ainda que muitos de tal não tivessem consciência) como que uma tradição de mistificação em iniciar-se ou lançar-se um movimento literário ou novo estilo. E mais: cumpre termos presente que a mais descarada e agressiva mistificação vinha sendo internacionalmente de regra, desde os fins do século XIX, e ainda mais nas primeiras décadas do nosso século com os movimentos de Vanguarda, todos eles a competir entre si através de meios de chocar e desafiar a opinião pública ou pelo menos os poderes estabelecidos nos meios literários e artísticos. Mistificar (e que a palavra não nos iluda, como às vezes preocupou e perturbou muita crítica mesmo simpática ao Modernismo), como um sério modo de atingir o âmago do processo criador, tem de ser entendido pelo que foi: uma das principais molas impulsionadoras das literaturas modernistas. Depois de todas as ilusões acerca de ser--se «eu-mesmo», ser-se *sincero*, ser-se verdadeiro em relação ao que ninguém sabia ao certo o que era, o *Dichter* (ou o poeta no mais primevo e sublime sentido do termo) tinha de ser um falsário, um *fingidor*, como Pessoa afirmou em um dos seus mais célebres poemas, e precisamente para assim chegar ao *nível mimético* que Aristóteles definiu de uma vez para sempre. E permitam-me que recorde o que Aristóteles disse sobre a Poesia ser mais verídica do que a História, uma vez que, através da *mimesis*, ela podia dizer o que poderia ter sido e não apenas o que fora! Noutro lugar, já sublinhei esse ponto[16]. E noutros escritos insisti ou recordei como, na poesia de todos os tempos, poetas houve perfeitamente conscientes do problema de regressar ao *fingimento* para atingir esse autêntico âmago mais profundo, e como, predecessor muito próximo de Fernando Pessoa (e de facto um dos pais de todos os movimentos literários da viragem do século XIX para o XX), o filósofo alemão Nietzsche declarara que só o poeta capaz de mentir seria capaz de dizer a verdade[17]. Assim, o Portugal mítico, como o mítico Rei, eram invenções emblemáticas destinadas a tomar o lugar de um homem autodestruindo-se e autodestruído, que a si mesmo se reprimira e que muito desejava sentir-se patriota, do mesmo passo que achava faltar-lhe, para tal, alguma coisa, à sua volta e dentro de si próprio. E as amiúde escandalosas intervenções de Pessoa & C.[ia], ainda quando vejamos quão justas eram em atacar às vezes preconceitos profundamente arreigados, não deixaram de ser muito semelhantemente uma coisa idêntica. E podemos o mesmo dizer da incrível quantidade de prosa, na sua maior parte inacabada e fragmentária, com que Pessoa, quando não escrevia poemas, tentou desesperadamente expandir e utilizar a sua diabólica capacidade de raciocínio, para encher o vazio que ele e a sua vida se haviam tomado por destino e por decisão. Com efeito, tudo o que ele escreveu representa mais ou menos esse esforço, e é perfeitamente evidente que muitos escritos declaram isso mesmo ou desenvolvem

---

[16] Trata-se da entrevista publicada em *Quaderni portoghesi*, já referida, em que, complementarmente (o que será um dos mais simples modos de entender a complexidade do «fingimento», se lembra aos estudiosos os diversos sentidos do verbo latino *fingo*, o qual podia diversamente significar «formar», «modelar», «imaginar», «supor», «conceber», «inventar», «fingir», etc., e, se aplicado à criação poética (além daquilo tudo), significava nem mais nem menos do que, muito simplesmente, *compor*...

[17] O caso de Nietzsche e Pessoa, com muitas outras implicações, é estudado no já citado escrito «*O Poeta é um Fingidor*», comunicação lida (com distribuição policopiada) em 1959. Quanto a outros poetas tratando expressamente do fingimento e da suposta «sinceridade» dos que não fingiriam, analisámos – e apresentámos em tradução portuguesa – um poema do grego Arquíloco (c. 700 a.C.) e outro do sânscrito, anónimo, datável dos séculos IV a X da nossa era, em *Poesia de 26 séculos* – 1.º volume, *De Arquíloco a Calderón*, Porto, 1971.

precisamente tal tema. Imaginemos a imensa quantidade de prosa e verso, publicada ou inédita, escrita por esse homem que viveu apenas 47 anos. Se a estes anos subtrairmos, a mais do tempo de escrever tudo isso, o tempo gasto no café com os amigos, o tempo passado com a família e pessoas conhecidas, ou o tempo que se sabe que gastava em deambular um pouco por Lisboa arriba e abaixo, e ainda o tempo que ele consumiu a suicidar-se com bebidas alcoólicas[18],

---

[18] A ideia de o alcoolismo poder ter sido para Pessoa uma expressa forma de lento suicídio foi brilhantemente proposta por Agostinho da Silva, em *Um Fernando Pessoa*, Porto Alegre, 1959, estudo notável apenas maculado pelo tratamento do tema do Quinto Império, etc., em termos demasiado afins dos da famigerada e ridícula «filosofia portuguesa» (em que muitos espíritos de qualidade se deixaram envolver ou confundir). Conexão entre o alcoolismo como ele o praticaria e a sexualidade como ele a reprimira é obliquamente feita pelo próprio Pessoa em famosíssima carta a Gaspar Simões, quando repele, ou faz que repele, explicações mais ou menos freudianizantes. Neste ponto, e para melhor iluminar o homem Pessoa e o meio em que ele viveu (e era, na verdade, familiarmente, o da alta burguesia com fumos aristocráticos, que podia viver num andar da Rua Coelho da Rocha, mas não se vestiria senão no mais «fechado» e eminente alfaiate de Lisboa, o Lourenço & Santos, ali à esquina dos Restauradores, por baixo do Hotel Avenida Palace), com a devida vénia permito-me reproduzir uma conversa, há muitos, muitos anos, que tive com a Ex.ma Senhora D. Henriqueta Dias, irmã do poeta. Gaspar Simões havia publicado a sua biografia crítica de Fernando Pessoa (obra pioneira, com lacunas e audácias sem contra prova, muito controvertida, e que recebeu ao longo dos anos diversos correctivos factuais, mas que está cheia de iluminações notáveis, e até hoje, com os seus defeitos, não foi rescrita por ninguém), e, nela, a célebre fotografia de Fernando Pessoa a emborcar um copo possivelmente de vinho, no que era e então se chamava o Val-do-Rio (mais tarde Abel Pereira da Fonseca) da esquina da sua rua, se não estou em erro. D. Henriqueta e a família, que uns quinze anos antes, quando o poeta morrera, haviam convocado uma restrita reunião de literários amigos e de críticos dedicados a Pessoa (ou alguém lhes sugerira a reunião e os nomes), para tratar-se de como publicar o disperso e inédito poeta, reunião de que haviam saído nomeados para o efeito Luís de Montalvor (como velho companheiro e como então dono da Editorial Ática) e João Gaspar Simões (como o crítico contemporâneo que mais se havia ocupado do poeta, além de viver em Lisboa), tinham ficado – como ela me confidenciou – profundamente ofendidos com Gaspar Simões pelo que dizia na biografia ou nela mostrava. Mas um dos principais motivos de profundo desgosto com um escritor e uma obra cuja dedicação ao poeta não era posta em causa, consistia, *exactamente, na publicação daquele retrato*. Muito britanicamente, D. Henriqueta explicava-me que sempre tinham sabido que o irmão bebia e muito (e nem sequer deixou de mencionar-me a famosa garrafinha que ele transportava habitualmente na sua pasta), mas que tal fotografia daria às pessoas a impressão de que o Fernando havia alguma vez chegado a ser um «bêbado público», coisa inaceitável num *gentleman* da velha escola, *e que ele nunca tinha sido*. Aproxime-se isto do que Pessoa diz a J.G.S. sobre hábitos seus de beber, na carta referida e bem conhecida.

quando foi que ele *viveu*? Nunca, no sentido que se tomou tão de moda, e romanticamente, antes, já tão de moda houvera sido. Não tendo criados para viverem por ele a vida, como o célebre aristocrata das memórias de Saint-Simon, ele criou um grupo de criaturas que tal serviço lhe prestassem – e, entretanto, de pé encostado à sua cómoda alta, ou onde calhasse que estivesse, ele seria quer o humilde cronista deles todos, ou o lamento do esvaziado espaço. E é esta a razão pela qual, na sua poesia ortónima, nós temos tantas melodias que foram ouvidas antes do poema, ou ventos que passam como por dentro de uma casa desabitada...

Quando ele sentiu que a morte se aproximava[19], parece que só o Álvaro de Campos (e é claro que o medonho vácuo também) haviam ficado a seu lado, fiéis a ele. Independentemente das suas

---

[19] É evidente que Pessoa terá tido muitos avisos fisiológicos de que o seu fim se aproximava, ou grandes riscos de qualquer coisa como fim, até pelos planos que mais concretamente começou a fazer, e a arrumação e classificação de poemas que considerava «acabados» (ou que terá «acabado» ou revisto), separados por envelopes com os nomes do ortónimo e dos heterónimos – e outros envelopes havia com mais de um dos nomes, com interrogações –, envelopes aqueles que (por certo que a estas horas, após tantas manuseações de tanta gente e tanta catalogação que se diz que tem sido feita, já impossíveis de encontrar), na verdade, foram o que constituiu, com outras composições impressas e dispersas, não coligidas aí pelo próprio autor, o material dos quatro primeiros volumes das obras completas, da Ática, em 1942-46. Mas é interessante notar que, segundo Raul Leal contou ao presente autor, e ria-se quem queira destas coisas, Fernando Pessoa *sabia* (ainda que conforme Raul Leal me explicou com perfeita seriedade houvesse erro de contas, mas não grande [dois anos]), pelos seus cálculos astrológicos, que ia morrer. Voltando ao parêntese, Leal disse mais: que tendo conferido as contas, nada comunicara a Pessoa que lhe mostrara os cálculos, porque, corrigidos estes, o Fernando tinha menos tempo de vida do que o pouco que já imaginava que sabia ter! Por estranho que soe, tudo isto é muito consentâneo nas contradições ideológicas de toda essa gente que fundou ou desenvolveu as literaturas modernistas (vindos do post-simbolismo, ou lançadores da Vanguarda, que tenham sido eles – as duas linguagens que constituem variadamente o Modernismo). O grande Yeats, talvez o maior poeta da língua inglesa neste século, andava uma vez foragido em Londres, de casa em casa, e até de porta em porta, para escapar-se a um espírito maligno que Aleister Crowley, o célebre e controvertido «mago», de quem Fernando Pessoa foi sócio e cúmplice no suicídio falso na Boca do Inferno, em Cascais, lhe havia lançado no encalço... Raul Leal, o da *Sodoma Divinizada*, e outra das personalidades em cuja defesa, como de Botto, Pessoa saiu a público, ao ouvir-me contar-lhe este incidente, sorriu com ar entendido, e disse-me: – Isso só prova que o Yeats não sabia muito desses espíritos, ou que o Aleister – com quem, note-se, R.L. mantivera contactos e correspondência – não lhe tinha mandado «esse»... Porque, se fosse «esse», de nada lhe valia fugir.

biografias (em que até tinham morrido havia muito, o que não fazia diferença para conversas de fantasmas), os outros iam-no abandonando, um por um. Caeiro não podia, como Reis também não poderia, suportar o gradual desvanecer-se do seu criador. Para ambos, a morte era um acidente da Natureza, para aceitar-se sabendo-se que o que fazemos fica (assim pensa Caeiro), ou que tudo sempre desaparece e ademais deixa de ter importância (como Reis crê, para lá da sua tremenda vaidade de poeta e de crente na dignidade última do homem, naquela mistura de estoicismo e de epicurismo, que é tão sua). Campos era, de diversos modos, o refúgio da emoção, a morada do sentir-se a tragédia de não-ser-se, como um ser sentiria. Os seus versos eram livres, como o espírito dele. Mas mais e mais, com o chegar da morte (a morte que se lhe concentrava a Pessoa no fígado, e que ele conhecia melhor que ninguém), Álvaro de Campos fala de sono, de dormir. Não do sono da morte, apenas de sono. Havia sido com o dormir de um deus que o 49.º e último poema de *O Guardador de Rebanhos* (essa magnificente obra-prima de qualquer tempo e lugar) de Alberto Caeiro terminava (sendo que o número do poema era sete vezes sete). Pessoa ou Campos não eram deuses, eram só humanos espectros condenados à morte. Morrer, dormir... Sim, Shakespeare tinha sido um dos mestres de Fernando Pessoa. Todavia, outro dos projectos, largamente inédito ainda, e que ocupou durante anos e anos esse terreno vago que se chamava Pessoa, não tinha nada de shakespeariano: foi um *Fausto*. Porquê? Apenas para ter gloriosamente um «Fausto» ou coisa parecida, uma espécie de dever a cumprir, entre os grandes, depois de Goethe? Não exactamente, mesmo se Pessoa pensou que tal Fausto seria o seu castelo, a sua defesa contra a morte ou desaparição na forma das suas criações. Ser Fausto ou escrever um é discutir o sentido do Bem e do Mal, e a realidade última da Salvação. Pessoa nunca terminou o seu Fausto. E o caso é que não precisava de terminá-lo nunca. A sua salvação tinha sido criada naquela hora em que ele se descobrira a si mesmo *ser muitos*. A gente pode não se salvar a nós mesmos, mas é impossível que almas criadas por nós, e não apenas personagens num romance ou numa peça de teatro[20], mas não seres humanos reais, possam perder-se. E como todos os grandes poetas, e ele era

---

[20] Quando Pessoa falou de *drama em gente*, que tinha criado, por certo que tinha em mente esta distinção decisiva. Muito se tem falado da prodigiosa «despersonalização» de Shakespeare, que a tal ponto se apagou atrás das suas

mais do que só um, Pessoa estava – como Nietzsche proclamou no mais nobre sentido – para lá do Bem e do Mal. Não como um terrorista irresponsável, mas como um homem que se sacrificara, qual um Cristo, na cruz de ser palavras, palavras, palavras... por amor da humanidade[21].

Santa Bárbara, 25 de Setembro de 1977

---

personagens (e, nos seus maravilhosos sonetos, atrás dos magníficentes e às vezes algo artificiais jogos verbais, quando não atrás de uma pungência pavorosa que não sabemos realmente ou seguramente a que é que se reporta), que a crítica discute tudo sem chegar a conclusão nenhuma: era ele católico, ou protestante, anglicano ou de simpatias mais radicalmente religiosas? Em favor da autoridade do Princípe, ou contrário a qualquer forma organizada de governo? Aristocratizante, ou populista? Optimista ou pessimista na sua visão do mundo? «Normal» ou bissexual? Um honesto e ambicioso e calculista burguês, ou um homem desejoso de criar-se, por insegurança, um sólido e desafogado *status* social? E isto, tanto faz que se considerem as suas peças sincronicamente, comparando-as directamente, ou diacronicamente – não se sabe, mas sim o que, *em situação*, as suas personagens diziam ou faziam. Todavia, esta despersonalização (e Pessoa comparou a sua criação de heterónimos com a arte dramática de Shakespeare, para defender a legitimidade do que fazia, e também para emparelhar-se, é óbvio, com um dos génios por excelência) não podia ter um efeito que não fosse o contrário da dissolução de Fernando António Nogueira Pessoa. Por muito que Hamlet, Ricardo II, Macbeth e sua mulher, o Rei Lear, etc., sejam o próprio Shakespeare, são criações *externas*, e não criaturas que se entredistribuam o interior de quem cria (e, tendo em conta como Shakespeare utilizou as convenções da poesia lírica do seu tempo, o mesmo se passou, para o palco da vida, com os seus sonetos), não lhe deixando nada senão o saber escrever desse nada.

[21] Há que esclarecer alguns pontos implícitos nesta peroração sinteticamente final: o sacrifício, o Cristo, as palavras, palavras, e de que amor da humanidade aqui se trata. O sacrifício devemos compreendê-lo como a total rendição ao aniquilamento individual e à multiplicação das personalidades, com que ele se «salvou» perdendo-se. A comparação com Cristo pretende acentuar como ele se sacrificou inteiramente (sejam quais sejam as complexas causas ou racionalizações) à criação que ele se tornava a todos os níveis do seu estar-no-mundo, incluindo o supernacionalismo messiânico do desenraizado que se decide a longamente completar *Os Lusíadas* da «decadência» (ou da Hora que ia chegar...), para ser mais português do que os portugueses: ou as intermináveis meditações cáusticas de quem se conhecia à beira do abismo de ser despedaçado pelos demónios, como, segundo as primeiras lendas germânicas, terá sucedido ao Fausto histórico, se é que ele existiu. Mas, de modo algum, pode ir além disto: é sabido como o anticatolicismo e mesmo o anti-cristianismo, de Pessoa cresceram em proporção geométrica com o andar do tempo, ainda que já em escritos bem anteriores a 1926 (o que é importante sublinhar, pois que se tem dito como foi o clericalismo de Salazar o que mais terá transformado o homem que havia «defendido» o golpe de 28 de Maio e a ditadura militar subsequente, juntamente com os ataques do salazarismo às associações secretas que Pessoa também

defendeu depois no celebrado artigo do *Diário de Lisboa*, em 4 de Fevereiro de 1935, segundo parece com tanto desagrado dos mações quanto dos antimações, o que, no, fim da vida, usando daquela tremenda ironia que havia sido sempre a sua, era o mesmo que sucedera, vinte e três anos antes, com a sua estreia crítica, ao aclamar em tais termos, nos artigos da *Águia*, o Saudosismo & C.ª que desencadeou uma polémica tremenda, e os aclamados ficaram aterrados com elogios vindos daquele homem), as suas afirmações e o seu indiferentismo em matéria de religião católica ou cristã sejam bem concludentes, qualquer que viesse a ser um religiosismo que, com raízes esotéricas, é na verdade outro caminho de que ele falara já nos sonetos dos «Passos da Cruz» (note-se a calculada analogia com que ele jogou), publicados pela primeira vez nos idos de 1916 *Words, words, words...* é um dos mais fascinantes passos do Hamlet, e posto na boca do príncipe, e é na verdade a cruz linguístico-estética em que ele se desejou cravado. De Sá-Carneiro afirmou uma vez Pessoa que não tivera biografia – a biografia do Mário era o que ele tinha escrito. Até certo ponto, verdade: mas mais verdade ainda para ele, Fernando Pessoa, para cujas superações esquizofrénicas o outro matara a sua dele esquizofrénica dualidade interior («eu não sou eu nem sou o outro»...). Mas as «palavras, palavras, palavras», tão intencionalmente fala de Hamlet, podem ainda ser lidas aqui num outro plano de leitura, em que já andámos antes neste estudo, e cujos fios nos cumpre atar aqui. A tia de Carlos Queiroz chamava-se Ofélia, e os maus tratos psicológicos e sentimentais a que Fernando Pessoa com subtil manipulação a submeteu imitam de longe o brutal, contraditório e ainda hoje algo misterioso tratamento que o doce príncipe aplicou à sua suposta bem-amada: para ser alguma coisa de um fáustico Hamlet, que melhor brinquedo trágico do que ter ao alcance exactamente uma Ofélia tão inocente e ingénua como a inexistente? Só que ela se lhe escapou a tempo de não haver mortes e de não dar em doida e suicida. Resta-nos por agora, e a terminar, cuidar do «amor da humanidade». Como tantos outros pares do Modernismo (como dos extremismos políticos do tempo, quer fascistas, quer comunistas, ou o que havia precedido estas ideologias e revoluções), Fernando Pessoa nunca fez segredo, em verso ou prosa, de como desprezava o humanitarismo oitocentista. Mas isto não significa que, naquele extremo limite em que uma irónica e distante aceitação da gente que nos rodeia e com quem convivemos ou aceitamos conviver, para não ficarmos sozinhos, coincide com uma visão ascensional, de grau em grau, da alma humana (conforme Pessoa pretendia acreditar e os seus heterónimos também acreditam, e muito mais do que transparece neles), num abstracto desnudamento iniciático que ele descreveu magistralmente e metaforicamente no poema adequadamente chamado «*Iniciação*», não haja, de facto, «amor da humanidade», ou seja aquela reconciliação suprema de que trata o final da «*Tabacaria*» confiada à guarda do Álvaro de Campos, reconciliação de que só a poesia pode criar a realidade. Quanto ao Amor sem mais (ou com outrem), a menos que nos reportemos aos excessos meramente erótico-verbais de *Antinous* e de *Epithalamium* (ainda que profundamente significativos para compreendermos como a criação poética de Pessoa se formou e ele se fez a si mesmo e aos mais), e ao «Pastor Amoroso» de Alberto Caeiro, e um que outro passo ou poeminha, temos que reconhecer que, nele, o amor era, como aquele Deus dos *Passos da Cruz*, uma ogiva ao fim de tudo, mas não aqui. E por essa longínqua ogiva sem vitrais passa um vento terrível (ainda que às vezes plangente) – o do homem sem amor ou o do amor sem homem.

# O «MEU MESTRE CAEIRO» DE FERNANDO PESSOA E OUTROS MAIS

Na carta excepcional que (começando por explicar e desculpar-se de ter deixado *Mensagem* ganhar um prémio do então Secretariado da Propaganda Nacional de um governo ditatorial que ele desprezava), em 13 de Janeiro de 1935, cerca de dez meses antes de morrer, Fernando Pessoa escreveu a Adolfo Casais Monteiro, e que ficou conhecida como a «carta sobre a Génese dos Heterónimos»[1], e em

---

[1] Casais Monteiro publicou a carta na *presença*, n.º 49, Junho de 1937, e depois na antologia poética com que, em 1942, pôs o Pessoa disperso ao alcance do público que esperava pelas «obras completas» que começaram a sair nesse mesmo ano. Em 1946, o presente autor inseriu esse importante documento que não é só epístola de autocrítica mas também complexa mistura de ensaísmo e criação, em *Páginas de Doutrina Estética*, selecção, prefácio e notas de J. de S. Talvez não seja inoportuno contar aqui, para que conste, o que por longos anos não foi possível contar da preparação e publicação desse livro que muitos críticos e até listas bibliográficas têm grande tendência a esquecer que não foi da responsabilidade de Pessoa, mas do autor destas linhas que não reclama a glória de ter sido o primeiro a coligir efectivamente a prosa ensaística do poeta, mas sim a responsabilidade que os distraídos acabam por julgar que pertenceu a Fernando Pessoa. Em 1944, o ensaísta Álvaro Ribeiro reunira em «caderno» da Editorial Inquérito os artigos de Pessoa sobre o saudosismo, publicados em 1912, e outros textos de F.P. relacionados com a polémica de então. Foi *A Nova Poesia Portuguesa*, cuja publicação, assim feita, era um calculado equívoco, e produziu muitos outros de enorme comicidade, se houvesse algo de cómico na miséria intelectual incurável dos lusitanos ditos intelectuais. O título era o do tempo – mas, sem se dar a conhecer o vasto Pessoa disperso e esquecido, a reedição daqueles textos em que Pessoa aparecia a aclamar o saudosismo, ou seja Pascoaes & C.[ia] (por grande que Pascoaes seja, e o presente autor é dos insuspeitos para dizê-lo, como um dos primeiros jovens a dizê-lo tal, a um tempo em que ainda era moda «modernista» as pessoas rirem-se dele), só podia produzir confusões, visto que a promoção da gente de *ORPHEU*, primeiro ligada à *Águia*, se fizera após o corte com o saudosismo e contra ele e mais tradicionalismos

que, como há mais de trinta anos sublinhámos, ele se refere à sua obra «ortónima» como se de um outro «heterónimo» se tratasse, e

---

poéticos. Claro que isto levava no bico a água da futura «filosofia portuguesa», de raízes tripeiras no mau sentido da palavra de herança distorcida do que houvera de pior no duo Pascoaes–Leonardo Coimbra, e antimodernista. Por outro lado, este o farsesco, como era do neo-realismo de trazer por casa o atacar-se o «alienado» Pessoa (e muita gente inteligente entrou no jogo, caiu na esparrela, ou teve um intermitente ataque de burrice, de que até hoje um que outro nunca se libertou pela leitura dos livros sagrados a tempo e horas), houve quem escrevesse contra o Pessoa que proclamava o Modernismo, quando o pobre Pessoa estava só a aclamar, pondo-os contra a parede, os que seriam irremediavelmente os antecessores seus, e os últimos membros da *poesia velha*... – parece mentira, mas foi a verdade. O Pessoa apanhou uma sova por aclamar a poesia modernista e alheia às desgraças sociais, quando elogiara o que já envelhecia trinta anos antes! Reatando a história de *PDE*, Eduardo Salgueiro, o director da Inquérito, editorial cujo papel pioneiro nas mudanças de rumo das leituras em Portugal deveria fazer-se um dia, desejava um volume das outras prosas dispersas de Fernando Pessoa. Álvaro Ribeiro chegou a dar início à ideia que logo abandonou, e que fui convidado a assumir. Nesse tempo, o que se conhecia de dispersos de prosa de Pessoa e dos seus outros era muito pouco, em comparação com o que agora conhece quem conhece. E havia uma enorme dupla dificuldade a vencer (julgou-se primeiro que não era dupla, mas era). A Ática, quando Casais Monteiro lançara em 1942 a sua antologia, processara-o e requerera a apreensão da obra, alegando a sua propriedade integral dos escritos de Pessoa. Casais ganhou o processo. Mas o problema persistia. Para solucioná-lo sem que houvesse questões futuras, tratei de negociar com Luís de Montalvor a autorização para o volume. O antigo primeiro co-director de *ORPHEU*, sempre gentilíssimo, protelou em infindos encontros as nossas negociações. E pôs-me, por parte da Ática e (ao que disse) da família, duas condições: para que o volume fosse indubitavelmente antológico não incluiria tudo o que eu conhecesse ou me chegasse às mãos (claro que incluiria o breve escrito sobre ele mesmo, cujo título é «*Luís de Mantalvor*», e que me forneceu) e, em caso algum, escritos «controversos» ou de natureza política. Por isso ficaram de fora diversos textos referidos a pp. 361 e seguintes da colectânea, e naquela página se dizia (que mais podia dizer-se em 1946?): «por circunstâncias de vária ordem, que o público entenderá...». Todavia, o ter-se chegado a um acordo verbal entre mim e Montalvor não era cobertura suficiente para mim ou para Eduardo Salgueiro. E, enquanto o livro se fazia e publicava, eu passei a ser para Montalvor uma espécie de peste quase quotidiana que ia ao luxuoso 1.º andar da esquina da Rua Garrett para a Rua do Carmo (aonde se afundava financeiramente a empresa que Montalvor fundara na Rua das Chagas e cuja livraria ocupava pomposamente a loja dessa mesma esquina) solicitar teimosamente uma simples carta com a autorização escrita. Falámos de muitas coisas sempre, quando ele não se esquivava a receber-me (eu já o conhecia de anos antes, apresentado por José Osório de Oliveira na Agência Geral das Colónias aonde vira aquele Mallarmé totalmente albino e português pela vez primeira), o que cada vez mais sucedia. Até que uma tarde de sábado, em desespero de causa (e falava-se na falência pessoal de Montalvor, cuja Ática passaria aos seus recém-associados), como que forcei a minha entrada, para cair no que era sem dúvida um pandemónio de discussão e correrias dramáticas.

falando de si mesmo como de outrem[2], diz o poeta o seguinte: «Ricardo Reis nasceu em 1887 (não me lembro do dia e do mês, mas tenho-os algures), no Porto, é médico e está presentemente no Brasil. Alberto Caeiro nasceu em 1889 e morreu em 1915; nasceu em Lisboa, mas viveu quase toda a sua vida no campo. Não teve profissão alguma nem educação quase alguma. Álvaro de Campos nasceu em Tavira, no dia 15 de Outubro de 1890 (às 1.30 da tarde, diz-me o Ferreira Gomes[3]; e é verdade, pois, feito o horóscopo para essa hora, está certo). Este, como sabe, é engenheiro naval (por Glasgow), mas agora está aqui em Lisboa em inactividade. Caeiro era de estatura média, e, embora realmente frágil (morreu tuberculoso), não parecia tão frágil como era. Ricardo Reis é um pouco, mas muito pouco, mais baixo, mais forte, mais seco. Álvaro de Campos é alto (1,75 m de altura, mais 2 cm do que eu), magro e um pouco tendente a curvar-se. Cara rapada todos – o Caeiro louro sem cor, olhos azuis; Reis de um vago moreno mate; Campos entre branco e moreno, tipo vagamente de judeu português, cabelo, porém, liso e normalmente apartado ao lado,

---

Com uma impassibilidade forçadamente sorridente, Montalvor emergiu da tempestade financeira, como se nada fosse, e sentou-se a conversar comigo. Falou do Fernando, dos outros tempos, das suas edições em que pusera tanto (e renovara, recorde-se a dignidade das artes gráficas em Portugal), etc., etc. E eu insistia pela carta, a carta, o papel com a autorização... Ele desconversava (o ruído lá dentro era mais que muito), e eu acabei por dizer, em resposta ao argumento dele que era eu possuir a sua palavra que ele me dera, que ele tinha de compreender que, se isso entre nós bastava, não era suficiente entre editoriais e, além do mais, havia viver e morrer... Nunca esqueci (depois) a súbita imobilidade do seu rosto de onde o sorriso se desvanecera, e o olhar perscrutante que ele mergulhou no meu. Foi apenas um instante – e o sorriso voltou, para me ser dito numa voz estranhamente irónica: – Mas, Jorge de Sena, nenhum de nós está para morrer amanhã!... E seguiu-se um silêncio em que entrou de rompante um dos sócios que o reclamava com autoridade e violência. Montalvor apertou-me a mão, e ainda se voltou no sorriso de sempre, antes de desaparecer lá dentro. No dia seguinte, quando ao fim da tarde eu saía de ter visitado um amigo, comprei o *Diário de Lisboa*, e encostei-me aterrado à parede: Montalvor, a esposa e o filho tinham caído com o automóvel ao Tejo (para o qual o carro avançara tranquilamente), ao lado da Estação Marítima de Belém.

[2] Cf. pp. 345 e seguintes de *Páginas de Doutrina Estética*, 1946, acerca de, já nesse tempo, acentuarmos que Pessoa era tão heterónimo ele mesmo como os outros, e de si mesmo falava como se fosse um dos outros, como é evidente da citada carta a Casais Monteiro.

[3] Para Augusto Ferreira Gomes, um dos seus íntimos de convívio de café e de ocultismos, escrevera, não muitos meses antes da carta a Casais Monteiro, Fernando Pessoa um prefácio para o livro de poemas (que a ele, Pessoa, é dedicado), *Quinto Império*, acabado de imprimir-se em Agosto de 1934, dois meses antes de acabar de imprimir-se a *Mensagem*.

monóculo. Caeiro, como disse, não teve mais educação que quase nenhuma – só instrução primária: morreram-lhe cedo o pai e a mãe, e deixou-se ficar em casa, vivendo de uns pequenos rendimentos. Vivia com uma tia velha, tia-avó. Ricardo Reis, educado num colégio de jesuítas, é, como disse, médico, vive no Brasil desde 1919, pois se expatriou espontaneamente por ser monárquico. É um latinista por educação alheia, e um semi-helenista por educação própria. Álvaro de Campos teve uma educação vulgar de liceu; depois foi mandado para a Escócia estudar engenharia, primeiro mecânica e depois naval. Numas férias fez a viagem ao Oriente de onde resultou o *Opiário*. Ensinou-lhe latim um tio beirão que era padre». Mais adiante, dizendo como escreve em nome desses três (e acrescentando como o faz em nome de Bernardo Soares, o semi-heterónimo), declara: «(…) Caeiro escrevia mal o português, Campos razoavelmente mas com lapsos como dizer "eu próprio" em vez de "eu mesmo", etc., Reis melhor do que eu, mas com um purismo que considero exagerado (…)». Antes destes trechos, falara das origens, desde a infância, da sua tendência para criar-se personagens fora e dentro de si mesmo, e passara a descrever a célebre epifania da chegada triunfal de Alberto Caeiro.

«Aí por 1912, salvo erro (que nunca pode ser grande), veio-me à ideia escrever uns poemas de índole pagã. Esbocei umas coisas em verso irregular (não no estilo Álvaro de Campos, mas num estilo de meia regularidade), e abandonei o caso. Esboçara-se-me, contudo, numa penumbra mal urdida, um vago retrato da pessoa que estava a fazer aquilo. (Tinha nascido, sem que eu soubesse, o Ricardo Reis.) Ano e meio, ou dois anos depois, lembrei-me um dia de fazer uma partida ao Sá-Carneiro – de inventar um poeta bucólico, de espécie complicada, e apresentar-lho, já não me lembro como, em qualquer espécie de realidade. Levei uns dias a elaborar o poeta mas nada consegui. Num dia em que finalmente desistira – foi em 8 de Março de 1914 – acerquei-me de uma cómoda alta, e, tomando um papel, comecei a escrever, de pé, como escrevo sempre que posso. E escrevi trinta e quatro poemas a fio, numa espécie de êxtase cuja natureza não conseguirei definir. Foi o dia triunfal da minha vida, e nunca poderei ter outro assim. Abri com um título, *O Guardador de Rebanhos*. E o que se seguiu foi o aparecimento de alguém em mim, a quem dei desde logo o nome de Alberto Caeiro. Desculpe-me o absurdo da frase: *aparecera em mim o meu mestre*» (sublinhado nosso e não de F.P., que já sublinhara com a prévia frase preparatória, segundo as artes retóricas de nobre tradição, em que era tão sabido).

Estes trechos que toda a gente acha que conhece, não há como citá-los na íntegra, para que sejam lidos tanto quanto possível com a «leitura» que, ao produzi-los, Pessoa queria epistolarmente suscitar em Casais Monteiro (e, através dele, na posteridade, já que, por esse tempo, Pessoa escreve estas longas cartas sabendo que eles, os da *presença*, lhas coleccionavam, e tratariam de, pela importância delas, imprimi-las mais tarde ou mais cedo)[4]. E são da maior importância porque nos dão «pessoalmente» e «criticamente» os grandes heterónimos, em pé de igualdade com o vácuo deixado por eles, que era, também heteronimicamente, o mesmo Fernando Pessoa. Mas dão algo mais e extremamente relevante, que nunca será demasiado acentuar: a expressa declaração de que Alberto Caeiro era o mestre deles todos, e sendo-o também do Pessoa-ele-mesmo.

Em 1931, Pessoa deixara publicar na *presença* (no mesmo número 30, de Janeiro-Fevereiro desse ano, em que igualmente apareceu o extraordinário e mais do que irreverente VIII poema de *O Guardador de Rebanhos*) as, redigidas por Álvaro de Campos, «*Notas para a Recordação do Meu Mestre Caeiro*». Campos, num poema de 1928, só publicado postumamente no 2.º volume das Obras Completas, dirigira-se comovidamente ao «*Mestre, meu mestre querido!*» (primeiro verso desse poema); e, na carta citada a Casais Monteiro, refere como se emocionara até às lágrimas ao compor aquelas *Notas*. Por muito que todos os heterónimos tenham escrito uns sobre os outros e Pessoa sobre os que chamou assim, quando sabia insinuar que ele era também um deles, poderíamos dizer que Campos é quem, por temperamento, mais emocionalmente fala de

---

[4] Foi o que Gaspar Simões depois fez, e Casais Monteiro não pôde fazer. Esperemos que, um dia, essas cartas saltem de algum lado à luz do dia, porque eram muitas e importantes. Tanto Simões como Casais em mais de uma oportunidade publicaram textos dos mais significativos, até que J.G.S. publicou as cartas que lhe pertenciam em 1957. Além de outras publicações dispersas e eventuais, recordem-se como de decisivo interesse as cartas a Álvaro Pinto, de 1912-14, por este publicadas na extinta *Ocidente*, vol. XXIV, 1944, n.º 80, e as a Côrtes-Rodrigues, de 1913-16, com mais uma de 1923, publicadas por Joel Serrão, em Lisboa, 1945. Destas últimas, a sem dúvida mais cheia de mergulhos adentro do próprio Pessoa, datada de 19 de Janeiro de 1915, foi por nós inserida a abrir, em 1946, as *Páginas de Doutrina Estética*. Note-se (e a diferença é de uns dias) a coerência de Pessoa, na calculada desordem que inventara para não-ser-se, comparando-se esta carta com a de exactamente vinte anos depois de Casais Monteiro, base deste nosso estudo.

Mestre Caeiro. Mas cumpre-nos não esquecer o carácter epifânico daquele dia em que Alberto Caeiro, mais a sua sequência magna, apareceram a Pessoa, e a data coincide, nos manuscritos, com a que ele refere a Casais Monteiro, ao acentuar que nunca na vida tivera (ou voltara a ter) um dia igual, dia que pertence à, digamos, «materialização» de Caeiro, o 8 de Março de 1914, a que pertencerão muitos dos poemas da sequência, enquanto outros estão datados do 11 e do 13 seguintes, e um grupo o está de 7-10 de Maio, dois meses depois, o que é perfeitamente natural que tenha acontecido, e não contradiz a possibilidade da realização contínua de dois terços de *O Guardador de Rebanhos*».

Quanto ao que biograficamente Pessoa dizia a Casais dos heterónimos, há uma diferença fundamental que separa Caeiro dos outros: «morrera» em 1915 (pode dizer-se que logo depois da epifania em que surgira na verdade). Alguns meses antes de morrer Pessoa, Ricardo Reis e Álvaro de Campos estavam «vivos», pelo menos biograficamente falando, como o ele-mesmo estava – só o Mestre morrera, ao tempo em que *ORPHEU* e as agitações que precederam a organização da revista que fosse de Pessoa, Sá-Carneiro, etc., enquanto diversos do que havia e se lhes opunha (já há muito apontámos como as cartas a Álvaro Pinto revelam o desenvolvimento do corte com o saudosismo, e indicam a que ponto a aparição de Caeiro é menos o inicial desejo de mistificar Sá-Carneiro com um poeta bucólico, do que a criação de um poeta que fosse o ataque frontal a tudo o que, enquanto saudosismo, Pessoa elogiara nos seus artigos de 1912, a mais de ser, como o «mestrado» significa, um grande poeta que era, para todos os efeitos, o ponto de partida ideológico e filosófico de que todos os mais ortónimos e heterónimos podiam extrair a sua deles peculiar visão do mundo).

Noutro lugar dissemos que, quando a morte se aproxima (e era o caso já, ao tempo de Pessoa escrever a importante carta a Casais Monteiro), um a um os heterónimos o abandonam. Caeiro, se bem que morto desde 1915, e com os poemas ficticiamente datados de 1911-1915, parece que escreveu até 1930 (o que, neste mundo de fantasmas com e sem carne e osso, não importa quanto a ser-se «póstumo»), mas não mais além. «Sobrevivera-se» para os fins do grupo Pessoa & C.[ia] uns quinze anos, mas não terá resistido aos prenúncios da morte do invólucro comum.

Nem Reis nem Campos Fernando Pessoa matou, e ambos estavam vivos em Janeiro de 1935. Todavia, segundo parece, Reis cessara de escrever em 1933. No fim da vida, só Álvaro de Campos não abandonara Pessoa, e compreende-se a razão que está na citada carta: Campos, enquanto poeta, vinha «quando sinto um súbito impulso para escrever e não sei o quê». Quer isto dizer que os outros só apareciam por cálculo, e Campos era a única espontaneidade de todo o grupo? Não necessariamente. No contexto, significará que, não tanto quanto essa espontaneidade, Campos é o que se entrega e se abandona, como os outros nunca. Até certo ponto, desde o início, ele fora criado assim e era assim que criava... Mas não nos iludamos: ele entrega-se e abandona-se na medida em que o seu existir como expressão é a transmutação dramática dessa parte personificada do grupo. Assim sendo, compreende-se que, nos últimos tempos de vida, só este que não era o mestre mas um dos discípulos como Pessoa o era, e deles o que representava a «espontaneidade», seja quem fica ao lado da base carnal, para lamentar, suspirar, falar de sono, etc., com um aparente descaso da expressão, impossível ao ele-mesmo que se sentia morrer.

Há, todavia, outros pontos de interesse em compararem-se os dados biográficos do *drama em gente*. Álvaro de Campos, tão «ele--mesmo não o sendo nada, e companheiro fiel (durante os anos de actividade pública, ele, e não os outros, havia sido quem escrevera e assinara panfletos e artigos, ao lado do «Fernando Pessoa»), não nascera todavia em Lisboa como Pessoa, mas no Algarve (teria esta localização que ver com a ideia de que algo do supostamente mediterrânico algarvio era necessário à exuberância de Campos?), mas vivera e educara-se na Grã-Bretanha mitológica de «Fernando Pessoa», e estava em Lisboa com ele. Era, no entanto, dois anos mais novo, e curiosamente da idade de Mário de Sá-Carneiro (n. 1890), como que para indicar que Pessoa era «mais velho» (nitidamente o papel que, bem jovem, ele representa na sua correspondência com Sá-Carneiro, como das cartas deste se deduz), e que Campos pertencia, mais do que ele, à geração dos «modernistas» mais jovens. Ricardo Reis era o mais velho de todos, n. 1887, um ano ou meses antes do ele-mesmo; mas, como Campos, não nasceu em Lisboa e sim no Porto, e tem em comum com Caeiro uma espécie de ausência: se um morreu em 1915, o outro exilou-se voluntariamente por monárquico para o Brasil aonde em princípios de 1935 por certo vivia. Este exílio voluntário em 1919, de uma criatura com tais ideias e que era do

Porto, coincide exactamente com a chamada Monarquia do Norte, em Janeiro-Fevereiro desse ano, derrotada pelas forças republicanas. No entanto, parece que ninguém se interrogou ou aos astros fernandinos (e correlatas prosas) acerca de uma aparente contradição em Ricardo Reis, pelo menos segundo as tradições sócio-políticas da época a que a sua vida se reporta. Que ele fosse nortenho e simpatizante da Monarquia restaurada no Porto e mais partes igualmente nortenhas e haja decidido exilar-se para o Brasil[5], não é propriamente contradição, tem a sua lógica. Mas como é que era monárquico no Portugal daquele tempo um «pagão», não só livre-pensador mas de abertas tendências anticatólicas e anticristãs, quando livre-pensamento e republicanismo se equacionavam na realidade dos republicanos e na mitologia dos seus opositores[6]? Talvez porque ele representasse, no seu classicismo e no seu monarquismo, algo daquele complexo ideológico que fez que, no século XVIII, os neoclássicos, sem faltar às aparências do catolicismo oficial, se dessem a apoiar apaixonadamente o despotismo esclarecido. A ideia do Presidente-

---

[5] Porquê o Brasil que nunca ocupou nas preocupações de Fernando Pessoa um grande lugar (e mal adivinhava ele que, depois de 1942, a história da poesia brasileira, incluindo os grandes nomes então escrevendo, não pode ser escrita sem a tremenda influência dele? Claro que o tem sido, mas isso é uma outra questão)? Antes de mais, que um nortenho pensasse em emigrar para o Brasil era natural e corrente. Depois, era sabido que as melhores classes ou as mais promovidas da colónia portuguesa no Brasil eram (e continuam a ser) extremamente retardadas politicamente, para não dizermos reaccionárias. Quando há algo mais de quarenta anos pousei primeiro no Brasil, as associações portuguesas todas tinham os retratos de D. Carlos I ou de D. Manuel II nas paredes, e nada de republicano. Como não seria antes? Mas, não esqueçamos, o *ORPHEU*, por muito efémera que a ligação possa ter sido, tivera em 1915 origens luso-brasileiras. Embora em 1919, quando Pessoa o «exila», Ricardo Reis fosse ainda inédito, já «existia» desde c. 1914 como Caeiro – e podia portanto partir para aonde a *côterie* tinha conhecidos...

[6] Tudo isto não ia sem imensas e curiosas complicações ou naturais contradições familiares. Está por estudar, supomos, como a grande maioria dos próceres maiores e menores da Primeira República, sendo mações, ou livre-pensadores, ou anticlericais tão furiosos quanto o clero era anti-republicano, era casada com devotas senhoras de missa e comunhão diária, quando não de capelão na casa dos seus maiores (delas e dos maridos). E quanto aos aristocratismos de Pessoa e dos seus heterónimos, acentuemos que a distância entre isso e alguns daqueles próceres não era grande (ainda que fosse enorme quanto à pequena burguesia urbana ou empregada que apoiava a República), visto que muitos deles descendiam de morgadios, de velha nobreza da Primeira Dinastia, etc., etc., ou eram membros da grande burguesia aristocratizada financeiramente durante a Monarquia constitucional.

-Rei, como Pessoa chamou ao Sidónio assassinado em 1918, não anda longe daquela visão «arcádica» da monarquia, para mais no caso do superclassicista mais ou menos horaciano (quando Horácio, como Virgílio, terão visto ou aceitado ver no Imperador Augusto o que veio a ser modelo dos sonhos do despotismo esclarecido) que Ricardo Reis era, para inveja dos defuntos Árcades que nunca atingiram, por esse caminho formal e intelectual, as alturas dele. Há todavia mais que Pessoa subtilmente indica: Reis havia sido educado num colégio de jesuítas (diríamos que o Colégio de Campolide, aonde andou Almada Negreiros, e foi depois da República o de La Guardia, antes de vir a ser primeiro o de Santo Tirso?), aonde recebeu o latinismo «por educação alheia» e, ao que parece, o furor anticatólico e anticristão... como sempre aconteceu com alguns dos ex-alunos dos jesuítas (enquanto outros seriam dóceis instrumentos da Reacção que já não é programa da Companhia). Ao exilá-lo oportunamente em 1919, que exilava Pessoa da sua proximidade, ainda que continuasse a escrever-lhe os poemas? Sem dúvida que o perigo de confundir-se a sua ideia de um D. Sebastião-Menino Jesus-Antínoo--etc.[7], adicionada do despotismo esclarecido sonhado por quem se queria conservador e liberal em política, «à inglesa» (como disse), com o que a lucidez dele via que eram os caminhos clericais e totalitários de Trono e Altar, para que se encaminhavam os monárquicos portugueses, bem antes de morrer-lhes o rei legítimo (cuja linhagem os «legitimistas» do miguelismo nunca tinham aceitado, nem o constitucionalismo respectivo)[8]. Como vemos, o *mestre* «morre», quando o grupo surge publicamente com o lançamento de *ORPHEU*, em 1915; e Reis é «exilado», quando poderia parecer que o grupo tendia para o que não tendia e se

---

[7] Sobre o ponto de partida destas aproximações que são desenvolvidas na introdução do presente autor à sua edição dos *Poemas Ingleses* de F.P., veja-se o artigo de 1944, *Carta a F.P.*, mais tarde coligido em *Da Poesia Portuguesa*, Lisboa, 1959.

[8] O deposto rei D. Manuel II faleceu subitamente em 1932, e com ele as esperanças de uma restauração constitucionalista da Monarquia. Mas o Integralismo Lusitano, complexo monárquico-pré-fascista, que se vinha organizando desde os anos 10, precisamente em 1920 deixa de reconhecer D. Manuel e passa a identificar--se com a velha causa «miguelista», porque o rei deposto se considerava «constitucionalista», ou um «liberal» respeitador do ramo de Braganças que era o seu. Note-se que estas tensões se processam em 1910-20, quando fora assassinado Sidónio e Pessoa «exila» Reis no Brasil.

exorcismava biograficamente nele. Mas quem nascera em Lisboa, como Fernando Pessoa, ainda que no ano seguinte ao dele, havia sido exactamente o Mestre que todavia viveu no campo a sua curta vida de tuberculoso, «com uma tia velha, tia-avó». É perfeitamente lógico – dentro desta magnificente lógica de uma racionalizada esquizofrenia – que o Mestre de todos tenha nascido na mesma cidade que a «mãe» do grupo, mas não tenha ficado nela, ao contrário do Pessoa-ele-mesmo e, sabemos, do Álvaro de Campos. Quanto à tia-avó é isso uma transposição genial. Porque, nos apontamentos familiares e de informação sobre leituras, influências literárias, etc., que Pessoa em 1914 preparou e remeteu a Côrtes Rodrigues (cf. Apêndice do volume dessas *Cartas*), ele, ao tratar da família de sua mãe, menciona uma tia materna desta, Maria Xavier Pinheiro, sua tia-avó portanto, «tipo da 'mulher culta' do século XVIII, céptica em religião, aristocrática e monárquica e não admitindo no povo o cepticismo. Tinha dotes literários dos quais se conserva um soneto com o cunho absoluto do séc. 18» (segue a transcrição do soneto). «Espírito varonil sem medos e pouca ternura feminina. Fernando Pessoa foi o predilecto. Conviveu com ela nos primeiros anos da sua vida.» A tia-avó existiu, como é sabido dos biógrafos, e teve nele influência declarada – e era o tipo acabado da grande senhora do Despotismo esclarecido, cepticismo para nós, religião para o povo, etc., como magistralmente Pessoa a retratou em 1914. Apenas que fez ele? Transferiu a tia-avó para um dos outros; e, ao fazê-lo, não a deu a Ricardo Reis que fez educar pelos jesuítas, mas ao *Mestre Caeiro*, o qual, dessa fonte «esclarecida» era quem, antes e primacialmente que nenhum outro, incluindo o próprio «ele-mesmo», tinha de haver bebido, adaptando-a ao seu tempo, a linha geradora do seu sensualismo epistemológico e do seu empírio-criticismo simplista (e quão complexo na sua « simplicidade»...). Quase sem educação, vivendo no campo, sujeito à forte presença daquela «mulher culta» setecentista (como se o fôra, é claro), Alberto Caeiro teria de ser exactamente o poeta que foi. E efectivamente mestre de todos os mais, uma vez que, sendo ele a *tabula rasa* de todas as ilusões e pretensões do conhecimento ou da vivência da poesia (e, polemicamente, o «contra» dos pseudo-misticismos bucólicos do Saudosismo que não aceitara, na *Águia*, os exacerbamentos esteticistas de Pessoa e de Sá-Carneiro, que eram já o ponto de reversão da curva), ele era o «mestre» de que podiam partir todos os outros, e até o «ele-mesmo» como voz do vazio deixado pelos outros todos.

Biobibliograficamente, há que dizer algo de interessante acerca de como os heterónimos apareceram primeiro. Álvaro de Campos, é sabido, foi um dos escândalos de *ORPHEU*, em 1915, e sempre Pessoa o foi publicando nos vinte anos seguintes (e pode dizer-se que, tendo deixado magníficentes inéditos dele, lhe havia publicado todas as obras realmente *maiores*). É curiosíssimo que Fernando Pessoa não tenha tido pressa de revelar Caeiro, cujos superficiais aspectos polémicos não teriam escapado aos leitore de 1915. Mas é possível que, surgido como um milagre epifânico e como grande poesia, Pessoa não desejasse que essa experiência única simbolizada por aquele «ser» fosse objecto de publicação imediata. Quem iria entender, de todos os lados, como aquele horaciano autor de odes era tão moderno como os outros? E por isso tanto Caeiro como Reis só aparecem conspicuamente, ainda que em massa, pela primeira vez, em *Athena*, a sua revista da respeitabilidade do Modernismo (embora o Álvaro de Campos lá fizesse das suas…), em 1924-25. E nem um nem outro voltaram a ter ampla publicação nos mais dez anos que o invólucro material deles durou.

E observemos ainda algo mais da biografia e das personalidades poéticas do ortónimo e dos principais heterónimos. Note-se que Pessoa como que teve a preocupação da fazê-los todos bem *continentais, metropolitanos*, sem sequer usar da ascendência açoriana que era a sua, do ortónimo, ou experiências semelhantes à dos seus anos sul--africanos. É como se, pelos que inventava, se radicasse mais aonde as raízes lhe faltavam ou fugiam. E notemos como foi que, no tempo, fazendo-os todos membros de uma mesma geração, os *graduou de ano em ano*, correlativamente com a própria «maneira» de cada um. Ricardo Reis, o autor de odes neoclássicas, nasce em 1887, um ano antes de Fernando Pessoa que raro se afastou das formas tradicionais (mas post-neoclássicas). Caeiro, o do verso livre que é uma constante demonstração pelo arrazoado poético, mas que usa uma grande simplicidade de linguagem sem metáforas inesperadas, nasceu em 1889, um ano depois daquele Pessoa, cujo arrazoado sintético e simbólico ele desdobra e só na aparência prosifica – limitando-se a escrever versos como se não houvesse versos, e isso lhe não fizesse diferença nenhuma. Campos, o do longo e declamatório verso livre, o das imagens e metáforas insólitas, o da agonia existencial explodindo em anáforas de exaustão amarga, foi o que nasceu por último, como já apontámos, em 1890. Até nestes aspectos, como se observa, Fernando Pessoa não deixava ao acaso senão o momento de os poemas chegarem e talvez que a surpresa de saber de quem seriam (o que é comprovado por uns envelopes do seu espólio em que havia poemas inacabados ou acabados, com a indicação exterior, interrogativa, de mais de um autor possível, de um dos quais o poema, se fosse revisto, sem dúvida que assumiria acertadamente o estilo). Primeiro, o mais «conservador», por fim o revolucionário...

Quando em *Athena* n.º 4, de Janeiro de 1925, Pessoa apresentou Alberto Caeiro, publicou 23 dos 49 poemas de *O Guardador de Rebanhos*[9], e, logo no número do mês seguinte, que foi o último publicado da revista, 16 dos «*Poemas Inconjuntos*», que eram um total de 38 no 3.º volume das *Obras Completas* (incluída nele a meia dúzia de «*O Pastor Amoroso*»). De uma obra que se continha em 87 poemas (alguns relativamente longos, e há quem tenha entrado na história literária com muito menos), Pessoa publicou pouco menos de metade (e, nesse tempo, ainda uma meia dúzia dos poemas estava por escrever dos ditos «inconjuntos»). Mas não há dúvida que, a menos que as «obras» de Caeiro estivessem a ponto de ser publicadas, se tratava de uma apresentação em peso e em força. Poderia discutir-se a razão de alguns dos que ficaram «inconjuntos» não terem entrado, em lugar de outros, em *O Guardador*, mais tarde, já que é de crer que o número esotérico 49 era para ser respeitado*. É irrelevante a discussão, se quisermos estudar a sequência tal como Pessoa a deixou ordenada e numerada, o que, poema a poema, não cabe nos limites desta introdução ao estudo do Alberto Caeiro.

Muito menos cabe a história do bucolismo desde as suas origens, e em suas diversas metamorfoses, até chegar a Pessoa-Caeiro. Mas dessa história que, obviamente, em Portugal, todas as pessoas dadas à crítica conhecem em todas as línguas do universo, talvez valha a pena recordar que, desde as origens ou quase, o bucolismo – mais realista ou mais idealizado – nunca foi tomado como senão um *artifício*, uma *máscara*, etc., quando não era apenas um pretexto para

---

[9] Ainda que seja aventuroso apontar o facto, e sobretudo a «espíritos fortes», como hoje todos são nas horas vagas de acreditarem em bruxas de qualquer cor, talvez se deva, no caso de F.P., assinalar que 23 é por si um especial número, e que 49 é feito de duas vezes 23 mais 3 unidades.

* «Há que lembrar que se 49 eram os poemas de *O Guardador de Rebanhos*, 49 seriam os anos que F. P. viveria segundo os seus próprios cálculos.» (M. de S.)

outras coisas de tudo e nada (como foi o insigne caso das églogas de Virgílio – que por isso mesmo se chamaram «églogas»). Em Portugal, no Renascimento, os grandes Sá de Miranda e Bernardim Ribeiro, para lá de quantas identificações de interlocutores possam ser feitas, sabiam disto perfeitamente, como basta lê-los sem manias identificatórias oitocentistas que vão além do necessário, suficiente, e aceitável. Mais do que isso: eles sabiam, naquelas épocas tão civilizadas e tão longínquas, que os rebanhos eram puramente simbólicos, representantes do pensamento. Ao dar início à sua epifania do *O Guardador de Rebanhos*, no 1.º verso do 1.º poema, Caeiro em Pessoa dizia: «*Eu nunca guardei rebanhos*», e, mais adiante no mesmo poema, diz:

> Olhando para o meu rebanho e vendo as minhas ideias,
> Ou olhando para as minhas ideias e vendo o meu rebanho (...).

O grande poeta inglês quinhentista, Sir Philip Sidney (1554-86), legendária figura de cortesão, de apaixonado, de poeta, e de herói militar (um mito como o foi Garcilaso de la Vega para a Península Ibérica muito semelhantemente), e autor da novela pastoril *Arcadia*, inspirada tanto em Sannazaro como em Jorge de Montemór e a sua *Diana* espanhola, tem, nessa novela, um poema em que dois versos são a chave de tudo isto e deste bucolismo, e como que emblemas de Caeiro, o Mestre, e dos seus discípulos. Diz ele, na sua ortografia:

> My sheepe are thoughts, which I both guide and serve:
> Their pasture is faire hilles of fruitless Love.
>
> (Meu gado é pensamentos, a que eu guio e sirvo:
> Seu pasto os doces montes de um Amor sem fruto.)[10]

---

[10] Estes versos e a nossa tradução deles, citámo-los, em 1969, em epígrafe, com outros fragmentos poéticos, do nosso poema *Ganimedes*, no livro *Peregrinatio ad loca infecta*, de que é epílogo que analisa poeticamente, e em termos do sagrado mitológico e do sexual não menos mitológico, as relações da inspiração com o divino ou o que passa por tal, e o que significará ou não ser-se «escolhido» para uma visão epifânica, se é que há o ser-se tal, ou visões epifânicas. O que tudo tinha que ver com os pensamentos como gado bucólico.

E assim foi. O Mestre pôs os seus pensamentos a pastar nos montes de um Amor sem fruto. E tanto ele, de mestre, como os discípulos, exemplificaram-nos como esse pensar de ser-se pode ser diversamente poesia, com total sacrifício de qualquer fruto do Amor, que não seja a fecundidade estéril da poesia mesma.

Mas não terminemos com esta peroração elegante e profunda (quanto se pôde arranjar), e sim com uma nota que não pode ser de pé de página, porque é o perfeito e o duplo *turn of the screw* no modo como Caeiro saiu da cabeça de Pessoa, não como Minerva da de Júpiter, mas como se o sair tivesse sido ao contrário. Caeiro nasceu em 1889 e morreu em 1915, isto é, na sua vida fictícia, viveu *exactamente o mesmo tempo que a Mário de Sá-Carneiro foi dado viver* até ao suicídio – e a Mário, morrendo nessa idade ou nela se matando, aplicou Pessoa no seu artigo de 1924, publicado em *Athena* n.º 2, o dito célebre de *Morrem jovens os que os deuses amam*, no caso presente os 26 anos, e com Fernando Pessoa representando em parte o papel dos deuses. Mas ainda não é tudo. Se Caeiro e Sá--Carneiro morreram para que os múltiplos não-Pessoas vivessem, o segundo suicidando-se como um Antínoo para honra e vida do Imperador seu amo, de que morreu o primeiro? Tuberculoso. Todos os outros eram mais ou menos fortes, ele era frágil, sendo o Mestre, o Pai espiritual. Tuberculoso como quem? Como o próprio pai de Fernando Pessoa morreu em 1893, tinha o futuro poeta cinco anos de idade, em verdade os cinco anos fictícios de actividade poética (1911--15) que Pessoa atribuiu ao seu Mestre Caeiro.

Santa Bárbara, 13 de Fevereiro de 1978

# APÊNDICE

# SOBRE UM ARTIGO ESQUECIDO DE FERNANDO PESSOA

Este admirável ensaio [«À memória de António Nobre»] foi a contribuição de Fernando Pessoa para o número comemorativo de António Nobre (o 5-6 de 25 de Fevereiro de 1915), publicado pela revista coimbrã *A Galera*. Sá-Carneiro contribuiu com a poesia «Anto», incluída mais tarde em *Indícios de Ouro*. Aparecido em Fevereiro, num número especial por certo de organização demorada, fácil se torna pôr em relevo a semelhança flagrante do final deste ensaio, com passagens das cartas escritas a Côrtes-Rodrigues ([1]) em Janeiro desse ano, nomeadamente da que é datada de 19, a mais bela e mais importante de todas.

Quem tenha cotejado as relativamente numerosas e esquecidas prosas de Fernando Pessoa, sabe o seu interesse autêntico, e não só o que teriam como escritos em prosa de um grande poeta ou manifestação de inquietante personalidade, porque Pessoa foi, a par disso, um pensador, com o qual, mesmo fora da estética, se deve contar, e um prosador de estilo multímodo e inconfundível. A próxima publicação de um grupo delas, antecipando a que, sem dúvida, será feita nas obras completas, apenas confirmará este juízo. Dizer que o seu estilo foi multímodo implica e permite uma explicação. Não é costume estudar-se, a sério, o estilo dos nossos escritores. Se, acidentalmente – e, quando muito, a propósito de obras e ficção – esse estudo é feito, raras vezes se ultrapassa a consideração do texto em si próprio, desligado da obra total e do momento em que foi escrito.

---

([1]) Ed. Confluência.

Mas, se se ultrapassa, é para ir logo ao extremo oposto e tomar a obra total também em si própria, sem cuidados de cronologia que impeçam a confusão, imediatamente resultante, entre as características permanentes e as características temporárias do homem-escritor, num dado momento da sua vida; e sem cautelas, ainda, na distinção entre estas características todas e as próprias de um determinado escrito, que são tanto mais delicadas quanto mais intencional tenha sido o autor.

É precisamente a caso de Pessoa. Se a lucidez do agitador intelectual que a propósito de tudo o que lhe pareceu de utilizar, ele foi, lhe não confere, só por si própria, autoridade, não menos lhe permitiu ser um mestre da arte da escrita – pelo acordo entre a maneira de dizer e, não o que se diz, mas o que se pretende sugerir do que se não diz. E assim actuam os verdadeiros clássicos: fazendo nascer no espírito do leitor, como se tivesse lá sido gerada, a parte mais importante e activa desse pensamento que desejam propagar. O clássico responsabiliza o leitor, sem deixar ele próprio de ser responsável: mesmo para repeti-lo, é necessário repensá-lo.

Estilo multímodo, portanto, pela adequação ao tema, ao fim em vista, e ate à idiossincrasia do «autor» (e eram alguns...) – e, não obstante, obedecendo às flutuações do tempo e às contigências da vida.

Numa carta a Casais Monteiro ([2]), Pessoa afirma: «não evoluo, viajo» – o que é quase uma verdade completa. E está pelo menos, de acordo com a consciência que de si próprio terá quem, por atingida muito cedo a maturidade, experimenta e realiza em pleno domínio dos meios de expressão, e sabe que, portanto, dentro de cada experiência, e de experiência em experiência, só lhe resta (e *ele* o diz) envelhecer.

A sucessão de «lugares» do espírito, as motivações do trânsito, são, de certo modo, porém, sinais de uma evolução, se viver é evoluir. São-no, pelo menos, de uma viagem, como Pessoa tão exactamente define, e porque a evolução não é do «núcleo central da personalidade, mas das sucessivas corporizações desta. Ou melhor: não o desenvolvimento de um espírito, mas exploração dos caminhos que esse espírito já conhece, floração que sabe conter».

Logo no começo desta nota, se indicou a possível aproximação do presente artigo e de cartas, sobejamente conhecidas, suas

---

([2]) Publicada pelo destinatário no «*Diário Popular*», de 9-9-43, e datada de 20-1-35.

contemporâneas. Pessoa, que explicara e defendera, à sua maneira, o movimento da *Renascença Portuguesa*, e colaborara e fizera colaborar os seus amigos na *Águia*, desligou-se da *Renascença* e suspendeu a colaboração em Novembro de 1914. Na sua carta a Álvaro Pinto, então secretário da *Águia*, escrita a 12 desse mês ([3]), comenta ele: «Sei bem a pouca simpatia que o meu trabalho propriamente literário obtém da maioria daqueles meus amigos e conhecidos, cuja orientação de espírito é lusitanista ou saudosista; e, mesmo que o não soubesse por eles mo dizerem ou sem querer o deixarem perceber, eu *a priori* saberia isso, porque a mera análise comparada dos estados psíquicos que produzem, uns o saudosismo e o lusitanismo, outros obra literária no género da minha e da (por exemplo) do Mário Sá-Carneiro, me dá como radical e inevitável a incompatibilidade de aqueles para com estes. Não veja o meu caro Amigo aqui a mínima sombra de despeito ou, propriamente, desapontamento, etc.». A causa próxima do rompimento fora a recusa tácita da *Renascença Portuguesa* em editar--lhe «um drama num acto, de um género a que eu chamo *estático*» (dizia ele); esse drama, tudo leva a concluir que seja *O marinheiro*, publicado pouco depois no primeiro número de *Orpheu*.

A carta a Cortes-Rodrigues, de 4 de Outubro desse mesmo ano de 14, ao aludir à substituição do projecto de uma revista «para fazer aparecer o interseccionismo», por o projecto de uma *Antologia*, demonstra – e não é difícil adivinhar que assim deveria ser – que Fernando Pessoa e os seus amigos literários estavam, havia tempo, convencidos de que lhes não seria possível transitar das páginas da *Águia* para as da história da literatura... O longo comentário, atrás citado, apenas punha em pratos limpos uma situação de facto.

Aliás, os métodos de conquista eram outros, que os movimentos artísticos europeus do princípio do século tinham, por sua natureza de rebelião, introduzido. Na aparência: em lugar da obra acabada, a obra experimental; em lugar da obra «séria», a *blague;* em vez da laboriosa e lenta consagração, o subitâneo e audacioso escândalo. Para Fernando Pessoa, todavia, «(seria) talvez útil (...) lançar essa corrente como corrente, mas não com fins meramente artísticos, mas, pensando esse acto a fundo, como uma série de ideias que urge atirar para a publicidade para que possam agir sobre o psiquismo nacional, que precisa trabalhado e percorrido em todas as direcções por novas

---

([3]) Vide *Vinte cartas de Fernando Pessoa*, in *Ocidente*, Dezembro 1944 – Carta 20.

correntes de ideias e emoções que nos arranquem à nossa estagnação. Porque a ideia patriótica, sempre mais ou menos presente nos meus propósitos, avulta agora em mim (...). É uma consequência de encarar a sério a arte e a vida».

Estas palavras da carta de 19 de Janeiro de 1915, a Cortes-Rodrigues, são bem do agitador intelectual que toda a sua obra, tão intencional, e agora já unificada pela perspectiva do tempo e da morte, nos revela. De facto, ela possui, como raros, «a consciência (...) da terrível importância da Vida, essa consciência que nos impossibilita de fazer arte meramente pela arte, e sem a consciência de um dever a cumprir para com nós-próprios e para com a humanidade ([4]).

Embora nessa carta confesse, ao amigo, viver «há meses numa contínua sensação de incompatibilidade profunda com as criaturas que (o) cercam», a carta de 19 de Novembro – escrita uma semana depois da «carta 20» a Álvaro Pinto – distingue-se das imediatamente anteriores, pelo tom desiludido, que a própria letra, desarticulada e frouxa, reflecte ([5]). Ele mesmo se apercebeu disso, e acrescenta em P.S.: «Para maior lucidez porque a minha letra está muito nervosa, junto um papel com o endereço exacto à máquina».

Compreende-se a mágoa de Pessoa – e ele tinha, então, vinte e seis anos – ao separar-se do movimento saudosista, do qual fora um defensor excessivo, apaixonado e brilhante ([6]): um desses defensores que assustam os próprios defendidos...([7]). Mágoa ao compreender que o saudosismo se estava tornando nacional e intransmissível, cada vez mais inconciliável com a miragem europeia, que, no espírito de Pessoa, vai afirmar-se, por reacção, definitivamente. Há, pois, que acentuar a discreção e imparcialidade, com que, no presente artigo, diz:

«De António Nobre partem todas as palavras com sentido lusitano que de então para cá têm sido pronunciadas. Têm subido a um sentido mais alto e divino do que ele balbuciou. Mas ele foi o primeiro a pôr em europeu este sentimento português (...)». É nítida a referência a Pascoais, se compararmos este passo com os artigos da *Águia*.

---

([4]) Trecho dessa mesma carta.

([5]) Vide *facsimile*, no *hors-texte*, a pgs. 40-41 de *Cartas a A.C.R.*

([6]) Os artigos referentes a esta questão foram reunidos in *A nova poesia portuguesa* – Ed. Inquérito.

([7]) Vide *notas* de Álvaro Pinto às cartas já citadas.

A subsequente descrição *desse* sentimento português que o simbolismo íntimo de Nobre «punha em europeu» – e Pessoa começou a fazer versos portugueses por efeito da leitura de Garret, cuja presença lírica revive em Nobre e não é de todo alheia a muitos versos de Pessoa ele mesmo – foi quase sempre, um dos temas ensaísticos predominantes do autor do *Antinous*. Pouco antes de morrer, com que ironia e perspicácia não extraía ainda, de tal tema, valiosas e curiosas ilações, a propósito do seu co-premiado, o padre Vasco Reis!...

No entanto, este ensaio sobre António Nobre – ensaio cujas época e génese creio ficarem bem determinadas, à luz dos dados disponíveis – apresenta uma especial particularidade, que mais o notabiliza: é escrito em prosa absolutamente poética, sem aquela abstracção lógica, tão implacável como irónica, tessitura habitual dos seus artigos. Nela perpassa uma profunda melancolia, idêntica à da carta célebre de 10 de Janeiro, a Cortes-Rodrigues. Essa melancolia – «em qualquer destas composições a minha atitude para com o público é a de um palhaço. Hoje sinto-me afastado de achar graça a esse género de atitude» – desaparece, de súbito, um exacto mês depois do calor genésico do *Orpheu* – «Vai entrar *imediatamente* no prelo a *nossa* revista (...) *Mande o mais intersecccionista* que tiver (...) (⁸).

Sendo, como é, poético o estilo deste escrito – inspirado na pura tradição do ensaísmo inglês – não se pode, todavia, afirmar que António Nobre nos seja dado apenas impressionisticamente. Para lá da perfeita crítica – ou melhor, *evocação* –impressionista, na qual terá influído o convívio com Mário de Sá-Carneiro (muitas frases se lhe aplicam, e bem mais «exilada» que a de Nobre era a Musa de Sá--Carneiro), a evocação é transporta para um plano de compreensão do objecto. Só impressionista, Pessoa traduziria com ela as sugestões que Nobre nele provocara; e não as elevaria, como eleva, até torná-las indícios para a compreensão de António Nobre.

Não quero terminar sem agradecer ao Acaso o ter abandonado, no balcão da Biblioteca Nacional, o volume de *Várias Revistas*, no qual encontrei este artigo notável, tão esquecido ainda como nos tempos em que (se exceptuarmos, é claro alguns escritos demasiado oportunos...) Pessoa escrevia, onde calhava, artigos que, quando também calhava, alguém lia.

---

(⁸) Cartas a C.-R. de 19 de Fevereiro de 1915. O sublinhado é do próprio Pessoa.

# «*INSCRIPTIONS*» DE FERNANDO PESSOA

Há cinco anos, tive ocasião de, em artigo publicado neste Suplemento e recentemente incluído no magnífico volume *Estrada Larga,* me referir a esta obra em inglês, de Fernando Pessoa, primeira e unicamente publicada em 1921, juntamente com a refundição de *Antinous.* Ao apresentar agora ao público a versão integral e quase literal dessa obra, como homenagem aos setenta anos que o Poeta teria cumprido se fosse vivo, a 13 de Junho do corrente ano, não tenciono repetir o que então disse – para lá remeto o leitor curioso – sobre este conjunto de poemas que Pessoa datou de 1920, ano a que pertenciam muito poucos dos seus poemas portugueses datados. Apenas desejaria acrescentar algumas observações e precisões; à margem das catorze «inscrições» traduzidas, de que no artigo acima referido eu apresentava uma só, a segunda.

A crítica, que eu saiba, pouco ou nada se tem interessado por estes poemas, que aliás não figuram de facto no primeiro plano, nem sequer no segundo, da produção vasta e variada de Fernando Pessoa. Numa tese de licenciatura apresentada à Faculdade de Letras de Lisboa e publicada em Coimbra, em 1956 – *Incidências Inglesas na Poesia de Fernando Pessoa,* trabalho que tem muito interesse –, Maria da Encarnação Monteiro dedica-lhes quatro páginas, aproximando-os com justeza dos oito epigramas da *Antologia Grega,* que, traduzidos do inglês, Pessoa publicou no n.º 2 da sua *Athena* (Novembro de 1924). Não deixa de ser provável, julgo eu, que o Poeta, em cujo espírito as línguas portuguesa e inglesa mantinham um diálogo permanente, e mutuamente se transpunham, tenha escrito *Inscriptions* por influência das traduções que fez dos epigramas, ou tenha traduzido estes depois de escrito aqueles sob influência da leitura recente da *Antologia Grega*. A edição inglesa, de W. R. Paton, cujos cinco volumes figuravam na biblioteca de Pessoa (que passava a vida a trocar por outros, na extinta Livraria Inglesa, os livros que não lhe interessava conservar) foi publicada de 1916 a 1918. Era pois, para Fernando Pessoa, em 1920, ainda um imenso manancial de leitura apaixonante, uma atmosfera ideal para a sua cultura em que o gosto clássico representava um tão grande papel.

A série de «inscrições», mantendo o sabor de epitáfios individuais segundo a tradição greco-latina, não é propriamente uma colectânea, mas uma espécie de poema coordenado em suas partes. Efectivamente individuais, dos catorze epigramas são-no nove, a saber: o II de uma donzela; o III, de um varão mais patrício à romana que cidadão à grega: o IV, de um lavrador; o V, de uma esposa fiel; o VII, de um contemplativo, mais de raiz metafísica e teológica que o protagonista de III, que, também à romana, é antes um moralista; o VIII, de uma criança: o IX, de um cidadão soldado e patriota: o XIV e último, o de quem manda gravar ou grava epitáfios, ou alegoricamente para o conjunto, do poeta. De certo modo colectivos, mas em sentido muito especial, são ainda epitáfios as «inscrições» IX e X, que consagram, numa transposição retórica bem comum, os habitantes genéricos de um aglomerado urbano e um par de amantes, bem como, pelo mesmo artifício, o XII, que se refere aos habitantes piedosos mas não dedicados à contemplação filosófica, por oposição ao IX (em que não há referências religiosas) e ao VII. Só a primeira inscrição e a XIII não são propriamente epitáfios: aquela serve de introdução ao espírito do poema, esta diz da morte da obra, como a seguinte e final dirá da morte do autor. Não concordo com o crítico acima citado, quando nota que, nelas, se vai «gradualmente introduzindo, sobretudo a partir da sétima inscrição, um matiz estranho ao seu carácter propositadamente clássico». E, pelos comentários subsequentes, quer referir-se à dialéctica do sonho e da realidade em torno do problema do conhecimento da personalidade cognoscente, que é um dos temas básicos de Fernando Pessoa, aliás magistralmente explorado, para a elucidação do seu pensamento nos *35 Sonnets*. A «vida como sonho» é logo apresentada no primeiro verso da primeira inscrição, a introdutória. E é perfeitamente natural que esse tema, aliás recorrente mais ou menos ao de leve em todos os epitáfios, surja pujante, na sua conexão com a *validade* da expressão artística, precisamente na inscrição XIII, que trata da sobrevivência de uma obra humana. De resto, a «vida como sonho», tema muitas vezes suposto do barroquismo europeu e, mais especificamente, via Calderón, do espanhol do Século de Oiro, está muito longe de ser um tema alheio à atmosfera da literatura clássica, e é, pelo contrário, um tema fundamental na encruzilhada de estoicismo e epicurismo em que se situa a parte confinante com Platão do pensamento classicizante de Fernando Pessoa. Mas a verdade é que muito antes desses contraditórios filósofos todos (empiristas, idealistas, etc., etc.) já cerca de 500 a.C. Píndaro exclamara:«O Homem vive um dia. Que é ele? O que não é? Uma sombra num sonho é o homem».

## *Inscrições*

### I

*Passamos e sonhamos. Sorri a terra. A virtude é rara.*
*Idade, o dever, os deuses pesam na cônscia ventura.*
*Pelo melhor espera e ao pior prepara-te.*
*A soma da proposta sageza nisto fala.*

### II

*A mim, Cloé, donzela, os poderosos fados deram,*
*Que era nada para eles, às populosas sombras.*
*Assim querem os deuses. Duas vezes sete eram só meus anos.*
*Jazo esquecida em meus prados distantes.*

### III

*Da minha «vila» no alto longamente olhei*
*A murmurante urbe;*
*Depois, um dia a toga (farto de vista vida, solta a torpe esperança)*
*Passei sobre a cabeça*
*(O mais simples gesto sendo a maior coisa)*
*Qual fora uma asa erguida.*

IV

*Não Cécrops guardou minhas abelhas. E meus olivais deram
Azeite como o Sol. Rebanhos vários meus baliram longe.
O cansado viajante repousou à minha porta.
A terra molhada cheira ainda; mortas minhas narinas estão.*

V

*Conquistei. Distantes bárbaros meu nome escutam.
Os homens eram dados em meu jogo,
Mas a meu lance eu mesmo menos vim:
Os dados eu lancei, e o Fado a soma.*

VI

*Amados foram como amados uns, outros como prémios prezados.
Esposa natural de meu saciado companheiro,
Bastante fui àquele a quem bastei.
Andei, dormi, pari, fui velha sem destino.*

VII

*Pus o prazer de parte como alheia taça.
À parte, sério, senhor de mim, olhei para onde deuses parecem.
Por trás de mim a comum sombra vinha.
Sonhando não dormir, a meu sonho dormi.*

VIII

*Escassos cinco anos passaram antes que eu também.
A morte veio e levou a criança que achou.
Nenhum deus poupou, ou fado sorriu a tão
Pequenas mãos, fechando-se sobre tão pouco.*

## IX

*Um silêncio há onde a cidade era antiga.*
*Erva cresce aonde nem memória subjaz.*
*Nós que ruidosos ceámos somos pó. A história está contada.*
*Calam-se ao longe as ferraduras. E a extrema luz desta pousada*
                                                            *[vai-se.*

## X

*Aqui jazemos nós que nos amámos. Isto nega-nos.*
*Minha perdida mão desfaz-se onde a falta de seus seios é.*
*O amor é conhecido, cada amante anónimo.*
*Formosos nos sentíamos. Beijai, que esse era o nosso beijo.*

## XI

*Pela cidade longe eu lutava e morria.*
*Dizer eu não sabia*
*O que ela precisava, ciente que de mim.*
*Livre seu muro enfim,*
*E a língua seja qual falei, e os homens morrem,*
*Que ela não, como eu.*

## XII

*Vive-nos a vida, não nós a vida. Nós, como abelhas libam,*
*Olhámos, falámos e tivemos. Árvores crescem, enquanto nós*
                                                    *[durámos.*
*Nós amámos os deuses, mas como a um navio vemos.*
*Cientes nunca de cientes sermos, passámos.*

## XIII

*A obra está feita. O martelo é pousado.*
*Os artífices que edificaram a lenticrescente cidade,*
*Sucedidos foram pelos que ainda edificam.*
*Tudo isto é algo a falta de algo encobrindo.*
*O pensamento todo não tem sentido*
*Mas jaz contra a parede do tempo como bilha entornada.*

## XIV

*Isto me cobre, que outrora tinha o céu azul.*
*Este solo me calca, que eu já calquei. A minha mão*
*Traçou este epitáfio, mal sabendo porquê;*
*Último, e daqui a todos vendo, do transeunte bando.*

---

*Nota*: Os originais ingleses destas catorze inscrições são rimados. Nas quadras, a rima é cruzada em todas, salvo na V, em que é emparelhada. Nas sextinas, a rima é emparelhada, salvo na XIII, em que obedece ao esquema *aab ccb*.

# 21 DOS *35 SONNETS* DE FERNANDO PESSOA

Em 1954, numa plaquete que é hoje rara, se não esquecida, o Clube de Poesia de São Paulo publicou, com uma breve apresentação de Adolfo Casais Monteiro, a edição bilingue de catorze dos *35 Sonnets* de Fernando Pessoa. A primeira e única edição deles havia sido o modesto folheto em que o seu autor os revelara em 1918. Até à publicação da edição Aguilar da *Obra Poética* de Pessoa, organizada por Maria Aliete Galhoz, em 1960, pode dizer-se que os poemas em inglês que ele publicara, em folhetos, entre 1918 e 1922 (a primeira versão de *Antinous*, em 1918, os *35 Sonnets*, do mesmo ano, e os *English Poems I-II* e *English Poems III*, de 1922, que são a versão definitiva de *Antinous*, o *Epithalamium* e *Inscriptions*), não eram conhecidos senão de raros estudiosos de Fernando Pessoa, não só porque os folhetos constituíam preciosidade bibliográfica muito inacessível, como a língua inglesa era, e ainda é, inacessível à maior parte dos estudiosos de literatura portuguesa. E do inglês de Fernando Pessoa, na maioria daqueles poemas, nem se fala...

O desafio que essa língua poética estabelecia, bem como a sentida urgência de que esses poemas fossem mais conhecidos (até pelo que de escândalo seriam para os moralistas bem-pensantes, e para quantos se alegravam da imagem frígida que a poesia de Pessoa, em língua portuguesa, dava dele), pelo muito que continham de profundamente revelador do que viria a ser, ou já era então, o pensamento poético do seu autor, mais que uma vez me haviam tentado, em conexão com as pesquisas sobre a cultura inglesa de Fernando Pessoa. Traduzir e publicar *Antinous* e o *Epithalamium* era, a vários títulos, impossível, a não ser no âmbito das obras completas que, nesse tempo, andavam por outras e ciosas mãos. Um dia Casais Monteiro propôs-me e a José Blanc de Portugal, que nos lançássemos a traduzir os *35 sonetos*, ou alguns deles. Dos que então traduzimos se fez a supracitada plaquete, quando Casais Monteiro veio para o Brasil. E a tradução dos sonetos ficou em dormência.

Em 1958, traduzi e publiquei, na página literária de *O Comércio do Porto*, de 9 de Setembro, *Inscriptions*, catorze pequenos poemas. E, quando me fixei no Brasil, em 1959, trazia comigo a obrigação contratual de fazer a edição bilingue, para as «obras completas» da Ática editora (o editor oficial de Pessoa), dos poemas ingleses não-inéditos. Traduzi e entreguei à editora *Antinous*, e alguns poemas dispersos em revistas ou estudos sobre Pessoa. E convoquei Casais Monteiro a retomarmos a tarefa de traduzir os sonetos. Faltava traduzir vinte, porque eu trazia a tradução do I, que José Blanc de Portugal fizera. Dos catorze publicados com tradução, esta havia sido feita, para 8 (II, III, V, XI, XIII, XVII, XXVIII, XXIX) por Casais Monteiro, para 4 (X, XIV, XV, XXVII) por mim, e de 2 (XXI e XXV) a tradução era de ambos. Dos restantes vinte, traduzimos conjuntamente 4 (XVI. XXIV. XXVI, XXX), tendo eu traduzido os outros 16. Em resumo, neste empreendimento de traduzirmos os 35 sonetos, cabe-me a responsabilidade de ter traduzido 20, reparto-a com Casais Monteiro em 6, ele arca com 8, e José Blanc de Portugal com 1; o que não quer dizer que as traduções não tenham todas sido objecto de crítica e aprovação mútua.

A 30 de Novembro deste ano de 1965, cumprem-se trinta anos sobre a morte de quem foi um dos maiores e mais influentes poetas da língua portuguesa, um dos fundadores do Modernismo, e um dos maiores poetas universais deste século. Mas esse grande poeta português e da língua portuguesa poetou em inglês (chegou a conceber a hipótese, que lhe falhou, de ser um poeta para a Inglaterra), e pode mesmo dizer-se que, toda a sua vida pensou em inglês, tanto ou mais que em português. É, convicção minha que o cerne do seu pensamento poético tão complexo, se encontra nos *35 Sonnets* de tão difícil interpretação, pela densidade e pelos jogos de palavras a que o poeta neles se entrega, usando de uma língua inglesa extremamente literária, afim não só da poesia isabelina e jacobita (muito mais que de só o Shakespeare dos sonetos), mas também do esteticismo britânico do Fim do Século. Não serão, estes sonetos, da maior poesia que Fernando Pessoa escreveu; mas serão sem dúvida a sequência poemática em que ele concentrou maior número dos seus temas, das suas obsessões, do seu gosto de jogar com os contrários, e mais densamente meditou sobre a vida e a morte, o destino e o acaso, a poesia e a não-poesia. Por isso, será oportuno, nesta ocasião em que se aprestam as comemorações, fazer incidir sobre eles alguma atenção do público.

Algumas palavras ainda sobre as traduções. No pequeno prefácio da plaquete contendo catorze sonetos traduzidos Casais Monteiro explicava, em 1954: «sem pretendermos, evidentemente, conseguir um equivalente em português à altura do original, procuramos ater-nos o mais possível tanto às características formais como ao pensamento que informa os sonetos. As nossas "transigências" resultaram sempre de uma impossibilidade; e essas transigências resumiram-se em sacrificar a rima, em todos os sonetos menos um, e recorrer por vezes ao verso de doze sílabas. O sacrifício das rimas mostrou-se o menor de dois males, evitando-nos outro que seria uma visível traição ao espírito de Pessoa; com efeito, queríamos conservar a forma por ele escolhida, mas na medida em que ficasse nela o espírito das produções originais; o contrário seria um formalismo perfeitamente absurdo e estéril; ora nós vimos que, sacrificando a rima, não só conseguíamos que os sonetos ficassem muito mais "Pessoa", do que no caso contrário, como, sobretudo, não deixam de ser sonetos, porque a rima não faz parte do seu "corpo", digamos assim, e é na realidade um elemento secundário. O recurso aos versos de doze sílabas explica-se por motivo idêntico, pois que dez sílabas correspondem, em inglês, a mais palavras do que o mesmo número daquelas em português – isto para não falar nas possibilidades de concentração oferecida pela própria construção gramatical inglesa». Nas suas notas aos poemas ingleses, na edição Aguilar, Maria Aliete Galhoz diz daquelas traduções nossas: «Em colaboração, publicaram a versão livre para português de 14 dos sonetos. É uma tradução a todos os respeitos modelar pela intuição e pela conformidade, não literal, mas poética e de cuidado formal, com o original inglês». O problema da tradução será sempre motivo de discussões eternas, enquanto persistirem critérios mitológicos da linguagem: a própria frase de M. A. Galhoz contém a contradição de que essas discussões se alimentam, apesar de quanto é gentil no elogio, e quanto é compreensiva quanto aos critérios. É que as traduções que fizemos não são livres, caso em que se apoiariam muito mais na intuição que na reflexão sobre o texto. São, talvez, a busca do compromisso possível entre a literalidade (na qual não só se perde a "poesia", como se perde a ambiguidade de sentidos, com que a densidade poética se estabelece) e a transposição poeticamente livre, com a qual se fariam por certo traduções mais belas, mas muito menos exatas. É um preconceito total o supor-se que uma tradução literal é a mais fiel, já que a poesia não é "literalidade", mas «sentido múltiplo»; do mesmo modo que será sem dúvida um pecado fazer belas poesias com as poesias dos outros, substituindo pelo mais bonito o difícil que haveria nelas. As traduções não pretendem, assim, como é tão grande defeito de muita tradução, ser interpretativas (embora seja impossível que até certo ponto não deixem de o ser), porque não cabe a um tradutor, mas a um comentador, dilucidar ou desfazer as complexidades e ambiguidades de um texto: fazê-lo numa tradução é trair esse texto. Às vezes, a impossibilidade de manter-se um ritmo e um estilo forçou a que se optasse por uma linha condutora do discurso poético, nunca porém escolhendo arbitrariamente uma equivalência que o próprio texto não admitisse. O texto, sem deixar de ser complexo, pode às vezes, pois, ter ficado mais simples. Reste-nos a consolação, e ao leitor, de que, mesmo assim, ainda haverá complexidade de sobra para fasciná-lo ou repeli-lo.

No texto bilingue adiante apresentado, cada um dos outros 21 sonetos agora publicados leva a indicação de quem o traduziu: 16 traduções pertencem-me, 4 são de Casais Monteiro e minhas, 1 é de José Blanc de Portugal.

Araraquara, São Paulo – Brasil – Julho de 1965

# NOTAS BIBLIOGRÁFICAS

*DUAS CARTAS À* PRESENÇA *SOBRE A «APOSTILHA» DE FERNANDO PESSOA* – *nota conjunta*

A importância que estas cartas tiveram como ponto de partida para a carreira literária de Jorge Sena foi tão grande que há que historiá-la.

Em fins de Agosto ou princípios de Setembro de 1939 Jorge de Sena, ainda com 19 anos, escreveu um postal para a presença *pedindo o envio de alguns números dessa revista. Como não obtivesse resposta insistiu numa carta a que juntava o boletim de inscrição para a* Dispersão, *de Sá-Carneiro. Casais Monteiro responde em postal de 30/9/39, dizendo que não recebera o postal e agradecendo a inscrição. Entretanto, no n.º 1 da nova série da* presença *sai um grupo de poemas de Pessoa, alguns dos quais dados como inéditos.*

Jorge de Sena escreve então em 8/1/40 uma carta à presença, *mas dirigida a Casais Monteiro, dada a já anterior troca de missivas, esclarecendo que dentre esses poemas não era inédito «Apostilha» e apontando as variantes em relação à sua publicação 12 anos antes. Além de insistir na inscrição de* Dispersão, *fala de poemas seus e vai até sugerir que o esclarecimento venha a ser publicado. Casais Monteiro responde num postal de 17/1/40, perguntando se pode publicar esse esclarecimento e dizendo que «a redacção é em minha casa – que está às suas ordens (...). Espero que teremos ocasião de nos vermos». Jorge de Sena acede à publicação em carta de 21/1/40 («mandada a 23 à tarde»* – *anota) e recomendando que «a dê como assinada por* Teles de Abreu. *Para a* presença *serei eu com outro nome, para quem ler* – *se alguém ler* – *serei aquele mesmo nome e isto, que tanto faz para uns e para outros, é creia, muito importante para mim por razões particulares que o Dr. virá a conhecer». Ambos os apelidos eram de família: materno o primeiro, paterno o segundo. O pseudónimo era não só um furtar-se aos rancores da família pouco dada ao culto das letras, como o não querer aparecer como um dos cadetes a quem dois anos antes fora escandalosamente recusada a entrada na Escola Naval. Nessa carta agradece a oferta da casa, acrescentando que «em pessoa o incomodarei um dia destes, quando o meu tempo permitir». E embora na transcrição que possuo desta carta esteja «Seguem juntamente dois poemas meus...» a verdade é que há três assinalados à margem: «Passos de intenção» (que é de 24/2/39), «Circunstancial» (que é de 18/4/39) e «Poema do Moleiro» (que é de 5/11/39). Este deve ter sido enviado sem título que está cortado nos* Cadernos *em que cuidadosamente os copiava, uma vez que recomenda mesmo que, a ser publicado, nem se lhe chame poema, «que para ele (poema) ainda era um título».*

*Como não recebe notícias, insiste por resposta em postal de 3/2/40. Casais Monteiro responde em carta de 12/2/40, pedindo desculpa de não ter tempo de falar dos poemas e sugerindo-lhe que se encontrem, para o que dá o telefone de um vizinho (que era Manuel Mendes) para o arranjo prévio.*

*Em 6/4/40 Jorge de Sena escreve nova carta à* presença, *igualmente dirigida a Casais Monteiro e claramente combinada entre ambos, com um* post-scriptum *ao esclarecimento à «Apostilha». Em 15/4/40 Casais Monteiro responde dizendo que a* presença *está em perigo: «chegou a hora das desinteligências entre os directores. E, na melhor das hipóteses, pelo menos eu deixarei de ser um dos directores dela». Na realidade, nenhum número mais foi publicado e esta segunda carta-*post-scriptum *ficou inédita e foi esquecida.*

*Nesta mesma carta, contudo, Casais informa Jorge de Sena que «De harmonia com a sua autorização, dei para os* Cadernos de Poesia *duas poesias suas, que o Tomás Kim e o Cinatti escolheram. Gostava de o pôr em contacto com eles. Eu costumo encontrá-los no Chave d'Ouro, entre as sete e as oito (...).Também lhe queria devolver os seus Cadernos, o que poderia fazer na mesma ocasião». Em resposta imediata e com a mesma data, Jorge de Sena lamenta as desinteligências acrescentando: «Tenho esperança em que a 'presença' continue – ela é indispensável e só pode ser substituída por si própria». E adiante escreve: «Estou plenamente ao seu dispor quanto aos* Cadernos de Poesia. *Eu antes queria que o Dr. me tivesse marcado o seu tempo, porque o meu não tem condições inadiáveis e o seu é o da sua vida.*

«*O Dr. não vai sempre ao 'Chave d'Ouro', diz, mas vai a horas certas. Amanhã (3.ª feira), na 4.ª não, mas na 5.ª feira, na 6.ª, etc., lá o procurarei. E encontrá-lo-ei, quando lá estiver*». Assim foi.

*Casais Monteiro tinha ainda 31 anos, Ruy Cinatti, tal como Tomás Kim, acabava de fazer 25. Jorge de Sena tinha ainda 20 anos e foi sempre grato a Casais Monteiro que lhe dera a mão com tão grande e leal camaradagem. Ruy Cinatti com José Blanc de Portugal, que Jorge de Sena conhecia já então da Faculdade de Ciências e entrara, por sua vez, nos 26 anos, tornaram-se amigos de toda a vida, como raramente se encontram.*

*A amizade de Casais Monteiro e a camaradagem que os uniu viajou com eles para o Brasil e até para os Estados Unidos, num breve e último encontro, em Setembro de 1968; e foi imensamente estimulante para ambos que mutuamente confiavam no rigor crítico que às suas obras também mutuamente aplicavam, numa aceitação que, se não era tão rara como se julga em Jorge de Sena, era, creio, absolutamente excepcional, em Casais Monteiro.*

*Na morte de Casais Monteiro escreveu Jorge de Sena um sentidíssimo e comovente poema: «À memória de Casais Monteiro», publicado em* Conheço o Sal e Outros Poemas, *Lisboa, 1974, mas o vazio que essa morte lhe deixou era irreparável.*

*Estes poemas enviados a Casais Monteiro fazem parte dos dois volumes já organizados mas ainda inéditos, que contêm toda a poesia de adolescência de Jorge de Sena* – Post-Scriptum – II *(2 volumes).*

## CARTA A FERNANDO PESSOA

«Publicada na página literária de *O Primeiro de Janeiro,* de 9/8/44. Catorze anos depois, ainda julgo este escrito dos mais felizes e mais sentidos que tenho dedicado a um Poeta. E comprazo-me em ver nele muito de profético quanto ao que a crítica se preparava ainda para fazer a Fernando Pessoa, além de algumas observações que tiveram mais tarde um futuro alheio.» – *Nota do Autor em* Da Poesia Portuguesa – *Lisboa 1959.*

*Este texto aparece na primeira publicação com o título «Carta ao Poeta». O facto de o título publicado pelo Autor ser o que aqui figura e estar de acordo com o manuscrito em posse de Alberto de Serpa sugere que a alteração tenha sido feita pela redacção do jornal.*

## PÁGINAS DE DOUTRINA ESTÉTICA – *Prefácio e notas*

*Acabada de organizar em Dezembro de 1944, arrastou-se esta obra no prelo e na dificuldade de obter de Luís de Montalvor uma autorização formal da Ática, para a sua publicação, até 1947, em que finalmente viu luz, sendo a data da tipografia, 27/12/46. Daí que o prefácio esteja datado de «Dezembro 1944 e Vale de Gaio, Nov. 1946». Publicado este trabalho que fora de sua iniciativa feito, pensou Jorge de Sena num segundo volume de textos exclusivamente inéditos e nesse sentido chegou mesmo a fazer buscas no celebrado «baú». Com surpresa e desgosto veio todavia a descobrir que Vitorino Nemésio fora encarregado de tal trabalho que afinal, e agora em dois volumes, acabou por ser feito sob a chancela de George Rudolf Lind e Jacinto do Prado Coelho.*

*Além de uma reimpressão não autorizada que foi feita desta obra, a reedição revista e ampliada que Jorge de Sena chegou a tratar com a Ática jamais se fez, e os textos de Fernando Pessoa, separados do prefácio, acabaram mesmo por ser integrados num novo volume de textos Pessoanos, o que nos parece lamentável.*

*A parte em que Jorge de Sena se referia, neste livro, a um artigo de Fernando Pessoa sobre António Nobre foi publicada no* Mundo Literário *n.º 24, de 19/10/46, com o título «Sobre um artigo esquecido de Fernando Pessoa» (v. Apêndice).*

## FERNANDO PESSOA, INDISCIPLINADOR DE ALMAS

«Conferência lida no Ateneu Comercial do Porto, em 12/12/46, por ocasião da publicação de *Páginas de Doutrina Estética*, que eu seleccionara, prefaciara e anotara, e cuja responsabilidade me cabe pois inteiramente e não a Pessoa, ao contrário do que possa depreender-se de algumas obras que citam essa colectânea. Apesar do título, que foi o então anunciado, esta conferência não deve ser confundida com o estudo, que sempre preparo sobre o Poeta, e que tenho anunciado com, provisoriamente, esse título de empréstimo. Não poderei nunca esquecer que Manuela Porto, num dos seus derradeiros recitais de grande estilo, foi a maravilhosa ilustradora desta conferência. Ao dedicá-la agora à sua memória, não faço mais que prestar também o meu preito de gratidão a quem tanto fez pela poesia moderna... e nunca me recitou, tendo recitado outros que já nem recordam, por certo, os seus ilustres poemas.

Tanto esta conferência como o artigo anterior «Carta a Fernando Pessoa» deverão ser aproximados dos dois artigos sobre Fernando Pessoa, «Inscriptions» e «Fernando Pessoa e a literatura inglesa» incluídos in *Estrada Larga* e publicados em *O Comércio do Porto*, de 14/7/53 e de 11/8/53.» – Nota do Autor em Da Poesia Portuguesa – Lisboa, 1959.

## «INSCRIPTIONS», *DE FERNANDO PESSOA: ALGUMAS NOTAS PARA A SUA COMPREENSÃO*

*Publicado em* O Comércio do Porto *de 14/7/53 e depois em* Estrada Larga – I, Porto, 1958. *Este artigo era acompanhado da tradução do epitáfio II. A ideia de traduzir os poemas em inglês de Fernando Pessoa parece ter partido de conversa de Jorge de Sena com Casais Monteiro e José Blanc de Portugal. Dessa conversa faz Jorge de Sena eco no seu diário escrito entre Agosto de 1953 e Outubro de 1954, em que igualmente dá conta das pesquisas que entretanto andava fazendo nos papéis de Fernando Pessoa que pouca gente a essa altura conhecia, ou sequer conhecia a existência deles.*

*Cinco anos depois no mesmo* O Comércio do Porto *(9/9/58) saiu um outro artigo mas agora com a tradução de todos os epitáfios. Este 2.º artigo foi praticamente totalmente incorporado em* Poemas Ingleses *(v. Apêndice).*

## *FERNANDO PESSOA E A LITERATURA INGLESA*

*Publicado em* O Comércio do Porto, *em 11/8/53 incluído em* Estrada Larga – I, Porto, 1958. *Era acompanhado da tradução de três sonetos um dos quais era traduzido por Adolfo Casais Monteiro, outro por Jorge de Sena e o terceiro feito em colaboração pelos dois, contendo esta tradução uma pequena nota de Casais Monteiro.*

*Neste mesmo ano, 1953, publicava o Club de Poesia de São Paulo um volumezinho intitulado* Alguns dos «35 Sonetos» de Fernando Pessoa. *Tinha um breve prefácio de Casais Monteiro e a tradução de 14 dos sonetos: 4 na tradução de Jorge de Sena, 8 na tradução de Casais Monteiro e 2 traduzidos, em colaboração, pelos dois.*

*ORPHEU*

Palestra lida, a convite de Alfredo Guisado e de Almada Negreiros, na reabertura do Restaurante Irmãos Unidos, em Lisboa, por ocasião do descerramento do quadro de Almada, «Fernando Pessoa», na noite de 25/11/54. – *Nota do Autor* in Da Poesia Portuguesa – *Lisboa, 1959.*

*MAUGHAM, MESTRE THERION E FERNANDO PESSOA*

*Publicado no* Diário de Notícias *de 21/3/57 instigado pela reedição do* The Magician, *de Somerset Maugham. Relacionar este estudo com «Pessoa e a Besta», incluído neste volume, e com o que acerca de Aleister Crowley é dito em* Páginas de Doutrina Estética, *pág. 335, 1.ª edição (a única autorizada).* – Ver nota na pág. 92.

*«O POETA É UM FINGIDOR»*

«Este ensaio foi apresentado como tese ao IV Colóquio Internacional de Estudos Luso-Brasileiros, que se realizou na cidade de Salvador-Bahia-Brasil, em Agosto de 1959, e no qual o autor participou a convite do Governo Brasileiro e da Universidade da Bahia, e onde foi designado para exercer funções de relator na Secção de Literatura. Outro relator, o Professor Ernesto Guerra da Cal, foi quem relatou esta tese. Mais tarde, «O Poeta é um Fingidor» foi lido, em 1 de Junho de 1960, no Centro Nacional de Cultura, em Lisboa, no âmbito das comemorações fernandinas por esse organismo promovidas. Leu o texto o poeta e crítico David Mourão-Ferreira. A redacção actual apenas altera pormenores e amplia notas, em relação à que os anais do Colóquio incluirão.» *Nota do Autor in* «O Poeta é um Fingidor» – *Lisboa, 1961.*

*CARTAS DE SÁ-CARNEIRO A FERNANDO PESSOA*

«Artigo escrito para a secção do autor, "Letras Portuguesas", no Suplemento Literário do jornal *Estado de S. Paulo*, e publicado em 19 de Março de 1960.» – *Nota do Autor, in «O Poeta é um Fingidor» – Lisboa, 1961.*

*VINTE E CINCO ANOS DE FERNANDO PESSOA*

«Artigo publicado no supracitado Suplemento (*O Estado de S. Paulo*) em 3 de Dezembro de 1960.» – *Nota do Autor in «O Poeta é um Fingidor» – Lisboa, 1961.*

*Em nota ao ensaio «Fernando Pessoa: o homem que nunca foi», Jorge de Sena refere-se a este texto dizendo-o publicado em 19/3/60, o que é clara troca de data com a do texto anterior.*
*Este artigo veio a ser uma vez mais publicado no* Diário de Notícias *com o título «Ainda os vinte e cinco anos de Fernando Pessoa», em 3/9/64.*

*PESSOA E A BESTA*

*Publicado em* O Estado de S. Paulo *de 30/3/63, e depois em* O Comércio do Porto *de 14/1/64.*
*Aproximar este estudo do anterior «Maugham, Mestre Therion e Fernando Pessoa» (v. nota respectiva).*

*INTRODUÇÃO AO* LIVRO DO DESASSOSSEGO

*Publicado, postumamente e com lapso de algumas linhas, em* Persona *n.º 13, de Julho de 1979, com o título de «Um inédito de Jorge de Sena sobre o* Livro do Desassossego».
*Esta publicação tem uma introdução de Arnaldo Saraiva historiando as vicissitudes que acompanharam este texto na sua escrita e na desistência de ele ser o prefácio para esse livro de Fernando Pessoa–Bernardo Soares. Contém também um esclarecimento de Maria Aliete Galhoz por cujo trabalho o Autor*

*tinha o maior respeito e cujo nome sugeriu para a continuação da preparação e publicação desta obra.*

*Este estudo foi começado a preparar (com a ajuda de Casais Monteiro, por vezes, na decifração dos textos) em 1964, mas as dificuldades em obter cópias e informações rigorosas sobre os fragmentos Pessoanos levam-no em 6 de Outubro de 1969 a desistir da edição, em carta à Ática. Tal não impedia, contudo, que não considerasse a sua publicação, pois a ele se referia apenas em termos de revisão para as Ed. 70, no decorrer das conversações para a publicação do presente volume.*

## ELA CANTA, POBRE CEIFEIRA

*De um diário de Jorge de Sena:*

> «Estive mais uma vez a ver os papéis de Pessoa. Encontrei numerosos poemas, na maioria com falta de palavras, cartas da avó e dos tios para a África do Sul quando ele era pequeno, e uma preciosa carta a (?), em que um condiscípulo o descreve. E, no meio dos papéis sem interesse, encontrei o rascunho original da 'ceifeira'» – 11/6/54.

*O projecto de fazer com ele um estudo comparativo das 3 versões foi objecto de largas conversações entre Jorge de Sena e a Portugália Editora (em correspondência para Luís Amaro) e nesse estudo trabalhou nas férias natalinas de 1965. A última referência que lhe faz cremos ser numa agenda de 1966 em que, ao lado de outras suas actividades, anota no dia 15/3/66: «Trabalhei em 'Ela canta, pobre ceifeira'».*

*Chegou este estudo a ser anunciado com o título: «Ela canta, pobre ceifeira» – Estudo de crítica textual e literária de um poema de Fernando Pessoa, com dois inéditos do poeta. Posta de parte a possibilidade da publicação separada passou a ideia a ser a de um volume com este estudo «e outros estudos fernandinos», para acabar sendo a actual obra que lhe não foi dado organizar.*

## OS POEMAS DE FERNANDO PESSOA CONTRA SALAZAR E CONTRA O ESTADO NOVO

*Do mesmo diário de Jorge de Sena, em 5/6/54:*

«Ontem, nos papéis do Pessoa, encontrei os poemas (de 1935) contra Salazar e o Estado Novo de que havia só uma vaga ideia de que existiriam».

*Não eram obviamente publicáveis em Portugal, mas tê-lo-iam sido no Brasil. Contudo, não era intenção de Jorge de Sena publicá-los, mas tão-só assegurar, ao copiá-los, que eles não desaparecessem, para usá-los, quando tal fosse possível, numa análise da posição política de Pessoa, uma vez que eles nada acrescentavam à sua glória poética.*

*Mas, em 1959, Jorge de Sena exilou-se no Brasil, e uma vez ali, num clima de total liberdade, juntou-se a Casais Monteiro, Sarmento Pimentel, Vítor Ramos, Fernando Lemos, Paulo de Castro e tantos outros que activamente lutavam contra a ditadura salazarista. Um dos meios dessa luta era o jornal* Portugal Democrático, *editado em São Paulo, em cujo conselho de redacção foi Jorge de Sena imediatamente integrado. Nesse jornal colaborou extensivamente entre Outubro de 1959 e Outubro de 1962 quando, com alguns dos elementos acima mencionados, se demitiu do conselho de redacção, embora não tivesse deixado de colaborar inteiramente (ver* Memórias do Capitão *– João Sarmento Pimentel, São Paulo, 1963; Porto, 1974, que dá dos acontecimentos um relato pormenorizado). Durante estes três anos Jorge de Sena deu mais de 30 contribuições para este jornal, quer com seu próprio nome, quer com pseudónimo, quer mesmo anonimamente, tanto no corpo do jornal como em editoriais.*

*Precisamente o facto de colaborar tão intimamente com este jornal lhe fez precipitar a publicação de um dos poemas, o «contra Salazar». A razão está exposta em carta a Casais Monteiro, de 21/7/1960: «Outro assunto: apareceu no* Portugal Democrático *(redacção) um artigo anónimo, vindo não sei de onde, que cita, deturpado, o primeiro daqueles poemas do Pessoa contra Salazar, que te mostrei e de que julgo mandei cópia. Em face disto, que desencadeia confusões sem autentificação possível, mando os três poemas ao Décio [de Almeida Prado] para publicação imediata, e com pedido de rigoroso sigilo sobre a origem. Mais vale que apareçam com o selo do* Estado *[de S. Paulo], que seja um deles citado num* artigo anónimo e até muito mal escrito, que eu retive. Acho que o artigo, depois, pode e deve ser publicado no *Portugal Democrático*, cortado de umas asperezas que tem.»

*De facto o poema apareceu no* Estado de S. Paulo, *em 20/8/60, com o título que aqui lhe damos e uma nota da redacção que reproduzimos e era escrita sobre a que, para servir de modelo, Jorge de Sena enviara a este grande diário paulista:*

> «Nota da Redacção – Alguém que por motivos facilmente compreensíveis deseja manter-se anónimo enviou-nos este poema inédito de Fernando Pessoa que vem revolucionar o que se julgava saber sobre a posição política do grande poeta português. Acrescenta ainda o nosso missivista que a cópia em seu poder traz a data de 29 de Março de 1935, estando assinada, ironicamente, por «Um Sonhador Nostálgico do Abatimento e da Decadência». Antes de nos decidirmos a publicar o poema, consultámos alguns especialistas da obra do autor da *Mensagem*; se uns não esconderam a sua surpresa, outros nos garantem a autenticidade de um texto que já conheciam, embora, por motivos óbvios, nunca o houvessem revelado sob a sua própria responsabilidade.»

*E, tal como era sugerido na carta, este poema apareceu então em* Portugal Democrático, *ano IV, n.º 40, São Paulo, Brasil, de Setembro de 1960, embora sem qualquer nota a acompanhá-lo.*

*Este e um outro poema foram logo após o movimento revolucionário de Abril enviados para o* Diário Popular, *onde o totalmente inédito saiu com o título de «Sim, é o Estado Novo e o povo – um inédito de Fernando Pessoa apresentado por Jorge de Sena», em 30/5/74; e o outro com o título «Um triplo poema de Fernando Pessoa sobre António de Oliveira Salazar apresentado e comentado por Jorge de Sena», em 6/6/74.*

*A publicação deste segundo poema por Montezuma de Carvalho em* O Comércio do Porto, *apenas com o conhecimento que tinha da sua publicação no* Estado de S. Paulo, *em 1960, suscitou de Jorge de Sena uma nota de esclarecimento com o título original que para estas notas conservámos, em 9/7/74.*

*Não será necessário acrescentar o êxito de reprodução que estes poemas tiveram, na altura, nos mais variados jornais, não só em Portugal como nas «províncias ultramarinas», e até num caso, pelo menos, em França.*

## O HETERÓNIMO FERNANDO PESSOA E OS POEMAS INGLESES QUE PUBLICOU

*Este o título da introdução feita para os* Poemas Ingleses de Fernando Pessoa *(Lisboa, Ática, 1974). Tal como fizemos para* Páginas de Doutrina Estética, *publicamos também as notas aos poemas que esta publicação continha.*

*Trabalhando nos poemas ingleses de Fernando Pessoa pelo menos desde 1952, quando em 1959 foi para o Brasil, Jorge de Sena assinara já contrato com a Ática para fazer a edição bilingue dos não-inéditos. Usar-se-iam as traduções publicadas e Casais Monteiro encarregar-se-ia de traduzir dos poemas longos* Epithalamium, *a única tradução que faltava ainda fazer três anos depois, conforme se deduz de carta para a Ática de 21/12/62. Dois anos mais tarde a tradução não estava ainda feita e, convencido de que Casais Monteiro a não faria por lhe desagradar o poema que achava mau e obsceno, a tal fazia menção em carta também para a Ática, de 21/3/64. Não só para concluir o trabalho lhe faltava esta tradução, que acabou por fazer, mas outras informações «importantíssimas» sobre os poemas inéditos que, em vias de finalmente terminar o trabalho, em 1969, ainda não recebera, no meio de um jogo de prioridades entre esta publicação e a do* Livro do Desassossego *que não serviam senão para adiar a publicação de ambos.*

*Há aqui a salientar que nenhuma dificuldade lhe adveio da família de Fernando Pessoa, com quem Jorge de Sena manteve sempre as mais cordiais relações a ponto de, em carta de 30/4/64, o coronel Caetano Dias, cunhado do poeta e representante dos seus herdeiros, lhe conceder os direitos autorais dessa publicação «pela muita estima e amizade» que a família por ele nutria. Tais direitos autorais não foram jamais recebidos por Jorge de Sena, que nem sequer para isso fez a mínima pressão. Tudo ficou no espontâneo gesto de justiça do coronel Caetano Dias e no apreço grato de Jorge de Sena, por esse gesto.*

*Como ficou já dito e o próprio autor diz na nota 48 dos* Poemas Ingleses, *usou ele alguns textos antigos para escrever estas notas, nomeadamente «Inscriptions», de 1958, e «21 dos '35 Sonnets' de Fernando Pessoa», da revista* Alfa, *1966, razão pela qual os respectivos textos não foram incluídos nesta colectânea [1.ª e 2.ª edições; foram agora em Apêndice].*

*JORGE DE SENA RESPONDE A TRÊS PERGUNTAS DE LUCIANA STEGAGNO PICCHIO SOBRE FERNANDO PESSOA*

Embora escritas em Santa Bárbara e em Março de 1977, a publicação traz a indicação «Roma, Abril 1977».
Publicado em italiano nos Quaderni Portoghesi, n.º 1, Pisa, Primavera de 1977, número dedicado a Fernando Pessoa.
Publica-se com o título do original português, embora o nome da tradutora e autora das perguntas tivesse sido por discrição amiga omitido por ela mesma na publicação italiana.

*FERNANDO PESSOA: O HOMEM QUE NUNCA FOI*

Escrito em inglês e datado de 25 de Setembro de 1977, foi a comunicação de Jorge de Sena lida no encerramento do Simpósio Internacional sobre Fernando Pessoa, em 8 de Outubro de 1977, na Brown University, Providence, EUA.

Traduzido, apresentado e anotado pelo autor, foi enviado para Persona, em cujo n.º 2, de Julho de 1978, saiu, já postumamente.

*O «MEU MESTRE CAEIRO» DE FERNANDO PESSOA E OUTROS MAIS*

Datado de 13 de Fevereiro de 1978 e destinado a comunicação para o I Congresso Internacional de Estudos Pessoanos realizado no Porto, em Abril de 1978. Por falta de saúde e por desejo de assistir ao «Second State Conference on Portuguese Bilingual Education», realizada pela mesma altura em Oackland, Califórnia, USA, a que também não pôde já ir, tendo enviado uma mensagem, foi este texto lido por Arnaldo Saraiva na sessão do dia 3 de Abril, na Fundação António de Almeida.
Foi publicada nas Actas desse Congresso – Brasília Editora e Centro de Estudos Pessoanos, Porto 1979.

# APÊNDICE

## SOBRE UM ARTIGO ESQUECIDO DE FERNANDO PESSOA

*Publicado em Mundo Literário, n.º 24, de 19/10/1946. Utilizado em parte no prefácio e notas de* Páginas de Doutrina Estética.

## INSCRIPTIONS, *DE FERNANDO PESSOA*

*Publicado em O Comércio do Porto, 9/9/1958. Utilizado em grande parte na introdução a* Poemas Ingleses, de Fernando Pessoa, *1.ª ed. 1974.*

## *21 DOS* 35 SONNETS *DE FERNANDO PESSOA*

*Apresentação em português. Saiu na revista* Alfa, *n.º 10, do Departamento de Letras da Faculdade de Filosofia, Ciências e Letras, de Marília (São Paulo, Brasil), em Setembro de 1966. Utilizado parcialmente no artigo «O heterónimo Fernando Pessoa e os* Poemas Ingleses *que publicou».*

# ÍNDICE ONOMÁSTICO

### A

ADRIANO, Púbio Elio, Imperador – 116, 125, 181, 290, 297, 298, 299-304, 306–309, 333, 363.
AGOSTINHO, Santo – 271.
ALEXANDRE MAGNO – 300.
ALMEIDA, (José Valentim) Fialho de – 305.
ALMEIDA, Onésimo T. – 347.
AMARO, (Francisco) Luís – 324, 410.
ANDRADE, Carlos Drummond de – 355.
ANDRESEN, Sophia de Mello Breyner – 309.
ANTINOO – 115, 145, 290, 293, 296–311, 363, 364, 384.
ANTONINO PIO, Imperador – 300.
ANTUNES, P.e Manuel – 324.
APOLLINAIRE, Guillaume – 335, 339.
ARAÚJO, José António Baptista – 291.
ARCHILOCUS, v. Arquíloco.
ARISTÓTELES – 105, 132, 152, 341, 342, 365.
ARNOLD, Mathew – 249.
ARQUÍLOCO – 341, 365.
AUGUSTO, Imperador – 379.
AURÉLIO VITOR – 300.

### B

BACARISSE, Pamela – 306.
BALZAC, Honoré de – 66, 71, 113, 147, 304, 305.
BANDEIRA (Filho), Manuel (Carneiro de Sousa) – 335.
BAROJA, Pio – 270.
BARRÉS, Maurice – 305, 335.
BARROS, Teresa Leitão de – 45.
BAUDELAIRE, Charles – 75, 79, 103, 108–110, 112, 115, 116, 164, 247, 248, 250, 294, 297, 305.
BECKSON, Karl – 283.
BÉGUIN, Albert – 112, 114, 115.
BEIRÃO, Mário (Gomes Pires) – 45, 82, 122.
BELL, Clive – 93.
BENNETT, Arnold – 93.
BERTRAM, Ernest – 101, 102, 106, 109, 110.
BILAC, Olavo – 213.
BLAKE, William – 249.
BLANCHEMAIN – 303.
BLOCK, Alexandre – 65.
BOEHME, Jacob – 113.
BOTELHO, Abel – 307
BOTTO, António (Tomás) – 35, 37, 40, 49, 107, 110, 111, 135, 145, 149, 159, 181, 192, 193, 194, 224, 274, 283, 304, 360, 367, 374.
BOURGET, Paul – 335.
BOUTROUX – 343.
BOWERS, Fredson – 327.
BRAGA, (Joaquim) Teófilo (Fernandes) – 213.
BRANDÃO, Raul (Germano) – 37, 162, 170.
BREMOND, Henri – 115.

BRONTË, (irmãs) – 95.
BROOKE, Stopford A. – 248.
BROWNING, Ellizabeth Barret – 249.
BROWNING, Robert – 94, 95, 249.
BURNS, Robert – 248.
BYRON, (George Gordon) Lord – 103, 104, 116, 246, 247, 248, 299.

## C

CABRAL, José – 56.
CABRAL, Sacadura – 211.
CALDERON DE LA BARCA, Pedro – 314, 395.
CAMMEL, Charles Richards – 92, 95, 140.
CAMINHA, Pêro de Andrade – 312.
CAMÕES, Luiz Vaz de – 22, 41, 68, 100, 149, 150, 153, 157, 158, 161, 162, 163, 205, 215, 218, 219, 336, 355, 358.
CAMPBELL, Roy – 344, 345.
CARLOS I, Rei – 378.
CARVALHO, Joaquim de – 45.
CARVALHO, Joaquim Montezuma de – 256, 412.
CARVALHO, Ronald de – 83, 84, 269.
CÁSSIO, Dión – 300.
CASTILHO, António Feliciano de – 213.
CASTILHO, Guilherme de – 351.
CASTRO, Alberto Osório de – 45, 46
CASTRO (e Almeida), Eugénio de – 87- -89, 212, 269, 294.
CASTRO. Paulo (Pseud. de Francisco Cachapuz) – 411.
CASTRO, Pimenta de – 159, 363.
CATULO, Gaio Valério – 312, 314.
CAVACO, Gilberto – 347.
CAVAFY, Constantino – 155, 339, 340, 356.
CELSO – 303.
CERQUEIRA, Stanley Robison de – 299.
CHAMBERS, E. K. – 249.
CHAUCER, Geoffrey – 239.

CHESTERTON, G. K. – 78, 335, 336.
CHESTOV, Leon – 111.
CHOPIN, Frederic – 239.
CINATTI (Vaz Monteiro Gomes), Ruy – 404, 405.
CISNEIROS, Violante de – v. Côrtes- -Rodrigues, Armando.
CLAUDEL, Paul – 332, 333.
CLEMENTE DE ALEXANDRIA, Santo – 303.
COCTEAU, Jean – 145, 344.
COELHO, Adolfo – 43, 91, 229.
COELHO, Jacinto do Prado – 102, 137, 220, 406.
COIMBRA, Leonardo – 82, 372.
COLERIDGE, Samuel Taylor – 127, 134, 248, 328.
CONRAD, Joseph – 294.
CONSTANTINO CÉFALAS – 311.
CORREIA, Norberto – 29.
CÔRTES-RODRIGUES, Armando (Violante de Cisneiros) – 24, 26, 28, 29, 32, 33, 35, 36, 39, 47, 48, 49, 54, 55, 61, 70, 86, 88, 89, 90, 159, 166, 180, 183, 184, 211, 212, 220, 221, 222, 224-227, 229, 230, 232-238, 246, 248, 268, 269, 275, 280, 285, 289, 316, 325, 327, 328, 375, 387, 389, 390, 391.
CORTESÃO, Jaime (Zuzarte) – 37, 121.
CORTEZ, Alfredo – 37.
COSTA, Afonso – 269.
COSTA, Augusto da – 55.
COSTA, Eduardo Freitas da – 46, 205.
COWPER, William – 248.
CROFT-COOKE, Rupert – 306.
CROWLEY, Aleister (Mestre Therion) – 43, 91-95, 139-143, 193, 367, 408.
CUNHA, Celso – 213.
CUNHA, Lopo Pereira da – 54.

## D

DA CAL, Ernesto Guerra – 408.
DA VINCI, Leonardo – 292.

D'ANNUNZIO, Gabriel – 335.
DANTE (Durante) ALIGHIERI – 158.
DARIO, Rubén – 212.
DAVIDSON, H. R. Ellis – 240.
DEBUSSY, Claude – 131, 305.
DESCARTES, René – 148.
DEUS, (Ramos) João de – 312.
DIAS, Augusto da Costa – 222.
DIAS, Bartolomeu – 312.
DIAS, Caetano (capitão, coronel) – 46, 141, 413.
DIAS, Da Cunha – 53, 192.
DIAS, Henriqueta – 366.
DICKENS, Charles – 95.
DICKINSON, Emily – 333.
DINIS, rei – 223.
DIONÍSIO DE HALICARNASSO – 314.
DONNE, John – 249, 315.
DOSTOIEVSKY, Fyodor Mikhail – 111.
DOUGLAS, Alfred, Lord – 306.
DOUGLAS, Norman – 93.
DUARTE, Afonso – 82.
DU BOS, Charles – 108, 109.
DURO, José – 247, 266.
DUVAL, Paul (pseud.),
v. LORRAIN, Jean.
DUVIGNAUD, André – 72

## E

ECKERMANN, Johann Peter – 124.
ELIOT, George (Mary Ann Evans) – 95, 130, 137.
ELIOT, T. S. – 71, 108, 109, 271, 283, 284, 329, 334, 336, 340, 356.
ELMANN, Richard – 318.
EMERSON, Ralph Waldo – 75.
EPICURO – 74.
ESPANCA, Florbela (de Alma da Conceição) – 82.
EUSÉBIO DE CESÁREA – 300.
EUTRÓPIO – 300.

## F

FARIA, Guilherme de – 39.
FARIA, Manuel Severim de – 161.
FAULKNER, William – 332, 333.
FERREIRA, António – 312, 315.
FERREIRA, S. – 56.
FERRO, António (Joaquim Tavares) – 37, 269, 288.
FIELDING, Henry – 130, 353.
FLAUBERT, Gustave – 108, 294.
FONDANE, Benjamin – 103, 104, 110, 112, 115.
FRANCE, Anatole – 335.
FRANCO, João – 221, 222.
FREUD, Sigmund – 149.

## G

GALDÓS, Benito Pérez – 304.
GALHOZ, Maria Aliete Dores – 117, 132, 137, 164, 199, 200, 204, 214, 215, 220, 224, 237, 320, 323, 324, 325, 399, 401, 409.
GALIANO, Alcalá – 304.
GARCILASO DE LA VEGA – 383.
GARRETT (João Baptista da Silva Leitão de), Almeida – 34, 67, 162, 221, 222, 266, 391.
GAST – 109.
GAUNT, William – 283.
GAUTIER, Theofile – 305.
GEORGE, Stefan – 65, 102, 116, 142, 155, 274, 364.
GIDE, André – 271, 297, 305, 340, 356.
GIL, Augusto – 145.
GOETHE, Johann Wolfgang von – 45, 124, 158, 239, 295, 360, 368.
GOMES, Augusto Ferreira – 41, 42, 43, 373.
GOMES, Manuel Teixeira – 308, 363.
GONCOURT (Os) – 92.
GUÉRIN, Maurice – 295.
GRIERSON, J. C. – 71.

GUIMARÃES, Eduardo – 83.
GUISADO, Alfredo (Pedro de Meneses) – 56, 81, 83, 86, 88, 90, 212, 269, 408.

## H

HADDO, Oliver – 94.
HARDY, Thomas – 249.
HAWTHORNE, Nathaniel – 75.
HEIDEGGER, Martin – 102.
HEINDEL, Max – 102, 115.
HEMINGWAY, Ernest M. – 75, 332, 333.
HERÉDIA, José Maria de – 305.
HESÍODO – 314.
HOFMANSTHAL, Hugo von – 102.
HÖLDERLIN, Friedrich – 102, 295.
HOMERO – 314.
HONING, Edwin – 347.
HOOD, Thomas – 249, 329.
HORÁCIO FLACO, Quinto – 20, 104, 312, 332, 379.
HUGO, Victor – 141, 344.
HUXLEY, Aldous – 329.
HUYSMANS, J. K. – 92, 94, 108.

## I

IBSEN, Henrik – 336.
ISABEL I, rainha de Inglaterra – 285, 344.

## J

JACKSON, Holbrook – 97, 283.
JACOB, Max – 231, 335.
JAIME I, rei de Inglaterra – 285, 344.
JASPER, Karlz – 99.
JENNINGS, Hubert – 285..
JOHNSON, Lionel – 108.
JONSON, Ben – 249, 315.
JOYCE, James – 156, 356.
JUNG, C. J. – 116, 182.
JUNQUEIRO, (Abílio Manuel) Guerra – 85, 250, 251, 266, 268, 294.

## K

KAMENEZKY, Eliezer – 56, 193.
KANT, Immanuel – 102.
KEATS, John – 134, 246, 247, 248, 294
KELLY, Gerald – 93.
KERENYI, K. – 116.
KHAYYAM, Omar – 172.
KIERKEGAARD, Sören – 68, 95, 102 110, 115.
KIM, Tomaz (Pseud. de Joaquim Fernandes Monteiro-Grillo) 404, 405
KIPLING, Rudyard – 78, 335, 336.
KOIRÉ, Alexandre – 104.

## L

LABRIOLLE, Pierre de – 303.
LACTÂNCIO – 103.
LAFORGUE, Jules – 334.
LALOU, Renée – 129.
LARBAUD, Valery – 271, 340.
LAUTRÉAMONT, Isidore Ducasse Conde de – 158.
LAWRENCE, D. H. – 93.
LEAL, (António Duarte) Gomes – 19̇ 294, 312.
LEAL, Raúl de Oliveira Sousa – 55, 8̇ 90, 92, 108, 111, 135, 141, 149, 15̇ 181, 194, 197, 367.
LEMOS, Fernando – 257, 411.
LENCASTRE, Maria José – 356.
LIMA, Ângelo de – 14, 84, 162.
LIND, George Rudolf – 220, 238, 32̇
LISLE, Leconte de – 294.
LONGFELLOW, Henry Wadsworth 75, 274.
LONGLAND, Jean – 347.
LOPES, Baltazar – 354.
LORRAIN, Jean (Paul Duval) – 305-30̇
LOTI, Pierre (pseud. de Louis Mar Julien Viaud) – 335.
LOWELL, James Russel – 248.
LUCRÉCIO – 20, 74.

## M

MACHADO, António (Juan de Mairena, Martin Abel) – 68, 96, 102, 155, 270, 340, 356.
MACHADO, Bernardino – 84.
MACKAY, Charles – 248.
MAETERLINK, Maurice – 335.
MAIA, Álvaro – 35.
MAIRENA, Juan (pseud.)
v. MACHADO, António.
MALHERBE, François de – 315.
MALLARMÉ, Stephanne – 205, 305.
MANNIX, Daniel P. – 140.
MANSFIELD, Katherine – 329.
MANUEL II, Rei – 222, 378, 379.
MARAIS, Eugene – 285.
MARINO ou MARINI, Gianbattista – 315.
MARLOWE, Christopher – 104, 105.
MARTIN, Abel,
v. MACHADO, António.
MARTINS, (Joaquim Pedro de) Oliveira – 107, 219.
MARVEL, Andrew – 249.
MAUGHAM, William Somerset – 93, 94, 95, 140, 141, 142, 404.
MAUPASSANT, Guy de – 92.
MELVILLE, Herman – 75.
MENANDRO – 116.
MENESES, Pedro de (Pseud.),
v. GUISADO, Alfredo Pedro.
MERRIL, Chester – 129, 130, 348.
MERRIL, Stuart – 129.
MESTRE THERION,
v. CROWLEY, Aleister.
METASTÁSIO, Pietro – 315.
METELLO, Francisco Manuel Cabral – 37, 181.
MEYNELL, Alice – 78, 79.
MILOSZ, Oscar Vancalis de Lubicz – 65, 102, 142.
MILTON, John – 76, 158, 246, 247, 248, 336.

MIRABEAU, Honoré Gabriel Riqueti, Conde –304.
MIRANDA, Francisco Sá de – 315, 383.
MONTALVOR, Luis (pseud. De Luís de Saldanha da Gama de Silva Ramos) – 14, 27, 37, 40, 49, 83, 86, 88, 90, 212, 269, 366, 372, 373, 406.
MONTEIRO, Adolfo (Victor) Casais – 12, 16, 18, 20, 25, 37, 42-45, 47--49, 51, 60, 91, 105, 106, 126, 137, 187, 197, 211, 212, 232, 257, 321, 322, 324, 344, 345, 354, 371, 372, 373, 375, 376, 380, 388, 399-405, 407, 410, 411, 413.
MONTEIRO, George – 347.
MONTEIRO, Maria da Encarnação– 92, 248, 281, 303, 312, 313, 316, 327, 328, 329, 393.
MONTEMOR, Jorge de – 383.
MONTESQUIEU, Charles–Louis de Secondat de – 117.
MONTESQUIOU, Robert – 305.
MOREYRA, Álvaro – 84.
MOURA, Helena Cidade – 127.
MOURÃO-FERREIRA, David (de Jesus) – 408
MURRY, Jonh Middleton – 329.

## N

NASCIMENTO, João Cabral do – 56.
NEGREIROS, (José (Sobral de) Almada – 28, 31, 81-83, 86, 89, 90, 134, 192, 212, 269, 336, 351, 355, 379, 410.
NEMÉSIO, Jorge – 137, 164, 166, 167, 179, 187, 214, 215, 226, 232, 233, 235, 238, 310.
NEMÉSIO (Mendes Pinheiro da Silva), Vitorino – 354, 406.*
NERVAL, Gerard de – 66.
NIETZSCHE, Friedrich – 68, 86, 97, 98, 100–105, 107, 109-112, 114-116, 343, 365, 369.

NOBRE, António (Pereira) – 32, 34, 35, 46, 85, 87, 88, 126, 162, 221, 222, 229, 247, 266, 387, 390, 391, 406.
NODIER, Charles – 239.
NOLLEKENS, Joseph – 304.
NORDAU, Max – 328.
NOUDAR – 108.
NUNES, José Joaquim – 213.

## O

OLIVEIRA, (António Mariano) Alberto de – 222, 226
OLIVEIRA, António Correia de – 145, 221, 237, 266, 269.
OLIVEIRA, Filipe de – 84.
OLIVEIRA, José Osório de (Castro e) – 54, 372.
OLIVEIRA, (Francisco) Paulino (Gomes) de – 45, 49, 192, 193.
OPHELIA (Ophelinha),
   v. QUEIROZ, Ofélia Soares
ORÍGENES – 303.
ORÓSIO – 300.
ORTIGÃO, (José Duarte) Ramalho – 153.
OSÓRIO, João de Castro – 45, 192.
OVÍDIO – 312.

## P

PACHECO, José – 40, 90.
PAINTER, George D. – 305, 328.
PAIS, Sidónio – 178, 179, 273, 274, 362, 363, 379.
PAIVA, Acácio de – 45.
PARACELSO – 239, 240.
PARREIRA, Carlos – 170, 212. 231.
PASCOAES, (Joaquim Vasconcelos) Teixeira de – 34, 66, 67, 83, 85, 86, 88, 121, 130, 162, 229, 244, 267, 287, 294, 372, 390.

PASSOS, Guimarães – 213.
PASSOS, (António Augusto) Soares de – 68, 252.
PATER, Walter – 65, 78, 95, 108.
PATON, W. R. – 281, 312, 313, 394.
PATRÍCIO, António – 170, 212.
PEDRO, Luís – 43, 44, 223.
PEGUY, Charles – 298.
PEREIRA, Virginia Sena (mãe e filha) – 129, 348, 353.
PÉREZ DE AYALA, Ramón – 270.
PESSANHA, Camilo (de Almeida) – 14, 87, 162, 266.
PICCHIO, Luciana Stegagno – 12, 348.
PIMENTEL, João Sarmento – 257, 411.
PÍNDARO – 314, 395.
PINHEIRO, Maria Xavier – 380.
PINTO, Álvaro – 31–34, 85, 122, 159, 165, 166, 229, 230, 233, 375, 376, 389, 390.
PINTO, Manuel de Sousa – 31.
PIRANDELO, Luigi – 215.
PLANÚDIO, Máximo – 311.
PLATÃO – 113, 307, 314, 341, 342, 395.
PLATEN–HALLERMONDE, August von – 294.
PLOTINA – 300.
POE, Edgar Allan – 66, 75, 134, 142, 184, 205, 246–248, 329.
POPE, Alexander – 246–249, 326, 328.
PORFIRIO, Carlos Filipe – 56.
PORTO, Manuela – 59, 402.
PORTUGAL, Boavida – 30.
PORTUGAL, José (Bernardino) Blanc de – 92, 321, 324, 400, 402, 405, 407.
POUND, Ezra – 271, 282, 336, 339, 340, 356.
PRADO, Décio de Almeida – 257, 411.
PROENÇA, Raul (Sangreman) – 37, 82.
PROPÉRCIO – 312.
PROUDHON, Pierre–Joseph – 154.
PROUST, Marcel – 271, 297, 305, 307, 328, 356.

## Q

QUEIROZ, Carlos – 19, 29, 36, 88, 135, 192, 279, 350–354, 364, 370.
QUEIROZ, (José Maria de) Eça de – 89, 153, 154, 295.
QUEIROZ, Ofélia Soares – 30, 279, 370.
QUENTAL, Antero (Tarquino) de – 28, 41, 67, 102, 107, 153, 162, 205, 218, 247, 266, 268, 312, 364.

## R

RAMOS, Vitor – 257, 411.
RAYMOND, Marcel – 303.
READ, Herbert – 329.
REBELO, Armando Teixeira – 325.
RÉGIO, José (Maria dos Reis Pereira) – 17, 212, 354.
REIS, Vasco – 34, 45, 49, 192, 193, 391.
RIBEIRO, Álvaro – 61, 229, 371, 372
RIBEIRO, Aquilino (Gomes) – 37, 82.
RIBEIRO, Bernardim – 67, 162, 275, 383.
RIBEMONT–DESSAIGNES – 98.
RILKE, Rainer–Maria – 65, 77, 78, 102, 142, 155, 156, 271, 340, 356.
RIMBAUD, Jean–Arthur – 68, 134, 297.
ROBERTSON, Jonh M. – 303.
RODRIGUES, Urbano Tavares – 127.
ROLLINAT, Maurice – 247.
RONSARD, Pierre de – 303, 315, 382.
ROSA, Henrique (General) – 131, 247.
ROSSETTI, Dante Gabriel – 79, 249.
ROUSSEAU, Jean–Jacques – 271.
RUSKIN, John – 95.
RUSSEL, Bertrand – 329.

## S

SAA, Mário (Pais da Cunha e Sá) – 39, 339.
SÁ-CARNEIRO, Mário de – 14, 15, 32, 35, 38, 39, 41, 70, 77, 81, 83, 84, 86, 88, 89, 90, 115, 119-127, 134, 135, 154, 159-161, 165-167, 171, 173, 180, 184, 185, 192, 211, 212, 229-232, 235-237, 241-242, 268, 269, 282, 289, 291, 292, 306, 312, 335, 336, 354, 360, 370, 374, 376, 377, 380, 384, 387, 389, 391, 403.
SADE, (Donatien–Alphonse François), Marquês de – 304.
SAFO – 314.
SALAZAR, António de Oliveira – 9, 255, 256, 259, 308, 311, 362, 363, 369, 411, 412.
SALGUEIRO, Eduardo – 372.
SANNAZARO, Jacobo – 383.
SANTA–RITA, Guilherme, «Santa-Rita Pintor» – 231.
SANTAYANA, George – 329.
SARAIVA, Arnaldo – 409, 414.
SARDINHA, António – 82, 121.
SCHELER, Max – 102
SCHILLER, Johann Christopher Friedrich von – 117.
SCHLEGEL, August – 68, 95.
SCHOPENHAUER, Arthur – 102, 106, 110.
SEBASTIÃO, rei – 21, 112, 115, 183, 273, 362, 363, 379.
SÉRGIO (de Sousa), António – 37, 54, 82.
SERPA, Alberto de – 126, 405.
SERRÃO, Joel – 24, 28, 50, 54, 55, 61, 63, 137, 211, 266, 310, 375.
SEVERINO, Alexandrino – 285, 347, 351.
SEVERO, Sulpício – 300.
SHAKESPEARE, William – 76, 133, 147, 148, 158, 215, 228, 239, 240, 249, 272, 280, 285, 306, 307, 316, 317, 318, 344, 368, 369, 400.
SHAW, George Bernard – 78, 286, 335, 336.

SHELLEY, Percy Bysshe – 76, 79, 246--248, 328.
SIDNEY, Philip, Sir – 383.
SILVA, (George) Agostinho da – 137, 366.
SIMÕES, João Gaspar – 14, 26, 42, 49, 51, 52, 53, 91, 92, 106, 114, 116, 117, 119, 120, 123, 125, 126, 127, 142, 187, 190, 202, 212, 220-222, 236-238, 276, 278-280, 290-292, 316, 320, 325-328, 347, 351, 354, 366, 375.
SITWELL, Edith – 345.
SITWELL, Osbert – 93.
SOUSA-CARDOSO, Amadeu – 347.
SPENSER, Edmund – 239, 315.
STEINBECK, Jonh – 75.
STRACHEY, Lytton – 329.
STRINDBERG, August – 336.
SUE, Eugene – 305.
SWINBURN, Algemon Charles – 79, 94.
SYMONDS, John Addington – 79, 95, 140, 290, 304, 305.
SYMONS, Arthur – 79, 108.

## T

TENNYSON, Alfred Lord – 76, 246, 247, 248.
TEÓCRITO – 314.
TERTULIANO – 300.
THACKERAY, William Makepeace – 95.
THOMPSON, Francis – 79, 249.
THOUREAU, Henry David – 75.
TITO, Imperador – 301.
TOLSTOI, Leon – 147.
TORGA, Miguel (pseud. de Adolfo Correia da Rocha)– 354.
TRAJANO, Imperador – 299.
TRAKL, Georg – 102.

## U

UNGARETTI, Giuseppe – 339.

## V

VALÉRY, Paul – 73, 271, 340, 346.
VALLE–INCLÁN, Ramón – 270.
VAZ, Gil – 251.
VAZ, Ruy – 39, 207.
VERDE, (José Joaquim) Cesário – 46, 89, 247, 266, 328, 355.
VERLAINE, Paul – 297, 305.
VICENTE, Gil – 41.
VIEIRA, Afonso Lopes – 31, 85, 231.
VIEIRA, Nelson H. – 347.
VIEIRA, P.e António – 122.
VIRGILIO – 312, 379, 383.

## W

WAGNER, Richard – 171, 239.
WEINTRAUNB, Stanley – 283.
WELLS, H. G. – 78, 335, 336.
WHITMAN, Walt (Walter) – 68, 75, 79, 89, 97, 249, 283, 326, 327, 333.
WIELAND, Christoph Martin – 239.
WILDE, Oscar (Fingall O'Flahertie Wills) – 79, 95, 108, 145, 282, 297, 306, 307, 334, 336.
WILSON, William – 76.
WINCKELMANN, Johann Joachim – 79, 295, 304, 307.
WOHL, Hellmut – 347.
WOOLF, Leonard – 329.
WOOLF, (Adeline) Virginia – 329.
WORDSWORTH, William – 78, 164, 246-249.

## Y

YATES, Frances A. – 361.
YATS, William Butler – 65, 78, 95, 102, 108, 141, 142, 155, 318, 335, 336, 340, 356, 367.
YOURCENAR, Marguerite (Antoinette Jeanne Marie Ghislaine) –302, 309

# Índice Geral

| | |
|---|---:|
| Esclarecimento à 3.ª edição, por Mécia de Sena .................................. | 9 |
| Breve nota explicativa (da 1.ª edição), por Mécia de Sena .................. | 11 |
| Carta à *presença* (Adolfo Casais Monteiro) sobre o poema «Apostilha» de Fernando Pessoa ........................................................ | 13 |
| Nova carta, inédita, à *presença* (Adolfo Casais Monteiro) sobre o poema «Apostilha» de Fernando Pessoa ................................... | 17 |
| Carta a Fernando Pessoa .................................................................. | 19 |
| Prefácio e notas a *Páginas de Doutrina Estética* ............................... | 23 |
| Fernando Pessoa, indisciplinador de almas ....................................... | 59 |
| «Inscriptions», de Fernando Pessoa: algumas notas para a sua compreensão ............................................................................... | 71 |
| Fernando Pessoa e a literatura inglesa .............................................. | 75 |
| *ORPHEU* ............................................................................................ | 81 |
| Maugham, Mestre Therion e Fernando Pessoa ................................ | 91 |
| «O poeta é um fingidor» (Nietzsche, Pessoa e outras coisas mais) .... | 97 |
| Cartas de Sá-Carneiro a Fernando Pessoa ......................................... | 119 |
| Vinte e cinco anos de Fernando Pessoa ............................................ | 129 |
| Pessoa e a Besta ................................................................................ | 139 |
| Introdução ao *Livro do Desassossego* .............................................. | 145 |
| «*Ela canta, pobre ceifeira*» ............................................................... | 207 |
| Os poemas de Fernando Pessoa contra Salazar e contra o Estado Novo ....................................................................................... | 255 |
| O heterónimo Fernando Pessoa e os *Poemas Ingleses* que publicou .... | 263 |
| Jorge de Sena responde a três perguntas de Luciana Stegagno Pichio sobre Fernando Pessoa ............................................................... | 331 |
| Fernando Pessoa: o homem que nunca foi ....................................... | 347 |
| O «Meu Mestre Caeiro» de Fernando Pessoa e outros mais ............ | 371 |
| APÊNDICE | |
| Sobre um artigo esquecido de Fernando Pessoa ............................... | 387 |
| *Inscriptions* de Fernando Pessoa ..................................................... | 393 |
| 21 dos "35 Sonnets" de Fernando Pessoa ......................................... | 399 |
| Notas Bibliográficas (Mécia de Sena) ............................................... | 403 |
| Índice onomástico ............................................................................. | 417 |

# BIBLIOGRAFIA DE JORGE DE SENA
## Obras em volume

*POESIA*

*Perseguição.* Lisboa, 1942
*Coroa da Terra.* Porto, 1946.
*Pedra Filosofal.* Lisboa, 1950.
*As Evidências.* Lisboa, 1955.
*Fidelidade.* Lisboa, 1958.
*Post-Scriptum* (in *Poesia-I*).
*Poesia-I (Perseguição, Coroa da Terra, Pedra Filosofal, As Evidências,* e o inédito *Post--Sriptum).* Lisboa, 1961. 2.ª ed., 1977. 3.ª ed., 1988.
*Metamorfoses,* seguidas de *Quatro Sonetos a Afrodite Anadiómena.* Lisboa, 1963.
*Arte de Música.* Lisboa, 1968.
*Peregrinatio ad Loca Infecta.* Lisboa, 1969.
*90 e Mais Quatro Poemas de Constantino Cavafy.* Tradução, prefácio, comentários e notas. Porto, 1970. 2.ª ed., Coimbra, 1986.
*Poesia de 26 Séculos.- I - De Arquíloco a Calderón; II - De Bashô a Nietzsche.* Tradução, prefácio e notas, Porto, 1971-1972. 2.ª ed., *Poesia de 26 Séculos: De Arquíloco a Nietzsche,* Coimbra, 1993.
*Exorcismos.* Lisboa, 1972.
*Trinta Anos de Poesia.* Antologia. Porto, 1972. 2.ª ed., Lisboa, 1984.
*Camões Dirige-se aos Seus Contemporâneos e Outros Textos.* Porto, 1973.
*Conheço o Sal... e Outros Poemas.* Lisboa, 1974.
*Sobre Esta Praia... Oito Meditações à beira do Pacífico.* Porto, 1977.
*Poesia-II (Fidelidade, Metamorfoses, Arte de Música).* Lisboa, 1978. 2.ª ed., 1988.
*Poesia-III (Peregrinatio ad Loca Infecta, Exorcismos, Camões Dirige-se aos Seus Contemporâneos, Conheço o Sal... e Outros Poemas, Sobre Esta Praia...).* Lisboa, 1978. 2.ª ed., 1989.
*Poesia do Século XX: De Thomas Hardy a C. V. Cattaneo.* Tradução, prefácio e notas. Porto, 1978. 2.ª ed., Coimbra, 1994.
*40 Anos de Servidão.* Lisboa, 1979. 2.ª ed., revista, 1982. 3.ª ed., 1989.
*80 Poemas de Emily Dickinson.* Tradução e apresentação. Lisboa, 1979.
*Sequências.* Lisboa, 1980.
*Visão Perpétua.* Lisboa, 1982. 2.ª ed., 1989.
*Post-Scriptum-II.* 2 vols. Lisboa, 1985.
*Dedicácias.* Lisboa, 1999.

## TEATRO

*O Indesejado (António, Rei)*. Porto, 1951. 2.ª ed., 1974. Ed. não autorizada, dita 2.ª, s. d. [1982]. 3.ª ed., com um apêndice, Lisboa, 1986.
*Amparo de Mãe e Mais 5 Peças em 1 Acto*. Lisboa, 1974.
*Mater Imperialis: Amparo de Mãe e Mais 5 Peças em 1 Acto seguido de um Apêndice*. Lisboa, 1990.

## FICÇÃO

*Andanças do Demónio*. Contos. Lisboa, 1960.
*A Noite que Fora de Natal*. Conto. Lisboa, 1961.
*Novas Andanças do Demónio*. Contos. Lisboa, 1966.
*Os Grão-Capitães: Uma Sequência de Contos*. Lisboa, 1976. 2.ª ed., 1979. 3.ª ed., 1982. 4.ª ed., 1985. 5.ª ed., 1989.
*O Físico Prodigioso*. Novela. Lisboa, 1977. 2.ª ed., 1980. 3.ª ed., 1983. 4.ª ed., 1986. 5.ª ed., Porto, 1995. 6.ª ed., 1997. 7.ª ed, 1999.
*Antigas e Novas Andanças do Demónio*. Contos. Lisboa, 1978. 2.ª ed., 1981. 3.ª ed., Círculo de Leitores, 1982. 4.ª ed., 1986. 5.ª ed., 1989.
*Sinais de Fogo*. Romance. Lisboa, 1979. 2.ª ed., 1981. 3.ª ed., 1985. 4.ª ed., 1988. 5.ª ed., Círculo de Leitores, 1989. 6.ª ed., Porto, 1995. 7.ª ed., 1997. 8.ª ed., 1999.
*Génesis*. Contos. Lisboa, 1983. 2.ª ed., 1986.
*Monte Cativo e Outros Projectos de Ficção*. Porto, 1994.

## OBRAS CRÍTICAS, DE HISTÓRIA GERAL, CULTURAL OU LITERÁRIA

*Páginas de Doutrina Estética*, de Fernando Pessoa. Selecção, prefácio e notas. Lisboa, 1946. 2.ª ed., não autorizada, s.d. [1964].
*Florbela Espanca ou a Expressão do Feminino na Poesia Portuguesa*. Porto, 1947. Edição fac-similada, Porto, 1995.
*Líricas Portuguesas: 3.ª Série*. Selecção, prefácio e notas. Lisboa, 1958. 2.ª ed., revista e aumentada, em 2 vols.: Vol. I, 1975; Vol. II, 1983. Vol. I, 3.ª ed., 1984.
*Da Poesia Portuguesa*. Lisboa, 1959.
*História da Literatura Inglesa*, de A. C. Ward. Revisão da tradução (de Rogério Fernandes), tradução, notas, prefácio e aditamentos («Antes e depois de Ward»). Lisboa, 1960.
*«O Poeta é um Fingidor»*. Lisboa, 1961.
*O Reino da Estupidez*. Lisboa, 1961. 2.ª ed., aumentada, como *O Reino da Estupidez-I*, 1979. 3.ª ed., 1984.
*A Literatura Inglesa: Ensaio de Interpretação e de História*. São Paulo, 1963. 2.ª ed., Lisboa, 1989.
*Teixeira de Pascoaes: Poesia*. Selecção, introdução e notas. Rio de janeiro, 1965. 2.ª ed., 1970. 3.ª ed., aumentada, como *A Poesia de Teixeira de Pascoaes*, Porto, 1982.
*Uma Canção de Camões: Interpretação Estrutural de uma Tripla Canção Camoniana, precedida de um Estudo Geral sobre a Canção Petrarquista Peninsular, e sobre as Canções e as Odes de Camões, envolvendo a Questão das Apócrifas*. Lisboa, 1966. 2.ª ed., 1984.
*Estudos de História e de Cultura* (1.ª Série). Vol. I. Lisboa, 1967. Edição da obra completa, no prelo.

*Os Sonetos de Camões e o Soneto Quinhentista Peninsular: As Questões de Autoria, nas Edições da Obra Lírica até às de Álvares da Cunha e de Faria e Sousa, revistas à luz de um Inquérito Estrutural à Forma Externa e da Evolução do Soneto Quinhentista Ibérico, com Apêndices sobre as Redondilhas em 1595-98, e sobre as Emendas Introduzidas pela Edição de 1598.* Lisboa, 1969. 2.ª ed., 1981.
*A Estrutura de* Os Lusíadas *e Outros Estudos Camonianos e de Poesia Peninsular do Século XVI.* Lisboa, 1970. 2.ª ed., 1980.
*Dialécticas da Literatura.* Lisboa, 1973. 2.ª ed., revista e aumentada, como *Dialécticas Teóricas da Literatura*, Lisboa, 1978.
*Maquiavel e Outros Estudos.* Porto, 1974. 2.ª ed., *Maquiavel, Marx e Outros Estudos*, Lisboa, 1991.
*Francisco de la Torre e D. João de Almeida.* Paris, 1974.
*Poemas Ingleses*, de Fernando Pessoa. Edição bilingue, prefácio, traduções, variantes e notas. Lisboa, 1974. 2.ª ed., 1982. 3.ª ed., 1987. 4.ª ed., 1994.
*Régio, Casais, a «presença» e Outros Afins.* Porto, 1977.
*Dialécticas Aplicadas da Literatura.* Lisboa, 1978.
*O Reino da Estupidez-II.* Lisboa, 1978.
*Trinta Anos de Camões, 1948-1978 (Estudos Camonianos e Correlatos).* 2 vols. Lisboa, 1980.
*Estudos de Literatura Portuguesa-I.* Lisboa, 1982. 2.ª ed., no prelo.
*Fernando Pessoa & C.ª Heterónima (Estudos Coligidos 1940-1978).* 2 vols. Lisboa, 1982. 2.ª ed., 1 vol., 1984. 3.ª ed., 2000.
*Estudos sobre o Vocabulário de Os Lusíadas: Com Notas sobre o Humanismo e o Exoterismo de Camões.* Lisboa, 1982.
*Inglaterra Revisitada (Duas Palestras e Seis Cartas de Londres).* Lisboa, 1986.
*Sobre o Romance (Ingleses, Norte-Americanos e Outros).* Lisboa, 1986.
*Estudos de Literatura Portuguesa-II.* Lisboa, 1988.
*Estudos de Literatura Portuguesa-III.* Lisboa, 1988.
*Estudos de Cultura e Literatura Brasileira.* Lisboa, 1988.
*Sobre Cinema.* Lisboa, 1988.
*Do Teatro em Portugal.* Lisboa, 1989.
*Amor e Outros Verbetes.* Lisboa, 1992.
*O Dogma da Trindade Poética (Rimbaud) e Outros Ensaios.* Porto, 1994.

*a publicar:*

*Poesia e Cultura.*
*Diários.*
*Sobre Literatura e Cultura Britânicas.*
*Sobre Teoria e Crítica Literária.*
*O Reino da Estupidez-III.*
*Textos de Intervenção Política (2 vols.).*
*Entrevistas, Inquéritos, Cartas (2 vols.).*

**CORRESPONDÊNCIA**

Jorge de Sena / Guilherme de Castilho. Lisboa, 1981.
Mécia de Sena / Jorge de Sena - *Isto Tudo Que Nos Rodeia (Cartas de Amor).* Lisboa, 1982.

Jorge de Sena / José Régio. Lisboa, 1986.
Jorge de Sena / Vergílio Ferreira. Lisboa, 1987.
Cartas a Taborda de Vasconcelos. *Correspondência Arquivada*, ed. Taborda de Vasconcelos. Porto, 1987.
Eduardo Lourenço / Jorge de Sena. Lisboa, 1991.
Jorge de Sena / Edith Sitwell. Santa Barbara, 1994 (separata de *Santa Barbara Portuguese Studies*).
Dante Moreira Leite / Jorge de Sena. *Correspondência: Registros de uma convivência intelectual*. Campinas (São Paulo), 1996.
Jorge de Sena / Alexandre Eulalio, no prelo.
Jorge de Sena / Raul Leal, no prelo.

## TRADUÇÕES PREFACIADAS (1.ª EDIÇÃO)

*O Fim da Aventura* [The End of the Affair], de Graham Greene. Lisboa, 1953.
*A Casa de Jalna* [The Building of Jalna], de Mazo De La Roche. Lisboa, 1954.
*Fiesta* [The Sun Also Rises], de Ernest Hemingway. Lisboa, 1954.
*Um Rapaz da Geórgia* [Georgia Boy], de Erskine Caldwell. Lisboa, 1954.
*O Ente Querido* [The Loved One], de Evelyn Waugh. Lisboa, 1955.
*Oriente-Expresso* [Stamboul Train], de Graham Greene. Lisboa, 1955.
*O Velho e o Mar* [The Old Man and the Sea], de Ernest Hemingway. Lisboa, 1956.
*A Abadia do Pesadelo* [Nightmare Abbey], de Thomas Love Peacock. Lisboa, 1958.
*A Condição Humana* [La Condition humaine], de André Malraux. Lisboa, 1958.
*As Revelações da Morte* [Les Revelations de la mort], de Léon Chestov. Lisboa, 1960.
*Palmeiras Bravas* [The Wild Palms], de Wilham Faulkner. Lisboa, 1961.
*Jornada para a Noite* [Long Day's journey into Night], de Eugene O'Neill. Lisboa, 1992.

## PREFÁCIOS CRITICOS

*A Poema do Mar*, de António de Navarro. Lisboa, 1957.
*Poesias Escolhidas*, de Adolfo Casais Monteiro. Salvador da Bahia, 1960.
*Teclado Universal e Outros Poemas*, de Fernando Lemos. Lisboa, 1963.
*Memórias do Capitão*, de João Sarmento Pimentel. São Paulo, 1963.
*Poesias Completas*, de António Gedeão. Lisboa, 1964.
*Confissões*, de JeanJacques Rousseau. 3.ª ed-, Lisboa, 1968.
*Poesia(]957-1968)*, de Helder Macedo. Lisboa, 1969.
*Manifestos do Surrealismo*, de André Breton. Lisboa, 1969.
*Cantos de Maldoror*, de Lautréamont. Lisboa, 1969.
*A Terra de Meu Pai*, de Alexandre Pinheiro Torres. Lisboa, 1972.
*As Quybyrycas*, de Frey Ioannes Garabatus. Lourenço Marques, 1972.
*Distruzioni per Puso*, de Carlo Vittorio Cattaneo. Roma, 1974.
*Camões: Some Poems*, trad. de Jonathan Griffin. Londres, 1976.

## OBRA TRADUZIDA
### Volumes

## POESIA

### Antologias

*Esorcismi* - port./italiano. Org., introd. e trad. de Carlo Vittorio Cattaneo. Ed. Accademia, Roma, 1975.
*The Poetry of Jorge de Sena* - port./inglês. Org. de Frederick G. Williams. Mudborn Press, Santa Bárbara, 1980.
*In Crete, with the Minotaur, and Other Poems* - port./inglês. Org., trad. e pref. de George Monteiro. Ed. Cávea-Brown, Providence, 1980.
*Frihetens Färg* - sueco. Org., trad. e pref. de Marianne Sandels. Atlantis, Estocolmo; Bra Lyric/ Bra Böeker, Höganas, 1989.
*Sobre esta playa* - port/castelhano. Org., trad. e pref. de Cesar Antonio Molina. Olifante, Ediciones de Poesia, Saragoça, 1989.
*Peregrinatio ad loca infecta* - francês. Sel., trad. e pref. de Michelle Giudicelli. L'Escampette, Bordéus, 1993.

### As Evidências

*The Evidences* - port/inglês. Trad. e introd. de Phyllis Sterling Smith. Pref. George Monteiro. Center for Portuguese Studies, University of California, Santa Bárbara, 1994.

### Metamorfoses

*Metamorfosi* - port./italiano. Trad. e pref. de Carlo Vittorio Cattaneo. Ed. Empiria, Roma, 1987.
*Metamorphoses* - inglês. Trad. de Francisco Cota Fagundes e James Houlihan. Introd. de Francisco Cota Fagundes. Copper Beech Press, Providence, Rhode Island, 1991.

### Arte de Música

*Art of Music* - inglês. Trad. de Francisco Cota Fagundes e James Houlihan. Introd. de Francisco Cota Fagundes. University Editions, Huntington, West Virginia, 1988.
*Arte musicale* - port/italiano. Trad. e pref. de Carlo Vittorio Cattaneo. Roma, Empiria, 1993.

### Sobre Esta Praia...

*Over This Shore... Eight Meditations on the Coast of the Pacific* - port./inglês. Trad. de Jonathan Griffin. Mudborn Press, Santa Bárbara, 1979.
*Su questa spiaggia* (com antologia) - port./italiano. Org. e trad. de Carlo Vittorio Cattaneo e Ruggero Jacobbi. Pref. de Jorge de Sena. Introd. de Luciana Stegagno Picchio. Fogli di Portucale, Roma, 1984.

## FICÇÃO

### Génesis

*Génesis* - port./chinês. Trad. de Wu Zhiliang. Instituto Cultural de Macau, Macau, 1986.
*Genesis* - inglês. Trad. de Francisco Cota Fagundes, em *In the Beginning There Was Jorge de Sena's Genesis: The Birth of a Writer*. Bandanna Books, Santa Bárbara, 1991.

### O Físico Prodigioso

*Le physicien prodigieux* - francês. Trad. de Michelle Giudicelli. Postfácio de Luciana Stegagno Picchio. Ed. A. M. Metailié, Paris, 1985.
*The Wondrous Physician* - inglês. Trad. de Mary Fitton. J. M. Dent & Sons, Londres, 1986.
*Il medico prodigioso* - italiano. Trad. e pref. de Luciana Stegagno Picchio. Ed. Feltrinelli, Milão, 1987.
*El Físico prodigioso* - castelhano. Trad. de Sara Cide Cabido e A. R. Reixa. Ed. Xerais de Galicia, Vigo, 1987.
*O Físico Prodigioso* - port./chinês. Trad. de Jin Guo Ping. Instituto Cultural de Macau, Macau, 1988.
*Der wundertätige Physicus* - alemão. Trad. de Curt Meyer-Clason. Suhrkamp Verlag, Frankfurt, 1989.
*De wonderdokter* - holandês. Trad. e postfácio de Arie Pos. Ed. de Prom, Baarn, 1994.

### Sinais de Fogo

*Signes de feu* - francês. Trad. e pref. de Michelle Giudicelli. Ed. Albin Michel, Paris, 1986.
*Senyals de foc* - catalão. Trad. de Xavier Moral. Pref. de Basilio Losada. Ed. Proa, Barcelona, 1986.
*Tekens van wuur* - holandês. Trad. e postfácio de Arie Pos. Ed. de Prom, Baarn, 1995.
*Feuerzeichen* - alemão. Trad. de Frank Heibert. Suhrkamp Verlag, Frankfurt, 1997.
*Señales de fuego* - castelhano. Trad. e prólogo de Basilio Losada. Introd. de Mécia de Sena. Galaxia Gutenberg e Circulo de Lectores, Barcelona, 1998.
*Signs of fire* - inglês. Trad. de John Byrne. Carcanet, Manchester, 1999.

### Antigas e Novas Andanças do Demónio

*Storia del peixe-pato* (História do Peixe-Pato) - italiano. Trad. de Carlo Vittorio Cattaneo. Ed. Empiria, Roma, 1987.
*By the Rivers of Babylon and Other Stories* (antologia) - inglês. Org. e introd. de Daphne Patai. Rutgers Univ. Press, New Brunswick; Polygon, Edimburgo, 1989.
*La notte che era stata di Natale* (antologia) - italiano. Trad. de Carlo Vittorio Cattaneo. Ed. Empiria, Roma, 1990.
*La finestra d'angolo* (A Janela da Esquina) - italiano. Trad. de Vincenzo Barca. Sellerio, Palermo, 1991.
*Au nom du diable* - francês. Trad. e pref. de Michelle Giudicelli. Métailié, Paris, 1993.

*Os Grão-Capitães*

*La Gran Canaria e altri raconti* - italiano. Trad. de Vincenzo Barca. Pref. de Luciana Stegagno Picchio. Ed. Riuniti, Roma, 1988.
*Les Grands capitaines* - francês. Trad. e pref. de Michelle Giudicelli. Ed. A. M. Métailié, Paris, 1992.
*De Grootkpiteins* - holandês. Trad. e posfácio de Arie Pos. Ed. de Prom, Baarn, 1999.

*ENSAIO*

**Inglaterra Revisitada**

*England Revisited* - inglês. Trad. de Christopher Auretta. Fund. Calouste Gulbenkian, Lisboa, 1987.

## OBRAS SOBRE JORGE DE SENA

*Antologias de verso e prosa*

*Versos e Alguma Prosa de Jorge de Sena*, sel. e introd. de Eugénio Lisboa. Arcádia, Moraes Ed., Lisboa, 1979.
*Jorge de Sena*, sel. e introd. de Eugénio Lisboa. Ed. Presença, Lisboa, 1984.
*Poesia de Jorge de Sena*, sel., introd. e notas de Fátima Freitas Morna. Ed. Comunicação, Lisboa, 1985.
*Poemas Escolhidos de Jorge de Sena*, sel. e introd. de Jorge Fazenda Lourenço. Círculo de Leitores, Lisboa, 1989.
*Vinte e Sete Ensaios de Jorge de Sena*, sel. e introd. de Jorge Fazenda Lourenço. Círculo de Leitores, Lisboa, 1989.
*Quarenta Poemas de Jorge de Sena*, introd. e org. de Gilda Santos. Sette Letras, Rio de Janeiro, 1998.
*Antologia Poética*, org. de Jorge Fazenda Lourenço, Edições Asa, Porto, 1999.

*Estudos e ensaios*

*O Código Científico-Cosmogónico-Metafísico de Perseguição*, 1942, de *Jorge de Sena*, de Alexandre Pinheiro Torres. Moraes Ed., Lisboa, 1980
*Studies on Jorge de Sena* (Actas - port., inglês, francês e castelhano), org. de Frederick G. Williams e Harvey L. Sharrer. Bandanna Books, Santa Barbara, 1981.
*Estudos sobre Jorge de Sena*, org. de Eugénio Lisboa. Imprensa Nacional-Casa da Moeda, Lisboa, 1984.
*Jorge de Sena* (port., francês e italiano), org. de Luciana Stegagno Picchio. N.º esp. de *Quaderni portoghesi* (Pisa), n.º 13/ 14, 1983 [1985].
*Uma Tarde com Jorge de Sena*, org. de A. M. Nunes dos Santos. Universidade Nova de Lisboa, Faculdade de Ciências e Tecnologia, Lisboa, 1986.

*O Essencial sobre Jorge de Sena*, de Jorge Fazenda Lourenço. Imprensa Nacional-Casa da Moeda, Lisboa, 1987.

*A Poet's Way with Músic: Humanism in Jorge de Sena's Poetry*, de Francisco Cota Fagundes. Gávea-Brown, Providence, Rhode Island, 1988.

*Hommage a Jorge de Sena*. Introd. de José-Augusto França. Fundação Calouste Gulbenkian, Centre Culturel Portugais, Paris, 1988.

*Homenagem a Jorge de Sena*, org. de José Augusto Seabra. N.º esp. de *Nova Renascença* (Porto), vol. VIII, n.º 32/33, Outono de 1988/Inverno de 1989.

*O Corpo e os Signos: Ensaios sobre* O Físico Prodigioso, de *Jorge de Sena*, coord. de Maria Alzira Seixo. Ed. Comunicação, Lisboa, 1990.

*In the Beginning There Was Jorge de Sena's Genesis: The Birth of a Writer*, de Francisco Cota Fagundes. Bandanna Books, Santa Bárbara, 1991.

*Jorge de Sena: O Homem que Sempre Foi (Selecção das comunicações apresentadas no Colóquio Internacional sobre Jorge de Sena, realizado na Universidade de Massachusetts, em Amherst, em Outubro de 1988)*, org. de Francisco Cota Fagundes e José N. Ornelas. ICALP, Lisboa, 1992.

*Jorge de Sena: Una teoria del testimonio poético; Autor, investigador y crítico*, coord. de Antonio Sanchez-Romeralo. N' esp. de *Anthropos* (Barcelona), n.º 150, Nov. 1993.

*Evocação de Jorge de Sena*, org. de Gilda Santos. N.º esp. do *Boletim do SEPESP* (Rio de Janeiro), vol. 6, Set. 1995.

O Físico Prodigioso, *a novela poética de Jorge de Sena*, de Orlando Nunes de Amorim. Centro de Estudos Portugueses. Jorge de Sena, UNESP, Araraquara, 1996.

*A Poesia de Jorge de Sena: Testemunho, Metamorfose, Peregrinação*, de Jorge Fazenda Lourenço. Centre Culturel Calouste Gulbenkian, Paris, 1998.

*As Evidências de uma Fidelidade: Homenagem a Jorge de Sena*, org. de Orlando Nunes de Amorim. N.º esp. do *Boletim do Centro de Estudos Portugueses Jorge de Sena* (Araraquara), n.º 13, Jan./Jun. 1998.

*Jorge de Sena: Uma Ideia de Teatro (1938-71)*, de Eugénia Vasques. Edições Cosmos, Lisboa, 1998.

*Metamorfoses do Amor: Estudos sobre a Ficção Breve de Jorge de Sena*, de Francisco Cota Fagundes. Ed. Salamandra, Lisboa, 1999.

*Jorge de Sena em Rotas Entrecruzadas*, org. de Gilda Santos. Edições Cosmos, Lisboa, 1999.

*Fenomenologia do Discurso Poético. Ensaio sobre Jorge de Sena*, de Luís Adriano Carlos. Campo das Letras, Porto, 1999.

*Bibliografias*

*Jorge de Sena, nos dez anos da sua morte* (port./chinês). Biblioteca Nacional de Macau. Catálogo de Exposição Bibliográfica, com sinopses dos livros expostos, bibliografia do autor e bibliografia subsidiária. Instituto Cultural de Macau, Macau, 1988.

*Índices da Poesia de Jorge de Sena (por Primeiros Versos, Título, Data e Nomes Citados)*, de Mécia de Sena. Ed. Cotovia, Lisboa, 1990.

*Uma Bibliografia sobre Jorge de Sena*, de Jorge Fazenda Lourenço. Separata de *As Escadas não têm Degraus*. Ed. Cotovia, Lisboa, 1991.

*Uma Bibliografia Cronológica de Jorge de Sena (1939-1994)*, de Jorge Fazenda Lourenço e Frederick G. Williams. Colaboração de Mécia de Sena. Imprensa Nacional-Casa da Moeda, Lisboa, 1994.

«Bibliografia sobre Jorge de Sena (1942-1997)», de Jorge Fazenda Lourenço. *Boletim do Centro de Estudos Portugueses Jorge de Sena* (Araraquara), n.º 13, Jan./Jun. 1998.

*Dissertações Universitárias*

*Una poesia di Jorge de Sena: Studio di strutture*, de Carlo Vittorio, Cattaneo. Licenciatura. Università degli Studi di Roma, 1970.
*Jorge de Sena: A modernidade da tradição*, de Ana Maria Gottardi Leal. Doutoramento. Universidade de São Paulo, 1984.
*Jorge de Sena e a Escrita dos Limites: Análise das Estruturas Paragramáticas* nos Quatro Sonetos a Afrodite Anadiómena, de Luís Fernando Adriano Carlos. Mestrado. Universidade do Porto, 1986.
*Uma alquimia de ressonâncias:* O Físico Prodigioso *de Jorge de Sena*, de Gilda da Conceição Santos. Doutoramento. Universidade Federal do Rio de Janeiro, 1989.
*Jorge de Sena*, O Físico Prodigioso *et* Le physicien prodigieux: *Étude comparative d'un texte et de sa traduction*, de Ana Cristina da Silva Rodrigues Gomes. Mémoire de maîtrise. Université de la Sorbonne Nouvelle, Paris III, 1990.
*Tragédias Sobrepostas: Sobre* O Indesejado *de Jorge de Sena*, de Rosa Maria Neves Oliveira. Mestrado. Universidade de Coimbra, 1991.
O Marinheiro *di Fernando Pessoa e* Amparo de Mãe *di Jorge de Sena: Due opere a confronto*, de Claudia Moriconi. Licenciatura. Università degli Studi di Roma «La Sapienza», 1991.
*Art as a Mirror in the Poetry of Jorge de Sena: The* Metamorfoses, de Maria José Azevedo Pereira de Oliveira. Mestrado. King's College, Londres, 1992.
*Inglaterra Revisitada: Do Encantamento do Escritor à Palavra do Homem*, de Paula Gândara da Costa Rei. Mestrado. Universidade Nova de Lisboa, 1992.
*Poética e Poesia de Jorge de Sena: Antinomias, Tensões, Metamorfoses*, de Luís Fernando Adriano Carlos. Doutoramento. Universidade do Porto, 1993.
*A Poesia de Jorge de Sena como Testemunho, Metamorfose e Peregrinação: Contribuição para o Estudo da Poética Seniana*, de Jorge Fazenda Lourenço. Doutoramento. University of California, Santa Bárbara, 1993.
*Jorge de Sena: Uma Ideia de Teatro*, de Eugénia Vasques. Doutoramento. University of California, Santa Bárbara, 1993.
*A Origem da Poesia em Jorge de Sena*, de Victor Mendes. Mestrado. Universidade de Lisboa, 1994.
*Jorge de Sena, l'insurgé: Pour une lecture de Jorge de Sena*, de Michelle Giudicelli. Doutoramento. Université de la Sorbonne Nouvelle, Paris III, 1994.
*Para uma Poética da Metamorfose na Ficção de Jorge de Sena*, de Margarida Braga Neves. Doutoramento. Universidade de Lisboa, 1995.
*Sena, Mutante: O Lugar da História na Poesia de Jorge de Sena (*Lendo Metamorfoses*)*, de Tomás Maia. D.E.A. Université de Paris IV, Sorbonne, 1995.
*Algumas andanças do demónio na obra de Jorge de Sena*, de Márcia de Oliveira Alfama. Mestrado. Universidade Federal do Rio de Janeiro, 1995.
O Físico Prodigioso, *a novela poética de Jorge de Sena*, de Orlando Nunes de Amorim. Mestrado. Universidade de São Paulo, 1996.
*Ekphrasis e Bildgedicht: Processos Ekphrásticos nas* Metamorfoses *de Jorge de Sena*, de Maria Fernanda Conrado. Mestrado. Universidade de Lisboa, 1996.
*Sinais de um testemunho: A Guerra Civil Espanhola e a prosa ficcional de Jorge de Sena*, de David do Vale Lima. Mestrado. Universidade Federal do Rio de Janeiro, 1996.
*Uma nova legenda de S. Beda: «Mar de Pedras» de Jorge de Sena*, de Beatriz de Mendonça Lima. Mestrado. Universidade Federal do Rio de Janeiro, 1996.
*Olhares de Eros: Uma viagem na ficção breve de Jorge de Sena*, de Márcia Vieira Maia. Mestrado. Universidade Federal do Rio de Janeiro, 1996.
*O Discurso Teórico na Poesia de Jorge de Sena*, de José Batista de Sales. Doutoramento. Universidade Estadual Paulista «Júlio de Mesquita Filho», Assis, 1997.

Impressão e acabamento
da
CASAGRAF - Artes Gráficas Unipessoal, Lda.
para
EDIÇÕES 70, LDA.
Novembro de 2000